afgeschreven

De schim

PETRA HAMMESFAHR

De schim

Uit het Duits vertaald door
Henriëtte van Weerdt-Schellekens

DE GEUS

Oorspronkelijke titel *Der Schatten*, verschenen bij Rowohlt
Taschenbuch Verlag
Oorspronkelijke tekst © Rowohlt Verlag GmbH, Reinbek bei
Hamburg 2005
Nederlandse vertaling © Henriëtte van Weerdt-Schellekens en
De Geus bv, Breda 2009
Omslagontwerp Riesenkind
Omslagillustratie © Sven Hagolani/zefa/Corbis
Drukkerij Haasbeek bv, Alphen a/d Rijn

Dit boek is gedrukt op FSC-gecertificeerd papier

ISBN 978 90 445 1158 1
NUR 332

Plattegrond van huize Helling

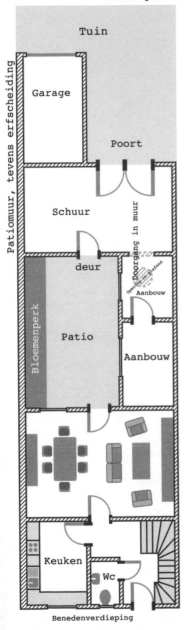

Benedenverdieping

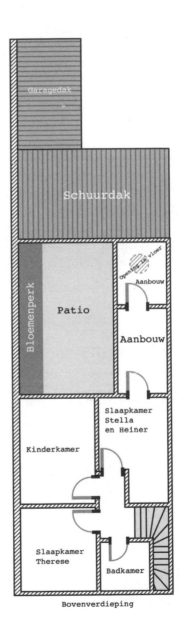

Bovenverdieping

Proloog

Het was bijzonder mistig, die dag in november 1983 toen de twee jongens stierven. Een zeventienjarige tweeling. Ze hadden in Keulen een snorfiets gestolen en reden op de provinciale weg in de dichte mist. Ze waren van plan naar hun oma te gaan. Bij haar in het keukenkastje lag altijd een paar honderd mark, dat was de enige reden om bij haar langs te gaan. Ze wilden allebei ver hiervandaan, ze wisten dat er een moord was gepleegd en ze knepen 'm behoorlijk.

Op de terugweg hoorden ze een auto aankomen. De auto reed zonder licht en was in de dichte mist pas te zien toen hij al vlak achter hen was. Tijdens een vertwijfelde uitwijkmanoeuvre gleden ze uit op een hoop natte bladeren, verloren de macht over het stuur en kwamen ten val. De jongens hadden geen helm op. De ene smakte met zijn hoofd tegen het wegdek en liep een schedelbreuk op; hij verloor ter plekke het bewustzijn. De ander brak een been en was zwaar versuft. Hij zag nog iets als een schim op zich af komen voordat ook zijn schedel openbarstte.

De dood van de tweelingbroers werd als 'ongeval door eigen schuld' in het politiedossier geregistreerd. De oorzaak van het ongeval was waarschijnlijk dat ze met te hoge snelheid hadden gereden. De snorfiets was opgevoerd, er waren geen aanwijzingen dat er iemand anders bij betrokken was. Geen sporen van lak van een ander voertuig en ook aan de beide lichamen was er op het eerste gezicht niets te zien dat erop wees dat iemand een handje geholpen had. Het Openbaar Ministerie had geen enkele reden om opdracht te geven tot nader forensisch onderzoek.

De medewerkers van de centrale recherche in Keulen die ruim twintig jaar later, in april 2004, in de regio Rhein-Erft aan de oplossing van drie moorden werkten, waren geheel onkundig van de dood van de tweelingbroers. Hun was ook niets bekend van een ander ongeval, naar alle schijn ook een kwestie van eigen schuld, dat een vrouw, Ursula Mödder genaamd, in oktober 1999 het leven had gekost.

Een van de rechercheurs in de regio Rhein-Erft was weliswaar van beide *ongevallen* op de hoogte en hij wist ook van de moord die de tweelingen er in november 1983 toe had gebracht die noodlottige rit in de mist te maken; die moord was tot op de dag van vandaag onopgehelderd gebleven. Maar hij zag geen aanleiding om met zijn collega's uit Keulen over voorvallen te praten die zich zo lang geleden hadden afgespeeld: hij maakte in april 2004 geen deel uit van het onderzoeksteam en zag evenmin een direct verband tussen verleden en heden omdat er bij de laatste moorden sprake leek te zijn van een heel ander, zeer duidelijk verband.

Sinds begin dat jaar maakte een Oost-Europese inbrekersbende de regio onveilig. 'De Russen' werden ze genoemd, hoewel niemand precies wist waar ze werkelijk vandaan kwamen. Ze riepen 'dawai' wanneer ze iemand tot spoed maanden en dat klonk Russisch. Op grond van getuigenverklaringen bestond de indruk dat het drie of vier potige jonge mannen waren. De verklaringen liepen nogal uiteen, soms bleef een van hen waarschijnlijk bij het voertuig, klaar om er direct vandoor te gaan.

Ze stroopten de dorpen en woonwijken van de provinciesteden af. En als er ergens een deur of een raam niet op slot zat of van een redelijk veiligheidsslot was voorzien, waren ze binnen een paar seconden binnen en graaiden ze alles bij elkaar wat er aan juwelen en contanten van hun gading was. Voor iets anders hadden ze geen belangstelling. Daarbij gingen ze steeds brutaler en meedogenlozer te werk.

Zo waren de bewoners bij twee inbraken medio en eind maart gewoon thuis en hadden 'de Russen' hen met een pistool gedwongen hun de zoektocht te besparen. Dat kon je gerust als roofovervallen betitelen. En de daders schrokken er ook niet voor terug iemand zwaar lichamelijk letsel toe te brengen.

In de nacht van 4 op 5 april verbrijzelden ze de knieschijf van een man omdat deze niet snel genoeg deed wat ze vroegen, ook al hielden ze een pistool op de nek van zijn vrouw gericht. Vervolgens werd het echtpaar geboeid en gekneveld, zoals dat ook bij vorige roofovervallen was gebeurd. Urenlang hadden ze daar beiden hulpeloos gelegen en pas tegen de ochtend hadden ze de aandacht van een voorbijganger weten te trekken.

En op 19 april werd de eerste moord gepleegd. Het slachtoffer heette Dora Sieger, ze was zevenenvijftig jaar en woonde met haar zoon van tweeëntwintig in een bungalow aan de rand van het stadje Bedburg. Sieger junior kwam 's nachts tegen drie uur terug van een avondje stappen in een discotheek, trof zijn moeder met een verbrijzelde schedel in de deuropening naar de badkamer aan en alarmeerde de politie.

Een van de eerste politiefunctionarissen die bij de bungalow aankwamen, was inspecteur van politie Heiner Helling. Hij was zesendertig jaar en had er als jongetje al van gedroomd dat hij op zekere dag geüniformeerd in een patrouillewagen zou rondrijden. Iemand die zijn dromen verwezenlijkte, was niet zomaar geneigd ze weer op te geven.

Na werktijd vertelde Heiner Helling thuis over de vreselijke aanblik. 'Die vrouw had geen schijn van kans', zei hij.

Zijn moeder had drie nachten later evenmin een schijn van kans.

DEEL I

Over mensen en monsters

De nacht dat Therese stierf

Donderdag 22 april 2004 – kort na 02.00 uur 's nachts

Er was iemand in de kamer. Dat ontging Stella Helling volkomen. Ze sliep, met bijna twee liter rode wijn in haar maag. Op het marmeren tafeltje tussen de bank en het wandmeubel waarin de televisie, de satellietontvanger en de videorecorder stonden, bevond zich een lege fles. De tweede lag op de vloerbedekking naast een leeg glas met eronder een grote rode vlek. Wanneer Stella languit op de bank lag, vond ze het gemakkelijker om het drinkgerei naast zich op de grond te zetten zodat ze niet voortdurend naar de tafel hoefde te reiken. Haar schoonmoeder had zich al meer dan eens opgewonden over rode wijnvlekken op het tapijt. Maar Therese maakte zich het laatste jaar overal druk over, wat Stella ook deed of naliet.

Stella werd wakker van de dierlijke, schrille kreet waarmee een jonge vrouw de dood in de ogen zag. Die vrouw heette Ursula, ze zat gehurkt op de tegelvloer van een romantisch opgesmukte badkamer. Op de rand van het bad stonden twee champagneglazen, want Ursula had op haar minnaar gewacht. Nu hield ze een champagnefles met afgeslagen hals in haar hand en maaide er onhandig mee om zich heen terwijl ze op haar achterste achteruit naar de verste hoek schoof alsof ze in de smalle ruimte tussen de muur en het toilet beschutting zou kunnen vinden. Maar vóór haar stond *de schim met de moordenaarsogen.*

Herhaaldelijk drongen de scherpe randen aan de buik van de fles in de zwarte, contourloze gedaante met de gloeiende groene ogen, zonder het geringste effect. Uiteindelijk liet Ursula de fles vallen en ze drukte haar beide handen tegen haar hoofd; een zinloos gebaar waarmee ze niet kon voorkomen dat ze op een gruwelijke manier aan haar eind kwam.

Het was maar een film die deze woensdagavond werd herhaald. De uitzending was om vijf over tien begonnen en zou, onderbroken door reclameblokken, om middernacht afgelopen zijn. Op de aftiteling verscheen ook de naam Stella Marquart als producente.

In de tijd toen de filmopnamen werden gemaakt, was Stella drieëndertig jaar, nog niet getrouwd en in alle opzichten tevreden met haar leven. Op het hoogtepunt van haar professionele carrière en voor het eerst ook gelukkig in haar privéleven. Vijf maanden eerder had ze haar grote liefde, Heiner Helling, ontmoet.

Ruim twee jaar was ze intussen getrouwd met de inspecteur van politie die Dora Sieger in de nacht van zondag op maandag badend in het bloed had aangetroffen. Die woensdagavond was Heiner om half tien uit huis vertrokken. Sinds het weekend had hij nachtdienst, van tien uur 's avonds tot rond zeven uur 's ochtends. Die nacht patrouilleerde hij samen met Ludwig Kehler, met wie hij al jarenlang bevriend was. Zuiver toeval, want bij het opstellen van de dienstroosters hielden ze geen rekening met vriendschapsbanden. De bezetting van de surveillancewagens wisselde voortdurend, om te voorkomen dat er ongemerkt routine insloop.

Om kwart voor tien was Heiners moeder naar boven gegaan. Als ze thuis was, ging Therese altijd om tien uur naar bed, want ze moest elke dag, ook in het weekend, al om zes uur haar bed uit. Even na tienen was ze nog even naar beneden gekomen en had Stella iets opgedragen. Maar dat schoot Stella pas weer te binnen toen ze de shock enigszins te boven was gekomen.

Meteen na het ontwaken was ze zwaar beneveld en niet in staat de indrukken die haar bestormden logisch en consequent te verwerken. Omdat ze op de bank lag, zag ze de eerste paar seconden nauwelijks iets van wat zich op het beeldscherm afspeelde, want de tafel belemmerde het zicht op de televisie. Ze hoorde slechts de door merg en been gaande, ijselijk schrille kreet, besefte ook waar die vandaan kwam. Het geluidsvolume deed bij haar geen alarmbellen rinkelen, ze wilde het alleen maar zachter zetten voordat Therese wakker zou worden en nog bozer zou worden dan ze de afgelopen twee dagen weer eens was geweest.

Tussen half twaalf en middernacht was Stella in slaap gevallen; de televisie stond aan met het geluid zacht. De afstandsbediening had ze zoals altijd binnen handbereik naast zich op de bank gelegd. Nu tastten haar vingers in het niets. Ook nog geen reden om haar prettig onbezorgd in de rode wijn badende hersenen met bange vragen te belasten. Het smalle apparaatje was waarschijnlijk op de grond gevallen. Het loonde niet meer de moeite het te zoeken. Aan Ursula's doodskreet kwam onverhoeds een einde.

Op het beeldscherm spatte nu bloed op witte tegels, dat zag Stella ook, want ze had haar hoofd opgericht. De schim met de moordenaarsogen loste in het niets op – moest eigenlijk helemaal verdwijnen. Ze kende de scène door en door. Maar deze keer ging het anders. Het leek wel alsof de contourloze gedaante vanaf de onderkant van het beeldscherm de kamer in golfde. Toen Stella haar hoofd nog verder oprichtte, meende ze tussen de tafel en de televisie een donkere streep te zien die zijwaarts uit haar blikveld gleed, alsof daar een dikke, zwarte slang kronkelde – veertig centimeter boven de vloer, wat helemaal niet kon.

Aan weerszijden van de tafel stond een gemakkelijke stoel, de ene bij de deur naar de patio, de tweede vlak bij de deur naar de hal. De streep verdween in de richting van de patio. Stella keek hem geërgerd na, maar schonk er verder geen aandacht aan. Ze richtte nu ook haar bovenlichaam op en keek weer naar de televisie. Het was haar een raadsel hoe de vertrouwde scène uit haar film op de buis kon zijn. Van haar stuk gebracht keek ze naar de videorecorder. De groene fluorescerende cijfers van de klok op het apparaat gaven aan dat het zeventien over twee was. Ze knipperde verscheidene keren met haar ogen, maar het bleef zeventien over twee. En ook verder was niet alles hetzelfde als toen ze daarstraks languit op de bank was gaan liggen.

Het was behoorlijk koud en afgezien van het licht van de televisie, was het donker in de woonkamer. Ze had de plafonnière niet uitgedaan en evenmin de deur naar de patio opengezet. Maar de duisternis en de wagenwijd openstaande deur waardoor een onaangenaam kille nachtelijke wind binnenstroomde, kende ze uit tal van eerdere nachten.

Het was niet voor het eerst dat ze dronken op de bank in slaap was gevallen wanneer haar man nachtdienst had. Haar schoonmoeder was de afgelopen twee maanden vaker midden in de nacht nog eens naar beneden gekomen. Elke keer had ze zich mateloos geërgerd aan Stella, maar ze had niet de moeite genomen om haar wakker te maken. Ze deed alleen het licht uit en zette met de regelmaat van de klok de deur naar de patio wagenwijd open om te ventileren, met de bedoeling dat de nachtelijke kou de rest zou doen. Zelfs in februari toen het buiten vroor; en in de derde week van maart, toen de winter na enkele zachte dagen nogmaals met sneeuwbuien zijn terugkeer aankondigde en Heiner al nadrukkelijk voor de Russen had gewaarschuwd.

Stella vroeg zich nog steeds af hoe het kwam dat Ursula's dood onverhoeds en op een onmogelijk tijdstip op de tv werd vertoond en concentreerde zich opnieuw op het beeldscherm waarop nog net een stukje te zien was van de badkamer waar Ursula's lijk nu tussen de muur en het toilet geklemd zat.

Goddank zag je niet meer dan haar met bloed doordrenkte negligé en een hand vol bloedspetters die levenloos op haar naakte, bebloede dijen lag. Deze scène was bijzonder bloederig. En daarna moest er een uitgestorven straat volgen die in nachtelijk duister was gehuld; door die straat kwam de minnaar in zijn auto aanrijden, die in de volgende reeks opnamen het lijk vond en vervolgens ook ten prooi viel aan de schim. In plaats daarvan volgde de aftiteling. Productie: Stella Marquart. Kleine witte letters op een zwarte achtergrond, waardoor het licht in de kamer tot een minimum werd gereduceerd.

Stella kwam er niet meer toe om zich over dat voortijdige einde van haar film het benevelde hoofd te breken. Zonder zichtbare reden viel de wijnfles op het tafeltje om, rolde via het marmeren tafelblad naar haar toe, viel voor de bank op de grond en verbrijzelde het glas waaruit ze had gedronken. Gelukkig was het een goedkoop glas, een oud mosterdpotje.

Intussen was ze wakker genoeg om te bedenken dat het misschien een kat was geweest. Dat verklaarde weliswaar niet hoe de filmscène op de beeldbuis had kunnen komen, maar beneveld als ze was door haar buitensporige wijnconsumptie kon ze haar gedachten vooralsnog slechts in alledaagse banen leiden en teruggrijpen op wat ze gewend was.

Er waren veel katten in de buurt die dikwijls buiten rondstruinden. Afgelopen nacht nog was er een dikke kater de kamer binnengekomen omdat Therese om twee uur weer eens naar beneden was gekomen en de deur naar de patio had opengegooid. Kort daarna had ze Stella ook onzacht wakker gemaakt.

Stella wilde opstaan, de kat wegjagen, de deur naar de patio dichtdoen, de schade bekijken en de rotzooi wegruimen om verdere ellende met Therese te vermijden. Schoenen of pantoffels droeg ze in huis nooit, evenmin als kousen. Toen ze haar blote voeten op de grond zette, voelde ze scherven onder haar voetzolen. Het dunne glas van het mosterdpotje was niet gewoon aan diggelen gegaan, het was door de wijnfles versplinterd. Als in een reflex trok ze haar voeten weer op en zag vanuit haar ooghoeken nog iets groots, iets zwarts op zich afkomen. Het volgende moment kreeg ze een stomp tegen haar borst waardoor ze achterwaarts op de bank belandde.

Toen stond hij voor haar.

De schim met de moordenaarsogen.

Het zwarte monster dat zojuist op de tv nog iemand van kant had gemaakt, stond nu in levenden lijve over haar heen gebogen, gromde met een zware keelstem iets over betalen en blies daarbij zijn walgelijke adem in haar gezicht. Die stonk ontzettend. En zijn ogen: knalgroen in dat donker van zijn gezicht! Geen mens had van dat soort pupillen, smalle donkere spleetjes in fluorescerend groen.

Ze slaagde er niet in haar ogen dicht te doen of zijn blik te ontwijken. Ze hield nu haar beide handen tegen haar schedel gedrukt, precies zoals Ursula dat kort daarvoor had gedaan. En ze verwachtte dat het bot onder haar vingers zou exploderen zoals dat in nogal wat filmscènes te zien was, weliswaar niet rechtstreeks, maar dan toch zwaar gesuggereerd op het moment dat er bloed en hersenen rondspatten zodra de schim een slachtoffer op het oog had.

Ze wilde schreeuwen, even ongearticuleerd en doordringend als de actrice die in de moordscène Ursula speelde. Maar er kwam slechts gehijg over haar lippen en lettergrepen die de indruk wekten dat ze krankzinnig was. In alle ellende schoot haar niets beters te binnen dan een stompzinnige bezweringsformule die ze in haar kinderjaren uit haar hoofd had geleerd.

Madeleines monsters

Van 1978 tot 1992

De waanzin was al vroeg begonnen. Als tienjarig meisje had Stella zich al met allerlei monsters moeten bezighouden. Haar zusje Madeleine was vier jaar ouder dan zij en besteedde al geruime tijd haar zakgeld aan allerlei flutblaadjes waarin het wemelde van de gedrochten. In Madeleines kamer lagen grote stapels horrorlectuur.

Lange tijd was Stella daarvan gevrijwaard gebleven. Ze was de benjamin van het gezin, die 's avonds met papa knuffelde en zich door mama een verhaaltje liet voorlezen voor het slapengaan. Maar toen werd haar broertje geboren. Tobias, die door iedereen Tobi werd genoemd, kwam met trisomie 21, beter bekend als het syndroom van Down of mongolisme, ter wereld. Stella moest haar kamer, van waaruit je via een tussendeur in de slaapkamer van haar ouders kon komen, afstaan, en bij Madeleine intrekken, die daar niet direct enthousiast over was.

Meisjes van veertien vinden het niet leuk om hun kamer te moeten delen met hun nieuwsgierige kleine zusje. En Stella mopperde na bedtijd geregeld: 'Ik kan helemaal niet slapen, ik verveel me zo.'

Tegen die verveling kon Madeleine wel wat doen. En de verhalen over vampiers, weerwolven, willoze zombies en boze geesten waren voor Stella niet alleen amusement, ze ging er ook in mee. Aanvankelijk informeerde Stella nog twijfelend: 'Maar die bestaan toch niet echt, hè? Ik heb nog nooit een vampier gezien en ook geen weerwolf of een boze geest.'

Madeleine haastte zich altijd om haar te verzekeren dat er 's nachts wel degelijk zulke wezens waren, maar dat elk normaal mens ze maar één enkele keer te zien kreeg en dan meteen werd opgegeten, leeggezogen of anderszins om het leven gebracht. Madeleine was zelf uiteraard geen normaal mens. Zij behoorde tot de uitverkorenen, was in geheime rituelen ingewijd waarmee je de machten der duisternis onder controle kon houden.

Dat haar zusje tot de uitverkorenen behoorde, wist Stella vanaf het moment dat ze naar het gymnasium was gegaan. Tegen Madeleines cijfers konden die van haar niet op. Zij was immers tien jaar lang de benjamin geweest, aan wie geen eisen waren gesteld en van wie elke slordigheid door de vingers was gezien.

Madeleine beweerde dat het met geheime rituelen precies zo gesteld was als met wiskunde, biologie en natuurkunde. Dat het volkomen zinloos was om een meisje dat geen enkel benul had van chromosomen en dat een half uur nodig had om een eenvoudige regel van drieën toe te passen, de verschillende formules uit te leggen.

Toen ze voor haar vijftiende verjaardag een kleine tv kreeg, liet Madeleine het in haar ogen domme zusje ook naar films kijken die 's avonds laat werden uitgezonden en daarmee maakte ze alles nog erger. Van haar moeder had Stella namelijk herhaaldelijk gehoord dat er na tien uur 's avonds op de televisie alleen nog nieuws, wetenschappelijke documentaires en reportages werden uitgezonden.

De wieg van satan. Toen er bijna een ramp gebeurde, dacht Astrid Marquart dat die film er de oorzaak van was dat haar jongste dochter psychisch uit balans was geraakt en tot de overtuiging was gekomen dat haar kleine broertje een creatuur van satan was dat je naar de hel moest terugsturen. Johannes Marquart wilde niet helemaal uitsluiten dat er sprake was van jaloezie toen Stella Tobi's beddengoed in de fik had proberen te steken, gelukkig in de zomer, toen de jongen onder een licht dralon dekentje lag te slapen. Van de eerste lucifer begon de deken alleen maar te smeulen. Toen Stella de tweede lucifer aanstak, werd haar moeder wakker. Astrid Marquart sliep heel licht en liet de tussendeur altijd open.

Madeleine kreeg een stevige preek, ze moest de televisie afgeven en ook alle flutblaadjes. Om te voorkomen dat ze een nieuw voorraadje kocht, kreeg ze tijdelijk zelfs geen zakgeld. Maar de schade was al aangericht. En Madeleine deed nu behoorlijk veel moeite om die schade door middel van geheime rituelen te herstellen.

Ze wreef de vensterbank met een teentje knoflook in om vampiers af te weren. Tegen weerwolven wist ze op een vlooienmarkt een zilveren munt voor Stella op de kop te tikken. Om boze geesten op afstand te houden kocht ze in een esoterische winkel een vloerkleedje met een ingeweven pentagram, dat voor Stella's bed werd neergelegd. Als extraatje vulde ze een leeg parfumflesje met zogenaamd gewijd water waarvan Stella 's morgens en 's avonds een druppeltje op haar polsen en haar halsslagader moest betten. Dan zou elke boze geest zijn vingers aan haar branden.

Om het zekere voor het onzekere te nemen leerde Madeleine haar ook enkele bezweringsformules. Ingewikkelde klankcombinaties die uit een oeroude taal afkomstig waren, zo oud dat zelfs iemand uit de steentijd deze nooit had gehoord. Alleen de machten der duisternis hadden op de nog uitermate woeste wereld rondgedarteld, lang voor de komst van de dinosauriërs. Madeleines kennis van die vroegste tijd viel te verklaren door de sciencefictionlectuur die ze als surrogaat voor de griezelblaadjes kocht toen ze weer zakgeld kreeg.

In het grijze verleden hadden buitenaardse wezens de aarde bezocht en alle boze geesten naar een duistere tussenwereld verbannen; maar ze konden op hun vingers natellen dat die daar niet eeuwig zouden blijven en dat iemand vroeg of laat voor de verleiding zou bezwijken om de machten der duisternis ten eigen bate in te zetten om rijk, beroemd en machtig te worden. Daarom kwamen de aliens met onregelmatige tussenpozen terug, kozen dan bijzondere mensen – zoals Madeleine – uit en leerden hun bezweringsformules opdat ze in geval van nood wisten wat te doen. 'Ormsg karud grams krud behlscharg dorwes kaltrup paarweitschal.' Met die spreuk lukte het altijd, beweerde Madeleine.

Toen ze elf was, en ook nog toen ze twaalf en dertien was, geloofde Stella haar zusje onvoorwaardelijk, ze leerde gehoorzaam en bereidwillig alle mogelijke onzin uit haar hoofd die Madeleine haar voorzei. Die mentale training leidde ertoe dat haar rapporten gezien mochten worden, want ze leerde daardoor ook hoe ze zich op school beter kon concentreren. Madeleines prestaties kon ze echter nooit evenaren.

Madeleine was een echte bolleboos. Het leek wel of ze voor belangrijke proefwerken werkelijk contact zocht met de geesten van overleden genieën of met behulp van buitenaardse wezens toegang had tot de kennis van het universum. Voor haar eind-examen slaagde ze met uitmuntende cijfers, ze ging op kamers wonen, ging in Hamburg studeren en kwam zonder financiële ondersteuning van haar ouders rond. Ook van studiefinancie-ring maakte ze geen gebruik. Naast haar studie werkte ze om in haar levensonderhoud te voorzien. Desondanks slaagde ze erin om binnen de tijd die ervoor stond cum laude haar doctoraal te halen. Meteen daarna begon ze aan haar proefschrift en kreeg ze een baan op het tropeninstituut in Hamburg, waar ze zich met andere monsters bezighield, die maar weinig uitverkorenen met eigen ogen te zien kregen. Parasieten, bacteriën en virussen, een vakgebied waarin Madeleine zich al gauw specialiseerde.

Om haar puberale voorliefde voor griezelromannetjes lachte ze allang. Dat Stella al die onzin ooit als realiteit had beschouwd, ook daar maakte ze zich vrolijk over. En meestal lachte Stella mee, zij het een beetje besmuikt, wat de indruk wekte dat ze zich nu voor haar angst en kinderlijke geloof geneerde. Maar zo was het niet helemaal.

Natuurlijk geloofde ze allang niet meer in weerwolven, vam-piers of boze geesten. Maar hoe zat het met de zielen van overle-denen die nog een rekening te vereffenen hadden? Ook toen ze al twintig was, verkrampten de spieren in haar nek nog steeds als ze iets uit de kelder moest halen. Naar beneden gaan was niet zo'n probleem, maar terug naar boven lag dat anders: met het duister van de kelderruimten achter zich waar ze het licht alweer had uitgeknipt. Af en toe voelde ze een kille tocht die misschien alleen werd veroorzaakt door een openstaand kelderraam. En stel nou eens dat die niet daarvandaan kwam?

Stella studeerde germanistiek aan de universiteit van Keulen, woonde nog thuis en had geen zin om voortdurend aan de niet-begrijpende afkeurende blikken van haar moeder of het spottende meesmuilen van haar vader blootgesteld te zijn. Dus leerde ze nu haar irrationele angsten voor anderen te verheimelijken.

Ze hield het nooit lang uit bij open deuren of ramen waarachter het donker was. Dan volstond het om te zeggen: 'Doe dicht, het tocht hier.' Ze drukte zich wanneer ze de kelder in moest en wees dan naar haar broertje. Tobi moest immers leren een pot augurken van morellen te onderscheiden.

In de zilveren munt van de vlooienmarkt had ze bij een juwelier een gat laten maken; ze droeg hem aan een kettinkje om haar hals. Per slot van rekening had ze die van Madeleine cadeau gekregen, net als het vloerkleedje met het ingeweven pentagram dat nog steeds voor haar bed lag. En knoflook was gezond; alleen hield die behalve vampiers ook jonge mannen bij haar uit de buurt. Maar op die leeftijd was ze sowieso niet van plan zich te binden, want ze wilde niet het risico lopen een man te vinden die door de duivel bezeten was. Hoe moest je anders al die gruwelen verklaren die door onopvallende mannen werden begaan, zelfs door mannen die vriendelijk en voorkomend leken?

Op haar achtentwintigste trouwde Madeleine met een collega die al even capabel was als zij en zelfs bereid was haar naam aan te nemen. Johannes Marquart was apetrots op zijn oudste dochter. Astrid Marquart was volop bezig de intussen veertienjarige Tobi in de maatschappij te integreren en hem op een zo zelfstandig mogelijk bestaan voor te bereiden. Stella was vierentwintig en spande zich meer in om het respect van haar familie te winnen dan om tegen boze geesten of onzinnige angsten te vechten. Een kans om haar gevecht te winnen had ze niet.

De nacht dat Therese stierf

Ormsg karud grams krud behlscharg dorwes kaltrup paarweit-schal. In weerwil van de doodsangst die haar door toedoen van de schim met de moordenaarsogen naar de keel vloog, vond Stella het belachelijk en verachtelijk van zichzelf dat ze de woorden mompelde die Madeleine haar jaren geleden had voorgezegd. Maar het hielp!

De schim richtte zich weer op en draaide zich om naar de patiodeur. Nu ze niet meer aan die groen fluorescerende ogen blootstond, slaagde ze erin haar hoofd op te richten en over de armleuning van de bank naar buiten te gluren. Hij verdween als in slowmotion via de patio. Armen en benen waren niet te onderscheiden: het leek wel alsof hij naar de schuur zweefde. Voordat hij met de zwarte rechthoek van de schuurdeur versmolt, keerde hij zich nog éénmaal om. Een ogenblik lang zag ze zijn ogen als minuscule puntjes gloeien voordat het groen uitdoofde. En in die seconde zag ze ook iets wits dat langzaam naar de grond zweefde.

In de woonkamer was het nu aardedonker. Op het beeldscherm flikkerden nog slechts een paar spikkeltjes. Buiten werd het opeens lichter. Op het erf van de buren van nummer 17 was de buitenlamp aangefloept. Het licht viel over de muur en verlichtte de helft van de patio. Blijkbaar was zelfs de buurvrouw wakker geworden van Ursula's doodskreet.

'Alles in orde, mevrouw Helling?' riep ze.

'Ja, ja', hijgde Stella automatisch. 'Het was de tv maar. Sorry.'

Waarschijnlijk ging de buurvrouw daarna weer naar binnen, de lamp op de patio liet ze aan. De tv stond nu in de wachtstand. Stella ging aarzelend overeind zitten en staarde strak naar de schuurdeur. Madeleines stem fluisterde haar iets toe over mensen die de machten der duisternis om allerlei redenen ten eigen bate inzetten, iets waarvoor altijd onschuldige mensen het gelag moesten betalen. En 'betalen', dat woord had ze duidelijk verstaan.

Een paar minuten zat ze nog als verlamd op de bank, hield haar hoofd met beide handen vast en tuurde ingespannen door de patiodeur naar buiten. Links ernaast hing vitrage voor het raam. Het gedeelte van de patio dat ze kon zien lag er in het schijnsel van de lamp van de buren verlaten bij.

Haar hersenen waren door de schok en de paniek nog steeds dermate verlamd dat ze niet in staat was helder te denken of een rationele verklaring te zoeken voor het irrationele gebeuren. Ze had ook niet de moed om luidkeels de aandacht te trekken, want ze was doodsbang dat hij terug zou komen. Om haar schoonmoeder schreeuwen was sowieso zinloos, vond ze.

Therese zou vermoedelijk wel naar beneden gekomen zijn om te kijken wat er aan de hand was. Maar zij geloofde niet in spoken, alleen in de rampspoed die de geest van de wijn met zich meebracht. Het stond wel vast wat haar commentaar op de verschijning zou zijn. 'Wat zeg ik nou altijd tegen je? Andere mensen zien in zo'n toestand witte muizen en jij een monster uit de film. Het zat er dik in dat dit een keer zou gebeuren.'

Therese noemde Stella ziek. Omdat ze vroeger in een ziekenhuis had gewerkt, verbeeldde ze zich dat ze dat kon beoordelen. Maar toen haar zoontje in 1974 voor het eerst naar school ging, had ze haar vaste baan opgegeven. Sindsdien verdiende Therese haar geld als wijkverpleegkundige in Niederembt en de naburige dorpen. Ze zorgde voor alle mogelijke mensen die de een of andere vorm van hulp nodig hadden. Kinderrijke gezinnen, sociaal zwakkeren, alleenstaande moeders en de afgelopen jaren had ze ook gebrekkige ouderen onder haar hoede genomen, waarmee ze commerciële thuiszorgbureaus concurrentie aandeed.

Momenteel had ze zeven patiënten, zoals ze de oude mensen noemde. Ze hielp hen 's morgens uit bed of wanneer ze niet meer uit bed konden komen alleen bij het wassen en aankleden. Daarmee was ze meestal tot laat in de ochtend bezig. 's Middags ging ze op huisbezoek bij de rest van haar clientèle, keek of alles in orde was en gaf hulp en advies. Laat in de middag deed ze voor de tweede keer de ronde bij de ouderen, overtuigde zich ervan dat de medicijnen braaf waren ingenomen en maakte hen klaar voor de nacht.

Therese had geen enkele persoonlijke ervaring met verslaafden. En Stella voelde zich niet ziek. Ze was ook geen zware drinker; of althans nu niet meer. Het afgelopen jaar was het vaak misgegaan, dat wist ze maar al te goed. Maar sinds januari had ze het in de hand, raakte ze geen sterkedrank meer aan, dronk nog uitsluitend rode wijn. En dat deed ze niet eens elke dag, laatst had ze het drie volle weken volgehouden zonder een druppel te drinken.

Ze wist absoluut zeker dat ze niet gehallucineerd had. Waanvoorstellingen gooiden geen wijnflessen van tafels af en wierpen je niet achterover op de bank. Ze had de schim immers niet alleen gezien, ze had ook de stomp tegen haar borst gevoeld, de walgelijke stank geroken en die stem gehoord. Betalen!

Pas om half drie durfde ze haar handen van haar hoofd te halen. Toen kwam ze met een echte sprong van de bank – met haar blote voeten in de scherven van het versplinterde mosterdglas. Er boorden zich talloze splinters in haar vuile voetzolen en hielen, maar ze sloeg geen acht op de stekende pijn. Ze vloog naar de patiodeur en gooide hem dicht, draaide de sleutel om en rukte de vitrage voor het raam opzij om zicht te hebben op het hele terrein. Niets te zien behalve de zwarte rechthoek van de schuurdeur.

Daarna sprintte ze dwars door de kamer naar de haldeur en drukte op het lichtknopje ernaast. De plafonnière in de kamer vlamde met honderdtwintig watt op en veranderde de hal daarachter in een aardedonkere pijpenla. Ze smeet de deur dicht, leunde er ruggelings tegenaan en probeerde het trillen onder controle te krijgen. Deze keer was het geen ontwenningsverschijnsel.

Bijna twee liter rode wijn op nuchtere maag! Gegeten had ze de afgelopen twee dagen nauwelijks en bovendien had ze nog een behoorlijke portie alcohol van de vorige dag in haar bloed omdat ze in de nacht van dinsdag op woensdag drie flessen had leeggedronken.

Zes hadden er in de doos gezeten die ze dinsdagochtend gekocht had terwijl haar schoonmoeder zichzelf na haar ochtendronde op een bezoek aan de kapper trakteerde. Een unieke gelegenheid die Stella hoe dan ook wilde benutten omdat haar gedachten weer eens uitsluitend in een kringetje ronddraaiden sinds ze zondagmiddag had gehoord dat de film zou worden herhaald.

Haar man lag nog te slapen en ze pikte een bankbiljet uit zijn portemonnee, die hij na een inspannende nachtdienst zeer tegen zijn gewoonte in vergeten was uit zijn broekzak te halen. Vervolgens rende ze de tuin door, de daarachter gelegen weg over naar de zijstraat, waar een wijnhandeltje, een familiebedrijfje, gevestigd was. Het geld was maar net genoeg voor de goedkoopste soort met van die blikken schroefdoppen. Dat vond ze best, dan hoefde ze zich niet met de kurkentrekker af te tobben.

De doos liet ze achter, ze stopte de flessen in een plastic zak en kwam weer thuis zonder dat de buren het in de gaten hadden. Vijf flessen zette ze verspreid in de schuur neer. Het was verstandig om telkens nieuwe plaatsen te zoeken om de drank te verstoppen en in geen geval de hele voorraad op een en dezelfde plaats neer te zetten, want Therese spoelde alles wat ze in handen kreeg door de gootsteen. Uit de zesde fles dronk Stella twee glazen en verstopte die fles daarna ook.

Toen Therese terugkwam van de kapper had Stella al gekookt: spaghetti met een voortreffelijke knoflooksaus waar ze overvloedig van had geproefd om de neus van haar schoonmoeder te misleiden. Maar haar gedrag verraadde haar. Nadat ze sinds zondagmiddag amper een woord over haar lippen had gekregen, was ze nu goedgehumeurd en ze maakte zelfs een compliment over het jeugdige kapsel.

In plaats van daar blij mee te zijn werd Therese meteen boos. 'Je hebt weer gezopen! Waar is die rotzooi?'

Alsof ze haar dat uit vrije wil zou vertellen. Therese had geen zin om te zoeken. Maar toen Heiner rond twaalf uur opstond, zei ze hem de wacht aan. 'Als je haar nog één keer geld geeft, smijt ik jullie er allebei uit!'

'Ik heb haar niets gegeven', zei Heiner ter verdediging.

Op grond daarvan trok Therese de logische conclusie dat Stella vermoedelijk weer eens een greep in zijn portemonnee had gedaan. Dat was al dikwijls gebeurd. Daarom legde Heiner zijn portemonnee normaliter onder zijn hoofdkussen. Als hij dat eens een keertje vergat en daarna een bankbiljet miste, maakte hij daar geen woorden aan vuil.

Therese daarentegen begon te tieren; en als blikken konden doden, was Stella ter plekke neergevallen. Ze had Stella's ouders al proberen te bellen maar daar werd niet opgenomen. 'Nou is het afgelopen!' brieste ze. 'Ik zal morgen nog eens met je vader gaan praten!'

Morgen, dat was gisteren geweest. Woensdag, een vreselijke dag. Na in totaal drie liter wijn kwam Stella pas uit bed toen haar man om één uur opstond. En als Heiner haar niet zou hebben aangespoord om mee naar beneden te komen, zou ze 's middags vermoedelijk nog steeds onder de wol hebben gelegen. Ze wist dat ze te ver was gegaan. Eigenlijk had ze langer met haar voorraadje willen doen, met één fles per dag willen toekomen. En dat zou haar ook zijn gelukt als Therese niet had gedreigd.

Nadat ze Johannes Marquart drie weken geleden voor het laatst had *gesproken*, had Stella haar vader plechtig moeten beloven geen druppel meer te drinken. Als ze het toch deed, bestond ze voor hem niet meer, had hij gezegd. Hoe hij zou reageren als hij hoorde dat ze in de oude fout was vervallen, daar wilde ze absoluut niet aan denken.

Toen ze achter haar man de keuken binnenkwam, stond Therese aan het fornuis een bord eten voor zichzelf op te scheppen en foeterde: 'Vannacht lagen er twee flessen op de vloerbedekking. En in de aanbouw heb ik er ook nog een gevonden. Dat zijn er in totaal drie! Hoe ze daarna nog de trap op en in bed heeft weten te komen, is mij een raadsel.'

Het was Stella ook een raadsel, want bij de derde fles liet haar geheugen het afweten. Waarschijnlijk was ze op haar knieën de trap op gekropen en in bed gekomen nadat Therese de deur naar de patio had opengegooid en die dikke kater binnengekomen was. Het beest was op haar borst gesprongen, had met zijn poot uitgehaald toen ze hem afweerde en haar een paar diepe schrammen op haar rechterwang bezorgd.

Heiner zat al aan tafel en at wat zijn moeder hem had voorgezet: aardappels met vette jus, een stuk uit elkaar gevallen varkensvlees en een ondefinieerbare groene massa die hij zonder commentaar verorberde. Hij zou nooit aanmerkingen hebben durven maken op Thereses kookkunst, want die was wat hem betreft, zoals alles wat ze deed, boven alle kritiek verheven. In zijn ogen was mama, zoals hij haar noemde, perfect. Dan maakte je je er toch niet druk om dat ze niet op de klok keek als ze pannen op het fornuis had staan?

Mama had hem het leven geschonken en hem onder de moeilijkst denkbare omstandigheden helemaal alleen opgevoed. Wat niet eens klopte, wist Stella. Therese was weliswaar nooit getrouwd geweest, maar haar ouders hadden voor Heiner gezorgd en ook het huis en de tuin bijgehouden om Therese in staat te stellen haar beroep uit te oefenen en de kost te verdienen. Toentertijd had ze haar benen altijd onder een gedekte tafel kunnen schuiven en nooit goed leren koken.

Wat ze ook opdiste, alles was altijd helemaal kapotgekookt. En als Stella spaghetti maakte, al dente natuurlijk, mopperde ze: 'Dat is niet eens gaar.'

'Schep ook een bord op', commandeerde Therese. 'Dan krijg je eens iets goeds binnen.'

Alsof die groene prut iets goeds was. 'Wat is dat dan?' vroeg Stella walgend. Het leek geen spinazie te zijn.

'Broccoli', beweerde Therese en ze droeg haar bord naar de tafel en ontdekte pas op dat moment de sporen van kattennagels op Stella's rechterwang. Diepe schrammen die lang hadden gebloed en haar halve gezicht hadden besmeurd.

'Ach, lieve deugd', zei Therese. 'Hoe is dat nou gekomen?' Vervolgens verzorgde ze eerst de wond, waste het bloed af, desinfecteerde alles en zei: 'Daar houd je littekens aan over. Maar je hebt meer geluk dan verstand gehad, het had veel erger kunnen zijn als je oog was geraakt.'

Vervolgens eiste ze opnieuw dat Stella een bord eten zou nemen. In plaats daarvan pakte deze een glas uit de kast, schonk dat vol leidingwater, gooide er twee oplosbare magnesiumtabletten in en dronk dat op. Ze had dorst, ontzettend veel dorst na die drie liter rode wijn, maar honger had ze niet. Alleen al bij het zien van de berg op het bord van haar man kreeg ze een brok in haar keel – niet minder dan bij de strop die Therese dinsdags om haar hals had gelegd. *Ik zal morgen nog eens met je vader gaan praten!'*

Therese ging bij Heiner aan tafel zitten en wilde uitgerekend van haar weten: 'Weet je waar je ouders zijn?'

Stella haalde haar schouders op. Ze vermoedde dat haar moeder wel op de dagbesteding voor gehandicapten zou zijn, waar Tobi schilderijtjes plakte van gekleurde glazen plaatjes. Uilen en lieveheersbeestjes, dat had hij als kind al gedaan. De laatste tijd plakte hij voor de afwisseling ook bloemen. En Astrid Marquart ging elke morgen zelf naar de dagbesteding, bleef de hele dag bij haar zoon, hielp de begeleiders een handje en verheugde zich erover dat Tobi in tegenstelling tot andere gehandicapten echt zelfstandig was.

Haar vader was ofwel in de tuin of op de zaak waar hij ruim dertig jaar lang de administratie had gedaan. Sinds twee jaar was Johannes Marquart met pensioen; maar vaak, als hij niets te doen had in zijn tuin, vond hij het leuk om nog op zijn oude werkplek langs te gaan.

Overdag had het weinig zin Stella's ouders te bellen. Dat had Therese dinsdags al wel gemerkt, maar dat was voor het eerst geweest. Ze had nooit veel prijs gesteld op nauwe contacten met de familie Marquart. Ze had immers geen tijd en belde alleen om te stoken. En daarbij gaf ze de voorkeur aan Stella's vader.

'Maak er toch niet zo'n ophef over, mama', verzocht Heiner. 'Het was een uitglijer, het gebeurt beslist geen tweede keer. De afgelopen drie weken heeft ze immers geen druppel gedronken. We krijgen het wel weer onder controle.'

Hij pakte Stella's hand, gaf er een kneepje in en keek haar smekend aan. 'Nietwaar, lieveling, krijgen we dat voor elkaar?'

Ze knikte slechts. Het was te doen, dat had ze de afgelopen drie weken wel bewezen, en niet voor het eerst.

'Ja ja', zei Therese. 'En hoelang gaat het dan goed? Laat ze zich maar eens nuttig maken in de aanbouw, daar is het een zooi, je krijgt het gewoon op je zenuwen als je ...'

'Maar dat is geen vrouwenwerk', viel Heiner zijn moeder op vrij scherpe toon in de rede.

'Ben ík soms een man?' wierp Therese tegen en liet daar de preek op volgen die ze al honderd keer had afgestoken.

Therese had altijd alles alleen moeten doen, dat beweerde ze althans, zelfs bouwwerkzaamheden. Haar laatste bouwwerk dateerde van twee jaar geleden: een garage pal achter de rode bakstenen schuur, die het huis en de patio in de richting van de tuin over de volle breedte van het perceel hermetisch afsloot. Die schuur had Therese niet zelf gebouwd, die was al van vlak na de oorlog. En de garage – waar natuurlijk een twintig meter lange oprit voor nodig was, je kon per slot van rekening niet door de bloemperken rijden – had ze inderdaad helemaal in haar eentje moeten bouwen. Maar vroeger waren er meestal wel een paar mannen uit het dorp die haar een handje hielpen, want een vrouw alleen kon nu eenmaal niet alles voor elkaar krijgen wat ze zich in het hoofd had gezet.

Dertig jaar geleden, nadat ze haar vaste baan in het ziekenhuis van Bedburg had opgegeven en zelf haar werktijden kon indelen, was ze in haar ouderlijk huis aan de slag gegaan. Hoewel er plaats genoeg was voor vier bewoners, wilde ze er een stuk aanbouwen. In die tijd hoopte ze Heiners vader nog mee naar het stadhuis te kunnen slepen.

Dat ze voor haar droom van een geregeld leven jarenlang in de rotzooi moest wonen en voor de aanbouw het tweede raam in de woon- annex eetkamer moest opgeven zodat de kamer zelfs op zeer zonnige dagen vanaf laat in de morgen in het halfduister gehuld was, daar had Therese geen last van. Dat ook het enige raam in de slaapkamer van haar ouders moest worden dichtgemetseld, was voor haar al evenmin een probleem. Tijdens de langdurige bouwwerkzaamheden nam ze haar zoon bij zich op de slaapkamer en huisvestte ze haar ouders in de kinderkamer. Sindsdien werd hun oorspronkelijke slaapkamer niet meer gebruikt. Die kamer was vier meter breed, de aanbouw maar twee meter vijftig. Later zette Therese in de resterende een meter vijftig een nieuw, smal raam en hakte in het overgebleven stuk muur een opening waarin een tussendeur moest komen. Omdat er in de aanbouw geen trap was, moest ze dat ook beneden doen.

En dat allemaal naast haar afmattende werk als wijkverpleegkundige waarmee ze voor zichzelf en Heiner de kost verdiende. Nooit had Therese alimentatie voor haar zoon gekregen, nooit had ze een man gehad die haar bijstond, die haar wat had kunnen ontlasten. Haar vader had twee linkerhanden, beweerde ze vaak.

En Heiners vader was een hoofdstuk apart. In de officiële stukken stond: vader onbekend, wat ook al niet klopte. Natuurlijk wist Therese van wie ze zwanger geworden was. Heiner wist het eveneens. Een onverantwoordelijke ploert, zo had hij zijn verwekker ooit betiteld.

De man was zeer in trek bij de dames en hij was al getrouwd, zij het ongelukkig getrouwd, toen Therese zich tijdens een kermis met behulp van talloze likeurtjes moed had ingedronken en de in haar ogen beklagenswaardige man althans een half uurtje afleiding had bezorgd van zijn ellende op het thuisfront. Een jeugdzonde, vond ze; niet het feit dat ze op dat moment van Heiner in verwachting was geraakt, alleen de dronkenschap die er debet aan was dat ze niet aan anticonceptie had gedacht. Dik negentien jaar was ze toen. Sindsdien raakte ze geen sterkedrank meer aan, alleen gunde ze zichzelf als ze misselijk was heel af en toe een theelepeltje Kloostervrouw Melissegeest.

Haar preek tijdens het eten die woensdag besloot Therese met de woorden: 'Ze is groter en sterker dan ik ooit ben geweest. Dat ze werken kan, heeft ze bewezen. Als ze dat gezuip zou opgeven, zou ze ook weer vooruit kunnen kijken. Wat zij nodig heeft, is een ontwenningskuur. Hoe vaak heb ik dat al niet gezegd; maar wat ik zeg, telt immers niet? Haar vader kan haar vast wel overtuigen.'

'Toe nou, mama', zei Heiner opnieuw.

Therese maakte een afwijzend gebaar en viel op het papperige vreten op haar bord aan. Na het eten ruimde ze de keuken op en verdween daarna voor drie uur. Misschien ging ze bij mensen in het dorp langs. Maar misschien reed ze ook naar Dellbrück, een buitenwijk van Keulen, kwam ze daar toevallig Stella's vader tegen die in de tuin aan het werk was, en vertelde ze hem vers van de pers dat Stella opnieuw in de fout was gegaan.

Toen ze terugkwam, wilde Heiner weten waar ze was geweest.

'Gaat jou dat iets aan?' vroeg Therese op barse toon.

Maar haar dreigement had ze blijkbaar nog niet uitgevoerd. Ze pakte opnieuw de telefoon, tevergeefs. In Stella's ouderlijk huis nam nog steeds niemand op.

Stella vermoedde nu dat haar ouders met haar broer naar Hamburg waren gegaan. Dat deden ze zo af en toe zonder Stella daar iets over te zeggen; dan lieten ze hun zorgenkind de haven en de grote schepen zien en zorgden er zo voor dat Tobi iets van de wereld zag. Natuurlijk gingen ze dan ook bij de capabele Madeleine en haar al niet minder capabele man langs. Ze bleven dan zelfs logeren, verheugden zich over het succes van het stel en wonden zich gegarandeerd op over Stella die haar leven maar niet op de rails kreeg.

Haar vader was ervan overtuigd dat ze zich in principe met de verkeerde mensen inliet, dat ze nog steeds geloof hechtte aan alle mogelijke onzin die haar werd aangepraat en dat ze er op die manier in was geslaagd een einde te maken aan een veelbelovende carrière.

Movie-Productions

Enkele maanden na de bruiloft van haar zusje was Stella uit het ouderlijk huis vertrokken naar een appartement in Keulen-Weiden. Het viel haar zwaar om uit huis te gaan, maar ze wist sinds lange tijd dat ze daar altijd het middelste kind zou blijven, genegeerd en onderschat. Ze was nu eenmaal niet zo hoogbegaafd en niet uitzonderlijk ambitieus als Madeleine en zo hulpbehoevend en aanhalig als Tobi. Ze was alleen maar het domme wicht dat het op haar vierentwintigste nog van schrik uitgilde als haar broer 's nachts in haar kamer rondspookte. Terwijl Tobi niets kwaads in de zin had. Hij hield vurig, hartstochtelijk van haar. 's Nachts kwam hij dikwijls bij haar op de kamer om met haar te knuffelen. Soms ook ging hij gewoon op het vloerkleedje zitten dat nog steeds voor haar bed lag. Het pentagram fascineerde hem.

Bij haar in de flat roddelde niemand daarover, want er kwam nooit iemand op bezoek. Ze had immers geen logeerkamer. Haar ouders verwachtten dat ze 's zondags thuiskwam om in elk geval één keer per week stevig te eten, haar vuile was te brengen en hun verhalen aan te horen over de aard van het meest recente virus dat Madeleine en haar man aan het onderzoeken waren. Ook werd verwacht dat ze Tobi's uilen en lieveheersbeestjes bewonderde. Wat zijzelf doordeweeks deed, interesseerde geen mens.

Na haar afstuderen had ze eerst bij een omroeporganisatie op de redactie gewerkt. Op haar zesentwintigste promoveerde ze tot productieassistente bij de soap *Op eigen benen*, die in de vooravond werd uitgezonden; daarin hield een woongroep van een stuk of zes jonge mensen zich bezig met alle rampspoed van het moderne leven. Het was een succesvolle soap. Maar thuis vond alleen haar broer het spannend als mensen op de tv elkaar kusten of ruziemaakten. En ook Tobi had er meestal na een minuut of tien al geen belangstelling meer voor.

Op eigen benen werd gemaakt door Movie-Productions. Met de bedrijfsleider, Ulf von Dornei, kon Stella goed opschieten. In het roddelcircuit van de omroep heette het dat zijn vader, chef van een groot concern in München, hem in Keulen in het zadel geholpen had, zodat 'koning Ulf' daar kon heersen zonder schade aan te richten. Maar als je wist hoe je hem moest aanpakken, viel er prima met hem te leven.

Twee jaar later liet Stella zich door koning Ulf overhalen om van baan te veranderen. Zelfstandig producente binnen zijn bedrijf – met een salaris waarvan haar zusje als wetenschapper slechts kon dromen. Ook daarmee verwierf ze zich thuis niet meer aanzien, hoewel ze zeer capabel was en hard werkte. Al snel kwam ze met een uitgewerkt format voor een andere humoristische serie voor de vooravond: *Vakantie en andere rampen*. Het kostte haar niet meer dan drie weken om er een redacteur bij de omroep enthousiast voor te maken. Kort daarna maakte Ulf von Dornei haar ook eindverantwoordelijk voor *Op eigen benen*.

Haar hoop dat ze daarmee althans bij haar vader indruk zou maken, werd niet bewaarheid. Dat ze waardering zou krijgen van de kant van haar moeder, die uitsluitend voor Tobi leefde, verwachtte ze allang niet meer. En Johannes Marquart had vroeg op de avond geen zin om zijn tijd voor de televisie met 'onbenullige onzin' te verdoen. Hij belde liever met Madeleine en liet zich dan in de verschrikkingen van ebola of in de mutatiesnelheid van hiv inwijden.

Op primetime om kwart over acht werd de actieserie *Op de grens* uitgezonden, die door Stella's collega Fabian Becker werd geproduceerd. Die serie beviel haar vader beter, hoewel hij ook daar voortdurend op zat te vitten; dat het allemaal zo voorspelbaar was. Geen verrassende effecten, geen onvoorspelbare wendingen, geen geheimen, niet echt spannend. In plaats van een stuk of tien stukgeslagen auto's en groots opgezette stunts had hij vermoedelijk liever een paar zombies of vampiers gezien.

American werewolf, *Fright night*, *Het omen* en *Wraak vanuit het rijk der doden*, wanneer er iets dergelijks werd uitgezonden, zat Johannes Marquart aan de beeldbuis gekluisterd. Hij sloeg ook geen aflevering van *The X-Files* over, niet eens wanneer die voor de tigste keer werd uitgezonden. Stella wist dat haar vader zich, nadat hij destijds Madeleines gruwelkabinet had opgeëist, in tal van die griezelromannetjes had verdiept – met het smoesje dat hij wilde weten waar zijn dochter zo dol op was. In die tijd had hij die voorkeur waarschijnlijk ontwikkeld.

Zijn favoriete lectuur was een dun pocketboekje dat hij koesterde als een schat en onder geen beding wilde uitlenen. *Romy's schim*. Hij had het al jaren; hij had het stukgelezen en kon er nog steeds over in vuur en vlam raken. Het ging over de geest van een vermoorde man die op een gruwelijke manier wraak nam en voorkwam dat zijn geliefde na een zelfmoordpoging dood-bloedde. 's Zondags informeerde hij af en toe: 'Waarom zenden jullie zoiets niet eens uit?'

Omdat Movie-Productions een klein bedrijf was, slechts een piepklein lootje aan de stam van het moederconcern in Mün-chen. Behalve Ulf von Dornei en Fabian Becker, die door de raad van bestuur als waakhond van de bedrijfsleider naar Keu-len was overgeplaatst, werkten er alleen Stella, een secretaresse die voor iedereen werkzaam was, twee uitzendkrachten en een schoonmaakster. Aan de lopende producties hadden ze hun han-den vol.

Zo geformuleerd klonk het nog min of meer overtuigend, maar het was slechts de halve waarheid. De grootste sta-in-de-weg was Ulf von Dornei. Hij bezat geen greintje creativiteit en was evenmin in staat de creatieve prestaties van anderen te beoor-delen, hoewel hij zelf van het tegendeel overtuigd was. Ongeacht wat hem werd voorgelegd, koning Ulf wist waarmee je het kon opleuken: met de Russische maffia, Chinese triades, drugskartels en het internationale terroristenwereldje. Dat was spanning van het zuiverste water, vond hij.

Tijdens elke vergadering oreerde hij er oeverloos op los. On-ophoudelijk bestookte hij Fabians actieserie met zijn idee van wat spanning was. En ook in Stella's serie had hij al een terrorist op de camping en een drugskoerier op de wc willen binnensmokkelen, maar uiteindelijk had hij genoegen genomen met een Poolse autodief en een Russische emigrant. Door Stella liet hij zich nog wel uitleggen waarom zijn goede ideeën niet in haar serie pasten. Fabian Becker hoefde dat niet eens te proberen. Wie luisterde er nou naar zijn waakhond? Koning Ulf niet, hij gaf de hond commando's.

En omdat de chefs in München dat heel goed wisten, had Fabian instructie gekregen al het materiaal dat volgens hem geschikt was als basis voor een speelfilm, door te geven aan het moederconcern. Soms met bloedend hart, maar dat vond niemand erg. In München had ook Fabian geen al te beste reputatie. Hij had al speelfilms geproduceerd waaronder twee kwaliteitsfilms: verfilmingen van literair werk. De recensies waren zeer lovend, de bezoekersaantallen verpletterend laag. Zoiets kon je je één keer permitteren, na de tweede keer kreeg je je congé.

Maar Fabian was een idealist. Hij ploeterde als een hamster in zijn loopwiel en sloofde zich uit om in elk geval goed materiaal voor films te vinden. Hij sleepte altijd wel een boek met zich mee. Minstens vier keer per week kwam hij 's morgens met hoofdpijn op zijn werk omdat hij weer eens de hele nacht had doorgelezen.

En toen kwam hij op een maandag in mei 1999 Stella's kantoor binnen met een roman die naar zijn mening absoluut moest worden verfilmd. *Romy's schim*, het lievelingsboek van haar vader. Het was al jaren niet meer in de boekhandel te koop. Fabian had het verfomfaaide exemplaar 's zondags op een vlooienmarkt ontdekt. Stella beschouwde het boekje als dé kans om haar vader ervan te overtuigen dat ze weliswaar op een ander terrein werkzaam was dan haar oudere zus, maar daarom nog niet minder ambitieus en capabel was. Hij moest en zou trots op haar zijn, net zo trots als op Madeleine. Dat was het enige waar het om ging toen ze haar collega dat voorstel deed.

Fabian was van plan om een korte samenvatting te schrijven en die naar München te sturen, zoals hij dat zo vaak deed. En zij zei: 'Die moeite kun je je wel besparen, dat zou je nu zo langzamerhand moeten weten. Wat je hun ook stuurt, er komt toch niets van terecht. Laten we het zelf doen. Jij hebt de ervaring en mij heeft niemand verboden een speelfilm te produceren.'

'Maar we hebben toch niet genoeg mensen?' wierp Fabian tegen.

'Hoeveel mensen hebben we nou helemaal nodig om te kunnen starten?' bracht ze daartegen in. 'Een om de rechten te verkrijgen, een om een eerste versie van het scenario te schrijven; dan hebben we iets om te laten zien. De rest komt later wel.'

'En Ulf dan?' vroeg Fabian sceptisch.

'Laat die maar aan mij over', zei ze. 'Hij hoeft het niet meteen te weten. Als wij een productieopdracht krijgen, kan hij voor mijn part ook een duit in het zakje doen. Zijn goede ideeën praat ik hem wel uit zijn hoofd. Dat is me tot nu toe altijd nog gelukt.'

Ja, bij de series die zij produceerde, verder had ze koning Ulf nog niets uit het hoofd hoeven praten. Fabian keek haar peinzend aan. 'Misschien is het wel een poging waard', vond hij nog steeds weifelend. 'Mocht het niet lukken, dan kunnen we het altijd nog aan München overlaten. Die gaan het beslist doen. Dit materiaal is echt waanzinnig.'

Dat was het ook – in de letterlijke betekenis van het woord. En het was een andere dimensie van waanzin dan de waanzin die Stella van jongs af aan kende.

Omdat ze geen tijd had om het pocketboekje te lezen en Fabian zijn toch al zo gehavende exemplaar van de vlooienmarkt al even node wilde uitlenen als haar vader het zijne – hij wilde het zelfs niet kopiëren – vertelde hij haar het verhaal, dat ze al in grote trekken kende. Alleen vertelde hij het anders dan ze het tot nu toe van haar vader had gehoord.

De roman was in de ik-vorm geschreven. De eerste zin bestempelde Fabian als een mokerslag. *Ik wilde sterven omdat ze me mijn leven hadden afgenomen, maar mijn leven laat me niet gaan.*

De ik-figuur heette Romy, zoals de titel al deed vermoeden. Ze was in droevige omstandigheden opgegroeid en had al op heel jonge leeftijd de liefde van haar leven gevonden. Een naam had de man niet, hij werd alleen *mijn leven* of *mijn geliefde* genoemd. Hij was veel ouder dan Romy, welgesteld en getrouwd met Ursula. Die was wel bij hem weggegaan en leefde met een andere man samen, maar op zijn kosten. Desondanks waren Romy en haar geliefde acht jaar lang gelukkig, totdat hij de scheiding wilde aanvragen. Vak voordat de scheiding een feit was, werd hij om het leven gebracht.

Romy kreeg van een welwillende ziel wel de hint dat Ursula twee aan drugs verslaafde jongens zou hebben ingehuurd om de scheiding te verhinderen, waardoor ze haar recht op alimentatie zou hebben verspeeld. De politie beschouwde dat echter als een gerucht, dat niet te bewijzen viel en onvoldoende was om de daders te vinden.

Romy raakte alles kwijt omdat Ursula in haar hoedanigheid als wettige erfgename onmiddellijk een claim indiende. In de daaropvolgende periode nam het aantal sterfgevallen in de drugsscene toe. Romy dwaalde doelloos door de stad en als een junkie haar pad kruiste, kreeg hij een bloedneus en stierf. Ursula verging het na een ontmoeting op het kerkhof precies zo.

Intussen was Romy tot de overtuiging gekomen dat ze met haar gedachten mensen kon doden. En er waren ook veel onschuldigen gestorven. Voor hun dood wilde Romy niet verantwoordelijk zijn. Ze sneed haar polsslagader in de lengte open. Maar op dat moment stond de geest van haar geliefde opeens naast haar en stelpte de bloeding.

In tegenstelling tot Stella's vader, die steeds de wraakzuchtige geest voor al die doden verantwoordelijk had gesteld en ook herhaaldelijk had beweerd dat Romy hem als een schim naast zich had zien staan, nam Fabian het standpunt in dat Romy uit puur verdriet en van louter wanhoop dodelijke mentale krachten had ontwikkeld. De wraakzuchtige geest zou in werkelijkheid slechts de functie van beschermer hebben gehad die het Romy mogelijk had gemaakt de schuld van zich af te wentelen. En gezien de toon waarop hij dat zei, *in werkelijkheid*, leek het alsof de roman in zijn ogen een feitenrelaas was.

Stella maakte zich vrolijk over hem. Dat ook haar collega een voorliefde had voor het paranormale, wist ze al een hele poos. Maar monsters interesseerden Fabian beslist niet. Hij gaf de voorkeur aan licht gegriezel dat op het randje van de werkelijkheid balanceerde. Hij gaf de voorkeur aan gewone mensen met bovennatuurlijke vermogens – zoals Uri Geller die voor een draaiende camera lepels had verbogen en kapotte horloges en klokken weer aan de praat had gekregen.

Miljoenen mensen waren daar getuige van geweest en daarmee was het in Fabians ogen bewezen. En hij kende nog meer *ware* gebeurtenissen, had videofilms en boeken over zo geheten verschijnselen. Telkens als hij haar daar iets over vertelde, vond Stella hem een schatje, homofiel, en daarom als collega beter te pruimen dan menig heteroseksuele seksegenoot. Hij was ook buitengewoon deskundig als het om goed filmmateriaal ging. Maar wat betreft zijn specialisme was Fabian in haar ogen een hopeloze fantast.

Romy's schim

Mei tot augustus 1999

Nadat Stella de eerste impuls had gegeven, ging haar collega met grote ijver achter de rug van de bedrijfsleider om aan het werk. Maar Fabian Becker strandde al bij zijn eerste poging om te achterhalen wie de roman had geschreven.

Op de titelpagina stonden alleen de titel en de initialen R.S. vermeld, en de naam van de uitgeverij die het boekje ongeveer tien jaar geleden op de markt had gebracht. Als eerste belde Fabian de uitgever, maar daar werd hij niets wijzer. Ze hadden de rechten allang aan de schrijfster teruggegeven en waren niet van plan haar identiteit te onthullen. Fabian was teleurgesteld maar gaf zich niet meteen gewonnen. Wekenlang belde hij rond – tevergeefs.

Stella had bij haar eerste poging meer geluk. Medio juli sprak ze na een vergadering bij de omroep nog even met redacteur Heuser van de afdeling speelfilms die door iedereen uitsluitend met zijn achternaam werd aangesproken, ook door degenen die hem tutoyeerden zoals Stella. Ze vertelde hem dat Fabian over boeiende materie beschikte en vergeefse pogingen had gedaan om de auteur te achterhalen. En Heuser zei zonder aarzelen: 'R.S. Dat is Romy Schneider.'

'Kom nou, ik laat me door jou niet beetnemen', zei Stella.

Heuser grijnsde. 'Ik wil je ook niet beetnemen. Daar ben je me veel te zwaar voor.'

Voor een vrouw was Stella lang, een meter zevenentachtig en stevig gebouwd, wat niet wilde zeggen dat ze in die tijd te zwaar was. Lichaamslengte min honderd; zevenentachtig kilo, dat was een standaardgewicht.

'Zo noemt ze zichzelf bij voorkeur', legde Heuser uit. 'Ze lijkt ook op de echte Romy Schneider. Haar werkelijke naam is Gabriele Lutz, maar die naam bevalt haar niet. Ze verstaat haar vak. Wat ze allemaal al heeft gedaan, weet ik niet, want ze gebruikt voortdurend een ander pseudoniem. Vorig jaar hebben we een televisiefilm uitgezonden die zij onder de naam Martina Schneider had geschreven. *Een droom van rozen*. Heb je die niet gezien?'

Toen Stella ontkennend haar hoofd schudde, vertelde Heuser: 'Een verhaal over een alcoholist, nogal beklemmend, een sociaal drama met een telekinetisch tintje. In die film steeg een mes vanzelf omhoog toen een zuiplap het laatste beetje huishoudgeld van zijn vrouw uit de kast jatte. Ze hadden een baby, de vrouw moest melk kopen. Toen ze hem het geld wilde afpakken, gaf die vent haar zo'n harde rechtse dat ze tegen de vlakte ging. Je dacht, die komt niet meer overeind. Toen kwam dat mes eraan zeilen en boorde zich in de hand met het geld. Een krankzinnige scène, wat ik je brom. Die hele film was topklasse. We kregen fantastische kritieken en de kijkcijfers waren heel behoorlijk, bijna vier miljoen.'

Bij de volgende zinnen ontstak Heuser in vuur en vlam. 'Lutz is wel een beetje mesjogge, maar het is een vakvrouw. Van een druppeltje maakt ze binnen enkele tellen een waterval voor je; gooi een steentje naar haar toe en de lawine komt al naar beneden. In een week tijd schrijft ze een hele aflevering voor een serie. Die televisiefilm van anderhalf uur heeft ons veertien dagen gekost. Zoiets had ik nog nooit meegemaakt.'

Dat had bij Movie-Productions ook nog niemand voor elkaar gekregen. Maar dat lag niet zozeer aan de schrijvers met wie Stella en Fabian werkten als wel aan de bedrijfsleider en zijn al te schaarse goede ideeën.

'Waar gaat het eigenlijk om bij die boeiende materie waar jullie achteraan zitten?' informeerde Heuser.

Stella vertelde het en hij zei: 'Als je daar de rechten van krijgt, ben je bij mij meer dan welkom.'

Hij was onmiddellijk bereid Stella een videoband met de alcoholistenfilm te overhandigen en gaf haar ook het telefoonnummer en het adres van Gabriele Lutz. Ze woonde in Keulen en dat kwam Fabian goed uit. Dan was er geen sprake van reiskosten en kon hij voorlopig achter de rug van de bedrijfsleider om te werk gaan.

Het eerste contact wilde Fabian natuurlijk zelf leggen. Hij had het niet gepikt als Stella daarop zou hebben gestaan. Toen hij hoorde dat Gabriele Lutz zichzelf bij voorkeur Romy Schneider noemde, was er voor hem geen houden meer aan. Romy en *Romy's schim*, dat had hij meteen al vermoed: dat de roman autobiografisch materiaal bevatte. Natuurlijk niet in die zin dat Gabriele Lutz de drugsscene in Keulen met haar denkvermogen had uitgedund en ook nog de rechtmatige weduwe Ursula om het leven had gebracht. Maar gezien de realistische manier waarop ze erover schreef had ze vast ervaring met parapsychologie, daar was hij van overtuigd.

Nogal nerveus belde hij op. De telefoon werd opgenomen door een jong meisje dat kortaf meedeelde: 'Mijn moeder kan niet aan de telefoon komen. Moet ik haar een boodschap doorgeven?' Fabian noemde zijn doorkiesnummer bij Movie-Productions en zei dat er haast bij was.

Gabriele Lutz belde twee dagen later en noemde zich Schneider. Maar hij had nog maar nauwelijks gezegd wat hij wilde of ze verklaarde: 'Het spijt me, mijn schim stel ik niet beschikbaar voor verfilming.'

Mijn schim! Fabian zag dat als het eerste bewijs voor zijn schrikbarende theorie. 'Waarom niet?' vroeg hij. 'Het is toch een waanzinnig verhaal?'

'Precies', zei Gabriele Lutz nog. 'Inmiddels schrijf ik minder waanzinnig.' Daarmee was het gesprek wat haar betreft beëindigd.

Voor Fabian was het een bittere pil. 'Wat doen we nu?'

Dat was een overbodige vraag. Intussen had de bedrijfsleider namelijk lucht van de zaak gekregen. Heuser had – niet wetend dat koning Ulf er voorlopig niets van te weten mocht komen – uitgerekend hem gevraagd hoe het ervoor stond en hem meegedeeld dat het materiaal genoeg potentieel had voor een serie. Paranormale verschijnselen waren volgens hem helemaal in.

Een productieopdracht voor een tweede serie later op de

avond! Alleen al de toespeling daarop klonk Ulf von Dornei als muziek in de oren. Hij was vastbesloten die opdracht in de wacht te slepen, eiste van Stella het telefoonnummer op en nam de rest van de onderhandelingen zelf voor zijn rekening.

Hij nodigde Gabriele Lutz uit voor een etentje in een exquis restaurant, stelde bij die gelegenheid meteen Stella en Fabian aan haar voor als de creatievelingen van zijn bedrijf en smeerde haar danig honing om de mond. Movie-Productions zou *Romy's schim* maar al te graag verfilmen, en niet slechts als een eenvoudige tv-film van negentig minuten.

Als lokkertje gooide hij wat getallen op tafel, zestigduizend voor de filmrechten – in Duitse mark, de euro was nog niet in omloop. Negentig voor het scenario van de pilot, vijftig voor elke volgende aflevering. Droomde niet elke schrijfster ervan dat een van haar personages de heldin in een televisiefilm werd? Een duistere engel der gerechtigheid! Na de Keulse drugsscene zou Romy met haar dodelijke gedachten de grote drugskartels, de Russische maffia, de Chinese triades en het internationale terroristenwereldje stevig kunnen opschudden. Dat zou toch een goed idee zijn, nietwaar?

Fabian zond met zijn ogen smeekbeden uit naar Stella om koning Ulf een halt toe te roepen. Ze liet hem leuteren en gaf er de voorkeur aan om Gabriele Lutz te observeren, die inderdaad enige gelijkenis vertoonde met de jonge Romy Schneider. Haar leeftijd was moeilijk te schatten. Misschien lag dat aan haar kapsel, een paardenstaart met een pony, net een tiener uit de jaren vijftig. Die indruk maakte ze ook door haar gestalte, ze was hooguit een meter vijftig lang en woog vermoedelijk nog geen vijftig kilo. Een trouwring had ze niet om, ze droeg helemaal geen sieraden, alleen een goedkoop horloge met een grote wijzerplaat en een brede plastic band die slechts ten dele een lang wit litteken op haar linkerpols aan het oog onttrok. Het leek erop dat ze inderdaad ooit haar polsslagader had opengesneden.

Ze was geheel verdiept in haar salade terwijl Ulf von Dornei op haar inpraatte en vertrok haar gezicht slechts eenmaal alsof ze pijn had. Misschien had ze op een peperkorrel gebeten. Stella vermoedde dat het waarschijnlijker was dat ze maagpijn had gekregen van de Russische maffia en het internationale terroristenwereldje.

'Ik zal erover nadenken', zei ze nadat Ulf von Dornei eindelijk door zijn argumenten heen was.

Hij wilde er na het eten alles onder verwedden dat Gabriele Lutz nog geen twee dagen nodig zou hebben om zijn aanbod aan te nemen. Die paardenstaart, alsof ze zich geen kapper kon permitteren. Een goedkoop parfum, daar had hij een fijne neus voor. Haar kleding sprak ook boekdelen. Ze was het restaurant in een gebleekte spijkerbroek en een goedkoop bloesje binnengekomen. En na afloop in een stokoude Audi weggereden.

Omdat Ulf von Dornei – every inch a gentleman – met haar was meegelopen naar haar auto, was hem ook een blik in het interieur van de wagen vergund. De auto was ontzettend smerig, zei hij toen hij terugkwam. Bruinzwarte vlekken op de voorstoelen en op de binnenbekleding van de portieren. Bloed, daar durfde hij een eed op te doen. Evenals Stella had hij het litteken op Gabrieles pols gezien. Een zelfmoordpoging in de auto, dat stond als een paal boven water, en als ze zich niet eens een grondige schoonmaakbeurt van haar auto kon permitteren, was het met haar inkomen gegarandeerd veel beroerder gesteld dan je van een drukbezette scenarioschrijfster zou verwachten.

De bedrijfsleider verloor zijn weddenschap. Na een week hadden ze bij Movie-Productions nog steeds niets van Gabriele Lutz gehoord. Aan de telefoon gaf ze niet thuis. Eén keer belde Fabian op. Daarna beproefde Stella haar geluk en deze keer was het een jongen die opnam. Hij zei tegen Stella: 'Mijn moeder is voor besprekingen naar Berlijn. Het kan nog een paar dagen duren.' Terwijl Stella haar op de achtergrond de instructie hoorde geven: 'Zeg maar dat ik volgende week terug ben, tegen die tijd weet ik vast en zeker meer.'

Dat Gabriele voor besprekingen naar Berlijn was, gaf Stella aan Ulf von Dornei door, dat van de stem op de achtergrond hield ze liever voor zich. De bedrijfsleider vermoedde op grond daarvan dat Gabriele in onderhandeling was met de concurrentie. In Berlijn zaten behoorlijk wat concurrenten. Maar ze dacht toch niet dat ze de serie aan een andere producent kon aanbieden? Dat liet koning Ulf zich niet welgevallen.

Hij eiste van Stella dat ze een format voor de serie maakte en een eerste ontwerp voor de pilot schreef. Voorlopig kon ze immers de roman als richtlijn aanhouden? Als mevrouw Lutz het aanbod definitief afwees, hoefde je maar een paar dingen te veranderen. De vrouwelijke hoofdfiguur een andere naam geven, haar in plaats van de geliefde een van haar broers om het leven laten brengen, niet door junks maar door de Russische maffia of de grote drugskartels. Dan was ook Ursula uit het scenario verdwenen en konden ze beweren dat deze film helemaal niets te maken had met de roman van R.S. Gejat werd er overal.

*

De nacht dat Therese stierf

Betalen! Het enige woord uit de mond van de schim dat Stella had verstaan, flitste haar ook een kwartier nadat hij was verdwenen nog door het hoofd. Ze had allang betaald; met haar baan die zo belangrijk voor haar was geweest, met haar onafhankelijkheid, haar zelfrespect, de waardering van haar vader waarvoor ze zo had geknokt en met nog zo het een en ander.

Toch had ze zich tot nu toe nog niet helemaal klein laten krijgen. Telkens als de ellende haar te veel was geworden, was het haar op de een of andere manier gelukt de demonen weer naar het rijk der fabelen te verbannen. Ongelukkigerwijze slaagde ze daar ook deze nacht in. De reële horror van de laatste dagen met haar schoonmoeder drong de *schim met de moordenaarsogen* geleidelijk naar de achtergrond.

De afgelopen middag was Therese tegen vijf uur nog even op pad gegaan om enkele patiënten te bezoeken, want ze liet zich niet afbrengen van haar voornemen om met Stella's vader te spreken over het feit dat zijn dochter opnieuw in haar oude fout was vervallen.

Om half zes was Therese vertrokken om twee oude mensen, strikt genomen drie, want er was een echtpaar bij, klaar te maken voor de nacht. Dat zou hoogstens een uur hebben gevergd. Maar ze kwam pas om negen uur terug, kort voordat Heiner naar zijn werk moest. Hij wilde meteen weten of ze bij Stella's ouders in Keulen-Dellbrück was geweest. Hij kreeg geen antwoord. Maar vermoedelijk was het Therese nog steeds niet gelukt haar dreigement waar te maken. Nadat Heiner vertrokken was, zei ze tegen Stella: 'Ik zou maar niet te vroeg juichen als ik jou was. Morgen komt er weer een dag.'

Vandaag was het morgen. En stel nou dat Therese in de loop van de dag meer geluk had of uit zichzelf op het idee kwam dat

Johannes en Astrid Marquart weleens met Tobi naar Hamburg konden zijn? Stel dat ze Madeleine belde en dat haar vader vervolgens van haar zus te horen kreeg dat ze weer gedronken had? Je moest er niet aan denken wat er dan gebeurde!

Vijf liter wijn in twee dagen en nachten. Na de shock merkte ze er bijna niets meer van, ze voelde zich zo nuchter als nooit tevoren en snakte naar een borrel om het beven tegen te gaan en haar paniek onder controle te krijgen. In de schuur lag nog een fles. Maar naar de plek gaan waar de schim verdwenen was – dat was vooralsnog echt uitgesloten.

Op de vensterbank in Thereses slaapkamer stonden ook verscheidene flessen brandewijn, met rode bessen en suiker aangelengd. Bessenlikeur heette dat spul, een mierzoete likeur. Therese maakte het zelf hoewel ze het nooit dronk. De bessen groeiden in de tuin en je hoefde geen bijzondere kennis van het procedé te hebben om er likeur van te kunnen maken; bovendien kostte het weinig tijd. Bessen in de flessen, suiker erbij, brandewijn eroverheen, in de zon zetten, klaar.

Het duurde een jaar voordat de rode bessen hun aroma en kleur op de brandewijn hadden overgebracht. Dan werd het mengsel gezeefd en overgegoten. Daarna deed Therese de likeur cadeau aan haar omvangrijke kennissenkring. Vroeger had ze altijd een karaf met bessenlikeur in de kast in de woonkamer staan. En als er iemand kwam om te bedanken voor een weldaad of voor een praatje over zijn problemen, offreerde Therese een glaasje bij de koffie. Maar met een alcoholiste in huis kon je een voorraad van zo'n kostelijk drankje wel vergeten. Dat speet haar zeer, niet zozeer voor de vreemden, als wel voor haar zoon en schoondochter.

Zolang de bessen in de brandewijn dreven, beschouwde Therese de likeur als ondrinkbaar. Afgezien daarvan stonden de flessen in haar slaapkamer zo veilig als in Fort Knox. Overdag, en 's avonds als ze de deur uit moest, deed ze de deur op slot. Verder stond haar bed voor de vensterbank, effectiever dan welke waakhond ook. Misschien zou het mogelijk zijn geweest stilletjes Thereses kamer binnen te sluipen en een fles in de wacht te slepen.

Maar nu naar boven – onmogelijk!

De schim kon allang in huis zijn, van de schuur uit in de aanbouw zijn binnengedrongen. Weliswaar had Therese de tussendeur op de begane grond meteen dichtgemetseld toen haar zoon het over trouwen had gehad en met zijn vrouw in de al jaren ongebruikte vertrekken van zijn grootouders wilde gaan wonen. Maar in de slaapkamer met de smalle ramen bevond zich nog steeds de tussendeur die sinds jaar en dag niet meer op slot kon. Heiner had als kind de sleutel verstopt en hem nooit meer kunnen vinden. Sinds de bruiloft sliepen ze in die kamer.

En omdat je de twee ruimtes op de benedenverdieping van de aanbouw na de bliksemactie van Therese alleen kon bereiken door vanaf de patio door een raam naar binnen te klimmen, had Heiner in de scheidingsmuur tussen de schuur en de aanbouw een grote doorgang gehakt; en om praktische redenen had hij in de vroegere keuken van zijn grootouders ook meteen maar een opening in het plafond gehakt waar je doorheen kon klimmen. Vooralsnog kon je alleen via een ladder op de bovenverdieping komen.

Er had in de schuur allang een deur in de uitgehakte doorgang in de muur gezet moeten zijn. Maar zolang de renovatie van de aanbouw niet was voltooid, had dat geen zin, vond Therese. Ze had de doorgang in de muur zo goed en zo kwaad als het ging afgedekt met planken, maar dat zou voor niemand, ook niet voor mensen van vlees en bloed, een onneembaar obstakel zijn geweest.

De laatste paar weken had Heiner zo dikwijls gewaarschuwd voor de inbrekersbende uit Oost-Europa. 's Maandags nog, na de moord op Dora Sieger uit Bedburg, had hij er met klem op aangedrongen in de doorgang in de muur nu eindelijk een deur te zetten zodat de boel dicht was. Of ten minste een nooddeur. En hij had aangekondigd dat hij voorlopig voor alle zekerheid de kleerkast in hun eigen slaapkamer wilde afbreken en weer in elkaar zetten vóór de tussendeur. Daar was hij helaas nog niet aan toe gekomen.

Toen Heiners waarschuwingen haar te binnen schoten, overwoog Stella even dat het een inbreker kon zijn geweest die haar zo in paniek had gebracht. Natuurlijk niet een van de Russen, want dan zou ze nu geboeid en met een prop in haar mond op de vloer hebben gelegen, als ze al niet doodgeslagen was. Maar die gedachte aan een inbreker verwierp ze al gauw. Doodgewone inbrekers hadden geen gewaad aan dat tot op de grond viel en ze zweefden niet in slowmotion weg.

De indrukken waren nog steeds levendig; de penetrante geur, de stem en die ogen. Verticale spleten, die groen fluoresceerden als de verlichte cijfertjes op de videorecorder, waarin in theorie nog steeds de videoband met zes afleveringen van de onderhoudende tv-serie had moeten zitten; die had ze er zelf in gestopt. Tal van dat soort filmpjes had ze geproduceerd, plus die ene speelfilm die nu opeens werkelijkheid scheen te zijn geworden en waarin ze nu met snijwonden in haar voeten stond, zoals Bruce Willis in *Die hard*.

De glassplinters in haar voetzolen veroorzaakten verschrikkelijk veel pijn, maar hadden ook een heilzame uitwerking. Beter dan welk glas wijn en welke borrel bessenlikeur dan ook hielpen ze haar om haar ergste angst onder controle te krijgen en zich te concentreren op wat nu het meest urgent was. Ze kon niet langer bij de gangdeur blijven staan, beet haar tanden op elkaar, trippelde op haar tenen terug naar de bank en begon de splinters te verwijderen. Een paar grote kreeg ze er met haar vingernagels uit. Voor al die kleine splintertjes had ze rustige handen, langere nagels of een pincet nodig.

In de badkamer lag een pincet. Secondenlang overwoog ze of ze om haar schoonmoeder zou roepen. Die was toch niet voor niets verpleegkundige? Maar Therese zou vragen hoe dat gekomen was. En ongeacht wat ze vertelde, Therese zou zeggen: 'In plaats van je weer zo vol te laten lopen, zou je er beter aan hebben gedaan om voor de baby te zorgen.'

De baby! Sinds ze door Ursula's doodskreet uit haar slaap was gerukt, had Stella nog niet aan haar dochtertje gedacht. Johanna heette ze, naar haar opa, ze was medio januari ter wereld gekomen. Oorspronkelijk was het de bedoeling dat ze Therese zou heten. Heiner hechtte zeer aan tradities. Meteen na de geboorte had hij echter voor een andere naam gekozen.

Toen Heiner de vorige avond met de auto naar zijn werk ging, sliep Johanna nog. Misschien was ze wakker geworden toen Therese zich in de badkamer klaarmaakte voor de nacht. Of Therese had de kleine meid weer eens uit haar bedje gehaald omdat ze vond dat het tijd was voor een voeding. Dat ging bij haar volgens vanouds beproefde regels, elke vier uur een schone luier en een flesje, ook als je de baby daarvoor wakker moest maken en ze dan niet eens wilde drinken.

Elke morgen dezelfde poppenkast wanneer Heiner niet thuis was. Zodra Thereses wekkerradio afliep, bonsde ze al op de deur schuin tegenover. 'Spring eens met je luie achterwerk uit bed, hier is iemand die honger heeft en een schone luier om moet.' En o wee als Stella er niet in slaagde onmiddellijk uit bed te springen, dan werd er bij het leven gefoeterd. Net als gisteren vroeg in de ochtend – toen had Therese uiteindelijk het kind moeten verschonen en voeden voordat ze op pad kon naar haar patiënten.

Om tien uur 's morgens was Heiner er speciaal voor opgestaan. Om twee uur en om zes uur 's avonds had hij de baby ook verzorgd. En vermoedelijk rekende hij erop dat zijn moeder het zou doen voordat ze naar bed ging, omdat Stella zich zo beroerd voelde en van pure ellende amper voor zichzelf kon zorgen. *Ik zal morgen nog eens met je vader gaan praten!* Maar Therese had het kind naar de woonkamer gebracht, een paar minuten over tien. De film was toen net begonnen.

Stella had niet per se naar de herhaling hoeven kijken. Als producente bezat ze natuurlijk een kopie op video – niet onderbroken door reclameblokken. Alleen was het een heel ander gevoel wanneer de film op tv werd uitgezonden. Dat zette haar terug in de tijd toen ze zich goed voelde, iedereen de baas, tegen iedereen opgewassen. Een energieke vrouw die kon lachen om een dromer als Fabian Becker en een film produceerde die haar vader in alle opzichten beviel.

Totdat Therese tussenbeide kwam. Ze zette de tv uit, legde het kind bij Stella op schoot en zei: 'Naar die onzin moet je maar kijken als je niet dringend nodig bent als moeder. Het voorbereidende werk heb ik al gedaan, de kleine meid hoeft alleen nog maar iets te drinken. Maak maar een flesje voor haar klaar, daar zul je toch nog wel toe in staat zijn. Zul je in de toekomst wel vaker moeten doen. En haal je vooral niet in je hoofd dat ik hier wel in de rotzooi blijf zitten.'

Die twee laatste opmerkingen begreep Stella niet. En ze was er niet toe in staat, ze zat daar maar: in haar linkerarm haar dochtertje, in haar rechterhand het flesje melk. Misschien was de melk te dik. Misschien ook had ze het flesje niet lang en stevig genoeg geschud en waren er klontjes in gekomen zodat de speen verstopt was geraakt. De baby dronk in elk geval niet, huilde alleen maar klaaglijk en keek haar daarbij strak aan alsof ze wilde zeggen: *Als je me vooraf zou hebben gevraagd of ik dit leven wil, had ik nee gezegd.*

Ze verwachtte dat Therese zich na uiterlijk tien minuten wel over de baby zou ontfermen. Tot nu toe had ze dat altijd gedaan als het nodig was. Scheldend en vloekend omdat ze om zes uur al uit de veren moest en haar slaap nodig had, was ze dan naar beneden gekomen en had ze Johanna verzorgd.

Deze keer kwam ze niet, ze liep boven in de kinderkamer en op de overloop rond. Telkens opnieuw kraakten de plafondbalken boven Stella's hoofd onder Thereses voetstappen. Soms was ook haar stem gedempt te horen. Ze zou wel aan het bellen zijn, ze was geen type dat in zichzelf praatte. Wat ze zei, was niet te verstaan. Had ze toch nog succes gehad in Keulen-Dellbrück en papa aan de lijn gekregen?

Toen Stella het geblèr niet meer uithield – het kind leek wel een mekkerend geitje – legde ze het in de stoel bij de patiodeur, sloop vervolgens de gang in en luisterde onderaan de trap. Nu hoorde ze Therese duidelijker spreken. Het ging echter niet over haar, maar over een auto die Therese een vrouw aftroggelde.

De baby in de woonkamer huilde onverminderd door. En dat moest Therese wel horen wanneer ze naar de trap liep, wat ze te oordelen naar haar stemvolume veelvuldig deed. Maar ze scheen vastbesloten te zijn om de dingen deze keer op hun beloop te laten.

Vervolgens liep Stella naar de keuken, schonk de melk in een kopje – en de helft ernaast omdat haar handen trilden. Toen pakte ze voor zichzelf een dun mosterdglas en voor de baby het pipetje uit de sterilisatiebox. Als het echt niet anders kon, moesten ze daarmee de voeding in Johanna's mondje druppelen. Dat bracht wel het risico met zich mee dat het kind zich verslikte en een hoestbui kreeg. Stella had een panische angst om haar kind op die manier te voeden. Voor ze daaraan begon, moest ze de schuur in om een van de laatste drie flessen wijn te halen, want ze wist niet hoe ze het anders voor elkaar moest krijgen om het beven van haar handen onder controle te krijgen.

Dat was om half elf. Twee glazen sloeg ze haastig achterover en vervolgens ging ze op haar knieën voor de stoel zitten. Toen ze het pipetje in de melk dompelde en met haar ene hand het hoofdje optilde, trilden haar handen nog steeds zo dat de eerste druppels over het kinnetje liepen. Ze had nog een glas wijn nodig en deed een tweede poging. Van pure ellende begon ze zachtjes te zingen, het liedje dat ze zelf had verzonnen, samen met een simpele melodie.

'Slaap maar mijn kindje, slaap fijn. Een engel zal bij je zijn, waakt als je slaapt, ontspannen en licht, dus doe nu maar lekker je oogjes dicht. Slaap maar mijn kindje, slaap fijn, morgen zul je nog bij me zijn, nog zo vaak zie je de zon en de maan en zul je aan mijn hand door je leventje gaan. Slaap maar mijn kindje, slaap fijn, de hemel is nog veel te klein …'

Nu lukte het, een paar druppeltjes, nog een paar en nog een paar. Tussendoor nog een glas wijn en nog een. De kleine meid slikte en hing aan haar lippen alsof ze elk woord begreep. Kort voor elf uur was het kopje leeg en de eerste fles rode wijn eveneens. Nu zou ze een tijdje met de baby moeten rondlopen en zachtjes op haar ruggetje moeten kloppen om haar een boertje te laten doen. Maar stel nou dat ze de melk weer uitspuugde …

Stella liet haar kind liever in de stoel liggen en haalde de tweede fles wijn uit de schuur. Toen duwde ze de videoband met zes afleveringen van de vrolijke tv-serie in de videorecorder, maakte het zich gemakkelijk op de bank en zette het geluid van de televisie wat zachter om te voorkomen dat de kleine meid van een te luide opname zou schrikken en weer begon te huilen. In *Vakantie en andere rampen* ging het er dikwijls geanimeerd aan toe.

Haar ramp lag nog een poosje met open oogjes in de stoel. Ongeveer halverwege de eerste aflevering viel Johanna in slaap. Dat was waarschijnlijk rond kwart over elf. Zelf was ze misschien twintig minuten later in slaap gesukkeld toen op de tv bij een jong stel op een camping de barbecue explodeerde en de tweede fles zo goed als soldaat gemaakt was.

En de stoel bij de deur naar de patio was nu ook leeg. Dat kon alleen maar betekenen dat Therese de baby toch nog had gehaald. Zo was ze nu eenmaal. Waarschijnlijk had ze geen oog dichtgedaan in de wetenschap dat ze een hulpeloze zuigeling onder de hoede van een vrouw had achtergelaten die gisteren drie liter rode wijn had gedronken. Stella had ook het gevoel dat ze in haar eerste slaap Therese nog had horen zeggen: 'Ja, ja, je hebt een grote bah in je luier, dat ruik ik wel.'

De verlichte cijfers van het klokje op de videorecorder gaven intussen aan dat het tien over half vier was. Gewoonlijk moest Johanna om twee uur 's nachts nog een voeding hebben. Rond die tijd werd ze ook meestal uit zichzelf wakker. In de woonkamer hoorde je haar alleen als de babyfoon op tafel lag en aanstond. Die had Therese om tien uur niet mee naar beneden gebracht. Ze liet haar slaapkamerdeur 's nachts openstaan en sprong ook zonder elektronisch hulpapparaat bij het eerste gejengel overeind alsof ze door een adder gebeten was.

Voor de eerste keer sinds de geboorte van haar dochtertje verlangde Stella ernaar het deerniswekkende geblèr te horen en de stem van haar schoonmoeder. Op de trap zou Therese vermoedelijk zoals zo vaak zeggen: 'Rustig maar, kleine meid, rustig maar. Je krijgt zo wat in je buikje. We zullen eens kijken of je mama aanspreekbaar is en als dat niet zo is, geven we haar een stevige trap tegen haar achterste.'

Daarna kon Therese schelden en tieren wat ze wilde; het belangrijkste was dat ze kwam, het pincet uit de badkamer haalde en de glassplinters verwijderde. Ze mocht zelfs nog een keer zeggen: 'Dat zal een les voor haar zijn die ze haar leven lang niet vergeet.'

Wanneer had Therese dat dan gezegd en tegen wie? 'Heb jij soms ruzie gehad? Wat zie je eruit!' Nog enkele zinnen uit de mond van Therese die Stella in haar eerste slaap had opgevangen en waar ze vooralsnog geen chocola van kon maken.

Om vier uur was het in het hele huis nog steeds doodstil. Stella zat met opgetrokken benen en nog steeds bloedende voeten op de bank te kermen en wist niet eens of ze van angst of van de pijn huilde. Ze verloor de patio en de schuurdeur geen seconde uit het oog, pulkte aan de kleine glassplintertjes, kreeg er geen een te pakken, duwde er een paar, samen met wat vuil, nog dieper in haar vlees en vroeg zich af waarom Therese niet naar beneden was gekomen nadat Ursula het in doodsnood had uitgeschreeuwd. In theorie had ze, net als de buurvrouw, wakker moeten worden van die luide kreet.

Buiten was alles roerloos, er gloeide ook niets groens in de zwarte rechthoek van de schuurdeur. Wel meende ze, telkens als ze een blik in de duisternis wierp, op de grond bij de ingang een lichte vlek te zien. En dan herinnerde ze zich dat ze de indruk had gehad iets wits naar de grond te zien zweven toen de ogen van de schim uitdoofden. Ze kon het niet verklaren. In de film had het zwarte beest nooit iets wits bij zich gehad.

Maar in de film was de schim in de badkamerscène ook niet in golven naar beneden weggevloeid. Hij kon niet echt uit de televisie gekropen zijn. Maar – verdorie nog aan toe – zo zag het er wel uit.

Om tien over vier zag ze plotseling op de tegels van de patio een grote, donkere vlek. Ze kromp ineen, maar zag al gauw dat het niet de schim met de moordenaarsogen was die daar uit het niets kwam opdoemen. Het was slechts de schaduw van een kat, die door de lamp op het erf van de buren als een enorm dier op de patio verscheen. Weer die dikke, brutale kater die haar afgelopen nacht tot bloedens toe had gekrabd. Hij balanceerde over de muur naar het dak van de schuur, sprong naar beneden en smeerde 'm naar het bloemperk onder de muur, buiten het bereik van de lamp.

De kater, de lege stoel, het vaste ritme waarin Johanna werd verzorgd en datgene wat ze in haar eerste slaap nog had opgevangen, brachten eindelijk een logische gedachtereeks op gang waardoor uiteindelijk haar afgrijzen plaatsmaakte voor woede. Na haar vergeefse pogingen om Stella's vader te spreken te krijgen had Therese waarschijnlijk besloten het deze keer niet bij tieren te laten maar haar een reusachtige shock te bezorgen. *'Dat zal een les voor haar zijn die ze haar leven lang niet vergeet.'*

Dat ze zelf in het halfdonker van de videorecorder op de tv kon hebben overgeschakeld, kon ze uitsluiten. De afstandsbediening van de satellietontvanger lag in de kast. Alleen daarmee kon je op het andere apparaat overschakelen. Bovendien klopte het tijdstip niet waarop ze uit haar slaap was opgeschrikt. Zeventien over twee, op dat moment was de film allang afgelopen. De uitzending was precies op tijd begonnen, de eerste minuten had ze immers gekeken. Vervolgens de aftiteling onmiddellijk na Ursula's dood in de badkamer: dat was in de oorspronkelijke film niet het geval. Vervolgens dat geflikker op het scherm en het feit dat de tv in de wachtstand ging. Zoiets gebeurde alleen wanneer een videoband afgelopen was en er verder geen televisiesignalen meer kwamen. En de afstandsbediening van de tv lag nu op de tafel, ongeveer op de plaats waar voordien een van de flessen wijn had gestaan.

Ze glipte van de bank af. Om haar gewonde voeten te ontzien, kroop ze om de tafel heen naar de kast en haalde de videoband uit de recorder. Een band waar niet op geschreven was wat er op stond! Op de band met de zes afleveringen van de serie zat een sticker van het productiebedrijf. Het eerste bewijs!

Therese! Had gegarandeerd *Vakantie en andere rampen* omgewisseld voor een fragment uit de film en was toen voor monster gaan spelen om vervolgens grofweg te kunnen beweren dat het nu zover was dat Stella al monsters uit de televisie zag kruipen. Dat het de hoogste tijd was om haar in een psychiatrische inrichting te laten opnemen. Daarmee was ook verklaard waarom er vanaf de bovenverdieping geen reactie op Ursula's doodskreet was gekomen.

Waar haar schoonmoeder het filmfragment vandaan kon hebben, was wel duidelijk. Therese kende genoeg mensen die haar met alle plezier een dienst wilden bewijzen. Aan de noodzakelijke spullen voor een metamorfose kon ze gemakkelijk komen. In februari jongstleden waren er met carnaval in het dorp minstens twintig mensen verkleed als de schim met moordenaarsogen. Een hele wagen vol carnavalsvierders in zwarte pijen. Degenen die niet groot genoeg waren, droegen een metalen stellage op hun schouders, hadden twee gaten in de pij geknipt waar ze doorheen konden kijken en er de groene ogen op geschilderd. Misschien had de een of ander daar wel lichtgevende verf voor gebruikt.

Persoonlijk had Stella dat niet gezien omdat zij en Heiner in die tijd op huwelijksreis waren. Therese had het verteld. En het was aannemelijk dat een paar carnavalsvierders hun kostuum hadden bewaard om het ooit nog eens te kunnen aantrekken. Het wegzweven als in slowmotion leek ervoor te pleiten dat de bewuste persoon een stellage op zijn schouders had getorst.

Nadat ze met haar reconstructie van de verschrikking zover was gevorderd, begon ze te bedenken hoe ze haar schoonmoeder tegemoet zou treden. Tegemoet treden was weliswaar onmogelijk met die glassplinters in haar voeten, maar ze moest wel iets zeggen als Therese naar beneden kwam. Misschien beweren dat er een inbreker in de woonkamer was geweest. En haar verwijten dat ze zo roekeloos was geweest om ondanks Heiners waarschuwingen de deur naar de patio open te zetten. Eens kijken hoe Therese daarop reageerde.

De laatste fles wijn

Half vijf en boven werd nog steeds geen kik gegeven. De stilte in huis beviel haar niet, hoewel ze er nu wel een rationele verklaring voor had. Therese had Johanna gegarandeerd nog een keer de fles gegeven voordat ze zich was gaan klaarmaken voor haar optreden als monster. Qua tijd klopte dat precies. De gedachte om naar boven te gaan en zichzelf ervan te overtuigen dat haar dochtertje veilig en wel in haar bedje lag, kwam niet bij haar op. Ze had immers geen enkele reden om daaraan te twijfelen. En haar voeten bloedden nog steeds. Dat bezorgde haar een uitstekend en logisch excuus voor haar passiviteit. Met snijwonden onder haar voetzolen de trap opgaan en daarbij ook nog de vloerbedekking op de traptreden smerig maken, dat kon ze beter niet doen.

De woonkamer zag er nu al uit als het decor van een bloederige thriller. Therese zou een aanval van razernij krijgen. Maar als zij voor monster had gespeeld, was ze zelf verantwoordelijk voor die bloedvlekken. Het schoonmaken van de vloerbedekking en de bank was nog een veel te milde straf voor haar.

Stella bleef gespannen naar de stilte in huis luisteren en wierp ook af en toe een blik op de donkere rechthoek van de schuurdeur en de lichte vlek bij de ingang daarvan, maar nu al meer van begeerte. De wijn die uit de tweede fles in de vloerbedekking was weggesijpeld, zou nu goed van pas zijn gekomen, misschien de laatste restjes van dat beklemde gevoel verdreven hebben. En daar achter dat zwarte gat lag de laatste fles. Maar de schuur stond vol oude rommel. Tussen meubels en kisten uit de aanbouw stond de betonmolen die Therese een eeuwigheid geleden had aangeschaft; een met keiharde specie besmeurd bewijs dat ze voor geen enkel karwei was teruggeschrokken. Bij de poort stond de verroeste NSU waarop Heiners opa na de oorlog naar zijn werk was gereden. Daarnaast de Goggomobiel, bouwjaar 1959, die hij zichzelf later had veroorloofd. In de Goggo lag de fles wijn.

De patio werd verlicht door de lamp op het erf van de buren

links. Maar in de schuur was er geen licht. Zelfs overdag was het er donker. Daarom lag er pal naast de deur op een afgedankte servieskast altijd een zaklamp klaar. Maar wat stelde een streepje licht nu helemaal voor in een vierkante ruimte van ruim dertig vierkante meter die vol oude rotzooi stond en waarin een heel bataljon schimmen of andere obscure gedaanten in dekking was gegaan?

Geheel en al te boven was ze de schok nog niet. Het was ook beslist niet verstandig om met open wonden buiten door de viezigheid te lopen. De tegels op de patio had Therese voor het laatst afgelopen zaterdag geveegd. De vloer in de schuur bestond uit aangestampte leem. Als ze bij al die glassplinters ook nog viezigheid in haar voetzolen kreeg, zou dat koren op de molen van Therese zijn: een bewijs temeer dat verslaafde mensen nergens voor terugschrikken als ze drank of drugs nodig hebben.

Even na vijven begon het langzamerhand dag te worden. Op de bovenverdieping heerste nog steeds een doodse stilte. Nog een klein uur voordat Therese zou opstaan en Johanna weer een flesje en een schone luier moest hebben. Een kwartier later waren er in het eerste grauwe schemerlicht in het bloemperk onder de patiomuur al een paar geknakte narcissen te onderscheiden. Dat zou die kater wel op zijn geweten hebben.

Ook achter de schuurdeur begon het lichter te worden. Er ontstond, hoewel nog heel vaag, een soort corridor, net alsof de poort naar de tuin openstond, maar dat was eigenlijk onmogelijk. Vroeger nam Therese het dikwijls niet zo nauw met het afsluiten van de poort. Wanneer ze nog laat bij een van haar patiënten werd geroepen, ontgrendelde ze de brede poortvleugel en trok ze het smalle deel gewoon achter zich dicht zonder het op slot te draaien; dan hoefde ze bij thuiskomst niet met de sleutel te rommelen. Maar sinds Heiner voor de Russen waarschuwde, was ze voorzichtiger geworden. Na de moord in Bedburg was ze maandag- en dinsdagavond voor ze naar bed ging zelfs nog een keer naar de schuur gegaan om te kijken of alles afgesloten was. Gisteravond had ze dat niet meer gedaan, toen was ze immers laat thuisgekomen – waarvandaan dan ook.

Stella concentreerde zich op de lichte vlek die haar al de hele tijd was opgevallen. Van een afstand van zeven meter leek het wel een van die oude katoenen luiers die Therese vroeger voor Heiner had gebruikt en die ze voor Johanna's geboorte zorgvuldig had uitgekookt, want volgens haar waren ze nog prima te gebruiken. Nu deden ze dienst als spuugdoekjes.

De kleine meid spuugde veel. Therese sleepte continu een doek mee als ze met Johanna op de arm liep. Ze had er even na tien uur ook een bij zich gehad en die samen met het kind bij Stella op schoot gelegd. Stella had de doek in de gemakkelijke stoel uitgespreid en daar het hoofdje van de baby op neergelegd. En als Therese de kleine meid had gehaald, had ze de spuugdoek gegarandeerd mee naar boven genomen. In de stoel lag die dan ook niet meer.

Terwijl ze op haar tenen naar de deur van de patio trippelde en de sleutel omdraaide, maakte ze zichzelf wijs dat ze alleen maar van plan was om even te kijken of het witte ding buiten inderdaad een spuugdoek was. Het kostte haar enige zelfoverwinning om de deur te openen. Minutenlang bleef ze staan wachten, klaar om zich onmiddellijk weer in de woonkamer te verschansen als ze ergens beweging of een paar groen fluorescerende ogen zou ontwaren.

Er gebeurde niets. Natuurlijk niet! Therese lag nu in haar bed de slaap der vermeende rechtvaardigen te slapen totdat haar wekkerradio haar uit de veren zou jengelen zodat ze zich kon klaarmaken voor haar ochtendronde. Met haar tanden op elkaar liep Stella met trippelpasjes de patio op. Haar tenen waren vrij van glassplinters. Maar bij elke stap trok en stak het alsof er wel duizend naalden in haar voetzolen en hielen prikten. Bijna was ze na een meter alweer omgedraaid. Alleen de gedachte aan de fles in de oude Goggomobiel maakte dat ze verder liep. Zorgen dat haar handen niet meer trilden, de pijn aan haar voeten verdoven. En dan naar boven, naar het bed van haar schoonmoeder. Therese van haar laatste half uurtje slaap beroven. Met vaste stem vragen wat ze zich eigenlijk in het hoofd had gehaald om zich in het holst van de nacht als schim te vertonen.

De verwijten vanwege de openstaande deur naar de patio en de bewering dat het een inbreker was geweest, kwamen haar al niet meer zinvol voor. Daar zou Therese waarschijnlijk alleen op reageren met: 'Waar maak je je druk om? Er is immers niets gestolen. Die vent zal wel meer van jou geschrokken zijn dan jij van hem. Kijk maar eens hoe je eruitziet.'

Niet goed. Dat wist ze zelf ook wel. Opgezwollen, smerig, met piekerig haar en gebarsten handen. Van de zelfbewuste, aantrekkelijke en praktische filmproducente op wie Heiner drie jaar geleden verliefd was geworden, was niets meer over. Soms verbaasde het haar dat hij nog in staat was van haar te houden. Maar dat deed hij wel en hij zei het haar dikwijls. In goede en in slechte tijden, in slechte tijden dacht hij steeds aan de goede.

Het zou het beste zijn hem de bewijzen van Thereses rotstreek te presenteren en zo te voorkomen dat deze op haar voorhoofd zou wijzen en haar als gestoord zou betitelen. Waarschijnlijk had Therese de rekwisieten van haar verkleedpartij in de schuur verstopt.

Bij de schuurdeur lag inderdaad een oude luier. En ook de poort naar de tuin stond wagenwijd open, allebei de vleugels. Toen ze de flessen wijn had gehaald, was de poort nog dicht, dat wist ze zeker. Therese moest hem daarna hebben opengemaakt, om haar vermomming te halen! Waartoe anders? Maar hoezo beide vleugels? En waarom had Therese de poort niet afgesloten toen ze teruggekomen was? Dat vond ze wel merkwaardig.

Ze raapte de spuugdoek op, legde hem achteloos op de oude servieskast en zocht de zaklamp. Om elf uur had ze de lamp weer op zijn plaats gelegd, daar was ze ook van overtuigd. Maar nu lag de lamp in een kabelhaspel aan de andere kant van de kast. Ook dat beschouwde ze als een bewijs dat ze het met haar verdenking tegen Therese bij het rechte eind had, een bewijs dat nog versterkt werd door de planken die normaliter tegen de muur stonden om de doorgang af te sluiten. Nu gaapte daar een grijs gat.

Ze wierp er een blik doorheen. Aardedonker was het in de aanbouw niet meer. 's Nachts was alles daar pikzwart geweest.

Dan had Therese zichzelf moeten bijlichten om de ladder, die 's middags nog onder het raam had gelegen, door de opening in het plafond te steken en ongehinderd weer in bed te komen. En zoals de zaklamp in de kabelhaspel lag, een beetje tegen de kabel aan, scheen hij niet alleen op de doorgang in de muur en de aanbouw. De lichtkegel viel niet alleen op de ladder, maar ook op de bovenverdieping; dat constateerde ze toen ze de lamp aanknipte. Nog een bewijs!

Ze liet de lamp in de kabelhaspel liggen zodat Heiner hem met eigen ogen kon zien. De Goggomobiel kon ze ook zo wel vinden. Hij stond in het vage schemerlicht met de passagierskant dicht tegen de muur achter de brede poortvleugel. Daar had ze misschien nog even bij stil moeten staan. Maar nu ze zo dicht bij haar doel was, telde alleen de moeite die ze moest doen om bij de laatste fles wijn te komen.

Een halve meter voor de brede poortvleugel had namelijk altijd de oude NSU gestaan. De motor was – vermoedelijk door een klap van de deur – van de standaard gevlogen; de deur zat nu dermate klem op de lemen vloer die hier enigszins opliep, dat ze een poos moest rukken om hem los te krijgen en dicht te drukken. Op de punt van haar tenen was dat niet te doen; ze moest noodgedwongen stevig op haar hele voetzolen gaan staan. De tranen sprongen in haar ogen, zo veel pijn deed het. Tot overmaat van ramp was de NSU ook nog tegen de Goggo aan gevallen en barricadeerde nu het portier aan de bestuurderszijde. Met moeite sjorde ze de motor overeind maar ze kon hem niet meer op de standaard zetten, want die was afgebroken. Er restte haar niets anders dan de motor naar de andere kant te laten vallen, zodat hij nu de brede poortvleugel blokkeerde.

Ook daarna kreeg ze het portier aan de bestuurderszijde van de Goggo niet open. Het verroeste plaatstaal was door de val van de NSU ingedeukt en verwrongen. Ze moest op haar tenen terugtrippelen naar de servieskast waar gereedschap op lag, pakte een beitel en gebruikte die als breekijzer om haar doel te bereiken.

De fles lag achter de bestuurdersstoel. Ze viste hem op, draaide de schroefdop open en liet die achteloos op de grond vallen.

Toen ging ze enkele minuten lang zijwaarts in de auto zitten om haar voeten te ontlasten en dronk met grote teugen om de pijn te dempen en haar frustratie weg te slikken. Het leek haar nu onbegonnen werk om te midden van al die oude troep op zoek te gaan naar het belangrijkste bewijs voor Thereses nachtelijke activiteiten. Het viel ook te betwijfelen of Heiner het om die reden met *mama* aan de stok zou krijgen. Misschien zei hij alleen maar: 'Ze heeft het vast niet kwaad bedoeld.'

Natuurlijk niet! Therese had altijd het beste met iedereen voor. In het dorp beschouwden ze haar als een heilige. Maar ook engelen hadden zo hun schaduwzijden. Daar dronk ze nog een flinke slok op, en nog een en nog een. Toen de fles half leeg was, de stekende en brandende pijn in haar voetzolen wegebde en ze opnieuw die aangename lichte roes in haar hoofd ervoer die alles in een mist hulde en draaglijk maakte, stond ze op, ze raapte de beitel van de grond, trippelde met de fles in haar andere hand naar de doorgang in de muur, knipte de zaklamp in de kabelhaspel opnieuw aan en liep door naar de aanbouw.

De tweede gil

Om half acht kwam Heiner Helling door de voordeur binnen; zijn dienst zat erop. De garage in de tuin werd door Therese gebruikt; daar zette ze haar Fiat Punto in. Heiner moest aan de voorkant van het huis parkeren. In de gang zag hij kleine bloedvlekjes. De deur naar de woonkamer stond open. Stella lag diep in slaap op de bank. Om haar heen en op de vloerbedekking, die besmeurd was met bloed en bessenjenever, lagen overal in het rond rode bessen.

Sprakeloos liet Heiner zijn blik over de chaos dwalen. De woonkamer baadde in het licht. De zon stond nog in een hoek van waaruit hij de hele woonkamer verlichtte die op andere tijden in het halfduister gehuld was. De bebloede glassplinters voor de bank, Stella's smerige, nog steeds bloedende voeten vol glasscherven, haar met bloed, bessenjenever en fruitvlekken besmeurde kleren, de eveneens besmeurde bank, drie lege wijnflessen, een nog voor ruim driekwart volle fles rode bessenjenever en de vlekken die ze onder het lopen op de vaste vloerbedekking had gemaakt, dat moest Heiner allemaal eerst verwerken voordat hij zich om zijn vrouw kon bekommeren.

Hij moest stevig aan haar schouder schudden en haar herhaaldelijk zachte tikjes op haar wang geven voordat hij haar zover had dat ze beneveld met haar ogen knipperde. Daarna duurde het nog een paar minuten voordat ze überhaupt snapte wat hij vroeg. 'Wat is hier in godsnaam voorgevallen? Waarom heb je zo'n smeerboel gemaakt? Wat heb je met je voeten uitgehaald?'

'Gesneden', mompelde ze nauwelijks verstaanbaar en ze deed haar ogen weer dicht.

'En hoe komen ze zo smerig?' wilde Heiner weten. 'Ben je op blote voeten buiten geweest? Wat heb je daar gedaan?'

'Nog wat te drinken gehaald', lalde ze.

Daar nam Heiner geen genoegen mee. Hij bleef zachte tikjes op haar wang geven, kneep haar in haar arm en bestookte haar met vragen. Maar hij kreeg alleen nog te horen dat Therese haar die nacht een rotstreek had geleverd en de baby scheen te hebben weggebracht.

'Dan moet ik nu maar gauw maken dat ik hier de boel schoonmaak voordat mama terugkomt', zei hij hoofdschuddend. 'Hopelijk krijg ik het er allemaal uit.'

In weerwil van zijn ergernis maakte hij zich op de allereerste plaats zorgen om haar voeten. 'Dat ziet er beroerd uit', constateerde hij en hij liep naar de kelder en haalde het teiltje waarin Therese 's avonds af en toe haar gezwollen voeten ontspande. Hij bracht ook meteen de emmer, een dweil en de fles schoonmaakspray mee waarmee Therese de rode wijnvlekken altijd behandelde. In de keuken vulde hij het teiltje met warm water en hielp Stella overeind totdat ze zat. Nadat hij haar voeten in het voetbad had gezet, raapte hij de verspreid liggende bessen op en dweilde de gang.

Terwijl hij daarmee bezig was, ging de telefoon. De vaste aansluiting bevond zich in de gang. Het afneembare deel nam Therese elke avond mee naar boven, waar ze het op haar nachtkastje legde om er 's nachts meteen voor haar patiënten te zijn als zich een noodsituatie voordeed. 's Morgens bracht ze het gewoonlijk weer mee naar beneden. Maar nu ging de telefoon boven. Heiner liep de trap op om op te nemen. Hij was van plan meteen handdoeken, verbandmiddelen en het pincet uit de badkamer te halen.

De oude heer Müller belde, zijn vrouw was een van de twee patiënten die Therese gisteravond nog zelf had verzorgd. Meneer Müller hoefde niet verpleegd te worden, hij was al dik in de zeventig en was al jaren op een rolstoel aangewezen, maar als hij daar eenmaal in zat, kon hij zichzelf prima redden en hij kon ook zonder hulp in de rolstoel komen. Momenteel had meneer Müller echter behoefte aan troost. Zijn vrouw had kanker, de dokters hadden gezegd dat ze uitbehandeld was en ze mocht niet meer in het ziekenhuis blijven omdat de kans op genezing nihil was. Met andere woorden, mevrouw Müller was naar huis gestuurd om daar te overlijden. Begin dit jaar al.

Mevrouw Müller was 's morgens de eerste en 's avonds de laatste etappeplaats voor Therese. En gewoonlijk kwam Therese om klokslag half zeven. Gisterochtend was ze een kwartier te laat geweest omdat ze eerst de baby nog had moeten verzorgen. Maar nu ... Enigszins geïrriteerd verklaarde meneer Müller dat hij tussen zeven uur en half acht al een paar keer had gebeld. Intussen was het bijna acht uur. 'Waar blijft uw moeder nou?'

En toen hoorde meneer Müller Heiner gillen – even ongearticuleerd, hysterisch en snerpend als Ursula 's nachts op de televisie.

DEEL 2

Verkeerde hypothesen

De verbindingsman

Er waren grenzen waar een politieman niet overheen mocht gaan. Dat wist Arno Klinkhammer heel goed toen hij die donderdagmorgen om half negen naar Niederembt vertrok, waar Therese Helling was geboren en opgegroeid, waar ze zesenvijftig jaar had gewoond, waar zij iedereen kende en waar iedereen haar kende. Persoonlijke betrokkenheid was zo'n grens; dan mocht je je er niet mee bemoeien. Als je een slachtoffer van een moord zelf had gekend, was je geen politieman, alleen maar mens, dan ging je niet rationeel, niet onpartijdig te werk. En als de moeder van een collega met ingeslagen schedel in haar badkamer lag, was je er vanzelf sterk persoonlijk bij betrokken, vooral wanneer je twee dagen geleden nog met die vrouw had gesproken.

Afgelopen dinsdag had zijn vrouw weer eens demonstratief een haarspeldje naast zijn ontbijtbord gelegd. Dat betekende dat hij nodig naar de kapper moest. Klinkhammer haatte dat; als kind had hij al het gevoel dat er iets van hem afgeknipt werd wat hij liever zou hebben gehouden. Misschien hield zijn afkeer van de schaar wel verband met het verhaal van Samson en Delila. Als kind had hij na elk bezoek aan de kapper het gevoel dat hij minder sterk was geworden. Nu lachte hij daarom. Hij was zevenenveertig jaar. Dan waren kinderlijke angsten alleen nog maar amusant. Desondanks zei hij bij de aanblik van het haarspeldje: 'Ik wou het nog eventjes uitstellen. Anders moet ik nog een keer voordat we naar Amerika gaan.'

Ze waren van plan drie weken lang op vakantie te gaan, naar de Niagarawatervallen. Elk jaar gingen ze rond hun trouwdag op reis. Volgend jaar wilden ze ter gelegenheid van hun zilveren bruiloft zelfs zes weken naar Australië gaan. Daar verheugde hij zich al enorm op.

'Arno,' zei Ines Klinkhammer, 'het duurt nog vier maanden

voordat we vertrekken. En ik ga elke twee of drie weken om het een beetje bij te laten knippen.'

Bij een vrouw was dat heel wat anders, vond hij. Bij hem groeide er boven op zijn hoofd niet meer zoveel haar als bij Ines. Als het net geknipt was, zag je de hoofdhuid er al een beetje doorheen. Maar dinsdag moest hij toch naar Bedburg, waar Dora Sieger in de nacht van zondag op maandag in haar bungalow was doodgeslagen. En daar kende hij een kapper waar je zonder afspraak terechtkon en toch niet lang hoefde te wachten. Hij moest sowieso weer eens een paar overuren compenseren, dan kon hij zijn vrouw dat plezier wel doen en een kwartiertje vrijmaken.

Arno Klinkhammer was hoofdinspecteur bij de recherche; sinds een jaar of drie was hij 'chef van het opsporingsteam' – zo heette dat – in bureau Noord in Bergheim, waar ze alleen aan minder zware misdrijven werkten. Met misdrijven met dodelijke afloop had hij officieel niets van doen. Officieus werd hij er echter dikwijls bij gehaald sinds er in het voorjaar van 2000 een opzienbarende zaak was opgelost, vooral dankzij hem. Ze kregen toen een seriemoordenaar te pakken, die overal in Duitsland slachtoffers had gemaakt en toevallig in Klinkhammers rayon woonde.

Een buitengewoon opsporingsambtenaar en misdaadanalist van het Bundeskriminalamt, de federale Duitse recherche, was jaren bezig geweest om die moordenaar op het spoor te komen en hij had toen uitgerekend Klinkhammer als loopjongen en chauffeur voor zich aan het werk gezet. En als Klinkhammer met één soort mensen moeite had, dan was het wel met meerderen die hem bevelen gaven en zich verbeeldden dat ze alles beter wisten. Hij was best in staat met anderen samen te werken, anders was hij immers totaal ongeschikt geweest voor zijn beroep. Hij accepteerde zelfs dat iemand hem aanstuurde – mits hem dat zinvol leek. Maar hij beschikte over een zeer goed ontwikkeld doorzettingsvermogen en niet te onderschatten leiderskwaliteiten, en als het hem te gortig werd, ging hij zijn eigen gang. Op die manier had hij in die grote zaak de doorbraak weten te bewerkstelligen.

Aanvankelijk had hij fout gezeten: uit het gedrag en de leugens van een jonge vrouw had hij volkomen verkeerde conclusies getrokken, maar uiteindelijk was gebleken dat hij daarmee toch op het goede spoor zat.

Dat zich in het contact met de buitengewoon opsporingsambtenaar in de periode voor de doorbraak allerlei meningsverschillen en een hoop geharrewar hadden voorgedaan, speelde daarna geen enkele rol meer. Integendeel, Klinkhammer had sindsdien in Wiesbaden een goede kennis – haast wel een vriend – die in de loop van de tijd als kruiwagen voor hem was opgetreden. Daardoor had hij enkele bijscholingscursussen kunnen volgen waarvoor de hoofdrechercheur van een onbelangrijk bureautje gewoonlijk niet in aanmerking kwam.

Vooral vanwege zijn kennis over veelplegers, een categorie waartoe de inbrekersbende uit Oost-Europa ongetwijfeld behoorde, hadden de collega's van de regionale politie die met deze zaak belast waren, hem al vrij snel bij het onderzoek betrokken. En ze waren ervan overtuigd dat de 'Russen' de moord op Dora Sieger uit Bedburg op hun geweten hadden. Het keukenraam van de bungalow was vakkundig verwijderd en keurig opzij neergezet. De Russen hadden een compleet arsenaal aan speciaal gereedschap tot hun beschikking.

De centrale recherche in Keulen, die de zaak 's maandags had overgenomen, keek daar echter anders tegenaan. Met name het hoofd van de afdeling moordzaken was van mening dat het voor de Russen – een stuk of drie, vier zwaargebouwde jongemannen van wie er ten minste twee vuurwapens bij zich hadden – geen enkel probleem was om een wat oudere vrouw als Dora Sieger zo te intimideren dat ze geen vin meer had durven verroeren en al haar sieraden en het geld aan hen had overhandigd. Ze dachten in dit geval met een dader van doen te hebben die waarschijnlijk in een krant over de ijzeren staaf had gelezen en deze methode nu had geïmiteerd. De man die begin april een verbrijzelde knieschijf aan een dergelijke behandeling had overgehouden, had namelijk in een uitvoerig kranteninterview verslag gedaan van het incident.

Eigenlijk had er dinsdagochtend een medewerker van het team dat zich speciaal met de 'Russen' bezighield, naar de plaats van het delict in Bedburg moeten gaan om daar de collega's uit Keulen te treffen en hun duidelijk te maken dat ze het met hun theorie over een imitatiedader bij het verkeerde einde hadden. Dat hadden zijn teamleden die met het onderzoek belast waren, 's maandags echter al tevergeefs geprobeerd. Nu hadden ze al hun hoop gevestigd op Klinkhammers overtuigingskracht – tevergeefs. Met een paar zinnen had hij het verbruid. Misschien had hij eerst naar de kapper moeten gaan.

Op de terugweg stopte hij bij de kapsalon. En daar zat ze: Therese Helling. Aanvankelijk herkende hij haar niet omdat ze met haar hoofd achterover boven een wasbak hing. Maar toen de kapster zijn hoofd in de tweede wasbak duwde, hoewel hij daartegen protesteerde – hij had zijn haar zoals elke ochtend thuis nog gewassen – mocht Therese overeind komen, ze wierp een blik opzij en keek hem met heel haar bolle gezicht stralend aan.

'Laat dat meisje toch begaan, meneer Klinkhammer. Ik zou urenlang muisstil kunnen blijven liggen als iemand met zijn vingers aan mijn hoofd zit te friemelen. Hoe is het met u?'

Goed. In zijn privéleven maakte hij het altijd uitstekend. Na een huwelijk van bijna vierentwintig jaar moesten Ines en hij de eerste ruzie nog krijgen. Tot nu toe hadden ze niet eens een noemenswaardig meningsverschil gehad. Ze waren misschien niet meer zo verliefd als in het begin. Maar als Ines voor haar werk op pad was – ze had bij een Keulse uitgeverij een baan als hoofd van de bureauredactie en moest vaak op reis, die dinsdag moest ze weer naar Londen – en hem dan 's avonds niet nog even opbelde, kon hij de slaap niet vatten.

Wat het werk betreft was Therese als moeder van de politieman die Dora Sieger in een plas bloed had zien liggen, bijna nog beter op de hoogte dan hij. Ze zei iets over de vrouw die maar een jaar ouder was dan zijzelf. Afschuwelijk was zoiets. Nietsvermoedend kroop je 's avonds je bed in en dan haalde je de ochtend niet meer. Therese zou waarschijnlijk graag van hem hebben gehoord hoe de zaak ervoor stond. Maar wat moest hij zeggen? Dat hij bij de collega's in Keulen amper aan het woord gekomen was?

Hoe het met Therese was, wilde hij niet vragen. In haar werk had ze heel veel te doen, dat wist hij. En wat haar privéleven betrof: op het bureau ging het gerucht dat haar zoon met de verkeerde vrouw was getrouwd.

Heiner Helling was lang ongetrouwd gebleven, zijn vriend Ludwig Kehler was nog steeds niet getrouwd en zou waarschijnlijk nooit aan de vrouw komen, want hij had zijn uiterlijk niet echt mee. En wat zijn innerlijk betreft was Kehler bijna een cliché van zijn geüniformeerde vriend en helper, door en door goedhartig, maar bij een intelligentictest was hij als hekkensluiter uit de bus gekomen.

Helling daarentegen was schrander en zag er aantrekkelijk uit. Hij was bijna twee meter lang, slank, had donker haar, een gezicht waar niets mis mee was. Sommige mensen zouden hem vermoedelijk wat fatterig noemen. In zijn beroep had hij een onberispelijke staat van dienst. Klinkhammer zou evenmin iets in zijn nadeel hebben kunnen zeggen. Als mens vond hij Helling oppervlakkig, een beetje te glad; bovendien stond hij te boek als een snob.

Weliswaar droeg Helling in zijn vrije tijd evenals hijzelf meestal een spijkerbroek en een polo, maar in tegenstelling tot Klinkhammer, die het niet prettig vond om met het vermogen van zijn vrouw of beter gezegd het vermogen van zijn overleden schoonouders, te showen, liep Helling voortdurend in dure merkkleding rond. Zijn horloge moest een vermogen hebben gekost. Maar dat soort zaken had Helling zich ook altijd kunnen permitteren omdat hij bij *mama* geen cent voor kost en inwoning hoefde betalen.

Drie jaar geleden had geen van zijn collega's ooit gedacht dat Helling nog wel eens een vaste relatie zou krijgen. Waar was dat ook goed voor? Hij kon het nergens gemakkelijker krijgen dan bij mama. Maar toen had hij in Keulen de vrouw van zijn leven gevonden, hij was in februari 2002 getrouwd en wist niet hoe gauw hij zijn wederhelft moest overhalen om naar het platteland te verhuizen, omdat er bij mama plaats genoeg was.

Wat de voornaam van Hellings vrouw was en wat ze vroeger voor de kost had gedaan, was Klinkhammer tot nu toe nooit ter ore gekomen. Maar dat ze veel dronk, was wel bekend geworden. Af en toe belde ze naar het bureau omdat haar man zogenaamd op zijn mobieltje niet te bereiken was. In werkelijkheid was ze dan waarschijnlijk niet zo goed meer in staat het nummer in te toetsen. Ze was nauwelijks te verstaan omdat ze zo met dubbele tong praatte. De laatste tijd beweerde ze meestal dat de baby ziek was. Dat kon weleens kloppen. En dat gerucht werd nog extra gevoed doordat Helling nooit een foto van zijn dochtertje liet zien.

Hij had enorm naar de komst van zijn eerste kind uitgekeken, aan het begin van de zwangerschap trots verkondigd dat hij de basis voor zijn eigen voetbalelftal had gelegd. Maar sinds de geboorte zweeg hij in alle toonaarden. Dat dat alleen zou komen doordat hij teleurgesteld was dat het een dochter geworden was, lag niet erg voor de hand. Er bestonden inmiddels immers ook goede voetbalclubs voor vrouwen.

Dan was het waarschijnlijker dat zijn vrouw ook in die negen maanden te vaak wat te diep in allerlei glaasjes had gekeken. Dat had het kind beslist geen goed gedaan. En als het vermoeden dat de baby niet kerngezond ter wereld was gekomen, op waarheid berustte, stond het volkomen buiten kijf dat Hellings vrouw het sindsdien bij *mama* zwaar te verduren had gehad.

Therese was een kordaat mens, een doodgoede ziel maar ook iemand die er geen doekjes om wond. Als iets haar niet aanstond, zei ze je dat onverbloemd recht in je gezicht. Klinkhammer had een keer meegemaakt hoe ze een collega de mantel uitveegde die vond dat zijn ex te veel alimentatie voor de twee kinderen eiste.

Desondanks mocht hij haar wel. Op bureau Bergheim was ze een soort moeder van de compagnie. Als haar Heiner jarig was, kwam ze met hele bakblikken vol kersen- of appelkruimeltaart langs, vers van de bakker. Ze wist wanneer zijn collega's jarig waren en nooit vergat ze er een. Wie problemen had, vond bij

Therese altijd een luisterend oor en een paar adviezen om ze te boven te komen.

De tijding van haar gewelddadige dood sloeg bij alle politie-agenten van bureau Bergheim in als een bom. Niets ging precies volgens de voorschriften. Helling had de centrale niet persoonlijk geïnformeerd. Het was blijkbaar niet in hem opgekomen om één één nul te draaien, drie cijfers die elke willekeurige burger in noodgevallen nog kende. Maar dat bewees alleen maar dat ook een snob zijn verstand kon verliezen als er een centrale zenuw werd geraakt.

Om kwart over acht had Helling zijn vriend Kehler gebeld met wie hij die nacht had gepatrouilleerd. Kehler had niet onmiddellijk kunnen geloven dat Therese dood was en hij had er al evenmin aan gedacht de centrale te bellen, van waaruit de nodige maatregelen zouden zijn genomen. Hij had de politiepost in Bergheim gebeld en gevraagd of iemand even zou kunnen komen kijken wat er bij Heiner aan de hand was, of Therese inderdaad met ingeslagen schedel in de badkamer lag – zoals drie dagen eerder de vrouw uit Bedburg.

Er waren meteen twee wagens vertrokken. En Klinkhammer, die het twee of drie minuten later te horen kreeg, reed hen alleen maar achterna om te voorkomen dat de mensen in de wagens van pure persoonlijke betrokkenheid vergaten wat sporen veiligstellen betekende: niet nodeloos rondstampen, niet rondhangen, geen sigaretten roken. Anders nam de technische recherche de peuken mee en hield die vast als bewijs. Was allemaal al eens gebeurd.

Toen hij in Niederembt arriveerde, zaten er twee mannen in de auto voor het huis, ze waren misselijk. De een huilde en vertelde over de laatste keer dat hij Therese had ontmoet. Toen had ze aangeboden om twee weken voor zijn opa te zorgen zodat zijn ouders eens een keertje rust hadden. In de naburige huizen hingen de mensen uit de ramen. Op eerbiedige afstand stond ook een groepje buurtbewoners langs de kant van de straat bij elkaar.

De voordeur stond open. Meteen daarachter kon je rechts de

trap op, links naar de wc, wat buiten al te zien was aan een klein raampje met traliewerk. Even verder kon je naar de keuken en rechtdoor naar de wooneetkamer, waar een penetrante jeneverlucht vandaan kwam.

Klinkhammer liep niet meteen door naar de kamer, maar nam eerst het hele tafereel in zich op. De bemanning van de tweede patrouillewagen was nergens te bekennen. Kehler bekommerde zich, met een lijkbleek gezicht, in zijn eentje om zijn vriend, die met zijn handen voor zijn gezicht geslagen en met trillende schouders in de gemakkelijke stoel bij de patiodeur zat.

Dat Hellings vrouw haar baby de afgelopen nacht nou juist in die stoel had gelegd, kreeg Arno Klinkhammer dagen later pas te horen toen eindelijk bekend werd dat *de schim met de moordenaarsogen* om zeventien over twee in golven uit de televisie was komen vloeien en iets over 'betalen' zou hebben gezegd.

Romy's schim

Gejat had Movie-Productions het materiaal over de wanhopige Romy, haar vermoorde geliefde en diens rechtmatige weduwe absoluut niet. Stella's collega had ontdaan gereageerd toen hem het bevel van 'koning Ulf' daarover ter ore kwam. 'Laten we nog een keer alleen met mevrouw Lutz praten, Stella', stelde Fabian Becker voor. 'Misschien lukt het ons om het materiaal toch nog op een legale manier in bezit te krijgen.' Dat ze met herhaalde pogingen om haar telefonisch te pakken te krijgen nog iets konden bereiken, geloofde hij beslist niet. Ze liet de telefoon toch door een van de kinderen opnemen, die dan meldden dat ze niet thuis was.

Op een vrijdagavond reden ze er samen heen. De naar verluidt zo druk bezette schrijfster woonde in een verwaarloosde oude flat op de tweede verdieping links zoals op te maken viel uit de volgorde van de deurbellen. Maar ze hoefden niet aan te bellen. De voordeur stond open. In het trappenhuis hing een penetrante urinelucht. De muren zaten vol viezigheid en graffiti. Wie hier woonde, kon financieel onmogelijk op rozen zitten.

De meest linkse voordeur op de tweede verdieping ging open toen Fabian net op het punt stond op de bel te drukken. Voor hun neus stond een beeldschone donkerharige jongen die behoorlijk groot was voor zijn leeftijd. Stella schatte hem op dertien, hooguit veertien jaar, hij had nog heel kinderlijke gelaatstrekken en leek onmiskenbaar op zijn moeder. Aan zijn stem was te horen dat hij de baard in de keel had: 'Moet u bij ons zijn?'

'We komen voor Gabriele Lutz', zei Stella voordat Fabian zijn mond open kon doen. Hij gaf er de voorkeur aan de schrijfster Schneider te noemen om geen bok te schieten. Zij vond dat te onnozel.

'Mijn moeder is nog aan de telefoon', verklaarde de jongen.

'Zo vroeg had ze u niet verwacht. Maar gaat u maar naar binnen.' Met die woorden ging hij bij de deur weg en hij liep de trap af zonder verder nog naar hen om te kijken.

Ze gingen naar binnen en deden de deur dicht. 'Verwacht', fluisterde Fabian. 'Hoe kon ze nou weten dat wij vandaag zouden komen?'

Zo langzamerhand begon hij Stella op de zenuwen te werken met zijn speculaties over mensen met paranormale gaven, een groep waar Gabriele Lutz naar zijn idee ook toe behoorde. 'Heeft ze vanmorgen waarschijnlijk in het koffiedik gelezen', zei ze. 'Of misschien heeft haar schim onze komst aangekondigd.'

Ze deed niet eens haar best om op gedempte toon te spreken. Ergens in het flatje zong Elvis Presley ook niet bepaald zachtjes: 'And yes, I know, how lonely life can be, the shadow follows me, and the night won't set me free.'

Vijf deuren kwamen op de gang uit, een ervan stond open, daar was een keuken. Een jong meisje stond met haar rug naar de gang gekeerd voor het fornuis in een pan te roeren en maakte tegelijkertijd danspassen op muziek uit een walkman die aan haar broekband bevestigd was. Aan haar bewegingen te oordelen stond ze niet naar een liefdesliedje te luisteren.

Elvis zong achter een gesloten deur waarachter zich ook Gabriele Lutz moest bevinden. Haar stem was duidelijk te horen omdat ze vanwege het zingen gedwongen was om vrij luid te spreken. Onbeleefd tegenover je gesprekspartner, vond Stella. Maar waarschijnlijk had ze iemand aan de lijn, aan wie ze op die manier duidelijk wilde maken dat hij stoorde.

Het zou wel beleefd zijn geweest om aan de deur te kloppen. Fabian was dat ook van plan, maar Stella greep hem bij zijn arm en luisterde aandachtig. 'Ik weet dat je me voor gek verklaart', klonk het door de deur, opgeluisterd door Elvis. 'Dat heb je me nu echt wel vaak genoeg gezegd. In dit geval verwachtte ik van jou heus geen andere reactie. Doe geen moeite, ik weet het heel zeker en ik kan me mijn gekke gedrag financieel permitteren. Ik heb een lucratief aanbod gekregen, ik hoef alleen nog maar ja te zeggen. Dat doe ik morgen. Voor dat huis zou ik mijn ziel en zaligheid verkopen maar dat hoeft niet. Martin is het ermee eens.'

Daarna was het achter de deur een of twee seconden lang doodstil. Fabian maakte opnieuw aanstalten om aan te kloppen toen Elvis nog een lied inzette. 'As the snow flies. On a cold and gray Chicago morning a poor little baby child is born – in the ghetto. And his mama cries.'

Een fluwelen stemgeluid. Maar de song paste bij de flat, vond Stella en ze hield Fabian opnieuw aan zijn arm tegen om misschien nog te horen over welk lucratief aanbod Gabriele Lutz het had en tegen wie ze morgen ja wilde zeggen.

'Ze hebben me een heleboel geld geboden voor de schim', klonk haar stem nu weer luid. 'En dat vind ik geen toeval, uitgerekend op het moment dat dat stomme rund eindelijk het veld ruimt – Och, hou toch op, ik noem haar een stom rund zolang ik wil. Dat is ze ook, maar ze verkoopt nu echt. Toen mijn broer het vertelde, kon ik het ook niet meteen geloven. – Nee, ik heb een makelaar vooruit gestuurd. Als ik bij Uschi opduik, krijgt ze een rolberoerte en dan krijg ik het huis nooit van mijn levensdagen. De laatste tijd heeft ze een mat met een pentagram voor de deur liggen, ik zou niet eens over de drempel komen.'

Fabian stond nu ook ingespannen te luisteren en beet peinzend op zijn onderlip. Toen Gabriele Lutz weer enkele minuten zweeg, fluisterde hij Stella toe: 'Heb je dat gehoord? Uschi! Dat is de verkorte vorm van de naam Ursula.'

'Dat zou nou nooit bij me opgekomen zijn', antwoordde Stella.

Achter de deur sprak Gabriele Lutz na een geamuseerd lachje verder: 'Ze heeft in de buurt rondverteld dat ze al maanden niet meer kan slapen. Ze heeft haar bed al drieëntwintig keer verplaatst en ze vermoedt dat ondergrondse wateraders of aardstralen er verantwoordelijk voor zijn dat ze niet tot rust kan komen.'

Daarop volgde nogmaals gelach en de woorden: 'En jij zegt dat ik niet goed wijs ben. Hoe noem je dat dan? Aardstralen. – Och, onzin. Mijn broer en een handje helpen. Hij denkt er toch precies zo over als jij en hij vindt …'

Wat de broer van de schrijfster vond, hoorden Stella en Fabian niet meer. Op dat moment schoof het meisje in de keuken namelijk de pan op het fornuis aan de kant en schreeuwde: 'Het eten is klaar, mams!' en draaide zich om naar een kast naast de deur. Ze wilde daar blijkbaar borden uit pakken, zag twee onbekende mensen in de gang staan, pulkte vlug de minuscule oordopjes uit haar lange blonde verwarde haren en informeerde: 'Staat u allang te wachten?'

'Nee', antwoordde Stella. 'Je broer heeft ons binnengelaten. Maar je moeder is nog aan de telefoon, we willen haar niet storen.'

'Komt u van het makelaarskantoor?' vroeg het meisje.

'Nee', zei Stella weer, 'Movie-Productions.'

'Och gut, de mensen van de film', constateerde het meisje enigszins schuldbewust en riep: 'Mams, bezoek voor je!'

Vervolgens zei de stem achter de deur nog slechts: 'Zeg, ik moet ophangen, Arno. De makelaar is er, een half uur te vroeg. Ik haat mensen die zich niet aan afspraken houden. Nu krijg ik niet eens meer de kans om te eten. We praten er later nog weleens over. Doe me een lol en maak je geen zorgen.'

Bij het laatste woord ging de deur open. Het mobieltje had Gabriele Lutz nog in haar hand. Ze zag er niet anders uit dan bij het eten in het exquise restaurant, paardenstaart en pony, een gebleekte spijkerbroek en een dun bloesje waarvan ze de uiteinden deze keer boven haar navel had vastgeknoopt.

'O', zei ze verrast en ze wierp haar dochter een berispende blik toe. 'Heeft mijn Schatje haar mond weer eens voorbijgepraat of zich laten uithoren?' Blijkbaar ging ze ervan uit dat haar dochter aan de telefoon het adres had verklapt.

Het meisje kreeg een kleur en haalde haar schouders op.

'Nou ja, geeft niks', zei Gabriele Lutz minzaam en ze glimlachte naar Stella en Fabian. 'Ik word niet graag thuis lastiggevallen, maar het bespaart me een telefoontje.'

Bij die woorden wees ze uitnodigend op de woonkamer waarin ze zo te zien ook werkte en sliep. Op de bank lag beddengoed. Op de tafel daarvoor stonden gebruikte koffiekopjes naast een laptop.

De muziek kwam uit een oude stereo-installatie, een stereotoren met een platenspeler en twee cassettedecks, in een gefineerde kastenwand die minstens een kwart eeuw oud moest zijn.

In een open vak lagen de verzamelde werken van R.S. – een armetierig stapeltje van zes pocketboekjes die stuk voor stuk te dun waren om rechtop te kunnen staan. Daarnaast stond een reeks ingelijste foto's. Een paar van de kinderen in vroegere jaren en twee van Elvis Presley in een wit glitterpak; op de ene zag je hem met een gitaar tegen een vage achtergrond en op de andere was hij vanaf de heupen gefotografeerd, terwijl hij tegen een crèmekleurig spatbord leunde.

Terwijl Gabriele Lutz met een uitnodigend gebaar op twee stoelen wees, zong hij verder over het arme kind in Chicago, dat tot een jongeman opgroeide, een pistool aanschafte, een auto stal en op een koude grijze morgen doodgeschoten werd, terwijl er elders een andere arme baby werd geboren en zijn moeder huilde.

Stella en Fabian gingen in de gemakkelijke stoelen zitten. Gabriele Lutz nam tussen het beddengoed op de bank plaats. De stereo-installatie zette ze niet uit, zelfs niet zachter. Nu was dat meer dan onbeleefd, vond Stella. Bij een vervelend telefoontje kon het best handig zijn als er op de achtergrond hard werd gezongen, maar bij een zakelijk gesprek was het enorm storend. En zo'n gesprek was het: Gabriele Lutz kwam zonder omhaal ter zake.

'Geen Russische maffia, geen Chinese triades en geen terroristen. Wanneer we het daarover eens kunnen worden, ben ik bereid een compromis te sluiten en een goede vriend slapeloze nachten te bezorgen. Ik hoop dat hij het me zal vergeven.'

'Natuurlijk', hakkelde Fabian, verbluft door die onverwachte bereidwilligheid. Hij had zich op moeizame onderhandelingen ingesteld en accepteerde dankbaar haar bereidwilligheid. Wie Romy uit de weg ging ruimen interesseerde hem ook maar zijdelings. De manier waarop, daar ging het om. En wat dat betreft was er in zijn boeken over parapsychologische verschijnselen voldoende variatie te vinden.

Stella liet hem praten. Onderweg had hij haar verzocht dat aan hem over te laten. Er brandden hem zo ontzettend veel vragen op de lippen. Gabriele Lutz lachte spottend toen hij het onderwerp aanroerde dat hem zo bijzonder na aan het hart lag. Hoewel het inmiddels duidelijk was dat ze een makelaar had verwacht en geen 'mensen van de film' en dat ze dus ook niet helderziend was, hield Fabian voet bij stuk; hij wilde weten wat ze op het gebied van parapsychologie zelf aan den lijve had meegemaakt.

Het afgeluisterde telefoongesprek had hem vermoedelijk volkomen overtuigd. Uschi! Een pentagram! Een mysterieuze straling! En een broer die er precies hetzelfde over dacht als de kennelijk gespierde Arno.

Fabian koos zijn woorden met zorg om Gabriele Lutz duidelijk te maken dat ze gerust vrijuit kon spreken. Met gaven die van de gebruikelijke talenten afweken was je in de wereld knap eenzaam, nietwaar? Gewoonlijk durfde je daar niet met anderen over te praten, omdat je je medemensen geen angst en schrik wilde aanjagen en zelf ook niet met ongeloof en spot wilde worden geconfronteerd. Maar Romy's schim was toch wel voor een deel op eigen ervaringen gebaseerd, hè? Waarom gaf ze anders de voorkeur aan het pseudoniem Romy Schneider?

Stella veronderstelde dat daar simpelweg financiële overwegingen aan ten grondslag lagen; tegelijk vond ze het roerend. Wanneer de uitgeverij dat zou hebben laten passeren, zouden haar pocketboekjes beslist bestsellers zijn geworden. Dan hadden veel mensen immers gedacht dat de bekende actrice ze had geschreven.

'Wat wilt u nu van mij horen?' informeerde Gabriele Lutz, nog steeds met een spotlachje op haar gezicht. 'Dat ik een verhouding had met een man die Schneider heette en die mij Romy noemde?' Voordat Fabian daar antwoord op kon geven vroeg ze: 'Lijk ik op een kat? Die hebben zeven levens, ik maar een. Maar ik heb twee voornamen, de tweede is Rosmarie en Schneider is mijn meisjesnaam. Ik dacht, als ik onder die naam schrijf, denken de mensen vast dat het een autobiografie is en dan kijken ze wel drie keer uit voordat ze me er met het contract inluizen. Wie loopt er nu graag een bloedneus op zoals al die arme junkies in de roman?'

'Niemand', gaf Fabian toe en vroeg hoe ze nu dan aangesproken wilde worden.

'Wat is er op Schneider aan te merken?' antwoordde Gabriele Lutz opnieuw met een wedervraag. 'Dat is een veelvoorkomende naam. Als die u niet aanstaat, noem me dan gewoon Gabi. Wanneer iemand me met mevrouw Lutz aanspreekt, zie ik mezelf weer rondlopen met een van de honger jankende zuigeling in een rattenhol van een flatje, terwijl mijn man het geld voor de melk in de kroeg zit te verzuipen. Hebt u enig idee welke mentale krachten er dan vrijkomen? Dan blijft het niet bij een bloedneus. Dan komt eerst die zuiplap thuis alsof iemand hem naar huis heeft moeten duwen. En als hij dan niet braaf het overgebleven geld op tafel legt, regent het van het plafond kapotte gloeilampen of vliegen er als bij toverslag messen door de tent.'

'Dat kan ik me voorstellen', zei Fabian op een toon alsof hij elk woord blindelings geloofde. Terwijl Stella hem toch de film over de alcoholist – *Een droom van rozen* – met dat telekinetische tintje had uitgeleend waarin nu juist datgene gebeurde wat Gabriele Lutz zojuist had verteld. Fabian kromp opeens ineen alsof hij door een schervenregen of een mes was geraakt, drukte zijn hand tegen zijn voorhoofd en vroeg: 'Zou u de muziek wat zachter willen zetten? Ik heb hoofdpijn.'

Gabriele Lutz stond onmiddellijk op en liep naar de kastenwand met de woorden: 'Neemt u me niet kwalijk, ik heb altijd muziek aan, dat heb ik nodig, anders kan ik me niet concentreren.' Onder het praten zette ze de stereo-installatie uit en daarna kwam ze terug op Fabians verzoek om over haar parapsychologische ervaringen te praten: 'Rondvliegende messen kunnen we helaas niet meer gebruiken, dat heb ik al eens gedaan. En telepathie is ongeschikt voor televisie, vermoed ik.'

Ze wierp Stella een blik toe alsof ze zich ervan wilde vergewissen dat ze niet met twee idioten van doen had. Toen keek ze weer naar Fabian en beweerde: 'Op dat gebied heb ik nooit zoveel talent gehad. Het is me maar twee keer gelukt mijn man uit de kroeg te halen. Daarna heb ik bij een ruzie mijn mond voorbij gepraat en toen kwam hij niet eens meer als hij zijn bed in wilde.'

'Ja', zei Fabian.

En Stella had het gevoel dat Gabriele Lutz intussen de grootst mogelijke moeite had om niet luidkeels in lachen uit te barsten. Er klonk een geluid in haar stem door dat verdacht veel op een onderdrukte proestbui leek, toen ze vervolgde: 'Onze familie barst van dat soort talenten. Als u belangstelling hebt voor dat onderwerp, moest ik u bij gelegenheid maar eens aan mijn broer voorstellen. Eén blik van hem en u weet niet meer hoe u heet.'

'Ja', zei Fabian weer en vanaf dat moment kon hij geen woord meer uitbrengen.

Stella kon niet anders dan maar het woord nemen, anders kwamen ze geen stap verder. Ze legde eerst maar eens uit hoe enthousiast haar vader al jaren geleden over *Romy's schim* was geweest en hoezeer ze zich erop verheugde uitgerekend die roman te mogen verfilmen. Gabriele Lutz glimlachte slechts gevleid.

Toen Stella echter wilde uitleggen hoe ze zich de verfilming voorstelde, kapte de schrijfster haar meteen af. 'Laat u dat maar gerust aan mij over. We volgen het verhaal in de roman. Romy zal een stuk of tien junkies laten bloeden, Ursula vermoorden en in de laatste scène mislukt haar zelfmoordpoging. Op die manier zetten we de deur naar de eerste aflevering van de serie open. Er zijn genoeg onopgehelderde moorden waarbij Romy dan later voor gerechtigheid kan zorgen.'

Stella knikte instemmend, hoewel ze de voorkeur zou hebben gegeven aan de wraakzuchtige geest. Maar misschien kon haar vader ook warmlopen voor een jonge vrouw met bovennatuurlijke gaven. 'Dat ben ik met u eens. Het zou mooi zijn als u de komende dagen een kort eerste ontwerp zou kunnen schrijven. Mocht u daar geen tijd voor hebben, dan kunnen we die opdracht ook aan een andere scenarioschrijver geven. We willen de omroep zo snel mogelijk iets aanbieden.'

'Zet u die andere scenarioschrijvers maar meteen uit uw hoofd', raadde Gabriele Lutz haar aan en haar stem klonk nu absoluut niet meer vriendelijk of spottend. 'Niemand anders gaat aan mijn baby prutsen. En wilt u mij nu verontschuldigen?' Bij het laatste woord stond ze op en liep naar de gang om hen uit te laten.

Ze werden er ronduit uitgegooid, maar de verklaring daarvoor was de makelaar die ze nog verwachtte. Ze had de deur nog maar nauwelijks achter zich dichtgedaan of binnen hief Elvis 'Yes, I'm a great pretender' aan. En Gabriele Lutz zong uit volle borst mee.

Het gesprek was prima verlopen, concludeerde Stella terwijl ze naar de smerige trap toe liep. Fabian bleef nog voor de dichte huisdeur staan en maakte absoluut geen voldane indruk. Ze veronderstelde dat hij beledigd was omdat zij de boventoon had gevoerd. 'Ben je kwaad?' vroeg ze.

'Nee.' Hij stond met een in opperste concentratie gefronst voorhoofd te luisteren. 'Dat is van de Platters. Queen heeft het ook een keer uitgebracht. Maar Elvis niet, dat weet ik zeker.'

'Dat doet er toch niet toe', vond Stella.

'Nee', zei Fabian weer, maar hij barstte in woede uit. Hij stampte zelfs met zijn ene voet op de grond. 'Luister nou eens goed! Dat is Elvis die daar zingt! Een song die hij nooit gezongen heeft. Dat kan dus helemaal niet. En het begon toen de deur net dicht was. Hoe is ze zo vlug bij de stereo-installatie gekomen? Dat ouwe ding heeft geen afstandsbediening.'

'Waarschijnlijk heeft haar dochter de muziek weer aangezet', veronderstelde Stella.

'Nee', zei Fabian weer. 'Er werd een ander lied gezongen toen ze het apparaat uitzette. Dat was telekinese. Ze heeft immers toegegeven dat ze dat kan. Maar zelfs al spreekt ze de rest tegen: zij is Romy. Dat weet ik.'

Lieve deugd, dacht Stella en ze zei: 'Wind je toch niet zo op. Wat is er opeens met je aan de hand?'

'Weet ik niet', mompelde hij en hij wreef met zijn hand over zijn voorhoofd. 'Ik heb zo'n vreselijke hoofdpijn. Er was aldoor iemand aan het lachen. Heb je dat niet gehoord?'

'Ik heb het alleen maar gezien', zei Stella. 'Romy amuseerde zich kostelijk over je. Maar als jij jezelf voor gek zet, zit ik daar niet mee. Ze kan schrijven en wij krijgen het materiaal. Iets anders wilden we toch niet.'

'Nee', zei Fabian voor de vierde keer. 'Dat materiaal krijgen we niet. Ze wil niet dat het verfilmd wordt, ze vroeg niet eens om een contract.'

Daar vroeg Gabriele Lutz ook de volgende dag niet om toen ze in plaats van het gevraagde summiere ontwerp meteen een kant-en-klaar scenario bij Movie-Productions kwam afleveren. Dat moest ze van tevoren al geschreven hebben, in één nacht tijd zou dat niet te doen zijn geweest.

Om half elf stond ze voor Stella's bureau. Fabian was er nog niet en Gabriele Lutz was zichtbaar opgelucht toen ze dat hoorde. Ze bracht het gesprek meteen na de begroeting op de opvattingen die hij de vorige dag naar voren had gebracht. 'Uw collega gelooft die onzin, hè? Kunt u me die fantast van het lijf houden?'

'Nee', zei Stella. 'Hij heeft alle knowhow.'

'Tja, in dat geval moet ik maar eens bedenken hoe ik van hem afkom', zei Gabriele Lutz op spottende toon. 'Aan zijn knowhow heb ik geen behoefte. Vermoedelijk weet ik er meer vanaf dan hij. Hoe je goede films maakt, weet ik ook. U niet?'

Op die vraag gaf Stella haar liever geen antwoord om niet opeens te boek te staan als het juffie van de dagelijkse soap. Ze begon over een contract en kreeg als reactie te horen: 'Daar kunnen we over praten als u akkoord bent met het scenario.'

'Op die basis kunnen we niet werken', zei Stella. 'Als we de filmrechten niet hebben, krijgen we de productieopdracht niet.'

'Kijkt u het nou eerst maar eens door', raadde Gabriele Lutz haar aan. 'Als het zo naar uw zin is, zien we wel verder. De honoraria heeft uw baas immers al genoemd.'

Nadat de schrijfster weer afscheid had genomen, begon Stella meteen te lezen. In het eerste shot nam Romy innig afscheid van haar geliefde. De scène moest worden doorsneden met een shot van twee jongens die op het centraal station rondhingen en blijkbaar kwaad in de zin hadden. De ene had een mes bij zich en controleerde herhaaldelijk of het lemmet wel scherp was. De andere had een foto op zak. In de tweede scène haastte de geliefde zich naar het centraal station. De jongen met de foto ontwaarde hem in de menigte en gaf zijn kameraad een por in zijn zij. In de derde scène hoorde Romy van een politieagent dat haar geliefde vermoord was. En toen begon het.

Zoals Gabriele Lutz al had aangekondigd volgde dit scenario de roman zo veel mogelijk op de voet. Romy's miserabele jeugd ontbrak. Ook de liefdesverhouding die acht jaar had geduurd, werd niet getoond maar door Romy's gedrag gesuggereerd. Al met al was het heel ontroerend en ontzettend spannend. In gedachten zag Stella haar vader al gebiologeerd voor de tv zitten.

Toen Fabian eindelijk kwam opdagen, had ze het scenario van A tot Z gelezen en was ze ervan overtuigd dat dit het helemaal was. Fabian was het niet met haar eens. Hij had slecht geslapen en krankzinnig gedroomd; over Romy Schneider en Elvis Presley, wiens keel door iemand was doorgesneden. En Romy wekte hem uit de dood op. Fabian had nog meer hoofdpijn dan de avond tevoren, hij was bijzonder slecht gehumeurd.

'Zo kan dat niet', begon hij nadat hij de eerste drie, vier scènes vluchtig had doorgelezen. 'Hoe kunnen de kijkers nu begrijpen dat Romy's geliefde voor haar alles heeft betekend?'

'Dat merken ze wel bij zijn uitvaart', zei Stella. In die scène zakte Romy namelijk bij de doodskist in elkaar en smeekte ze de man van haar leven om haar niet alleen achter te laten. Vervolgens waren er klopsignalen te horen. De doodskist werd in allerijl geopend maar de geliefde was dood, daar viel niet aan te tornen. Nadat de kist weer gesloten was, ontstond er boven het deksel een wazige nevel die eventjes om de huilende Romy fladderde en vervolgens met haar samensmolt. Op die manier kon elke kijker zelf vrijelijk uitmaken of Romy met haar gedachten iemand kon doden of dat ze bezeten was van de geest van haar geliefde die zich via haar in blinde woede wreekte en eerst een stuk of tien onschuldige mensen te grazen nam.

'Nee', wierp Fabian tegen. 'Ik wil zien wat er daarvoor is gebeurd. Ze was nog haast een kind toen hij haar in huis nam. Dan kan ze acht jaar later best met een alcoholist getrouwd zijn. Daar heb je geen zeven levens voor nodig. Ik mag een boon zijn als dit haar biografie niet is.'

'Neem liever een aspirientje', raadde Stella hem aan. 'En hou hier nu mee op. Ik zou het echt op prijs stellen als je die humbug eens een poosje laat voor wat het is. Zij heeft er ook moeite mee, dat heeft ze me duidelijk te verstaan gegeven.'

Het was de eerste keer dat ze zijn overtuiging als humbug betitelde, tot dan toe had ze alle kritiek voor zich gehouden omdat ze hem aardig vond en ze vroeger zelf in niet-bestaande wezens had geloofd. Dat had ze hem al herhaaldelijk verteld en zelfs *De wieg van satan* en de lucifers niet onvermeld gelaten die haar broertje bijna noodlottig waren geworden. Maar destijds was ze nog een kind. Fabian was volwassen. Zo langzamerhand werd het toch tijd om te zeggen waar het op stond.

Hij vertrok zijn gezicht alsof hij pijn had en zei op huilerige toon: 'Je hebt toch gehoord over wie ze aan de telefoon heeft gesproken? Uschi. Het kan niet anders of daarmee bedoelde ze Ursula.'

'Juist', probeerde Stella hem met zijn eigen argumenten te overtuigen. 'En Uschi verkoopt een huis. Dode mensen doen dat gewoonlijk niet.'

'Ik geloof ook heus niet dat ze iedereen van kant gemaakt heeft', verklaarde Fabian. 'Ik zeg alleen dat ze precies weet waarover ze schrijft. En die voorgeschiedenis moet erin, bovendien moet de geliefde een naam hebben.'

'We zullen zien', zei Stella. Als ze de rechten en de productieopdracht maar eenmaal binnen hadden, zaten er nog anderen bij die ook een woordje mee wilden spreken – in elk geval Heuser die nauwelijks kon afwachten tot hij de tweede film kon gaan maken met 'Lutzje' zoals hij haar noemde.

Nadat Stella een kopie van het scenario bij de omroep had afgeleverd en Heuser telefonisch had laten weten hoe enthousiast hij was, gaf ze in overleg met Ulf von Dornei opdracht om de vereiste contracten op te stellen, drie stuks in totaal. Met het eerste contract verwierf Movie-Productions de volledige gebruiksrechten van *Romy's schim*. In het tweede contract draaide het alleen om het scenario voor een speelfilm, in het derde om de vervaardiging van een format voor de serie. Daarmee werden er geen exclusieve rechten aan Gabriele Lutz toegekend. De duur van het derde contract was beperkt tot twee jaar.

Gabriele Lutz ondertekende ze alle drie en stuurde ze vlot terug. Waarschijnlijk was het haar niet opgevallen welke mogelijkheden Movie-Productions zich voorbehield om haar *baby* te verkopen en zich van het recht te verzekeren om deze een geslaagde start in het filmleven te bezorgen. Maar vijf jaar geleden had Stella ook niet de bedoeling gehad om Gabriele Lutz te bedriegen. Ze wilde alleen die film maken plus een succesvolle serie. Dan zou haar vader alles te zien krijgen, enthousiast raken en trots op haar zijn. Net zo trots als op haar zusje Madeleine.

De verbindingsman

Arno Klinkhammer zag de vrouw van Helling die ochtend voor het eerst. En hij zag niets waarop wie dan ook trots had kunnen zijn. Donkerblond piekerig haar tot op de schouders met een grauwsluier erover alsof ze in een stofstorm was beland en geen tijd had gehad om het te wassen. Een opgezwollen, pafferig gezicht; op haar rechterwang tekenden zich vurige schrammen af.

Met haar heupen en haar bovenlichaam lag ze midden tussen de geplette rode bessen op de totaal besmeurde bank. Met het blote oog waren bloed-, likeur- en fruitvlekken niet van elkaar te onderscheiden. Haar blote benen hingen over de rand van de zitting naar beneden. Allebei haar voeten hingen in een blauw teiltje. Ze had een T-shirt aan dat ooit wit was geweest en een slipje; beide kledingstukken waren even vlekkerig als de bank. Ze was in diepe slaap, althans zo leek het.

Voor de bank lagen bebloede glasscherven, rode bessen, twee metalen schroefdoppen en vier lege flessen: drie rodewijnflessen en één jeneverfles. Daarin zaten nog een paar stukjes schil van rode bessen. De geruchten klopten dus; dat het zo erg was, had Klinkhammer niet verwacht.

Voordat iemand zijn komst had opgemerkt, zag hij de afdrukken van haar gewonde voeten tussen de bank midden in de kamer en de twee deuren. Het spoor bestond eerst uit hele voetafdrukken die op flinke afstand van elkaar naar de patiodeur en van daaraf achter de bank langs naar de gangdeur leidden, waar zich een opvallende grote bloedvlek bevond; vanaf de deur tot aan de bank waren het kleine, onregelmatige stipjes dicht achter elkaar.

Op de lichte moquette vloerbedekking waren de sporen heel goed te zien. Hij kon er duidelijk uit opmaken dat ze ondanks haar verwondingen in grote haast naar de patiodeur en de gangdeur was gerend om deze dicht te doen. Hij trok handschoenen aan en raakte met de punt van zijn vinger even de grote vlek aan. Het bloed was opgedroogd.

Helling zat hartverscheurend te huilen. Toen Klinkhammer weer overeind kwam en Helling hem eindelijk in de gaten kreeg, stamelde hij iets over een vermomde indringer die zijn vrouw 's nachts zou hebben gezien.

'Eén persoon maar?' vroeg Klinkhammer.

Helling knikte. 'Ze had het over één dader.'

'Hoe laat heeft ze die gezien?' vroeg Klinkhammer.

'Rond half een', antwoordde Helling maar voegde er bij wijze van restrictie aan toe: 'Als ik mijn vrouw tenminste goed heb begrepen.'

Klinkhammer kon zijn oren niet geloven. Hij wist hoe laat Helling thuis kon zijn geweest; om half acht. Als hij zijn vrouw goed had begrepen, zou er dus zeven uur verstreken zijn en zou het wrak op de bank gedurende die tijd verder niets hebben gedaan dan met drie liter rode wijn en een fles vruchtenlikeur op haar man wachten? 'Waarom heeft ze toen niet onmiddellijk alarm geslagen? Is ze tegen de grond geslagen, geboeid, gekneveld?'

'Nee', snikte Helling. 'Ze heeft de situatie niet goed doorzien.' Hij wees naar de flessen. 'Ze had iets gedronken.'

Gezien het feit dat het vier flessen waren, was 'iets' het understatement van het jaar, vond Klinkhammer. Het zou beslist raadzaam zijn geweest onmiddellijk een ambulance voor haar te bellen. Maar als hij haar naar het dichtstbijzijnde ziekenhuis liet vervoeren, kwam er misschien iemand op het idee dat hij met dat eigenmachtige ingrijpen het opsporingsonderzoek had belemmerd en de vrouw van een collega tegen vervelende vragen had willen beschermen.

'Als ik haar goed heb begrepen', zei Helling nogmaals, 'was er rond twaalf uur vannacht buiten een hoop kabaal. Daar is ze wakker van geworden, maar ze heeft zich er niet druk om gemaakt omdat het maar kort duurde. Toen rende er opeens iemand de kamer binnen die naar buiten verdween toen ze van de bank opstond. Ze is hem tot in de schuur achternagegaan, maar ze had haar voeten bezeerd en heeft hem niet ingehaald. Waarschijnlijk is dat haar redding geweest, anders was ze nu misschien ook dood.'

Klinkhammer knikte in gedachten verzonken en dat was niet als instemming bedoeld. De bloedsporen op de vloerbedekking wezen erop dat ze niet meteen de achtervolging had ingezet. Ze had zich eerst in huis verschanst, daar had hij alles onder durven verwedden. Dat was immers ook een volkomen normale reactie voor een vrouw die in paniek was. Maar op de tafel lagen de draagbare telefoon en een mobieltje.

'Waarom heeft ze toen niet meteen het alarmnummer gedraaid?' vroeg hij. 'Dat zijn maar drie cijfers, kent ze dat nummer niet?'

'De draagbare telefoon lag boven', legde Helling uit. Op de sarcastische ondertoon waarmee Klinkhammer zijn vraag had gesteld, reageerde hij niet. Hij veegde met de rug van zijn hand over zijn wangen. 'Ik heb hem mee naar beneden genomen nadat ik mijn moeder ... Ze legde hem elke avond naast haar bed. Hij ging over toen ik handdoeken wilde halen.' Hij wees naar het mobieltje. 'Dat is het mijne, ik heb het altijd bij me.'

'Hoe komt je vrouw aan die schrammen op haar gezicht?' vroeg Klinkhammer nog. Hij dacht dat ze afkomstig waren van een handgemeen.

Er verstreken enkele seconden voordat hij antwoord kreeg. 'Van een kat. Die heeft ze gisternacht al opgelopen, ik bedoel in de nacht van dinsdag op woensdag, eergisternacht dus. Neem me niet kwalijk, ik ben op het moment niet ...' Hij sloeg zijn hand voor zijn mond en kneep zijn ogen tot spleetjes alsof hij pijn had. Toen ging hij verder: 'Mijn vrouw is de laatste tijd 's nachts liever niet alleen op onze slaapkamer. Ze is dinsdagavond ook op de bank in slaap gevallen. Mijn moeder heeft later de deur naar de patio opengezet om te ventileren. Toen is die kat van buiten ...'

Hij begon opnieuw erbarmelijk te huilen, sloeg beide handen weer voor zijn gezicht en snikte: 'Ik heb haar al zo vaak gezegd dat een open deur inbrekers trekt. En dan zei ze: "Dat ziet toch geen mens. Dan moet er eerst iemand door de schuur komen. En de poort van de schuur is op slot." De helft van de tijd was dat niet het geval. Die poort klemt dikwijls, bij bepaalde weersomstandigheden. Als ze nog laat naar een patiënt moest, ontgrendelde ze de grote poortvleugel en trok hem gewoon achter zich dicht. Dan hoefde ze er alleen maar tegenaan te duwen als ze terugkwam, iets wat ieder ander voor hetzelfde geld ook had kunnen doen. Honderd keer heb ik haar uitgelegd dat de Russen altijd achterom binnendringen.'

Klinkhammer wilde iets troostends zeggen, maar er schoot hem niets te binnen. Wat moest je in godsnaam in zo'n situatie zeggen tegen een collega met wie je vroeger meer dan eens samen op patrouille was geweest of die ergens al voor jou ter plaatse was en nu de ogen uit zijn hoofd zat te huilen? Hij was niet van zins in te stemmen met de belofte: 'We vatten die klootzakken in de kraag, Heiner', die Hellings vriend Kehler bij binnenkomst had gedaan. Wíj vatten niemand in de kraag. Kehler had onmiddellijk de centrale recherche in Keulen op de hoogte gebracht. In plaats van: 'Gecondoleerd, wat erg voor u' of iets dergelijks te zeggen, informeerde de betreffende rechercheur bij hem: 'In de badkamer, heb ik dat correct verstaan?'

Kehler knikte. En natuurlijk waren ze allemaal al boven geweest, ook de twee agenten die in de patrouillewagen voor de huisdeur zaten. De beide andere agenten liepen ergens buiten rond, zoals Kehler verklaarde. Naar verluidt had niemand iets aangeraakt met uitzondering van Helling, dat was overduidelijk. Hij had een poloshirt aan dat op de borst vol bloedvlekken zat. Ook zijn spijkerbroek zat onder het bloed, vooral op kniehoogte.

Na zes paar schoenen die al trap op, trap af waren gegaan en boven hadden rondgelopen, zou het op een extra paar schoenen nauwelijks aankomen. Als de plaats van een delict dusdanig was gecontamineerd, kon je niet veel meer verpesten. Maar het stuitte Klinkhammer tegen de borst om een blik op het lijk te werpen. Hij kon best foto's bekijken, al stonden er nog zulke afschuwelijke details op. Maar zo rechtstreeks; als hij dat deed, kon hij die aanblik niet meer van zich afzetten, dat wist hij uit ervaring.

Hij ging liever naar buiten en praatte zichzelf aan dat het nuttiger was om de collega's uit de tuin weg te halen voordat ook daar nog sporen werden vertrapt, dan om hier nog langer te blijven rondhangen, geen woord van troost voor de zoon van een vermoorde vrouw te kunnen vinden en slechts vol walging en onbegrip naar diens dronken vrouw te moeten kijken.

Op de tegels van de patio zag hij nog meer afdrukken van bebloede tenen, dicht bij elkaar. Trippelpasjes. Ze gingen maar één kant op, van de woonkamer naar de schuur. Toen drong zich bij hem onmiddellijk de vraag op hoe Hellings vrouw weer op de bank was beland. Dat ze erheen was komen vliegen lag nauwelijks voor de hand. Op de aangestampte leem in de schuur waren bloedsporen met het blote oog moeilijk te zien. Hij zocht ook niet als een speurhond de vloer af, want de poort trok hem even hard aan als een magneet een hand vol ijzervijlsel. Bij bepaalde weersomstandigheden, die uitdrukking had hem op de een of andere manier gestoord.

Het volgende moment waren de collega's in de tuin vergeten. Hij inspecteerde eerst de openstaande, smalle vleugel van de poort. Ter hoogte van het slot zag hij aan de buitenkant een duidelijk nieuwe kras die niet eens alle groene verf tot op het hout had weggeschraapt. Het leek wel of iemand op die plek een stuk inbrekersgereedschap had gebruikt dat vervolgens uitgeschoten was. Vermoedelijk een schroevendraaier. De nok zat in het slot. De knip daarboven stak amper een centimeter uit en was erg afgesleten. De slotplaat met de twee uitsparingen aan de brede poortvleugel was geplaneerd. Boven aan deze vleugel bevond zich een schuifbout die in een uitsparing in de balk daarboven kon worden geschoven. Aan de onderkant zat een ijzeren staaf met een gebogen handgreep die je in een gat in de vloer kon laten zakken als je de vleugel wilde vastzetten. De schuifbout stond naar beneden en de ijzeren stang naar boven, de handgreep was boven een spijker vastgezet.

Grenzeloze onbezonnenheid! Dat paste niet bij de Therese die hij had gekend. Dat een kordate vrouw anders omging met een poort die bij bepaalde weersomstandigheden klemde dan een angstig uitgevallen type, dat viel nog te begrijpen. Maar waarom had ze bij terugkomst nagelaten de schuifbout in de balk te schuiven en de ijzeren stang naar beneden te duwen in het gat in de vloer? Dat waren twee simpele handelingen die je ook als het aardedonker was, trefzeker kon uitvoeren wanneer je sinds jaar en dag door die schuur kwam, vooral wanneer je eigen zoon je voor de Russen had gewaarschuwd. Nee, daar moest een reden voor zijn. Had Therese nog iemand verwacht?

Hij keek nog wat verder rond. De afgebroken standaard van de motor en de afdruk die de standaard in de leem had achtergelaten, waren goed te zien nu er vanuit de tuin volop daglicht in de schuur viel; er viel duidelijk uit op te maken dat de NSU oorspronkelijk voor de brede poortvleugel had gestaan. Er was zelfs een afdruk van het bandenprofiel in de leem te zien, hetgeen bewees dat de motor lange tijd niet van zijn plaats was geweest. Daarnaast liep de vloer wat omhoog en hij zag de verse afdruk van de rand van de poort en van de leem dat deze van de vloer had afgeschraapt.

Wakker geworden van een hoop kabaal, dacht hij. Dat leek hem wel te kloppen. Het moest een heleboel herrie hebben gemaakt toen de poortvleugel tegen de motor klapte en de NSU tegen de Goggomobiel aan sloeg. En de vleugel alleen was waarschijnlijk niet voldoende geweest om de motor van de standaard te stoten. Daar moest meer gewicht aan te pas gekomen zijn. Vermoedelijk had de indringer zich schrap gezet tegen de poort toen hij de schroevendraaier als breekijzer had gebruikt. Maar hij had de verkeerde vleugel uitgezocht. Om vlot binnen te komen had hij druk moeten uitoefenen op de vleugel waar het slot in was aangebracht. Toen beide vleugels meteen meegaven omdat ze op geen enkele manier waren vastgezet, had die vent zijn evenwicht verloren en was zijn inbraakpoging – hopelijk – de mist ingegaan.

Daarmee vielen de Russen voor Klinkhammer af. Hun zou

zoiets nooit zijn overkomen! Nog even afgezien van het feit dat ze uitsluitend in grote groepen opereerden en niet individueel, zouden zij eerst het slot aan een inspectie hebben onderworpen en eens zachtjes tegen de poortvleugels hebben geduwd. Dan waren ze al binnen geweest. Bovendien zou geen enkele Rus zich door een dronken vrouw op de vlucht hebben laten jagen. Nee, dit was het werk van een beginneling.

Bij de Goggomobiel was het halfdonker, maar licht genoeg om nog meer bloedsporen te kunnen onderscheiden. Uit de complete voetafdrukken in de leem voor het openstaande portier aan de bestuurderszijde kon hij opmaken waar Hellings vrouw de *achtervolging* had gestaakt. De schroefdop van de wijnfles maakte hem ook duidelijk waarom. Op het portier aan de bestuurderszijde en op de ramen van het stokoude miniautootje was bovendien de blikschade zichtbaar die nog maar kortgeleden door de val van de motor was veroorzaakt. En sporen van braak. Wie deed er nu zoveel moeite voor zo'n oude roestbak? Alleen iemand die er iets uit wilde halen wat voor hem waardevol was.

De geüniformeerde collega's, onder wie één vrouwelijke agent, kwamen terug voordat Klinkhammer naar hen op zoek had kunnen gaan. Ze waren over de weg gekomen die achter de tuinen liep. Ook de naburige percelen waren voorzien van een garage en daardoor bestond de kans dat er getuigen waren, bijvoorbeeld een buurman die 's nachts laat thuisgekomen was en een auto had gezien die hier niet hoorde.

In dat opzicht had Klinkhammer weinig hoop, want mocht de dader gemotoriseerd zijn geweest, dan had hij maar tot aan de garage hoeven rijden. Daar had een voertuig zelfs overdag uren kunnen staan zonder te worden opgemerkt, omdat een muur van bessenstruiken het zicht benam.

De agente ging het huis weer binnen, samen met haar collega Berrenrath, die zich zes jaar geleden van een ander bureau naar Bergheim had laten overplaatsen omdat hij dacht dat het er daar rustiger toeging. Berrenrath bleef bij Klinkhammer staan en vroeg wat hij ervan vond dat de poort op geen enkele wijze was afgesloten. Hij wees op de doorgang in de muur die toegang gaf tot de aanbouw. Daarnaast stonden planken op de smalle kant. 'Van mevrouw Helling zou ik dat niet hebben verwacht', zei hij. 'Heiner mag van geluk spreken dat zijn vrouw niet naar bed is gegaan, anders zou ze er waarschijnlijk niet zo genadig afgekomen zijn. Via de aanbouw kom je rechtstreeks in hun slaapkamer.'

Zo kwam het dat Klinkhammer toch nog datgene in ogenschouw nam wat hij nu juist had willen vermijden omdat hij daarna de beelden niet meer van zich af kon zetten. Aanvankelijk stapte hij slechts door de doorgang in de muur de aanbouw in, zag de ladder door de opening in het plafond omhoogsteken – en op de sporten van die ladder zag hij bloed. Je moest heel goed kijken om het op het donkere, sterk vervuilde hout te kunnen ontdekken. Maar hij was gewend goed te kijken. En zolang hij erin slaagde het vriendelijk glimlachende gezicht onder de droogkap zoals hij dat afgelopen dinsdag voor het laatst had gezien, uit zijn gedachten te bannen, was hij zelfs in staat de juiste conclusie te trekken.

De bloedsporen op de ladder waren slechts voor één uitleg vatbaar, ze waren op elke sport van de ladder even duidelijk zichtbaar. Dat wees er geheid op dat Hellings vrouw met haar gewonde voeten naar boven geklommen was. Of ze de ladder op- dan wel afgegaan was, was weliswaar niet met zekerheid te zeggen, maar dat was een kwestie van logisch denken; er was op de patio slechts één enkel spoor van trippelpasjes te zien. En als iemand zich op die manier met bloedsporen aan zijn schoenen of handschoenen van de plaats van het delict had verwijderd, zou daar op de onderste sporten niets meer van te zien zijn geweest. Dat bloed ging er onder het lopen of beetpakken immers af.

Daarmee was verklaard hoe ze het huis weer in was gekomen en tegelijkertijd wierp deze ontdekking een nieuwe vraag op. Hoe had ze dat voor elkaar gekregen? Gezien de toestand waarin ze verkeerde, zoals ze daar op de bank lag, achtte hij haar niet in staat een ladder op te klimmen, misschien zelfs met maar één vrije hand. Ook dat was een kwestie van logica. Drie wijnflessen, maar slechts twee schroefdoppen in de woonkamer en eentje bij de Goggomobiel, dus moest ze wel een fles bij zich hebben gehad.

Maar het was ook best mogelijk dat ze zich pas later echt had laten vollopen met die jenever. En dronken mensen waren vaak extreem waaghalzig omdat ze zich überhaupt niet realiseerden dat het gevaarlijk was wat ze deden. Heel goed mogelijk dat ze met de wijnfles in haar hand de ladder opgeklommen was. Dat ze had willen controleren wat er boven in het huis aan de hand was, lag voor de hand. Van de schuur uit was de ladder de kortste weg naar boven. En bij een vrouw met glasscherven in haar voeten moest je wel aannemen dat ze de kortste weg koos.

Hij nam de langere weg, voor hem was de ladder taboe. Via de patio liep hij de woonkamer weer in. Daar werd Helling inmiddels door vier collega's getroost. Naar zijn vrouw, die nog steeds op de bank lag, keek niemand om. Het was zo opmerkelijk dat Klinkhammer zich afvroeg of de anderen hetzelfde gevoel hadden als hij.

Uit Keulen was nog niemand gearriveerd. Van Berrenrath die in de tussentijd had geïnformeerd waar de moordbrigade en de technische recherche bleven, hoorde Klinkhammer dat er een ongeval had plaatsgevonden op de A4. Dat er een vrachtwagen was gekanteld die alle rijbanen blokkeerde. Dat er geen doorkomen aan was.

Klinkhammer wond zich niet op, hij liep de gang in en noteerde in gedachten de volgende vraag: waarom zijn hier nergens bloedvlekjes te zien?

Kehler, Hellings vriend, stond inmiddels voor de deur een sigaret te roken en schudde sprakeloos het hoofd toen Klinkhammer naderbij kwam. 'Het was zo'n rustige nacht', zei hij. 'We moesten alleen in Niederaußem even achter twee kerels aan die geparkeerde auto's aan het openbreken waren. Toen wij verschenen, smeerden ze 'm. Ik zei nog tegen Heiner, laten we maar liever even langs jouw huis rijden. Maar hij wilde blijven waar hij was.'

'Wat wou u hier in vredesnaam?' vroeg Klinkhammer. 'Was u bang dat er iets zou gebeuren?'

'Voor zoiets waren we absoluut niet bang', verklaarde Kehler. 'Na wat er maandag in Bedburg is gebeurd, had ik niet verwacht dat die kerels zich hier alweer zo gauw zouden vertonen. Na de roofovervallen verstreken er telkens twee weken voordat ze weer toesloegen.'

Dat was geen antwoord op zijn vraag. 'Ja, je kunt je gemakkelijk vergissen', antwoordde Klinkhammer. 'Er lopen er meer van dat slag rond dan je lief is.'

Hij onderdrukte zijn onbedwingbare verlangen om ook een sigaretje op te steken, Kehler een paar minuten gezelschap te houden en wat meer te horen over diens redenen om die nacht dat voorstel te doen. Daar zou hij later nog wel de gelegenheid voor krijgen, dacht hij. De zaak had hem nu in zijn greep. Maar op dit moment wilde hij alleen nog even kijken waar de bloedige voetafdrukken boven uitkwamen en hoe ze daarheen liepen. Meer was hij niet van plan.

Therese

Omdat hij geen hoesjes bij zich had om over zijn schoenen te trekken, balanceerde Klinkhammer zo ver mogelijk naar links de trap op. Op de treden lag bruin gemêleerde vloerbedekking, geen tint om makkelijk bloed op te ontdekken. Daar kwam nog bij dat de verlichting bepaald schaars was.

Op de onderste drie treden ontdekte hij nog roodbruine stipjes omdat daar door de openstaande voordeur daglicht op viel. Vanaf de vierde trede maakte de trap een draai; daar zag hij niets meer en hij wilde ook niet meer naar beneden gaan om de lamp in het trappenhuis aan te doen, want dan was hij misschien beneden gebleven. Na de tweede draai boven zag hij op de laatste vier treden weer een paar vage afdrukken van bebloede tenen en op het eerste deel van de overloop talloze sporen van met bloed besmeurde profielzolen kriskras door en over elkaar heen. Helling droeg sportschoenen. Het leek wel of hij daar op die plek een hele tijd had rondgelopen.

Dat paste in het beeld dat Klinkhammer had van de manier waarop Helling zich onmiddellijk na de ontdekking van het lijk had gedragen. Dan wilde je iemand opbellen maar je was compleet van de wijs en moest jezelf er telkens opnieuw van overtuigen dat een geliefde persoon werkelijk dood was. Desondanks hadden er op dit stuk van de overloop ook een paar afdrukken van bebloede tenen te zien moeten zijn. Dat was echter niet het geval. Op de overloop lag dezelfde vloerbedekking als op de traptreden maar omdat alle kamerdeuren openstonden was er meer licht.

Vier deuren. Pal achter de eerste deur, vlak naast de trap, bevond zich de badkamer. Dus kon hij er niet onderuit om naar het lijk te kijken. Ze lag – in een soort foetushouding – op de tegelvloer, die besmeurd was met bloedvegen en de afdrukken van profielzolen; haar bovenlichaam lag voor de wastafel met het hoofd in de richting van de deur en haar opgetrokken benen nog voor het toilet. Haar rechterarm was naar achteren verdraaid, de linkerarm lag onder het lichaam.

Haar nachthemd vol bloedvlekken was tot haar middel omhooggeschoven, een slip hing op haar enkels. Daardoor drong zich onverbiddelijk de gedachte aan een zedendelict aan hem op. De Russen had hij al eerder als de daders uitgesloten en hij zag zich daarin bevestigd. Dit zou gegarandeerd niet door een van hen zijn gedaan. Met seksuele zaken hielden ze zich níet bezig.

Het volgende moment was het afgelopen met zijn distantie, zijn logica en al zijn kennis over daderprofielen, gedragingen van slachtoffers en sporeninterpretatie die hij zich de afgelopen jaren had eigengemaakt. Zijn hart sloeg enkele keren over, het kostte hem moeite adem te halen en het verbaasde hem dat zijn maag niet in opstand kwam. Hij was niet in staat haar verbrijzelde schedel aan een nader onderzoek te onderwerpen.

Onwillekeurig dwaalde zijn blik, op zoek naar een uitwijkmogelijkheid, naar haar blote voeten. Secondenlang vocht hij tegen zijn aandrang om het nachthemd over haar ontblote onderlijf te trekken. Waarom Helling dat niet had gedaan, was hem een raadsel. Natuurlijk mocht je niets veranderen. Als politieman wist je dat, maar als zoon – op zo'n moment! Wanneer je haar zo zag liggen! En Helling had haar immers aangeraakt. Aan de vlekken op zijn kleding en de sporen op de tegelvloer te oordelen moest hij op zijn knieën naast haar hebben gezeten, haar in zijn armen genomen hebben en haar hoofd tegen zijn borst hebben gedrukt. Dan had hij ook haar nachthemd omlaag kunnen trekken.

In gedachten zag Klinkhammer haar weer bij de kapper zitten – even onberispelijk gekleed en sympathiek als altijd. Met krulspelden in haar pas geblondeerde, van nature bruine haar onder de droogkap. Die maakte behoorlijk veel lawaai, zodat hij haar bij haar arm moest pakken toen er op zijn hoofd niets meer te knippen viel en hij haar gedag wilde zeggen. Het was onaardig om een bekende die je sympathiek vond, niet even te groeten als je wegging. Hij vond haar doortastend en kordaat, iemand die met beide benen in het leven stond.

Ze zat een tijdschrift te lezen en keek op toen hij tegen haar riep: 'Tot binnenkort maar weer, mevrouw Helling!'

Ze knikte en riep boven het lawaai van de droogkap uit terug: 'Ja, en nog een rustige dag gewenst, meneer Klinkhammer!' En daarbij lachte ze nog eens met heel haar bolle gezicht.

Van dat gezicht zag hij niets, want ze lag op haar zij met haar hoofd zover naar beneden dat haar kin bijna haar borst raakte. Vanaf haar voeten liet hij zijn ogen over de tegelvloer dwalen. Die vegen, alsof ze door haar bloed gekropen had voordat ze zich zo had opgerold of gekromd.

Pasjes alsof iemand hier op zijn tenen had rondgetrippeld, kon hij nergens ontwaren. Gelukkig ook geen sporen van de geüniformeerde collega's, blijkbaar waren ze allemaal zo verstandig geweest om uit de badkamer weg te blijven. Een wapen zag hij al evenmin. In de bungalow in Bedburg was ook geen wapen gevonden. Maar Dora Sieger was in zijn ogen ten prooi gevallen aan de Russen. Dat waren professionals. En professionals lieten geen wapens achter. Misschien lag er hier iets achter de deur. Dat kon hij niet zien vanaf de plek waar hij stond.

Hij richtte zijn blik op het raam, haalde een paar keer diep adem, bekeek de radiator onder de vensterbank en de wc die daarvoor stond. Het toiletdeksel was omhoog geklapt. Op de radiatorkolommen kon hij donkere stipjes onderscheiden. De voor het overige glanzende muurtegels op het stuk muur naast de radiator zagen er dof uit. Maar er viel geen licht op. Hij mocht niet dichterbij komen om ze aan een nader onderzoek te onderwerpen, dat wilde hij ook beslist niet. Hij zou het niet voor elkaar hebben gekregen om over de dode vrouw heen te stappen, in haar bloed te lopen. Hij mompelde enkele woorden die naar hij hoopte terecht zouden komen op de plaats waar gelovige christenen een God vermoeden. 'Geef haar de eeuwige rust.'

Vervolgens keerde hij zich in de richting van de kamer naast de badkamer, de deuren bevonden zich pal naast elkaar in een hoek. Haar slaapkamer. Het eenpersoonsbed was beslapen maar niet omgewoeld. Alsof ze er niet lang in had gelegen of heel rustig had liggen slapen. In het kussen zat slechts één enkele deuk, de deken was half teruggeslagen. Onwillekeurig hoorde hij in gedachten haar stem: *Nietsvermoedend kroop je 's avonds je bed in en dan haalde je de ochtend niet meer.*

Het bed stond met een van de lange zijden onder het raam dat op de straat uitkeek. Voor het bed stonden haar pantoffels, op de vensterbank een aantal flessen in het gelid. Zelfs vanuit de deuropening was te zien dat het rode bessenjenever was. Weer een vraag opgehelderd. Hier had Hellings vrouw de jenever vandaan gehaald, op een tijdstip dat ze die glasscherven al in haar voetzolen had. Bloedstipjes leidden van de deur naar het voeteneinde van het bed.

Het zag er niet naar uit dat Helling met bebloede schoenen de slaapkamer van zijn moeder was binnengelopen. Omdat de deur openstond had hij aan één blik in de badkamer genoeg gehad om te zien wat er gebeurd was. Het nachtkastje waar hij vermoedelijk de telefoon vanaf had gepakt, stond vlak naast het hoofdeinde van het bed. Dus had Hellings vrouw het ding ook zonder meer kunnen pakken om het alarmnummer te draaien. Maar blijkbaar was ze niet al te dicht bij het nachtkastje geweest. Twee laden stonden wagenwijd open. Voor de openstaande kleerkast lag wasgoed op de vloer.

Voor de toilettafel stond een stoel waar een panty op lag. Over de rugleuning hingen een bruine plooirok en een beige gebloemde blouse. En hij zag nog zo duidelijk voor zich dat Therese bij de kapper een grijze plooirok en een blauwe gestreepte blouse aan had. Met een parelketting en een gouden horloge – eenvoudig maar wel heel sierlijk en ontzettend duur, een exclusief merk dat alleen insiders kenden, ook zijn eigen vrouw had er zo een. En de ring met de nagenoeg zwarte steen, gevat in witte splintertjes: een saffier ter grootte van een vingernagel, gezet in briljanten. Die ring droeg ze al toen hij haar zeven jaar geleden had leren kennen. Een erfstuk van haar moeder dat ze nooit afdeed, had ze hem ooit eens verteld toen hij het prachtexemplaar bewonderde. Het horloge had ze nog niet zo lang; ze had het bestempeld als een cadeau van een vriend.

Op het lijk had hij geen sieraden gezien. Maar 's nachts had je ook geen parelketting om. De ring had ze altijd aan haar linkerhand gedragen, het horloge daarentegen rechts, zoals bijna iedereen dat deed. En weer teruggaan en haar linkerarm onder haar lichaam uit trekken, dat mocht hij niet doen, hij zou er ook niet toe in staat zijn geweest.

Hij bekeek het bed nog eens. Aan de muur boven het hoofdeinde hingen allerlei foto's. Thereses ouders, haar zoon als baby, op zijn allereerste schooldag, als eerstecommunicantje, als jongeman in voetbaltenue bij een doelpaal en als winnaar met een prijsbeker in zijn armen, als jongvolwassene in politie-uniform.

Een huwelijksfoto van Helling en zijn vrouw hing er ook. Zij helemaal in het wit met een stralende glimlach – een totaal ander gezicht dan dat beneden op de bank. Op een andere foto stond Helling met zijn dochtertje in zijn armen. Van de baby was niet veel te zien, vanuit de deuropening sowieso niet.

Klinkhammer ging de kamer niet binnen. Het zag er net zo uit als de slaapkamer van Dora Sieger – want ook al hadden de collega's uit Keulen hem dinsdag uit de hoogte afgepoeierd, hij had toch weten door te dringen tot de plaats waar het misdrijf was gepleegd – alsof de Russen er waren geweest. Of iemand anders die zo meedogenloos was dat een mensenleven niet telde, die zijn buit ter plekke bekeek en achterliet wat van nul en generlei waarde was. Dat viel eigenlijk niet zo goed te rijmen met de amateuristische manier waarop de schuurdeur was opengebroken. Tussen de spullen die uit de kast, de toilettafel en het nachtkastje waren gerukt, bevonden zich een open portemonnee, een eveneens open, leeg houten bijouteriekistje, een spaarbankboekje en een oud zakhorloge.

Op de overloop tussen de beide kamers die op de patio uitkeken, zag hij weer kleine bloedvlekjes plus een grote donkere vlek op de vloerbedekking. Hij ging op zijn hurken zitten en met zijn hoofd diep naar de grond gebogen snoof hij. Rode wijn, nog vochtig zelfs zoals hij merkte toen hij er met zijn vinger over streek. De vrouw van Helling had de fles die ze hoogstwaarschijnlijk uit de Goggomobiel had gehaald, vermoedelijk uit haar hand laten vallen. Geen wonder. Wanneer je vanaf die plek naar de trap keek, bevond de badkamer zich recht voor je.

Links lag de kinderkamer die er opgeruimd uitzag. Hier was niets overhoop gehaald. Er waren ook geen afdrukken van Hellings profielzolen te zien, wel bloedige teenafdrukken op de lichtgrijze vloerbedekking. Ze leidden naar het ledikantje. Tussen de spijlen was een kleurige reep stof gevlochten zodat je dichterbij moest komen om een blik op de baby te kunnen werpen.

Zelf had hij nooit het genoegen mogen smaken om vader te worden. De eerste paar jaar na hun huwelijk was zijn vrouw van mening geweest dat hij nog te jong was voor een kind. Ines was vijf jaar ouder dan hij. Later waren ze tot de conclusie gekomen dat zij inmiddels te oud was om nog moeder te worden. Echt spijt had hij daar nooit van gehad. Misschien was zijn huwelijk daarom wel zo bestendig en gelukkig. Ines had haar baan die veel voor haar betekende. Hij had zijn job die voor hem al even belangrijk was.

In feite wist hij met kinderen ook niets aan te vangen. Als ze nog klein en rustig waren, vond hij ze wel schattig. Maar ze waren alleen maar rustig wanneer ze sliepen; en klein bleven ze niet. Een van zijn kennissen had een achttienjarige vlegel als zoon; als hij er zo een had gehad, was er continu heibel geweest. Of misschien ook niet, want dan was die jongen heel anders opgevoed.

Na die afgrijselijke aanblik in de badkamer wilde hij zichzelf een blik op een rustig slapend jong leven gunnen. Eventjes balsem voor zijn ogen en zijn ziel. Bovendien was hij benieuwd of de geruchten dat het met het dochtertje van Helling niet allemaal koek en ei was, evenzeer op waarheid berustten als die over het wrak op de bank. Op zijn tenen sloop hij in een boog om de bloedvlekken heen naar het bedje, want hij wilde de baby voor geen goud wakker maken. Niemand had nu immers tijd om zich om een zuigeling te bekommeren.

Maar het ledikantje was leeg en schoon opgemaakt, door Therese, daar had hij iets om durven verwedden. Aan het hoofdeinde stond een kussen rechtop met een deuk in het midden. Dat had zijn moeder ook altijd gedaan bij alle kussens, er met de zijkant van haar hand een klap op gegeven, want dan zag het er mooier uit, vond ze.

Boven het ledikantje hing een mobile met kleurige visjes. Aan een van de spijlen was een ronde pluchen maan met een grijnzend gezicht bevestigd met een koordje eronder. Lieve maan, kijk 's aan, ze liggen allang in de veren, dacht hij; met dat liedje had zijn moeder hem vroeger in slaap gezongen. Mooi, zegt maantje en lacht en lacht. 'k Wens jullie allen een goede nacht. Morgen komt er een nieuwe dag ... van spelen en van leren.

Naast het ledikantje stond een babycommode met een afwasbaar aankleedkussen, babyverzorgingsproducten en een stapel luiers erop. Daarboven hing een open kastje met twee pluchen dieren erin en zeven prijsbekers erbovenop die Heiner Helling in zijn jonge jaren op schaaktoernooien had gewonnen. Dat kon je uit de gegraveerde plaatjes op de sokkels opmaken. Naast de commode bevond zich een nog ongeopend pak luiers en daarnaast een praktisch, sportief wandelwagentje. Maxi-Cosi las hij. Een kast met dichte deuren tegen de muur daartegenover completeerde de inrichting van de kinderkamer.

Ten slotte ging hij de slaapkamer met het smalle raam binnen vanwaar een deur naar de aanbouw leidde. Deze stond open, net als alle andere deuren, er hing alleen een stuk plastic voor – tegen het stof vermoedelijk. Het tweepersoonsbed was omgewoeld, op een van de hoofdkussens waren duidelijk sporen van bloed te zien. Hij dacht aan de kat waarover Helling het had gehad. Dat bloed moest dus eergisternacht op het kussen zijn gekomen.

Net als in Thereses kamer stonden ook hier de deuren van de kleerkast open. Voor de kast lagen truien, pyjama's, nachthemden en lingerie. De laden van beide nachtkastjes stonden open. Een toilettafel was er niet en er zaten maar weinig bloedvlekjes op de vloer. Ze kwamen van de kant van het stuk plastic. Daarom liep hij die kant op.

In de eerste van de twee aaneengesloten ruimten van de aanbouw waren hier en daar stukken textielbehang met pleisterlaag en al van de muren getrokken. Een uit de scharnieren gelichte deur stond schuin tegen de muur. De vloer was van grof beton; waarschijnlijk had ook daar ooit vloerbedekking gelegen, maar die was eruit getrokken, waarbij stukken van het ondertapijt aan de vloer waren blijven plakken. De tweede ruimte, de kleinste van de twee, had vroeger dienstgedaan als badkamer. De badkuip stond er nog. Uit de muren staken de afgedopte uiteinden van waterleidingen en afvoerbuizen.

De bloedvlekjes leidden door de viezigheid naar de opening in de vloer waar de ladder doorheen stak. De vrouw van Helling was zonder enige twijfel hierdoor naar boven komen klimmen. Dat had hij al wel gedacht. Hij wist alleen niet hoe laat dat was geweest en wat daar precies de reden van was; hij snapte ook niet waarom ze verdorie wel een fles jenever van de vensterbank had gepakt, maar niet de telefoon van het nachtkastje van haar schoonmoeder had gegrepen nadat ze had gezien wat er was gebeurd.

Hij meende nu echter wel te weten hoe die grauwsluier in haar haren was gekomen. En een paar seconden lang was dat een tweeslachtig gevoel, medelijden bijna. Ze had zich het leven als jonge moeder buiten de stad waarschijnlijk anders voorgesteld. Lekker met haar dochtertje in de kinderwagen langs velden en weilanden wandelen, niet continu in een stoffig huis zitten met verbouwingsellende.

De verbindingsman

Toen Arno Klinkhammer weer beneden kwam, maakte de woonkamer een verlaten indruk. Alle geüniformeerde agenten waren naar buiten gejaagd om de tuin en de weg daarachter af te zetten en kijklustigen op een afstand te houden. Inmiddels waren namelijk vier functionarissen uit Keulen aangekomen.

De technische recherche zat nog steeds in de file op de A4 vast. Armin, die maandag de leiding van het onderzoek in de zaak-Sieger had gekregen en ook in de zaak-Helling met de coordinatie zou worden belast, had zichzelf en zijn mensen met de sirene aan langs de plaats van het ongeluk geloodst. Met gewone personenauto's bleek dat te lukken, met een breder voertuig niet. Nu had Schöller de leiding op zich genomen en eerst maar eens voor een beetje overzicht gezorgd. *Allemaal weg hier, dit is de plaats waar een delict is gepleegd, het is hier geen kantine.*

Ook Schöller was hoofdinspecteur bij de recherche, hij was achtendertig jaar en vader van twee kleine meisjes van wie de jongste net een half jaar oud was. Afgezien van die kinderen had hij veel met Klinkhammer gemeen, vooral zijn aversie tegen mensen die ten onrechte alles beter dachten te weten. En een nog grotere hekel had Schöller aan plattelandscollega's die op de plaats delict gingen rondsjouwen voordat de technische recherche überhaupt aan het werk was gegaan, laat staan de werkzaamheden had afgerond.

Hij keek Klinkhammer aan met een blik die boekdelen sprak. *Ga me in vredesnaam niet nog eens de les lezen, ik kan zelf ook nadenken.* Klinkhammer had hem dinsdag leren kennen als een bijzonder arrogante collega uit de grote stad. De hoofdinspecteurs Bermann en Lüttich kende hij nog niet. Ze stonden met Kehler bij de voordeur. De vierde en tevens jongste was inspecteur Karl-Josef Grabowski, zevenentwintig jaar en ongehuwd. Veel ervaring met het rechercheren in moordzaken had hij nog niet. In tegenstelling tot zijn oudere collega's had hij echter wel gestudeerd – en hij had afgelopen dinsdag aandachtig naar Klinkhammer geluisterd bij de drie zinnen die deze had mogen zeggen.

Hem zag Klinkhammer door de openstaande deur naar de patio vooralsnog slechts de schuur en de poortvleugels inspecteren. Vervolgens verdween Grabowski naar de zijkant van het huis. Omdat hij niet terugkwam, was Klinkhammer ervan overtuigd dat hij het geen probleem vond om de ladder op te klimmen. Maar hij had vermoedelijk evenmin hoesjes over zijn schoenen.

Iemand had toch nog een dienstdoende arts gewaarschuwd. Helling zat nog steeds hartverscheurend te huilen. De dokter wilde hem een kalmeringsmiddel voorschrijven, maar daar bedankte hij voor. 'Het gaat wel weer', bezwoer hij. 'Zorgt u maar voor mijn vrouw, die is gewond.'

Schijndood was ze, vond Klinkhammer. Nu hij haar weer zag liggen, verdween het medelijden dat hij bij het bekijken van de aanbouw had gevoeld als sneeuw voor de zon. De dokter bevestigde de manchet van een bloeddrukmeter om haar arm, pompte deze op, controleerde haar bloeddruk, vertrok zijn gezicht verontrust en deelde mee: 'Deze vrouw moet zo snel mogelijk naar het ziekenhuis.'

Dat had Klinkhammer weliswaar ook gedacht voordat hij Thereses lijk en de flessen bessenjenever in haar slaapkamer op de vensterbank had gezien, maar nu dacht hij er anders over. Als het aan hem had gelegen, had de vrouw van Helling haar roes in een politiecel mogen uitslapen. Op een niet al te comfortabele maar wel praktische betonnen bank die het bureau Bergheim in plaats van britsen had aangeschaft omdat je ze met een waterslang kon schoonspuiten als dronken mensen er hun sporen op hadden achtergelaten. Het was echter niet aan hem om daarover te oordelen en dat was ook maar het beste. Als je slechts onbegrip en afschuw voelde, nam je niet altijd de juiste beslissingen.

Ook Schöller leek niet erg ingenomen met de mening van de arts. Hij knikte wel, maar verklaarde tegelijk: 'Ik moet met haar praten. Probeer eens of u haar wakker kunt krijgen. Misschien lukt dat als u iets aan haar voeten doet.'

Dat klonk bijna als een bevel om haar een beetje te pesten. De arts vatte het blijkbaar ook zo op, hij wierp Schöller een verwijtende blik toe maar ging wel aan het werk, trok haar voeten uit het teiltje en bette ze op de besmeurde bank droog. Het water had het vuil uit de wonden voor het grootste deel losgeweekt en de huid zacht gemaakt. Desondanks was de arts geruime tijd doende glassplinters uit haar voetzolen te verwijderen en het bloed uit de wonden te deppen. Het was ongetwijfeld een pijnlijke aangelegenheid, maar ze gaf geen kik.

Helling vertelde ondertussen het hele verhaal opnieuw: over het kabaal rond middernacht, en de vermomde indringer, die ongeveer een half uur later in de woonkamer was verschenen en door Hellings vrouw tot in de schuur was achtervolgd.

'Daarna is ze boven geweest', vulde Klinkhammer aan. Hoewel hij zich daarmee weer een boze blik van Schöller op de hals haalde die tot terughoudendheid maande, ging hij verder: 'Ze heeft de kortste weg genomen en niet gezien dat er een dode vrouw in de badkamer lag?'

'Nee', bezwoer Helling. 'De deur was dicht. Die zit altijd dicht om te voorkomen dat het koud wordt in de badkamer. Ik heb de deur opengedaan omdat ik handdoeken wilde pakken. Mijn vrouw had geen idee dat er iets verschrikkelijks gebeurd was. Ik zei toch dat die vent opeens in de woonkamer stond. Waar hij vandaan gekomen was, heeft ze niet gezien. Ze nam aan dat hij net van buiten…'

Zoals Klinkhammer ruim een half uur voordien had gedaan vroeg Schöller nu niet-begrijpend: 'Waarom heeft uw vrouw geen alarm geslagen?'

'Omdat ze dronken was!' stoof Helling op. 'Omdat ze dacht dat ze alleen thuis was en de indringer op de vlucht had gejaagd. Gisteravond heeft mijn moeder ons dochtertje naar een kennis gebracht. Mijn vrouw had dinsdag al iets gedronken omdat ze zich niet lekker voelde. Toen moest mijn moeder 's nachts haar bed uit en de kleine meid vroeg in de ochtend opnieuw verluieren en de fles geven. Ik had immers nachtdienst. En mijn moeder heeft een vermoeiende baan.'

Tot nu toe had niemand geïnformeerd waar de baby was. Dit was in ieder geval een verklaring voor de vraag waarom zijn vrouw van mening was geweest dat ze alleen thuis was. 'Was uw moeder dikwijls 's nachts weg?' vroeg Schöller dan ook sceptisch. Waarschijnlijk vond hij dat onwaarschijnlijk bij een oudere vrouw.

'Niet vaak', antwoordde Helling. 'Maar het gebeurde weleens wanneer uitbehandelde patiënten aan haar zorg waren toevertrouwd en ze zag dat het een aflopende zaak was. Ze was een ervaren verpleegkundige en liet nooit een stervende patiënt alleen. Als de familie het niet meer aankon, nam zij die taak op zich. Momenteel heeft ze zo'n patiënt. Ze vertelde gistermiddag nog dat ze er rekening mee hield dat ze 's nachts zou worden weggeroepen.'

Schöller informeerde hoe de vrouw heette aan wie Therese het kind had toevertrouwd. Helling antwoordde: 'Het spijt me, mijn moeder had een grote kennissenkring, het kunnen er zoveel zijn. Mij heeft ze alleen verteld dat we iemand moesten vinden die voor de kleine meid kon zorgen. Ik was het daar niet mee eens. Mijn vrouw redt zich gewoonlijk goed met de baby. Ik denk dat mijn moeder pas iemand heeft proberen te vinden nadat ik ben weggegaan. Mijn vrouw was daarna heel gedeprimeerd, is weer gaan drinken en in slaap gevallen. Ze heeft mijn moeder niet thuis horen komen.'

Dan moest zijn vrouw hem vanmorgen vroeg een heleboel hebben verteld, vond Klinkhammer. Verbazingwekkend dat ze nu niet eens meer haar ogen open kreeg. Al even verbazingwekkend was het dat er in de kinderkamer geen afdrukken van profielzolen waren. Je moest toch aannemen dat Helling als vader niet blindelings op het relaas van een stomdronken vrouw was afgegaan maar zichzelf overtuigd had door een blik in het kinderledikantje te werpen. Misschien had hij dat gedaan voordat hij de badkamer in liep. En terwijl hij boven rondliep, kon zij zich klem gedronken hebben. Voorzover het Therese betrof klonken Hellings beweringen plausibel, ze pasten bij de vrouw die Klinkhammer had gekend.

Schöller keek ongeduldig naar de bank. De dienstdoende arts was gecapituleerd voor al die splinters. Hij was nu bezig verband aan te brengen, maar dat kleurde in een mum van tijd rood. Hij maakte een opmerking over een veel te lage bloeddruk en aanzienlijk bloedverlies. Enkele snijwonden moesten volgens hem gehecht worden omdat ze maar bleven bloeden. Schöller knikte wel weer maar bleef erbij dat hij eerst met haar wilde praten.

Nu protesteerde de arts: 'Ik weet dat dat voor u belangrijk is. Maar daar neem ik de verantwoording niet meer voor. Als deze vrouw niet gauw naar het ziekenhuis gaat, zit u zometeen met twee doden. Ze heeft gegarandeerd een alcoholvergiftiging.'

Bij vier flessen klonk dat redelijk. Schöller maakte wel een uitermate misnoegde indruk maar gaf de arts toch zijn zin. Terwijl deze twee ambulancebroeders met een brancard binnenriep die buiten voor het huis in de ambulance waren blijven wachten, kwam Grabowski terug van zijn ronde en bracht Schöller fluisterend verslag uit. Gezien de manier waarop Schöller keek, vermoedde Klinkhammer dat Grabowski haar gang door het huis op precies dezelfde manier had gereconstrueerd als hij en dat ook hij zich verbaasde over de ontbrekende bloedvlekjes in de gang.

Schöller keek de brancard die met de bewusteloze vrouw erop haastig naar buiten werd gereden, nadenkend na en gaf de twee hoofdrechercheurs die samen met Kehler bij de voordeur stonden bevel om achter de ambulance aan te rijden en de nodige maatregelen te nemen. Vervolgens concentreerde hij zich weer op Helling. 'Wie heeft de gang schoongemaakt?'

'Ik', zei Helling op merkbaar agressieve toon. 'Kort nadat ik thuisgekomen ben. Toen ik dus nog niet kon voorzien wat ik in de badkamer zou aantreffen. Ik veronderstelde dat mijn moeder bij haar patiënten was. Mijn vrouw was in diepe slaap. Haar voeten stonden stijf van het vuil, maar ze bloedden niet meer. Waarschijnlijk is het mijn schuld dat het zo erg is gaan bloeden; ik had haar voeten niet in warm water mogen dompelen. Maar ik wilde ze schoonmaken. Ik was ook van plan de woonkamer schoon te maken voordat mijn moeder thuiskwam. Als u me dat verwijt ...'

Schöller maakte een afwijzend gebaar en eiste dat hij zo snel mogelijk een lijst maakte van alle kennissen van zijn moeder om te kunnen achterhalen naar wie ze haar kleinkind gisteravond had gebracht en hoelang ze er was gebleven.

Op dit moment maakte geen van de rechercheurs zich zorgen om het welzijn van de drie maanden oude zuigeling, ook Klinkhammer niet. Met het beeld van het schoon opgemaakte ledikantje en het kussen met de deuk op zijn netvlies meende hij dat de baby in goede handen was. Zorgen om zijn eigen hachje maakte hij zich al helemaal niet. Hij twijfelde er geen seconde aan dat de vrouw van Helling 's nachts iemand had gezien en dat die iemand Therese had vermoord. Er was niet de geringste aanwijzing voor dat hij door haar dood persoonlijk veel pijnlijker getroffen was dan alle andere werknemers van de regionale politie.

In de kast in zijn woonkamer lag een exemplaar van *Romy's schim*. En dat niet alleen. Hij had ook de andere pocketboekjes van R.S. Hij had ze allemaal van Gabriele Lutz cadeau gekregen, gesigneerd met haar favoriete pseudoniem Romy Schneider. *Romy's schim* was bovendien voorzien van een persoonlijke opdracht. 'Een bedankje voor de man die me wakker heeft gemaakt.' Gered zou meer to the point zijn geweest.

Arno Klinkhammer had Gabriele Lutz zeventien jaar geleden met een opengesneden polsslagader gevonden, op het allerlaatste moment zogezegd. En niet alleen omdat hij haar leven had gered was Gabi, zoals hij haar al een eeuwigheid noemde, hem intussen veel meer verschuldigd dan een bedankje. In de loop van de tijd had hij een heleboel voor haar gedaan, zelfs haar literaire succes bewerkstelligd.

Twee jaar geleden had hij zijn vrouw gesmeekt in elk geval eens een blik op Gabi's nieuwste boek te werpen en haar misschien eens te adviseren naar welke uitgeverij ze het manuscript het beste kon sturen. Naar haar vroegere uitgever die de pocketboekjes had uitgegeven, wilde Gabi niet meer terug. Ines had onmiddellijk besloten de roman zelf uit te geven. Tot nu toe had ze daar geen spijt van gehad hoewel Romy niet altijd even gemakkelijk in de omgang was. Maar het boek werd goed verkocht, het stond nu al ruim een jaar op de bestsellerlijst. Er stond allang een nieuw boek op stapel en Ines had daar grootse plannen mee. Dat was de enige reden om bij Gabi het een en ander door de vingers te zien. Ze was in de omgang met creatieve geesten bovendien heel andere dingen gewend. Die mensen hadden stuk voor stuk een afwijking. Gabi verwachtte in principe niet meer dan dat ze goed verdiende en dat ze achter haar bleven staan, wat voor onzin ze ook uitkraamde. Daarmee was ze voor Ines al bijna een prijzenswaardige uitzondering.

Arno Klinkhammer had *De schim met de moordenaarsogen* ook gelezen. Hij wist echter niets van de contacten van Gabi met Hellings vrouw. Toen de film in oktober 2001 voor het eerst op tv werd uitgezonden, had hij niet op al die namen op de aftiteling gelet. En ook al zou hij die hebben onthouden – productie: Stella Marquart – tweeënhalf jaar later zou hij uit zichzelf waarschijnlijk niet op het idee gekomen zijn dat Stella Marquart dezelfde was als de vrouw die hij nu verward, smerig en stomdronken op de besmeurde bank in Thereses woonkamer zag.

Majesteitsschennis

Augustus 1999 tot mei 2000

Nadat Gabriele Lutz de contracten had ondertekend, had het er maandenlang niet naar uitgezien dat Stella's naam ooit op de aftiteling van de film zou staan. Weliswaar had ze bij de omroep in de verantwoordelijke redacteur Heuser een contactpersoon die ook duidelijk te kennen gaf liever met haar te willen werken dan met Fabian Becker, *die fantast*, maar Fabian had nu eenmaal ervaring met het produceren van speelfilms. Hij had zijn eigen opvatting van de werkelijkheid, maar hij miste het vermogen om de bedrijfsleider op zijn nummer te zetten wanneer Ulf von Dornei weer eens een keer aan kwam met Russen, Chinezen, terroristen en drugsbaronnen als het summum van spanning.

De eerste bespreking, waaraan ook Heuser deelnam, werd meteen al een debacle. Heuser wilde eigenlijk alleen maar horen hoe van *Romy's schim* een serie kon worden gemaakt. Gabriele Lutz bracht haar laptop mee en had al zes conceptafleveringen met onopgehelderde moorden op de harde schijf opgeslagen. Misschien maakte haar tempo wel indruk. Maar bij Movie-Productions had iedereen een blocnote met het bedrijfslogo en twee pennen voor zich liggen om aantekeningen te maken. Zij had die benodigdheden aan de kant geschoven om plaats vrij te maken voor haar eigen spullen, hetgeen Ulf von Dornei met een gepikeerd gezicht zag gebeuren.

Fabian was vooralsnog niet geïnteresseerd in afleveringen voor de serie. Hij nam het woord en probeerde Heuser op zijn hand te krijgen. Natuurlijk hadden ze een goed scenario, maar het kon altijd beter. Om Romy's miserabele kinder- en jeugdjaren en de acht jaar durende liefdesrelatie althans een bescheiden plekje in de film te geven, stelde Fabian voor om flashbacks in te voegen wanneer Romy door de stad liep en junkies bloedneuzen bezorgde en hen zo naar de andere wereld hielp.

Voordat Gabriele Lutz de kans kreeg daartegen te protesteren nam Ulf von Dornei het woord. Hij wilde met de villa van een drugsbaron in Bolivia beginnen. Die drugsbaron moest Romy's aartsvijand worden. Ze zou in elke aflevering van de serie jacht op hem moeten maken. Dan zouden ze een rode draad hebben. Omdat Romy de drugsbaron namelijk nooit te pakken kreeg, kon ze in plaats van hem de Russische maffia, de Chinese triades, het internationale terroristenwereldje enzovoorts uitdunnen.

'Nee', zei Gabriele Lutz en ze wierp Stella een ontstemde blik toe – niet voor het eerst. 'Ik dacht dat we dat punt hadden opgelost. Geen Russen, geen Chinezen, geen terroristen. Romy vliegt niet de hele wereld over.'

'Dat is ook nergens voor nodig', zei koning Ulf woedend. Hij was geen stevige tegenspraak gewend. Hij had een van Fabians boeken over paranormale verschijnselen geleend en daarin iets gelezen over een onderwijzeres die haar astrale lichaam tijdens het speelkwartier naar buiten stuurde om te surveilleren terwijl zij in de lerarenkamer een dutje deed. 'Iemand met bovennatuurlijke gaven kan op twee plaatsen tegelijk zijn', sprak hij belerend.

'Heus waar?' vroeg Gabriele Lutz. En Stella zou niet hebben kunnen zeggen of in haar stem spot of verbazing doorklonk. 'Hebt u persoonlijk ondervinding op dat terrein?' Toen Ulf von Dornei nee knikte, informeerde ze nog: 'Zou u dat wel willen? Haalt u dan toch even koffie voor ons. Iets lekkers erbij zou ook geen slecht idee zijn. Dit lijkt hier nogal lang te gaan duren. En ik heb tussen de middag maar een kleinigheid gegeten.'

Tot dat moment had Heuser aldoor droedels op zijn blocnote zitten maken en herhaaldelijk gekucht om aan te geven dat hij dat gepalaver tijdverspilling vond. Nu barstte hij in lachen uit zonder zich af te vragen of hij daar iets bij te verliezen had. Maar hij had ook weinig te verliezen. Toen Ulf von Dornei inderdaad opstond en de vergaderkamer uit liep, keek de redacteur Gabriele Lutz aan en zei: 'Dat foefje moet u me eens leren. Hoe doe je dat?'

Gabriele Lutz glimlachte. 'Hebt u dat nog nooit geprobeerd? Het is heel simpel. Je denkt: nu zou ik wel zin hebben in een kop koffie en wat te eten erbij. En dan zeg je dat gewoon.'

'Maar het werkt uitsluitend wanneer je het tegen de juiste persoon zegt', merkte Heuser op.

'Haalt hij anders nooit koffie?' vroeg Gabriele Lutz.

'Als er iemand voor te vinden is', legde Heuser uit, 'laat koning Ulf zelfs zijn achterste nog afvegen.'

Even daarna kwam de secretaresse binnen met koffie en gebak. Ulf von Dornei liet zich niet meer zien. Hij had een bloedneus gekregen, net als al die junkies in de roman. Maar bij hem had die een natuurlijke oorzaak. De secretaresse vertelde dat hij de personeelsruimte was komen binnenstormen waar ze net een kop koffie voor zichzelf stond te zetten. Ze moest een hele kan koffie zetten en die naar de vergaderkamer brengen, had hij geëist en hij had de beide keukenkastjes opengerukt om na te kijken wat voor gebak er nog was. Omdat hij beide kastjes tegelijkertijd had opengetrokken en er op een ongelukkige plaats voor stond, was een van de deurtjes tegen zijn neus aan geknald. Allemaal heel normaal. Maar met dat voorval was het voor Stella begonnen; een gevoel van onbehagen op een reëel niveau.

Fabian was er uiteraard van overtuigd dat Gabriele Lutz hun een demonstratie van haar bijzondere vermogens had gegeven, dat ze de bewegingen van de bedrijfsleider telepathisch had gemanipuleerd en er op die manier voor had gezorgd dat het deurtje van het keukenkastje hem ook echt raakte. 'Ze heeft het tevoren aangekondigd, Stella. Waarom geloof je me niet?'

Omdat het in haar ogen volslagen nonsens was. Maar een koning stuurde je niet ongestraft weg om koffie en koek te halen. Waarom hij naar de personeelsruimte was gegaan wist Ulf von Dornei vermoedelijk zelf niet eens. Misschien was hij door Heusers lachsalvo op de vlucht gedreven. Misschien had hij zich in het vuur van de strijd bij wijze van uitzondering extra willen uitsloven als gastheer. Af en toe had hij van die opwellingen. Alleen had dat met dat kastdeurtje niet mogen gebeuren.

Koning Ulf voelde zich vreselijk voor schut gezet en was van mening dat mevrouw Lutz hem met haar verzoek om koffie te halen tegenover Heuser in zijn hemd had gezet. Voor hem was ze van nu af aan 'dat onmogelijke mens'. En hij had de macht om haar te koeioneren. Hij liet haar schrijven, maanden aan één stuk door. En wat ze ook inleverde, er werd geen regel van uitgezonden. Het meeste was ook totaal overbodig, zoals het format voor de serie met alle hoofd- en bijfiguren tot aflevering honderdvijfentwintig aan toe.

Zijn bevelen liet Ulf von Dornei door Fabian doorgeven. De film was nog steeds Fabians project, en dat wilde hij zich ook voor geen prijs afhandig laten maken, al helemaal niet door een ongelovig mens als Stella. Dat maakte hij haar elke keer duidelijk wanneer ze probeerde mee te praten of althans te bemiddelen.

Tijdens die maanden stond ze echt machteloos, ze kon niets anders doen dan Heuser en Gabriele Lutz in een goed humeur houden. Als de schrijfster telefonisch om informatie vroeg – dat deed ze in principe bij Stella – raakte ze meestal buiten zichzelf van woede maar ze zag tevens in dat ze die ellende aan zichzelf te wijten had.

'Eerst zit die fantast zo te bazelen dat ik al dacht: daar kom ik vandaag de hele dag niet meer weg', zei ze op een keer. 'Toen begon die blaaskaak me ook nog met zijn drugsbaron op de zenuwen te werken. Als ik had voorzien dat hij een kastdeurtje tegen zijn neus zou krijgen, had ik die koffie zelf gehaald. De eerstvolgende keer kom ik met hangende pootjes terug.'

Die kans gaf Ulf von Dornei haar niet. Hij ontzegde haar zo ongeveer de toegang tot het gebouw, verbood verdere besprekingen op zijn territorium. Of dat uit angst was voor nieuwe inbreuken op zijn bloedeigen gedachtegoed, liet hij niet merken. Stella veronderstelde dat Fabian ook tegenover hem een opmerking in die richting had gemaakt. Bij Heuser had hij dat gedaan, gelukkig vatte deze dat niet serieus op. En koning Ulf beweerde dat er toch niets te bespreken viel zolang dat *onmogelijke mens* niets behoorlijks inleverde. Zolang mevrouw Lutz zich verbeeldde dat ze vijf heren tegelijk kon dienen, zou er nooit een goed format voor de serie tot stand komen, zei hij. Fabian had hem verklapt dat Gabriele Lutz voor nog meer producties aan het werk was.

Gabi, zoals Stella en Fabian haar al gauw noemden, had contracten uit te voeren die ondertekend waren voordat *Romy's schim* überhaupt ter discussie stond. Dat ontkende ze niet. Tegenover Stella verzweeg ze niet eens dat ze daarna nog enkele projecten had aangenomen omdat ze toch ergens van moest leven. En ambachtslieden van moest betalen.

In november 1999, amper een week voor de vergadering met al die verstrekkende gevolgen, had Gabi het huis gekocht waarvoor ze volgens het afgeluisterde telefoongesprek haar ziel en zaligheid zou hebben verkocht. Het was nogal verwaarloosd, meldde ze een keer. Alles moest van de grond af aan gerenoveerd en opgeknapt worden.

Het huis stond in Niederembt, via Gabi hoorde Stella voor het eerst van dat dorp. Nadat Gabi haar ergernis tegenover haar had geventileerd, begon ze af en toe over haar zorg dat ze toch minder snel dan gepland in het huis zou kunnen trekken waaraan ze enorm gehecht was. En het klonk allemaal volslagen normaal.

Volgens Gabi was het huis vroeger van haar grootouders geweest, bij wie ze in haar kinderjaren zo veel mooie uren had doorgebracht. Na de dood van haar opa was het in het kader van de zorgplicht op naam gekomen van Gabi's zus Uschi, dat stomme rund, dat er altijd al slag van had gehad alles in te pikken.

'Maar ik was destijds amper twintig', zei Gabi. 'Ik had een leuke flat en twee kleine kinderen die me geen seconde rust gunden. Op dat moment zou ik het huis en de zorg voor mijn grootmoeder waarschijnlijk niet aangekund hebben.'

Uiteraard waren Gabi's kinderen niet van een alcoholist naar wie je messen moest gooien, zoals verfilmd in *Een droom van rozen*. Maar ze was wel heel jong getrouwd, en kreeg haar eerste kind al op haar zeventiende. Dus was ze nu ongeveer even oud als Stella en Fabian. Ouder zag ze er ook beslist niet uit. En haar huwelijk was na een paar jaar gestrand omdat haar man na zijn werk alleen nog maar op de bank wilde liggen. Eens een keertje uitgaan was er bij hem niet bij.

Als ze met Stella telefoneerde was ze gewoon een vrouw met een bloeiende fantasie die van pure verveling enkele boeken over paranormale verschijnselen had gelezen. Maar Gabi sprak ook met Fabian. Nadat de zevende versie van het ontwerp voor de serie in de prullenbak van Ulf von Dornei was beland, ging hij twee keer per week laat in de middag naar het armoedige oude flatgebouw in Keulen waar Gabi nog woonde omdat het huis in Niederembt nog steeds niet klaar was. Stella zou maar al te graag zijn meegegaan, maar dat wilde Fabian niet. Zodoende hoorde ze alleen van hem of Gabi of ze opschoten – niet dus.

Ze maakten van de nacht een dag, maar ze kregen niets voor elkaar omdat Fabian bezeten was van het idee dat Gabi en Romy een en dezelfde persoon waren. Aanvankelijk probeerde Gabi hem dat nog uit zijn hoofd te praten; ze leende hem alle andere pocketboekjes en videobanden van alle films waarvoor ze het scenario had geschreven om hem ervan te overtuigen dat ze meer dan genoeg fantasie had en heus geen autobiografische levenservaringen hoefde te verwerken.

Als bewijs dat ze verder niets kon dan schrijven haalde ze ook altijd haar treurige flatje, de versleten meubels en haar stokoude autootje aan. Als ze bovennatuurlijke gaven zou hebben, zat ze toch allang in een villa op de Bahama's en had ze een Rolls-Royce en een privéhelikopter? Maar omdat Fabian bleef aanhouden, stemde Gabi uiteindelijk maar weer toe en vertelde hem het ene na het andere griezelverhaal – over haar huwelijk met de alcoholicus. Omdat ze al op haar zestiende met hem getrouwd was, kon er voordien moeilijk een ander zijn geweest. En over hoeveel schulden haar ex wel niet had gemaakt waarvoor zij had moeten opdraaien. Dat was de reden waarom ze jarenlang financieel geen succes had gehad.

Telkens opnieuw legde Stella haar collega uit wat ze van Gabi hoorde. Telkens verwees Fabian dat naar het rijk der fabelen. Volgens hem werden ze allebei voorgelogen. Hij beeldde zich in dat hij vlak bij Gabi voortdurend iemand hoorde lachen wanneer hij alleen met haar in haar flat was. Het was de lach van een jongeman, bezwoer Fabian – waarschijnlijk de geest van haar geliefde. 'Dat hoorde ik de eerste keer toch ook al toen we bij haar waren?'

Dat had hij beweerd. Maar Stella had niets gehoord – behalve Elvis Presley. Ze vermoedde dat Fabian aan oorsuizen leed. Herhaaldelijk raadde ze hem aan naar de dokter te gaan omdat hij ook steeds meer last kreeg van zware hoofdpijn. Maar hij stond niet meer open voor logische argumenten. Hij had zelf niet in de gaten hoezeer hij veranderde. Zij daarentegen kende de tekenen van de angst uit eigen ervaring. Ineenkrimpen als er opeens iemand de kamer binnenkwam. Tersluiks naar halfdonkere hoekjes kijken. Soms had ze echt met hem te doen. En geleidelijk aan werd ze woedend op Gabi die hem volgens het motto: dat is toch wat hij wil, liever in zijn waanzin bevestigde dan met hem samen te werken.

Nadat Gabi in mei 2000 eindelijk naar haar huis op het platteland was verhuisd, reed Fabian nog drie keer naar Niederembt en hoorde de onzichtbare man daar nog harder lachen. Na de derde keer stelde hij zich op het standpunt dat het Gabi's broer was die hij toen – bij wijze van uitzondering eens een keer zichtbaar en natuurlijk in levenden lijve – in de woonkamer had aangetroffen.

'Een engerd, zoals Gabi zei', beweerde Fabian. 'Je had zijn ogen moeten zien, Stella. Zulke ogen heb ik nog nooit bij een mens gezien, ze waren gelig groen zoals bij een roofdier, echt lichtgevend. En de manier waarop hij me aankeek – zo doordringend, het joeg me de stuipen op het lijf.'

Een vierde keer kon hij ook niet meer naar Niederembt rijden. Toen er bij die hoofdpijn ook nog gezichtsstoornissen kwamen, dwong koning Ulf hem formeel zich eens grondig te laten onderzoeken en werd er een hersentumor gevonden. Het was weliswaar een goedaardig gezwel, maar het moest wel bestraald worden en operatief verwijderd. Fabian was langere tijd afwezig en viel definitief ten prooi aan zijn geloof in paranormale verschijnselen.

Stella ging zo vaak mogelijk bij hem op bezoek in het ziekenhuis en kreeg dan steevast van hem te horen dat het nu de hoogste tijd was om het materiaal voor de film aan het moederconcern in München over te doen. Aanvankelijk voerde Fabian daar nog rationele argumenten voor aan. 'Jij hebt geen ervaring met het maken van speelfilms, Stella. En je hebt niet genoeg tijd om je overal mee bezig te houden. Nu heb je ook nog mijn serie op je bord.'

'Ik red het wel op de een of andere manier', meende ze optimistisch.

Vervolgens sloeg Fabian een andere toon aan. 'Doe jezelf een lol en laat het. Je bent niet tegen Gabi opgewassen. Ik heb het geprobeerd en je ziet wat het heeft opgeleverd.'

'Nou moet je ophouden', verzocht ze hem dringend. 'Je beeldt je toch hopelijk niet in dat Gabi er iets mee te maken heeft dat jij ziek geworden bent?'

Fabian keek haar alleen maar aan alsof zij degene was met wie je medelijden moest hebben, omdat ze zo hardnekkig bleef weigeren de dingen te accepteren zoals ze nu eenmaal waren.

'Denk nou eens rationeel na', sommeerde ze hem. 'Je had al voortdurend hoofdpijn voordat we Gabi kenden. Als ze bovennatuurlijke gaven had, zou ze Ulf allang schaakmat hebben gezet in plaats van zich door hem te laten koeioneren met dat stompzinnige format voor een serie, denk je niet?'

'Nee', zei Fabian. 'Met Ulf steekt ze de draak, want die danste prompt naar haar pijpen. En dat zal hij opnieuw doen als hij haar bij zich in de buurt laat komen. Mij moest ze uitschakelen omdat ik weet waartoe ze in staat is. Als je weet dat je beïnvloed wordt, werkt telepathie niet. Dat was ook zo bij haar eerste man, dat heeft ze toch zelf verteld?'

Stella kwam in de verleiding om ontkennend haar hoofd te schudden. Maar dat had ze al zo vaak gedaan zonder Fabian daarmee tot rede te brengen. Dus zei ze nu om hem te kalmeren: 'Maak je maar geen zorgen, ik ben heus ook wel op de hoogte, bij mij sorteren haar gedachten geen enkel effect.'

'Maak je maar geen zorgen?' herhaalde Fabian sprakeloos. 'Begrijp je niet wat ik zeg? Zodra je haar tegenspreekt of iets doet wat niet in haar kraam te pas komt, ben jij waarschijnlijk de volgende.'

'Voor een goede film moet ik dat risico maar nemen', verklaarde Stella nu, want ze was het beu. 'Maar bij het eerste teken van hoofdpijn of gezichtsstoornissen ga ik naar de dokter. Dat beloof ik je.'

'Haar man had geen hoofdpijn', reageerde Fabian. 'Hij is gaan drinken omdat hij bang voor haar was en hij is doodgegaan aan levercirrose.'

Volgens Gabi gaf haar ex-man zich allang met een andere vrouw af en genoot hij een opperbeste gezondheid, waarvan Gabi's kinderen zich elke veertien dagen op zondag konden overtuigen. Maar dat had Stella haar collega al zo vaak verteld. Tot nu toe had hij haar nooit geloofd, nu zou hij dat al helemaal niet doen.

'Dat zou mij nooit kunnen overkomen', zei ze in plaats daarvan. 'Dat spul moet je maar net lekker vinden. Ik drink het liefst water.'

Dat was destijds de waarheid. Ze dronk liters mineraalwater omdat dat het meest dorstlessend was en geen kwaad kon voor haar figuur. Alleen bij zeer bijzondere gelegenheden, als er bij Movie-Productions iets te vieren viel, wat heel zelden het geval was, liet ze zich een glaasje sekt inschenken om niet als saaie piet te boek te staan. Eén glas maar. Daar liep ze dan de hele avond mee rond om niemand in de verleiding te brengen haar nog een glas op te dringen. Dronken was ze nog nooit geweest. Alleen al het zweverige gevoel als je een beetje aangeschoten was, stuitte haar tegen de borst. Op de bruiloft van haar zus had ze dat meegemaakt en toen had ze zichzelf gezworen: dit nooit meer.

Altijd haar hoofd er helemaal bij houden, een helder verstand en met open ogen de wereld door, zich door niemand meer iets laten aanpraten, dat was haar devies. Twintig jaar geleden was het Madeleine gelukt haar met horrorverhalen gek te maken. Ze was niet van plan om iemand ooit nog eens de kans te geven dat spelletje met haar te spelen. Niemand kon haar meer wijsmaken dat er wezens bestonden die je als normaal mens met je beperkte verstandelijke vermogens niet moest uitdagen.

Opvattingen van de rechercheurs

Donderdag 22 april 2004

Drie komma acht promille had Stella in haar bloed toen ze tegen tien uur in de ochtend in het ziekenhuis in Bedburg werd binnengebracht. Haar leverwaarden waren zorgelijk, haar bloeddruk zorgwekkend laag, haar bloedstolling verstoord.

De artsen konden niet veel voor haar doen. Ze namen haar op bevel van de politie een bloedproef af en onderzochten haar lichamelijk op eventuele tekenen dat er een gevecht had plaatsgevonden. Volgens de dienstdoende arts dateerden de schrammen op haar rechterwang van langer geleden en waren ze hoogstwaarschijnlijk door een kattenpoot veroorzaakt. Zulke spitse nagels had geen mens.

De arts behandelde haar voetzolen met alle snijwonden, verwijderde er nog meer glassplinters uit en andere rommel die op de patio en in de schuur in de wonden was gekomen. Daaraan had hij niet te veel tijd willen besteden. Een paar grotere snijwonden werden gehecht. Vervolgens stabiliseerden ze haar bloedsomloop en brachten ze een infuus in om het gif sneller uit haar lichaam te verwijderen en er zeker van te kunnen zijn dat ze voldoende vocht binnenkreeg. Daarna lieten ze haar slapen.

Het vlekkerige T-shirt en haar slipje werden evenals het afgenomen bloed naar het forensisch instituut in Keulen gebracht. Het hoofd van de afdeling moordzaken deed die donderdag geen enkele moeite meer om met haar te spreken. Dat zou geen enkele zin hebben gehad.

Schöller en zijn mensen hadden wel iets belangrijkers te doen dan naast haar bed te gaan zitten wachten tot ze haar ogen opendeed en hun vragen kon begrijpen en beantwoorden; volgens de inschatting van de artsen moest je daar de eerste vierentwintig uur niet op rekenen. Een vrouw met snijwonden onder haar voeten liep niet weg. Ze namen voorlopig eerst maar eens de buurt en haar man onder handen. Maar niemand vroeg waarom ze was gaan drinken. Dat leek wel duidelijk: onder één dak wonen met je kordate schoonmoeder is niet altijd even leuk.

DEEL 3

Leugentjes om bestwil

De bezorgde echtgenoot

Donderdag 22 april 2004

Heiner Helling was ontzettend bang. Zijn probleem was dat hij niet wist hoe Stella op de gedachte gekomen was dat zijn moeder haar een gemene streek had geleverd en dat ze de kleine meid had weggebracht. Uiteindelijk had ze ook nog met dubbele tong tegen hem gezegd dat er eerder iemand in de woonkamer was geweest met wie Therese over de Russen en een volle poepluier zou hebben gesproken.

Hij betwijfelde of hij er wel goed aan had gedaan over een indringer te beginnen. Misschien had hij beter kunnen zeggen: 'Ik weet niet wat er is voorgevallen. U ziet zelf wel dat mijn vrouw niet in staat is om opheldering te verschaffen.' Hij was echter in paniek dat ze haar niet naar het dichtstbijzijnde ziekenhuis zouden brengen, maar haar in een cel zouden opsluiten! En dan dat vraagteken in zijn hoofd: waarom had ze overal met bloedende voeten rondgelopen en wel een fles bessenjenever van de vensterbank gepakt, maar niet de telefoon op mama's nachtkastje?

Daar had hij haar uiteraard naar gevraagd en vervolgens had hij haar nog twee volle limonadeglazen bessenjenever te drinken gegeven zodat ze definitief onder zeil ging. Op die manier wilde hij voorkomen dat anderen haar meteen konden ondervragen. Hoe zeiden ze dat ook alweer zo mooi: 'Kinderen en dronkaards spreken de waarheid.' Verschillende keren had hij gevraagd: 'Hoe laat ben je boven geweest? Waarom heb je me niet meteen gebeld? Je moet toch hebben gezien wat er gebeurd was?'

Maar ze mompelde iedere keer alleen maar: 'Laat me nou slapen.'

Pas toen hij haar bij haar schouders pakte, stevig door elkaar rammelde en toeschreeuwde: 'Slapen kun je later ook nog wel! Kom tot jezelf en geef antwoord. Mama ligt in de badkamer. Ze is dood, begrijp je dat? Dood!', kwam er een andere reactie. Een gelukzalige glimlach en een tevreden, maar half verstaanbaar gemompel: 'Dan kan ze mooi niet meer met mijn vader praten.'

En toen kwam uitgerekend Klinkhammer die zich zogenaamd niet met slachtoffers van geweldmisdrijven wilde bezighouden. Maar zodra zich een slachtoffer aandiende, was hij ter plekke en beet hij zich in de zaak vast. Iemand stuurde hem op pad om een weggelopen kind te zoeken en hij kwam met een moord terug. Hij kreeg opdracht een schijnbaar onschuldige automobilist te checken wiens enige vergrijp ongeoorloofd parkeren op een bospad leek te zijn – en hij leverde het bewijs dat de man een geraffineerde seriemoordenaar was die zelfs een buitengewoon opsporingsambtenaar van de federale Duitse recherche te slim af was geweest. Deze laatste wist vervolgens in één moeite door te voorkomen dat Klinkhammer met smaad en schande uit het middenkader werd getrapt.

Klinkhammers bravourestukje was Heiner genoegzaam bekend. Het was op het bureau wekenlang het gesprek van de dag geweest en daar niet alleen. Schouderklopjes van alle kanten, zelfs van de districtscommissaris en een vrouwelijke hoofdofficier van justitie, de ene loftrompet na de andere. Sindsdien zagen veel mensen hem voor een soort goeroe aan.

Het hoofd van de afdeling moordzaken scheen een uitzondering te zijn. Hij stelde het blijkbaar niet op prijs dat zo'n *plattelandsprofilertje* – die term had Heiner Schöller zelf horen bezigen, weliswaar binnensmonds maar goed te verstaan – hem duidelijk maakte hoe hij tegen de situatie aankeek. Klinkhammer had die minachtende kwalificatie waarschijnlijk ook gehoord. Dat had hem er echter niet van weerhouden Schöller nog enkele suggesties te geven. Door zijn tegendraadse houding kreeg Heiner nog voordat Stella naar het ziekenhuis werd gebracht de indruk dat Klinkhammers gedachten al twee kanten op gingen. *Daarna is ze boven geweest.* Dat had Klinkhammer toch echt niet hoeven zeggen. Zoiets zou niemand immers over het hoofd zien.

Nadat Stella het huis uitgebracht was, stelde Schöller nog meer vragen. En Klinkhammer mengde zich er telkens opnieuw in. De niet-afgesloten schuurdeur hield hem het meest bezig.

'Denkt u dat uw moeder wellicht nog iemand verwachtte?'

Heiner vond dat ondenkbaar maar knikte desondanks, hoewel hij hun daarmee de eerste ongerijmdheid opdiste. Als je op elk moment bij een stervende kon worden geroepen zoals hij kort daarvoor had beweerd, sprak je niet met iemand af. Maar mama had vroeger geregeld een verhouding gehad met getrouwde mannen. Die kwamen dan als het donker was door de tuin om te voorkomen dat iemand hen op straat zag. Dan had ze de poort altijd van de grendel gedaan omdat een minnaar haar van daar af niet kon laten weten dat hij er was.

Hij was amper uitgesproken of Schöller wilde namen horen.

'Ik weet niet hoe die mannen heetten', praatte Heiner zich eruit. 'Mijn moeder was buitengewoon tactvol en liet zo'n vriend alleen komen als ik nachtdienst had.'

'Hoe weet u dan dat die mannen getrouwd waren?'

Nou ja, zijn vader, die onverantwoordelijke smeerlap, was er ook zo eentje. 'Ze heeft ooit eens een opmerking gemaakt, waaruit ik dat heb opgemaakt.'

'Hoelang bent u getrouwd?'

'Twee jaar.'

'En wat voor soort nachtdienst deed uw vrouw gedurende die twee jaar?'

Het was niet nodig die vraag te beantwoorden. Uit de toon waarop Schöller dat had gevraagd bleek overduidelijk wat hij dacht: gezopen.

Klinkhammer maakte een opmerking over de vernederende staat waarin Therese lag. Misschien hadden ze wel met een zedenmisdrijf van doen, dacht hij. Het was heel goed mogelijk dat de overhoop gehaalde slaapkamers als afleidingsmanoeuvre dienden om een persoonlijk motief te verhullen. Hij verzuimde echter ook niet te vermelden dat hij Therese afgelopen dinsdag nog had gezien en dat ze toen kostbare sieraden droeg.

Uit Schöllers ogen spatte intussen gif en gal. Hij raakte door Klinkhammers woorden echter wel geïnspireerd en pakte Heiner stevig aan. Hij toonde geen extra consideratie met het feit dat de man zojuist zijn moeder had verloren. Heiner moest niet alleen zo gauw mogelijk een lijstje maken met alle kennissen van zijn moeder, na Klinkhammers hint met betrekking tot kostbare sieraden wilde Schöller ook nog de hoogte van haar inkomen weten en hij eiste een specificatie van alle waardevolle voorwerpen die zich in het huis zouden moeten bevinden. Uit zijn blote hoofd! Hij kreeg zelfs niet de kans alles eerst voor zichzelf op een rijtje te zetten.

Toen de technische recherche eindelijk arriveerde, op de voet gevolgd door een jonge vrouwelijke forensisch patholoog-anatoom, namen ze Heiners vingerafdrukken, een routinezaak, en namen ze preventief wat speeksel bij hem af. Daarna vond Schöller het verstandig dat Heiner het huis verliet. Uiteraard moest hij zich eerst omkleden. Zijn spijkerbroek met al die bloedvlekken, zijn poloshirt en sportschoenen met profielzolen moest hij afgeven.

Het was vernederend. Bermann, die eerst Ludwig Kehler door de mangel had gehaald, ging met Heiner naar de slaapkamer, keek ongegeneerd toe hoe deze zich uitkleedde, nam alles in ontvangst, deed het in plastic zakken en keek argwanend naar elk kledingstuk dat Heiner van de grond pakte. Heiner trok meteen het een en ander aan. Hij pakte voor Stella nachthemden, lingerie en haar badjas in een elegante weekendtas die een klein vermogen had gekost. Deze stond nog in de kast naast een koffer waarin hij zijn eigen kleren legde. Daarna attendeerde hij Bermann op het feit dat zijn oude sporttas verdwenen was.

Heiner mocht zijn badspullen en scheerapparaat niet meenemen, ze lieten hem niet meer in de badkamer. Daar was de forensisch patholoog-anatoom meteen met haar eerste onderzoek op het lijk begonnen, onder het toeziend oog van Schöller. Toen hij – op de voet gevolgd door Bermann – met de koffer en de weekendtas de slaapkamer uitkwam, droeg Schöller Bermann op om met hem mee naar beneden te gaan en voor de voordeur te wachten.

Ludwig Kehler stond nog steeds buiten, hij rookte zijn zevende, achtste of negende sigaret en luisterde naar het gesprek van Klinkhammer en de jonge Grabowski die kort tevoren eveneens naar buiten was gegaan. 'Kalle' Grabowski moest een buurtonderzoek doen. Om te voorkomen dat Klinkhammer ook de forensisch patholoog-anatoom nog met zijn opvattingen zou lastigvallen, had Schöller hem uiteindelijk onomwonden gesommeerd om op te hoepelen. Hij moest naar Bergheim terug. Daar zou vast nog wel een heleboel werk op hem liggen wachten, had Schöller gezegd. Misschien moest hij nog een tasjesroof ophelderen of een geval van afpersing met geweld ergens op een schoolplein.

Maar 'Kalle' en dat plattelandsprofilertje stonden, zoals te verwachten viel, nog steeds over Therese te praten en over de verschillen die er volgens Klinkhammer waren met de moord op Dora Sieger uit Bedburg. Omdat Bermann bij het tweetal was gaan staan en Schöller nog een poosje boven bleef, kreeg Heiner de kans even aandachtig te luisteren als Grabowski.

Toen het Klinkhammer opviel dat Heiner zijn autosleutel in zijn hand had, zei hij: 'Het lijkt me onder de omstandigheden niet verstandig om zelf te rijden, meneer Helling. Ik wil u met alle plezier een lift geven.'

Vervolgens zei Schöller, die eindelijk bij de voordeur verscheen: 'Hartelijk dank voor de informatie en voor uw vriendelijke aanbod, collega. Hopelijk stelt het u gerust dat ik niet van plan was hem zelf te laten rijden. Hij gaat met ons mee.'

Met de volgende, niet bepaald vriendelijke zin richtte Schöller zich tot Grabowski: 'Waarom hang je hier nog rond, Kalle? Had ik je niet gezegd wat je moet doen? Buurtonderzoek. Of is dat soms beneden je waardigheid?'

En precies op het moment waarop iedereen in beweging kwam, kwam er een auto van het Openbaar Ministerie voorrijden waar niet de eerste de beste uitstapte, maar hoofdofficier van justitie Carmen Rohdecker in eigen persoon. Het was haar indertijd gelukt de seriemoordenaar tot een gevangenisstraf veroordeeld te krijgen. Ze was toen twee keer in Bergheim geweest, had met haar loftuitingen alle anderen overtroffen en Klinkhammer proberen over te halen om zich naar Keulen te laten overplaatsen.

Om die reden kende Heiner haar en hij wist ook dat zij en

Klinkhammer elkaar tutoyeerden. Desondanks geloofde hij secondenlang dat dit bezoek bedoeld was om aan te tonen dat de moord op de moeder van een politieagent zelfs mensen van het eerste garnituur in het geweer bracht. Maar hem of de anderen keurde ze geen blik waardig, ze groette alleen Klinkhammer en maakte daarbij een buitengewoon misplaatste, humoristisch bedoelde opmerking.

'Nou moet je er niet tussenuit knijpen, Arno, ik ben speciaal voor jou gekomen. Toen ik hoorde wie ons gewaarschuwd heeft, dacht ik dat ik maar beter zelf kon gaan kijken of alles in orde is voordat dit hier alle perken te buiten gaat. Een dode vrouw, een lichtgewonde vrouw, daar blijft het toch wel bij, hè? Ik hoop dat je niet opnieuw een paar vermiste personen achter de hand hebt.'

Ze zinspeelde op de seriemoordenaar wiens slachtoffers jarenlang voor vermist waren doorgegaan, dat was Heiner wel duidelijk.

Klinkhammer schudde ontkennend zijn hoofd en zei: 'Dit is niet het juiste ogenblik om grapjes te maken, Carmen.'

Dat moest ook Schöller tot het inzicht brengen dat dat plattelandsprofilertje in de ogen van de vrouwelijke hoofdofficier van justitie niet zomaar de eerste de beste was. Heiner zag Schöllers gezicht verstarren. Hij stuurde hem en Bermann naar de dienstwagen en wendde zich tot Carmen Rohdecker. Wat hij zei, verstond Heiner niet meer, want Bermann verzocht hem dringend om in te stappen. Hij zag echter nog wel dat Carmen Rohdecker het woord opnieuw tot Klinkhammer richtte. Haar glimlach scheen boekdelen te spreken. *Je hebt die sukkels uit de grote stad dus al uitgelegd waar het op staat. En dat komt ze niet in hun kraam te pas. Laat je daar in vredesnaam niet door van de wijs brengen, Arno.* Vermoedelijk luisterde ze heel goed naar Klinkhammer. En als hij haar eenmaal op bepaalde ideeën bracht, zoals hem dat bij Schöller al gelukt scheen te zijn …

Op het bureau in Bergheim werd Heiner nog drie uur lang verhoord. Bermann zat er alleen bij om aantekeningen te maken.

Schöller wilde informatie over alle soorten relaties die Therese had gehad: vrienden, vijanden, mensen die op haar aangewezen waren of op wie zij aangewezen was. Hij informeerde opnieuw naar minnaars en telkens opnieuw wilde hij weten hoe goed of slecht Stella met haar overweg had gekund.

'Zelfs al zou ik van u aannemen dat de deur van de badkamer 's nachts dicht was en dat uw vrouw de overtuiging was toegedaan dat ze alleen thuis was, dan nog zie ik het een en ander wat nu niet bepaald op een hartelijke verstandhouding wijst', zei Schöller. 'Dat de slaapkamers overhoop waren gehaald, moet uw vrouw toch opgevallen zijn. Of ziet het er bij u thuis altijd zo uit?'

Heiner was alleen in staat om als reactie daarop ontkennend zijn hoofd te schudden.

'Zie je wel', zei Schöller. 'Legt u me dan maar eens uit waarom uw vrouw het niet eens nodig vond om ten minste u onmiddellijk op de hoogte te brengen van het feit dat er een gemaskerde man in huis was geweest. U had vannacht toch uw mobieltje bij u, nietwaar?'

Als Heiner het hem had kunnen uitleggen, had hij het gedaan. Hij getrooste zich de grootst mogelijke moeite om Stella's gedrag, dat ook voor hem een raadsel was, terug te voeren op haar alcoholconsumptie en om de onderlinge relatie van beide vrouwen zo positief mogelijk af te schilderen.

Vroeger hadden ze eigenlijk ook best goed met elkaar overweg gekund. Weliswaar was het in het begin niet allemaal koek en ei geweest. Therese had nu eenmaal niet zo'n hoge dunk van moderne jonge vrouwen die hoog opgaven over de Italiaanse keuken, want hun kookkunst beperkte zich tot spaghetti al dente met knoflooksaus. Voor de verandering had Stella het eerste jaar van hun huwelijk hooguit brood en kaas op tafel weten te zetten. En salade met yoghurtdressing uit een fles vond ze nog altijd een stuk gezonder dan kapotgekookte groente. Het waren twee totaal verschillende leefwerelden die toen botsten.

Omdat Therese een nul was als het op koken aankwam en

omdat ze in het huishouden ook niet bepaald een kei was, had ze verwacht dat Stella haar nou juist die impopulaire karweitjes uit handen zou nemen; dat ze eens een keer de ramen zou lappen, zou stofzuigen en de was deed. Met al dat soort klusjes had Stella maandenlang problemen gehad, niet alleen omdat ze er geen tijd voor had, maar ze had er ook geen enkele ervaring mee.

In haar appartement in Keulen-Weiden had ze een hulp in de huishouding gehad, en haar was bracht ze naar de stomerij of naar haar moeder. Met Thereses wasmachine kon ze niet meteen uit de voeten; ze wist niet op welke temperatuur ze het ding moest zetten en met strijken had ze hetzelfde probleem. Als ze het verknald had, werd er stevig gemopperd. Stella's voorstel om een hulp in de huishouding te nemen, wees Therese gedecideerd van de hand. Uitgesloten dat er in *haar* huis een werkster rond-snuffelde.

Maar in die tijd wekte Stella nog de indruk dat ze een dy-namische carrièrevrouw was en verdiende ze in een maand tijd evenveel als Therese in een kwartaal. Ze kwam pas 's avonds laat thuis, meestal in een huurauto met chauffeur, niet in zoiets alledaags als een taxi. Dat maakte indruk. Dat ze af en toe niet geheel nuchter was, viel Therese alleen op als ze zelf nog niet in bed lag. En de verklaring daarvoor kon aanvankelijk worden gezocht in zakendiners waarbij Stella niet voortdurend nee kon zeggen wanneer een ober haar glas nog eens wilde volschenken.

Nadat Stella haar baan kwijt was geraakt, was Thereses ach-ting voor haar weliswaar tijdelijk tot het nulpunt gezonken, maar dat verbeterde snel toen Stella enkele maanden lang geen drup-pel alcohol meer aanraakte en zich afbeulde als een bouwvakker. Pas toen ze weer begon te drinken en haar alcoholconsumptie elk acceptabel niveau te boven ging terwijl ze in die tijd zwanger was, waren bij Therese de rapen gaar.

In die tijd had Heiner vaak het gevoel alsof hij tussen twee molenstenen werd vermalen. Daar had hij echter zelfs bij zijn vriend met geen woord over gerept, laat staan bij het hoofd van de afdeling moordzaken die nu juist in de 'privésfeer' naar een motief zocht.

Heiner had het over een zware depressie die veroorzaakt was door de geboorte van hun kind medio januari. De kleine meid was met een te laag gewicht ter wereld gekomen. Ze hadden haar pas in februari uit het ziekenhuis mee naar huis mogen nemen. Ze was nog steeds te tenger voor haar leeftijd, vatbaar voor luchtweginfecties en spijsverteringsstoornissen. Een trauma voor een vrouw die er zo naar had verlangd om moeder te worden. Stella had sindsdien last van schuldcomplexen en greep daarom *af en toe* naar de fles, beweerde hij.

Net zo onschuldig had Therese het in maart voorgesteld in een gesprek met een buurvrouw tegen wie Stella daags tevoren op het pad achter de tuin was opgelopen met een plastic tas vol flessen wijn. Heiner stond erbij toen de buurvrouw schijnheilig informeerde waarom ze de trotse moeder nog niet met het kleinkind in de kinderwagen over straat hadden zien lopen.

'Daar is het nog te koud voor', zei Therese. 'We kunnen beter wachten tot het weer een beetje opknapt. Tegen die tijd is de kleine meid vast wat aangekomen en dan is Stella ook weer wat opgekrabbeld. Het was een hele schok voor haar dat ze niet zo'n wolk van een baby van zeven of acht pond ter wereld heeft gebracht. Daar heeft ze een hele kluif aan. Met een glaasje wijn op ziet het er allemaal wat zonniger uit. Zulke dingen gebeuren nu eenmaal, zeg ik aldoor tegen haar. Wat daar allemaal in de couveuse lag, waren echt hoopjes ellende. Wurmpjes van twaalfhonderd gram of nog minder. Daarmee vergeleken was die van ons met haar vier pond nog een zwaargewicht.'

Zo bagatelliseerde Therese Stella's drankzucht. En heus niet alleen omdat Heiner stond te luisteren. Ze had altijd op het standpunt gestaan dat er in de privésfeer dingen waren die je onder elkaar moest zien op te lossen en die je buitenstaanders niet aan de neus moest hangen. Zijn vader was het beste voorbeeld daarvan.

Dat de rechercheurs in de buurt of in de kennissenkring van zijn moeder iets van belang over de huiselijke omstandigheden zouden ontdekken, kon Heiner nagenoeg uitsluiten. Bovendien was hij niet eens zo bang dat zijn geflatteerde beschrijving gauw zou worden weerlegd. Maar over die vervloekte film mochten ze niets te weten komen. En hij had geen idee hoe hij dat kon voorkomen. Er waren gegarandeerd een stuk of twintig mensen die daar iets over konden vertellen. Van Stella's beroep had Therese bij buren of kennissen bepaald geen geheim gemaakt. Op het bureau waren er waarschijnlijk ook een paar collega's op de hoogte. Heiner had er nooit iets over gezegd, maar zijn vriend misschien wel.

En zelfs als geen van de mensen die vandaag of morgen werden ondervraagd, gewag maakte van *De schim met de moordenaarsogen*, dan was er nog altijd Stella's vader. Johannes Marquart zou geen blad voor de mond nemen als hij hoorde dat zijn jongste dochter weer gedronken had. En als Schöller of iemand anders iets over die film hoorde, als iemand die eens bekeek en de scène zag waarin Ursula in een badkamer met een kapotte champagnefles voor haar leven vocht en aan het kortste eind trok, zou hij vermoedelijk ook op het idee komen dat Stella deze als inspiratiebron had gebruikt.

Weliswaar had ze thuis geen kopie op videoband meer – de doos met de sticker van het productiebedrijf had Heiner in allerijl laten verdwijnen – maar Johannes Marquart had ook een exemplaar en die zou hem zeker met alle plezier ter beschikking stellen. Waarschijnlijk zou het al voldoende zijn als iemand Schöller op de schrijfster attendeerde. Dan zou hij alles aan het licht brengen wat Heiner nu juist geheim wilde houden.

Romy's schim

Juni tot december 2000

Het materiaal overdoen aan het moederconcern in München, zoals haar collega haar dringend had geadviseerd toen hij met een hersentumor in Keulen in het ziekenhuis lag, daar kon in Stella's ogen uiteraard geen sprake van zijn. En zeker niet op het moment waarop ze eindelijk alleen aan de slag kon. Ze had er bij haar ouders immers al over opgeschept. 'Laat je verrassen, papa. Je zult ervan staan te kijken.'

Telkens als ze de afgelopen maanden in haar ouderlijk huis op bezoek was geweest, had ze beseft dat ze niet veel lof zou kunnen oogsten. Want ergens op de aftiteling zou komen staan: Producent: Fabian Becker. Ze had hem niet toegewenst dat hij zo ernstig ziek zou worden, maar het kwam haar ook niet echt slecht uit.

Dat gold voor Gabriele Lutz en Heuser ook min of meer. De redacteur had de hoop al bijna opgegeven dat de film of zelfs een tv-serie, er zou komen en was blij te horen dat Stella nu vaart achter het project wilde zetten. Maar daarmee had ze buiten de waard gerekend, in de persoon van de bedrijfsleider. In tegenstelling tot Fabian had Stella geen auto, niet eens een rijbewijs. Daar had ze tot nu toe geen tijd voor gehad, niet om rijlessen te nemen, en overigens ook niet om aan een relatie te beginnen. Van 's morgens vroeg tot laat in de avond in de weer voor het bedrijf, dan waren de nachten tenminste niet zo lang en eenzaam.

Dat ze nu op kosten van het bedrijf een auto met chauffeur huurde, naar Niederembt ging en Gabi hielp een acceptabel formaat voor een tv-serie te maken, werd haar door Ulf von Dornei verboden. Waar werd dat 'onmogelijke mens' dan voor betaald? Toch niet om haar te dicteren wat ze moest schrijven?

Het was niet nodig Gabi iets te dicteren. Nu Fabian haar niet meer van het werk hield, stuurde ze binnen een paar weken een nieuw format waar ook Russen, Chinezen en terroristen in voorkwamen. In totaal zevenentachtig bladzijden. Stella was van plan geweest om ze langs koning Ulf heen naar de omroep te smokkelen. Maar ze kwamen per post, belandden bij hem op kantoor en bleven als trofee op zijn bureau liggen.

'Nu ben ik die komedie spuugzat', verklaarde Gabi twee dagen later aan de telefoon. 'Als jij die blaaskaak niet in het gareel kunt laten lopen, kun je hem vertellen dat ik geen regel meer schrijf waarmee Heuser zich niet akkoord heeft verklaard. Laten we dan maar eens kijken wie van ons tweeën de langste adem heeft. Als de omroep geen interesse meer heeft, hebben jullie het nakijken.'

'Maar jij ook', opperde Stella.

'Ik kan mijn geld gemakkelijker met mensen verdienen die minder haatdragend zijn', gaf Stella haar lik op stuk. Toen ze vervolgens ook nog zei: 'Voor mijn part kan de hele zaak de mist ingaan', moest Stella wel iets ondernemen. Ze twijfelde er geen seconde aan dat het Gabi ernst was.

Noodgedwongen stelde ze het moederconcern in München op de hoogte. Omdat ze vreesde dat ze het materiaal bij haar weg zouden halen, repte ze uitsluitend over de plannen voor een tv-serie, die door Ulf von Dornei met zijn goede ideeën werden gedwarsboomd. Daarmee bereikte ze dat hij voor langere tijd naar Hollywood werd gestuurd – om zich te laten bijscholen.

Meteen na het vertrek van de bedrijfsleider drong Heuser erop aan bij de omroep een vergadering te beleggen en ook Gabi daarvoor uit te nodigen. Blijkbaar had Heuser te veel tijd gehad om na te denken. Nu stonden de eerste scènes van het door Romy ingeleverde scenario hem niet meer aan; daarin verscheen Romy's geliefde in levenden lijve en waren diens beide jeugdige moordenaars met het mes te zien. In plaats daarvan wilde Heuser een spectaculair begin. Hij stelde zich dat als volgt voor: Romy had net te horen gekregen dat haar geliefde vermoord was.

Eerste shot: Romy rent op het hoofdbureau van politie volkomen over haar toeren door een gang, met achter zich een enorm spektakel. De neonbuizen aan het plafond ontploffen om beurten. Bij elke neonbuis konden ze in een korte flashback laten zien waarover Romy zich zo opwond. Ze konden zelfs scènes invoegen waarin te zien was hoe gelukkig ze met haar geliefde was geweest. Een hartstochtelijke liefdesscène zou geen slecht idee zijn, vond Heuser. Een beetje erotiek en dat grandioze effect, precies de juiste mix.

Stella verwachtte dat Gabi zou protesteren en voor handhaving van haar eigen beginscènes zou pleiten. Maar na de catastrofe van de vergadering bij Movie-Productions was ze schijnbaar wijzer geworden. Ze had haar laptop weer bij zich en zat daar ijverig op te typen. Heuser, die tegenover hen aan de tafel zat, had waarschijnlijk de indruk dat Gabi zijn voorstellen noteerde. Maar Stella kon op het beeldscherm kijken en zag dat Gabi aan een tekst aan het vijlen was die verdacht veel op een roman leek.

Toen Heuser na enkele minuten alles had gezegd wat hij kwijt wilde, keek Gabi op en ze glimlachte waarderend. 'Neonbuizen, dat is een vondst, op dat idee zou ik zelf nooit gekomen zijn. Ik zou gloeilampen hebben gebruikt, bij mij waren het altijd gloeilampen. Dat heeft Fabian vast weleens verteld. Maar neonbuizen veroorzaken meer spektakel.'

Heuser grijnsde gevleid. Stella kon haar oren niet geloven. *Bij mij waren het altijd.* Dat klonk alsof Gabi Heuser nu met paranormale vermogens in toom wilde houden. Vooralsnog wist Stella een opmerking in te slikken. Onderweg naar buiten vroeg ze slechts: 'Dat ga je toch niet echt opschrijven, hè?'

'Is al gepiept', zei Gabi en ze scharrelde wat in haar tas, haalde er een diskette uit en beweerde dat ze de afgelopen weken meermalen met Heuser had gebeld. 'Jij durfde toch niets tegen die blaaskaak te ondernemen. Ik dacht dat Heuser wel wat druk op de ketel zou kunnen zetten. Dat hebben we tijdens een van die telefoongesprekken besproken. Die bijeenkomst van vandaag was overbodig. Maar Heuser dacht dat jij beledigd zou zijn als je zou horen dat we achter jouw rug bezig waren geweest. Zeg hem maar niet dat ik je dit verteld heb, laat het printen, breng het naar hem toe en wees blij als hij blij is.'

Of ze vanwege Gabi's eigenmachtige optreden beledigd was, had Stella op dat moment niet eens kunnen zeggen. Ze was perplex omdat Heuser had gedaan alsof hij Gabi iets volstrekt nieuws vertelde. Zo veel acteertalent had ze niet achter hem gezocht.

'En hoe zit dat dan met die twee jongens?' vroeg Stella. 'Als je die niet eens één keer met het mes laat zien, vraagt op het eind iedereen zich af wie de geliefde van kant heeft gemaakt.'

'Dat is nou juist de bedoeling', zei Gabi. 'De kijkers zullen verwachten dat we dat in een aflevering van de serie ophelderen. Zo houden we ze bij de les.'

Dat klonk overtuigend. 'En ooit,' zei Gabi nog, 'als we genoeg vaste kijkers hebben, los ik het raadsel op. Dan staat Romy tegenover de moordenaar.'

'Moordenaar?' vroeg Stella.

'Nou ja, ze zullen het mes niet met hun tweeën vasthouden om iemand de keel door te snijden' zei Gabi achteloos. Van een doorgesneden keel was tot nu toe nog geen sprake geweest. Daar had alleen Fabian een keer over gesproken nadat hij van Romy Schneider en Elvis Presley had gedroomd.

Intussen waren ze in de toegangshal gekomen, ze leverden de pasjes in waarmee ze zich als bezoekers konden legitimeren en liepen naar buiten. Tegenover het gebouw bevond zich een bewaakt parkeerterrein waar niet eens omroepmedewerkers als Heuser hun auto mochten neerzetten. De weinige parkeerplaatsen waren gereserveerd voor de directie. Ulf von Dornei had meer dan eens op dat parkeerterrein proberen te komen. Tevergeefs. In het glazen huisje naast de slagboomzat altijd iemand van de beveiliging die iedereen naar een permanent stampvolle ondergrondse parkeergarage stuurde.

Stella bleef staan, stopte de diskette in haar tas, haalde haar mobieltje eruit en wilde de taxionderneming bellen die haar ook hierheen had gebracht.

'Moet je weer naar kantoor terug?' vroeg Gabi.

'Nee.' Stella had ook een computer in haar appartement en

was van plan de inhoud van de diskette in alle rust te bekijken.

'Dan kun je wel met mij meerijden', bood Gabi aan. 'Je woont toch in Weiden? Dat is voor mij nauwelijks om.'

Stella kon zich niet herinneren haar ooit te hebben verteld waar ze woonde. Vermoedelijk had Gabi dat ooit van Fabian gehoord. Toen ze knikte en op de slagboom af wilde lopen in de veronderstelling dat Gabi haar auto ofwel in de ondergrondse parkeergarage of ergens in de buurt geparkeerd had, hield deze haar tegen en wees naar het parkeerterrein. 'Mijn auto staat daarginds.'

'Hoe heb je het voor elkaar gekregen om langs hem te komen?' vroeg Stella en ze wees naar de bewaker in het glazen huisje.

'Ik heb hem weggestuurd om koffie te halen', antwoordde Gabi met een spottend of hoopvol glimlachje. Stella kon het niet precies plaatsen, maar ze moest toch reageren.

'Wanneer je er prijs op stelt ook in de toekomst een plezierige band met me te hebben', zei ze resoluut, 'kun je dat soort opmerkingen maar beter achterwege laten. Met Heuser kun je voor mijn part dezelfde flauwekul uithalen als met Fabian. Wat mij betreft mag je hem zelfs vertellen dat je de reïncarnatie van de Boeddha bent. Je kunt ook met hem afspreken wat je wilt; zolang het resultaat maar een goed scenario is, ben ik allesbehalve beledigd. Maar de tijd dat ik horrorverhalen voor zoete koek heb geslikt, ligt allang achter me.'

'Dat weet ik', zei Gabi nog steeds glimlachend. 'Fabian heeft een keer verteld dat jij nergens meer in gelooft. Het zal ook wel een vreselijke tijd voor je zijn geweest als het zelfs zo ver ging dat je je broertje in zijn ledikantje wilde verbranden. Of heeft Fabian dat verzonnen om mij bang te maken? De mensen hebben heel de geschiedenis door geloofd dat heksen via de brandstapel konden worden uitgeroeid. Kennelijk heeft niemand bedacht dat een echte heks zelfs de grootinquisiteur zand in de ogen strooit.'

Toen Stella daar niet op reageerde, zei ze: 'Best. Ik heb er ook een normale verklaring voor. Charme en vitamine B. De bewaker is een kameraad van mijn broer, hij kent me van jongs af aan. Ik heb eens lief tegen hem gelachen en uitgelegd dat er in de ondergrondse parkeergarage geen plekje meer vrij was en plechtig beloofd dat het niet lang zou duren. Toen heeft hij een oogje dichtgeknepen. Er was ook nog plaats.'

Onder het praten stevende Gabi op haar oude Audi af. Stella volgde haar. Ze zag de auto die dag voor het eerst van dichtbij. De crèmekleurige lak was dof en zat vol krassen, en de voorstoelen en de binnenbekleding van de deur waren even smerig als Ulf von Dornei na de eerste ontmoeting in het restaurant had beweerd: bruinzwarte vlekken, vooral aan de passagierszijde. Gabi nam achter het stuur plaats. Stella zocht in haar tas eerst nog naar papieren zakdoekjes die ze op de zitting kon leggen.

'Die heb je niet nodig', zei Gabi. 'Het geeft niet af.'

Stella legde desondanks drie zakdoekjes op de zitting en vroeg ondertussen: 'Wat is het dan?'

Gabi stak zonder verder commentaar haar linkerarm uit en wees op het litteken onder haar brede plastic horlogeband.

'Heb je hier in de auto je polsslagader opengesneden? Waarom?'

'Omdat ik mijn vingers blauw schreef en alleen maar afwijzingen kreeg', antwoordde Gabi. 'Toen dacht ik, ik moet anderen maar eens voor me laten schrijven. Begenadigde maar helaas nog niet ontdekte schrijfster wordt door onbenullen tot zelfmoord gedreven. Die vlieger ging ook nog op, er was wel geen mediaspektakel rondom mijn wanhoopsdaad, maar ik ben gevonden door een man met uitstekende contacten in de branche.'

Terwijl ze aan het woord was, reed ze op de slagboom af en hief haar hand op om te zwaaien. De bewaker zwaaide uitbundig terug. Maar hij kende noch Gabi noch haar broer.

Dat hoorde Stella twee dagen later toen ze het scenario met het veranderde begin persoonlijk naar de omroep bracht, hoewel niet te verwachten was dat Heuser meteen de tijd zou nemen om er een blik op te werpen. Ze wilde ook alleen maar van hem horen waarom hij achter haar rug om met Gabi had onderhandeld.

Natuurlijk vroeg ze hem daarnaar. Hij bestreed het. Mevrouw Lutz had hem een keer opgebeld en gevraagd of hij die blaaskaak tot rede kon brengen, verklaarde Heuser. Iets anders hadden ze toen niet besproken. Nu was hij heel benieuwd wat er met zijn voorstel was gebeurd.

Toen stond Stella weer buiten en maakte nog even een praatje met de bewaker. Niet met de bedoeling Gabi's bewering te checken. Zij sprak hem ook niet aan, maar hij haar terwijl ze op de huurauto stond te wachten. De man kon zich de Audi heel goed herinneren en hij vroeg zich af hoe die oude rammelkast op het parkeerterrein van de directie terecht was gekomen. Hij dacht dat er een ster in had gezeten. Dat was waarschijnlijk dagelijkse kost voor hem; dat mensen die je om de haverklap op het scherm zag, hier rondliepen of -reden alsof ze nog geen droog brood te vreten hadden.

'Dat was Romy Schneider', was Stella's reactie.

De bewaker fronste ongelovig zijn wenkbrauwen. 'Och, ik dacht dat die dood was. Heeft die geen zelfmoord gepleegd?'

'Ja', zei Stella, 'haar polsslagader opengesneden, in de lengte, niet over de breedte zoals mensen doen die eigenlijk niet echt dood willen. Ze is in die Audi doodgebloed. Nu rijdt haar geest erin rond.'

De bewaker keek haar aan met een blik alsof hij niet zeker wist of hij aan haar verstand moest twijfelen of gepikeerd moest zijn omdat hij zo'n stompzinnig antwoord kreeg.

'Het was maar een schrijfster met een pseudoniem', legde Stella nu uit. 'Maar dat zult u wel beter weten dan ik.'

De bewaker wist van niks en ontkende bij hoog en bij laag dat hij de Audi had doorgelaten. 'Als die vrouw hier om vier uur is gekomen, toen had ik koffiepauze. Ze zal mijn collega wel om de vinger hebben gewonden. Ik zou het hem eens kunnen vragen. Hoe is haar echte naam?'

'Laat maar', zei Stella. 'Tegenwoordig heet ze Lutz. Ze zegt dat haar meisjesnaam Schneider is. Of dat klopt, weet ik niet.'

Er waren ongerijmdheden zoals deze. Maar ook die kon je rationeel verklaren. Koffie halen. Vermoedelijk had de collega van de bewaker Gabi verteld dat de parkeerwachter koffiepauze had. Zoiets in de trant van: 'Je hebt mazzel dat ik hier zit. Mijn collega zou je niet hebben doorgelaten, maar die is net koffie gaan halen.'

The Great Pretender

Fabian Becker keek er natuurlijk anders tegenaan, hoewel Stella hem niets over de bewaker vertelde. Maar dat alles nu van een leien dakje leek te gaan verzweeg ze niet, daarvoor was ze te trots op haar succes. En Fabian was er heilig van overtuigd dat dat niet haar verdienste was. Voor die wending ten goede konden volgens hem alleen bovennatuurlijk krachten verantwoordelijk zijn die eerst enkele obstakels uit de weg hadden moeten ruimen. Hem. En koning Ulf was nu ook uitgeschakeld.

Gabi had aangekondigd dat ze wel iets zou bedenken om van Fabian af te komen. Dat was Stella niet vergeten. Desondanks zou het onzinnig zijn als ze zich door zijn verwarde praatjes van haar stuk zou laten brengen. Ze had nog steeds met hem te doen, nu nog meer dan eerst.

Fabian had tal van bestralingen moeten ondergaan, zijn tumor was kleiner geworden. Medio december durfden de artsen het aan het gezwel operatief te verwijderen. Hij knapte na de operatie echter niet op, integendeel, het ging dramatisch veel slechter met hem. Lichamelijk herstelde hij tamelijk snel en ook goed van de ingreep. Maar geestelijk ...

Toen Stella de laatste keer in het ziekenhuis bij hem op bezoek ging, zat hij in bed met een blocnote op schoot en een stift in zijn hand. Met een van concentratie gefronst voorhoofd luisterde hij ergens naar, naar iets wat niemand hoorde behalve hijzelf, hij schreef iets op de blocnote en zei toen ze binnenkwam: 'Momentje graag.'

Ze liep naar het bed en las wat hij al had geschreven. 'Ik doe of alles goed met me gaat. Ben alleen, drijf in mijn eigen wereld. Lach en maak grapjes als een clown. Draag mijn hart als een kroon. Ik doe net of jij er nog steeds bent.'

Een vertaling van de song 'The great pretender' waarover Fabian zich na zijn eerste bezoek aan Gabi's armoedige flatje in Keulen zo had opgewonden omdat Elvis Presley dat liedje volgens hem nooit had gezongen. En in grote letters boven Fabians tekst stond: 'Gabi's motto – de grote misleiding.'

Fabian keek op en glimlachte tegen haar. 'Het is nog niet af', legde hij uit. 'Ik vang altijd maar de helft op. Want hij lacht er voortdurend tussendoor.'

'Wie?' vroeg Stella. 'Gabi's broer?' Fabian had immers laatst de aanval op hem geopend, hem gezien als een griezelig wezen met de gloeiende groene ogen van een roofdier.

Nu maakte hij een afwijzend gebaar. 'Dat was een vergissing van me. Haar broer is ongevaarlijk. Ik weet nu wie er bij haar was.' Hij trok een gewichtig gezicht, dat Stella aan haar broer deed denken. Tobi keek altijd net zo als hij nieuwe schilderijtjes van glas liet zien. 'Ik heb haar buren afgetapt', fluisterde hij. 'Gabi is acht jaar lang de geliefde van Elvis geweest.'

'Elvis Presley?' vroeg Stella.

Fabian knikte veelbetekenend en fluisterde verder: 'Je hebt haar zoon toch weleens gezien? Het kan niet missen, hij is de zoon van Elvis. Als je haar opzoekt, moet je de foto's op haar kast maar eens goed bekijken. Maar je kunt er maar beter niet langsgaan. Hij wil niet gestoord worden als hij daar is. En sinds hij dood is, is hij daar altijd. Hij heeft ook Uschi van kant gemaakt om ervoor te zorgen dat Gabi dat huis krijgt.'

'Elvis Presley?' herhaalde Stella stomverbaasd. Voorzover ze wist was hij in augustus 1977 gestorven. Gabi's zoon was in 1986 geboren.

'Over wie heb ik het nou de hele tijd?' stoof Fabian op. 'Hij betekent alles voor haar. En hij wil niet dat ze sterft. Daarom zingt hij voor haar en laat hij haar schrijven. Dat kan ze namelijk alleen wanneer hij zingt. Op die manier zegt hij haar alles voor.'

'Dat is echt waanzinnig', zei Stella en ze vroeg zich af hoe Heuser op die informatie zou reageren: Elvis Presley hangt vanuit het hiernamaals de ghostwriter uit voor mevrouw Lutz.

'Maar je mag dit aan niemand vertellen', sommeerde Fabian haar. 'Hij vermoordt jou ook als je haar verraadt. Haar buurman is doodsbang. Als iemand haar schade wil berokkenen, kent Elvis geen genade. En als dat bekend wordt, heeft zij als schrijfster afgedaan. Zonder hem krijgt ze nog geen twee zinnen op papier. Ze heeft absoluut geen fantasie, alleen maar paranormale gaven. Die heb ik ook een beetje gehad. Hier.'

Hij tikte op het verband om zijn kale schedel. 'Dat hier was geen tumor. Het was een versterker. Die heeft bepaalde gebieden in mijn hersenen geactiveerd waarvan ik tot dan toe geen gebruik kon maken.' Als ik dat op tijd zou hebben gemerkt, had ik hem niet laten weghalen. Ze wilden hem niet opnieuw implanteren. Maar dat is misschien ook niet nodig. Mijn vriend kent een dokter in München die zich in zulke gevallen gespecialiseerd heeft. Hij gaat me trainen. Ik ben al aangemeld.'

'Dat is fantastisch', zei Stella, meer schoot haar niet te binnen.

Ze overwoog of het nog wel zin had hem de nieuwe openingsscène te laten lezen, ze had de bladzijden bij zich. Hij wilde ze met alle geweld zien, wierp er vluchtig een blik op en verklaarde: 'Dit had ze al maanden geleden klaar. Ik heb geweigerd het Heuser te geven. Maar ik wist dat het zo zou gaan.'

Het was goed gegaan, vond Stella, een briljante scène. Heuser was er dik tevreden over.

'Logisch', zei Fabian toen ze dat vertelde. 'Waarschijnlijk is Heuser ervan overtuigd dat het zijn idee is. Die merkt er toch niets van als iemand anders zich in zijn hoofd installeert.'

Stella wist niet wat nog te zeggen. Toen ze afscheid wilde nemen, dwong Fabian haar de belofte af Elvis in geen geval te tergen en niet bij Gabi op bezoek te gaan zodat het haar niet zou vergaan als Uschi.

'Hij is kort voor Uschi's dood nog aan haar verschenen en wilde haar overhalen om het huis aan Gabi te verkopen. Dat heeft Uschi zelf nog aan haar buurman verteld; vroeger is hij immers haar buurman geweest. Toen ze dat weigerde, heeft Elvis haar vermoedelijk van de keldertrap geduwd. Jij loopt te veel risico. Ik neem het voor mijn rekening. Nadat de dokter me heeft getraind kom ik terug.'

Stella beloofde hem wat hij wilde horen. Toen vertrok ze. Op de gang voor zijn kamer ontmoette ze zijn vriend nog en kreeg te horen dat Fabian aan schizofrenie leed. Zijn vriend had dat ook pas een paar dagen geleden van de behandelend arts gehoord en wilde hem daarom zo gauw mogelijk naar München brengen, terug naar de hem zo vertrouwde streek waar hij al door een psychiater werd verwacht. Schizofrenie! Als dat geen overtuigende verklaring was! Het was een opluchting voor haar dat ze niet nog eens met Fabian in discussie hoefde.

Voor ziekenhuisbezoek zou ze ook al gauw geen tijd meer hebben gehad. Medio januari leerde ze tijdens filmopnamen voor de actieserie *Op de grens* Heiner kennen. De opnamen werden op een provinciale weg in de regio Rhein-Erft gemaakt. Heiner was met collega's verantwoordelijk voor de wegafzetting, hield nieuwsgierigen op afstand en suste woedende omwonenden die naar huis wilden en niet de gebruikelijke weg mochten nemen.

Zijn uiterlijk en de rust die hij in deze hectische situatie uitstraalde, spraken haar meteen aan. Omgekeerd was dat vermoedelijk precies zo. Met haar lengte en haar stevige postuur belichaamde ze datgene wat je je bij een sterke vrouw voorstelt. En bovendien een aantrekkelijke vrouw, dure kleding, een modieus kapsel en decente make-up. Superieur en beheerst, de situatie de baas, een vrouw die grip kreeg op elk probleem op de set en precies wist wat er moest gebeuren. Zo voelde ze zich ook. Maar Heiner bracht haar nogal van slag.

Hij liet er geen gras over groeien en maakte al gauw een afspraak met haar. De eerstvolgende avond zaten ze al samen aan een tafeltje in een restaurant en hoorde ze dat hij in Niederembt woonde en Gabi van jongs af aan kende. 'Wie kent haar niet?' zei hij. 'We hebben niet veel beroemdheden in ons dorp. Romy Schneider is de enige.'

Dat klonk afstandelijk, haast afkeurend. Maar Stella kwam niet op het idee om te informeren wat de reden van die antipathie was. Voor een verliefde vrouw waren er interessanter gespreksonderwerpen dan een schrijfster met een pseudoniemen-tic en een zwak voor Elvis Presley, want die had Gabi zonder enige twijfel. Bovendien was ze niet van plan zich met Fabians krankzinnigheid belachelijk te maken.

Een paar weken later had Stella het gevoel dat ze Heiner al een eeuwigheid kende en perfect bij hem paste. Elke vrije minuut brachten ze samen door in haar appartement, waar ze niet werden gestoord. En op een keer vlogen ze voor een weekend naar Venetië. In haar privéleven zweefde ze in de zevende hemel.

Professioneel gezien liep haar hoofd af en toe om: drie series, *Romy's schim* en niet meer dan twee uitzendkrachten. De secretaresse nam haar wat werk uit handen, ze was lang genoeg in dienst van Movie-Productions om *Op eigen benen* in haar eentje te kunnen begeleiden. De ontwikkeling van het scenario voor *Vakantie en andere rampen* delegeerde Stella aan de uitzendkrachten, ze controleerde de scenario's alleen als ze klaar waren en stuurde ze dan door naar de omroep. Toen de bedrijfsleider uit Hollywood terugkeerde, liet hij in *Op de grens* opnieuw Russen, Chinezen en terroristen figureren zoals hij dat voordien ook deed. Voor het overige bemoeide Ulf von Dornei zich nergens mee. Zijn vader had vermoedelijk een hartig woordje met hem gesproken.

Haar vader was trots op haar omdat ze – zij het niet officieel – in haar eentje de verantwoording voor het hele bedrijf had en op het punt stond een heel bijzondere film te maken. Intussen wist hij dat het om zijn lievelingsboek ging. Hij kon gewoon niet wachten tot hij de eerste scènes op de beeldbuis onder ogen kreeg. Wat hij te zien zou krijgen, verklapte Stella nog niet want ze wilde hem de spanning niet ontnemen – of hem vooraf teleurstellen omdat er geen wraakzuchtige geest ten tonele verscheen.

Haar moeder was blij dat ze met Heiner ook in haar privéleven het geluk had gevonden. Haar zusje liet bij een bezoek aan haar ouderlijk huis zelfs doorschemeren dat ze een beetje jaloers was. Madeleine kon het zich niet permitteren om haar kleren in de duurste boetieks te kopen of eens spontaan met haar man in Venetië te gaan sightseeën. Dat vond ze niet eerlijk. Stella daarentegen was met zichzelf en de hele wereld in volmaakte harmonie – totdat Gabi lucht kreeg van haar relatie met Heiner.

Gabi was al ijverig bezig met het schrijven van afleveringen voor de serie, hoewel de omroep haar daar nog geen opdracht toe had gegeven. Stella attendeerde haar er ook herhaaldelijk op dat alles van de kijkdichtheid van de pilotaflevering afhing. Maar Gabi stond op het standpunt: ik zit momenteel vol ideeën. Wat ik nu heb, hoef ik straks niet meer te bedenken. Met de mogelijkheid dat de film wellicht zou floppen, hield ze geen rekening.

Ze belde op om Stella te vertellen dat ze een briljante vondst voor een nieuwe episode had. Nauwelijks had ze het hele verhaal tot in detail verteld of ze informeerde: 'Ben jij met Heintje in Venetië geweest?'

'Met wie?' vroeg Stella verbluft.

En Gabi begon onverhoeds te galmen: 'Ich bau dir ein Schloss, das wirst du sehen. Bald bin ich schon groß, dann zieh'n wir …'*

Stella was zo van haar stuk gebracht dat ze Gabi's gezang pas na enkele seconden kon onderbreken. 'Wat moet dat?'

'Heeft hij ooit gezongen', legde Gabi uit. 'Als kind. Voor zijn mama. Maar er is niks van terechtgekomen. Voordat hij groot genoeg was, had Resl haar paleisje allang zelf verbouwd. Wanneer er nu iets aan moet gebeuren, moet ze het ook in haar eentje zien te bolwerken. Heintje is nogal gemakzuchtig utgevallen, hij belooft een heleboel, maar komt niks na. Het is een opschepper. Je kunt maar beter uitkijken met hem. Je moet hooguit de helft geloven van wat hij allemaal zegt.'

'Dat doe ik in principe bij iedereen', zei Stella koeltjes, onaangenaam getroffen door Gabi's betoog. *Opschepper*. Dat hij ergens op zou hebben gepocht, was haar nog niet opgevallen. Maar: *zijn mama*. Heiner had het al herhaaldelijk over haar gehad, altijd had hij haar zo genoemd, wat naar haar gevoel belachelijk klonk uit de mond van een volwassen man. Zelf zei ze ook nog wel steeds 'papa', maar alleen wanneer ze met hem praatte, niet als

---

* Ik bouw een paleis voor je, dat zul je zien. Als ik binnenkort groot ben, dan gaan we daar wonen.

ze over hem sprak. En: *hij belooft een heleboel.* Heiner had ook al een paar keer beloofd haar aan mama voor te stellen. Tot nu toe was daar niets van terechtgekomen omdat mama telkens wanneer Stella een gaatje kon vrijmaken geen tijd had.

'Ken je zijn moeder goed?' vroeg ze.

'Dat hangt er maar van af', antwoordde Gabi. 'Goed ken je niemand, soms jezelf niet eens. Sommige mensen ken je alleen wat beter dan andere. Vroeger was Resl een loeder dat het niet accepteerde als iemand roet in het eten gooide. Maar een mens wordt ouder, rijper, verstandiger en beter te genieten voor zijn omgeving. Ik kan prima met haar overweg. Een paar dagen geleden kwam ze een kopje koffie bij me drinken. Ze had van Heintje gehoord dat ik jou ken en wilde weten wat hij voor vlees in de kuip heeft. Blij met zijn keuze is ze niet. Of weet jij soms hoe je een cementmolen moet bedienen?'

'Nee', antwoordde Stella.

'Dat dacht ik wel', zei Gabi. 'Wil je een goed advies van me? Als je je een poosje met hem wilt amuseren, moet je dat vooral doen. Hij ziet er fantastisch uit. Dat je daarop valt, snap ik. Maar laat het niet serieus worden. Voor Heintje zou jij niet meer dan een visitekaartje zijn. Een filmproducente. Hij heeft altijd hogerop willen komen.'

'Je moet hem geen Heintje noemen', zei Stella ontstemd.

Dat klonk zo denigrerend, alsof hij een moederskindje was. Een verliefde vrouw vond het niet prettig als er krassen werden gemaakt in de lak van haar geliefde, ook al was haar zelf al een schrammetje opgevallen. Zijn mama.

Enkele dagen na dat telefoontje bracht Stella weer een avond met Heiner door. Ze was niet van plan ook maar met één woord van Gabi te reppen en daarmee de mooie uren te verpesten. Maar het liep gewoon zo. Heiner was zeer geïnteresseerd in haar werk, vooral in de film. Hij had haar zelfs gevraagd of hij het scenario mocht lezen en informeerde ook geregeld naar de stand van zaken.

Stella was intussen dringend op zoek naar een regisseur. Geen gemakkelijke opgave, enkelen hadden al laten weten dat ze de klus niet wilden doen. Geen tijd, geen belangstelling. Of geen zin om in discussie te gaan met een schrijfster die met alle geweld haar zin wilde doordrijven, had de regisseur gezegd die het verhaal over de alcoholist met dat telekinetische tintje had verfilmd, en die had meegemaakt hoe Gabi de verantwoordelijke redacteur – namelijk Heuser, die ook deze keer verantwoordelijk was voor de redactie – om haar vinger wond.

'Ja', zei Heiner vol verachting toen Stella hem over het probleem met de schrijfster vertelde – uitsluitend daarover. 'Hoe je mannen inpakt, heeft ze van jongs af aan geleerd.' Terwijl hij zich tot nu toe terughoudend had opgesteld, maakte hij er nu geen geheim meer van dat hij Gabi niet kon uitstaan. Zijn verklaring voor zijn antipathie waren Gabi's tirades over de filmbusiness als ze mama ontmoette. Niets dan blaaskaken en fantasten die zichzelf en hun beroep ontzettend belangrijk vonden en urenlang over drugsbaronnen of ander gespuis konden bazelen.

'Ik weet zeker', zei Heiner, 'dat ze ook op jou heeft zitten afgeven. Waarschijnlijk is dat de enige reden waarom mama tot nu toe geen tijd heeft gehad om kennis met je te maken.'

Wat een onbeschaamdheid! Stella voelde voor het eerst woede in zich opkomen, voor het eerst echte woede, niet alleen irritatie zoals ze al zo vaak had gevoeld. En die woede werd nog erger toen Heiner verderging en haar duidelijk werd dat je geen woord kon geloven van wat Gabi zei.

Gabi's meisjesnaam was niet Schneider maar Treber en ze had niet slechts één maar vijf volle broers. Hoeveel buitenechtelijke broers en zussen er waren, wist Heiner niet. Een zusje had ze ook; die heette echter niet Uschi, maar Karola. Wat er met dat stomme rund Uschi aan de hand was, legde Heiner niet meteen uit. Stella kwam er ook niet onmiddellijk toe daarnaar te informeren, want hij was ononderbroken aan het woord alsof hij vol jarenlang opgekropte haat zat.

'Iemand zou haar echt eens een keer flink op haar nummer moeten zetten', zei hij. 'Ze flapt er altijd van alles uit. Waarschijnlijk is dat genetisch bepaald. Haar broers zijn van hetzelfde laken een pak. Twee van hen zijn jaren geleden de wijde wereld ingetrokken nadat ze hoogstwaarschijnlijk twee jongelui om zeep hadden geholpen. De andere drie schijnen te zijn vergeten waar ze vandaan komen.'

Uit de goot! Asociaal tuig, zei Heiner. Gabi was volgens hem niet – zoals Romy in *De schim* – in armoedige, maar in erbarmelijke omstandigheden opgegroeid, dat was de reden dat ze daar zo aangrijpend en realistisch over kon schrijven. Met zijn negenen in een klein, stokoud vakwerkhuisje waar de leem van de muren af brokkelde. Alleen in de keuken hadden ze water. De wc was buiten. En wie 's nachts geen zin had om naar buiten te gaan, plaste op een emmer.

Haar grootmoeder van moederskant was al heel jong in het kraambed overleden. Een grootvader was er aan die kant van de familie niet. Gabi's moeder was door familieleden meer van de een naar de ander gestuurd dan opgevoed. Grootmoeder van vaderskant had op het laatst van de bijstand geleefd en was uiteindelijk in een bejaardenhuis overleden. Dat wist Heiner allemaal uit een uitmuntende bron, van mama. Die had ervoor gezorgd dat de oude mevrouw Treber dat plekje in het bejaardenhuis kreeg en dat de sociale dienst alles betaalde, want de familie deed niets voor haar en bij de familie Treber viel er niets te halen.

Daarmee stond wel vast dat het uitgesloten was dat Gabi nu in het huis van haar grootouders woonde. Maar ook die kwestie kon Stella niet meteen ter sprake brengen. Heiner had het intussen over Gabi's vader en zijn woordenvloed was niet te stuiten.

'In Niederembt staat hij bekend als de fokstier. Dat zegt waarschijnlijk genoeg.'

Hoeveel nazaten de 'fokstier' intussen had verwekt, wist de man volgens Heiner zelf vermoedelijk niet eens. Gabi's vader was op zijn zestiende of zeventiende begonnen, had zich bij getrouwde vrouwen ingelikt en hun nietsvermoedende man eventuele gevolgen in de maag weten te splitsen. Maar de kinderen die op die manier ter wereld waren gekomen, hadden het in tegenstelling tot Gabi en haar wettige broers en zus toch nog goed getroffen. Ze hadden in de meeste gevallen een liefhebbende moeder en een zorgzame *vader*. De kinderen Treber daarentegen ...

In Heiners jeugd was het de gewoonte hen als waarschuwend voorbeeld voor te houden wanneer een kind niet naar bed wilde, het vertikte om zijn huiswerk te maken of zijn bordje leeg te eten, zei Heiner. Ze hadden niets behalve een snotneus, vodden aan hun lijf en de middagboterham van andere kinderen; ze dwongen die kinderen hun boterham op het schoolplein aan hen af te staan.

'Gabi's jongste broertje zat op de lagere school bij mij in de klas', vertelde hij. 'Ik heb het vaak genoeg meegemaakt. Als je je boterhammen, inktpatronen of je gummetje niet vrijwillig aan hem gaf, kreeg je een pak slaag. Als je daarna naar de juf rende, kwam je de volgende dag met nog meer blauwe plekken op school, omdat je dan door de oudere jongens van Treber werd opgewacht.'

Van Gabi's schooltijd wist Heiner niets af. Ze was negen jaar ouder dan hij, ze was al tweeënveertig – dus niet ongeveer even oud als Stella. Maar mama had vroeger dikwijls gezegd dat ze diep medelijden met de meisjes van Treber had. Dat er van Gabi, al was het laat, toch nog iets terechtgekomen was, daar moest je je petje voor afnemen, zei mama tegenwoordig. Daar zag het aanvankelijk niet naar uit.

Als tieners waren Gabi en Karola van de een aan de ander doorgegeven – mannen, dat spreekt vanzelf. In huize Treber vonden ze het overbodig om de meisjes een beroepsopleiding te laten volgen. Ze moesten trouwen en kinderen krijgen en dus gingen ze al jong achter de mannen aan; Gabi maakte bij voorkeur jacht op getrouwde mannen.

Op die manier kwam Heiner ook zonder dat Stella er gericht naar had gevraagd op het onderwerp Uschi en hij helderde en passant op hoe het eigenlijk met het eigendom van het huis en de auto zat. Volgens hem was Uschi een bedrogen echtgenote wier man een verhouding met Gabi was begonnen, terwijl Uschi elders in een kuuroord zat.

'In die tijd woonde ze in het huis dat ze twee jaar tevoren had gekocht', zei Heiner. 'Zo zit ze in elkaar, om zichzelf te bewijzen wil ze altijd per se datgene krijgen waar ze haar zinnen op heeft gezet. Uschi heeft haar er destijds uitgegooid – en Gabi heeft de Audi meegenomen met kentekenbewijs en al. Uschi heeft wel een advocaat ingeschakeld om de auto terug te krijgen. Er was echter niets aan te doen.'

'En heeft Uschi's man niets ondernomen?' vroeg Stella.

'Tegen Gabi?' lachte Heiner. 'Nee, hij heeft haar bevestigd in haar overtuiging dat ze zich alles kan permitteren.'

Vervolgens had Gabi haar toevlucht gezocht bij haar zus en zwager en was ze waarschijnlijk ook met Karola's man naar bed geweest, vervolgde Heiner zijn verhaal. In het dorp deed in elk geval het gerucht de ronde dat Gabi's Schatje eigenlijk papa moest zeggen tegen zijn oom. De eerste zwangerschap had de familie Treber echter de beklagenswaardige Peter Lutz in de schoenen geschoven. Die keek wel vaak te diep in het glaasje en dat kwam hun in die omstandigheden goed van pas. Ze konden op dat moment geen man gebruiken die in staat was tot tien te tellen.

'Wil dat zeggen dat haar ex-man een alcoholist is?' vroeg Stella.

'Dat kun je wel stellen', antwoordde Heiner. 'Daar heeft ze zelfs een roman over geschreven die ze ook verfilmd heeft. *Een droom van rozen*. Het hele dorp wond zich daarover op. Ze heeft het met Lutz niet gemakkelijk gehad, dat ontkent niemand. Maar het op die manier in de openbaarheid brengen, dat was nergens voor nodig. Nou vraagt iedereen zich af wat er de volgende keer in haar opkomt. Maar Lutz ís niet meer, zes jaar geleden is hij aan levercirrose gestorven. Ach, wat zeg ik nu. Op een uiterst pijnlijke manier aan zijn einde gekomen. Zijn moeder heeft hem verzorgd en ze heeft het er dikwijls met mama over gehad. Hij schijnt de laatste paar weken zo opgezwollen te zijn geweest dat niemand hem meer herkende. Hij kon niet meer rechtop lopen, hij kroop alleen nog maar. Dat had hij niet verdiend. In feite was het geen kwaaie kerel, alleen labiel en gemakkelijk te beïnvloeden. Als hij dronken was, kon je hem wijsmaken dat het kikkers regende – en dan zag hij kikkers uit de lucht vallen. Hij dacht vroeger ook dat hij de verwekker van Gabi's eerste kind was. God, wat was hij trots, maar niet lang.'

Stella had even tijd nodig om dat allemaal te verwerken. *Een droom van rozen* met een alcoholist. En *Romy's schim* met de rechtmatige weduwe Ursula. Het lag haar voor op de tong om naar Uschi's man te informeren. Maar Heiner vertelde verder over Gabi's man. Het stuitte haar tegen de borst om hem in de rede te vallen en eventueel datgene bevestigd te krijgen waarvan ze nu al kramp in haar nek kreeg, zo veel weerstand riep dat bij haar op: de vermoorde geliefde.

Lutz had al kort na de geboorte van de dochter beweerd dat hij belazerd was, vertelde Heiner. Dat hij de vader was van de jongen die Gabi twee jaar later op de wereld had gezet, zou hij in alle toonaarden hebben betwist. 'Wie de vader van de jongen is, is vermoedelijk alleen bij Gabi en de hel bekend. Het is een vlegel van een jongen. Dat hij er is, zou zonder meer mede het werk van de duivel kunnen zijn geweest. Lucifer heeft immers een zwak voor een bepaald soort vrouwen.'

Inmiddels had Heiner zo veel bevestigd van wat Fabian had beweerd dat Stella niet meer woedend was, alleen nog verbijsterd. Ze vertelde van haar kant iets over wat haar *krankzinnige* collega die bij nader inzien waarschijnlijk helemaal niet zo krankzinnig was geweest, allemaal had uitgekraamd – aanvankelijk alleen over Gabi's huwelijk en de angsten van een alcoholist.

Heiner knikte instemmend. Dat Peter Lutz uit angst voor Gabi verworden was tot een labiele zuiplap, wilde ook hij niet voor honderd procent uitsluiten. 'Lutz heeft haar dikwijls een heks genoemd.' En welke man ging nu graag uit de kroeg naar huis als hij van mening was dat er daar een vrouw op hem zat te wachten die hem elk moment in een pad kon veranderen? Aan de andere kant: al voor de bruiloft dronk Lutz meer dan bevorderlijk was voor zijn verstand. Daarna was hij waarschijnlijk banger voor Gabi's broers dan voor wat dan ook. De oudste, Reinhard, had hem herhaaldelijk uit de kroeg naar huis geranseld voordat Gabi zelf actie ondernam en haar man met een mes te lijf ging.

Het vliegende mes dat zich in *Een droom van rozen* zo effectief in de hand van de zuiplap had geboord, was ook niet alleen ontsproten aan Gabi's fantasie.

'Lutz heeft het aan iedereen in het dorp verteld', zei Heiner. 'Maar messen vliegen gewoon wanneer je ze naar een man gooit die zich wederrechtelijk spullen toe-eigent die niet van hem zijn. Het tweetal maakte voortdurend ruzie om de autosleutel, terwijl Gabi gelijk had. Het was onverantwoord om Lutz nog achter het stuur te laten plaatsnemen. Te voet was hij al een gevaar in het verkeer. En Gabi schijnt toentertijd een goede vriend bij de politie te hebben gehad. Daardoor kon ze ongestraft haar toevlucht nemen tot feitelijk geweld. Als je een intieme relatie hebt met een dienaar der wet, kun je het je zelfs permitteren om mensen die je in de weg staan naar de andere wereld te helpen. Dat gaat dan gegarandeerd voor een ongeval door – zoals in het geval van Uschi.'

Stella moest eerst kuchen om haar stem weer onder controle te krijgen. 'Is Uschi dood? Hoe is ze om het leven gekomen? En wanneer?'

'Van de keldertrap gevallen, in oktober negenennegentig, amper een maand voordat Gabi het huis overnam', luidde Heiners bevestiging van Fabians verklaring op dat punt en hij permitteerde zich een woordspeling. 'Uschi schijnt stomdronken te zijn geweest. Het lijkt wel alsof iedereen die met Gabi van doen heeft, een fors alcoholprobleem krijgt. Er wordt gefluisterd dat Uschi's man een handje geholpen heeft. Te bewijzen viel er niets. Maar vaststaat dat Uschi met alle geweld dat huis kwijt wilde en dat ze dolgelukkig was toen zich binnen de kortste keren een makelaar meldde. Op de een of andere manier is ze erachter gekomen wie hem daar opdracht voor had gegeven. Ze wilde de zaak onmiddellijk weer terugdraaien. Dat heeft ze niet meer kunnen doen. De verkoper was haar man.'

Na al het onbehagen voelde Stella nu iets van opluchting, want dit klonk alsof Gabi het huis van haar voormalige geliefde had gekocht. En had hij met haar onder één hoedje gespeeld? 'Woont Gabi nu weer samen met Uschi's man?' vroeg ze.

Heiner knikte. 'Ze heeft al die jaren met hem samengewoond. Ze zal ook de rest van haar leven met hem blijven samenwonen. Niets of niemand krijgt die twee uit elkaar.'

'En vindt hij het geen probleem dat ze daarnaast nog een verhouding met een politieman heeft?' vroeg Stella.

'Of dat nog zo is, weet ik niet', antwoordde Heiner. 'Maar toen Uschi stierf, had Gabi gegarandeerd een goede vriend op de juiste positie, anders zou dat niet zomaar in de doofpot zijn gestopt.'

De bezorgde echtgenoot

Donderdag 22 april 2004

Schöller had Heiner drie uur lang verhoord en daarbij geen enkele belangstelling aan de dag gelegd voor Stella's voormalige beroep. Maar hij had wel duidelijk gemaakt in welke richting het onderzoek volgens hem zou moeten gaan; *twee vrouwen in huis – van wie er een dood was.* Heiner wist zich geen raad meer en barstte van de weeromstuit weer in snikken uit. Opeens schoot hem ook te binnen dat hij meteen aan een thuiszorgorganisatie moest doorgeven dat de patiënten van zijn moeder niet zonder hulp konden.

Dat gaf hem wat lucht. Terwijl hij een kantoor van de wijkverpleging aan het bellen was, bedacht Schöller dat hij en Bermann op de plaats van het delict nog het een en ander te doen hadden. Ze lieten het aan de functionarissen op het bureau over om Heiner naar het huis van zijn vriend te brengen.

Ludwig Kehler woonde in een huurflatje in Glesch en was bereid hem de komende dagen onderdak te bieden. Daar aangekomen liet Heiner zich eerst uitvoerig vertellen wat Bermann en Lüttich Ludwig allemaal hadden gevraagd. Wat zijn vriend had geantwoord vond hij al even belangrijk. Geen woord over de film, daarnaar hadden ze niet geïnformeerd.

'Waren we vannacht toch maar even bij jou thuis gaan kijken', zei Ludwig.

'Ja', zei Heiner instemmend. 'Dat ik niet naar jou heb geluisterd vergeef ik mezelf nooit. Maar ik wou Stella niet het gevoel geven dat ik haar controleer. Ze had me beloofd dat ze niet zou drinken. Wie kon er nou zoiets voorzien?'

'Niemand', zei Ludwig. 'Maar dat Klinkhammer een paar domme opmerkingen heeft gemaakt, betekent op zichzelf nog lang niet dat hij denkt dat Stella Therese heeft doodgeslagen. Hij repte immers ook over een zedenmisdrijf. Laat jezelf niet gek maken.'

Dat deed Heiner echter wel. Het speelde immers geen rol meer wat Klinkhammer dacht. Schöller volgde nu zijn eigen spoor. En als hij Stella net zo met vragen bestookte als hij dat bij hem de afgelopen uren had gedaan … hij moest er niet aan denken wat er dan allemaal aan het licht kon komen. Vermoedelijk zelfs *De wieg van satan* en de lucifer die Stella als elfjarig meisje bij het dekentje van haar broertje had gehouden.

Onder het voorwendsel dat hij de weekendtas met Stella's spullen naar het ziekenhuis in Bedburg moest brengen leende Heiner de auto van zijn vriend en ging op pad naar haar. Stella lag alleen op een kamer, hoewel er in het ziekenhuis geen eenpersoonskamers waren. Dat ze op basis van haar verzekeringspolis als particulier patiënte werd behandeld, geloofde Heiner amper. Hij vermoedde dat de politie daar instructie toe had gegeven zodat ze haar, zodra ze wakker en aanspreekbaar was, ongestoord konden verhoren zonder dat er andere patiënten meeluisterden. Waarschijnlijk had de zaalarts instructie gekregen het onmiddellijk te melden als het zover was.

Tot laat in de avond deed hij pogingen haar wakker te krijgen. Op een gegeven moment kwam er een nachtzuster binnen die zich niet door tranen of door een vermoorde moeder liet vermurwen. Ze condoleerde hem maar hield voet bij stuk: hij moest van de stoel naast het bed van zijn vrouw weg. De zuster was zelfs niet onder de indruk van Heiners argument dat hij niet wist waar zijn dochtertje was, maar dat zijn vrouw dat vermoedelijk wel wist.

'Dan zal ze u dat wel vertellen als ze wakker wordt. Dat kan nog wel een poosje duren. Uw vrouw is doodziek, meneer Helling. Ze heeft nu vooral rust nodig. U zou ook moeten proberen een beetje te slapen. Moet ik u een slaaptabletje meegeven?'

Dat wees Heiner van de hand, hij wilde niet slapen en hij reed ook niet meteen naar Glesch terug. Eerst ging hij naar Niederembt. Zijn Nissan stond nog voor het huis. De wagens uit Keulen waren nergens meer te bekennen; begrijpelijk, het was heel laat en het werk op de plaats van het delict zat er waarschijnlijk voorlopig op. Het huis was door de politie verzegeld.

Heiner haalde de videoband met de *Schim* uit het dashboard-kastje van zijn auto en reed met Ludwigs auto nog door naar de tuin. De poort van de schuur was afgesloten en eveneens ver-zegeld. Dus reed hij naar Glesch en wilde met alle geweld dat Ludwig hem weer terugbracht om de Nissan op te halen. Hij wilde per se mobiel zijn en Ludwig had zijn eigen auto vrijdag immers zelf nodig.

De korpschef had het dienstrooster weliswaar omgegooid en was van plan hen beiden de komende dagen vrij roosteren. Per slot van rekening had Ludwig Therese ook van jongs af aan ge-kend. Hij was in Niederembt opgegroeid en hij was al twintig jaar met Heiner bevriend. Daarom moest ook Ludwig de tijd krijgen om de schok te verwerken. En op de eerste plaats moest hij de gelegenheid krijgen om zijn vriend in deze zware uren bij te staan. Heiner wilde echter geen hulp. Hij gaf er de voorkeur aan een vertrouweling op het bureau te hebben die zijn oren openhield en misschien eens bij Klinkhammer informeerde hoe de zaken ervoor stonden.

De rest van de avond en nacht zat hij in Ludwigs woonkamer de gevraagde lijsten te maken. Wat de kennissenkring van zijn moeder betrof had hij voor hetzelfde geld het register van de bur-gerlijke stand kunnen overschrijven. In Niederembt, Oberembt, Kirchtroisdorf, Kleintroisdorf, Elsdorf, Esch en Bedburg woon-den waarschijnlijk niet al te veel mensen die haar niet hadden gekend. Ze was immers bijna zoiets als een institutie geweest. Veertig jaar in de weer voor anderen, de eerste tien jaar als ver-pleegster, de overige dertig jaar als wijkverpleegkundige in en buiten de gemeente.

Joost mocht weten hoeveel kinderrijke gezinnen, alleenstaande moeders, zieken en ouderen ze in die tijd onder haar hoede had gehad. Ze zou vermoedelijk zelf niet eens meer hebben geweten voor hoeveel vrouwen ze kinderopvang had geregeld, voor wie ze allemaal een betaalbare woning of een echtscheidingsadvocaat had gevonden, wie ze had geholpen met een eis tot alimentatie of een baantje had bezorgd. Wie ze advies had gegeven voor onderhandelingen met partners die niet wilden betalen of voor een gang naar allerlei instanties. Wier werkgever ze net zolang op de huid had gezeten tot die een oogje dichtkneep als een van de kinderen ziek werd en moeder thuis moest blijven. Daar kwamen nog talloze familieleden van vroegere patiënten bij die ze niet alleen had ontlast bij het verlenen van mantelzorg maar die achteraf ook geen slecht geweten hoefden te hebben omdat ze tijdens de laatste uren van de patiënt bij hem of haar had gewaakt. En niet te vergeten de diensten die ze willekeurige mensen had bewezen. Had iemand geen geld voor de reparatie van zijn auto terwijl hij die dringend nodig had? Was er ergens een waterleiding gesprongen en was er geen geld voor de loodgieter? Wat deed Therese dan? Ofwel ze schoot het geld voor of ze maakte de schuldeisers duidelijk dat ook werklui sociale verplichtingen hadden tegenover arme medemensen. Vermoedelijk waren er een stuk of vijftig mensen bij wie ze met open armen zou zijn ontvangen wanneer ze hun een keer zou hebben gevraagd haar een dienst te bewijzen.

Hoe vaak kwam er niet iemand aan de deur terwijl zij op pad was, om geld terug te brengen dat ze had uitgeleend of om een bos bloemen te bezorgen omdat niet met geld kon worden goedgemaakt wat zij had gedaan? Dan had Heiner de bloemen of het geld en de heel hartelijke groeten aan zijn moeder in ontvangst genomen, een babbeltje gemaakt met die mensen en gehoord hoe ze heetten, als hij hen al niet kende, want ze woonden in het dorp. Meestal hoefde hij niet te vragen waar ze woonden, op welk adres en welk huisnummer.

Vrijdag 23 april 2004

Toen Ludwig om zes uur weer uit zijn slaapkamer kwam, zat Heiner nog steeds te schrijven. Volgens hem was alleen de lijst met waardevolle voorwerpen af die hij voor Schöller moest maken. Ludwig stak alle pagina's in zijn zak toen hij om half zeven vertrok om de hem toebedachte taken op het bureau te gaan verrichten. Voordat hij de flat verliet, raadde hij Heiner dringend aan om eindelijk te gaan liggen en in ieder geval een poging te doen om even te slapen.

Deze keer volgde hij het advies op en ging hij languit op de bank liggen. Het was al ruim veertig uur geleden sinds hij uit bed gekomen was om vettige schouderkarbonade, geprakte aardappelen en kapotgekookte broccoli te eten. Hij kon zijn ogen amper meer openhouden. Maar bij de gedachte dat Stella in de nacht dat zijn moeder stierf was ondervraagd voordat hij haar had ingepeperd wat ze mocht zeggen en wat niet, kwam hij niet tot rust.

Toen Ludwig onverwacht thuiskwam, hield hij het niet meer uit, hij stond weer op, nam een hete douche en liet daarna nog minutenlang koud water over zijn hoofd stromen. Veel hielp het niet. In zijn hersenpan bonsde het gebrek aan slaap, zijn oogbollen voelden aan alsof iemand er zand in had gewreven. Hij nam een aspirientje, pakte twee flessen sinaasappelsap uit de koelkast en toog daarmee opnieuw naar het ziekenhuis.

Stella lag nog in precies dezelfde houding in bed als de avond tevoren. Het leek wel alsof ze zich geen enkele keer had verroerd. Op het uitschuifblad van haar nachtkastje stond desondanks een dienblad met een kannetje koffie en een afgedekt ontbijtbordje. Heiner gunde zichzelf een kop koffie. Nadat hij die op had, schonk hij het kopje weer vol, riep haar bij haar naam en gaf haar zachte tikjes op haar wangen. Daar reageerde ze helemaal niet op.

Toen hij voor het eerst in haar arm kneep, bewoog ze haar hoofd. Hij kneep wat harder en hoorde een ontstemd gegrom. Ze probeerde haar arm weg te trekken. Hij hield die vast en kneedde het vlees tussen zijn vingers. Een beproefde methode, zo had hij haar de vorige ochtend ook gewekt.

'Au', mompelde ze sloom.

'Ben je wakker?' vroeg hij.

Ze knipperde even met haar ogen tegen het daglicht en deed ze meteen weer dicht. Hij betwijfelde of ze hem gezien had. Minutenlang moest hij weer liefkozende tikjes op haar wangen geven en haar nog twee keer stevig in haar arm knijpen voordat hij haar zo ver had dat ze althans haar ogen openhield en hem aankeek.

'Dorst', mompelde ze.

Hij ondersteunde haar hoofd met zijn arm, liet haar de koffie opdrinken en vroeg ondertussen al: 'Vertel me eens wat er is gebeurd, lieveling.'

Haar niet-begrijpende blik maakte hem duidelijk dat ze geen flauw idee had van wat er gebeurd zou kunnen zijn. Dus vertelde hij haar iets wat ze noodgedwongen wel moest geloven. 'Er is een inbreker in huis geweest, lieveling. De slaapkamers waren overhoop gehaald. Gisterochtend vroeg heb je me verteld dat je hem om half een hebt gezien en dat je zo rond middernacht buiten lawaai hebt gehoord.'

Ze maakte een vage beweging die wat weg had van hoofdschudden. Hij wist niet hoe hij dat moest interpreteren, als een ontkenning of als weerstand, als een dringend verzoek om haar met rust te laten? 'Probeer het je te herinneren, lieveling', drong hij aan. 'Hoe zag die man eruit? Was het er echt maar één? Ieder detail is belangrijk. De collega's uit Keulen zullen het ook van je willen weten als ze komen.'

'Waarom?' vroeg ze.

Hij begon te huilen. 'Omdat mama dood is. Dat heb ik je gistermorgen toch gezegd, Weet je dat niet meer?'

Blijkbaar niet. 'Dood', herhaalde ze op een toon alsof ze geen flauw idee had wat dat woord betekende.

'Ja', snikte Heiner en hij vroeg nu door. 'Waarom heb je je weer zo bezat? Was je verdrietig omdat mama de kleine meid heeft weggebracht? Hoe laat is mama weggegaan?'

'Weet ik niet.'

'Heb je haar niet gezien? Weet je dan of ze jouw ouders nog heeft gebeld nadat ik naar mijn werk ben gegaan; ze zal toch vast nog wel iets hebben gezegd?'

'Morgen komt er weer een dag', mompelde ze.

Een paar seconden lang zweeg Heiner, peinzend hoe hij haar informatie moest beoordelen. Waarschijnlijk hoopte ze dat hij met haar antwoorden genoegen zou nemen en dat ze verder mocht slapen, maar hij gaf niet op. 'Wat heeft dat te betekenen? Heeft mama verder niets gezegd en heb jij ook niet gezien dat ze van huis vertrokken is? Hoe kom je er dan bij dat ze de kleine meid heeft weggebracht?'

'Weet ik niet', herhaalde ze op huilerige toon.

'Denk dan na', zei Heiner dwingend. 'Je bent boven geweest. Heb je misschien alle bedden leeg aangetroffen en daaruit geconcludeerd dat mama bij mevrouw Müller geroepen was en dat ze de kleine meid daarom naar kennissen heeft gebracht?'

'Zou kunnen.' Aan haar gezichtsuitdrukking was duidelijk te zien dat ze geen flauwe notie had. Maar toen fronste ze peinzend haar voorhoofd alsof haar toch nog iets te binnen schoot. 'Ze is een spuugdoek verloren, meen ik. Die lag bij de schuurdeur.'

'Dat mag je niemand vertellen', verklaarde Heiner. 'Die heb ik weggegooid.'

'Waarom?'

'Waarom, waarom!' stoof hij op. 'Omdat ik niet wist waarom hij buiten lag. Omdat jij de ladder opgeklommen moet zijn en ik overal bloed zag. Ik was van plan de sporten schoon te vegen. Maar het bloed was al opgedroogd. En ik had gewoonweg niet genoeg tijd om alle vloeren schoon te maken.'

'Schreeuw niet zo', verzocht ze hem gekweld. 'Geef me nog iets te drinken.'

Hij schonk een glas vol sinaasappelsap, hield het aan haar lippen, ondersteunde haar hoofd opnieuw en eiste intussen dat ze alles in de juiste volgorde vertelde, alles wat haar nog te binnenschoot. 'Ik ben om half tien naar mijn werk gegaan', hielp hij haar. 'Wat heb je daarna gedaan? Wat heeft mama gedaan?'

Het duurde een poosje voordat ze datgene bijeengeraapt had wat rode wijn en rode bessenlikeur nog hadden laten beklijven. Maar uiteindelijk kwam hij te weten dat zijn moeder naar boven was gegaan, dat Stella op de bank was gaan zitten en de tv aangezet had. Dat Therese de baby even na tien uur in de woonkamer bracht, de televisie weer uitzette en eiste dat Stella een flesje voor de kleine meid ging klaarmaken.

Ze vertelde ook nog op vermoeide, haperende toon en met

van hoofdpijn trillende oogleden dat ze het pipetje had moeten pakken. Hoe bang ze ervoor was om de baby op die manier te moeten voeden, wist hij maar al te goed. Dus had ze hem er heus niet met klem op hoeven wijzen dat ze alleen daarom hoe dan ook behoefte had gehad aan een glas wijn, alleen al uit angst dat het kind een hoestbui zou krijgen en om haar bevende handen in bedwang te krijgen.

'Een glas', zei hij. 'Maar toen ik thuiskwam, lagen er twee flessen in de woonkamer en eentje op de overloop.'

Van die fles op de overloop wist ze schijnbaar niets. Maar dat ze om elf uur de tweede fles uit de betonmolen had gehaald en het zich daarmee op de bank gemakkelijk had gemaakt, schoot haar nog te binnen. En ook dat de kleine meid daarna in de stoel bij de patiodeur had liggen slapen en dat ze zelf in slaap gevallen was nadat in *Vakantie en andere rampen* de barbecue was geëxplodeerd.

Heiner kende de band met de afleveringen van die serie. Van het begin van die band duurde het ongeveer vijfendertig minuten totdat de explosie volgde. Dat ze Therese daarna nog met iemand over de Russen en over een poepluier had horen praten zoals ze hem gisterochtend had verteld, wist ze blijkbaar niet meer; ze maakte er althans geen melding van.

'Maar dan is mama dus heel laat weggegaan', constateerde Heiner. 'Ik heb tegenover de collega's al verklaard dat ze tussen half tien en tien uur met de kleine meid weggegaan is. Daar houden we het op.'

Hij wilde haar laten zweren dat ze de afgesproken antwoorden zou geven op alle vragen die onvermijdelijk zouden komen. Maar zo ver was ze nog bij lange na niet, dat zag hij ook wel in. Dus prentte hij haar voor het begin alleen de versie in die hij al aan Schöller had opgedist.

'Ik heb de collega's helaas moeten vertellen dat je dinsdag al iets had gedronken. Maar ik heb het hun uitgelegd. Je was neerslachtig omdat je niet opschoot met je werk in de aanbouw. Woensdag heb je de hele dag doorgewerkt en nadat ik naar mijn werk was gegaan, ben je in onze slaapkamer op bed gaan liggen.

Je was bekaf en je bent even in slaap gevallen. Daarom heb je niet gemerkt dat mama met de kleine meid is weggegaan. Om tien uur ben je weer opgestaan om Johanna te verluieren en de fles te geven. Maar er was niemand meer. Je was verdrietig omdat mama je niet in staat achtte om het in je eentje met de kleine meid te rooien. Daarom ben je opnieuw gaan drinken, je bent op de bank in slaap gevallen en je hebt mama niet terug horen komen. Je bent pas tegen middernacht wakker geworden toen er buiten lawaai was. Daarna heb je verder niets gehoord en ook niets gezien totdat de inbreker om half een de woonkamer binnenkwam.'

Tot twee keer toe kauwde Heiner haar die lezing van het verhaal voor, inclusief de beschrijving van de *vermomde indringer*, hij liet haar het hele verhaal zin voor zin nazeggen. Ze bauwde hem na als een automaat, net zolang totdat hij tevreden was. Daarna vroeg hij nogmaals: 'Heb je echt geen flauwe notie naar wie mama de kleine meid heeft gebracht?'

'Nee.'

'Trek het je niet aan', vond hij. 'Degene die Johanna heeft, zal zich vast onmiddellijk bekendmaken wanneer overal bekend wordt wat er is gebeurd. Iedereen heeft mama immers gekend.'

Over de herhaling van de film repte Heiner met geen woord. Als ze naar een serie voor het vooravondprogramma had gekeken, waarom zou hij haar dan aan *De schim* herinneren en het risico lopen dat ze in haar toestand haar mond voorbij zou praten?

De geboorte van een monster

April tot oktober 2001

Nadat Heiner haar destijds over Gabi's miserabele verleden had verteld, moest Stella nog een vergadering met Heuser en Gabi plannen. De regisseur die ze intussen dankzij veel overredingskunst voor het project had weten te strikken, wilde bij het verfilmen van het scenario zijn eigen creativiteit gebruiken en stond erop dat de rigide regieaanwijzingen die Gabi in het scenario had verwerkt, werden geschrapt. Hij wilde zijn begrijpelijke wens echter niet zelf op tafel leggen, dat kreeg Stella op haar bordje. En ze was nog maar net van wal gestoken of Gabi wimpelde het voorstel af. 'Niemand gaat zitten knoeien aan mijn baby. Als hij zo nodig creatief wil zijn, moet hij zelf maar een scenario schrijven.'

Heuser was het natuurlijk roerend met Gabi eens. Stella hoorde in gedachten aldoor Heiners stem. *'Hoe je mannen inpakt ... Iemand zou haar echt eens een keer flink op haar nummer moeten zetten.'* Nou en of! En op één punt had Stella een voorsprong op haar. Ze kende Heuser veel langer dan zij en wist precies waar hij in zijn werk op viel. Ze moest het in het begin alleen een beetje handig aanpakken, dan kon ze misschien zelfs twee vliegen in één klap slaan. Gabi duidelijk maken waar wat haar betreft de grenzen lagen en een film maken die helemaal naar de zin van haar vader was. Dus stelde ze eerst maar eens een onschuldige vraag: 'De titel blijft dus gehandhaafd?'

Heuser knikte slechts; Gabi zei: 'Natuurlijk.'

'Als jullie dat vinden', zei Stella. 'Ik vind *Romy's schim* een nietszeggende titel. En ik wilde een alternatief voorstellen: *De schim met de moordenaarsogen.*'

Heuser keek haar verbluft aan. 'Romy vermoordt mensen, de schim voorkomt alleen maar dat zij zelf sterft', zei Gabi.

'Dat kunnen we veranderen', zei Stella. 'Ik zie hier namelijk een probleem opdoemen dat we voorkomen wanneer we de schim als een wraakzuchtige geest laten optreden. Romy kan telekinetische vermogens hebben, anders valt de eerste scène in het water. Maar we moeten haar acties eigenlijk zo verfilmen dat ze overduidelijk voortkomen uit haar hulpeloosheid. Ze moet de sympathie van de toeschouwers winnen. Wanneer ze eigen rechter speelt en onschuldige mensen om het leven brengt, wordt dat moeilijk.'

Gabi reageerde niet. Heuser zei wel: 'Nou, daar kom je wel in een vroeg stadium mee', maar luisterde toch aandachtig hoe ze de loop van het verdere verhaal schetste. De pakkende titel stond hem absoluut aan, de rest vond hij ook niet slecht. Openbarstende hoofden in plaats van bloedneuzen. Ursula die niet op het kerkhof stierf, buitenscènes waren er al meer dan genoeg. Het was beter wanneer dat binnenshuis gebeurde. Stella wilde de zaak niet op de spits drijven door voor te stellen Uschi van de trap te laten vallen. In plaats daarvan suggereerde ze een romantisch ingerichte badkamer. En groen fluorescerende ogen voor de schim. Omdat Fabian Becker had beweerd dat Gabi's broer de ogen van een roofdier had.

Heuser was al na enkele zinnen laaiend enthousiast over de moordende geest. Ook Gabi ging verrassend snel akkoord, wel mopperde ze dat het nog wel een poosje kon duren omdat ze nu het hele verhaal opnieuw moest schrijven.

Erg lang duurde het niet. Al na drie dagen kwam Gabi met een nieuwe versie die nauwelijks van de vorige verschilde. Alleen doemde in de betreffende scènes niet Romy maar het contourloze monster met de fluorescerende roofdierogen op.

Heuser was ook over dat scenario laaiend enthousiast. Stella had niet anders verwacht. Vermoedelijk was Heuser zelfs nog uit zijn dak gegaan wanneer Gabi in plaats van de bloederige thriller het scenario voor een sprookjesfilm had afgeleverd. De regisseur rook zijn kans en stelde nog meer veranderingen voor. Hij wilde Romy laten sterven en Ursula in leven laten.

'Die vent is zeker niet goed wijs', luidde Gabi's commentaar toen Stella dat idee ter tafel bracht. 'Of komt dat soms uit jouw koker? Drijf het niet op de spits, Stella, anders ga ik me nog afvragen of je de laatste tijd iets tegen me hebt en wie daarvoor verantwoordelijk kan zijn.'

Met haar volgende zin maakte Gabi duidelijk dat ze al een bepaald iemand op het oog had. 'Je mag Heintje namens mij iets vertellen. Of nee, dat doe ik liever zelf. Dan weet ik dat de mededeling goed overkomt.'

Dat deed Gabi vermoedelijk nog diezelfde avond. En wat ze Heiner ook vertelde, het leidde ertoe dat hij Stella ter verantwoording riep. Hij belde op en vroeg verwijtend: 'Wat heb je Gabi vandaag in vredesnaam verteld, lieveling? Hoe kun je zoiets doen? Ik ging ervan uit dat je tegenover haar geen dingen zou aansnijden die je van mij hebt gehoord.'

'Dat heb ik ook niet gedaan', verklaarde ze. 'Ik heb haar uitsluitend te verstaan gegeven dat de regisseur een andere opvatting heeft van rechtvaardigheid dan zijzelf.'

'Hoe komt ze er dan bij dat het mijn schuld is dat jij haar in problemen brengt?'

'Geen idee', zei Stella. ' We hebben het helemaal niet over jou gehad. Ik heb haar ook niet in de problemen gebracht, maar haar alleen een suggestie van de regisseur doorgegeven.'

'Dan kun je die regisseur dat voorstel maar beter uit het hoofd praten', vond Heiner.

'Hoezo?' vroeg ze. 'Jij was toch zelf van mening dat Gabi eens goed op haar nummer moest worden gezet?'

'Maar toch niet in haar werk, lieveling. Als er een goed scenario ligt, waarom zou je dan het risico lopen dat het slechter wordt?'

Dat was absoluut niet haar bedoeling. Het was al een risico geweest om van Romy op de schim over te schakelen. Dat had gemakkelijk verkeerd kunnen uitpakken. Juist bij dat soort materiaal moest je voorzichtig zijn om te voorkomen dat het in onzin ontaardde. Als je Romy helemaal ter zijde schoof, hoe kon het dan met Ursula in de hoofdrol nog functioneren? Afgezien daarvan: nu was het een scenario dat de concurrentie met de grote horrorfilms uit Hollywood beslist aankon – dat had zelfs

Ulf von Dornei gezegd. Daaraan gaan knoeien had geen zin. Dus slikte Stella haar verontwaardiging weg.

De regisseur werkte haar daarna nog wekenlang op haar zenuwen. Hij zag zich in zijn artistieke vrijheid beknot en overwoog serieus of hij de film wel wilde maken op deze condities. Ulf von Dornei kreeg het voor elkaar om hem tijdens een exquis etentje in een exclusief restaurant ervan te overtuigen dat het laatste woord hier nog niet over was gezegd. En dat hij zijn artistieke vrijheid bij de afleveringen van de serie met Russen, Chinezen, terroristen en drugsbaronnen nog volop kon uitleven.

Koning Ulf kon zich gewichtig voordoen en beloften doen wat hij wilde. Woord houden kon hij niet. Ze hadden zijn bevoegdheden enorm ingeperkt en Stella in bedekte termen duidelijk gemaakt dat de bedrijfsleider uitsluitend nog op zijn stoel bij Movie-Productions zat omdat zijn vader niet wist waar hij hem anders neer moest zetten. Zij was degene die de beslissingen nam.

En de actrice die ze voor de rol van Romy contracteerde, vond genade in Gabi's ogen. Ook over de rest van de acteurs was Gabi tevreden en ze kalmeerde weer. Er waren uit financiële overwegingen en omdat ze die inderhaast niet meer hadden kunnen contracteren geen bekende namen bij. Maar Heuser verkondigde opschepperig: 'Wij hebben geen sterren nodig, wij maken ze.' Daar hoopten ze allemaal op.

Het had lang geduurd. Maar nu schoot het goed op. In juni kon er gefilmd worden. Er waren eenentwintig opnamedagen voor uitgetrokken. Stella was dagelijks op de set. Ook Gabi kwam vaak opdagen om zich ervan te vergewissen dat de regisseur Ursula niet eigenmachtig zou laten overleven. En passant voorzag ze de acteurs van exacte instructies en gaf ze goede tips aan de cameraregie. De regisseur was daar begrijpelijkerwijs niet bijster enthousiast over.

Ook de acteur die de mannelijke hoofdrol speelde, was ontevreden. De zwarte pij stond hem niet aan omdat hij daar van top tot teen onder schuilging. Hij vond zichzelf onweerstaanbaar en mocht zich alleen in enkele piepkleine shots in de beginscène in zijn volle glorie vertonen. Voortdurend deed hij zijn beklag over de fluorescerende contactlenzen omdat die zijn ogen irriteerden. Op de hoge plateauzolen die hij moest dragen omdat hij maar een meter zeventig lang was en de schim boven iedereen uit moest steken, zwikte hij telkens om. Op de derde opnamedag scheurde hij ook nog zijn enkelbanden en moest er voor de badkamerscène een stand-in worden gezocht.

Gelukkig had Heiner die dag geen dienst, hij was 's morgens al op de set en viel bereidwillig in omdat er in de gauwigheid geen andere vervanger te vinden was. De scène moest nu opgenomen worden en wel meteen. De badkamer maakte deel uit van het decor van een vooravondserie, ze hadden hem voor deze film behoorlijk vertimmerd en konden er maar kort over beschikken. Weliswaar had Heiner geen enkele acteerervaring maar dat was ook niet per se nodig. Hij hoefde alleen – van top tot teen in de zwarte pij gehuld en voorzien van de contactlenzen die hij van onder het gewaad met een zaklamp moest belichten om ze lichtgevend te laten lijken – voor de hysterisch schreeuwende en met de kapotte champagnefles zwaaiende Ursula te staan. Schoenen met plateauzolen had Heiner niet nodig, want hij was een meter zesennegentig lang.

Natuurlijk was ook Gabi op die bewuste dag aanwezig. Nadat Heiner zich weer omgekleed had, ving Stella toevallig haar spottende commentaar op. 'Waarom heeft Stella niet meteen aan jou gedacht? Die rol is jou op het lijf geschreven. Je hebt het fantastisch gedaan als moorddadig beest.'

Eindelijk stond alles op film. En in de montagekamer had Stella al meteen een goed gevoel. *De schim met de moordenaarsogen* was háár film en het was onloochenbaar een voortreffelijke film geworden. Haar vader kreeg onmiddellijk na de eindmontage een kopie op video en was een en al lof. Opeens had hij altijd wel geweten dat ze het in zich had om fantastische prestaties te leveren. Madeleine, die ook een kopie had gekregen, belde vanuit Hamburg op en ging compleet uit haar dak. 'Ik zag mezelf de hele tijd in onze kamer op bed liggen en ik heb al mijn nagels afgebeten. Het was een uitstapje naar onze jeugd, o, wat was dat mooi.'

Ja, het was het hoogtepunt waar Stella op uit was geweest. Erkenning. Desondanks waren de maanden tot het moment van uitzending in oktober een zenuwslopende tijd. Twee meningen van familieleden telden niet. En vervolgens de triomf! Bijna zeven miljoen kijkers! Van zulke kijkcijfers kon je alleen maar dromen.

Heuser kon zijn geluk niet op. Maar hij had immers van meet af aan gezegd: 'Die Lutz kan er wat van.' Koning Ulf liep te pronken als een pauw en gedroeg zich alsof het succes zijn persoonlijke verdienste was. Per slot van rekening had hij Gabi, zoals hij haar intussen ook noemde, maandenlang tot gedisciplineerd werken aangezet, vond hij.

Fabian Becker belde vanuit München om Stella te feliciteren. Hij werd ambulant psychiatrisch behandeld en kreeg medicijnen tegen zijn periodiek de kop opstekende schizofrenie. Het ging al een stuk beter met hem. Hij repte niet meer van Elvis Presley en een versterker in zijn hersenen, hij zei alleen: 'Het was een fantastische film, Stella.'

De halve waarheid

Al twee dagen na de uitzending van de film viel bij de omroep het besluit. Movie-Productions kreeg opdracht om de eerste reeks afleveringen voor de serie te maken. Ulf von Dornei trakteerde Gabi op een fles sekt en ging ook akkoord met de aanschaf van een weelderig boeket bloemen; Stella mocht de gulle gaven per huurauto met chauffeur naar Niederembt brengen. Die dag zag ze het dorp voor het eerst.

Hoewel Heiner al een datum voor de bruiloft op het oog had en aan één stuk door hoog opgaf over mama's grote huis met de ruime aanbouw – de laatste tijd had hij in Stella's appartement last van claustrofobie – was er tot nu toe niets terechtgekomen van een koffievisite bij mama.

Hoogstwaarschijnlijk Gabi's schuld, maar Heiner keek wel uit en liet zich verder niet meer in negatieve zin over haar uit. Desondanks maakte hij af en toe weer een ondoordachte opmerking die slechts één conclusie toeliet. Gabi scheen mama minstens tweemaal per week te treffen, maakte spottende opmerkingen over Heiners rol in de film en stak eindeloze tirades af over fantasten en blaaskaken. Dus was het niet verwonderlijk dat mama er geen prijs op stelde om een producente als toekomstige schoondochter te krijgen. Vermoedelijk hoopte ze zelfs dat de relatie van haar zoon spaak zou lopen, en wat haar betrof liever vroeg dan laat. Maar als dat het geval was, dan had ze toch buiten de waard, dat wil zeggen buiten Heiner en Stella, gerekend. Het was gewoon de grote liefde, een gevoel zoals twee mensen die iets delen, al was het alleen maar de hunkering naar waardering en de behoefte om in de wereld iets voor te stellen, voor elkaar kunnen krijgen. Nu reed Stella in de huurauto langs het adres waar Heiner woonde en bekeek ze mama's *grote* huis van de buitenkant alvorens ze de auto naar de rand van het dorp liet rijden waar Gabi woonde, op een kolossale lap grond in een veel en veel groter huis. Aan de straatkant telde Gabi's huis maar vier ramen. Om bij de voordeur te komen moest je eerst via een brede oprit naar een erf rijden waar met gemak drie of vier veertigtonners met aanhanger hadden kunnen staan.

Op de grens met de grond van de buren stond maar een kniehoog muurtje. Ver naar achteren bestond de erfafscheiding echter uit een manshoge muur. Het gedeelte daarvoor was overkapt en had veel weg van een vuilnisbelt. Daar lag een hoop schroot, voornamelijk auto-onderdelen, verroeste spatborden en oude banden. Daarnaast hing een stokoude Mercedes met een taxibord op het dak een halve meter boven de grond – omdat hij op een hefbrug stond zoals Stella zag toen de chauffeur vlak daarbij wilde keren. Aan de achter zijde van het huis bevond zich een eveneens overdekt terras.

Toen Gabi haar binnenliet en voorging naar de woonkamer, zong Elvis net: '… pretending that I'm doing well, my need is such, I pretend too much, I'm lonely but no one can tell. Oh, yes, I'm a great pretender.' Het schoot nog eventjes door Stella heen hoe Fabian stennis had staan maken toen hij dit voor het eerst voor de deur van Gabi's armoedige flat in Keulen had gehoord. En ze herinnerde zich de vertaling op zijn blocnote in het ziekenhuis. Gabi's motto, de grote misleiding. *Ik draag mijn hart als een kroon. – I'm wearing my heart like a crown. Ik doe net of jij er nog steeds bent. – Pretending that you're still around.*

Gabi zette de oude stereo-installatie uit, was blij met de sekt en de bloemen van de bedrijfsleider. 'Heeft de blaaskaak me eindelijk vergeven?'

'Daar lijkt het wel op', zei Stella.

En Gabi was nog blijer omdat Fabian ook haar had opgebeld. Hij had haar met het succes gefeliciteerd en zijn excuus aangeboden voor het feit dat hij haar zo lang op haar zenuwen had gewerkt door almaar hardnekkig te blijven volhouden dat zij Romy was. En alleen maar ten gevolge van zijn schizofrenie. 'Die arme kerel', zei ze. 'Als ik had geweten dat hij geesteszíek was, had ik hem niet zo opgefokt met die verhalen over mijn horrorhuwelijk.'

Terwijl Gabi een vaas ging zoeken waar ze het enorme boeket bloemen in kwijt kon, keek Stella om zich heen. Zo op het oog was er niets te zien van de tijdrovende renovatiewerkzaamheden waarover Gabi had verteld. Op de muren zat vergeeld streepjesbehang; iets dergelijks kende Stella nog van ruim twintig jaar geleden uit haar ouderlijk huis. Op de grond lag versleten vloerbedekking die vol vuile vlekken zat. Voor het raam hing een ouderwets bloemetjesgordijn. De kozijnen hadden dringend een verfje nodig en de deur naar het terras een nieuwe ruit, want in deze zat een lange barst.

Dezelfde zitmeubelen als in het flatje in Keulen, hetzelfde tafeltje. Dezelfde kastenwand met het fineer vol krassen. In een open kastplank het stapeltje dunne pocketboekjes, daarnaast de ingelijste foto's. Gabi's kinderen en Elvis Presley. Een waarop hij in vol ornaat met zijn gitaar tegen een vage achtergrond stond, waarschijnlijk tijdens een optreden gemaakt, zijn gezicht amper groter dan een vingernagel. Op de tweede foto stond Elvis tegen het spatbord van een crèmekleurige auto geleund en werd door de andere foto gedeeltelijk aan het oog onttrokken. Omdat hij op deze foto vanaf de heupen was afgebeeld, was zijn gezicht iets groter.

Stella liep ernaartoe en bekeek de foto's eens wat nauwkeuriger – zoals Fabian haar dat destijds had aangeraden, waarbij hij haar overigens tegelijkertijd had gewaarschuwd om niet bij Gabi op bezoek te gaan. Eerst zag ze dat het normale foto's waren, geen kaarten met autogram. Daarna zag zij het ook: het was Elvis Presley niet. Er was alleen sprake van een verbluffende gelijkenis, nog geaccentueerd door de manier waarop de man was uitgedost – glitterpak en vetkuif. Vanuit de stoel in Gabi's flatje in Keulen was dat niet te zien geweest. En van zo dichtbij viel Stella nog een frappante gelijkenis op – met Heiner.

Gabi kwam met een emmer terug, een geschikte vaas voor het boeket had ze waarschijnlijk niet. Ze zag Stella voor de foto's staan en verklaarde ongevraagd: 'Mijn broer is vroeger als dubbelganger van Elvis opgetreden.'

Gabi sprak altijd maar over een van haar broers. Dat ze vijf officiële en vermoedelijk een stuk of zes niet-officiële broers had, daarvan had ze nog nooit gerept maar de man op de foto zou zonder meer een broer van haar kunnen zijn. Hij had dezelfde haarkleur. Ook de gelaatstrekken kwamen overeen, bij Gabi waren ze alleen zachter en vrouwelijker. Anders had haar dat ook al veel eerder opgevallen moeten zijn, dacht Stella.

Ze meende op dat moment het een en ander te begrijpen. Dat Heiner een buitenechtelijk kind was, wist ze al. Vader onbekend, meer had hij er tot nu toe niet over verteld. En hij had van die denigrerende opmerkingen gemaakt over Gabi's familie. Kinderen bij de vleet, in alle leeftijden. De jongste even oud als hij, de oudste al dik boven de vijftig, dus ongeveer even oud als zijn *mama*. Asociaal tuig.

Tuig gedroeg zich zelden verantwoordelijk. Zou mama er daarom voor teruggeschrokken zijn om te zeggen wie hem had verwekt? Omdat ze zich niet wilde blameren. Zou Gabi om die reden kind aan huis zijn bij Heiners moeder? Omdat ze bijna schoonzusters geworden waren. Zou Heiner daarom zijn verachting en zijn wrok de vrije loop hebben gelaten maar meteen daarna zijn teruggekrabbeld? Omdat hij geen narigheid met zijn tante wilde?

'Een leuke familie zijn jullie', zei Stella – en trof bij die opmerking bijna Gabi's spottende toon. 'Jammer dat er niemand is ontdekt voor de film. Je broer had de Duitse Robert Redford kunnen worden.'

Gabi lachte. 'Twintig jaar geleden misschien, maar hij is in de loop van de tijd nogal in de breedte gegroeid.'

'Elvis ook', antwoordde Stella. 'Op zijn veertigste was hij een afschuwelijke vetzak geworden, heb ik altijd gevonden. Hoe oud was je broer toen die foto's gemaakt zijn?'

'Weet ik niet meer precies', zei Gabi ontwijkend. 'Vijfendertig, zo ongeveer.' Vervolgens bracht ze het gesprek snel op iets anders. 'Hoeveel afleveringen hebben we voor het eerste seizoen nodig?'

'Acht', zei Stella.

'Ik heb er al twaalf klaar', lachte Gabi triomfantelijk. 'Het is me gelukt de oude scenario's allemaal opnieuw te bewerken. Wil je eens kijken?'

'Nu niet', zei Stella.

Gabi grijnsde begrijpend. 'Je hebt waarschijnlijk vandaag nog andere plannen.'

Voordat Stella daar antwoord op kon geven, kreeg ze het boeket bloemen weer in haar handen gedrukt.

'Neem ze maar mee', zei Gabi nog steeds grijnzend. 'Dat zal vast indruk maken op Resl. Zo'n boeket heeft ze gegarandeerd nog nooit gekregen. Van Heintje krijgt ze altijd alleen maar Mon Chérie.'

'Ik heb je al een keer verzocht hem geen Heintje te noemen', bracht Stella haar in herinnering.

Gabi mompelde iets over een oude gewoonte, het klonk niet naar een excuus. Stella wilde de bloemen teruggeven en attendeerde haar erop dat ze niet van plan was om bij Heiners moeder langs te gaan nu ze toch in het dorp was.

'Maar het zou vandaag wel goed uitkomen', vond Gabi. 'Amper een uur geleden heb ik nog met Resl gebeld, ze was in een opperbest humeur. Volgens mij zou ze vandaag zelfs Helmut Kohl ontvangen en hem vriendelijk onthalen, hoewel ze hem absoluut niet kan uitstaan. Hij heeft de mensen namelijk altijd wijsgemaakt dat de pensioenen waardevast zijn.'

'Ik ben Helmut Kohl niet en ik wil niet onaangekondigd bij haar op de stoep staan als Heiner er niet is', zei Stella.

'Dat is nou precies de reden waarom het vandaag goed zou uitkomen', vond Gabi. 'Als hij er niet is, kan hij er ook niet tussendoor zitten zwetsen. Je schijnt echt serieuze plannen met hem te hebben. Als je Resl voor je kunt winnen, is dat al het halve werk. Maar misschien overtuigt ze je er ook van dat hij niet de juiste man voor je is. Van mij neem je dat kennelijk niet aan. Ik kan je komst wel even aankondigen.'

De woorden waren nauwelijks koud of Gabi had haar mobieltje al in haar hand en toetste het nummer in.

Een half uur later al zat Stella bij Therese in de woonkamer, vanwaar je toen nog via een tussendeur in de aanbouw kon komen. De bloemen die voor Gabi bestemd waren geweest, maakten inderdaad indruk. Ze werd wel niet met open armen maar wel voorkomend ontvangen, volstrekt niet zo koeltjes of gereserveerd als ze had verwacht. Therese had koffie en boterkoek die ze na Gabi's telefoontje kennelijk nog snel had gekocht. Ze serveerde er een glaasje vruchtenbrandewijn bij, waar Stella slechts van nipte.

Ze gaf niets om sterkedrank. En de dubbel gedistilleerde bessenjenever met zijn alcoholgehalte van achtendertig procent gaf haar een onaangenaam branderig gevoel in haar keel. Te zoet en veel te scherp voor een vrouw die zich tegenwoordig wel geregeld liet overhalen tot een half glas rode wijn. Wanneer Heiner bij haar overnachtte, bracht hij geregeld een fles mee, voor de gezelligheid. En als zij erop stond om het bij bronwater te houden omdat ze zich de volgende dag goed op haar werk moest kunnen concentreren, was hij beledigd. 'Lieveling, alsjeblieft, één glas. Daar merk je niks van.'

De conversatie met Therese kwam maar moeizaam op gang omdat Stella verlegen was en niet wist waarover ze moest praten. Ze zou graag hebben geïnformeerd wie Heiners vader was, omdat ze haar vermoeden bevestigd wilde zien. Maar dat zou beslist een slechte binnenkomer zijn geweest.

Therese informeerde naar haar familie. Madeleine bood enkele minuten goede gespreksstof. Maar wetenschappelijk onderzoek in het tropeninstituut interesseerde Therese niet zo bar veel. Ze liep veeleer warm voor Tobi en zijn kleurige glazen schilderijtjes. Alleen waren alle ins en outs van dat onderwerp al gauw de revue gepasseerd, waarna Therese Stella's beroep aansneed.

'Heiner zei dat u ook heel grappige series maakt die vroeg in de avond worden uitgezonden. Dat zou ik niet gedacht hebben. Ik heb immers vroeg op de avond geen tijd om voor de tv te zitten.'

De film had ze natuurlijk gezien maar die viel bij haar absoluut niet in de smaak. Dat Heiner uitgerekend in de badkamerscène voor de hoofdrolspeler was ingevallen en Ursula had vermoord, daar was zijn moeder zelfs een beetje geagiteerd over.

'Ik heb Gabi gevraagd hoe ze zoiets kon schrijven. Ze beweerde dat Martin het zo had gewild en had geadviseerd om er een spook in te laten voorkomen dat Uschi in de badkamer zou vermoorden.'

Dat klonk Stella in de oren alsof Gabi haar beslissingen liet afhangen van de toestemming van haar zoon. Dat dat brok galgenaas Martin heette, had Heiner ooit eens verteld. En Gabi had immers ook tijdens dat afgeluisterde telefoongesprek met die schijnbaar lastige Arno over Martins goedkeuring gesproken. Maar dat ze had beweerd dat haar zoon zou hebben geadviseerd ...'Die wraakzuchtige geest en die scène in de badkamer heb ik bedacht', rectificeerde ze.

'O', zei Therese overdonderd en met haar volgende zinnen maakte ze duidelijk dat ze niet op een puber had gedoeld. 'Toen dat monster voor de eerste keer ten tonele verscheen, moest ik echt slikken. Toen dacht ik, Martin zal zich nu wel in zijn graf omdraaien als hij nog zou kunnen zien wat Gabi van hem heeft gemaakt. Maar als het uw idee was, ligt het anders, u hebt hem immers niet gekend.'

Op dat moment dacht Stella dat Therese op een van Gabi's broers doelde. Heiner had immers gezegd dat twee van hen het dorp jaren geleden hadden moeten verlaten omdat ze hoogstwaarschijnlijk de dood van twee jongeren op hun geweten hadden. Het was heel wel denkbaar dat een van hen inmiddels was gestorven en dat Gabi haar zoon naar hem had vernoemd. Was Gabi daarom zo vlug op een ander onderwerp overgestapt? Omdat ze het onprettig vond om over een broer te praten die dood was?

Maar toen Therese eenmaal op haar praatstoel zat, was het al gauw gedaan met de vraagtekens. Stella begreep dat haar collega weliswaar geestesziek was geweest en een heleboel onzin had verteld, maar Fabian Becker had inderdaad gelijk gehad – van meet af aan. En Heiner had haar belazerd waar ze bij stond.

DEEL 4

Waanzinnig materiaal

Schimmen van het verleden

Hij had Martin Schneider geheten, hij was werkzaam als zelfstandig taxichauffeur en bijna veertig jaar oud toen zijn laatste passagiers instapten. Martin Schneider wist op de minuut af hoe laat hij was geboren, om twintig over twee. Hij was van plan geweest op dat tijdstip thuis te zijn en met zijn levensgezellin te toosten op het nieuwe jaar en op een gelukkige toekomst.

Arno Klinkhammer wist dat allemaal heel goed. Hoewel het bijna eenentwintig jaar geleden was, stond die nacht in zijn herinnering gegrift alsof het gisteren was. Hij was destijds zesentwintig, op dat moment drie jaar met Ines getrouwd en echt gelukkig in zijn privéleven. Beroepshalve was hij minder tevreden – hij droeg toen nog een uniform en speelde al met de gedachte om zich bij te scholen: interne cursussen om bij de recherche aan de slag te kunnen, want op termijn wilde hij niet bij de politie blijven. Niet dat hij zich tot het hogere geroepen voelde, maar hij had moeite met de ellende waarmee je als agent werd geconfronteerd.

Tot bloedens toe mishandelde vrouwen wier buren de politie erbij haalden omdat ze zelf nooit iets tegen hun man hadden durven ondernemen. Als die vrouwen vervolgens beweerden dat ze zich gestoten hadden of gevallen waren, kon je hen niet helpen. Eenentwintig jaar geleden kon je die echtgenoten hooguit een vijandige blik toewerpen en in je woorden laten doorklinken dat het heel wel denkbaar was dat ze, onverwachts 's nachts op een afgelegen straathoek een pak slaag zouden krijgen wanneer hun vrouw zich nog eens zou stoten of zou vallen. Natuurlijk mocht je zo'n vent niet buiten opwachten. Strikt genomen was het niet eens geoorloofd met zoiets te dreigen. Je was immers een dienaar der wet. En af en toe kwam hem dat voor als een farce.

Nog erger dan de vrouwen die zich niet konden verweren

vond hij de hoopjes vlees, bloed en botten die even tevoren nog mens waren geweest en nu in een totaal verwrongen hoop blik lagen. Hij hoefde hen wel niet eigenhandig uit de wrakken te schrapen, dat nam de brandweer voor zijn rekening. Maar hij moest wel vaak de familie gaan inlichten. En als iemand voor zijn ogen verstijfde of huilend instortte, wist hij nooit wat hij moest doen of zeggen.

Aanvankelijk hadden ze die nacht in november gedacht dat het een ongeval was. Er hing een dichte mist. Je zag geen hand voor ogen, je kon niet harder rijden dan dertig. En wie niet per se de weg op moest, bleef thuis. In de tweede versnelling sukkelden Klinkhammer en zijn collega over de provinciale weg in het noorden van de regio Rhein-Erft. Het liep tegen drieën. Klinkhammer zat achter het stuur.

Zijn collega Theo, ook dat herinnerde hij zich nog heel goed, plaagde hem weer eens met het feit dat hij Ines na een inbraakpoging in de villa van haar ouders had leren kennen. Sporen waren er echter niet aangetroffen, daarom was Theo nog steeds van mening dat het pure verveling was geweest. Papa en mama waren met vakantie en toen had dochterlief volgens Theo gewoon voor de lol even de alarmcentrale gebeld.

Het zou kunnen dat het zo was gegaan. Klinkhammer ging er liever niet van uit dat hij daar onder valse voorwendsels heen was geroepen. Ines had dat altijd tegengesproken en in haar dunne, korte nachtpon – een babydoll heette dat destijds – een heel geschrokken en hulpeloze indruk gemaakt. Maar toen ze hem zag was ze snel tot bedaren gekomen – en had ze niets dringenders te doen gehad dan hem tot een afspraakje te verleiden.

Haar vriendin Carmen, met wie Ines al van de schoolbanken af onafscheidelijk was, was kort daarvoor getrouwd, heette nu Rohdecker en investeerde meer tijd in haar prille huwelijk dan in de jarenlange vriendschap. Ines voelde zich een beetje in de steek gelaten. Drie maanden later was ze mevrouw Klinkhammer.

Nogal wat collega's hadden hem voorspeld dat zijn huwelijk in het gunstigste geval een half jaar stand zou houden. Een verwend dochtertje dat bij schatrijke ouders was opgegroeid, zou zich volgens hen vast niet kunnen schikken in dienstroosters waarin feestdagen of privébelangen niet telden. Ze zou hem wel gauw voor de keus stellen: of je baan of ik, want ze was vast en zeker van plan met hem een lekker luxe leventje te gaan leiden, dachten ze. En werken hoefde hij eigenlijk ook niet meer met een Croesus als schoonvader. Ze snapten er allemaal niks van. Juist een Croesus vond het belangrijk dat dochter en schoonzoon hard werkten en financieel op eigen benen stonden.

Er stond een auto zonder licht haaks op de rijweg op een akker bij de weg tussen Niederembt en Kirchtroisdorf. Klinkhammer was er al voorbijgereden toen Theo zich omdraaide en zei: 'Rij eens een eindje terug, Arno, volgens mij heeft zich daar iemand uit de voeten gemaakt.'

Klinkhammer schakelde de auto in de achteruit en zette koers naar de berm. Ze stapten allebei uit, elk met een zaklamp in de hand, waar ze echter in de dichte mist weinig aan hadden. Het was een crèmekleurige Audi, zo goed als nieuw, pas vijfhonderd kilometer op de teller. Een taximeter was nergens te bekennen, ook geen taxibord op het dak, alleen een mobilofoon die onder het dashboard bevestigd was.

En 'uit de voeten gemaakt' had de wagen zich ook niet, hij was waarschijnlijk de akker in gereden. Daarna was er iemand van de plaats links achter uitgestapt of liever gezegd gesprongen, en naar de weg gelopen. Diep in de vochtige aarde waren voetsporen zichtbaar die de eerste meters op de weg nog duidelijk zichtbaar waren, ze gingen richting Kirchtroisdorf.

Het portier naast de passagiersstoel stond open, daarom brandde de binnenverlichting, die Theo – als hij hem al gezien had – in de dichte melkachtige mist slechts als een zwak licht-puntje had kunnen onderscheiden.

'Jij hebt verrekt goede ogen', zei Klinkhammer nog.

Toen hoorde hij het stemmetje dat vervormd uit de mobilo-foon klonk. 'Martin, zeg nou toch iets. Waarom zeg je niks meer, Martin? Zeg nou alsjeblieft iets. Praat met me. Zeg iets.'

Martin kon niets meer zeggen. Zijn benen zaten nog onder het stuur. Met zijn bovenlichaam lag hij op de passagiersstoel. Zijn hoofd bungelde buiten. Zijn gezicht zat onder het bloed. En zijn hals – Klinkhammer voelde een onbedwingbare braakneiging in zich opkomen. Hij had nog nooit iemand gezien wiens keel van het ene tot aan het andere oor was opengesneden.

Het stemmetje uit de mobilofoon ging hem door merg en been. Wiens stem het was, wist Theo snel te achterhalen. De Audi stond op naam van Gabriele Rosmarie Treber, zo heette ze destijds nog, ze was vierentwintig jaar en leek met haar paardenstaart, haar spijkerbroek en haar bloesje pas vijftien. Iedereen noemde haar Gabi, alleen Martin niet. Hij vond dat ze op Romy Schneider leek, daarom noemde hij haar bij voorkeur bij haar tweede voornaam. Als je die afkortte, werd het Romy, dat vertelde ze Klinkhammer de volgende morgen.

Die nacht waren de collega's die belast waren met het oplossen van moorden aanvankelijk van plan geweest haar in het huis van Schneider te verhoren. Maar daar stond ook een mobilofoon en hoewel ze haar al herhaaldelijk gezegd hadden dat haar vriend dood was, bleef ze maar op de knop drukken en smeken: 'Martin, zeg toch iets. Waarom zeg je nou niks meer, Martin? Zeg toch iets, praat alsjeblieft tegen me.'

Dus besloten ze haar naar het politiebureau in Bergheim te brengen. Ook daar kregen ze geen zinnig woord uit haar. Ze reageerde op geen enkele vraag, vertelde alleen iets over een liedje dat ze in haar hoofd had en wilde naar de mobilofoon terug. Eigenlijk zat Klinkhammers dienst erop, maar hij kreeg de opdracht haar naar Niederembt terug te brengen. Toen ze naast hem in de patrouillewagen zat, begon ze te praten. Hij kwam destijds bij jongedames waarschijnlijk rustgevend over. Bij Ines was het immers precies hetzelfde gegaan, ook haar had hij ter plekke weten te kalmeren.

Gabriele Treber was oorgetuige van de overval geweest. Ze vertelde hem dat ze eigenlijk hadden afgesproken dat zij om elf uur een ritje naar het centraal station in Keulen voor haar rekening zou nemen; de klant had daar al eerder over gebeld. Een ouder echtpaar dat met de nachttrein naar München wilde. Maar omdat het zo mistig was, reed Martin liever zelf. En omdat de ene Mercedes van het bedrijf nog onderweg en de andere niet helemaal in orde was, was hij met haar Audi gegaan. Met het oudere echtpaar was sowieso een vaste prijs afgesproken, dus was het geen probleem dat er geen taximeter in de auto zat.

Voordat hij naar huis terugreed, was Martin door twee jongens aangesproken die naar Kirchtroisdorf wilden en geen geld meer hadden voor een buskaartje omdat ze op het Domplein door junkies waren geprovoceerd en bestolen – dat hadden ze Martin althans verteld. Terwijl ze zo laat op de avond ook met een buskaartje niet meer in Kirchtroisdorf hadden kunnen komen.

Om de jongens een plezier te doen had Martin hen laten instappen en hij had via de mobilofoon doorgegeven: 'Ik breng die twee even naar hun moeder, dat is hier toch vlakbij. Over ruim een uur ben ik thuis. Heb je de sekt al in de koelkast gelegd?'

Om middernacht begon immers zijn verjaardag. 'Die fles was ik helemaal vergeten', zei ze. 'Ik was de hele dag al zo zenuwachtig. Maar na dat gesprekje heb ik het meteen gedaan. Daarna ben ik weer bij de mobilofoon gaan zitten.'

En daar was ze blijven zitten, had elke paar minuten geïnformeerd hoe het zicht was, of het druk was op de weg en hoe hard hij reed. En telkens had ze gezegd: 'Wees voorzichtig.'

'Ik dacht dat ik uitsluitend bang was vanwege die mist', zei ze. 'Martin rijdt altijd zo dicht op zijn voorganger. Dat doen alle taxichauffeurs. Als er eens een keer een vrachtwagen gaat scharen, zit je eronder voordat je er erg in hebt. Dat is mij een keer bijna overkomen. Want ik rijd ook altijd te hard. Daarom wilde hij niet dat ik die rit maakte. Martin zei: "Rustig nou maar. Er is bijna geen verkeer op de weg." Ik zei: "Het zicht is nog geen twintig meter." Hij zei: "Ik rij ook maar vijftig." Vervolgens vroeg hij die jongens te bevestigen dat hij heel voorzichtig reed.'

Een jeugdig stemgeluid had verklaard: 'We kruipen gewoon over de weg.' Dat had haar absoluut niet gerustgesteld.

Om ongeveer kwart over een had Martin doorgegeven: 'Ik ben er over een paar minuten.' Zij had op grond daarvan verondersteld dat hij die twee jongens in Kirchtroisdorf had afgezet.

Ze had van hem ook niets gehoord wat daarmee in tegenspraak was.

'Hij vroeg alleen of ik nog iets te eten kon maken. Dat had ik al klaargemaakt, zalmtoast met echte zalm, die vindt Martin zo lekker. En voor zijn verjaardag mag het gerust een keertje iets kosten. En toen zei hij opeens: "Shit, Romy. Ik heb ... Haal nou geen flauwekul uit, jongen, dat is toch niet de moeite waard voor die paar duiten." Daarna volgde er nog zo'n gorgelend geluid. En toen was het stil. Martin had waarschijnlijk zijn vinger van de knop gehaald.

Klinkhammer bleef de hele ochtend bij haar en luisterde aandachtig. Martin, Martin, Martin! Acht jaar geleden had hij Uschi buiten de deur gezet, sindsdien leefde hij met Gabi samen. Hij had haar de Audi cadeau gedaan en Uschi was spinnijdig omdat ze van dat geld liever haar schulden zou hebben betaald. Maar daar was Martin niet verantwoordelijk voor.

'Uschi heeft altijd al gezopen als een bouwvakker. Een krat bier maakt ze soldaat alsof het niks is. Ze moest in een kliniek een ontwenningskuur doen en kwam een paar dagen later alweer bezopen thuis. Toen heeft Martin eindelijk de consequenties getrokken. Maar Uschi vond al gauw een andere domkop en vertelt nu overal rond dat het Martins schuld is dat ze zo ziek is. Het was precies andersom. Martin was in die periode ziek. Hij werkte alleen maar en had helemaal geen plezier in zijn leven.'

Martin had die grote lap grond van zijn ouders geërfd en eigenhandig zijn huis gebouwd. Daarom had hij tot nu toe geaarzeld om zich van Uschi te laten scheiden. Hij was bang geweest dat hij in dat geval het huis zou moeten verkopen om Uschi haar deel te kunnen geven. Ze waren niet op huwelijkse voorwaarden getrouwd en de laatste acht jaar had Martin veel geld verdiend.

'Vroeger liep het zakelijk niet goed', zei ze. Maar sinds wij samenwonen, floreren de zaken. Martin heeft twee van mijn broers als taxichauffeur in dienst moeten nemen, anders hadden we geen minuut meer voor onszelf gehad.'

En onlangs had Martin advies gevraagd bij een advocaat en

te horen gekregen dat hij Uschi voor die acht jaar geen gemeenschappelijke vermogensaanwas hoefde te betalen omdat ze officieel van tafel en bed gescheiden waren. En dat Uschi na al die tijd ook niet meer dwars kon liggen omdat ze zogenaamd 'ziek' was. Nu was Martin van plan zich officieel te laten scheiden.

'In het voorjaar gaan we trouwen', zei ze. 'Voor die tijd is het vast allemaal in kannen en kruiken. De advocaat dacht dat het na al die jaren wel vlug afgehandeld zou zijn.'

Voor het huwelijk wilde Martin echter nog de kozijnen verven, die hadden dringend een lik verf nodig. Hij was ook van plan een nieuwe ruit in de terrasdeur te zetten. Daar was ooit een steentje tegenaan gevlogen. En de woonkamer moest opnieuw behangen worden, dan zag alles er in het voorjaar mooi uit.

'We vieren geen bruiloft in een café', zei ze. 'Dat doen we hier, de woonkamer is immers groot genoeg. We nodigen ook alleen mijn broers uit, met hun vrouwen natuurlijk.'

Martin deed alles alleen of samen met haar broers, ook als een van de auto's gerepareerd moest worden. De Mercedes op de hefbrug buiten, daar had hij afgelopen middag nog olie ververst en toen had hij gezien dat er op de uitlaat een roestplek zat. Hij was van plan er morgen een nieuwe uitlaat op te zetten.

En Martin had niet alleen gouden handjes. Hij was een multitalent. Wat kon hij een spannende verhalen bedenken. En zingen kon Martin net zo mooi als Elvis, je kon het verschil niet horen, echt niet. Als Martin zich schminkte en verkleedde, leek hij ook precies op Elvis. De laatste jaren was hij vaak opgetreden in het dorp, op dansfeesten tijdens de jaarwisseling of tijdens de kermis, soms ook zomaar tussendoor. Dat noemden ze dan een *bonte avond*. Dan was er ook een bijprogramma.

Martin kostte de organisatoren geen kapitalen. Hij trad wel met zijn band op maar die bestond uitsluitend uit haar broers. Die deden dat voor de lol, ze zongen ook in een koor en bespeelden allemaal een instrument. Ze hadden ook zelf een instrument. De oudste had zelfs een piano. Bij hem thuis oefenden ze altijd. Martin kon vier instrumenten bespelen: viool, trompet, piano en gitaar.

'U zou het eens moeten horen als Martin *Il Silencio* speelt, dan lopen de koude rillingen je over de rug.'

Ze liet hem Martins gitaar en een wit glitterpak zien en ook een paar foto's van Martin als jongeman om te bewijzen dat hij toen al zo op Elvis leek. Martin had Elvis nog persoonlijk gezien, in 1972 was hij in Amerika geweest.

Daarna draaide ze cassettebandjes waarop Martin zong, geen hardrock, Elvis zelf zong immers ook veel liever gospels. En zij hield alleen van zijn zoetgevooisde songs. Niet van alle nummers van Elvis, maar hij zong ze allemaal alleen voor haar. 'The Great Pretender'. 'And I Love You So'. 'Suspicious Mind'. 'Love Me Tender'. 'My Way'. 'Thank You'. 'One Night With You'. 'Crying in the Chapel'. 'Are You Lonesome Tonight'. En het liedje dat ze nu al urenlang in haar hoofd had. Daarom had ze daarstraks niet begrepen wat die mannen allemaal van haar wilden weten. On a cold and gray Chicago morning a poor little baby child is born – in the ghetto.

Ze was ervan overtuigd dat Martin haar daarmee iets bepaalds wilde zeggen, hopelijk niet dat ze nu terug moest. Daar kwam ze namelijk vandaan, dat vertelde ze Klinkhammer ook. Natuurlijk niet uit Chicago, maar uit een getto. Het oude vakwerkhuis met van die piepkleine kamertjes, te weinig kamertjes voor een groot gezin, de wc in een hokje op het erf, geen badkamer. Vijf broers, een zusje en pas een bed voor zich alleen toen ze bij Martin introk.

'Dat gelooft hier geen mens', zei ze. 'Ze denken allemaal dat Martin mij alleen maar in huis genomen heeft omdat hij seks met me wilde. Dat is niet waar. Aanvankelijk had ik zelfs een kamer voor mezelf alleen. Martin heeft extra meubels voor me gekocht om die kamer in te richten, rode kasten, dat was acht jaar geleden helemaal in.'

Toen was zij zestien en Martin dubbel zo oud. 'Hij vond dat ik eerst maar eens volwassen moest worden. En dan moest ik daarna zelf besluiten of ik met hem naar bed wilde. Daar hebben we bijna twee jaar de tijd voor genomen. De bonte avond zes jaar geleden, toen hebben we eigenlijk onze bruiloft gevierd.

Officieel was het een herdenkingsbijeenkomst, want Elvis was kort daarvoor gestorven. Ik had een fantastische jurk aan, zoiets als Romy Schneider in de Sissi-film droeg. Het halve dorp keek naar ons, maar niemand wist wat het betekende.'

Martin had haar geleerd eisen aan het leven te stellen. Niet in een badkuip te stappen met water waarin zich voordien al drie van haar broers hadden gewassen. Dat was bij haar thuis altijd de gewoonte geweest. Daar moest het water op het fornuis worden verhit en dus waren ze er zuinig mee. Daar kregen haar moeder, haar zus en ook zij alleen maar de botjes als er kip of karbonade werd gegeten. De mannen hadden recht op het vlees, want die moesten op krachten blijven om te werken en geld te verdienen, terwijl vrouwen alleen maar kinderen kregen en geld uitgaven.

Martin had haar uit de miserabele armoede gehaald en haar oudste broer uitgelegd dat ze iets beters verdiende omdat ze iets bijzonders was. Wat hij zo bijzonder aan haar vond, wist ze niet, dat wist Martin zelf niet eens zo precies. Soms zei hij dat het haar ogen waren, iets in haar blik wat hem het gevoel gaf dat ze dwars door hem heen keek. Soms zei hij dat het haar stem was, dat hij die altijd hoorde, ook zonder mobilofoon, zelfs als ze kilometers bij hem vandaan was. En soms zei hij dat het aan haar handen lag, bij de eerste aanraking zou hij zich al vitaler hebben gevoeld dan ooit tevoren. Volgens hem zou ze met haar handen zieken kunnen genezen en zelfs doden tot leven kunnen wekken. Martin had haar geleerd te beseffen hoe waardevol ze was. Pas met hem had ze echt geleefd. En nu zou hij dood zijn? Uitgerekend nu hij haar heel officieel Romy Schneider wilde maken? Dat kon ze niet accepteren.

Klinkhammer was volslagen de kluts kwijt toen ze naar hem glimlachte en zei: 'Martin heeft me beloofd dat hij me nooit alleen laat. En nadat hij bij de advocaat was geweest, zei hij dat alles nu op zijn pootjes terecht zou komen en dat ik me geen zorgen hoef te maken, hoe de mensen ook over ons roddelen. Dat wij in dit huis samen oud zouden worden. Zijn beloftes komt hij altijd na. Hij komt vast gauw terug.'

Natuurlijk was Martin Schneider niet teruggekomen. Ze hadden hem twee weken later op het kerkhof in Niederembt bijgezet. Alweer zo'n mistige novemberdag, niets voor gevoelige zieltjes. De mistflarden tussen al die in het zwart geklede mensen – het halve dorp was op de been geweest om Martin de laatste eer te bewijzen. Die onrustig bewegende mistsliert boven de open grafkuil. Je kon je daarbij best voorstellen dat er iets uit de lijk-kist opsteeg en boven het boeket donkerrode rozen zweefde om Romy voortaan als schim ter zijde te staan.

Klopsignalen waren er ook. Met haar beide vuisten roffelde ze op de doodskist en ze schreeuwde haar keel schor: 'Doe dat deksel open! Jullie moeten het deksel openmaken! Martin heeft gezegd dat ik het waarschijnlijk kan. Ik moet hem aanraken.'

En toen niemand voor haar wens zwichtte: 'Doe iets Martin! Kom eruit! Blijf bij me. Laat me niet alleen. Wat moet ik nou zonder jou? Ik kan geen andere uitlaat monteren, ik kan ook geen nieuwe ruit inzetten. Ik kan dat toch allemaal niet!'

Een enorme hoop ophef maakte ze. Klinkhammer was erbij en verder haar vader en drie van haar broers. Reinhard, de oud-ste, Ulrich, de middelste en Bernd die met zijn vijftien jaar wel de jongste maar al bijna even lang was als de beide anderen, ware reuzen. Naast hen voelde Klinkhammer zich op de een of andere mànier spichtig, terwijl hij met zijn lengte van ruim een meter tachtig absoluut niet klein van stuk was.

En zelfs met hun vijven hadden ze moeite om Gabi van de kist weg te krijgen. Dat er in dat kleine persoontje zoveel kracht school, had Klinkhammer niet verwacht. Ze reikte amper tot aan zijn schouder en trapte haar vader tegen zijn schenen, beet Reinhard in zijn hand, ramde haar knie in Ullrichs ballen en krabde Bernd in zijn gezicht.

Toen de kist eindelijk op de bodem van de grafkuil was aan-gekomen, rukte ze zich los en stormde ze weer naar voren. Ursula Schneider of Uschi, zoals ze in het dorp werd genoemd, stond net op het punt een schepje aarde op het boeket rozen te gooien. Gabi rukte haar de schep uit handen en haalde uit. Klinkham-mer ving de klap met zijn schouder op. Drie dagen lang was hij niet in staat zijn arm goed te bewegen. Desondanks was hij tevreden over zijn actie omdat hij haar een aanklacht wegens het toebrengen van gevaarlijk lichamelijk letsel had bespaard. Meer kon hij haar niet besparen, destijds.

Na de begrafenis verloor hij haar geruime tijd uit het oog – en zij verloor alles uit het oog, behalve de Audi. Dat hoorde hij van Reinhard Treber die een paar keer op het politiebureau in Bergheim verslag kwam uitbrengen. Reinhard onderhield nauw contact met de rechercheurs uit Keulen die de zaak onderzochten.

Er waren wel veel sporen en het vermoeden bestond dat de dader wellicht een van de beide jongeren was die Martin bij het centraal station in Keulen had laten instappen. Maar als maar een van hen in Kirchtroisdorf was uitgestapt, waarom had Martin dan niet gezegd dat hij de tweede nog ergens anders heen wilde brengen. En waarom was degene die op de akker uit de wagen gesprongen was dan in de richting van Kirchtroisdorf gelopen?

Wekenlang werd iedereen in het dorp die van het mannelijk geslacht en tussen zestien en twintig jaar oud was, als verdachte beschouwd. Bijna dagelijks werden er jongeren van huis opgehaald. Ze moesten een paar zinnen tegen Gabi zeggen en werden dan weer naar huis gestuurd omdat zij de stem niet herkende of omdat de bewuste jongen een alibi had.

Haar broer vertelde dat er in Niederembt werd gefluisterd dat het een huurmoord was en dat de opdrachtgever uit de drugsscene in Keulen afkomstig was. En dat ze het eigenlijk op Gabi gemunt hadden. Martin was buitengewoon in trek geweest bij de vrouwen en menigeen was de afgelopen jaren stikjaloers op Gabi geweest. De inmiddels uitgelekte scheidings- en huwelijksplannen waren voor een vrouw misschien aanleiding geweest om haar rivale uit de weg te laten ruimen.

Dat het oudere echtpaar al ruim tevoren een taxi had besteld, was in het hele dorp bekend. Nachttrein naar München; voor die oude mensjes was dat een wereldreis en daar hadden ze iedereen die het maar horen wilde over verteld. Veel mensen wisten ook dat het oorspronkelijk de bedoeling was geweest dat Gabi die rit voor haar rekening zou nemen. Martin was de hele dag in actie geweest en zou voor zijn verjaardag graag nog een paar uur slaap hebben gehad.

De beide jongens hadden noch Martin noch de auto gekend, meende Reinhard. Anders waren ze er ook van op de hoogte geweest in welke richting de auto naar huis reed. Alleen uit het kenteken konden ze niet opmaken dat de auto naar Kirchtroisdorf zou rijden. Welke junkie op het centraal station in Keulen had überhaupt ooit van het dorp gehoord?

Maar als iemand verslaafden inhuurde die waarschijnlijk alleen maar dachten aan hun loon en aan de drugs die ze voor dat geld in hun aderen konden spuiten, moest hij er niet van staan kijken dat de opdracht niet volgens de orders werd uitgevoerd. Degene die daar nu van profiteerde was Uschi, misschien zat zij wel achter de moord. Na een scheiding zou haar alimentatie zijn stopgezet. Zo bezien was zij de enige die iets te winnen had bij Martins dood.

Toen de Audi door het Openbaar Ministerie werd vrijgegeven, haalde Reinhard hem op en demonteerde de mobilofoon. De wagen was van Gabi, hoezeer Ursula Schneider zich daarover ook opwond. De auto zonder meer aan Gabi geven vond haar broer echter niet verstandig. 'Ze gaat achter het stuur zitten en stuurt op de eerste de beste boom af', zei hij tegen Klinkhammer.

Gabi had een taxirijbewijs gehaald toen ze daar oud genoeg voor was. Een bedrijfsvergunning voor een eigen taxibedrijf had zij gezien de toestand waarin ze na de dood van Martin verkeerde, echter nooit gekregen. Een andere beroepsopleiding had ze nooit gevolgd. Geen beste vooruitzichten voor de toekomst.

Ursula Schneider bezon zich snel op haar rol als rechtmatige weduwe. Ze woonde met haar vriend in een huurhuis in Elsdorf. Het huis in Niederembt was nu van haar, de zaak eveneens, maar die hief Uschi meteen op. Een testament had Martin niet gemaakt, het was niet erg waarschijnlijk dat hij op zijn leeftijd aan de dood had gedacht.

Jaren geleden, toen hij nog met Uschi samenleefde, had hij

een levensverzekering afgesloten en na de scheiding van tafel en bed had hij die op naam van Gabi laten zetten. Ze kreeg twintigduizend mark uitgekeerd. Uschi was daar spinnijdig over en schakelde een advocaat in omdat ze van mening was dat je niet zomaar een andere naam in een polis zette zodat de echtgenote geen rooie cent zag.

Gabi kreeg amper de tijd om haar persoonlijke eigendommen, de bandjes met de door Martin gezongen liedjes en enkele foto's van hem in te pakken. Het complete huisraad, inclusief Martins gitaar en trompet en zijn kleren, werd door Uschi verkocht of weggegeven. Want ze bracht haar eigen meubels mee en haar vriend had een ander postuur: het was een kleine dikke man, terwijl Martin ruim een meter negentig lang was.

De kastenwand, de bank met twee gemakkelijke stoelen, het tafeltje en de stereo-installatie werden meteen door Gabi's broers voor haar in veiligheid gebracht door ze van de kopers terug te kopen. Later wisten ze ook een deel van de keuken, de slaapkamer en de tienerkamer met de rode kasten op de kop te tikken toen die spullen bij het oud vuil op straat waren gezet. Alles werd voorlopig in een garage opgeslagen, want niemand wist waar hij er anders mee heen moest.

Ze hadden zelfs geen idee waar ze met Gabi heen moesten. Terug naar het oude vakwerkhuis? Dat wilde ze niet, daar was ook geen plaats meer voor haar. Er woonden daar nog steeds vijf volwassenen; haar ouders, haar jongste broer Bernd en Ulrich met zijn vrouw en hun zoontje, het tweede kind was op komst.

Er was een kamertje vrijgekomen omdat twee broers, Wolfgang en Thomas, een paar dagen na Martins overlijden waren verhuisd. Daarom hadden ze niet bij de uitvaart aanwezig kunnen zijn. Wolfgang en Thomas waren bij Martin in dienst geweest als taxichauffeur. In hem hadden ze niet alleen een goede vriend verloren, ze waren ook hun baan kwijtgeraakt, hoorde Klinkhammer van Reinhard. Wolfgang en Thomas hadden besloten hun geld voortaan in een grote stad te verdienen. Dat hoefde niet per se Keulen te zijn, liever verder weg zelfs.

Ulrich had het vrijgekomen kamertje nu echter voor zijn kinderen nodig; zijn zoontje had tot nu toe op de echtelijke slaapkamer gelegen. Zolang een kind nog klein was, ging dat wel, vond Reinhard. Maar hij werd groter en nu nummer twee gauw zou komen had Ulrich het kamertje hard nodig.

Reinhard zelf woonde met zijn vrouw en twee kinderen in een huisje waarvan ze vooralsnog alleen de benedenverdieping konden gebruiken. Twee kamers, een keuken en een badkamer. Reinhard was van plan de bovenverdieping te verbouwen. In de woonkamer stond een slaapbank voor hem en zijn vrouw. De kinderkamer was heel klein. Hij had Gabi slechts een luchtbed naast de piano in de kelder kunnen bieden. En dat zou geen doen zijn. Dus werd ze voorlopig bij haar zusje Karola onder dak gebracht; die was al getrouwd en had een kind. Maar daar kon in de kinderkamer nog wel een bed bij worden gezet.

Om te voorkomen dat er gekletst zou worden en om Ines niet zonder reden jaloers te maken wilde Klinkhammer haar bij Karola niet opzoeken. Hoe had hij zijn vrouw moeten uitleggen dat Martin Schneiders Romy hem als vrouw volstrekt onverschillig liet? Het was alleen alsof het stemmetje uit de mobilofoon aan één stuk door van hem eiste: 'Help me.'

Dat zou hij graag hebben gedaan, hij wist alleen niet hoe, en hij prentte zichzelf voortdurend in dat het hem ook niet aanging. Een politieagent kon niet altijd en overal helpen, hij moest afstand houden. Maar het achtervolgde hem zelfs in zijn slaap, dat stemmetje.

De eerste weken na de uitvaart droomde hij twee keer zo levensecht dat de beelden hem zijn leven lang zouden bijblijven. In een van die dromen reed hij 's nachts met Theo over de mistige provinciale weg. Theo ontdekte de Audi met het lijk erin. En Gabi was er al: ze zat op haar knieën op de vochtige akker bij het openstaande portier naast de passagiersstoel, drukte haar mond op Martins lippen en verlangde tussen twee ademtochten door: 'Help me.'

In die droom kon Klinkhammer zich niet verroeren. Ook Theo stond als aan de grond genageld op de akker. Maar Gabi slaagde er ook zonder hulp van anderen in om Martin weer tot leven te wekken. Op een bepaald moment sloeg hij zijn ogen op, veegde zo goed en zo kwaad als het ging het bloed uit zijn gezicht, stond op, lachte naar Klinkhammer en vroeg met die lage, fluweelzachte Elvisstem: 'Is het niet een geweldige schat, mijn kleine heks? Ik wist wel dat ze dit kan. Ze kan alles. Ze hoeft het alleen maar te willen, dat heb ik haar altijd gezegd.'

Vervolgens ging Martin achter het stuur zitten. Gabi nam op de van bloed doordrenkte passagiersstoel plaats. De Audi reed van de akker weg en verdween in de mist. Heel luguber, maar het was slechts een droom.

In zijn tweede droom zag Klinkhammer Gabi op een door bomen omzoomde provinciale weg in een grote plas bloed naast een omgevallen motor staan. Ze had een foto in haar hand waarop ergens op straat ook een motor in een grote plas bloed lag. Toen hij naderbij kwam reikte ze hem de foto aan en zei: 'Ziet u wel, zo doe je dat.'

Een tijdlang was hij bang dat ze iets kon *doen*. Telkens wanneer het weer omsloeg en hij dat trekkende gevoel in zijn schouder bespeurde op de plaats waar de schep hem had geraakt op het kerkhof, of wanneer Reinhard Treber weer eens in Bergheim verscheen om hem mee te delen dat Gabi alweer de stem van enkele jongeren had beluisterd en ontkennend haar hoofd had geschud, schoot hem dat soort gedachten door het hoofd. Dan vroeg hij zich af of ze ook nee zou knikken als ze de jeugdige stem herkende die ze via de mobilofoon had gehoord – omdat ze van mening was dat een paar jaar jeugdgevangenis niet genoeg was als genoegdoening voor Martins leven.

Maar Reinhard zei ook elke keer: 'Ze gaat naar de bliksem. Je zou bijna denken dat ze samen met Martin gestorven is. Bij ons is ze in elk geval niet meer. Het is überhaupt zinloos haar voortdurend naar Keulen te laten komen. Ik geef u op een briefje dat ze niet eens luistert wanneer ze weer eens een jongen iets laten zeggen.'

Toch stelde Klinkhammer zich bij die gelegenheden telkens voor dat Martins moordenaar ooit in de kraag zou worden gevat. Hij dacht dat dat haar zou troosten, in het leven zou terughalen, dat ze dan tot rust zou komen. Maar zover kwam het nooit.

Er kwam enkel een tijd dat Reinhard Treber met zijn bezoek-jes aan het politiebureau stopte en Klinkhammers schouder niet meer opspeelde. Daarna vroeg hij zich slechts af en toe nog eens af hoe het Gabriele Treber verder vergaan was. Dat kreeg hij drie jaar na de dood van Martin Schneider te horen.

Eigenaardige verschijnselen

Oktober 1986

Weer was hij 's nachts op patrouille, deze keer tussen Elsdorf en Bergheim en zonder Theo naast zich. Arno Klinkhammer kon zich niet meer herinneren met wie hij aan het patrouilleren was toen de crèmekleurige Audi hen met minstens honderdvijftig of honderdzestig inhaalde. Klinkhammer gaf gas, zette met zwaailicht de achtervolging in en haalde 'die geschifte wegpiraat' in, zoals zijn collega de bestuurder betitelde.

Toen ze hem tot stoppen hadden gedwongen, sloeg hun een alcoholwalm als van een jeneverstokerij tegemoet. En de bestuurder beweerde in alle ernst dat hij voor zijn vrouw op de vlucht was; ze wilde hem dood hebben en had zojuist nog achter hem aan gezeten. Dat zou hij wel gedroomd hebben; of hij was dermate in de lorum dat hij de patrouillewagen voor zijn vrouw had aangezien.

De man had zijn kentekenbewijs niet bij zich, zijn rijbewijs was al jaren geleden ingetrokken. Hij heette Peter Lutz en hij bezwoer: 'Ik mag in die auto rijden. Hij is van mijn vrouw.' Dat was een argument maar geen rechtvaardiging.

De Audi zag er nog bijna precies zo uit als na de moord op Martin Schneider, afgezien van de ontbrekende mobilofoon en een geruite wollen plaid op de achterbank die daar in november '83 niet had gelegen. De bloedvlekken op de voorstoelen en op de binnenbekleding van de portieren waren in de loop van de tijd donkerbruin geworden. Zelfs de spetters op het dashboard waren niet afgewist. Dus hoefde Klinkhammer niet te vragen hoe de vrouw van Peter Lutz heette. Hij vroeg zich alleen af waarom haar broer wel de mobilofoon had gedemonteerd maar het interieur niet had schoongemaakt.

De rillingen liepen hem over de rug toen hij achter het stuur plaatsnam. Onwillekeurig moest hij aan zijn droom over de wederopstanding terugdenken. Secondenlang had hij die fluweel-zachte stem in zijn oren – *Is het geen geweldige schat, mijn kleine heks?* – en het gevoel dat hij bij Martin Schneider op schoot zat. Hij stond op het punt om weer uit te stappen. Hij zou het echter niet over zijn hart hebben kunnen verkrijgen om de Audi in de berm te laten staan. Dus vermande hij zich en reed hij de auto naar het politiebureau in Bergheim.

Nadat de formaliteiten waren afgehandeld en ze Peter Lutz een bloedproef hadden afgenomen, bracht Klinkhammer hem ook naar huis, hoewel Lutz daar onder geen beding naartoe wou omdat hij voor zijn leven vreesde. Daar bleef hij bij, maar hij wilde geen aanklacht meer indienen. Nu beweerde hij dat zijn vrouw hem met een mes te lijf was gegaan. Er had hem niets anders gerest dan op de vlucht te slaan en te maken dat hij een flink eind uit de buurt kwam, want zo'n mes kon behoorlijk ver en verdomd snel vliegen, zei hij.

Bij zulk verward geleuter geloofde Klinkhammer nog geen seconde dat er van Gabriele Rosmarie Lutz geboren Treber een dreiging uitging. Natuurlijk had hij tijdens Martin Schneiders uitvaart meegemaakt dat ze furieus kon worden. Maar dat, zo dacht hij, waren heel andere omstandigheden.

Ze woonde nog steeds in Niederembt – nu op een verbouwde boerderij. Via de poort kwam je bij een keukendeur met een getraliede ruit erin; er hing een gordijn voor. Aan de binnenkant stak een sleutel in het slot zodat haar man vergeefse moeite deed om de deur van buitenaf open te maken. Toen Klinkhammer aanklopte, werd het gordijn opzij geschoven. Met een jankende zuigeling op haar arm en een klein meisje aan haar broekspijp deed ze de deur open.

Een spijkerbroek die wel drie maten te groot leek. Daarop een bloesje waaronder zich haar schouderbladen aftekenden en boven haar ribben een vaag vermoeden van wat drie jaar geleden een mooie boezem was geweest. Een mager, bleek gezichtje dat helemaal uit ogen bestond. Haar voorhoofd was door een pony opgeslokt. Het haar was in een paardenstaart gebonden, zo strak achterovergekamd, dat het haar wangen had doen wegvagen.

Een lijfje zo mager en fragiel dat het bij het geringste zuchtje in het niets zou verdwijnen, alsof ze geen mens van vlees en bloed was. Ze zag er nog steeds uit als een tiener, maar ze leek zo ontzettend door verdriet getekend, verzwakt en moe. En dat kwam waarschijnlijk niet door het tijdstip: midden in de nacht.

Het kleine meisje knaagde op een droge broodkorst die de eerste tekenen van schimmel vertoonde. De zuigeling op haar arm krijste met schrille stem onvermurwbaar door. En haar man tierde: 'Ik heb een smeris meegebracht. Nou ga je de bak in.'

Klinkhammer liet zich niet graag als smeris betitelen en vroeg haar uitsluitend voor de vorm of ze haar man met een mes te lijf was gegaan. Ze schudde haar hoofd.

'Je liegt dat je barst!' schreeuwde Peter Lutz met overslaande stem. 'Je wou me raken.'

'Hebt u een mes naar uw man gegooid?' vroeg Klinkhammer vervolgens. Als ze het gegooid had, hoefde dat nog niet per se te betekenen dat ze hem echt te lijf was gegaan. In elk geval was hij in deze situatie niet van plan dat als zodanig op te vatten.

Opnieuw knikte ze nee. Haar man rukte aan Klinkhammers arm en wees naar de keukentafel. 'Daar stond ze brood te snijden en toen zei ze dat ik haar geld moest geven. Ze zei dat ze melk voor Martin moest kopen. En dat Martina nodig weer eens iets anders binnen moest krijgen dan brood.'

Lieve hemel, dacht Klinkhammer toen hij hoorde hoe de kinderen heetten. Peter Lutz tierde verder: 'Wat kunnen mij die rotkinderen schelen, die zijn niet van mij, die zijn van Elvis. Elke nacht ligt ze met hem te vozen en dan denkt ze dat ik dat niet in de gaten heb omdat ze het in de auto doen. Maar ik heb heus wel ogen in mijn kop. Lijken ze soms op mij?'

Het meisje leek beslist op hem, vond Klinkhammer. Een blonde krullenbol met blauwe ogen. De baby had alleen een beetje donker donshaar op zijn hoofdje dat vuurrood zag van het langdurige huilen. Zij had donker haar, haar broers ook. Dat kon Klinkhammer zich nog goed herinneren. Waarom zou een kind niet op zijn moeder en haar familie lijken?

'Ik heb haar verteld dat ze voor die koters van haar geen cent meer van me krijgt', verklaarde haar man. 'Toen dat mes door de lucht vloog kon ik het maar amper ontwijken.'

'Hebt u dat mes gegooid?' vroeg Klinkhammer opnieuw. En in het licht van al die mishandelde vrouwen met wie hij al te maken had gehad, zou hij er begrip voor hebben gehad en een oogje hebben dichtgeknepen als ze zou hebben geknikt of wanneer ze ja had gezegd. Maar voor de derde keer schudde ze ontkennend haar hoofd.

En Peter Lutz gaf toe: 'Nee, echt gegooid heeft ze het mes niet. Ze heeft het op tafel gelegd. Toen vloog het vanzelf door de lucht, maar alleen omdat zij dat wou. Dat soort dingen kan ze en nog heel andere dingen ook. Pas nog heeft ze me uit de kroeg weggehaald, alleen door haar gedachten. Als ze me dat niet had gezegd, had ik niet eens gemerkt waarom ik opeens op huis aan wou. En als ze boodschappen doet, verneukt ze de mensen, dan betaalt ze met een briefje van vijf en dan zorgt ze ervoor dat ze haar wisselgeld voor een briefje van twintig teruggeven omdat de mensen denken dat ze een briefje van twintig hebben gekregen. Heb ik met mijn eigen ogen gezien. Ze hoeft dat alleen maar te denken, dan gebeurt het. Ze is een heks.'

Is het geen geweldige schat, mijn kleine heks? hoorde Klinkhammer Martin in gedachten weer zeggen. Maar dat was immers onzin, het was niet meer dan een nachtmerrie geweest. 'Ja, in dat geval', zei hij. 'Waarom zorgt ze er dan met haar toverkunsten niet voor dat er melk is voor de baby? Dat is toch een koud kunstje als je kunt toveren?'

Peter Lutz staarde hem uit het veld geslagen aan alsof hij daar eerst eens over moest nadenken. Maar toen zei hij: 'Precies, en daarom krijgt ze van mij dus ook niks meer. Kan ik nou gaan? Ik wil hier wegwezen voordat dat wijf weer door het lint gaat. Die maakt iemand koud voordat hij het in de gaten heeft. Ze heeft ook de jongens van kant gemaakt.'

'Welke jongens?' vroeg Klinkhammer.

'De tweelingbroers Schrebber uit Kirchtroisdorf. Axel en Heiko', zei Peter Lutz nog en hij vertrok. Waarheen interesseerde geen mens.

Klinkhammer was op dat ogenblik meer in Axel en Heiko Schrebber geïnteresseerd. De voornamen zeiden hem niets maar bij de achternaam ging er een alarmbel rinkelen. Het was vermoedelijk zowat drie jaar geleden. Wanneer precies kon hij zich momenteel niet herinneren. Hij had er persoonlijk ook niets mee te maken gehad, er alleen via collega's van gehoord. Van moord was echter geen sprake geweest en van Kirchtroisdorf al evenmin, dat wist hij honderd procent zeker. Twee jongeren uit Keulen, werd er verteld. Een tweeling. Een ongeval waar geen derden bij betrokken waren.

Eind 1983 had hij die informatie absoluut niet in verband gebracht met de dood van Martin Schneider. Nu werd hij weer gekweld door de twijfels die hij na Schneiders overlijden had gekoesterd. Hij wist niet of de Keulse recherche uitsluitend jongemannen uit de regio Rhein-Erft had verzocht de zin uit te spreken die men via de mobilofoon had gehoord. Misschien waren de dorpsgeruchten dat er sprake was van een huurmoord zijn collega's ter ore gekomen. Stel dat ze ook in de buurt van het centraal station in Keulen verdachten hadden gezocht en die met de een of ander hadden geconfronteerd. Stel nu dat ze de stem van een jongeman had herkend en desondanks nee had geknikt ... Nu zag hij in gedachten zijn tweede droom: zij, met de foto van de motor ergens op een weg in een bloedplas, naast een motor die in een plas bloed lag. Dus vroeg hij haar wat er met Axel en Heiko Schrebber was gebeurd.

'Lutz bazelt maar wat', zei ze. 'Daar stond ik helemaal buiten. Daar kan ik ook niets mee te maken hebben, want het is gebeurd op de dag dat ik u met die schep een dreun heb gegeven. Dat weet u vast nog wel.'

'Ja', zei Klinkhammer en hij vond het raar dat ze niet 'op de dag van de begrafenis' zei. Martin was 's morgens begraven, dus ze had 's middags best nog iets anders kunnen doen. 'Wat is er dan gebeurd en hoe laat?'

'Ze zijn met een snorfiets verongelukt', zei ze. 'Waar dat precies is gebeurd en hoe laat, weet ik niet. Ik was er immers niet bij. Waar is mijn auto?'

'Die hebben wij in beslag genomen', zei Klinkhammer.

'Heeft Lutz hem niet in de prak gereden?'

'Nee', zei Klinkhammer en hij ging er ook vandoor omdat hij niet meer tegen het klaaglijke gekrijs van de zuigeling kon.

Met betrekking tot Axel en Heiko Schrebber kon hij die nacht niets meer ondernemen. Hij ging naar huis, maakte zijn vrouw wakker en vroeg of je een baby gesteriliseerde melk mocht geven. Dat wist Ines niet. Ze moest haar moeder bellen om het na te vragen.

'Hoe oud?' vroeg Klinkhammers schoonmoeder.

'Hoe moet ik dat nou weten', zei hij. 'De baby is nog heel klein. Waarschijnlijk pas een paar weken oud.'

'Dan moet je volle melk met water aanlengen', zei zijn schoonmoeder. 'Het beste kun je er havermout doorheen doen.' Hadden ze niet in huis. 'Desnoods kun je ook maïzena nemen', kreeg Ines te horen. 'Daarmee bind je de melk een beetje en wordt die voedzamer.'

Maïzena hadden ze wel in huis. Klinkhammer pakte het pakje maïzena in, samen met twee liter gesteriliseerde melk, een pakje suiker, drie bananen, een halfje brood, een pakje boter, kaas en wat groenten in blik. Daarmee gewapend ging hij weer op pad.

Hij was bijna een uur onderweg geweest. In die tijd was de situatie in Niederembt niet veranderd. Verbazingwekkend, hoeveel energie kleine kinderen opbrachten als ze honger hadden.

Gabriele Lutz bedankte hem niet eens toen hij de levensmiddelen bij haar op de keukentafel legde. Ze gaf haar dochtertje een banaan, duwde Klinkhammer de knalrode, klamme zuigeling in de arm die tussen het gekrijs naar lucht of iets anders hapte, en begon van maïzena, melk, water en suiker zwijgend een dun papje te koken dat ze haar zoontje met de fles kon geven.

Terwijl ze de kleine schreeuwlelijk eindelijk gaf wat hij nodig had, informeerde ze: 'U gelooft toch niet wat Lutz heeft gezegd, hè? Ik ben niet meer met Martin naar bed geweest sinds hij dood is.'

'Natuurlijk niet', zei Klinkhammer.

'En dat met dat briefje van vijf, dat heb ik maar één keer gedaan. Maar ik wilde niet dat die vrouw in de winkel dacht dat het een briefje van twintig was. Ze ziet niet goed meer en toen heeft ze zich gewoon vergist. En ik heb toen niets gezegd want ik – Lutz was er toen bij, hij wou drie flesjes bier en een pakje sigaretten. En ik moest – ik had ook heel dringend ...'

'Het is wel in orde', interrumpeerde Klinkhammer het gehakkel. 'Dat valt onder kruimeldiefstal, dat is geen misdrijf.'

Ze haalde diep adem, ze leek enigszins opgelucht te zijn. Vervolgens wilde ze weten: 'Heeft Martin u gestuurd?'

'Nee', zei Klinkhammer.

'Zat hij niet in de auto?'

'Nee.'

'Dan heeft Lutz dus toch gelijk', merkte ze neerslachtig op. 'Volgens hem kruipt Martin altijd weg als ik er niet ben. Mijn broer zag hem ook niet toen hij de auto wilde schoonmaken. Hij kreeg alleen een elektrische schok toen hij de mobilofoon afsneed. Toen heeft hij verder maar niets gedaan. Wanneer kan ik de auto terugkrijgen?'

'Die kunt u in de loop van de dag ophalen. Hij staat op het politiebureau in Bergheim.'

'Goed', zei ze. 'Ik zal Resl vragen me erheen te brengen, dat doet ze vast wel. Ze heeft vreselijk met me te doen, zei ze toen ze me die foto gaf.'

'Welke foto?' informeerde Klinkhammer.

'Och,' zei ze met een afwijzend gebaar, 'een heel oude. Die is in negenenveertig gemaakt. Toen waren er straatrovers actief. De vader van Resl had een motor en een fototoestel. Een collega van hem had ook een motor gekocht. Die gingen ze samen ophalen. Toen is die collega gevallen omdat er een draad tussen de bomen gespannen was. Die draad heeft zijn keel opengereten net als bij Martin. Maar op de foto is daar niets van te zien. Daarop is alleen de motor te zien en een heleboel bloed.'

'Mag ik die foto eens zien?' vroeg Klinkhammer.

Ze klemde het flesje melk onder haar kin om een hand vrij te maken, deed de keukenkast open en haalde onder een stapel borden een oude zwart-witfoto tevoorschijn. En het was – verdorie nog aan toe – de foto die ze hem in zijn droom had laten zien. Hij moest tweemaal zijn keel schrapen voordat hij in staat was om te vragen: 'Waarom heeft Resl u die foto gegeven?'

'Ze vond dat ik Lutz daarmee maar eens goed de stuipen op het lijf moest jagen. Martin doet dat toch niet. En wanneer Lutz bezopen is, kun je hem alle mogelijke onzin vertellen, dan gelooft hij alles. Hij zag niet dat het een oude foto is. Hij kan trouwens niet eens een motor van een snorfiets onderscheiden. Ik heb hem verteld dat dat het bloed van die jongens van Schrebber is. Dat die verongelukt zijn had ik van Resl gehoord. Die heeft voor de oma van die jongens gezorgd. En toen heb ik Lutz verteld dat ik had gewenst dat hun iets zou overkomen omdat ze Martin de keel hebben afgesneden. Dat is natuurlijk niet waar, maar Lutz geloofde het.'

Vervolgens richtte ze zich tot haar dochtertje. 'Je zult wel moe zijn, Schatje, ga maar in het grote bed liggen. Vandaag moet je daar slapen. Papa komt niet. Morgen hebben we de auto weer terug.'

Klinkhammer was dankbaar voor de paar seconden die ze hem daarmee gaf. In elk geval had hij zo wat tijd om zijn gedachten op een rijtje te zetten. Dat onbehaaglijke gevoel kon hij niet zomaar van zich afzetten en op de een of andere manier ging Resl daarin verloren. Het kwam niet in hem op om even te informeren wie dat was.

Nadat het kleine meisje de keuken uitgegaan was, wiegde Gabriele Lutz haar zoontje op haar arm in slaap en ze vertelde dat ze elke nacht met de kinderen in de auto sliep. Niet uit angst voor haar man zoals Klinkhammer in eerste instantie dacht. Hem bestempelde ze als niet gewelddadig.

'Vroeger heeft Lutz me dikwijls een klap gegeven. Nu zwetst hij alleen nog maar. Dat met die foto heeft inderdaad geholpen. Onlangs heeft hij gezegd dat hij wel een paar mensen langs zou sturen om me in elkaar te slaan. Dan moet hij nog maar iemand zien te vinden die dat durft. Hier vindt hij gegarandeerd niemand. Ze zijn hier allemaal bang voor me, daar heeft hij ook nog zelf voor gezorgd. Hij vertelt alle mogelijke onzin.'

De reden dat ze in de auto sliep was dat ze geen kinderbedjes had en ook geen kinderkamer. Hun woning telde maar twee vertrekken, de keuken en een slaapkamer die zij niet met haar man wilde delen omdat die in bed rookte. Omdat hij aldoor dronken was, viel hij dikwijls met een brandende sigaret tussen zijn vingers in slaap. Tot nu toe was het nog steeds goed afgelopen omdat hij op zijn rug sliep. Dan viel de smeulende peuk op zijn buik en daar werd hij gewoonlijk wakker van. Maar je kon nooit weten, als hij zich een keer op zijn zij draaide, stond de zaak er heel anders voor.

Er was ook een badkamer met een wc maar je moest over het erf om daar te komen. Ze had onderdak gevonden in de verbouwde stallen van de voormalige boerderij.

'Dat kan me niet schelen', beweerde ze, 'zolang ik de auto heb. In de auto is Martin altijd bij ons. Ik vind het raar dat u hem niet hebt gezien. Hij herinnert zich u namelijk nog goed en hij vindt dat u oké bent. Misschien wilde hij u niet aan het schrikken maken. Ik heb u toch gezegd dat hij terug zou komen. Dat heeft alleen een poosje geduurd. Als je dood bent, merk je niet hoe de tijd verstrijkt, dan is een jaar in één klap om. Maar hij kan nog steeds van die fantastische verhalen vertellen. Pas nog heeft hij gezegd dat ik ze moet opschrijven. Dat ik daar een heleboel geld mee kan verdienen en dat ik dan een sjaal voor hem kan kopen.'

'Waarom doet u dat niet?' vroeg Klinkhammer.

'Lieve hemel.' Ze maakte een afwijzend gebaar. 'Het is wel geen fraai gezicht zoals zijn hals eruitziet, maar ik ben eraan gewend. De kinderen ook, ze kennen hem niet anders.'

'Nee', zei Klinkhammer en hij schraapte opnieuw zijn keel. 'Ik … eh … ik bedoel verhalen opschrijven.'

'Ik heb geen typemachine en ook geen geld voor papier', legde ze uit. 'Van Lutz krijg ik allang niets meer. Hij heeft alleen zijn werkloosheidsuitkering, daar komt hij niet ver mee. Wanneer zijn moeder me eens een keer een paar mark geeft, pakt hij dat geld weer af omdat het nou eenmaal zijn moeder is. Vroeger paste ze drie keer per week op mijn Schatje. Dan sprong ik bij in de keuken van het bejaardenhuis. Van dat geld kon ik hier de huur en de stroom betalen en ook de verzekeringen en de autobelasting. Af en toe kon ik zelfs tanken. Eten mocht ik altijd mee naar huis nemen. Toen kon ik mijn Schatje iedere dag haar buikje vol laten eten. Maar sinds Martin er is, kan dat nog maar één keer per week, dat is op geen stukken na voldoende. Ik loop al achter met de huur. Waarschijnlijk zal ik er binnenkort helemaal mee moeten stoppen. Mijn schoonmoeder kan Martin niet uitstaan. Die gelooft al die onzin die Lutz vertelt.'

De Martin die ze in haar armen hield was drie maanden oud, Martina was net twee geworden. 'Als ik had voorzien dat ik nog een jongen zou krijgen, zou ik haar Romy hebben genoemd', zei ze. 'Dat zou mooi geweest zijn, Martin en Romy. Maar dat kon ik nou eenmaal niet weten.'

Hoe ze van haar dochter in verwachting was geraakt, wist ze ook niet. Haar zusje en vooral haar zwager hadden haar telkens opnieuw uitgelegd dat het leven doorging, ook zonder Martin. Op een gegeven moment hadden ze een feestje gegeven waarbij het bier en de sterkedrank rijkelijk hadden gevloeid, voor haar en voor iedereen. Lutz was een van de gasten, dat kon ze zich nog vaag herinneren. Toen haar menstruatie kort daarna uitbleef, zei haar zwager: 'Dat is van Lutz. Praat maar eens met hem, ik bedoel, je zult het hem wel moeten vertellen. En het is een prima kerel, hij zal zijn verantwoordelijkheid beslist niet ontlopen.'

Toen hij dat hoorde, kreeg Klinkhammer medelijden met haar man. Een prima kerel, dat was Peter Lutz wellicht ooit geweest. Maar wat voor kans had hij als man tegen Martin gehad? Geen enkele. Hij werd door zijn eigen vrouw zelfs niet eens bij zijn voornaam genoemd maar kreeg in plaats daarvan horrorverhalen opgedist. Op die manier kon je iemand ook kapotmaken.

'Lutz was wel onmiddellijk bereid met me te trouwen', vervolgde ze. 'Hij dacht dat ik een goede partij was omdat ik geld van de verzekering had gekregen. Maar van dat geld had mijn zwager al een auto gekocht. Dat is ook helemaal langs me heen gegaan. Ik denk dat ik op de een of andere manier in een soort slaaptoestand ben gekomen toen we van het kerkhof weggingen. Wakker geworden ben ik pas toen de weeën begonnen en mijn Schatje ter wereld wilde komen. Ik wist absoluut niet wat er aan de hand was en ik dacht dat ik doodging. Toen ben ik in de auto gaan zitten. En toen was Martin er. Hij zei dat ik naar het ziekenhuis moest gaan. Ik was eigenlijk niet meer in staat om te rijden. Hij heeft ervoor gezorgd dat we allemaal heelhuids in het ziekenhuis kwamen.'

Klinkhammer had het gevoel dat ze nog steeds sliep en dat ze hem stukje bij beetje mee in die slaap trok. Een aangenaam gevoel was dat niet, want hij zag voor zich wat ze beschreef – even aanschouwelijk alsof hij het met eigen ogen had gezien: zij met haar dikke buik en een van pijn vertrokken gezicht achter het stuur van de Audi en Martin met doorgesneden keel op de passagiersstoel met zijn ene arm om haar schouders en zijn vrije hand aan het stuur om haar en het Schatje in haar schoot heelhuids in het ziekenhuis te krijgen. Hij verlangde ernaar zo snel mogelijk afscheid te nemen voordat ze nog meer dingen vertelde die hij niet wilde zien.

'Als u de auto ophaalt', adviseerde hij haar, 'rijdt u dan linea recta naar een advocaat en zorg dat u van uw man afkomt.' Op die manier, zo dacht hij, zouden ze misschien allebei een kans hebben. 'Rijdt u daarna naar de sociale dienst, daar zullen ze u helpen.'

'Nee', protesteerde ze. 'Daar ben ik al eens geweest. Ze willen dat ik de auto verkoop.'

'Dat lijkt me verstandig', zei Klinkhammer. 'Nu zou u er waarschijnlijk nog een goede prijs voor krijgen. Ze hoeven hem alleen maar grondig te reinigen, er nieuwe stoelen in te zetten en de portieren van een nieuwe binnenbekleding te voorzien. Dan zou u zich een typemachine kunnen permitteren. Daar hebt u meer aan.'

'Nee', zei ze weer. 'Dan zou ik helemaal niets meer hebben. Waar moet ik Martin dan ontmoeten als ik de auto niet meer heb? Wanneer je dood bent, ben je niet meer zo mobiel. Hij kan uitsluitend op de plaats zijn waar hij eerst was. Moet ik soms met de kinderen voor zijn huis op de stoep gaan zitten? Daar mag ik niet eens langs wandelen sinds Uschi er weer haar intrek heeft genomen. Als ze mij ziet, komt dat stomme rund naar buiten en dan brult ze dat ik moet verdwijnen. Op een keer heeft ze zelfs die rothond van haar op me losgelaten. Maar die heb ik te grazen genomen. En haar zal ik ook nog eens te grazen nemen, ooit.'

Op dat moment kwam er een geluidje over haar lippen. Klinkhammer kon achteraf niet zeggen of het een lachje of een snik was. Waarschijnlijk slechts een ademtocht. Lachen kon ze vermoedelijk allang niet meer. En huilen – daarvoor moest je tranen hebben. Ze leek helemaal verdroogd te zijn.

'Alles heeft dat stomme rund van me afgepakt', bracht ze uit. 'Ze wilde me niet eens de spullen laten houden die ze zelf absoluut niet kon gebruiken. Wat mijn broers op de kop hebben weten te tikken, kan ik hier niet neerzetten. Lutz zou alles meteen verpatsen. Ik zou zo graag een overhemd van Martin hebben gehad, er waren er twee in de was. Haar vriend pasten ze niet. Dan had ze me er toch eentje kunnen geven. Nee. De schone overhemden heeft ze allemaal aan het Rode Kruis gegeven. En die twee die in de was waren heeft ze weggegooid. Ze wilde ook het geld van de verzekering en de auto hebben. Maar die is van mij! En ik wil niet dat Lutz erin rijdt. Misschien rijdt hij hem total loss en wat moet ik dan? Misschien is dat mes alleen gaan vliegen omdat hij de autosleutel weer heeft gepakt.'

'U hebt dat mes dus toch naar uw man gegooid', stelde Klinkhammer vast.

'Nee', bezwoer ze. 'Het is gegaan zoals Lutz het heeft verteld. Ik was van plan de schimmel van het brood te snijden om te voorkomen dat Martina die zou opeten, want dat is niet gezond. Toen ik Lutz in de kast zag rommelen heb ik het mes op tafel gelegd en wilde ik hem bij de kast wegtrekken. Maar hij had de sleutel al, hij gaf me een stomp en zei: "Pak hem dan of zeg maar tegen Elvis dat hij hem van me af moet pakken. Maar die laffe smeerlap vertoont zich bij mij niet meer." Ik ben tegen het fornuis gevallen. Hier, kijk maar.'

Ze trok haar dunne bloes uit haar broeksband, liet hem een

blauwrode vlek op haar ribben zien en verklaarde: 'Ik had me bezeerd en schreeuwde het uit. Toen ging het mes op tafel draaien,
net zo lang totdat de punt naar Lutz wees. Vervolgens steeg het
op alsof het een vliegtuigje was. Ik heb het niet aangeraakt. Dat
zweer ik.'

Twee, drie seconden lang keek ze hem aan alsof ze van zijn
gezicht wilde aflezen of hij haar geloofde. Toen haalde ze haar
schouders op en zei bokkig: 'Af en toe overkomen me zulke rare
dingen. Mijn gloeilampen gaan heel vaak kapot. Dat doe ik niet
met opzet. Ik weet alleen niet wat ik daartegen kan doen. Ik voel
wanneer het gaat gebeuren, dan is het alsof er zich tussen mijn
hart en mijn maag een pees spant. Net als bij een handboog.
Dan knapt de pees en dan barst de bom. Maar ik kan er wel mee
leven. Ik heb hier eigenlijk toch geen gloeilampen nodig; als het
donker is, zitten we in de auto. Die wil ik nooit kwijtraken, van
mijn levensdagen niet.'

Tussenhalte

April 1987 tot zomer 2000

Ze had het echtscheidingsverzoek ingediend nadat haar man de autosleutel weer eens te pakken had gekregen en de Audi tegen een boom had geparkeerd. Op dat moment noemde Klinkhammer haar al Gabi en had hij al verscheidene kilo's bananen of andere levensmiddelen, een popje en een kleurige rammelaar naar Niederembt gebracht. Hij had haar achterstallige huur betaald en haar menig bankbiljet toegestopt opdat ze een paar schoenen voor haar Schatje of een jasje voor Martin kon kopen. Kleine kinderen waren nu eenmaal overal snel uitgegroeid.

Dat ze elke weldaad als vanzelfsprekend opvatte en er nooit een woord van dank over haar lippen kwam, vond hij overigens niet erg. Dat Schatje hem stralend aankeek, was voor hem genoeg. Af en toe kreeg hij zelfs Martin aan het lachen.

En wat hij ook deed, hij deed het met een gerust geweten. Daags na dat gedenkwaardige gesprek op het moment waarop hij voor het eerst levensmiddelen had afgeleverd, had hij onderzocht hoe en hoe laat Axel en Heiko Schrebber in november 1983 om het leven waren gekomen.

De tweelingbroers waren in augustus 1982 met hun ouders uit Kirchtroisdorf naar Keulen verhuisd. Axel was aan de drugs geraakt en hij was 'm net één dag voor zijn dood uit een ontwenningskliniek gesmeerd. Op de dag waarop Martin Schneider begraven werd, waren ze beiden na een bezoekje aan hun bedlegerige oma in Kirchtroisdorf op de terugweg tegen tien uur 's morgens even voorbij Großkönigsdorf met een gestolen snorfiets ten val gekomen. Ze droegen geen helm en hadden allebei dodelijk hersenletsel opgelopen. De oorzaken van het ongeval waren waarschijnlijk een te hoge snelheid, het feit dat de snorfiets was opgevoerd en dat er natte bladeren op de weg lagen. Dat iemand anders schuld droeg aan het ongeluk was uitgesloten.

Als daders van de moord op Martin Schneider kwamen Axel en Heiko Schrebber amper in aanmerking, in elk geval niet allebei, want Axel lag op die dag nog in de kliniek waar hij met een overdosis heen was gebracht. Of Heiko met een andere knaap op het centraal station in Keulen op Martin Schneider had staan wachten, wie kon dat drie jaar later nog vaststellen?

De naam Schrebber zei de collega's uit Keulen trouwens sowieso niets. En Gabi kon met het dodelijke ongeval niets van doen hebben. Tenzij ze inderdaad kon toveren. Maar al droomde een rationeel mens dat misschien een keer, als hij er echt in geloofde mocht je hem niet meer als rationeel betitelen. Om half elf had ze nog als een waanzinnige op Martin Schneiders kist staan roffelen en vervolgens met het schepje een klap tegen Klinkhammers schouder gegeven – dat waren haar eigen woorden. Daarmee kwam zij in zijn ogen niet in aanmerking als potentiële dader.

Hij had ook een paar keer met zijn vrouw gesproken. Met wie had hij anders moeten praten over de oude foto, zijn dromen, een pees tussen zijn hart en zijn maag, rondvliegende messen, gloeilampen die vaker dan normaal kapot gingen en een dode man die een vrouw die niet zonder hem kon leven, spannende verhalen vertelde wanneer ze met haar kinderen op zijn bloed ging zitten?

Ines was van mening dat telekinetische verschijnselen best konden bestaan, zeker onder enorme psychische stress. En dat was bij Gabi sinds Martin Schneiders dood en vooral in haar huwelijk ongetwijfeld het geval. Ines wilde niet eens uitsluiten dat Gabi haar Martin inderdaad zag en met hem kon praten, gewoon omdat ze hem wilde zien en met hem wilde praten. Maar Ines had vaak met fantasten te maken. Een collega bij de uitgeverij vertelde haar voortdurend dat ze met haar overleden vader in contact stond. Ze nam geen enkele beslissing zonder van tevoren een seance te hebben gehouden.

Klinkhammer geloofde niet in dat soort onzin. Evenmin werd hij door Martins geest aangespoord om Gabi op het laatste moment uit de badkuip te trekken en haar arm af te binden. De ambulancedokter was van mening dat hij een zesde zintuig moest hebben. Kletskoek! Hij had alleen vermoed dat ze weleens een stommiteit kon uithalen toen hij van de collega's hoorde wat er met de Audi was gebeurd. En hij mocht van geluk spreken dat je via het erf bij haar in de badkamer kon komen. Er zaten geen tralies voor het raam, hij hoefde de ruit maar in te slaan en kon zo binnenkomen.

Ook een aanblik die hij van zijn levensdagen niet meer zou vergeten. Zoals ze daar in het rode water lag, geheel gekleed, een jurk als uit een oude kostuumfilm, haar lange haar in een met parels bestikt netje samengebonden. Romy in haar bruidsjapon. Ze was zo intens bleek dat hij dacht dat ze al dood was. Martin lag voor de badkuip op een handdoek op de kleurige rammelaar te kauwen. Martina gaf haar popje een bad in Gabi's bloed, keek hem vol verwachting stralend aan en vroeg: 'Nane?'. Schatje had blijkbaar honger en wist intussen dat hij de man met de bananen was.

Zes zakken bloed waren er nodig, plus een zak plasma. Vier weken lag Gabi in het ziekenhuis, de kinderen waren bij haar oudste broer Reinhard ondergebracht. En de eerste twee weken zag het ernaar uit dat ze daar permanent zouden moeten blijven wonen, want Gabi maakte geen aanstalten om haar ogen weer open te doen. Dat deed ze pas toen haar jongste broer Bernd in de derde week met een cassetterecorder naast haar bed kwam zitten en het hele repertoire van Martin voor haar afspeelde. 'And a hungry little boy with a runny nose', Toen die woorden werden gezongen had ze eindelijk gereageerd, vertelde Reinhard Treber later ooit.

Toen Klinkhammer haar aan het begin van de vierde week opzocht, was het eerste wat ze tegen hem zei niet zoiets als 'dankjewel', ze was alleen maar woedend op hem. 'Waarom heb je me niet met rust gelaten?'

'Omdat jij geen verantwoordelijkheidsbesef hebt', zei hij. 'Wat moet er van je kinderen terechtkomen als jij er tussenuit knijpt? Je man zal niet voor ze zorgen. En Martin kan het niet. Hij is immers niet meer zo mobiel en hij maakt zich grote zorgen.'

'Hoe weet jij dat?' vroeg ze. 'Je gelooft niet eens dat hij er nog is. Dat gelooft geen mens.'

En deze keer beweerde Klinkhammer: 'Hij heeft me uit de droom geholpen.' Want dat leek hem de simpelste oplossing.

Ze reageerde nog steeds sceptisch. 'Waar dan?'

'In de auto', zei hij. 'Ik wou eens kijken of die te repareren is. En deze keer kon het me niet schelen of hij me de stuipen op het lijf zou jagen. Hij zei dat ik hem sowieso pas had leren kennen nu hij er zo uitziet. Dat me dat dus eigenlijk niets zou moeten uitmaken. Hij heeft me gevraagd jou het geld voor de reparatie en een typemachine te geven. Bij mij thuis staat er een. Die is van mijn vrouw, maar die gebruikt hem niet meer. Je mag die machine hebben als je verstandig bent. Martin wil dat je verstandig bent. Ik moet ervoor zorgen dat je naar een advocaat gaat en naar Keulen verhuist.'

Daar woonde een nicht van Martin Schneider, dat had hij van Reinhard Treber gehoord. Met die nicht had hij al gesproken, ze was getrouwd, had kinderen noch werk en was bereid om voor Gabi's kinderen te zorgen zodat Gabi kon gaan werken.

'Je hebt je taxirijbewijs ooit gehaald', zei hij. 'Een vergunning om taxi te rijden krijg je in Keulen gegarandeerd ook. Martin is van plan te zorgen dat je werk vindt.'

'Dan moet je hun hier vertellen dat je hem hebt gezien en dat je met hem hebt gesproken', eiste ze. 'Ze denken hier dat ik niet goed wijs ben.'

'Laten we ze maar in die waan laten', zei Klinkhammer. 'Martin wil niet dat iemand te weten komt hoe het met hem zit. Dat zal hij je ook nog persoonlijk zeggen. Voor gewone mensen is dat te veel gevraagd.'

Dat scheen haar te overtuigen. Dat Martin met hem gesproken had. En het kwam niet zo gauw bij Klinkhammer op haar dat weer uit het hoofd te praten; destijds meende hij dat Martin bij de eerstvolgende noodsituatie heel goed van pas kon komen. Dat was ook het geval. En in de loop van de jaren was hij gaan inzien dat alles maar beter zo kon blijven.

Kort daarna was ze uit het dorp vertrokken, jarenlang had ze met haar kinderen in Keulen gewoond, in hetzelfde huurhuis als Martins nicht. Ze werkte als taxichauffeuse en typte haar vingers blauw aan de verschillende fasen van haar leven totdat ze eindelijk een uitgever vond die het eerste pocketboek wilde uitgeven. Daar had ze zo goed als niets aan verdiend en ook niet aan haar tweede boek. Ze had zich nog geruime tijd als taxichauffeuse staande gehouden en elk vrij uurtje in de crèmekleurige Audi doorgebracht.

Ze had er een vermogen aan besteed om de auto helemaal tiptop te houden. Liever een boterham minder dan de verzekeringspremie niet betalen met het risico dat ze er niet meer in mocht rijden, want waar moest ze hem in een grote stad als Keulen dan laten? Pas toen ze scenario's begon te schrijven, ging het langzamerhand financieel beter met haar. Toen kreeg de Audi onmiddellijk een nieuwe motor onder de kap. Een nieuwe carrosserie had Klinkhammer immers al eerder voor zijn rekening genomen. Alleen van binnen zag de auto er nog precies zo uit als vroeger. Ze hadden Martin van haar kunnen afpakken, zijn bloed niet.

En zijn huis pakte ze terug. Klinkhammer probeerde haar dat weliswaar uit het hoofd te praten, maar hij had al te vaak naar haar geluisterd en met haar ingestemd of haar opgebeurd – wanneer ze in zak en as zat – door haar te zeggen wat Martins wens was. Hij had haar er zelfs van overtuigd dat hij op die akker tussen Niederembt en Kirchtroisdorf met Martin kon praten. In 1999 wist hij allang dat hij alleen maar schade aanrichtte wanneer hij zou zeggen: 'Gabi, Martin is al tig jaar dood. Ik heb nooit een woord met hem gewisseld. En jij beeldt je alleen maar in dat hij met je praat.'

Dus slikte hij dat in en vestigde hij zijn hoop liever op Uschi die al jaren getrouwd was met haar toenmalige vriend Heinz Mödder. Omdat hij niet persoonlijk contact met haar wilde opnemen, sprak hij met Gabi's oudste broer. Reinhard Treber was trouwens ook van mening dat Gabi moest blijven waar ze was. In Niederembt zou niemand de rode loper voor haar uitrollen.

Daarvoor herinnerden te veel mensen zich nog steeds de gru-
welverhalen die Peter Lutz tijdens zijn leven had rondgestrooid.
Op mysterieuze wijze kwam Ursula Mödder er vervolgens achter
wie het huis van haar wilde kopen. Alleen de spreekwoordelijke
Joost, Reinhard Treber en Arno Klinkhammer wisten welke ka-
boutertjes haar dat hadden ingefluisterd.

En toen was Uschi dood. Met één komma acht promille op
oude pantoffels van de keldertrap gevallen. Voor Klinkhammer
was het een verschrikkelijke schok toen hij die ochtend in oktober 1999 op het bureau kwam en het nieuws hoorde. Een ongeval. Tot die overtuiging waren de collega's al gekomen toen hij
om nadere details vroeg. En niet eens een tragisch ongeval maar
een stom ongeluk. Uschi had beter naar bed kunnen gaan om
haar roes uit te slapen. Wat had ze in vredesnaam in het holst
van de nacht in de kelder te zoeken gehad? Nog een flesje bier
halen?

Haar man kon er geen zinnig woord over zeggen en hij kon
ook geen handje geholpen hebben. Heinz Mödder was 's morgens pas van zijn werk thuisgekomen en had haar met een gebroken nek onder aan de keldertrap gevonden. Vermoedelijk was
ze tussen middernacht en één uur overleden. Spookuur. Heinz
Mödder had een waterdicht alibi. Afgezien daarvan omschreven
buren, collega's en familieleden hem unaniem als een goedhartige vent die Uschi's bevliegingen en haar gezuip met engelenge-
duld had verdragen.

Uschi kwam er niet zo best vanaf. Over de doden weliswaar
niets dan goeds, maar waarom zou je verzwijgen dat ze nooit
goed snik was geweest als de politie toch al over die merkwaardi-
ge mat was gestruikeld die voor de voordeur lag? Een pentagram
om heksen af te weren.

Een esoterische tic had Uschi altijd al gehad; en passant had
ze ook nog haar verstand verzopen. De laatste paar maanden had
ze steeds vaker het gevoel gehad dat aardstralen en ondergrondse wateraders haar dwarszaten. Daarom had ze vastberaden de
slaapkamer heringericht en onophoudelijk met een wichelroede
door haar woonkamer gelopen. Al die tijd had ze haar man aan

zijn kop gezeurd dat hij het huis moest verkopen. En toen wilde ze opeens niet meer omdat de gegadigde een heks was.

Alsof dat nog niet genoeg was had Uschi haar buren, het echtpaar Müller, op de avond van haar dood in vertrouwen verteld dat Martins geest de nacht daarvoor aan haar was verschenen en haar had willen overreden het huis aan Gabi te verkopen. Maar al kwam hij nog duizend keer, al ging hij op zijn kop staan of zong hij de halve nacht ballades, Gabi zou het huis 'alleen over mijn lijk' krijgen.

Zo ging het dus ook. En omdat geen weldenkend mens serieus dacht dat de geest van Martin Uschi van de keldertrap zou hebben geduwd, kon niet worden bewezen dat er een derde bij betrokken was. Precies zoals bij het dodelijke ongeval van de tweelingbroers Schrebber. Klinkhammer had het daarbij kunnen laten. Dat deed hij niet, want in gedachten hoorde hij Gabi's stem. *En haar zal ik ook nog eens te grazen nemen, ooit.*

Het viel hem niet gemakkelijk, maar hij zorgde ervoor dat de zaak grondiger onder de loep werd genomen dan bij het brommerongeluk zestien jaar geleden het geval was geweest, hij schetste tegenover zijn collega's de achtergronden en verzocht het alibi van Gabriele Lutz na te trekken. In de bewuste nacht was ze in Niederembt geweest waar ze met een groot deel van de familie, enkele vrienden van haar broers en haar eigen kinderen de verjaardag van Reinhards vrouw had gevierd. Ze had het feestje nog geen minuut verlaten. Dertig mensen waren bereid dat onder ede te verklaren. Moest hij daaraan twijfelen, alleen vanwege het onbehaaglijke gevoel? Schuldgevoel waarschijnlijk. Hij had de dingen ook op hun beloop kunnen laten in plaats van zich erin te mengen.

Enerzijds was Klinkhammer opgelucht, anderzijds ook niet, want hij dacht dat Gabi zich nu wel helemaal in het verleden zou terugtrekken. Toen hij na haar verhuizing voor het eerst bij haar langsging, zag hij zijn vrees bevestigd, het was alsof hij terug in de tijd was, terug naar die novembermorgen vlak na Martins dood. De oude meubels stonden weer op hun vroegere plaats. Verder waren er nog de bloemetjesgordijnen, het vergeelde streepjesbehang, het vinyl vol krassen op de keukenvloer en in de woonkamer het bouclé dat stijf stond van de vlekken.

Ze was dolgelukkig, vertelde trots hoeveel moeite en geld het had gekost om alles weer in de oude staat te herstellen. Maandenlang had ze in talloze winkels naar die *antiquiteiten* moeten zoeken. In allerlei kelders en magazijnen had ze uiteindelijk gevonden wat ze zocht. Ze maakte zich vrolijk over de werklui; die hadden op hun voorhoofd gewezen toen ze de terrasdeur en de ramen met de aluminium kozijnen liet verwijderen die Heinz Mödder de afgelopen jaren had laten aanbrengen. Ze wilde per se houten kozijnen waarvan je de verf kon laten afbladderen. Martin was er immers niet meer toe gekomen de kozijnen te verven.

En ze wilde met alle geweld een terrasdeur met dezelfde barst als destijds. Vier ruiten waren er gesneuveld, want het was niet meteen bij de eerste poging gelukt. Ze wilde hoe dan ook de stapel oude auto-onderdelen onder de overkapping op het erf hebben en de Mercedes met het taxibord en een roestplek op de uitlaat op de hefbrug. 'Je wilt niet weten hoeveel sloperijen ik afgestroopt heb, Arno. Uiteindelijk heb ik een advertentie geplaatst. Reinhard heeft de wagen opgeknapt, zelfs de kilometerstand klopt.'

Gelukkig had Heinz Mödder de hefbrug niet laten weghalen maar alleen een garage naast de overkapping laten bouwen. Die kon ook blijven staan, daarin was de Audi in elk geval niet meer aan de weergoden overgeleverd. Afgezien van de garage was alles nu weer net als vroeger, alleen de mobilofoon ontbrak. En Martin, vond Klinkhammer.

Vervaagde grenzen

Vrijdag 23 april 2004

Terwijl Heiner Helling Stella de halve ochtend in het ziekenhuis in Bedburg probeerde voor te bereiden voor het eerste politieverhoor en vurig zat te hopen dat hij de rechercheurs bij Gabi uit de buurt kon houden, had Arno Klinkhammer er nog geen flauwe notie van dat hij later flink in de problemen zou komen. Niemand had hem op de film geattendeerd, dus zag hij geen verband tussen Hellings vrouw en Gabi. En Resl – er waren achttien jaren verstreken sinds Gabi die naam had genoemd en hem een oude foto had laten zien.

In zijn geheugen raakte weliswaar maar hoogstzelden iets zoek; bijzaken sloeg hij meestal in een deel van zijn hersenen op waar ze hem niet lastigvielen en rustig konden blijven liggen tot ze op zekere dag misschien van belang konden zijn. Meestal volstond dan een minimaal duwtje van buitenaf. Dat zetje had hij echter nog niet gekregen.

In 1986 was Helling net achttien, hij werkte nog niet bij de politie en Resl was slechts een van die bijzaken geweest, zomaar een vrouw die Gabi een tip had gegeven hoe je een zuipschuit onder controle hield. Gabi had nadien nooit meer over haar gesproken en Klinkhammer had nooit aanleiding gezien om navraag te doen. Hoe moest hij nou na al die tijd opeens op het idee komen dat Resl dezelfde persoon was als die sympathieke vrouw die hij dinsdag nog in levenden lijve bij de kapper had gezien en donderdag badend in haar bloed dood had aangetroffen? En zelfs als hij al een dergelijke ingenieuze inval zou hebben gehad, dan nog zou hij daaruit niet hebben kunnen concluderen dat Gabi mogelijkerwijs weleens iets met deze moord te maken zou kunnen hebben.

Hij dacht absoluut niet aan haar, hoewel ze hem dinsdagavond nog had gebeld. Hij had echter na die tweede moord in een tijdsbestek van enkele dagen wel wat anders aan zijn hoofd dan een vriendschap die hij absoluut niet als zodanig betitelde. Gabi was iemand voor wie hij zich verantwoordelijk voelde. Ze nam alleen contact met hem op wanneer er iets bijzonders aan de hand was. Vaak hoorde hij wekenlang niets van haar; de laatste tijd wel vaker – via zijn vrouw die hem de groeten van Gabi deed als deze haar bij de uitgeverij had gebeld of wanneer Ines en Gabi in Keulen hadden afgesproken. Dan vroeg hij zich telkens af of Gabi inderdaad had gevraagd hem de groeten te doen of dat Ines dat slechts zei om te voorkomen dat hij zich gepasseerd zou voelen.

Als het van Gabi's kant te lang stil bleef, kreeg hij soms opeens behoefte om te kijken of alles in orde was. Zich er alleen even van overtuigen dat het goed met haar ging. Dat was het enige waar het hem om ging. Dat was nooit anders geweest. Zijn gevoelens voor Gabi beperkten zich de eerste jaren tot ernstige zorgen en de afgelopen jaren tot enige trots. Uiteindelijk was zij dankzij zijn hulp niet alleen in leven gebleven, ze had ook nog carrière gemaakt en zelfs geleerd bij tijd en wijle in het heden te leven. Daar mocht hij zich best een beetje op laten voorstaan. Een psychiater had het hem niet kunnen verbeteren.

Met Gabi naar bed gaan, dat was nog nooit in hem opgekomen. Bij haar ook niet, daar was hij voor de volle honderd procent van overtuigd. Voor mannen had ze zich sinds Martin Schneiders dood niet geïnteresseerd, in weerwil van de beide kinderen die Peter Lutz bij haar had verwekt. Met vrouwen wist ze nog minder aan te vangen. Gabi was zo aseksueel als een kind. Ze leefde uitsluitend wanneer ze schreef terwijl Martin zong, van 's morgens vroeg tot 's avonds laat en de hele nacht. *Are you lonesome tonight in the ghetto*. Steeds opnieuw werden de originele geluidsbanden gekopieerd en alleen de kopieën werden afgespeeld. Geen hond wist hoe vaak een van haar broers vroeger de oude stereo-installatie had gerepareerd. Intussen had Gabi een nieuwe, maar die stond niet in het zicht.

Hoewel hij Gabi al een halve eeuwigheid kende, wist Klinkhammer echt niet met wie ze behalve met haar familie, Schneiders nicht, zijn vrouw en enkele medewerkers van de uitgeverij verder omging, nu of in het verleden. Als Gabi tijdens haar telefoontjes of zijn korte bezoekjes de afgelopen tien, vijftien jaar überhaupt wat had verteld, dan was het meestal over een van haar romans of over een scenario.

Wanneer ze af en toe met een paar woorden over haar leven van alledag vertelde en daarbij op een persoon doelde, was er zo goed als nooit een naam gevallen. Haar huismeester in Keulen was een krentenkakker, de inspecteur van belastingen die haar dossier onder zijn hoede had een stomkop, haar eerste uitgever een rekenmachine. Een vrouw die zich anders gedroeg dan Gabi graag zag of die niet aan haar normen voldeed, noemde ze steevast 'dat stomme rund'. Uschi was bepaald niet de enige geweest. In het sjofele flatgebouw in Keulen woonden een stuk of zes van die vrouwen die Gabi als 'stom rund' betitelde: ze stuurden hun kinderen zonder ontbijt naar school of Gabi was hen weleens aangeschoten in het trappenhuis tegengekomen.

In relatie tot de verfilming van *Romy's schim* had ze echter nooit over een stom rund gesproken, wel over een blaaskaak, een fantast en een roofdier, zodat Klinkhammer dacht dat de productie uitsluitend een mannenzaak was. En hij meende dat haar scheldkanonnades voortkwamen uit het feit dat het zo veel tijd en moeite had gevergd om het scenario geaccepteerd te krijgen en dat er uiteindelijk iets uitgekomen was wat alleen ingewijden nog als *Romy's schim* herkenden.

Sindsdien had ze geen scenario's meer geschreven. Alleen nog romans. 'Dan is er maar één persoon die me probeert te overtuigen dat het zus of zo moet en die kan ik het gegarandeerd nog wel uit het hoofd praten!'

Zuster van de dood, het boek dat Klinkhammers vrouw afgelopen voorjaar met enorm succes had uitgegeven, was toentertijd al helemaal klaar. In feite een herziene versie van *Romy's schim*, maar deze keer afgestemd op de realiteit. Niemand had bovennatuurlijke krachten, het ongeluk van de tweelingbroers Schrebber met de snorfiets werd voorgesteld als een moord, begaan door de broers van de radeloze geliefde, die op allerlei manieren al andere jongens om zeep geholpen hadden voordat ze eindelijk de juiste te pakken kregen.

Voor de rode draad van het politieonderzoek had Gabi hem talloze keren om inlichtingen gevraagd. Hoe gaat de technische recherche te werk? Wat kunnen ze bewijzen en wat valt niet te bewijzen? En alles wat niet te bewijzen viel, had Gabi in de roman verwerkt. Klinkhammer had zich daaraan geërgerd. Hij hield niet van misdaadromans waarin politiemensen als domme august werden afgeschilderd. In het echt hadden ze al vaak genoeg het nakijken. Om die fout te herstellen had Gabi beloofd dat in haar eerstvolgende boek een man als hij als overwinnaar uit de strijd zou komen.

Meteen nadat *Zuster van de dood* af was, was ze aan een nieuwe roman begonnen waar ze nog steeds aan werkte, maar daar had ze geen adviezen van hem meer bij nodig. Waartoe forensische laboratoria en de technische recherche allemaal in staat waren, wist ze inmiddels beter dan hijzelf; want tegenwoordig liet ze zich liever door mensen informeren die deskundiger waren dan de 'chef van het rechercheteam' op een klein politiebureau die weliswaar enkele bijscholingscursussen had gevolgd en zelfs een vriend bij de Duitse federale recherche had, maar zich normaliter niet met moordzaken bezighield. Het telefoonnummer van zijn kennis bij de federale recherche in Wiesbaden had ze hem uiteraard allang afgetroggeld.

In Gabi's nieuwe roman zouden de poort van de schuur, de ladder in de aanbouw, elke centimeter van de vaste vloerbedekking en elk meubelstuk in het huis van Therese Helling allang helemaal met plakband zijn afgeplakt of minstens schoon zijn gezogen. Geen mens zou er ook maar een seconde bij stilstaan dat het Openbaar Ministerie daar nu niet direct warm voor zou lopen aangezien het voor alle kosten van het vervolgonderzoek moest opdraaien. In Gabi's roman zou het Openbaar Ministerie zich dan ook absoluut geen zorgen maken over het budget.

De rechercheurs zouden kleding en schoenen van alle aanwezigen in beslag hebben genomen, terwijl de collega's dat uitsluitend van Helling hadden verlangd. Ze konden immers al die andere mensen die in het huis en op het erf hadden rondgelopen niet in ondergoed en op sokken naar buiten sturen om vervolgens de tuin en de daarachter gelegen weg af te sluiten. In Gabi's nieuwe roman nam op dat moment iemand als Klinkhammer de leiding en deze zorgde ervoor dat de technische recherche en het forensisch instituut maandenlang tot over hun oren in het werk zaten. Natuurlijk waren de resultaten al twee bladzijden verderop beschikbaar.

De wrevelige blikken van het hoofd van de afdeling moordzaken lieten de Klinkhammer in Gabi's roman volledig koud en hij negeerde het gemompelde 'plattelandsprofilertje' evenzeer als het onverbloemde bevel om op te hoepelen. En de vrouwelijke hoofdofficier van justitie die hem al een kwarteeuw kende en hem elke twee of drie weken op zondag zag en eenmaal per jaar zelfs minstens twee weken achtereen wanneer ze samen op vakantie gingen, veegde deze Klinkhammer de mantel uit door hem ten overstaan van het hoofd van de afdeling moordzaken op één lijn te stellen met slechtziend pluimvee.

Natuurlijk had Carmen Rohdecker er niet omheen gekund om iets te zeggen toen Schöller zich bij haar over Klinkhammers inmenging had beklaagd. Maar voor hetzelfde geld had ze er Schöller op kunnen wijzen dat Klinkhammer deskundig was en dat hij de situatie daarom – in weerwil van zijn persoonlijke betrokkenheid – beter kon beoordelen dan een simpele rechercheur uit de grote stad.

In plaats daarvan had ze tegen Klinkhammer gezegd dat hij vier jaar geleden bij de bewijsvoering tegen de seriemoordenaar ongeveer evenveel mazzel had gehad als bij de spreekwoordelijke hooiberg waarin je nou eenmaal weleens een naald vond. Maar meestal stonden hooibergen alleen maar in de weg als ervaren mensen twee moorden probeerden op te lossen die frappante parallellen vertoonden.

De Klinkhammer in Gabi's roman zou dat gegarandeerd niet hebben gepikt. Die zou Carmen desnoods aan haar haren de trap op of naar de schuur hebben gesleept om haar te laten zien dat het met die parallellen niet veel soeps was. Maar hij was immers maar een mens, hij wilde geen onnodige narigheid en had zijn hoofd wel vol kennis over dader- en slachtoffergedrag en de interpretatie van sporen, maar zonder naar een plaats in de profcompetitie te streven. Wanneer iemand naar zijn mening vroeg, was hij graag bereid die te geven. Hij gaf die immers ook wanneer er niet uitdrukkelijk naar gevraagd werd. Maar als hij zo beledigd werd, bedacht hij zich wel twee keer voordat hij zijn mond in de toekomst überhaupt nog opendeed.

Sinds hij de plaats van het delict in Niederembt donderdagochtend noodgedwongen had verlaten, lagen er in Klinkhammers borst drie zielen met elkaar overhoop: die van de collega die de zoon van een vermoorde vrouw een snob vond en niet in staat was geweest de volkomen radeloze man zijn deelneming te betuigen; die bovendien de schijndode schoondochter met liefde naar de betonnen brits van een knusse arrestantencel in Bergheim zou hebben getransporteerd. Die van de gekrenkte vriend van een vrouwelijke hoofdofficier van justitie die niet van plan was de komende tijd op zondag weer voor die dame de kok uit te hangen. En de ziel van de politieman die de beelden maar niet van zich af kon zetten. Al die details die hij had geregistreerd alsof hij een digitale camera was die de film te allen tijde kon afdraaien.

De opgedroogde bloedvlek bij de deur van de woonkamer en de nog vochtige wijnvlek boven op de overloop. De trippelpasjes op de patio, de bloedsporen op de ladder in de aanbouw, de fijne krasjes op het slot van de schuurpoort alsof er een schroevendraaier was uitgeschoten. De naar beneden getrokken schuifbout en de ijzeren staaf die op de brede poortvleugel boven de spijker was aangebracht – grenzeloze onbedachtzaamheid of opzet?

Dat het grenzeloze onbedachtzaamheid was kon hij simpelweg niet geloven. En als Therese kort voor haar dood nog een vriend op bezoek had gehad, zou dat althans verklaard zijn. Alleen op basis van het feit dat Helling niet met namen kon of wilde komen aanzetten mocht je toch niet uitsluiten dat Therese een verhouding met een aantal mannen had gehad? Ze was altijd al een levensgenieter geweest die ervan hield de bloemetjes buiten te zetten, dat had ze hem ooit zelf verteld.

'Ik ben ook ooit jong en knap geweest en ik had volop aanbidders, meneer Klinkhammer. Het probleem was alleen dat ik altijd moeite heb gehad om de knoop door te hakken. De knappe mannen waren allemaal al getrouwd of verloofd. Ik heb weleens een poging ondernomen met deze en gene. Daarvoor hoef je niet meteen een huwelijk kapot te maken. Zo denk ik er ook nu nog over. Toen Heiner indertijd onderweg was, dacht ik dat ik het in mijn eentje beter zou kunnen bolwerken dan wanneer zo'n manspersoon op je inpraat die ook nog aan alle kanten in de watten wil worden gelegd.'

Waarom zou ze de laatste tijd niet ook een vriend hebben gehad? Een getrouwde man die haar die kostbare gouden armbanden cadeau had gedaan en die, uitsluitend wanneer haar zoon nachtdienst had, via de tuin binnenkwam om niet te worden gezien, precies zoals Helling had verteld. Therese was een keurige, gedistingeerde vrouw die het altijd belangrijk vond er goed uit te zien; ze was weliswaar klein van stuk en mollig, maar niet dik en onaantrekkelijk.

Via de woonkamer naar boven en weer naar buiten gaan zonder door haar dronken schoondochter te worden gezien zou geen probleem zijn geweest voor iemand die de verhouding geheim wilde houden, meende Klinkhammer. Bij zijn vertrek hoefde de minnaar de poort alleen maar achter zich dicht te trekken. En dan kwam de volgende.

Zijn kennis in Wiesbaden kon Klinkhammer die donderdag niet bereiken, anders zou hij er met hem eens over gesproken hebben. Dus zat hij heel de dag in zijn eentje op kantoor, reed vervolgens naar huis en had daar alles nog steeds op zijn netvlies, want Ines was nog in Londen en kon hem dus niet op andere gedachten brengen.

De halve nacht zag hij Hellings vrouw vuil en straalbezopen in de smerige woonkamer op de bank liggen. En Therese in de badkamer met haar nachthemd omhoog en haar slip op haar enkels alsof de indringer zich aan haar vergrepen had of dat althans had geprobeerd.

Had Therese om middernacht niets van het kabaal gehoord? Haar slaapkamer lag aan de straatkant, hemelsbreed ruim twintig meter van de schuur af. Wanneer haar vriend vlak voor middernacht bij haar was geweest, had ze misschien aangenomen dat hij weer terug zou komen omdat hij iets had laten liggen. Of dat haar schoondochter op dat moment naar bed ging. Aan gevaar kon ze niet hebben gedacht, anders had ze wel haar pantoffels en een ochtendjas aangetrokken om te kijken wat er aan de hand was.

Bij die theorie dat er sprake was van een minnaar school er echter een addertje onder het gras: Thereses bed maakte niet de indruk dat ze daar pas nog met een vriend had liggen rollebollen. Maar dat hoefde natuurlijk ook niet per se, misschien hadden ze alleen maar gepraat – over de ellende met haar schoondochter. Het hoofd van een overbelaste oma stond vermoedelijk niet naar een romantisch tête-à-tête als ze haar kleinkind kort tevoren in vreemde handen had moeten geven omdat ze er rekening mee hield dat ze nog bij een stervende zou worden geroepen.

Op dat punt van zijn pogingen om met behulp van de indrukken die hij had opgedaan te begrijpen wat er zich kon hebben afgespeeld dacht Klinkhammer ook even: schoonmoeder brengt baby weg omdat schoondochter zich bezat en 's nachts noch overdag van de bank te krijgen is. Schoondochter is het met die eigengereide interventie niet eens. Zoon schijnt het er ook niet mee eens te zijn geweest – dat had Helling immers gezegd. Daarom gaat schoonmoeder pas op pad nadat haar zoon naar zijn werk vertrokken is. Schoondochter spoelt haar frustratie weg met de eerste portie wijn. Wanneer schoonmoeder terugkomt, ontstaat er een gigantische ruzie.

Misschien was het glas toen stukgegaan. Wellicht had ze bij die gelegenheid ook wel in de scherven getrapt! Als je gewoon van een bank afkwam, trok je je voeten als in een reflex terug zodra ze met glassplinters in contact kwamen, ongeacht of je bezopen was of niet. Als je daarentegen woedend was, kwam je met een sprong van de bank en dan werd je nog woedender omdat je je daarbij lelijk had verwond.

Bij die theorie pasten de pantoffels voor het bed van Therese en bijna nog naadlozer het feit dat ze over haar nachthemd geen ochtendjas droeg en de beschamende positie waarin het lijk lag: schoonmoeder gaat naar boven en kruipt in bed. Schoondochter haalt op bloedende voeten nog een fles uit de schuur, maakt daar misschien met veel kabaal een flinke bende, rukt de poort open en gooit de motor om, last daarna in de Goggomobiel een pauze in en krijgt opeens het idee: nou zet ik het die ouwe tang betaald.

Dan klimt ze in de aanbouw de ladder op, loopt eerst naar de kinderkamer en staat te janken bij het lege, schoon opgemaakte kinderledikantje. Schoonmoeder vliegt er op haar blote voeten over de vloerbedekking heen, zegt nog iets, waarschijnlijk de verkeerde woorden, en gaat nietsvermoedend nog even naar de wc. Schoondochter gaat achter haar aan, pakt op de overloop de kapotte fles; de rest van de wijn loopt op de vloerbedekking maar dat interesseert haar niet. Nu heeft ze een slagwapen, slaat daarmee schoonmoeders schedel in; schoonmoeder valt voor de wastafel neer. Schoondochter pakt van de vensterbank iets sterkers.

Dat leek een plausibel verhaal maar het was niet met de bloederige voetsporen in de woonkamer te verenigen. Beide voeten onder het bloed: dat moest wel gruwelijk pijn gedaan hebben. En op zulke zwaargewonde voeten rende je niet tussen twee deuren heen en weer wanneer je alleen maar buiten jezelf was van woede jegens je schoonmoeder. In dat plaatje paste alleen de gangdeur. Schoonmoeder gaat scheldend de trap op. Schoondochter wil geen woord meer horen en smijt die deur dicht.

Maar ze was eerst naar de patiodeur gevlogen, daar had hij een eed op durven doen. Omdat ze vreesde dat Therese via de aanbouw weer terug zou komen en opnieuw begon te schelden? Onzin. Er moest een indringer zijn geweest die ervan uitgegaan was dat de poort op slot zat en afgegrendeld was. Misschien een vroegere minnaar die van jaloezie door het lint was gegaan. Of iemand die door Therese met haar resolute manier van doen enorm beledigd was. Er waren nogal wat mogelijkheden.

Dat Hellings vrouw ongedeerd was gebleven: tja, als het niet om haar begonnen was, had de dader geen aanleiding gehad om haar te lijf te gaan. Bovendien was zij in tegenstelling tot Therese betrekkelijk jong en stevig gebouwd. Maar ook een grote, stevige vrouw kreeg de schrik van haar leven wanneer er opeens een vermomde man in de woonkamer stond.

Dan sprong je overeind zonder er erg in te hebben dat er glas op de vloer lag. De indringer nam de benen toen dat nou niet direct fragiele vrouwtje op de bank overeind schoot. Toen hij eenmaal buiten was, sprintte ze zonder acht te slaan op haar gewonde voeten naar de patiodeur. Ze draaide hem op slot, rende langs de bank naar de gangdeur, sloeg ook die met een klap dicht, leunde er ruggelings tegenaan en bleef zo een poosje staan. Begrijpelijk! Er stak geen sleutel in die deur. En gezien die doorgang in de muur tussen de schuur en de aanbouw was het logisch dat ze bang was dat de indringer via de bovenverdieping weer terug zou komen.

Pas toen ze er voor de volle honderd procent van overtuigd kon zijn dat er geen gevaar meer dreigde, vermoedelijk pas toen het buiten licht werd, waagde ze zich buiten, haalde nog een fles wijn uit de Goggomobiel, dronk zichzelf moed in en klom via de ladder naar de bovenverdieping. Toen ze haar slaapkamer uitkwam en Therese in de badkamer zag liggen – de deur was uiteraard niet afgesloten geweest zoals Helling beweerde – liet ze de fles van ontzetting uit haar hand vallen. Daarvoor in de plaats haalde ze sterker spul uit Thereses slaapkamer. Dat verklaarde ook waarom ze de hele nacht niets had ondernomen. 's Morgens had dat geen zin meer, toen kon het wel wachten tot haar man thuiskwam.

Zo keek Arno Klinkhammer ertegenaan. Vooralsnog had hij niets anders in handen dan zijn indruk van de plaats delict, zijn kennis over dader- en slachtoffergedrag en de interpretatie van sporen die hij de afgelopen jaren had opgedaan.

Bedrieglijke zekerheid

Vrijdagmorgen ging Klinkhammer vroeger naar zijn werk dan normaal; desondanks was hij te laat op het bureau om nog een blik te kunnen werpen op de lijsten die Helling de afgelopen nacht had opgesteld en die Ludwig Kehler 's ochtends om zeven uur al had afgeleverd.

Het tot twaalf personen uitgebreide team van de afdeling moordzaken had een provisorische commandopost in het politiebureau van Bergheim opgezet omdat dat het dichtst bij Bedburg en Niederembt lag waar de moorden waren gepleegd. De ploeg bestond uit zeven personen uit Keulen, aangevuld met vijf begeleiders van de lokale politie die de streek en de dorpen goed kenden. Op één vrouw na waren ze allemaal al op pad. Waarheen en met welk doel hoorde Klinkhammer van zijn eigen chef die 's morgens vroeg had afgeluisterd hoe de taken werden verdeeld.

De jonge Karl-Josef Grabowski was blijkbaar in ongenade gevallen en tot buurtonderzoeker gedegradeerd. Het was niet naar zijn zin dat uitgerekend hij met de opdracht werd opgescheept om Thereses patiënten te ondervragen. In het huis hadden ze hun adresgegevens aangetroffen. Maar niemand kon in alle ernst aannemen dat je van die oude mensen iets van belang te horen zou krijgen, had 'Kalle' gemopperd. Tot nu toe had hij altijd als de rechterhand van Schöller gefunctioneerd.

Maar nu was Schöller van plan om in alle rust nog eens op het perceel van Helling rond te kijken – dus niet gehinderd door de opvattingen die Kalle dinsdagochtend en gisteren van het 'plattelandsprofilertje' had overgenomen. Bermann en Lüttich waren tegelijk met Schöller naar Niederembt gereden, maar wel in een andere auto. Zij moesten nagaan wat er gestolen was en ze hadden de lijst met waardevolle voorwerpen bij zich.

De lijst met sieraden nam bijna de helft van een blocnotepagina in beslag, hoorde Klinkhammer. De lijst met kennissen van Therese besloeg vier aan weerszijden beschreven bladzijden, één naam per regel. Schöller had zich daar enorm over opgewonden.

Daar kon Klinkhammer inkomen. Het was werkelijk onmogelijk om op basis van die lijst van zo'n honderd namen binnen enkele uren de vrouw op te sporen die zich woensdagavond laat over een drie maanden oude zuigeling had ontfermd. Niet alleen ontbraken bij veel namen de adressen, maar ze boden ook geen enkel houvast voor de vraag wie er voor een dergelijke niet geringe dienst überhaupt in aanmerking kwam. Een goede vriendin bij wie ze hadden kunnen beginnen, had Therese schijnbaar niet gehad. Geen van de vrouwen werd althans als zodanig betiteld.

En als een zoon die zijn hele leven met zijn moeder onder één dak had geleefd zijn moeders kennissenkring niet een beetje had kunnen inperken, mocht je gevoeglijk aannemen dat Helling wilde voorkomen dat iemand de babysitter op korte termijn zou spreken omdat die iets negatiefs kon vertellen, had Schöller gezegd of liever gezegd geschreeuwd. Aan Hellings beste bedoelingen en zijn bezorgdheid dat hij lang niet alle kennissen van zijn moeder op de lijst had gezet – iets waarmee Ludwig Kehler voor zijn vriend had willen opkomen – had Schöller waarschijnlijk geen seconde lang geloof gehecht. Dat deed Klinkhammer ook niet.

Waar het kind momenteel was, was bij het onderzoek overigens geen hoofdzaak. Voor het onderzoeksteam draaide het om twee gewelddadig vermoorde oudere vrouwen. Gelet op de huiselijke omstandigheden bestond er niet de geringste aanleiding om eraan te twijfelen dat Therese de baby woensdagavond weg had gebracht. De enige reden waarom Schöller de babysit graag zou hebben gesproken was om te horen welke redenen Therese had aangevoerd toen ze deze had gevraagd om een poosje voor haar kleindochtertje te zorgen, wat ze verder nog had verteld, hoe laat ze daar was geweest en hoe laat ze weer naar huis was gegaan. En wat dat betreft had iedereen zijn hoop in eerste instantie op de media gevestigd.

Die ochtend was in de regionale kranten van Rhein-Erft een groot artikel over de tweede moord binnen enkele dagen verschenen waarin ook de parallellen tussen beide zaken werden geschetst. Twee dode moeders, beiden ongeveer even oud, twee radeloze zonen die op het moment van de moord, toen ze daar hard nodig waren, niet thuis waren. In Niederembt bovendien een gewonde jonge vrouw die in shock leek te verkeren. In hoeverre Stella gewond was, hadden de journalisten niet te horen gekregen. Maar dat inspecteur van politie Heiner H. de eerste politieman was die de dode Dora Sieger had gezien, was wel uitgelekt en werd bijzonder tragisch genoemd. De baby werd niet speciaal vermeld. Aan het einde van de artikelen werd de lezers zoals gebruikelijk gevraagd aanwijzingen over deze zaken door te geven aan het politiebureau in Bergheim.

De enige vrouw binnen Schöllers team was op het bureau gebleven om meldingen in ontvangst te nemen en de teamactiviteiten te coördineren. Toen Klinkhammer even bij haar langsging, was ze weinig genegen om inlichtingen te verschaffen. Ze kon of durfde hem niet eens te vertellen wat het buurtonderzoek van gisteren had opgeleverd.

Het was ook onmogelijk om, zoals Klinkhammer zich had voorgenomen, eens met Kehler te gaan praten en van hem te horen waarom hij in de nacht van de moord had voorgesteld even bij Helling langs te gaan. De korpschef had Hellings vriend weer naar huis gestuurd om te voorkomen dat hij hier met zijn oren wijd open bleef rondhangen. Goedhartig en naïef als Kehler nu eenmaal was had hij verklaard dat hij vandaag uitsluitend om die reden en op Heiners uitdrukkelijke verzoek op zijn werk was verschenen. Maar hij was voor de volgende dag in de nachtploeg ingedeeld en hoefde dus pas 's avonds terug te komen.

Klinkhammer ging aan zijn bureau zitten. Met een vooruitziende blik was het vertrek naast zijn kantoor als provisorische commandopost ter beschikking gesteld. Het was er erg gehorig; als het stil was kon hem absoluut niet ontgaan welke meldingen er binnenkwamen, want de dame aan de telefoon had opdracht ze onmiddellijk aan Schöller door te geven.

Op die manier kwam Klinkhammer al om tien uur te weten dat Grabowski tegen alle verwachting in toch iets belangrijks te weten gekomen was, namelijk dat Therese woensdagavond waarschijnlijk nog iets van plan was geweest en slechts twee van haar zeven patiënten persoonlijk had bezocht.

Een uur daarna deelde de afdelingsarts van het ziekenhuis in Bedburg mee dat Stella Helling wakker geworden was en dat ze aanspreekbaar was. Schöller ging er meteen heen en riep Grabowski deze keer op om hem te vergezellen. Bovendien werd er iemand van de plaatselijke recherche-identificatiedienst in het ziekenhuis ontboden. Ze hadden Stella's vingerafdrukken nodig en wilden een speekselproef bij haar afnemen om eventuele sporen van onbekenden überhaupt als zodanig te kunnen identificeren.

Op dat moment was er nog geen enkel telefoontje vanuit de bevolking binnengekomen, zelfs niet van een van de fantasten die altijd op dat soort oproepen reageren. Maar voordat Klinkhammer daarover kon nadenken en kon betwijfelen of Hellings dochtertje wel in goede handen was, was Schöller alweer terug uit het ziekenhuis en kwam hij even op het bureau informeren of er een geschikte plek was om te lunchen. Nadat hij weer vertrokken was, werd er gezegd dat de baby bij Hellings schoonouders was.

Klinkhammer veronderstelde dat Schöller dat van de vrouw van Helling had gehoord. Het verbaasde hem wel dat ze dat haar man gistermorgen vroeg blijkbaar niet had verteld. Waarom zou Helling anders over een kennis hebben gesproken en die lange lijst hebben moeten opstellen? 'Als ik mijn vrouw goed heb begrepen', hoorde Klinkhammer hem in gedachten weer zeggen. Hij had haar dus niet goed begrepen.

Schöller had zich daar ook over verbaasd, vertelde de wachtcommandant die dat aan Klinkhammer kwam melden. Hij had een opmerking opgevangen. Waarom dat *drankorgel* of nog beter *haar heer gemaal* hen niet gisteren al op de andere grootouders had geattendeerd. En oma en opa lagen toch veel meer voor de hand dan de een of andere 'kennis', vooral wanneer het een baby betrof die 'niet helemaal gezond' scheen te zijn.

Vervolgens gebeurde er tot laat in de middag niets meer. In

theorie had Klinkhammer naar huis kunnen gaan, maar hij wilde wachten tot Hellings vriend Kehler kwam en dan met hem over de bewuste nacht praten. Dat Grabowski bereid zou zijn het risico te lopen nogmaals met hem te praten, verwachtte hij niet. Maar de ambitieuze inspecteur was daar niet alleen toe bereid, hij zocht zelfs actief de dialoog met de man die naar verluidt een hotline met de federale recherche had en cursussen had mogen volgen waar anderen alleen maar van konden dromen.

Om half zes kwam Grabowski Klinkhammers kantoor binnenvallen en sloot met een achterdochtige blik op de gang de deur achter zich. Hij was de hele dag met steeds iemand anders van het kastje naar de muur gestuurd, zoals hij het uitdrukte. Hij kwam nu net uit Keulen terug waar hij samen met Bermann de sectie had moeten bijwonen. Omdat hij geen middagpauze had gehad en misselijk geworden was, mocht hij zichzelf nu even een time-out gunnen.

Klinkhammer gaf hem koffie en bood ook aan een broodje voor hem te halen. Grabowski bedankte daarvoor. Hij had absoluut geen trek. Hij zag nog enigszins groen en liet zich slechts vaag over de voorlopige uitkomsten van de sectie uit. De exacte bevindingen zouden hun morgen schriftelijk worden toegestuurd, zei hij, maar niet naar Bergheim. Naar het hoofdbureau van politie in Keulen.

Informatie over het tijdstip van overlijden had Grabowski niet gehoord, want hij had zich een beetje op de achtergrond gehouden. De doodsoorzaak was gisteren al duidelijk geweest en die werd nu slechts bevestigd. De hele voorzijde van de schedel inclusief haar voorhoofdsbeen was verbrijzeld – met minstens drie, maar waarschijnlijk vier slagen. Dora Sieger uit Bedburg had maar één klap op haar achterhoofd gehad. Het was waarschijnlijk niet de bedoeling van de dader geweest om Dora Sieger te vermoorden, zei de jonge vrouwelijke patholoog-anatoom die ook de lijkschouwing bij Therese had verricht, toen ze de beide gevallen met elkaar vergeleek. De klap was bij Dora Sieger gewoon op een ongelukkige plaats terechtgekomen.

Bovendien was Thereses pols gebroken, zei Grabowski. Geen

wapen in de badkamer waarmee de moord was begaan en ook nergens anders in huis of op het erf. Niets wees erop dat het een zedenmisdrijf was. Ze was vermoedelijk overvallen terwijl ze haar behoefte deed.

'Wat een onzin', mompelde Klinkhammer.

Grabowski haalde zijn schouders op, nipte van zijn koffie en vertelde wat hij verder nog terloops had opgevangen. De mening van de arts in het ziekenhuis in Bedburg gisteren dat de diepe schrammen op Stella's rechterwang aan een kat moesten worden toegeschreven, was in het forensisch instituut in Keulen bevestigd; ze hadden onder Thereses nagels geen weefsel van een menselijke belager gevonden.

Op de kleding die Stella gistermorgen had gedragen hadden ze ook geen bloed van haar schoonmoeder aangetroffen. Nog geen spatje. En gezien het ernstige hoofdletsel moesten er heel wat spatjes zijn geweest, dacht Grabowski. Nu moesten het T-shirt en het slipje in het regionale forensisch laboratorium nog op vezelsporen worden onderzocht.

Ze hadden beter de poort van de schuur op vezels kunnen onderzoeken, vond Klinkhammer. Of ze dat hadden gedaan, wist Grabowski niet. Hij was immers de buurt in gestuurd, iets wat overigens uiterst verhelderend was geweest.

Ook vandaag had 'Kalle' in weerwil van zijn corvee een belangrijke verklaring opgenomen. Hij vermoedde dat Schöller hem uitsluitend om die reden in het ziekenhuis had ontboden. Anders had hij wellicht in zijn eentje alle feiten verzameld die noodzakelijk waren om de zaak op te lossen terwijl het hoofd van de afdeling moordzaken nog aan het dubben was wat hij van Helling en diens vrouw moest denken. Aan de zijde van Schöller had hij Stella's eerste verklaring zelfs op schrift kunnen of liever gezegd moeten vastleggen.

'Ze kon amper uit haar ogen kijken en zat aldoor te huilen, maar verder sloeg ze zich er dapper doorheen', verklaarde hij. 'Waarschijnlijk had Helling met haar geoefend. Hij zat al vanaf vanmorgen vroeg aan haar bed, hoorden we van de hoofdverpleegkundige. Zijn vrouw keek almaar naar zijn handen en hij zat maar te friemelen aan zijn duimen. Wanneer hij daarmee opgehouden was, kon ze zich absoluut niet herinneren.'

Eigenlijk, zo kwam Klinkhammer te weten, had Stella alles bevestigd wat haar man gisteren al had beweerd. Dat Therese even voor tien uur was weggegaan, dat zij daarvan niets had gemerkt. Ze was zogenaamd in slaap gevallen. Uiteraard hadden ze voordien geen ruzie gehad, ze had nooit ruzie met haar schoonmoeder. Ze had zich van verdriet een stuk in haar kraag gedronken, was op de bank in slaap gevallen en wakker geworden toen er om middernacht buiten opeens een hoop kabaal was. Een half uur later was de indringer de woonkamer binnengekomen. In de tussentijd had ze absoluut niets gehoord.

'Ze schijnt inderdaad onmiddellijk achter die vent aan gegaan te zijn', zei Grabowski ter afronding van dit deel van het verhaal, dat hij twijfelachtig vond.

'Dat kan ik me niet voorstellen', zei Klinkhammer, omdat uit Grabowski's gezichtsuitdrukking op te maken was dat hij zich dat evenmin kon voorstellen en een bevestiging verwachtte. 'Ik vermoed dat ze 's morgens pas naar buiten is gegaan toen het al licht was, dat ze toen nog een fles uit de Goggomobiel heeft gehaald en een poosje in de auto heeft gezeten. Voor het portier aan de bestuurderszijde lag bloed op de grond en ook een schroefdop.'

'Heb ik gezien', zei Grabowski en hij vertelde welk signalement Stella van de indringer gegeven had. Zonder twijfel een man, ongeveer even lang als zijzelf, dus tussen een meter vijfentachtig en een meter negentig, slank postuur, een bivakmuts op, met een sporttas in de hand. Hij hinkte.

'Helling heeft ons er gisteren op gewezen dat zijn sporttas weg is', verklaarde Grabowski. 'Dat de dader gehandicapt zou zijn heeft hij echter niet verteld. Dat heeft ook alleen maar zin als er een bepaalde persoon mee wordt beoogd zoals Schöller denkt of …' Hij laste een korte pauze in om daarmee te onderstrepen dat hij een andere mening was toegedaan dan Schöller. '… als de dader inderdaad hinkte. Ik zou me kunnen voorstellen dat hij hem zo rap uit de woonkamer smeerde omdat hij zich bezeerd heeft toen hij de schuifbout van de poort met geweld probeerde open te breken, terwijl de poort niet eens afgegrendeld was. Of ziet u dat anders?'

Dat was niet het geval. Ook al was het niet meer dan 'Kalles' persoonlijke mening, Klinkhammer hoorde het met tevredenheid aan. Per slot van rekening betekende het toch dat althans een van de *ervaren mensen* uit Keulen in de schuur dezelfde conclusie had getrokken als hij.

Zo'n enorm kabaal als hij had gedacht was het echter niet geweest toen de poort open vloog en de motor omviel. De mensen van de technische recherche hadden het gistermiddag uitgetest: de NSU op zijn oorspronkelijke plaats gehesen en hem nog een keer tegen de Goggomobiel laten vallen. Als je wakker was en wist dat er zometeen iets te horen zou zijn – zoals Grabowski, die als proefkonijn was gebruikt – kon je het ook in de naburige huizen horen. Zonder dat het tevoren was aangekondigd was dat waarschijnlijk nauwelijks het geval.

Op nummer dertien – het grote huis naast de aanbouw – had niemand er iets van gemerkt; de man had nachtdienst gehad en zijn vrouw had een slaappil ingenomen. Maar de familie Bündchen van nummer zeventien, het perceel dat aan de muur van de patio grensde, had een interessante verklaring afgelegd.

'De vrouw was de halve nacht met een koortsig driejarig kind in de weer', vervolgde Grabowski. 'Kort na middernacht hoorde ze eerst een auto en daarna een hoop gekletter, maar daar zocht ze verder niets achter. Het gebeurt wel vaker dat er in de naburige tuinen nog een autoportier of een garagedeur wordt dichtgeslagen. Het raam stond open. De slaapkamer van de familie Bündchen kijkt uit op de patio. Zo rond tien voor half drie hoorde de vrouw een ijselijke gil alsof er iemand in doodnood verkeerde, die indruk maakte het althans op haar.'

'Therese Helling?' vroeg Klinkhammer.

'Dat kon mevrouw Bündchen niet zeggen. Als iemand in doodsnood is, is de stem niet gemakkelijk te herkennen. Ze dacht dat het gegil uit de woonkamer kwam en liep haar tuin in om te vragen of alles in orde was. Hellings vrouw gaf antwoord, ze excuseerde zich en riep dat het de televisie was.'

'De televisie?' herhaalde Klinkhammer sceptisch.

Grabowski haalde zijn schouders weer op. 'Schijnt ze te hebben gezegd. Ze repte er met geen woord over toen we bij haar waren. Schöller heeft haar uitdrukkelijk gevraagd of ze nog iemand gesproken had nadat de indringer verdwenen was. Daar gaf ze een ontkennend antwoord op, vermoedelijk weet ze het niet meer. Ze was zo dronken dat ze waarschijnlijk helemaal de kluts kwijt was. Drie komma acht promille. Dat ze vandaag überhaupt alweer aanspreekbaar is pleit voor een geoefende lever.'

'Ja', zei Klinkhammer slechts.

'En wat vindt u ervan?' wilde Grabowski weten.

Dat wist hij niet meteen. Wie ging er nu bijna twee uur televisie kijken nadat er een vermomde indringer hinkend door de woonkamer was gelopen? 'Van de vrouw van Helling of van de hele zaak?' antwoordde hij met een tegenvraag.

'Alles bij elkaar lijkt het op roofmoord, precies zoals in Bedburg', luidde Grabowski's reactie en hij somde op: alle sieraden die op de lijst staan, waren weg plus een aanzienlijk geldbedrag.

Therese was dinsdags niet alleen bij de kapper geweest, ze was voordien nog naar de bank gegaan. Daar had ze achthonderd euro van haar girorekening opgenomen, nagenoeg het hele bedrag dat erop stond. Ze had thuis keurig in het huishoudboekje genoteerd: datum, bedrag en gebruiksdoel 'voor eigen gebruik'.

Tot woensdagavond had ze daarvan zo te zien ongeveer honderd euro uitgegeven, maar woensdags geen cent. Ruim de helft dinsdag bij de kapper, de rest diezelfde middag in een drogisterij. Het kassabonnetje en de bon van de kapper zaten nog in haar portemonnee, die verder leeg was. Volgens de kassabon had ze een doos luiers, een blik opvolgmelkpoeder, drie potjes babyvoeding worteltjes en voor drie euro vijfennegentig aan non-food-artikelen gekocht, misschien een speen voor de baby.

In dat verband vermeldde Grabowski terloops dat het kind woensdag naar Keulen-Dellbrück was gebracht.

'Vanmiddag zeiden ze dat de kleine meid bij Hellings schoon-ouders is', zei Klinkhammer.

'Ja, die wonen in Dellbrück', legde Grabowski uit. 'Ze zijn momenteel op reis, ze hebben de baby meegenomen.'

Zoals hij dat zei leek het een vaststaand feit. Terwijl niemand wist waar Hellings schoonouders met de baby heen konden zijn. Schöller had Helling daarover vroeg in de middag nog eens onder handen genomen en hij had te horen gekregen dat de ouders van zijn vrouw tevoren nooit zeiden wanneer ze weggingen en waarheen.

Klinkhammer kreeg ook nog te horen dat Grabowski tijdens de lunchpauze in Dellbrück was geweest en de buren van Hellings schoonouders had gesproken. Dat ze ook nog een gehandicapte zoon hadden en daarom altijd 's nachts reisden omdat dat voor iedereen minder belastend was. En dat de eerste tip over die grootouders niet van het *drankorgel* of haar *heer gemaal* afkomstig was, maar van ene mevrouw Lutz.

Uiteraard dacht Klinkhammer toen meteen aan Gabi, maar Grabowski doelde op een vijfentachtigjarige slechtziende vrouw die Maria Lutz heette en die woensdagavond door Therese was verpleegd – evenals de terminale mevrouw Müller wier man in een rolstoel zat.

Grabowski was samen met een agente die ter plaatse bekend was bij meneer Müller langsgegaan, maar hij had niet veel méér te horen gekregen dan dat hij het absoluut nog niet kon geloven en dat Therese tijdens haar laatste bezoek nog had gezegd dat ze dringend aan rust toe was. Daar had ze overigens vast niet de eeuwige rust mee bedoeld. Dus was er geen enkele reden om aan een rechtvaardige God te twijfelen. Zijn vrouw was zo ziek dat ze de rest van haar leven morfinepleisters nodig had om het überhaupt te kunnen uithouden, en een energieke vrouw als Therese werd zomaar in blinde woede uit het leven gerukt.

Geen lelijk woord over haar schoondochter en haar alcoholconsumptie, ook niet toen er expliciet naar werd geïnformeerd. Wat dat betreft had Therese zich blijkbaar tegenover buren, patiënten en ook bij kennissen die ondertussen waren ondervraagd, altijd gedeisd gehouden. Alleen tegenover de oude mevrouw Lutz was ze schijnbaar heel wat minder terughoudend geweest.

Dat Maria Lutz een uitzondering was geweest vond volgens Grabowski zijn verklaring in het feit dat de oude vrouw persoonlijk ervaring had gehad met alcoholici – ze had haar enige zoon doodverpleegd – had ze hem onder meer verteld. Waarschijnlijk had ze willen zeggen: tot aan zijn dood verpleegd.

Dat was niet de enige kleine verspreking. Of misschien had hij het af en toe verkeerd verstaan, dacht Grabowski. Mevrouw Lutz was heel moeilijk te verstaan geweest, omdat ze haar gebit niet had kunnen vinden. Daar had ze een poosje over gejammerd en ze had van hem geëist dat hij het ging zoeken. Hij had haar eenvoudigweg niet aan het verstand kunnen brengen dat ze rechercheurs voor zich had. 'Ze dacht dat we van de thuiszorg waren.'

Desondanks was het een verhelderend gesprek geweest. Maria Lutz had Hellings leugen over een goede verstandhouding tussen zijn echtgenote en zijn moeder binnen enkele minuten weerlegd. Onbeschroomd had ze verteld dat Therese onlangs – een poosje terug, het was al een paar weken geleden – weer eens geweldig had zitten foeteren. Wanneer precies hadden ze van haar niet te weten kunnen komen. De letterlijke tekst wist ze zich echter nog precies te herinneren: 'Als het nog een keer gebeurt, breng ik de kleine meid naar haar ouders en dan smijt ik dat bezopen loeder eruit. Afgelopen nacht heeft ze zich weer dusdanig vol laten lopen dat ze niet in staat was een flesje klaar te maken. In plaats van dat arme schaap de fles te geven heeft ze wat voor het hummeltje gezongen en beweerde ze dat het kind niet wou drinken. Eens kijken wat haar vader daarvan vindt, die bel ik vanavond op.'

Ook van Stella's laatste uitspatting had Therese woensdag verslag uitgebracht toen ze mevrouw Lutz 's avonds kwam verzorgen; en ze had toen niet alleen – zoals bij meneer Müller – iets gezegd in de trant van dat ze dringend rust nodig had. Bij mevrouw Lutz had ze man en paard genoemd; ze had het over een ritje naar Keulen-Dellbrück en over vakantie gehad – de vakantie van de schoonouders van haar zoon, meende Grabowski, want Therese scheen te hebben gezegd: Schatje moet desondanks voor oma zorgen. Een kleine verspreking. Ze had natuurlijk bedoeld dat oma desondanks voor het Schatje moest zorgen.

Bovendien zou Therese iets over een kat hebben gezegd die van huis was, en dat de tijd dus rijp was. Misschien weer een verspreking. De kat was immers zoals bekend al een nacht eerder in huis geweest, waar hij zijn sporen op Stella's wang had achtergelaten. Het was ook mogelijk dat Therese met die opmerking op haar zoon had gedoeld die om half tien naar zijn werk moest.

Therese zou woensdagavond tussen zeven en acht uur bij mevrouw Lutz zijn geweest. Volgens de papieren die ze in huis hadden gevonden had ze Maria Lutz normaliter altijd tussen kwart voor zes en half zeven klaargemaakt voor de nacht. Maar klaarblijkelijk was het woensdag bij de familie Helling een enorme toestand geweest. Therese had niet eens tijd gehad zelf bij vijf van haar zeven patiënten langs te gaan, dus was het heel goed mogelijk dat ze daarom te laat bij mevrouw Lutz was gekomen. Voor het welzijn van het kind speelde dat geen enkele rol. Bij oma en opa was de baby beslist in goede handen, had Schöller gezegd. En die veronderstelling was vrijdag in de loop van de dag een aan zekerheid grenzende waarschijnlijkheid geworden.

Het eerste zetje

Grabowski vertrok met de belofte om Klinkhammer op de hoogte te houden. Schöller hoefde dat niet noodzakelijkerwijs te weten te komen. Toen de jonge inspecteur van politie de deur van Arno Klinkhammers kantoor achter zich dichttrok, was deze zijn voornemen om met Ludwig Kehler te praten totaal vergeten. Nu cirkelden zijn gedachten uitsluitend om Gabi.

De oude mevrouw Lutz was ongetwijfeld haar voormalige schoonmoeder. Schatje dat voor oma moest zorgen, een verspreking was dat waarschijnlijk niet geweest. En een kat die *buitenshuis* was, uitgerekend over die kat en over vakantie had Gabi dinsdag gesproken toen ze hem opbelde.

Ze had die avond niet hem maar zijn vrouw willen spreken en ze had zich er in eerste instantie over opgewonden dat Ines niet thuis was. 'Waar hangt ze dan uit? Op de uitgeverij zeiden ze alleen maar dat ze er niet was. Als ik haar op haar mobieltje bel, krijg ik die stomme voicemail. Ik haat antwoordapparaten.'

Ja, Gabi haatte alles en iedereen die niet meteen naar haar pijpen danste en haar probleem oplosten. Maar hij hoorde haar gefoeter, gescheld en gevloek met plezier aan, want dat duidde erop dat ze goed in haar vel zat. Als ze een ironische toon aansloeg was ze nog altijd voor vijftig procent in haar hum. Pas wanneer ze heel beschaafd uit de hoek kwam, werd het hachelijk. Dan was opperste waakzaamheid geboden omdat ze dan wellicht weer eens besefte dat er toch wel een groot verschil was tussen de eerste acht jaar met Martin en de laatste twintig.

'Ines moest naar Londen', zei hij. 'Ze heeft vanmiddag het vliegtuig gepakt. Wat wil je van haar?'

Het ging om een voorleestournee waaraan Gabi woensdag zou beginnen. Ze foeterde door: 'Iemand heeft er een puinhoop van gemaakt. Vrijdag moet ik niet in Bremen voorlezen maar in Bremerhaven. Donderdag word ik in Bremen verwacht en morgen in Hannover. De data zijn allemaal door elkaar gegooid. Zoiets mag niet gebeuren, Arno. Gelukkig nam de boekhandelaar uit Hannover vandaag contact met me op om te informeren of ik werkelijk een hoog katheder wil. Dat hadden ze tenminste nog keurig doorgegeven. Wanneer hij daar geen twijfels over had gehad, had hij morgen lang op me kunnen wachten. O ja, en nog iets, zeg maar tegen je vrouw dat ik er een korte vakantie aan vastknoop. Als ik toch eenmaal in het noorden ben, gun ik mezelf wat zeelucht. Ik schiet momenteel niet echt lekker op en moet er nodig even tussenuit om nieuwe inspiratie op te doen, op het gevaar af dat mijn kroost wilde feestjes gaat vieren en al mijn planten het loodje leggen. Als de kat van huis is dansen de muizen op tafel zoals iedereen weet en dan staat hun hoofd er niet naar om moeders groene baby's water te geven.'

Nu hem dat weer te binnen schoot, had Klinkhammer er sterk behoefte aan om zich ervan te overtuigen dat Gabi's planten genoeg water kregen. En om eens te informeren of Therese Helling woensdagavond nog langsgekomen was en van haar had verlangd dat zich, ondanks de conflicten van de afgelopen jaren, eens iemand om oma zou bekommeren. En of ze bij die gelegenheid misschien iets had verteld over wat ze met de baby van plan was.

Een aan zekerheid grenzende waarschijnlijkheid was niet hetzelfde als honderd procent zekerheid en vooralsnog wist niemand waar Hellings schoonouders uithingen: Keulen Dellbrück was een flink eind voor een Fiat Punto en op knooppunt Heumar zat het verkeer altijd behoorlijk vast. Weliswaar was er 's avonds laat geen vrachtverkeer meer en schoot je sneller op. Maar zelfs als Therese zonder files had kunnen doorrijden en niet zo lang bij de schoonouders van haar zoon was gebleven, moest je toch al gauw op twee uur rekenen.

Dan was ze tegen middernacht weer thuis geweest. Dus rond de tijd dat de buren een auto hadden gehoord en zoiets als een garagepoort hadden horen dichtslaan. Thereses garage? Misschien. Maar zou ze op dat tijdstip de poort van de schuur nog open hebben gelaten voor een vriend? Onwaarschijnlijk. Ze zou vermoedelijk ook niet in de aardedonkere aanbouw de ladder opgeklommen zijn. Ze zou via de woonkamer het huis zijn binnengegaan. Dan had Hellings vrouw haar moeten zien. Tenzij ze op dat moment in diepe slaap was. Maar dan had ze buiten ook geen lawaai gehoord.

Schoonmoeder brengt baby weg, dacht hij weer. Of was er donderdagmorgen sprake geweest van een misverstand tussen Helling en zijn vrouw over het tijdstip? *Als ik mijn vrouw goed begrepen heb.* Twintig over twee. Je moest er ook rekening mee houden dat getrouwde mannen thuis een alibi moeten opdissen voor een heimelijk liefdesavontuurtje. *Ik ga een pilsje drinken.* De kroegen sloten om één uur, dus zou er na de thuiskomst van Therese nog tijd geweest zijn voor wat amusement.

Bij Gabi trof hij alles aan zoals hij verwacht had. Twee ficussen, drie yucca's en een klimop stonden weelderig groen in de vochtige aarde. Er danste niemand op tafel. Dat had ze ook maar voor de gein gezegd. Weliswaar was Gabi's kroost niet direct van het superrustige soort, maar haar dochter Martina, een serieuze jongedame van twintig jaar, wist vermoedelijk niet eens hoe het er op wilde feestjes toeging en ze zou er wel een stokje voor hebben gestoken als haar broer een knalfeest op touw wilde zetten.

Martina was alleen thuis toen hij arriveerde. Dat kwam hem prima uit. Gabi's 'Schatje' begon altijd te ratelen als een machinegeweer, van haar kreeg hij alle informatie die hij wilde hebben – dat dacht hij althans. Hij was per slot van rekening de man met de bananen. Maar ze was alleen zo spraakzaam wanneer haar moeder en Martin niet in de buurt waren.

Met Gabi's inmiddels achttienjarige zoon had hij de laatste tijd problemen. Het was een vreselijk arrogante vlegel, die de baas in huis speelde en als een imitatie-Elvis rondliep, wat Klinkhammer een vaag gevoel van onbehagen gaf. Niet dat hij ook maar een seconde meende dat er maar een sprankje waarheid kon schuilen in de onzin die de vader van die knaap achttien jaar geleden had gedebiteerd. Dat een vermoorde man na zijn dood nog kinderen zou hebben verwekt, was klinkklare onzin. Maar dat ze sprekend op elkaar leken, was in de loop van de tijd hoe langer hoe duidelijker te zien. Martin Lutz was het evenbeeld van Martin Schneider in zijn jonge jaren. Of van de piepjonge Elvis die zijn fans vanaf de aanlegsteiger in Bremerhaven had staan toewuiven.

Het donkere donshaar op het knalrode hoofdje van de zuigeling die Klinkhammer destijds in zijn armen gedrukt had gekregen, was inmiddels een weelderige kuif. De haarkleur en de vorm van zijn gezicht had de jongen echter duidelijk van zijn moeder geërfd. Alle mannelijke leden van de familie Treber zagen er zo uit, het waren in hun jonge jaren ook allemaal even knappe kerels geweest als Martin nu. Klinkhammer had in de loop van de tijd genoeg oude foto's gezien om dat te kunnen beoordelen.

De rest was een kwestie van opvoeding en heiligenverering: Martin modelleerde zijn kapsel naar dat van de King, speelde thuis gitaar of trompet, en piano bij zijn oudste oom; hij zong natuurlijk ook, sinds zijn stembreuk met hetzelfde zware stemgeluid als zijn grote voorbeeld. Af en toe vertelde Gabi dat haar zoon zich de jonge meisjes amper van het lijf kon houden en zich niets liet ontglippen. Hij ging echter ook voor zijn moeder door het vuur, noemde haar sinds kort zelfs Romy. En wanneer ze het over Martin had, wist Klinkhammer de laatste tijd niet meer zo precies op wie ze doelde.

Haar dochter had net gordijnen gewassen. Bij het raam in de woonkamer stond een stoel met daarnaast een wasmand met de vochtige bloemetjesgordijnen die naar wasverzachter roken. Enkele runners waren in het plooiband vastgeraakt, dus was Arno, zoals hij ook door Gabi's kinderen werd genoemd, buitengewoon welkom. Hij kon de gordijnen helpen ophangen.

Martina informeerde niet naar de reden van zijn bezoek. Het was haar bekend dat hij elke paar weken kwam aanwaaien en terwijl ze al op de stoel ging staan, zei ze alleen: 'Mams is er nog niet. Ze komt pas in de loop van de nacht thuis. Ik hoop dat ze niet opnieuw als een idioot gaat scheuren. Kun jij haar niet een keer aan haar verstand brengen dat je met honderddertig ook heus wel thuiskomt en dat de kans dat je heelhuids op de plaats van bestemming arriveert dan zelfs groter is dan met tweehonderdtwintig?'

Wat haar rijstijl betreft zou Gabi zich door hem vast niet de wet laten voorschrijven en ze zou ook nooit accepteren dat hij erop aandrong haar tempo wat te matigen. 'Waarom komt ze in hemelsnaam thuis?' vroeg hij. 'Heeft ze in Bremerhaven geen hotelkamer?' In dat geval had er inderdaad iemand een enorme puinhoop van gemaakt.

'Jawel, maar daar hoeft ze geen gebruik van te maken', zei Martina.

'En haar vakantie dan?'

'Afgelast', kreeg hij ten antwoord. 'Martin is ziek. Gisteravond ging het nog uit de kunst met hem. Vanmorgen heeft hij vreselijk gekotst. Hij was lijkwit, rilde van de kou en beweerde dat hij het verschrikkelijk heet had. Denk je dat het koortsrillingen waren? Hij dacht zelf dat het niet zo erg was en hij was kwaad op mij omdat ik mams heb opgebeld. Ze wilde haar lezing meteen afzeggen. Maar de kaarten waren allemaal al verkocht in de voorverkoop. Ze waren van plan om zelfs nog staanplaatsen aan te bieden. En uiteindelijk wilde ze de mensen toch niet in de steek laten.'

Vreselijk gekotst en koortsrillingen, dat deed aan indigestie en een circulatiestoornis denken. En of ander vervelend virus, vermoedde Klinkhammer. Zoiets kwam altijd onverwacht opzetten, het was hem ook al eens gebeurd.

Terwijl hij runners en plooiband uit de war haalde en Gabi's dochter de ene na de andere runner over de gordijnrail schoof, liet ze nog iets los over wat er 's morgens vroeg was voorgevallen. Omdat mams niet meteen zelf voor Martin kon zorgen en zijzelf naar haar werk moest, had ze ook oom Reinhard nog gebeld. Die was afgelopen jaar vervroegd met pensioen gestuurd en was sindsdien in noodsituaties altijd beschikbaar. Oom Reinhard had Martin opgehaald en overwogen of hij hem niet beter naar het ziekenhuis kon brengen. Maar dat weigerde Martin, omdat iemand hem daar weleens een prikje zou kunnen geven.

'Mannen', zei ze nog en ze schudde afkeurend haar hoofd en

toen stapte ze schijnbaar zonder overgang over naar het onderwerp dat de aanleiding was geweest voor zijn bezoek. 'Wat afschuwelijk wat mevrouw Helling is overkomen, hè? Ik werd er ook misselijk van toen ik het las. Het was zo'n lieve vrouw. Ik kan helemaal nog niet geloven dat ze dood is. Woensdagavond is ze hier nog geweest.'

Schot in de roos! 'Kwam ze hier vaker?' vroeg hij.

'Als ze hiernaast bij meneer en mevrouw Müller was geweest, kwam ze dikwijls eventjes langs', antwoordde Martina. 'Maar veel tijd had ze niet, ze moest zoveel mensen verplegen.' Haar stem klonk opeens ontzettend trillerig, ze snotterde: 'Ze stond altijd klaar voor anderen. En als iemand iets nodig had – vorig jaar heeft ze nog een elektrische rolstoel gekocht voor de oude meneer Müller. Het ziekenfonds wilde die niet vergoeden, hij had immers nog een rolstoel waarmee hij zich ook goed kon redden, maar alleen als hij niet ver weg moest. Hij was er dolgelukkig mee.'

Een elektrische rolstoel, dacht Klinkhammer. Wat kostte zo'n ding wel niet? In elk geval meer dan wat een wijkverpleegkundige zomaar cadeau kon geven. En Martina vertelde ook nog over een vrij grote reparatie aan de lekkende waterleiding bij een alleenstaande moeder die Therese had betaald, veegde met de rug van haar hand over haar ogen en eindigde met de woorden: 'En toen ze zelf hulp nodig had, was er niemand.'

'Haar schoondochter was thuis', zei hij.

Schatje snoof verachtelijk. 'Heb ik gelezen. Dat zij ook gewond was en in shock verkeerde. Ze hadden beter haar de schedel in kunnen slaan.'

Als hij op dat moment had gevraagd waarom ze die weinig vrome wens uitte, dan zou hij misschien van Schatje hebben gehoord wie Gabi met het oog op de ellendige geschiedenis met de film als *het roofdier* betiteld had. Maar zijn vermoedens gingen een andere kant uit. 'Heeft mevrouw Helling weleens met je moeder over haar schoondochter gesproken?'

Weer zo'n verachtend gesnuif. Voor alcoholisten had Martina begrijpelijkerwijs geen goed woord over, ook al was ze destijds nog te klein om zich haar vader goed te kunnen herinneren; Gabi vertelde altijd zo beeldend. 'Dat ze zuipt als een ketter? – Logisch. Dat was immers het enige wat haar bezighield vanwege dat arme kindje. Ze heeft er niet alleen over gesproken, ze heeft een keer zitten huilen omdat dat echt niet had gehoeven.'

'Wat is er dan met dat kind?' vroeg hij.

'Ja, wat zou er nou mee zijn?' riposteerde Martina. 'Ze is zwaar gehandicapt. Je kunt je gewoon niet voorstellen wat dat mens tijdens de zwangerschap allemaal achterovergeslagen heeft: grappa, wodka, zelfs rum. Alles wat er echt inhakt. En ze ging nooit naar de vroedvrouw voor controle. Anders was dat arme schaap niet eens geboren. De dokters hebben gezegd dat ze eigenlijk had moeten worden geaborteerd. En daarna wilde ze haar niet eens uit het ziekenhuis ophalen. Dat moest mevrouw Helling doen. "Ook al ziet ze er niet zo uit als je graag had gewild, het kind heeft recht op liefde en een paar armen die haar vasthouden", heeft ze gezegd. Is dat niet afschuwelijk?'

'Zeker', zei hij en haalde diep adem. Nog niet zo langgeleden had hij op de televisie een documentaire gezien over kinderen van alcoholverslaafde moeders. Een arts had de geestelijke en ook de lichamelijke schade en de kenmerkende gelaatstrekken aanschouwelijk toegelicht. Dus was het niet verwonderlijk dat Helling zijn collega's geen foto's van zijn dochtertje had laten zien.

'Heeft mevrouw Helling woensdag iets over de baby gezegd?' vroeg hij. 'Dat ze van plan was het kind weg te brengen; en naar wie? Hoe laat was ze eigenlijk hier?'

Vier vragen in één keer, Gabi's dochter kon alleen de laatste vraag beantwoorden omdat ze daar zelf getuige van was geweest. 'Na negen uur. Ze reed net weg toen ik thuiskwam. Martin zei dat ze alleen gevraagd had of mams thuis was en meteen weer vertrokken was omdat ze nog iets belangrijks moest afhandelen. Ik heb alleen haar auto gezien en haar niet eens meer een prettige avond kunnen wensen. Oom Ulrich en zijn jongens hadden zelf weer eens het magazijn opgeruimd. En ik mocht zorgen dat ze alles ook weer kunnen terugvinden.'

Na het verdriet om Therese Helling en haar medelijden met de baby klonk in haar woorden nu haar eigen verontwaardiging door. Martina was twee jaar geleden, kort voor haar eindexamen, van school gegaan; ze ging bij haar oom in de werkplaats aan de slag om geld te verdienen. Meteen hard aanpoten, zonder opleiding.

Daar had hij indertijd niets van begrepen. Martina was begaafd, haalde op school altijd heel goede cijfers en had grootse plannen gehad. Naar zijn gevoel was ze ook altijd heel ijverig geweest. Maar als zo'n jong kind opeens geen zin meer had ...' Kijk toch eens hoeveel academici nergens aan de bak komen, Arno', had hij te horen gekregen toen hij haar op andere gedachten had proberen te brengen.

'Je hoeft heus niet per se te gaan studeren, Martina. Maar eindexamen moet je wel doen, dan heb je betere kansen.'

'Bij oom Ulrich heb ik die ook zo wel.' En daarmee basta!

Gabi had er de noodzaak niet van ingezien om haar dochter aan te sporen om toch de eindspurt in te zetten. En pogingen om haar op het vlak van kinderopvoeding te overtuigen hadden evenveel kans van slagen als een preek over maximumsnelheden in het verkeer. Hij had het meer dan eens geprobeerd en telkens had hij de terechtwijzing gekregen dat hij daar niet over kon oordelen omdat hij zelf geen kinderen had.

'Als ik haar er niet op had geattendeerd dat *De schim* herhaald werd, had ik vermoedelijk om elf uur nog steeds in het magazijn buizen zitten sorteren', besloot Martina haar verhaal.

'O', zei Klinkhammer verbaasd omdat Gabi dinsdag met geen woord had gerept over het feit dat de film voor de tweede keer werd uitgezonden. 'Dat-ie herhaald zou worden heeft ze me helemaal niet verteld.'

'We schoten er financieel ook niets mee op', legde Martina uit. 'Het was een buy-out-contract. Dan krijg je maar één keer geld. Volgens mij was mams daar kwaad over. Ze kunnen de film nog twintig keer uitzenden, wij krijgen er geen cent meer voor.'

Toen het gordijn hing, vertrok Klinkhammer. Hoewel zijn vingers jeukten, belde hij niet aan bij het buurhuis van de familie

Müller. Het stuitte hem tegen de borst om de oude man in de elektrische rolstoel en diens stervende vrouw lastig te vallen. Ook bij Gabi's oudste broer ging hij niet langs. Om te beginnen wist hij niet precies waar Reinhard Treber op dat moment woonde; hij had drie jaar geleden een nieuw huis gebouwd en was daarheen verhuisd. En bovendien: wat had het voor nut om bij de Elvis-imitator die het aan zijn maag had een bevestiging te halen voor het feit dat mevrouw Helling woensdagavond *heel eventjes naar mams had gevraagd en dat ze nog iets moest afhandelen?* Als ze de vlegel op zijn gemoed had gewerkt en daarbij op oma had gezinspeeld, zou Martin dat toch nooit toegeven. Misschien werd hij er wel door beïnvloed. Beter van niet.

Dat Therese die arrogante vlerk deelgenoot zou hebben gemaakt van haar moeilijkheden met haar schoondochter en haar zorgen om de baby, kon hij zich niet voorstellen, want hij vond de knaap maar een verdacht type. Hij nam zich voor komende zaterdag met Gabi te gaan praten. Wat de rit laat op de avond naar Keulen-Dellbrück betrof, twijfelde hij er niet meer aan dat de baby naar haar grootouders was gebracht. Een ernstig gehandicapte zuigeling leverde je heus niet bij een van je kennissen af. En een kennis zou zich ook zeker allang hebben gemeld.

DEEL 5

Onder verdenking

Brokstukken

Voor Stella was de dag waarop de rechercheurs en uiteindelijk ook Arno Klinkhammer tot de overtuiging kwamen dat de kleine Johanna Helling bij haar grootouders in zeer goede handen was, één grote marteling. Eerst Heiner met zijn tranen, zijn vragen en al die instructies die ze moest herhalen en in haar geheugen prenten.

Tegen de middag verschenen er twee rechercheurs en de functionaris van de identificatiedienst ten tonele. Door heftige hoofdpijn gekweld en nog niet in staat om terug te grijpen op wat ze zelf had meegemaakt, deed ze braaf haar mond open voor het wattenstaafje, liet haar vingertoppen zwart maken en op kaartjes drukken en dreunde ook haar verhaaltje op. Terwijl ze op dat moment nog niet veel meer wist dan dat er iets ergs was gebeurd en dat Heiner bang was voor die mannen.

Nadat ze weer vertrokken waren, kwam de zaalarts, die Heiner dringend verzocht om weg te gaan. Heiner streelde haar opnieuw over haar voorhoofd. 'Ga nu maar lekker slapen, lieveling. Ik kom vanavond terug.'

Ze kon niet meer slapen. Haar voeten klopten en staken alsof ze opnieuw met glassplinters in haar voetzolen naar de patiodeur liep. In haar hersenpan bonsde de jenever. Al die suiker die Therese bij de bessen in de flessen had gedaan. Ze had het gevoel dat haar hersenen door de suikerkristallen werden gesloopt. En dan ook nog die dorst. En het feit dat ze zich geleidelijk aan begon te realiseren: *'Iedereen heeft mama immers gekend.'*

Die zin van Heiner echode almaar in haar hoofd met als gevolg dat nu intenser dan tijdens het verhoor door Schöller tot haar doordrong wat ze tot dan toe met een vleugje opluchting had begrepen. Therese was dood! Dat vervulde haar niet met verdriet. Ze werd nog veel te veel in beslag genomen door haar eigen gemoedsbewegingen om intense emoties te kunnen voelen.

Tot twee keer toe belde ze de zuster, en die kwam direct. De eerste keer schonk ze het sinaasappelsap dat Heiner die ochtend had meegebracht in haar glas en liet ze haar drinken. Vervolgens zette de zuster de twee flessen sap en het glas zo op het uitschuif-blad van haar nachtkastje dat ze er gemakkelijk bij kon. Maar het sap was in een mum van tijd op.

De tweede keer bracht de zuster haar een fles mineraalwater en zei dat ze ook thee kon krijgen, zoveel ze wilde. Ze wilde hele-maal geen thee en geen water. Ze had behoefte aan iets sterkers, een glas wijn. Maar dat wilde de zuster haar niet brengen en ook een pijnstiller kreeg ze niet.

'Ik barst van de hoofdpijn!' jammerde ze.

Het was de zuster aan te zien wat ze dacht: eigen schuld. Dat zei ze niet, ze probeerde het voor Stella wel wat draaglijker te maken. Ook al wilde ze geen thee, ze kreeg een volle pot thee op haar nachtkastje. In de loop van de middag dronk ze nog een tweede pot thee leeg plus drie flessen water. Naar de wc lopen was niet nodig; omdat niemand er rekening mee had gehouden dat ze al zo snel weer bij haar positieven zou zijn en ze maar beter niet op haar gewonde voeten kon lopen, hadden ze een blaaska-theter bij haar aangebracht.

Om vijf uur kwam de zaalarts weer langs. Hij gaf de verple-ging opdracht om iets in het infuus te spuiten. Wat het ook was, het nam de pijn niet volledig weg; het enige effect was dat ze in haar hoofd zo loom werd dat ze haar ogen kon sluiten en een beetje kon dommelen. Tot Heiner haar 's avonds weer uit die enigszins draaglijke toestand kwam wegrukken. Deze keer wilde hij haar op een diepgaand verhoor voorbereiden. Het was naïef om te menen dat Schöller genoegen zou nemen met de informa-tie die ze hem 's morgens had verstrekt, zei hij.

Ze was niet in staat met hem te praten, had ook geen zin om opnieuw urenlang naar hem te luisteren en jammerde alleen maar: 'Je moet iets voor me te drinken halen. Eén flesje wijn maar en een aspirientje. Ik heb vreselijke hoofdpijn. Mijn voeten doen ook al zo zeer.'

Heiner wilde de zuster bellen maar ze hield hem op dezelfde manier tegen als waarop ze vijf jaar geleden in Gabi's flat Fabian Becker had tegengehouden. En een ogenblik lang hoorde ze Elvis zingen: 'The shadow follows me, and the night won't set me free.'

Gedurende een fractie van een seconde zag ze een zwarte gedaante met het vierkant van de schuurdeur versmelten en iets wits naar de grond zweven. Maar het was te kortstondig om te bevatten wat daar uit de krochten van haar brein langzaam naar voren kwam.

'Dat heeft geen zin', legde ze op larmoyante toon uit. 'Ze brengen me de hele tijd alleen maar water of thee. Ik heb behoefte aan een fles wijn, toe nou, één fles maar, Heiner. Ik zal hem goed verstoppen.'

'Nee, lieveling', zei hij resoluut. 'Geen drup. Je moet weer helder in je hoofd worden.'

'Dat lukt alleen maar als ik iets te drinken krijg', hield ze vol. 'Toe nou, haal nou iets voor me.'

'Nee', zei hij opnieuw en hij vertelde dat hij het halve dorp had afgebeld. Alle vrouwen met wie mama de afgelopen tijd te maken had gehad, voornamelijk moeders zonder baan, die genoeg tijd en ervaring hadden om voor een baby, die extra aandacht nodig had, te kunnen zorgen. Hij zei dat ze allemaal al wisten wat mama was overkomen en hem ook allemaal van harte hadden gecondoleerd. Maar dat ze geen van allen een flauw vermoeden hadden waar de kleine meid kon zijn.

Zelf tastte ze daarover ook volledig in het duister en ze was nog niet in staat om erover na te denken wat dat betekende.

'Ze schijnt toch niet bij jouw ouders te zijn', zei Heiner. 'Die zijn al sinds dinsdag met Tobi in Hamburg, beweerde Madeleine. Haar heb ik ook gebeld.'

'Waarom?' Met dat gebonk in haar hoofd kwam het er vermoeid uit en klonk er geen spoor in door van de ontsteltenis die er op dat moment door haar heen ging. Uitgerekend haar zusje, hoe had hij dat kunnen doen?

'Er zat niets anders op' legde Heiner uit. 'Mama is woensdag in Keulen-Dellbrück geweest en ze heeft er met iemand over gepraat. Twee uur geleden hebben ze me daarover weer verhoord. Schöller wilde weten waarheen je ouders met vakantie waren. Ik heb hem niet verteld dat ze gewoonlijk alleen bij Madeleine logeren. Maar ik moest hoe dan ook bij haar navraag doen, ook al vond ik dat vervelend. Je ouders moeten wel weten wat er gebeurd is maar ik had graag gezien dat ze nog een paar dagen wegbleven. Morgen komen ze vermoedelijk terug.'

Als ze zich niet zo beroerd had gevoeld, was ze gaan huilen. 'Als mijn vader hoort dat ik weer ...'

'Maak je daar geen zorgen over', viel Heiner haar in de rede. 'Ik heb ook Madeleine uitgelegd dat jij je in de aanbouw kapotgewerkt hebt en dat je depressief was, dat mama de kleine meid alleen maar heeft weggebracht om jou wat rust te geven. Voordat ze hier zijn ben je vast alweer wat opgeknapt. Ik ga nu. Morgen praten we over de hele zaak, rust nu maar uit.'

Meer dan uitrusten kon ze ook niet. Haar hoofd leek van binnenuit wel met gloeiende naalden en pikhouweeltjes te worden bewerkt. De hele nacht lag ze een beetje te doezelen, ze lag onbeweeglijk op haar rug en durfde haar hoofd niet eens opzij te draaien omdat ze meende dat het bij de geringste beweging vast en zeker uiteen zou barsten, precies zoals dat in de film bij Ursula en bij Therese in de badkamer was gebeurd.

In gedachten had ze de scène secondenlang op haar netvlies. Waar die aanblik vandaan kwam, wist ze niet. Ze zag ook niet de actrice; ze zag haar schoonmoeder. Therese zat tussen de muur en de wc geklemd, een groot gat in haar pas gewatergolfde haren, het jeugdige blond dieprood gekleurd.

Misschien had ze zich dat voorgesteld toen ze onder aan de ladder in de aanbouw stond met in haar ene hand de laatste fles rode wijn en in de andere de beitel waarmee ze de Goggomobiel had opengebroken, vastbesloten om Therese ter verantwoording te roepen. Dat openbreken van de auto zag ze ook voor zich. Daarna doemden heel af en toe nog meer flitsen van beelden uit die nacht op. Aanvankelijk dreven ze als eilandjes in een onafzienbare oceaan. Ze hadden in eerste instantie niets met elkaar te maken en verschenen ook niet in chronologische volgorde.

Direct na de ladder in de aanbouw volgden de wagenwijd openstaande poort van de schuur en de oude motorfiets die het portier naast de bestuurdersstoel van de Goggomobiel blokkeerde. Opnieuw deed ze een uiterste poging om de laatste fles rode wijn te pakken te krijgen, net als nu snakte ze naar een flinke slok. Even later balanceerde de dikke kater over de muur van de tuin in de richting van het dak van de schuur. En de verlichte cijfers van de tijdsaanduiding op de videorecorder gaven aan dat het tien over vier was.

Weer een nacht waar maar geen eind aan wilde komen. Ze luisterde naar de stilte, hunkerend naar een geluid, en hoorde voetstappen en stemmen. Therese die eindelijk naar beneden kwam en het pincet uit de badkamer haalde? Nee, Therese zei: 'Zevenhonderd is een goede prijs, Anni. Ga maar na hoe oud die Polo is. Ik zou jou nooit afzetten, je kent me toch. Ik kom morgen langs, dan ronden we het af.'

Toen liep Therese weer rond en zei: 'Dat zal een les voor haar zijn die ze haar leven lang niet vergeet.'

Daarna klonk er wat gestommel en vroeg Therese: 'Heb jij dat lawaai gemaakt? Wat zie je eruit!' Toen volgde er nog een zin op de betuttelende toon waarop ze altijd met de kleine meid praatte. 'Ja, ja, je hebt een grote bah in je luier, dat ruik ik wel.'

Ze meende dat Therese voordien met een man had gesproken en dat die ook iets had teruggezegd. Maar misschien speelde haar geheugen haar wel parten en waren het herinneringen uit de voorgaande nacht. Wellicht ook hoorde ze op dat moment alleen een patiënt die op de gang liep en die daar door de nachtzuster werd aangesproken. Er lagen ook mannen op de afdeling. De stem was te zacht. Wat de man zei, verstond ze niet.

Ze hoopte dat de zuster weer binnen zou komen en iets aan de barstende hoofdpijn zou doen. Er kwam echter niemand. Ze was moederziel alleen, lag op haar eentje in een schoon bed en zat tegelijkertijd op de bebloede bank tevergeefs aan de splinters in haar voeten te pulken, doodsbang omdat er iets was gebeurd wat de realiteit tot een farce maakte.

De afstandsbediening lag op de tafel en de zaklamp lag in de kabelhaspel bij de doorgang in de muur. Achter de tafel kronkelde iets zwarts voorbij dat eerder in golven uit de televisie was gevloeid. Ursula zwaaide hulpeloos met de buik van een stukgeslagen fles vol scherpe punten om zich heen en slaakte in doodsnood een ijselijke kreet. De wijnfles rolde van de tafel en versplinterde het mosterdglas waaruit ze had gedronken.

En toen kwam hij! De schim met de moordenaarsogen! Gaf haar een stomp tegen haar borst, boog zich over haar heen, stonk ontzettend, keek haar met zijn fluorescerende roofdierogen strak aan en zei met een keelstem iets over betalen.

Zaterdag 24 april 2004

's Morgens ging het wat beter met haar. Haar voeten voelden nog wel branderig aan alsof ze over gloeiende kolen had gelopen. De wonden waren gaan ontsteken. In haar hersenpan bonsde het onverminderd door, een naar gevoel. Maar in haar hersenen begonnen de eerste draden in het web van verbanden zichtbaar te worden.

Om half acht kwam een zuster binnen, ze zei vrolijk goeiemorgen, verwijderde het blaaskatheter, waste haar en hielp haar in een schoon nachthemd. Bij het ontbijt kreeg ze een kop extra sterke koffie en meteen drie flessen water. De koffie bracht haar lage bloeddruk weer bijna op het normale niveau en temperde het bonzen in haar hersenpan. Het water spoelde nog meer vergif uit haar lijf. Om de haverklap moest ze de zuster bellen, want ze mocht nog niet opstaan om naar de wc te gaan.

De hele ochtend lag ze op Heiner te wachten. Hij kwam pas rond het middaguur met een uitpuilende plastic tas. 's Morgens hadden twee rechercheurs hem bij Ludwig op de bank uit een onrustige slaap gebeld en had hij opnieuw drie uur lang rekenschap moeten afleggen. Dat vertelde hij haar zodra hij binnen was. Hij had niet gezegd dat hij Madeleine gisteren had opgebeld en van haar had gehoord dat haar ouders dinsdag al in Hamburg waren gearriveerd. Daar mocht Stella ook niet over praten, zei hij.

'Ludwig vindt dat ik moet afwachten. Madeleine is een kreng, wie weet of ze me de waarheid heeft verteld? Als je ouders vandaag terugkomen, zullen we wel zien of ze de kleine meid bij zich hebben.'

Daarna was hij nog spullen voor haar wezen kopen. Nu was hij nerveus en maakte hij zich zorgen uit angst dat ook zij al voor de tweede keer was verhoord en misschien iets had gezegd wat ze niet mocht vertellen. Toen ze haar hoofd ontkennend schudde, kalmeerde hij enigszins en pakte hij de plastic tas uit. Shampoo, zeep, tandpasta, een tandenborstel, twee washandjes, twee handdoeken, een kam, een föhn, deodorant, make-up, wat fruit, drie flessen vruchtensap en vier buisjes oplosbare magnesiumtabletten had hij gekocht.

En ze zag zichzelf weer bij de kraan staan, twee magnesiumtabletten in een vol glas gooien terwijl hij voor het bord groene prut aan tafel zat en Therese stond te tieren: 'Nou is het afgelopen!' Dat was dus ook het geval geweest – voor Therese! Verdrietig was ze nog steeds niet, maar ze was ook niet meer opgelucht. *Ik zal morgen nog eens met je vader gaan praten.* Nu zou ze binnenkort zelf met hem moeten praten.

Nadat Heiner een deel van de inkopen in het nachtkastje had opgeborgen en de toiletartikelen in de douche had gezet, wilde hij met alle geweld haar haren wassen. Dat ze niet mocht opstaan weerhield hem er niet van. 'Wil je er soms zo bij liggen als je vader komt?' Nee, dat wilde ze niet. Erg genoeg dat zijn collega's haar zo hadden gezien.

Hij hielp haar, dragen kon hij haar niet, alleen ondersteunen. In de douche kon ze neerknielen en daarna op het toilet zitten terwijl hij haar haren droog föhnde. Nadat hij nog wat make-up op de diepe schram op haar rechterwang had gedaan, zei hij: 'Zo is het beter.'

Toen ze weer in bed lag, schoof hij een stoel aan en wilde meteen ter zake komen. Maar eerst wilde ze hem vertellen wat haar die nacht te binnen geschoten was. De schim! En omdat er geen wrekende geesten bestonden die vloeiend uit de televisie kwamen, kon het alleen Therese zijn geweest die in het dorp een carnavalskostuum had geleend – of had laten bezorgen. Dat was een verklaring voor de zinnen die ze tussen waken en dromen in nog had waargenomen.

Misschien was het voldoende geweest wanneer ze uit de mond van haar man één keer te horen had gekregen dat hij zijn *mama* absoluut in staat achtte tot zo'n ongehoorde rotstreek. Maar ze kwam niet verder dan een halve zin: 'Volgens mij heeft Therese …'

'Wat jij denkt, is niet belangrijk', viel Heiner haar in de rede en eiste haar onverdeelde aandacht op voor alle antwoorden die ze hoogstwaarschijnlijk nog zou moeten geven.

Het merendeel van wat hij zei, klopte niet. Dat wist ze ook heel goed, want het was gebeurd voordat ze stomdronken was geworden. Toen ze het zich op de bank gemakkelijk had gemaakt, was ze niet gekleed in een T-shirt en een slipje. Ze had een werkbroek aangehad met een geruit overhemd, een oud exemplaar dat van Heiner was geweest, dezelfde kleren als dinsdagmiddag, toen ze nog had geprobeerd om in de aanbouw te laten zien dat ze van goede wil was en energiek kon werken. Zo hoopte ze Therese tot bedaren te brengen en haar ervan te weerhouden het dreigement in praktijk te brengen. 'Ik zal morgen nog eens met je vader gaan praten!'

Heiner had de kleine meid na het middageten verzorgd en haar in de auto naar Düren gereden voor het gebruikelijke onderzoek in het kinderziekenhuis. Een keer per week moest Johanna daar door de artsen worden onderzocht. Stella wilde nooit mee, omdat ze het niet meer kon aanhoren. Te klein, te licht en al die gebreken waarmee haar kind ter wereld was gekomen.

Nadat Heiner was vertrokken, ging ook Therese weg; ze wilde boodschappen doen en haar nieuwe permanent laten bewonderen. Stella bleef alleen achter, ging met twee glazen rode wijn en een bord spaghetti met knoflooksaus in haar buik de trap op en kleedde zich om.

De halve middag trok ze oud textielbehang van de muren van de voormalige slaapkamer van Heiners grootouders. Het behang zat al ruim twintig jaar op de muur en was in de loop van de jaren buitengewoon stoffig geworden. Het was een karwei dat je volgens Therese geen schildersbedrijf mocht toevertrouwen. Maar haar wel!

Elke keer als ze stukjes behang met het plamuurmes van de muur krabde, stegen er dichte stofwolken op die zich op al haar slijmvliezen vastzetten. Het textiel kwam in losse draadjes van de ondergrond af. En het geheel plakte zo vreselijk dat ze uiteindelijk capituleerde en op de aangebroken wijnflessen aanviel die ze voor noodgevallen had verstopt. Ze durfde namelijk geen emmer water uit de keuken te halen om het vergeelde behang los te weken.

Ze had ook wel een emmer in de badkamer kunnen laten vollopen maar ook dan had ze eerst naar beneden gemoeten. De emmers stonden in de kelder. En Therese was intussen thuisgekomen. Ze had alleen weer gevraagd: 'Lukt het?' en verklaard: 'Dat zal wel niet als je niet recht vooruit kunt kijken.'

Ze kon dinsdagmiddag nog heel goed recht vooruit kijken. Maar na nog twee flessen kon ze zich niet meer herinneren hoe ze in de nacht van dinsdag op woensdag in haar slaapkamer boven was gekomen en zich had uitgekleed. Dat moest ze wel hebben gedaan. De broek en het hemd lagen 's woensdags naast haar bed op de grond.

Toen Heiner om één uur was opgestaan en haar met klem had verzocht mee naar beneden te gaan, had ze het veel te lastig gevonden om schone kleren uit de kast te pakken. Ze had zich er ook niet toe kunnen zetten om onder de douche te gaan en liep de rest van de dag bezweet en onder het stof rond. Zo was ze 's avonds op de bank gaan zitten.

'Maar het is geloofwaardiger, lieveling, als je zegt dat je je omgekleed hebt', zei Heiner met nadruk. 'Geen mens maakt het zich op de bank gemakkelijk in smerige werkkleding.'

'Maar als ik die nou toch aanhad', bleef ze op haar stuk staan. 'Dat hebben je collega's vast zelf ook gezien.'

'Nee', zei hij. 'Alles zat onder het bloed, ik heb …'

'Dat kwam van mijn voeten', interrumpeerde ze. 'Die zijn al die tijd blijven bloeden. Ik heb geregeld mijn handen aan de broek en het hemd afgeveegd, zelfs aan de bank.'

'Maar dat wist ik niet, ik kreeg geen zinnig woord uit je. In de ene broekzak zat een beitel, die zat ook vol bloed. En toen dacht ik ...'

Hij brak zijn woorden af, hij hoefde verder niets meer te zeggen. Het schoot haar te binnen dat ze de beitel en de laatste fles rode wijn in haar broekzakken had gestoken toen ze in de aanbouw voor de ladder stond. Op die manier had ze haar beide handen vrij om de ladder op te kunnen klimmen. Ze meende te begrijpen wat hij had gedacht. Misschien nog steeds dacht? 'Bedoel je dat ik Therese ...'

'Nee', protesteerde hij gehaast, en hij pakte haar hand en bracht die naar zijn lippen. 'Nee, lieveling, dat bedoel ik niet. Maar je bent in de badkamer geweest, dat valt niet te ontkennen. Misschien heb jij mama's lichaam aangeraakt en ook háár bloed aan de broek afgeveegd. Zou ik de hand kunnen kussen die mijn moeder heeft vermoord?'

Het klonk zeer pathetisch, zo praatte hij dikwijls. Soms vond ze dat leuk en stijlvol, maar nu stoorde het haar omdat het onecht klonk en omdat Gabi in haar achterhoofd fluisterde: 'Je moet hooguit de helft geloven van wat hij allemaal zegt.'

Ze trok haar vingers uit zijn hand en luisterde naar wat hij nog meer te zeggen had, prentte in haar geheugen wat ze de rechercheurs moest vertellen en wat ze in ieder geval moest verzwijgen. Ze begreep zelfs waarom ze niet mocht vermelden dat ze 's nachts had gedacht – en nog steeds dacht – dat Therese haar een rotstreek had geleverd. Dat zouden ze kunnen opvatten als een motief, als verlangen om haar schoonmoeder de schrik en een heleboel vernederingen betaald te zetten.

De verbindingsman

Arno Klinkhammer reed die zaterdagochtend volgens plan opnieuw naar Niederembt om met Gabi over Resl te spreken, al
rekende hij er niet op dat het gesprek iets zou opleveren wat voor
het onderzoek van belang zou kunnen zijn. Er deed niemand
open. De auto's van Gabi en haar dochter stonden ook niet op
het erf. De garage deed dienst als museum.

Toen *Zuster van de dood* afgelopen voorjaar binnen drie weken
een bestseller was geworden, had Gabi zichzelf een rode sport-
wagen gegund in de verwachting dat het honorarium aanzienlijk
zou zijn. Daarom vreesde haar dochter dat ze op een kwade dag
niet meer heelhuids thuis zou komen. Gabi wilde er met alle
geweld achter komen of de motor inderdaad zoveel power had
als de fabrikant beloofde: een topsnelheid van tweehonderdveertig. Meer dan tweehonderdtwintig had ze nog niet voor elkaar
gekregen.

De oude Audi was daarna liefdevol in de was gezet en stond
sindsdien in de garage bij het huis. En soms vond Klinkhammer dat jammer. Met die oude rammelkast had Gabi hoogstens
honderdzestig kunnen rijden; bij die snelheid zou ze vrijwillig
gas teruggenomen hebben om te voorkomen dat de auto het
begaf.

Hij nam aan dat Gabi boodschappen aan het doen was of in
het nieuwe huis van haar oudste broer bij haar zoon zat die het
aan zijn maag had. Martina was vermoedelijk bij haar vriendje
of ze draaide overuren bij oom Ulrich. Sinds ruim een jaar had
ze een vriendje, dat was ook normaal op haar leeftijd. Hij had
niet veel zin om werkeloos in de auto te blijven wachten tot er
iemand thuis kwam. Gabi en haar kinderen waren geen van allen telefonisch bereikbaar wanneer ze op pad waren. Mobieltjes
hadden ze niet. Die vonden ze maar stom.

Hij had er natuurlijk wel een, en hij had dus het inlichtin-
gennummer kunnen bellen om het nieuwe adres van Reinhard

Treber te achterhalen. Maar naast Gabi woonde het echtpaar Müller. En dan was er die beroepsdeformatie: nieuwsgierigheid. Voor hij het zelf goed en wel in de gaten had, stond Klinkhammer bij Müller voor de deur en belde aan.

Er verstreken twee, drie minuten: binnenshuis gebruikte meneer Müller zijn elektrische rolstoel niet. Hij liep met een rollator langzaam de gang door. Zijn legitimatiebewijs hoefde Klinkhammer niet te laten zien. Meneer Müller kende hem – omdat hij bij Gabi over de vloer kwam.

Blijkbaar had meneer Müller van achter het raam al gezien dat Klinkhammer eerst bij haar had aangebeld. 'Ze is op reis', legde hij al uit voordat Klinkhammer een woord had kunnen zeggen. 'Sinds woensdag al.'

'Ze zou gisteravond laat terugkomen', zei Klinkhammer. 'Maar daar kom ik niet voor. Het gaat om Therese Helling. Ik heb gehoord dat ze woensdagavond nog bij u is geweest.'

'Ja.' Meneer Müller knikte treurig. 'Ze heeft mijn vrouw een nieuwe morfinepleister opgeplakt. Dus hebben we allebei rustig geslapen. Ik ben pas om kwart voor zeven wakker geworden en verbaasde me erover dat Therese er nog niet was. Ze heeft een sleutel en komt gewoonlijk altijd om half zeven. Na zeven uur heb ik haar een paar keer proberen te bellen en ik dacht dat er iets met haar kleinkind aan de hand was, want er werd niet opgenomen. Wie denkt er nu meteen aan moord? Toen Heiner eindelijk opnam, dacht ik dat ik niet goed werd. Lieve hemel, wat ging hij te keer, waarschijnlijk had hij haar toen net gevonden.'

Dat was buitengewoon verhelderend, vond Klinkhammer. Als meneer Müller vanaf zeven uur een paar keer de telefoon lang had laten overgaan en niemand had opgenomen, moest de vrouw van Helling stalen zenuwen hebben of op dat tijdstip hebben geslapen als een marmot.

'Weet u nog hoe vaak u het hebt geprobeerd en hoe laat Heiner Helling uiteindelijk opnam?'

'Tussen zeven uur en half acht zeker een keer of zes', antwoordde meneer Müller. 'Toen Heiner opnam, was het even voor acht uur. Op de minuut af weet ik het niet meer – mijn vrouw kan ik het echt niet vertellen. Ik heb haar gezegd dat Therese een paar dagen op vakantie is. Ze zei woensdagavond zelf dat ze dringend aan rust toe was.'

Ja, dat had hij Grabowski ook verteld, maar de rest die van veel meer belang was, niet.

'Hoe laat was ze woensdagavond uiteindelijk bij u?' vroeg Klinkhammer.

'Van kwart voor zeven tot kwart over zeven', zei meneer Müller. 'Normaliter kwam ze 's avonds ook altijd om half zeven. Ze was wat later dan anders, ze was namelijk wat langer bij mevrouw Lutz gebleven.'

'Bij Gabi?'

'Nee, bij Maria. Want die heeft verder niemand. Een schande is het, twee van haar kleinkinderen wonen hier in het dorp, maar die komen uit zichzelf niet op het idee om eens te gaan kijken hoe het met oma is.'

Klinkhammer wist niet hoe hij daarop moest reageren. Blijkbaar verwachtte meneer Müller ook geen antwoord. Hij vervolgde: 'Therese heeft dat jonge grut nog de mantel uitgeveegd, meen ik. Van ons af is ze daarheen gegaan. Tot na negenen heeft haar auto hier op het erf gestaan. Het meisje was jammer genoeg nog niet thuis. Maar bij de jongen heeft het wel geholpen. Kort nadat Therese vertrokken was, sprong hij op de fiets.'

Hij moest Martin bij gelegenheid maar eens vragen waarom hij zijn zusje had verteld dat mevrouw Helling alleen had geïnformeerd waar zijn moeder was en meteen weer vertrokken was omdat ze nog iets moest afhandelen. Twee uur! Zou Therese die vlegel zo lang op zijn gemoed hebben zitten werken?

Klinkhammer vroeg om het adres van de oude mevrouw Lutz en bedankte meneer Müller. En een kwartiertje later wist hij al dat Martin woensdagavond niet bij zijn oma langs was geweest en dat zij daar ook absoluut geen prijs op stelde. Als Schatje eens een keer was gekomen, zou ze daar blij mee zijn geweest. Maar met haar kleinzoon wilde mevrouw Lutz niets te maken hebben.

Martin leek uiterlijk absoluut niet op haar Peter. Die had ook altijd gezegd dat Martin een kind van Elvis was. Daarom had mevrouw Lutz beslist niet het gevoel dat ze Martins oma was. Ze zag hem wel zo af en toe. Twee keer per week kwam er een jongen langs die vervangende dienstplicht deed. Hij deed boodschappen met haar, bracht haar met de auto naar de dokter, ging ook weleens met haar wandelen en lette dan goed op dat ze met haar rollator niet midden op straat liep.

Nadat mevrouw Lutz in geuren en kleuren had verteld hoe buitengewoon handig haar rollator met die praktische boodschappenmand was en hoe aardig de jongen was die vervangende dienstplicht deed, kwam ze op haar kleinzoon terug en gaf af op zijn uiterlijk, iets waar ook Klinkhammer zich de laatste tijd lichtelijk onbehaaglijk bij voelde.

Slechts met moeite kon hij het gesprek op Therese brengen. Die moeite bleek echter niet voor niets te zijn. Hij kreeg namelijk te horen dat *Resl* woensdagmiddag al naar Keulen-Dellbrück was gereden. Daar was echter niemand thuis geweest. Of ze laat in de avond nogmaals een poging had ondernomen om het arme schaap af te leveren, wist mevrouw Lutz niet. Over de kleine meid had Resl tijdens haar laatste bezoek niet veel gezegd, ze had alleen terloops verteld dat ze hoopte dat het een prettige nacht zou worden.

Die woorden suggereerden toch dat er sprake was van een minnaar. 'Had ze een vriend?' vroeg Klinkhammer.

'Jazeker,' zei mevrouw Lutz, 'wel meer dan eentje. Resl is echt een pront meisje, die neemt de gelegenheid waar als ze de kans krijgt.'

Als een meisje zou Klinkhammer een vrouw van zesenvijftig nou niet direct hebben betiteld, maar in de ogen van een vijfentachtigjarige vrouw was Therese vermoedelijk piepjong. Helaas had ze zich woensdagavond ook niets over een rendez-vous laten ontvallen; de meeste tijd had ze op haar schoondochter zitten afgeven – en op Gabi.

'Hoezo op Gabi?' vroeg Klinkhammer.

De reden van zijn belangstelling voor haar vroegere schoondochter interesseerde mevrouw Lutz niet. Hij had bij haar ook niet kenbaar hoeven maken dat hij van de politie was. Ze was vooralsnog blij dat er iemand geduldig zat te luisteren naar wat ze te vertellen had en ging nog meer op haar praatstoel zitten.

Tot een jaar geleden of zo hadden die twee uitstekend met elkaar overweg gekund. Resl had over Gabi geen kwaad woord willen horen, ze had zelfs gezegd dat de mensen konden zeggen wat ze wilden, maar dat Gabi op haar manier iemand uit duizenden was. Maar toen had Gabi iets gezegd wat Resl tegen de borst stuitte. Dat was nergens voor nodig geweest, had Resl later gezegd, het arme schaap kon er immers niets aan doen. En sindsdien was het foute boel! Sinds die tijd kwam Resl alleen nog bij Gabi als ze zelf niet thuis was. Zoals woensdagavond.

Dat de kat van huis was, had Resl 's morgens van Martin gehoord. Op hem was Resl namelijk zeer gesteld, daarom kwam ze het echtpaar Müller ook altijd verzorgen rond de tijd dat Martin naar school moest. Dan lag Gabi nog onder de wol en merkte ze niet dat Resl met Martin praatte. En woensdagavond had Resl gezegd dat ze van plan was een auto voor Martin te kopen. Het Polootje van Anni Neffter was voorlopig prima. Anni kon na haar beroerte toch niet meer rijden. De Polo was wel een oud beestje, had ze gezegd, maar hij was goed onderhouden. Ze wou weleens horen wat Martin daarvan vond en of hij haar een dienst wilde bewijzen. Als Gabi haar om die reden naar de strot vloog, ook best.

Kijk eens aan, dacht Klinkhammer, een auto. Dat verklaarde dat Martin tegen zijn zusje had gejokt. En hij had al gevreesd dat hij de dubbelganger van Elvis – op het gevaar af dat hijzelf een virusinfectie zou oplopen – maar eens een paar vragen moest gaan stellen, Dat was nu niet meer nodig.

'Hoe laat was Resl bij u?' vroeg hij.

'Van kwart voor zes tot half zeven', zei mevrouw Lutz.

Dat had Klinkhammer na zijn gesprek met meneer Müller ook wel gedacht. 'Waarom hebt u dan gisteren tegen mijn collega gezegd dat ze tussen zeven en acht hier was?' informeerde hij en daarmee verspeelde hij haar sympathie.

Collega? Dat had hij meteen moeten zeggen, dan had mevrouw Lutz hem niet binnengelaten. Ze wist nog niet dat Therese dood was. Donderdagmiddag was er wel iemand van de thuiszorg uit Elsdorf langsgekomen om haar uit te leggen dat ze de zorg voor haar wilden overnemen. Die had ze weer weggestuurd met de opmerking dat er uitstekend voor haar werd gezorgd, hoewel Resl donderdag niet was gekomen. Ze had immers gezegd dat ze er nodig eens even tussenuit moest. Toen had mevrouw Lutz aangenomen dat Therese eindelijk eens een paar dagen vakantie had genomen.

Donderdag was die knaap van de vervangende dienstplicht geweest en dus had mevrouw Lutz geen problemen gehad. Gisterochtend had ze helaas haar tanden, haar bril en haar hoorapparaat niet kunnen vinden. Resl had het glas met haar gebit altijd binnen handbereik op het nachtkastje gezet en haar hoorapparaat en bril ernaast gelegd. Zonder bril had mevrouw Lutz niet kunnen zien wat voor legitimatiebewijs de twee jonge mensen die gisterochtend waren langsgekomen, onder haar neus hadden gehouden. Zonder haar hoorapparaat had ze ook niet goed gehoord wat ze van haar wilden. Ze hadden desondanks een poosje heel plezierig met elkaar gesproken, vond mevrouw Lutz. En omdat het twee vreemden waren, had ze deftig gepraat en gezegd dat Resl tussen zeventien en achttien uur bij haar was geweest.

Dus was het op de een of andere manier een beetje misgegaan met die tientallen, maar voor het opsporingsonderzoek was dat ook niet echt van belang. Nadat ze bij Martin was geweest zou Therese nog bijna een uur de tijd hebben gehad om de baby voor de reis in een dekentje te wikkelen en haar naar Keulen-Dellbrück te brengen.

Mevrouw Lutz bleef zich maar opwinden. Dat nu al voor de derde keer iemand van de thuiszorg langskwam, beschouwde ze als hondsbrutaal. Wat waren dat nou voor manieren om klanten bij een flinke wijkverpleegster als Resl weg te kapen, alleen omdat ze er eens een keertje even tussenuit ging? Klinkhammer moest alles op alles zetten om haar duidelijk te maken dat de flinke wijkverpleegster niet meer kon komen omdat ze het slachtoffer was geworden van een misdrijf.

'Niet te geloven', zei mevrouw Lutz. 'Houdt het dan nooit op? U wilt niet weten hoeveel misdrijven hier al zijn gepleegd. Wat moeten we nu doen? Dan zal ik vermoedelijk maar genoegen moeten nemen met de thuiszorg, maar dan wil ik wel die uit Elsdorf. Het spijt me voor u, jongeman, wie het eerst komt, het eerst maalt.'

'Dat is voor mij geen probleem', zei Klinkhammer. 'Ik zal mijn collega's bellen en zorgen dat er iemand komt.'

Nadat dat was afgehandeld, ging hij opnieuw tevergeefs naar Gabi's huis. Zijn maag had al gemeld dat het lunchtijd was. Zijn vrouw, die gisteravond uit Londen was teruggekeerd, zat gegarandeerd met het eten op hem te wachten. Dus ging hij naar huis.

Die middag ging hij in de tuin aan het werk, hij trok onkruid uit en maaide het gazon. Terwijl Ines met haar vriendin Carmen belde, vroeg hij zich af waarmee Gabi Therese zo tegen zich in het harnas had gejaagd dat ze het plan had opgevat een auto voor Martin te kopen. Iets ergers kon je Gabi niet aandoen. Bij haar mocht Martin alles; zich als een hufter gedragen, oude kennissen op stang jagen, op zijn kamer hordes meisjes het bed in praten. Alleen autorijden mocht hij niet. Dan zou hij weleens jongens kunnen meenemen. Zijn rijbewijs had hij wel mogen halen. Voordat hij achttien was had hij al rijles om het begeerde roze papiertje bijtijds in handen te krijgen. Ze liet hem zelfs in haar rode sportwagentje rijden, maar alleen wanneer zij naast hem zat.

Waarschijnlijk had ze een gemene rotopmerking gemaakt over het arme schaap. Ze miste alle feeling voor de gevoelens van anderen. Maar wat voor feeling kon je nou ook verwachten van een vrouw die ze van haar *leven* hadden beroofd? En anderen konden dat even goed, zo al niet beter.

Het feit dat Ines Carmen telefonisch voor komende zondagmiddag uitnodigde, stond hem absoluut niet aan. Hij stelde het niet op prijs om koffie te drinken met een hoofdofficier van justitie tegen wie Gabi het met glans aflegde als het op rotstreken aankwam.

De grootvader

Terwijl Arno Klinkhammer aan het tuinieren was en zijn gedachten de vrije loop liet, werd Stella geconfronteerd met de situatie waarvoor ze panischer was dan voor wat dan ook. Heiner zat nog aan haar bed toen haar ouders met haar broer laat in de middag binnenkwamen. Alles wat Heiner belangrijk vond, had hij haar al gezegd. Ze had er geen woord tussen kunnen krijgen en wist op het laatst ook niet meer wat ze überhaupt had moeten zeggen. Ook al ontkende Heiner het, hij dacht dat zij de moord had gepleegd. Uit zijn gedrag kon je echt niets anders opmaken. Al die instructies wat ze wel mocht zeggen en bij welke vragen ze moest liegen. Hij had haar zelfs willen voorschrijven hoe ze zich in de discussie met haar vader moest opstellen, maar uiteindelijk had hij gezegd: 'Laat maar, lieveling. Het is beter dat jij je mond houdt en mij het woord laat doen.'

Johannes en Astrid Marquart kwamen regelrecht uit Hamburg. Ze waren na het ontbijt vertrokken maar hadden onderweg wel tweemaal voor langere tijd moeten stoppen om Tobi op verhaal te laten komen. Hoewel hij inmiddels zesentwintig was, kon je hem niet als een volwassen man behandelen. Hij was nog steeds een kind, niet groter dan een meter zestig, gedrongen van gestalte, met de voor het syndroom van Down zo typerende gelaatstrekken. Hij was sympathiek en altijd opgeruimd.

Toen ze voor de tweede keer een pauze inlasten, had Tobi erop aangedrongen iets voor Stella te kopen. Ze was het zusje aan wie het hij met hart en ziel verknocht was. Hij was nog maar zo klein toen Madeleine uit het ouderlijk huis was vertrokken dat hij zich niet kon herinneren dat hij met haar onder één dak had gewoond. Hij wist nog wel heel goed dat hij talloze keren 's nachts naar Stella's kamer was geslopen. Totdat ze Heiner had leren kennen, was ze immers ook elke zondag thuis. Zo veel contact had hij met Madeleine nooit gehad.

Wanneer ze in Hamburg gingen logeren, waren zijn ouders

overdag meestal hele dagen met hem op stap omdat Madeleine en haar man moesten werken en hij iets van de wereld wilde zien, niet alleen de schepen in de haven. Gisteren waren ze naar vogelpark Walsrode geweest. Daar had hij een kleurige kaart met een papegaai voor Stella gekocht. Maar als ze in het ziekenhuis lag, was dat niet genoeg. Die kaart kon hij zelf ook goed gebruiken – als voorbeeld voor nieuwe schilderijtjes van glas.

Hij had een boeket bloemen in zijn hand en begreep niet waarom ze begon te huilen toen hij ze op het bed legde. 'Vind je ze niet mooi, Stella? Wil je liever een vogel?'

Nee, wat ze liever wilde, was een woord en een hand van haar vader. Hij keek haar zeer misprijzend aan en condoleerde Heiner niet eens. 'Die bloemen zijn prachtig', snikte ze.

'Waarom huil je dan?' vroeg Tobi. 'Heb je erge pijn?'

'Stella huilt van blijdschap', antwoordde Heiner in haar plaats. 'Omdat jij op bezoek komt en zulke mooie bloemen hebt meegebracht. Daar had ik namelijk niet aan gedacht.'

'Jij had ook wel wat anders aan je hoofd', zei Johannes Marquart bij wijze van begroeting.

'Als ik er een paar van glas maak, zijn ze nog mooier', beweerde Tobi heel serieus. 'Een heleboel mensen willen ze kopen en dan betalen ze er geld voor. Zal ik er voor Stella ook een paar maken? Of heb je liever vogels? Ik kan nu papegaaien maken met heel veel kleuren.'

'Ja, dat zou fantastisch zijn', zei Heiner. 'Die vindt ze vast nog mooier.'

En zij zag zichzelf naast het ledikantje van haar broertje staan. Er vlamde een lucifer op. Ze hield hem bij het dekentje. Wat was ze destijds bang voor hem omdat Madeleine had beweerd dat hij op het kind uit de film *De wieg van satan* leek. En wat was ze bang geweest voor Therese nadat die had gezegd: '*Ik zal morgen nog eens met je vader gaan praten.*'

Misschien had Heiner het bij het rechte einde en had zij toegeslagen – 's morgens om zes uur. Waarschijnlijk wisten de rechercheurs allang hoe laat Therese was overleden. Als ze de volgende keer kwamen, haalden leugens niets meer uit. Ze zouden haar arresteren en in de gevangenis opsluiten.

Haar moeder pakte de bloemen weer van het bed en gaf Tobi opdracht bij de zusters een vaas en een mesje te vragen om de stelen schuin te kunnen afsnijden. Toen Tobi de kamer uit was, kwam haar vader zonder omwegen ter zake. 'Waar is Johanna? Het lijkt me het beste dat wij haar meenemen.'

'Als jij niet weet waar ze is', zei Heiner, 'weten wij het ook niet.'

Johannes Marquart reageerde niet meteen omdat Tobi alweer met een vaas en een schaar terugkwam. Astrid Marquart duwde hem ook het boeket bloemen nog in zijn handen, stuurde hem naar de douche en ging voor de deur staan posten.

'Wat doe je hier dan?' vroeg Johannes Marquart nu. Hij ging niet in op de toespeling dat hij wel zou weten waar het kind was.

'Omdat ik me al suf heb gebeld', legde Heiner uit. 'Maar ik ben geen steek verder gekomen.'

'Dat is toch belachelijk!' stoof Johannes Marquart op. 'Jij bent haar vader!'

'Niet zo hard, Johannes', waarschuwde Astrid Marquart met een knikje in de richting van de douche.

Hij trok zich niets van de bedenkingen van zijn vrouw aan. Zonder zijn stem te dempen praatte hij verder tegen Heiner. 'Je moeder kan best een heleboel mensen hebben gekend, maar er zullen er maar weinig bij zijn aan wie je een baby als Johanna kunt toevertrouwen. Als je al iemand vindt die bereid is een dergelijke verantwoordelijkheid op zich te nemen, moet je daar tevoren duidelijke afspraken over maken.'

'Ik neem aan dat ze dat heeft gedaan', antwoordde Heiner nu ook op scherpere toon. 'Ze was de hele woensdag op pad, ze is zelfs bij jullie geweest. Daarom dacht ik dat jullie de kleine meid mee naar Madeleine hadden genomen. Tegen ons wilde mama niet zeggen bij wie ze verder nog was geweest.'

'En waarom laat die persoon niets van zich horen?' wilde Johannes Marquart weten. 'Ze zal toch intussen wel gehoord hebben dat jouw moeder niet meer in leven is?'

'Dat hoeft niet per se', antwoordde Heiner. 'Als die vrouw geen krant heeft en niet in Niederembt woont, weet ze het misschien nog niet. Het kan ook zijn dat ze opdracht heeft gekregen om tegenover mij te verzwijgen dat de kleine meid bij haar is. Dat lijkt me …'

'Interessant', viel Johannes Marquart hem in de rede. 'Mag ik daaruit concluderen dat je moeder die stap niet heeft genomen vanwege Stella's depressies? Wie kende ze goed genoeg om hem of haar om zo'n dienst te vragen? Het moet een vrouw zijn die ze heel goed kende. En haar intimi zou jij eigenlijk moeten kennen. Als ik jou was zat ik hier niet verliefd Stella's hand vast te houden. Dan was ik op pad om mijn kind op te halen.'

'Niet zo hard, Johannes', waarschuwde Astrid Marquart opnieuw en deed pogingen om haar zoon nogmaals af te leiden met de instructie om de bloemen wat mooier in de vaas te zetten.

Maar Tobi had allang in de gaten dat er iets mis was. Hij keek verder niet naar de bloemen om en kwam de douche uit om zijn zusje te verdedigen. 'Je moet niet zo tegen haar tekeergaan, papa', zei hij op dwingende toon. 'Stella is ziek.'

'Dat is ze inderdaad', antwoordde Johannes Marquart en nu wendde hij zich eindelijk ook tot haar. Om haar een ultimatum te stellen! 'Als jouw man mijn kleinkind niet voor morgenmiddag bij ons heeft gebracht, zie ik geen andere mogelijkheid dan de politie te vertellen wat je vroeger voor ziekelijks hebt gedaan.'

'Ben je niet goed wijs?' schreeuwde Heiner nu ook. 'Lieve hemel, ze was toen elf! Als er iemand ziek was, was het Madeleine wel. Wie anders heeft haar die onzin aangepraat?'

Johannes Marquart gaf hem geen antwoord meer, hij zei alleen nog tegen haar: 'Moge God je genadig zijn als jij Johanna iets hebt aangedaan.' Vervolgens gaf hij zijn vrouw en zijn zoon een teken dat ze zouden gaan. Alleen Tobi nam afscheid van Stella, hij liep weer naar haar bed, gaf haar een kus op haar wang en troostte haar: 'Huil maar niet, morgen is papa vast niet meer boos.'

Nadat Tobi de deur achter zich dichtgetrokken had, deed Heiner alle mogelijke moeite om haar te kalmeren. 'Dat doet hij heus niet, lieveling. Dat zou toch idioot zijn. Ik garandeer je dat ze in de nacht van woensdag op donderdag pas naar Hamburg zijn gegaan. Waarom mocht Tobi niet horen wat hij te zeggen had? Omdat hij niet kan liegen. Dat is ontvoering. Je vader durft heus niet uit de school te klappen.

Zondag 25 april 2004

Iets na zeven uur belde Heiner al naar het ziekenhuis om haar te melden dat hij nu naar Hamburg ging. Ze zou veel liever hebben gezien dat hij nog eens in het dorp en de wijde omtrek geïnformeerd had. Hij was echter niet van zijn plan af te brengen. 'Lieveling, wees verstandig en denk na', viel hij haar in de rede toen ze nog maar amper een halve zin had kunnen uitbrengen. 'Toen ik Madeleine vrijdag belde, waren jouw ouders met Tobi op stap terwijl zij thuis was. Waarom? Ze heeft een ontzettend drukke baan in het tropeninstituut en kan geen snipperdag nemen, alleen omdat ze logés krijgt. Dat heeft ze tot nu toe nog nooit gedaan. De kleine meid is vast bij haar, dat denkt Ludwig ook.'

Ja natuurlijk. Ludwig Kehler was een goedhartige sukkel, een onnozele hals die zich gemakkelijk liet overtuigen. Gewoonlijk hechtte Heiner geen enkele waarde aan de mening van zijn vriend.

'Denk nou toch eens na', verzocht ze. 'Therese is niet vlak voor tien uur van huis gegaan zoals we hebben beweerd. Ik ben tegen half twaalf in slaap gevallen en toen lag de kleine meid nog bij mij in de woonkamer. Daarna heb ik Therese nog horen praten. Wanneer had ze dan naar Keulen-Dellbrück moeten gaan? Midden in de nacht?'

'Dat spreekt toch vanzelf', wierp Heiner tegen. 'En daarom lijkt het me waarschijnlijker dat ze bij jouw ouders is dan bij iemand anders. Ik kan me ook voorstellen waarom mama dat heeft gedaan. Ik had haar woensdag iets verteld wat ik voor jou heb verzwegen omdat ik je geen valse hoop wilde geven. In Glesch, vlak bij de flat waar Ludwig woont, komt binnenkort een mooi groot huis vrij. Dat zou ideaal voor ons zijn. Ik was van plan geweest er de komende dagen achterheen te gaan. Mama heeft zich er heel erg over opgewonden. Misschien dacht ze wel dat ik me misschien zou bedenken als jouw ouders zouden interveniëren. Johanna meenemen en bij hen laten was de beste manier om hun eens flink duidelijk te maken dat jij niet in staat bent voor de kleine meid te zorgen. Maar ik breng haar mee terug, lieveling, dat beloof ik je.'

En in haar achterhoofd fluisterde Gabi weer: 'Je moet hooguit de helft geloven van wat hij allemaal zegt.'

Een huis. Waarvan dan? Hoe vaak had ze hem de afgelopen maanden gevraagd om woonruimte te zoeken? Telkens had ze te horen gekregen dat hij niet genoeg verdiende. Aan de andere kant, als hij Therese daarmee had gedreigd ... Wat had ze ook alweer gezegd toen ze de kleine meid om tien uur naar de woonkamer bracht en eiste: 'Maak maar een flesje voor haar klaar. Zul je in de toekomst wel vaker moeten doen. En haal je vooral niet in je hoofd dat ik hier wel in de rotzooi blijf zitten.' Misschien deed ze hem nu onrecht, althans wat dat huis betrof.

De rest van de ochtend hoorde ze niets meer van hem. Dat was nog wel te begrijpen. Het was vier tot vijf uur rijden naar Madeleine wanneer er onderweg niet te veel wegwerkzaamheden en geen files waren. En waar had hij tijdens de rit met haar over moeten praten?

Om half twaalf werd het middageten gebracht, met een kop koffie erbij. Nadat het dienblad weer was weggehaald, probeerde ze Heiner te bereiken. Niet dat ze dacht dat hij al in Hamburg was, maar ze wilde hem even op het hart drukken om geen stennis te maken bij Madeleine. Maar zijn mobieltje stond uit. Vermoedelijk had hij het uitgezet omdat het ultimatum van haar vader afliep en hij een telefoontje daarover wilde vermijden.

Kort na twaalven kwam haar vader weer naar het ziekenhuis, deze keer alleen. Hij was witheet. Ook hij had Heiner al proberen te bellen. Nu verweet hij zichzelf dat hij überhaupt een termijn had gesteld en Heiner daarmee wellicht de tijd had gegeven om het lijkje van het kind op een betere plaats te verbergen dan tot nu toe het geval was geweest.

'Daar was ik gisteren al bang voor', zei hij. 'Ik was gisteravond al van plan om linea recta naar het hoofdbureau te gaan. Je moeder heeft daar een stokje voor gestoken. Ze acht jou daar niet toe in staat. Ik kan mezelf wel slaan dat ik naar haar geluisterd heb.'

Ze kon daar weinig tegen inbrengen. Ze zei wel dat Heiner in het dorp naar de kleine meid op zoek was. En dat hij niet wilde opgeven voordat hij Johanna gevonden had. Daarna zou hij haar uiteraard meteen naar Keulen-Dellbrück brengen. Maar daarmee kon ze haar vader niet tot bedaren brengen.

'Mijn hoofd staat niet naar sprookjes', zei hij. 'We zijn onder ons. Nu wil ik weten wat er echt is gebeurd.'

Wist ze dat maar! Dat zij Therese wellicht had doodgeslagen, was iets waar hij blijkbaar in de verste verte niet aan dacht. In plaats daarvan geloofde hij dat ze de inbraak en de dood van haar schoonmoeder had benut om zich van haar hoopje ellende te ontdoen, dat ze niet tijdig had laten aborteren omdat ze 'm om had. Dat waren zijn letterlijke woorden. 'Hoe heb je het gedaan? Weer een lucifer bij het dekentje gehouden? Nee, zo stom ben je niet geweest. Heb je een kussen op haar gezichtje gedrukt? En toen? Haar in de tuin begraven? Heeft je man haar vannacht opgegraven en brengt hij haar nu naar een andere plek?'

Nog voordat ze antwoord kon geven of zelfs maar nee kon schudden zei hij: 'Maar dan heb je toch buiten de waard gerekend. Inbrekers mogen dan een vrouw doodslaan die ze in de weg loopt, maar ze stelen geen baby's.'

'Dat weet ik, papa', stamelde ze. 'Ik ben er ook van overtuigd dat ik die nacht geen inbreker heb gezien.'

'Wie dan wel?' vroeg hij op zo kille toon dat ze huiverde. 'Magere Hein met zijn zeis? Of de maagd Maria die een arm schepseltje naar de hemel wilde halen?'

Ze had hem al meer dan eens witheet van woede gezien maar

nog nooit zo ijzig. Alsof ze voor hem niet alleen dood was maar ook al tot ontbinding was overgegaan. Als een wrekende godheid stond hij aan het voeteneinde van het bed alsof het hem met weerzin vervulde om op een stoel naast een stinkend lijk te gaan zitten.

Het was fout om hem de waarheid te vertellen, dat wist ze. Maar door zijn blik, zijn minachting en die verdachtmaking kreeg ze het gewoonweg niet voor elkaar om bij de lezing te blijven die Heiner had bedacht. Op het gevaar af dat haar vader het aan de rechercheurs zou doorgeven onthulde ze dat deel van het gebeuren dat ze zich intussen kon herinneren.

Daartoe behoorde dat haar dochtertje slapend in de stoel bij de patiodeur lag toen zijzelf in slaap was gevallen. Dat de buitendeur op dat tijdstip dicht was, dat het licht in de woonkamer brandde en dat ze op de televisie naar de videoband met het programma *Vakantie en andere rampen* keek. Dat Therese een lang telefoongesprek had gevoerd en had gezegd: 'Dat zal een les voor haar zijn die ze haar leven lang niet vergeet.'

Dat ze om zeventien over twee wakker was geworden van Ursula's doodskreet. Dat ze achter de tafel iets zwarts opzij had zien wegkronkelen. Alsof daar iemand kroop. Dat toen de wijnfles van het tafeltje viel op het waardeloze mosterdpotje dat aan diggels ging. Dat de afstandsbediening op het tafeltje lag. Dat ze meteen na de badkamerscène de aftiteling had gezien, hoewel die in de originele film pas twintig minuten later verscheen. En dat ze ten slotte een videoband zonder opschrift uit de recorder had gehaald.

Heiner had ze daar nog niets van verteld, de videoband was tot nu toe ook niet ter sprake gekomen. En hij had haar toen het over de schim ging, überhaupt niet aan het woord laten komen, want hij geloofde niet dat ze een monster had gezien. Haar vader geloofde het al evenmin.

'Kijk eens aan', merkte hij sarcastisch op. 'Het spook brengt een kopie van de film mee om ervoor te zorgen dat niemand aan zijn verschijning twijfelt. Is dat de versie voor noodgevallen? Wie heeft dat bedacht, je man of jij?'

'Niemand', verklaarde ze met enigszins vaste stem. 'Heiner wil absoluut niet hebben dat ik daarover praat.'

'Waarom doe je het dan?' vroeg Johannes Marquart. 'Speculeer je soms op ontoerekeningsvatbaarheid?'

'Nee, papa', bezwoer ze hem. 'Ik beweer toch niet dat er een geest aan me verschenen is. Het moet Therese zijn geweest. Heiner kan zich dat niet voorstellen. Maar wat kan ze anders hebben bedoeld met die les die ik mijn leven lang niet zal vergeten? Twee jaar geleden reed er met carnaval een hele wagen vol schimmen door het dorp. Sommige mensen zullen gegarandeerd hun kostuum hebben bewaard. Therese zou er best eentje hebben kunnen lenen. Volgens mij heeft iemand er haar een gebracht nadat ik in slaap gevallen was.'

Hij knikte wel, maar het zag er niet naar uit dat ze hem had weten te overtuigen.

'Er was iemand in de kamer, papa', legde ze met nadruk uit. 'Hij was van top tot teen in het zwart, hij had geen armen, geen benen en geen gezicht, alleen zijn ogen lichtten groen op. Geloof me alsjeblieft. Ik heb hem gezien. Ik heb hem gevoeld. Ik heb hem geroken. Ik heb hem horen praten.'

'Wat is dat nou?' vroeg hij op onverminderd sarcastische toon. 'Praten kan hij ook al. Nou, dat is nieuw. Wat heeft hij dan gezegd? Hé, mama, ik ben het, jouw grote vent? Nu zal ik eens voor de kleine meid zorgen, dan ben jij van haar af? Of heeft hij je de hartelijke groeten van Romy gedaan? "Jouw baby voor de mijne." Heb het lef eens om die vrouw te beschuldigen, dan leer je een kant van mij kennen waarmee je tot nu toe nog geen kennis hebt gemaakt.'

Die vrouw! Zijn lievelingsschrijfster, van wie hij geen kwaad wilde horen, wat er ook gebeurde. Hij adoreerde haar immers al toen hij nog niet wist dat ze haar eigen leven in haar lievelingsboek had verwerkt. Hij had gehoopt Gabi op de bruiloft van zijn jongste dochter de hand te mogen schudden en haar persoonlijk te kunnen zeggen hoezeer hij haar bewonderde. Het was een enorme ontgoocheling voor hem geweest dat ze niet was uitgenodigd. Wat de reden daarvan was, had niemand hem verteld.

Therese had slechts een fractie verteld van wat Stella twee dagen na uitzending van de film te horen had gekregen, toen ze met bloemen en champagne naar Niederembt was gegaan en door Gabi naar Heiners mama was gestuurd.

De andere helft van de waarheid

Waarschijnlijk had Gabi die bewuste middag de ongestoorde koffievisite bij *Resl* uitsluitend gearrangeerd omdat ze er rustig van uit kon gaan dat Heiners moeder een andere versie zou vertellen van wat er vroeger was voorgevallen dan hij – die je maar half mocht geloven – of nog minder. Ze vond dat Stella dat echt moest gaan inzien.

In de versie van Therese was Gabi een beklagenswaardig kind dat na de dood van Martin Schneider haar verstand had verloren, door een onverantwoordelijke zwager aan een labiele zuiplap was gekoppeld en met hem door een hel was gegaan. Maar Gabi's huwelijk met Peter Lutz stipte Therese slechts terloops aan.

Ze sprak voornamelijk over de man die zo sprekend leek op de king van de rock-'n-roll. Die sensuele mond. En die stem van Martin – precies de echte Elvis. Je smolt gewoon helemaal weg wanneer hij zong: 'Are you lonesome tonight, do you miss me tonight, are you sorry we drifted apart.'

Therese was ook altijd alleen geweest; een zoon, maar geen kans om de bijbehorende vader aan de haak te slaan. Ze legde uit hoe het zat met haar jeugdzonde met alle gevolgen, maakte er geen geheim van dat Martin Schneider de man was geweest die zij tijdens een kermis onder invloed van talloze likeurtjes had getroost.

'Toen was ik nog heel jong', vertelde ze, 'en Martin was in die tijd twee jaar met Uschi getrouwd. Hij was doodongelukkig met haar, maar veel te fatsoenlijk om Uschi de deur uit te zetten. Daarom heb ik hem ook niet meteen gezegd dat hij vader werd. Zelfs zijn ouders heb ik niet aan hun neus gehangen wie de vader van het kind was. Martin had sowieso geen alimentatie voor Heiner kunnen betalen. Uschi gaf een vermogen uit aan bier. Als ik ook nog mijn hand had opgehouden, had hij niets meer overgehad. Later pas, toen hij Uschi de deur uit had gezet, heb ik er een keer met hem over gesproken. Toen was Heiner zes jaar. Martin viel steil achterover van verbazing en wilde weten waarom ik hem er nooit eerder iets van had verteld.'

Dat ze van toen af aan de slag was gegaan met de verbouwing en de uitbreiding van haar ouderlijk huis, in de hoop Martin daarmee voor zich in te nemen, vertelde Therese niet – dat deed Heiner later. Stella kwam in eerste instantie alleen aan de weet dat veel vrouwen in het dorp eropuit waren geweest om Martin die troosteloze huwelijksjaren te doen vergeten. Hij wilde echter geen vrouw meer die qua leeftijd bij hem zou hebben gepast; hij koos uitgerekend Gabi, zo'n snotneus.

Er was veel over gekletst en er waren gemene speculaties geweest. Achter zijn rug om werd er gefluisterd dat de oude mevrouw Schneider indertijd ook iets had gehad met de oude heer Treber; dat Martins moeder zelfs een van de eersten was geweest bij wie Gabi's vader op de prille leeftijd van zestien jaar had geoefend hoe je een vrouw bespringt; dat Martin dus strikt genomen de oudste zoon van Treber was en dat nu broer en zus of liever gezegd halfbroer en halfzus …

Niemand had het kunnen bewijzen. Maar het was overduidelijk te zien wanneer Martin samen met de vier oudste jongens van Treber op het podium stond. Bernd, de jongste was toentertijd nog te jong voor dat soort optredens. Reinhard, Wolfgang, Ulrich en Thomas hadden het vermoedelijk ook weleens van hun vader te horen gekregen, de oude Treber had thuis dikwijls opgeschept over zijn slippertjes en Gabi's moeder had ooit tegen Therese gezegd: 'Als ik in het dorp loop en al die knapen zie, ben ik blij dat ik ze niet allemaal zelf heb hoeven te baren.'

Enkele vrouwen hadden gedreigd de kinderbescherming in te zullen schakelen of zelfs bij de politie aangifte te zullen doen wegens incest. Maar dan hadden ze hun dromen ook wel kunnen vergeten, vond Therese. Uiteindelijk had niemand iets ondernomen, ze hadden allemaal gewoon afgewacht. De een gaf Gabi twee maanden, de ander een half jaar, want ze dachten allemaal dat een ervaren man als Martin zich niet lang tevreden zou kunnen stellen met een vrouw die nog half kind was. Of dat het halve kind al gauw zelf haar buik vol zou hebben van hem en zijn depressies. Juist zo'n tiener wilde toch eens lekker gaan stappen en plezier maken.

Maar het hield stand, acht jaar lang. Martin leefde op, was al na korte tijd onherkenbaar veranderd. Hij speelde niet langer in stille kamertjes melancholieke melodieën op zijn trompet. Nu trad hij in het openbaar op met zijn gitaar. Therese vertelde over een *bonte avond*; dat was in september 1977 geweest toen de echte Elvis al ruim een maand onder de grond lag en Gabi als de jonge keizerin Sissi het toneel opgekomen was. En Martin had haar smachtend aangekeken, op zijn knieën voor haar gezongen over de schimmen die hem hadden achtervolgd. 'And I love you so.' En daarna: 'Thank you, thank you for making dreams reality. Thank you, thank you for loving me eternally.' En zo verder tot aan: 'Thank you, thank you for being my wife.'

Therese kende de hele tekst uit haar hoofd, hoewel ze vermoedelijk alleen de laatste zin had verstaan en misschien had gewild dat Martin voor haar zou hebben gezongen: *dank je dat je mijn vrouw bent*. Stella nam niet zomaar voetstoots aan dat Therese zo edelmoedig was geweest om hem zonder meer op te geven.

Tal van vrouwen in de zaal hadden heimelijk hun ogen gebet en Gabi vermoedelijk verwenst, want op dat moment moesten ze allemaal wel onder ogen zien dat niemand die twee daar vooraan op het podium kon scheiden. Ze waren gewoonweg voor elkaar geschapen. Een stel als een natuurwet, dat moesten ze accepteren, ook al was dat geen sinecure.

Elvis en zijn Romy. Ze zouden vandaag de dag gegarandeerd nog bij elkaar zijn, dacht Therese, wanneer Martin niet was doodgebloed – in de Audi waarin Gabi nu nog steeds reed. Dat vermeldde ze ook om daarmee nogmaals te beklemtonen dat het niet anders kon of Gabi was sindsdien niet meer goed bij zinnen. Een normale vrouw zou nooit zo veel zorg besteden aan de plaats waar een misdrijf was gepleegd als Gabi deed met de auto.

Waarom Heiners moeder haar dat allemaal vertelde, terwijl ze haar die middag voor het eerst zag, bleef voor Stella een raadsel dat ze niet eens had proberen te ontsleutelen. Therese had met het oog op de trouwplannen van haar zoon vermoedelijk duidelijk willen maken dat ze zich in haar jonge jaren niet zomaar in het wilde weg met iedereen had afgegeven en dat het niet om díe reden was dat ze zweeg over de vader van haar zoon. Misschien probeerde ze ook begrip voor Gabi te kweken. Wat stelde haar leven nou nog voor? Alleen maar herinneringen.

Stella had geen medelijden. Ze had voorheen al een heleboel narigheid voor haar kiezen gekregen die ze zich alleen omwille van een goede film had laten welgevallen. Dit was wel het toppunt. Die arme Fabian, dacht ze. Hoe haar voormalige collega achter de waarheid was gekomen, was wel duidelijk. Hij had beslist geen versterker in zijn hersenen gehad. Hij was herhaaldelijk in Niederembt geweest, vermoedelijk had hij weleens met Gabi's buren gesproken.

De *Elvisfoto's* in de kast had Fabian vast en zeker meer dan eens bekeken en waarschijnlijk had hij gezien dat het crèmekleurige spatbord een onderdeel van de Audi was en niet van het soort slagschip waarin de echte Elvis wellicht had rondgereden. Een man had meer oog voor dergelijke dingen dan een vrouw, zeker een die tot nu toe niet eens tijd had gehad om rijlessen te nemen.

Maar de druppel die de emmer deed overlopen was het feit dat Gabi zonder meer had gelogen, dat ze haar *leven* had ontkend, dat ze zelfs de euvele moed had gehad om Stella in die auto mee te nemen. Dat ze haar op het bloed van een slachtoffer van moord had laten plaatsnemen en had durven beweren dat de zitting bij haar eigen zelfmoordpoging zo was besmeurd.

Therese moest om half zes de deur uit om haar patiënten te gaan verplegen. Stella was van plan een taxi te bellen maar dat vond Therese overbodig. 'U mag gerust even op Heiner wachten', bood ze aan. 'Wie weet wat hij anders wel niet denkt als hij hoort dat u hier bent geweest en niet op hem wilde wachten. Ik zal hem snel even waarschuwen dat u er bent, om te zorgen dat hij na werktijd direct naar huis komt. Kijkt u in de tussentijd maar eens rustig rond in de aanbouw. Die is heus niet zo ruim als Heiner denkt.'

Stella had echt geen zin om een kijkje in de aanbouw te nemen. Ze zat nog in de woonkamer toen Heiner thuiskwam. Op zijn aanvankelijke blijdschap haar te zien, en te horen dat ze *heel gezellig* met zijn moeder had zitten praten, volgde spoedig de ontgoocheling.

Hij bracht haar met de auto thuis. En al tijdens de rit liet ze haar woede de vrije loop, verweet ze hem dat hij haar had voorgelogen en alle essentiële dingen had verzwegen.

'Wat mag dat dan wel zijn, alle essentiële dingen?' schoot hij in eerste instantie in de verdediging. 'Meer dan de helft is toch niet bewezen? Jij hebt geen idee hoe het er in een dorp toegaat. Iemand vangt iets op en vertelt het als een vaststaand feit verder, de volgende fantaseert er iets bij.

'Is Martin Schneider soms fantasie?'

'Nee', zei Heiner. 'Hij was een ploert die het woord verantwoordelijkheid niet eens kon spellen en die misschien zijn eigen zusje het bed in heeft gepraat. Maar hij is dood en ...'

'Dat is hij zeker', viel Stella hem woedend in de rede. 'En dan maak jij mij wijs dat Gabi met hem samenwoont.'

'Dat is ook zo', beweerde Heiner. 'Sinds zijn begrafenis heeft niemand haar nog ooit op het kerkhof gezien. Vroeg onderhielden haar broers het graf, nu doet een tuincentrum dat. Ze betaalt daarvoor, maar zelf komt ze er nooit.'

'Niet iedereen heeft iets met graven', antwoordde Stella. 'Rouwen kun je overal.'

Heiner zweeg secondenlang en verzocht toen: 'Laten we daar geen ruzie over maken, lieveling. Ik begrijp niet waarom mama dat jou allemaal heeft verteld. Gabi zal daar niet enthousiast over zijn.'

'Dat denk ik ook niet', zei Stella nog steeds woedend, zowel op hem als op Gabi. 'Daar zal ze namelijk spijt van krijgen. Wie denkt ze wel dat ze is dat ze iedereen voor idioot kan verslijten? Waarom heeft ze me dat sprookje over haar oma's huis en haar zusje Uschi voorgeschoteld? Ik had haar er niet eens naar gevraagd. Ik heb haar ook niet gevraagd me met die auto naar huis te brengen. Die serie van haar kan ze op haar buik schrijven!'

'Doe nou niets ondoordachts, lieveling', vermaande Heiner haar. 'Ik begrijp dat je spinnijdig bent. Maar ik heb je al eens gezegd dat Gabi vertelt wat er op dat moment in haar opkomt. Dat moet je niet serieus nemen. Het is niet alleen haar serie. Het is jouw werk. Tot nu toe heeft ze jou op geen enkele manier benadeeld. Je goede naam is echt niet aangetast.'

Daar ging het toch helemaal niet om. 'Mijn collega is door dat hele verhaal krankzinnig geworden. Had Gabi nou niet één keertje kunnen zeggen: Ja Fabian, je hebt gelijk, er is ooit een man geweest die alles voor me heeft betekend?'

Op dat moment sloeg Heiner opeens een heel andere toon aan, geïrriteerd en niet minder woedend dan zij. 'Lieve hemel. Ze wou er gewoon niet met hem over praten. Hij had haar met rust moeten laten, dan zou hem dat bespaard zijn gebleven.'

'Wat heeft dat te betekenen?' vroeg ze. 'Wil je Gabi nu ook al aansprakelijk stellen voor het feit dat Fabian ziek geworden is?'

Vanuit haar ooghoeken zag ze hem schokschouderen. 'In de Middeleeuwen zou ze waarschijnlijk als heks op de brandstapel zijn beland. Vandaag de dag moet je er maar mee zien te leven, want ze doet niets wat wettelijk verboden is of wat je zou kunnen bewijzen.'

'Nee', zei Stella. 'Daar zorgen haar broers wel voor en haar vriendje bij de politie dekt haar.'

'Dat hoeven ze heus niet te doen', verklaarde Heiner. 'Gabi redt het prima in haar eentje. Ze is tot dingen in staat die voor anderen onmogelijk zijn.'

'Zoals?' vroeg Stella.

En hij vertelde een welhaast ongelofelijk verhaal waar hij als jongeman persoonlijk getuige van was geweest. Het was op een zondagavond gebeurd, een paar weken na Gabi's bruiloft met Peter Lutz, die in die tijd actief lid was van de FC Niederembt en van mening was dat hij met Gabi de hoofdprijs had getrokken. Uschi had overal rondgebazuind dat Gabi na Martins overlijden

288

van de levensverzekering een flinke som geld had geïncasseerd. Met uitzondering van Lutz wist echter iedereen al dat Karola en haar man alleen maar bereid waren geweest om Gabi in huis te nemen omdat de zwager een Mercedes wilde kopen en Karola een inbouwkeuken. Dat hadden ze ook gedaan. Voor beide zaken was er lang niet genoeg geld geweest, Karola en haar man zaten intussen diep in de schulden. En Peter Lutz speculeerde er nog steeds op dat Gabi hem eindelijk volmacht zou verstrekken om een lege rekening te plunderen.

Op die bewuste middag had het eerste voetbalelftal een daverende overwinning behaald. Peter Lutz troonde zijn hoogzwangere vrouw mee naar het overwinningsfeest in de kroeg, stopte de ene na de andere munt in de jukebox en toetste voortdurend het nummer van Christian Anders in. 'Du gehörst zu mir, die andern werden sagen, lass ihn gehen.'

Heiner stond met vrienden die lid waren van het jeugdelftal bij de flipperkast. Gabi's oudste broer stond met enkele mannen aan de bar. Ook Reinhard Treber was in die tijd een actief lid, doelman, net als Heiner. Over zijn nieuwe zwager die nu eens als voorhoedespeler, dan weer als verdediger werd opgesteld, was Reinhard nooit goed te spreken geweest. Vóór Gabi's bruiloft had hij zich er enkel over opgewonden dat Lutz vaak 's zondagsmiddags op het voetbalveld al een stuk in zijn kraag had en de bal dubbel zag. Hoe was anders te verklaren dat hij er voortdurend naast trapte? Inmiddels beviel het hem bovendien niet – en terecht – dat Gabi niet eens de primaire levensbehoeften kon kopen. Als ze niet zo'n dikke buik had gehad, zou je hebben kunnen denken dat er onder de positiejurk die ze droeg omdat ze niet meer in de voor haar zo kenmerkende spijkerbroek paste, een geraamte school.

Toen Christian Anders zijn smartlap voor de zevende of achtste keer aanhief, zei Reinhard: 'Nou is het welletjes, Lutz. Toets eens iets anders in of koop een bal gehakt voor mijn zus voordat ik pisnijdig word.'

'Ik mag met mijn geld doen wat ik wil', antwoordde Peter Lutz nog.

Het volgende ogenblik verspreidde zich een branderige lucht in het café. De jukebox begon te branden. Christian Anders hield abrupt op met zingen, de flipperkast gaf de geest en iedereen zat in het donker. En op dat moment zong Elvis: 'And yes, I know how lonely life can be. The shadows follow me and the night won't set me free.'

Hoe kon je dat anders uitleggen dan dat het om onverklaarbare dingen tussen hemel en aarde ging?

'Kortsluiting', zei Stella.

'En wie heeft er dan daarna gezongen?' vroeg Heiner.

'Gabi's broer waarschijnlijk.'

Heiner liet enkele tellen verstrijken voordat hij constateerde: 'Jij gelooft niet in dergelijke dingen, misschien is dat maar het beste. Als je het zelf hebt meegemaakt, denk je er anders over.'

Vervolgens vertelde hij ook nog dat hij er een keer getuige van was geweest dat Uschi de hond tegen Gabi ophitste. Een rottweiler, een afschuwelijk beest. Gabi stond als versteend op straat. Hoewel ze haar Schatje op de arm had, keek ze slechts naar het dier alsof ze het erop aanlegde om zich samen met haar dochtertje te laten verscheuren.

'Ik stond te ver weg om tussenbeide te kunnen komen', beweerde Heiner. 'Gabi liet het dier tot op enkele meters naderen en hief toen haar vrije hand op. Het leek wel alsof ze de hond wilde toezwaaien. Die begon te janken, verloor zijn evenwicht en ging op straat liggen rollen alsof iemand op hem los ranselde.'

'Zoiets doen honden als ze op iemand gesteld zijn en op hun buik gekrauwd willen worden', zei Stella. 'Per slot van rekening had Gabi acht jaar lang met zijn baasje samengeleefd.'

'Het was Uschi's rottweiler', zei Heiner. 'En hij kwam niet overeind toen er een vrachtwagen aan kwam rijden. De chauffeur kon niet op tijd remmen.'

'Goed, dan weet ik nu tenminste hoe onze bedrijfsleider aan zijn bloedneus gekomen is', zei Stella ironisch, want spot was het enige middel om het opkomende onbehaaglijke gevoel de kop in te drukken. Wat Heiner daar allemaal debiteerde, paste niet in haar plaatje van hem en meer nog van de realiteit. 'Gabi was op dat moment wel bij ons in de vergaderruimte, maar als ik me goed herinner had ze volgens mij even haar hand opgeheven.'

'Lutz heeft altijd beweerd dat ze ertoe in staat is', zei Heiner.

'Wie hecht er nu waarde aan het gezwam van een dronkenlap?'

Hij haalde opnieuw zijn schouders op. 'Ik zou Gabi niet graag als vijand willen.'

'Mag een grote politieman wel bang zijn van een kleine heks?' vroeg ze spottend.

Heintje

Waarom niet? Als het heksje de grote politieman met één enkel woord weer in een onbeholpen negenjarig kind kon veranderen. *Jochie.* Misschien was er destijds in de kroeg sprake geweest van kortsluiting. Misschien had Reinhard daarna gezongen, het juiste Elvistimbre zou hij waarschijnlijk wel te pakken hebben gekregen, dat lukte Heiner desnoods ook nog wel. Misschien was die afschuwelijke rotjoekel van Uschi in alle agressie over zijn eigen poten gestruikeld en had hij helaas niet meer tijdig overeind kunnen komen om Gabi naar de keel te vliegen. Misschien ook had Gabi iets naar het beest gegooid, een handvol peper wellicht. Vanuit de verte had Heiner dat niet kunnen waarnemen.

Maar gesteld dat hij voldoende dichtbij was geweest om iets te kunnen zien en wel tussenbeide had kunnen komen, dan nog had hij niets ondernomen. Enerzijds had hij het absoluut niet met Uschi's rottweiler aan de stok durven krijgen, anderzijds had hij vurig gehoopt dat het dier Gabi te lijf zou gaan en niets van haar heel zou laten. Wat haatte hij haar in die tijd. En wat was hij bang van haar.

Hij had een zucht van verlichting geslaakt toen ze uit het dorp verdween. Maar nu was ze weer terug. En degene die dat mens op haar teentjes trapte, restte niets anders dan een toontje lager te zingen. Ook al leek het alsof ze alleen maar een grapje maakte, ze deelde speldenprikken uit die je tot diep in je ziel raakten, hield mensen een spiegel voor waarin ze niet wilden kijken.

'Rijd je soms nog steeds patrouille? Dat is leuk, hè? Ta-tu-ta-tu en zwaailicht en alle mensen houden zich koest als Heintje aan komt rijden. Maar je moet Bernd niet de hele tijd pesten, alleen omdat hij vroeger niet met jou wilde spelen. Onze jongste had indertijd niet zoveel op met praatjesmakers. Je hebt toch ook heel snel een vervanger voor hem gevonden die de eer van jouw vriendschap meer waard was.'

Dat was in januari gebeurd, amper een week voordat hij zijn

steentje had bijgedragen aan de filmopnamen voor de actieserie waarbij hij Stella had leren kennen. En toen hij in maart zijn versie van het verhaal over Gabi's verleden had verteld, had hij misschien heimelijk gehoopt dat deze sterke vrouw datgene zou kunnen doen waartoe hij zelf niet in staat was: Gabi niet alleen op haar nummer zetten maar haar voor eens en voor altijd het zwijgen opleggen. Hij had de waarheid in alle opzichten tekortgedaan. Wanneer je voortdurend gedwongen was om jezelf te verloochenen, werd dat mettertijd een automatisme.

Asociaal tuig, de familie Treber. En hij zou er zo graag bij gehoord hebben, van de eerste schooldag af aan toen hij breed lachend met zijn melkgebit, waaraan al wat tanden ontbraken, naast Gabi's jongste broertje op het schoolplein stond, de puntzak snoep, die alle kinderen in Duitsland op hun eerste schooldag meekrijgen, in zijn armen. Hij was 'die kleine knul van Resl'; zo noemden de meeste mensen hem destijds. En Resl was in die tijd niet geliefd. Ze had de naam een kruidje-roer-mij-niet te zijn dat alles beter wist, iedereen de wet voorschreef en meende daar het volste recht toe te hebben omdat haar vader ooit burgemeester was geweest. De familie Treber daarentegen was een vrolijk slag mensen, ze leefden zoals het hun goeddunkte. En ergens had hij toen al gevoeld dat hij erbij hoorde, dat hij een van hen was. Het bloed kroop nou eenmaal waar het niet gaan kon.

Dat had hij alleen nooit kunnen zeggen. Bij de gedachte aan de man die zijn vader was geweest moest hij dat gespuis wel zwart maken. Zijn vader was de knapste, de beste van alle grote sterke zonen van die *fokstier*. Martin Schneider of Elvis the King, die door alle vrouwen werd verafgood en naar wiens gunst alle mannen dongen – sinds hij met Gabi samenwoonde, eerder niet. Maar eerder had Heiner hem ook niet opgemerkt.

Daarna had hij één keertje samen met hem op het podium mogen staan. Nee, dat was ook niet waar; vóór hem mogen staan terwijl de jongens van Treber op de achtergrond hun instrumentarium aan het opbouwen waren en het nog erg onrustig in de zaal was. Stoelen die verplaatst werden, luidruchtige gesprekken. De een riep dat hij een pilsje wilde, de ander informeerde schreeuwend of je ook een schnitzel kon bestellen.

Hij was pas negen jaar en deed zijn uiterste best omdat mama dat wilde en wekenlang met hem had geoefend. *Mama, je leerde me lopen, op eigen benen te staan. Straks gaat de deur voor mij open om door het leven te gaan. Maak je geen zorgen voor morgen. Mama, toe droog toch die traan. Mama, de liefste van de hele wereld ben jij. Oh, lieve mama, je bent en blijft altijd een voorbeeld voor mij.*

En veel belangrijker was het tweede liedje. *Ich bau dir ein Schloss.* Aan het paleisje voor Elvis was mama intussen al drie jaar aan het bouwen, al sinds Uschi naar Elsdorf was verhuisd. Mama dacht dat Martin die snotneus wel aan de kant zou zetten, zijn grote huis zou verkopen en Uschi haar deel zou geven als de aanbouw eenmaal klaar was; en dat hij dan bij hen zou intrekken.

De begeleidende muziek bij zijn liedjes kwam van een cassettebandje. Toen de jongens van Treber klaar waren met alle voorbereidingswerkzaamheden, kwam Elvis het podium op. Hij duwde hem in de richting van het trapje en prees hem minzaam. 'Dat heb je keurig gedaan, jochie. Ga nu maar weer naar mama toe. In de pauze mag je nog een keertje zingen.' Daar was niets van terechtgekomen.

Heiner wist destijds nog niet wie degene was die hem daar had weggestuurd. Op die avond was Martin Schneider slechts de man die mama koste wat kost wilde hebben. Hij had echter wel iets gevoeld; een knagend verdriet diep in zijn hart, machteloosheid en een hulpeloos soort woede toen hij de vier treden naar de zaal afliep en helemaal buiten moest optreden omdat Romy hem tegemoetkwam alsof ze naar haar bruiloft ging. Zo had hij het indertijd gezien omdat hij nog te jong was en niets van de keizerin Sissi wist die alle anderen in haar zagen vanwege haar pompeuze gewaad. Haar lange donkere haren werden door een met witte pareltjes bezet haarnetje bijeengehouden. Een sluier zou ook al te opvallend zijn geweest.

Iedereen in de zaal hield zijn adem in toen Elvis voor haar neerknielde en begon te zingen: 'And I love you so.' Vervolgens barstte het applaus los. Voor Heiner had amper iemand geapplaudisseerd. En toen huilde iedereen, mama ook, ze was niet meer tot bedaren te brengen. Hem, die naast haar op de bank tranen van minachting en woede vergoot, keurde ze geen blik meer waardig; vermoedelijk had ze in haar eigen ellende niet eens in de gaten hoe ellendig hij zich voelde.

Het was allemaal al langgeleden maar Heiner voelde het verdriet en de woede nog steeds als was het een mes dat in zijn borst stak. Wanneer Romy kwam, moest Heintje wijken. Maar niet bij Stella! Nog nooit had hij voor een vrouw zoiets gevoeld als nu voor haar, voor geen prijs wilde hij haar kwijtraken. Dat zijn poging om haar tegen Gabi op te hitsen zich weleens tegen hemzelf zou kunnen keren, daaraan had hij simpelweg nooit gedacht. Maar dat was hem wel snel duidelijk geworden.

Hoe was het dan gegaan op die avond in maart nadat Stella haar een voorstel van de regisseur had gedaan en Gabi dacht dat hij daarachter zat? Ze had hem op straat opgewacht toen hij van zijn werk kwam. Mama was op dat tijdstip bij haar patiënten.

'Laten we naar binnen gaan', zei Gabi. 'Ik denk niet dat je de hele buurt wilt laten meegenieten van wat je te vertellen hebt.'

Ze was twee koppen kleiner dan hij maar ze stond nog maar nauwelijks in de gang of ze pinde hem met het toverwoord tegen de muur. 'Nou moet je eens goed opletten, jochie. Ik heb onlangs een verhelderend gesprek met mama gehad. Het ging over de waarheid. Ik weet nu hoe het zit. Als jij vindt dat Stella dat ook moet weten, dan hou je je aan de feiten, anders vertel ik haar hoe de vork in de steel zit. Ik kon prima met haar overweg totdat ze verliefd werd op jou. Tot nu toe heb ik me terughoudend opgesteld, maar daar kunnen we te allen tijde verandering in brengen. Ik vind Stella sympathiek. En mensen die ik aardig vind, laat ik niet graag in de val lopen. Je kent me toch?'

En of hij haar kende, dat ellendige mens. Dus hield hij zich gedeisd. En dat zou hij een volgende keer en de daaropvolgende keer ook doen.

Dat kon hij Stella echter niet vertellen. 'Ja, steek maar de draak met me', zei hij in plaats daarvan toen ze de spot met hem dreef. 'Maar het vergaat je een stuk beter wanneer je goed met Gabi kunt opschieten.'

Als voorbeeld haalde hij Gabi's officiële broers en zussen aan. Karola en haar man konden het hoofd amper boven water houden. Gabi had hun die kwestie met de levensverzekering en Lutz nooit vergeven. Haar broers daarentegen verging het prima. Over de twee die spoorloos verdwenen waren kon niemand weliswaar iets zinnigs zeggen, maar het gerucht ging dat Wolfgang en Thomas Treber een andere naam hadden aangenomen en carrière hadden gemaakt als studiomusici.

Reinhard was voorzitter van de voetbalclub geworden. Daar had hij altijd al van gedroomd, maar zolang Gabi in Keulen woonde had niemand hem vanwege zijn opvliegende karakter op die post willen hebben. Ulrich was lange tijd werkloos geweest maar dankzij een lening van de bank die hij voordien niet had kunnen krijgen, was hij kort na Gabi's terugkeer een eigen installatiebedrijf begonnen. Bernd werkte niet, maar reed de laatste tijd in een Porsche rond en had in Elsdorf een huis gekocht. Er werd gefluisterd dat hij een prijs in de lotto had gewonnen.

'En Gabi heeft de balletjes in de trekkingsmachine telepathisch bestuurd.' Stella lachte minachtend. 'Heeft ze zelf ook een lottoformulier ingevuld?'

'Waarom zou ze?' vroeg Heiner. 'Aan geld heeft ze nog nooit veel waarde gehecht. Zolang ze haar kinderen voldoende te eten kan geven, haar Audi piekfijn in orde kan houden en haar hypotheek kan betalen, is ze intens tevreden. In die situatie kun je maar beter geen verandering brengen, lieveling.'

De breuk

Stella kon niet anders dan verandering brengen in die situatie. Ze wilde zichzelf en vooral Heiner bewijzen dat je Gabi kon trotseren zonder daar op de een of andere bovennatuurlijke manier nadeel van te ondervinden. Haar kwaadheid op Heiner verdween dezelfde avond alweer. Haar woede op Gabi bleef en werd zelfs nog groter toen haar te binnen schoot dat Gabi haar naar Heiners moeder had gestuurd met de hint dat Resl haar er misschien van zou kunnen overtuigen dat Heiner niet de juiste man voor haar was. Waarom wilde Gabi met alle geweld een wig tussen haar en Heiner drijven? Misschien was het een kwestie van afgunst, Gabi leefde al tijden met de herinnering en gunde anderen hun geluk niet. Dat zou best eens hebben gekund. Stella leek het in elk geval een plausibele verklaring.

Enkele dagen later stuurde Gabi twaalf conceptafleveringen per post naar haar toe. Internet had ze niet. De volgende dag belde ze al en wilde weten: 'Welke plot zullen we voor de eerste aflevering gebruiken? Ik ben van plan morgen aan het scenario te beginnen.'

'Ik ben er nog niet aan toegekomen om iets te lezen', zei Stella. 'Er is ook geen haast bij, we hebben de tijd. Je hebt geweldig goed werk geleverd. Neem nou maar eens echt vakantie. Ik schrijf je twee weken vrij voor en in die tijd wil ik niets van je zien of horen. Daarna gaan we uitgerust en met frisse moed aan het werk.'

De komende twee weken liep het contract over de ontwikkeling van het format voor de serie af. In dat contract stond nergens dat Gabi enig recht kon doen gelden, maar toch: je kon maar beter het zekere voor het onzekere nemen.

Of Gabi zichzelf inderdaad een vakantie veroorloofde, kwam Stella niet te weten. Dat interesseerde haar ook alleen voorzover het risico bestond dat Gabi de voorgeschreven tijd niet in acht zou nemen. Die was toch al krap bemeten, maar het was net voldoende lang. Het kostte Stella maar een half uurtje om Ulf von Dornei te overtuigen, in zijn ogen schreven altijd meerdere scenarioschrijvers aan een serie.

Met de regisseur had Stella wat meer moeite. Hij ging pas akkoord met zijn deelname aan een vergadering in grote kring nadat ze hem had verzekerd dat mevrouw Lutz niet aanwezig zou zijn. Er waren al gauw andere scenarioschrijvers gevonden. Ze selecteerde er twee uit de actieserie en vijf die aan de vooravond-serie schreven. Er resteerde één aflevering voor Gabi.

Ze hadden Heuser niet voor de grote vergadering uitgenodigd. Om te voorkomen dat hij bezwaren zou opperen of dat hij Gabi vooraf kon waarschuwen wilde Stella de redacteur niet in een te vroeg stadium met nieuwe mensen confronteren. Ze keken samen naar de film. De regisseur lichtte toe hoe hij zich het format had voorgesteld. Als Romy in plaats van Ursula ge-storven zou zijn, zouden ze een heel ander potentieel voor een griezelserie hebben gehad, namelijk een geest die niet alleen de moord op hemzelf zou wreken. Maar ze konden Romy wel in de eerste aflevering laten overlijden. Stella had ooit betwijfeld of de serie zonder Romy wel een succes zou worden, maar de uiteen-zetting van de regisseur klonk helemaal niet zo slecht. En daar was eigenlijk de kous mee af.

Toen Gabi zich twee weken later meldde, hadden de beide scenarioschrijvers die voor *Op de grens* schreven al een ontwerp voor enkele afleveringen ingediend. De andere vijf waren niet zo snel maar ze hadden wel ideeën en ook al een contract. Gabi ver-moedde absoluut niet wat haar boven het hoofd hing, het beste bewijs dat ze beslist niet over buitengewone gaven beschikte en niets anders kon dan schrijven – en stoken.

'Ik heb in mijn vakantie een beetje gewerkt', zei ze. 'Anders was ik doodgegaan van verveling. Nog vier plots, dat brengt ons al op voldoende afleveringen voor twee seizoenen.'

'Vooralsnog hebben we maar één aflevering nodig', legde Stel-la uit en ze bracht verslag uit van de vergadering waarin Ulf von Dornei weer eens het hoogste woord had gevoerd. Dat zou Gabi gegarandeerd geloven. Het klonk al even plausibel dat koning

Ulf nog meer scenarioschrijvers had gecontracteerd en dat de regisseur het grandioze idee had gehad om Romy te laten sterven. Over dat voorstel had ze Gabi al eens geïnformeerd. Waarom ze de schuld op anderen afwentelde, besefte Stella heel goed. Lafheid. Daar schaamde ze zich ook voor.

Maar lafheid en schaamte kon je 's avonds met een half flesje rode wijn de kop in drukken. Die avond dronk ze voor het eerst bewust om de verschrikkelijke gedachten en beelden ter zijde te schuiven. Ze ging heus niet geloven dat er in die krankzinnige verhalen die Heiner had verteld ook maar een sprankje waarheid zou kunnen schuilen. Maar er woonden altijd nog drie broers in haar nabije omgeving. Eerst maar eens afwachten of koning Ulf of de regisseur een van de komende dagen ergens van de trap zou vallen of door een vrachtwagen zou worden overreden. Zelf wou ze een achterdeurtje openhouden.

'Het heeft me moeite gekost de eerste aflevering voor jou te reserveren', zei ze. 'Daar hangt alles van af, die wil ik aan niemand anders overlaten. Ik heb opgeschreven welke elementen er per se inmoeten.'

Gabi lachte, absoluut niet geamuseerd, slechts vol ongeloof en ontsteld naar het scheen. 'Dit meen je toch niet serieus, hè? Je houdt me voor de gek. Jullie kunnen Romy niet om het leven brengen. De schim en zij zijn symbiotisch, zonder haar kan hij niet eens bestaan.'

'Natuurlijk wel', sprak Stella haar tegen. 'Het is een autonoom wezen. Dat zijn geesten altijd. We hebben er goed over nagedacht. Hij krijgt een tegenspeelster, een journaliste die met Ursula bevriend is geweest. De journaliste consulteert een parapsycholoog die haar advies geeft en haar ondersteunt. Tussen die twee groeit later een liefdesrelatie. Aanvankelijk gaat het er uitsluitend om dat ze Romy moeten uitschakelen. De journaliste en de parapsycholoog kidnappen haar en proberen een soort duiveluitdrijving. Daarbij laat Romy het leven. We moesten laten zien dat de schim haar bevrijdt omdat hij van haar houdt en haar die kwelling wil besparen. Dat is vast en zeker aandoenlijk.'

'Dat is pure waanzin', vond Gabi.

'Het is een voldongen feit', zei Stella. 'Ik zal je mijn aantekeningen toe faxen. Bekijk ze maar eens, dan kun je daarna besluiten of je het scenario wilt schrijven of niet.'

'Dat kan ik je wel meteen vertellen', verklaarde Gabi. 'Ik schrijf dat scenario gegarandeerd niet. En er ligt een contract, Stella.'

'Nee', sprak ze tegen. 'Er lag een contract. Het contract voor de ontwikkeling van de serie was tot twee jaar beperkt, die zijn om. Afgezien daarvan ging het maar om een format. Ulf heeft zich aan alle kanten ingedekt. Dat doet hij altijd.'

'Maar dat kan hij niet maken', zei Gabi en haar stem klonk nu alsof ze op het punt stond om te gaan huilen. 'Ik heb er zo veel werk in gestoken.'

'En ik heb je er de hele tijd voor gewaarschuwd', bracht Stella haar in herinnering. 'Er is nooit sprake van geweest dat je de serie in je eentje zou kunnen schrijven. Bij dat soort projecten werken we altijd met meerdere scenarioschrijvers. Iets anders zou voor Ulf onbespreekbaar zijn. Dat zou hij een te groot risico vinden. Stel je voor dat jij een keer zou uitvallen. Je zou ziek kunnen worden of een ongeval kunnen krijgen.'

'Ik ben nooit ziek', antwoordde Gabi. 'Een ongeluk krijg ik ook niet. Ik heb een goede engelbewaarder, Stella. Het is te wensen dat je hem nooit zult leren kennen. Het was niet zomaar een project, dat weet je intussen heel goed. Denk je nou echt dat ik me mijn leven nog een keer ongestraft laat afnemen en er een puinhoop van laat maken?'

Een gemiste kans

Zondag 25 april 2004

Rond dezelfde tijd waarop Stella er door haar eigen vader van werd beschuldigd dat ze *zich van dat hoopje ellende had ontdaan*, kregen Ines en Arno Klinkhammer bezoek. Ze hadden haar wel op de koffie uitgenodigd maar de hoofdofficier van justitie en haar man stonden al om één uur op de stoep. Dat was verder niet zo erg omdat de Klinkhammers laat waren opgestaan, copieus hadden ontbeten en het zondagse middageten daarom oversloegen. Van iemand die spelden in hooibergen zocht kon Carmen Rohdecker ook nauwelijks verwachten dat hij de elektrische grill aanzette en een van de mooie biefstukken die ze altijd in de vriezer hadden voor haar ging uitzoeken.

Ze begroette hem niet op de gebruikelijke manier, maar kwam met een onverwacht succes. In de nacht van vrijdag op zaterdag had de verkeerspolitie op de snelweg een verdacht voertuig tot stoppen gedwongen, min of meer een heterdaadje, om zo te zeggen. Drie van de vier inzittenden, overigens Bulgaren en geen Russen, waren door de slachtoffers van de roofovervallen al overtuigend geïdentificeerd. Ze beweerden niets met de dood van Dora Sieger te maken te hebben. Maar ze hadden wel een stuk gereedschap bij zich waarmee ze het keukenraam van haar bungalow keurig hadden weten te verwijderen.

's Middags zorgde Ines voor een dienblad vol taart. De conversatie kabbelde bij koffie met gebak eerst een poos kalmpjes voort. Klinkhammer nam er geen deel aan. In zijn binnenste streden nieuwsgierigheid en gekwetste trots om een antwoord op de vraag of hij moest informeren hoe het er in de zaak-Helling voor stond. Zijn trots won het van zijn nieuwsgierigheid omdat hij op de ambitieuze Grabowski vertrouwde. Hij informeerde niet eens of de namen Gabriele of Martin Lutz op Hellings lijstje prijkten. Het was onwaarschijnlijk dat Carmen de vier aan weerskanten zijden beschreven velletjes papier onder ogen had gehad.

En toe nu toe had hij voor de vriendin van zijn vrouw geheim kunnen houden dat hij Gabi kende. Hij was van plan dat zo te houden; ook Ines vond dat verstandig. Anders zou dat maar aanleiding geven tot stekelige opmerkingen. Dat een man zich bijna twee decennia lang voor een andere vrouw dan zijn echtgenote inzette en daar geen enkele bijbedoeling mee had, zou Carmen nooit hebben geloofd. Ze wist alleen dat Ines afgelopen voorjaar een succesvol boek had uitgegeven. *Zuster van de dood* van *Martina Schneider*.

Gabi schreef haar romans inmiddels onder dat pseudoniem. Ze had wel halsstarrige pogingen gedaan om de naam Romy Schneider te handhaven. Ines had haar echter aan het verstand kunnen brengen waarom dat echt niet kon. En omdat Ines haar vriendin geregeld van lectuur voorzag, had ze haar natuurlijk ook een exemplaar van die roman cadeau gedaan, maar de hint ingeslikt dat de schrijfster door Arno was ontdekt. Dat zou beneden hun beider waardigheid zijn geweest. Bovendien hoefde ze hem bij Carmen niet meer aanzien te geven of belangrijk te maken.

Carmen had het boek zelfs gelezen hoewel ze gewoonlijk weinig om romans gaf en al helemaal niet om misdaadromans. Maar dit vond ze een goed boek. Een ontroerend verhaal, ontzettend spannend en zo realistisch, met name wat betreft de nonchalante manier waarop de technische recherche werkte. Ze zou nooit op het idee gekomen zijn dat die domme Arno aan die realistische beschrijvingen het zijne had bijgedragen.

Toen de man van Carmen met Ines begon te discussiëren – hij speelde al geruime tijd met de gedachte een wetenschappelijk boek te schrijven maar wilde eerst eens horen welk bedrag hij als voorschot zou kunnen krijgen – informeerde Carmen: 'Zit jou soms iets dwars, Arno?'

Nee, een hooiberg. 'Hoezo?' vroeg hij.

'Je zegt geen stom woord. Ik dacht dat je blij zou zijn dat we de Russen op non-actief hebben gesteld. Je bent toch niet kwaad op me vanwege die kleine terechtwijzing afgelopen donderdag?'

Een kleine terechtwijzing! Hem voor het oog van Schöller zo de les lezen. Wat verstond ze dan in hemelsnaam onder een grote terechtwijzing?

'Als je dan toch met alle geweld iets had willen doen in Niederembt, had je er tenminste voor kunnen zorgen dat het halve politiebureau niet als een kudde olifanten door het huis had lopen stampen', meende ze als verklaring te moeten geven. 'Zoiets heb ik op een plaats delict nog nooit gezien.'

Hij bespaarde zich de moeite haar erop te wijzen dat hij er nu juist om die reden heen was gegaan en helaas te laat kwam. Dat kon ze eigenlijk zelf wel bedenken.

Dat deed ze ook. 'Begrijp me alsjeblieft niet verkeerd', zei ze. 'Geen mens verwijt jou dat die hosklossen sneller waren dan jij. Maar je moet eens ophouden te denken dat iedereen achterlijk is. Geef hun in elk geval de kans tot de inzichten te komen die jij al na vijf minuten had. Je had me ook onder vier ogen kunnen zeggen hoe jij ertegenaan kijkt.'

'Was ik ook van plan', zei hij nu.

Carmen lachte. 'Ja, nadat je er eerst Schöller mee op zijn zenuwen had gewerkt. Mocht het een geruststelling voor je zijn, hij denkt er precies zo over. Schöller is een goeie vent, hij kan het alleen niet uitstaan als zo iemand als jij de profiler uithangt. Dat ben je toch ook niet, Arno, je hebt er alleen maar aan gesnuffeld.'

Dat was een understatement. De kar uit de modder getrokken. Dat waren haar woorden geweest toen ze de aanklacht tegen de seriemoordenaar kon gaan opstellen. Maar wat had het voor zin haar daar nu aan te herinneren? Hij had zich immers voorgenomen tegenover haar zijn kiezen voortaan op elkaar te houden.

'Toe nou, Arno', zei ze verlokkend. 'Zo erg kan het niet geweest zijn. Je weet dat ik zulk soort dingen anders nooit doe.'

Zeg dat wel. *Wat een schatje, waar heb je die opgeduikeld, Ines? En hoe ziet hij eruit zonder dat modieuze groene kostuum? Of weet je dat nog niet? Geneert hij zich soms om het uit te trekken?*

Maar dat was langgeleden. Daarom had Ines destijds zo'n

haast gehad hem het huwelijksbootje in te sleuren. Dat was pure noodzaak geweest, het groentje – zoals Carmen hem vanwege het leeftijdsverschil en het uniform dat hij in die tijd droeg bij voorkeur noemde – zou zich door haar vriendin met haar grote mond weleens kunnen laten afschrikken.

Hij niet. Hij kon ook een grote mond opzetten, destijds misschien nog niet zo goed als zij. Maar hij leerde snel, had van zich afgebeten en geleidelijk aan was Carmen hem gaan respecteren. Sindsdien had hij uitstekend met haar overweg gekund – tot hij de bijscholingscursussen was gaan volgen waaraan hij dankzij zijn kennis bij de Duitse federale recherche had kunnen deelnemen. Dat hij zich vervolgens alleen tot hoofdinspecteur bij de recherchedienst van bureau Bergheim had willen laten promoveren, niet bereid was geweest een verzoek tot overplaatsing naar Keulen in te dienen en zich voortaan nog uitsluitend met zware criminaliteit bezig te houden, had ze niet begrepen en ze had het hem tot op heden niet vergeven. Hij kon het toch, verdomme nog aan toe! Dan moest hij het verdorie ook doen. En wel officieel.

'Ik zou niet weten wat ik moet zeggen als Schöller het met me eens is', zei hij.

'Vertel me nou maar gewoon met wie jij sinds donderdag zoal gesproken hebt', eiste ze. 'Ik weet zeker dat je onze jonge hoogvlieger opnieuw onder handen genomen hebt.'

Daarmee doelde ze op Grabowski; Schöller had zich aan diens zwak voor Klinkhammer bijna nog meer geërgerd dan aan het plattelandsprofilertje zelf. Carmen moest daarom lachen. Onenigheid tussen rechercheurs was weliswaar niet altijd even bevorderlijk voor het opsporingsonderzoek, maar het was echt niet de bedoeling dat die beste Arno rechercheerde of opspoorde. En als Grabowski zich verbeeldde dat hij de zaak-Helling met behulp van de bereidwillige ondersteuning van Klinkhammer op eigen houtje kon oplossen, kon het ook geen kwaad wanneer 'Kalle' een snee door de neus kreeg.

'Hij heeft al genoeg gekke ideeën', zei Carmen. 'Daar hoef jij niet ook nog eens een schepje bovenop te doen.' Vervolgens wilde ze weten of hij verder nog iemand had ondervraagd en daarbij iets van betekenis te horen had gekregen.

Van betekenis was datgene wat hij van meneer Müller en van de oude mevrouw Lutz had gehoord niet echt, dacht hij. Toen hij zijn hoofd ontkennend schudde, informeerde Carmen nog of er iets bekend was over de financiële situatie van Therese Helling. De sieraden die naar verluidt verdwenen waren, vertegenwoordigden immers een aanzienlijke waarde.

'Hoe bedoel je, naar verluidt?' vroeg hij. 'Denken jullie dat Helling jullie daarover iets op de mouw heeft gespeld om geld van de verzekering te kunnen innen?'

'Daar hoefde hij niets over te verzinnen', zei Carmen.

Ze hadden in de vitrinekast in de woonkamer ordners gevonden met keurig geordende bewijsstukken, waaronder het testament van Hellings grootouders, waarop de totale nalatenschap vermeld stond, onder meer het houten juwelenkistje waarvan de inhoud tot in detail beschreven stond. 'Die man heeft vast te veel tijd gehad', zei Carmen. 'We weten zelfs dat er een snoer met zevenentachtig parels bij was.'

Pietluttig, maar wel nuttig. Aan hun kleinzoon hadden de ouders van Therese een spaarbankboekje nagelaten waarop ze sinds zijn geboorte maandelijks iets hadden gestort. Daar had achtenveertigduizend en nog wat op gestaan. De rest – maar daar was geen grote som geld bij en ook geen effecten – had Therese geërfd. Blijkbaar ook de pietluttigheid van haar vader; van alles wat ze de afgelopen jaren zelf had gekocht zat er nog een kwitantie in de ordner.

Tot november 2001 had ze heel zuinig geleefd van haar inkomen. En toen was ze opeens flink tekeergegaan: de Fiat Punto met allerlei accessoires. Een gouden collier met een paar briljanten en een bijpassende armband, dat vreselijk dure polshorloge. Een cadeau van een vriend, zoals ze Klinkhammer had verteld, was dat niet, tenzij die vriend haar het geld voor het horloge had gegeven.

Ook over de ring met de grote zwarte saffier die ze altijd droeg en waarvan ze had beweerd dat het een erfstuk was, had ze gejokt. Op het lijstje van haar vader kwam dat prachtexemplaar niet voor, een kwitantie voor die ring had ze niet. Waarschijnlijk was dat een liefdeblijk dat ze een eeuwigheid geleden van een vriend had gekregen, vermoedde Carmen. Zelfs oude vrienden, en buren die al heel lang naast haar woonden, konden zich niet meer heugen Therese weleens zonder die ring te hebben gezien. Waarschijnlijk had ze hem niet meer kunnen afdoen omdat haar vingers in de loop van de jaren wat dikker waren geworden.

Therese zelf had voor die sieraden de afgelopen tweeënhalf jaar maar liefst twintigduizend euro uitgegeven. Verder had ze die auto nog gekocht, de woonkamer opnieuw ingericht, die kwam op iets minder dan vijftienduizend, een hypermodern elektrisch fornuis aangeschaft en wat kleding, die drieduizend euro had gekost. In haar financiële situatie moest dus in november 2001 iets radicaal veranderd zijn.

Tot dan toe had ze elke cent opzijgelegd die ze voor eigen gebruik of voor haar zoon niet echt nodig had. Dat had Schöller vrijdag van een bankemployé gehoord die Therese ooit had uitgelegd hoe belangrijk het was om iets voor je oude dag te sparen omdat de Duitse regering de mensen altijd valselijk had voorgehouden dat ze zich over hun pensioen geen zorgen hoefden maken. Therese wilde op haar oude dag niet van een uitkering en ook niet op de zak van haar zoon hoeven leven.

Ze hadden haar herhaaldelijk aangeraden haar spaargeld tegen een hogere rente weg te zetten dan ze er op een gewoon spaarbankboekje voor kreeg. Dat had ze uiteindelijk gedaan. Haar saldo bij de spaarbank bedroeg toen iets meer dan vijftigduizend euro. Eind oktober 2001 had ze dertigduizend in vastrentende waardepapieren geïnvesteerd. De rest had ze op haar spaarbankboekje laten staan dat Klinkhammer in de slaapkamer op de grond had zien liggen. Van dat restant had ze een deel van haar aankopen gedaan. Het saldo bedroeg momenteel nog bijna tienduizend euro en dat betekende dat ze niet voor al haar nieuwe aankopen geld van haar spaarbankboekje had gehaald. Ze had er ook geen geld meer op gestort. Vermoedelijk had ze nog een rekening bij een andere bank gehad. Schöller was van plan dat morgen te laten uitzoeken.

Therese moest in oktober en november nog uit een andere bron geld hebben gekregen. Misschien een groot bedrag ineens, waardoor ze er goed van kon leven en niet meer elke maand iets voor haar oude dag opzij hoefde te leggen. De laatste opname van haar spaargeld paste immers ook niet bij het inkomen dat een wijkverpleegkundige normaliter verdient.

Achttienhonderd euro; als dat alleen voor het huishouden bestemd was, was het veel, vooral wanneer je bedacht dat Therese rond de eerste van de maand al een keer achthonderd euro van haar girorekening had gehaald. Wat was ze van plan geweest met die achttienhonderd?

Klinkhammer dacht aan de oude Polo van Anni Neffter, de elektrische rolstoel voor meneer Müller en de rekening van de loodgieter die Therese voor een alleenstaande moeder had betaald. Gabi's dochter had dat vrijdagavond verteld. Het lag op het puntje van op zijn tong om daarover te beginnen. Hij deed het niet. 'Misschien heeft ze nog van iemand anders geërfd', zei hij. 'Het schijnt voor te komen dat oude mensen die geen familie hebben hun vermogen aan degene vermaken die op het laatst voor hen heeft gezorgd.'

Carmen knikte. 'Daar hebben wij ook al aan gedacht.'

'Wat zegt Helling ervan?'

'Zijn naam is haas, hij weet nergens iets vanaf, het verbaast me dat hij zijn geboortedatum kent. Het moet wel een uitermate zwijgzame familie zijn. Zijn schoonouders zeggen nooit waar ze heen gaan met vakantie. Zijn moeder deed niet alleen geheimzinnig over haar liefdesgeschiedenissen maar ook over haar financiële situatie.'

'En daar geloven jullie niets van', stelde Klinkhammer vast.

'Nee. We hebben geen rekeningafschriften gevonden. Vind ik hoogstmerkwaardig voor een vrouw die elk kassabonnetje in een ordner opborg. Vermoedelijk lagen de bankbescheiden en andere spullen die je niet graag ziet rondslingeren, in de kelder. Daar bevond zich een kluisje in de muur. Zoiets verwacht je nou niet bepaald in het standaardhuisraad van een wijkverpleegkundige.'

Het kluisje kon met behulp van een cijferslot worden geopend. De combinatie had Schöller in elk geval van Helling doorgekregen, maar het was dan ook Hellings geboortedatum. Er zaten echter uitsluitend de kentekenbewijzen in van de Nissan en de Fiat Punto, de reservesleutels van beide auto's en enkele lege juwelenkistjes.

'Helling beweerde dat zijn moeder het kluisje nooit echt heeft gebruikt', vervolgde Carmen. 'Een enkele keer schijnt ze er haar sieraden in te hebben gelegd maar ze daarna weer in het juwelenkistje te hebben bewaard zodat ze er gemakkelijk bij kon. Waarom heeft ze dan zo'n ding aangeschaft?'

'Het spaarbankboekje kan ook niet achter slot en grendel hebben gelegen', zei Klinkhammer.

Carmen glimlachte. 'Waarom niet? Wel als hij het kluisje heeft leeggehaald. Maar dat boekje kon zijn moeder met een gerust hart laten rondslingeren. Het is met een wachtwoord beveiligd en bovendien geblokkeerd. Die tienduizend euro krijgt hij alleen als hij een bewijs van erfgenaamschap kan tonen.'

'Een bewijs van erfgenaamschap', herhaalde Klinkhammer.

De glimlach verdween van haar gezicht. 'Staat je dat niet aan, het idee dat dat misschien het motief is? Helling is in de bungalow van Dora Sieger geweest, hij wist hoe het er daar uitzag – precies zoals in de slaapkamers in Niederembt, zei Schöller.'

'Toen zijn moeder stierf had Helling dienst.'

'En zijn vrouw was thuis', vulde Carmen aan. 'Zij heeft het er ooit veel beter van kunnen nemen dan nu van zijn salaris. Jij bent toch het hele huis doorgelopen? Heb je niet gezien wat er in hun slaapkamer allemaal in de kast hing? Daar waren enkele heel kostbare kledingstukken bij, kledingmerken waarbij ik wel drie keer zou hebben nagedacht of ik me dat wel kan permitteren. En ik hoef niet echt op geld te kijken.'

Nee, als hoofdofficier van justitie had ze een riant inkomen en haar man verdiende als arts en afdelingshoofd neurologie in een groot ziekenhuis in Keulen ook nog het nodige. Hij hield

Ines intussen aangenaam bezig met de problemen waarmee hij onverwachts tijdens een routineoperatie was geconfronteerd. Dat kon hij in een wetenschappelijk boek aanschouwelijk maken en wel zo dat het ook begrijpelijk was voor leken.

Dat ving Klinkhammer zijdelings op. Hij zag weer voor zich hoe Hellings vrouw op de bank had gelegen. Op de kleren in de donkere slaapkamer had hij niet speciaal gelet. Maar Helling kleedde zich ook niet bepaald eenvoudig. Geen wonder als hij eerst van zijn grootouders en zijn moeder en daarna nog van iemand anders had geërfd.

Carmen sprak door over Hellings vrouw: iemand die aan de drank was en zelf geen inkomsten had, was op aalmoezen aange-wezen of moest stelen. Dat laatste zou na Thereses laatste bezoek aan de bank de moeite waard zijn geweest. Achttienhonderd euro minus honderd. Weliswaar wist niemand of Therese het totale bedrag in haar portemonnee had gelaten, maar het was wel waarschijnlijk dat er nog iets in gezeten had. En een dader van buiten het gezin zou de kassabonnetjes van de drogisterij en de kapper er met het geld hebben uitgehaald.

'Terwijl ik niet eens geloof dat het haar om het geld begon-nen was', zei Carmen. 'Voor haar stond alles op het spel. Haar schoonmoeder had aangekondigd haar buiten de deur te zetten als ze nog één keer zou drinken. Dat heeft ze afgelopen dins-dag al gedaan. Misschien was ze woensdag wel bang dat haar man zich gedwongen zou zien om te kiezen: doorgaan met zijn gemakkelijke leventje bij zijn moeder of een eigen huishouden met een ziekelijke baby en een alcoholiste, zodat hij de meeste huishoudelijke taken zelf zou moeten verrichten.'

Klinkhammer had het gevoel dat hij iets over die ziekelijke baby moest zeggen, dat klonk zo onschuldig. Maar dan zou hij moeten zeggen van wie hij die informatie had. Dat was een pro-bleem. Dus wees hij er Carmen alleen op dat hij er toch wat anders tegen aankeek dan Schöller. 'Zij heeft het niet gedaan.'

Carmen fronste even haar wenkbrauwen. 'Zo, nu opeens niet meer? Waardoor ben je van mening veranderd? Je hebt Schöller donderdag nog nadrukkelijk op haar geattendeerd. Vind je het nu soms sneu dat een collega door jouw toedoen na zijn moeder ook nog zijn vrouw kwijtraakt? En zijn baan, wanneer ik tenminste kan bewijzen dat hij definitief met haar heeft afgerekend.'

'Ik heb niemand op de vrouw van Helling attent gemaakt', zei hij. 'Er is Schöller zeker iets in het verkeerde keelgat geschoten.'

'Geeft niet', vond Carmen. 'Het belangrijkste is dat hij het op de juiste wijze heeft geïnterpreteerd.'

Verdachte aanwijzingen

Carmen Rohdecker was de halve zaterdag bezig geweest samen met Schöller na te gaan wat er tot nu toe aan bewijs lag. Dat wees overduidelijk één kant op, zoals Klinkhammer het volgende uur te horen kreeg. Maar met uitzondering van het sectierapport en andere verslagen van het forensisch onderzoek waren er nog geen laboratoriumuitslagen beschikbaar. Het analyseren van sporen was nu eenmaal tijdrovend, vooral wanneer een kudde olifanten op de plaats van het delict had rondgestampt en de zoon van het slachtoffer in de badkamer zijn *wanhoop* de vrije loop had gelaten, zoals Carmen het letterlijk formuleerde. Desondanks kon nu al worden uitgesloten dat er in de bewuste nacht een vreemde op de bovenverdieping was geweest.

Het motief lag voor de hand: een jonge moeder zag niet graag dat haar schoonmama de baby op eigen houtje naar haar ouders bracht en dan waarschijnlijk ook nog tegen hen op haar schoondochter zat af te geven. Dan was er uiteraard een flinke ruzie ontstaan. Je kon er zeker van zijn dat een doortastend type als Therese niet zou hebben gezegd: 'Ik heb de kleine meid naar je ouders gebracht, lieve Stella, dan stoort ze je tenminste niet als je aan het zuipen bent.'

De verklaring die Stella vrijdag had afgelegd, was geen stuiver waard, vond Carmen. Haar echtgenoot had zijn duim voortdurend op en neer bewogen en zij had daar steeds op zitten letten, dat was ook Schöller niet ontgaan. Daarmee was de hinkende indringer met zijn sporttas afgedaan als een verzinsel. Waarom hij had moeten hinken – ach, zo'n klein detail deed het immers goed. Zo leek een verzinsel net een greintje meer op waarheid te berusten en daar trapten onervaren carrièrejagers als Grabowski in.

'Het zou best eens zo kunnen zijn dat Helling de sporttas met de buit 's morgens het huis uit heeft gebracht', zei Carmen. 'Maar het heeft weinig zin hem onder druk te zetten zolang we geen onomstotelijk bewijs hebben. Die vent is zo glad als een aal. Ergens doet hij me denken aan jouw grote vangst.' Daarmee doelde ze ongetwijfeld op de seriemoordenaar. Dat ze die nu betitelde als 'jouw grote vangst' was vermoedelijk bedoeld om de hooiberg uit de wereld te helpen.

In de loop van de volgende dag zou ze zelf eens met het *drank-orgel* gaan praten, eens horen wat ze te vertellen had wanneer haar echtgenoot haar niet souffleerde. Om te voorkomen dat Helling daar nogmaals de gelegenheid toe kreeg postte er vanaf maandagochtend vroeg een Keulse politieman bij de deur van Stella's kamer in het ziekenhuis. Wanneer ze dat aan een van Hellings collega's uit de regio Rhein-Erft hadden overgelaten, zou deze hem wellicht toch oogluikend bij zijn vrouw laten. Maandagmiddag zou ze haar drie komma acht promille inmiddels wel hebben uitgezweet, dacht Carmen. Dan kon in elk geval geen advocaat later beweren dat er misbruik was gemaakt van haar toestand om haar een bekentenis af te dwingen.

Na die inleiding werd ze concreet: Schöller had geschat dat met een ritje naar Keulen-Dellbrück ruim twee uur gemoeid was. Daarmee zat hij op dezelfde lijn als Klinkhammer. Dat Therese wat langer bij de grootouders was gebleven, sloot hij uit, anders klopte het qua tijd niet. Bij de overval had de dader namelijk niet alleen het voorste deel van Thereses schedel en haar rechterpols verbrijzeld – dat laatste vermoedelijk omdat ze haar arm afwerend voor haar gezicht gehouden had – ook haar kostbare horloge had de klap niet overleefd.

De verantwoordelijke vrouwelijke forensisch patholoog-anatoom had zoals gebruikelijk het tijdstip van overlijden slechts bij benadering kunnen vaststellen. Omdat het horloge stil was blijven staan, wisten ze het heel precies – met een marge van vijf minuten omdat je nooit wist of het horloge misschien iets voor- of achterliep. Achttien minuten over twaalf. Dat kwam overeen met de tijdstippen die Helling donderdagochtend had genoemd en die zijn vrouw vrijdag had herhaald. Kabaal om middernacht, een half uur daarna een indringer in de woonkamer. Thereses dood in de badkamer zat daar mooi tussenin. Maar dat kon alleen als een onbekende man haar op de hielen had gezeten of al in huis was geweest. En daar zag het allemaal niet naar uit.

Dicht op de hielen – het was weliswaar voorstelbaar dat Therese inderhaast de beide vleugels van de poort had opengegooid en daarbij de motorfiets had omgegooid. Maar dan zou ze daarna gegarandeerd de woonkamer zijn binnengerend, moord en brand hebben geschreeuwd en niet alleen haar dronken schoondochter hebben gewekt, maar ook de buurt in rep en roer hebben gebracht. En mocht de poort al wagenwijd opengestaan hebben toen ze thuiskwam, dan zou ze zich beslist niet argeloos hebben klaargemaakt voor de nacht. Ze zou de poort ook niet van het slot hebben gelaten als ze twee uur weg was, want ze was op de hoogte van de moord die in Bedburg was gepleegd. Op dat punt was Carmen het met Schöller eens.

'Is de poort verzegeld?' vroeg Klinkhammer.

'Ja', luidde het enigszins geïrriteerde antwoord omdat de vraag insinueerde dat de collega's uit Keulen onzorgvuldig te werk waren gegaan. Ze hadden er een heleboel vezels op aangetroffen, wat geen wonder was aangezien de poort bij bepaalde weersomstandigheden klemde. Therese, haar zoon en schoondochter hadden er waarschijnlijk meer dan eens met kracht tegenaan moeten duwen en dus zouden er wel vezels van allerlei jassen, jacks en truien op zitten. De vergelijking van al die vezels met de inhoud van de kleerkasten zou een tijdrovend karwei worden. En dat, dacht Carmen, zou gegarandeerd niet méér opleveren dan de zekerheid dat er geen onbekende derde had geprobeerd om de poort met kracht open te krijgen. Louter tijdverspilling en niet te vergeten een zinloze verkwisting van belastinggeld.

Iemand had 's morgens in de schuur lopen rommelen, daar was Carmen al evenzeer van overtuigd als het hoofd van de afdeling moordzaken. Vroeg in de ochtend klapte er bij meer huizen een garagedeur open, dan viel het kabaal van een omvallende motor nog minder op dan 's nachts. Als je een motor met opzet omgooide, kon je het lawaai doseren.

Klinkhammer had daar een andere opvatting over. Het zou immers niet nodig zijn geweest om een hoop herrie te maken.

Als Helling 's morgens iets in scène had gezet, had hij alleen maar met een schroevendraaier in het slot hoeven te wrikken. Maar omdat het tijdstip van overlijden nu vaststond, hield hij voorlopig zijn mond en hij luisterde naar wat ze verder nog hadden ontdekt.

Op de brede poortvleugel hadden ze uitsluitend vingerafdrukken van Stella aangetroffen. Op de schuifbout en de ijzeren stang waarmee je die vleugel kon vastzetten waren delen van Thereses vingerafdrukken waargenomen. Die konden echter best van maandag, dinsdag of de week ervoor zijn. De schuifbout en de stang boven de spijker waren ook met een tang in beweging te krijgen. Er lag genoeg gereedschap op de servieskast.

De gil die de buurvrouw om tien voor half drie had gehoord kon inderdaad afkomstig zijn geweest van de televisie, want Stella kon na wat er zojuist was gebeurd best wat afleiding hebben gezocht. Het was ook mogelijk dat ze zelf had gegild toen ze in de glassplinters trapte, dacht Carmen.

'Ze is niet in het glas getrapt', corrigeerde Klinkhammer haar. 'Ze is erin gesprongen en wel met beide voeten tegelijk. Dat doet een mens uitsluitend wanneer hij in paniek is.'

'Dan kwam het geluid 's nachts van de televisie en is ze in paniek geraakt toen haar man 's morgens thuiskwam', wierp Carmen tegen. 'Helling had een heel hechte band met zijn moeder, hebben we van iedereen gehoord. Hij zal niet bepaald enthousiast zijn geweest. Waarschijnlijk heeft hij zijn vrouw alle hoeken van de kamer laten zien nadat hij het lijk had gevonden.'

Hoe laat de bloedsporen op de vloer, op de patio en in de schuur waren gekomen, kon niemand zeggen. De grote bloedvlek bij de gangdeur was in een verwarmde kamer snel droog. En de wijnvlek op de overloop was nog vochtig, zoals Klinkhammer zelf had kunnen constateren.

Carmen somde nog meer bezwarende feiten op: geen niet-identificeerbare DNA-sporen in de badkamer of op het lijk. En iets trof je altijd wel aan, een haar, een huidschilfertje, een druppeltje speeksel of zweet van de dader. Er waren geen vingerafdrukken van onbekende derden op de kastdeuren of de laden in de slaapkamers aangetroffen. Oké, beroepsinbrekers droegen handschoenen. Ook onervaren daders wisten dat je iets om je vingers moest doen of vingerafdrukken achteraf moest wegvegen. Maar in de badkamer waren ook alleen op de klink van de deur enkele vingerafdrukken aangetroffen. Van Helling die de deur 's morgens naar zijn zeggen om acht uur had opengedaan om een handdoek te halen. Zijn moeder had echter 's nachts ook de deur open moeten maken als die, zoals Helling beweerde, altijd dicht was.

Alle sporen uitgewist, zelfs op de knop waarmee je het toilet doortrok. Er was ook doorgetrokken, alleen niet erg goed. Het klopte wat Grabowski vrijdag had gezegd: Therese zat inderdaad op de wc toen ze werd aangevallen. Wie zou ze nu zo dichtbij hebben laten komen dat die persoon haar in een dergelijke situatie de schedel had kunnen inslaan? Als ze zich niet volkomen veilig had gevoeld, zou ze de deur wel op slot hebben gedaan. En als er onverwachts een gemaskerde indringer binnengekomen was, zou ze vast en zeker overeind gesprongen zijn.

'Dat hoeft niet per se', zei Klinkhammer. 'Bepaalde zaken kun je niet zomaar onderbreken. Ze zal hebben verwacht dat het haar schoondochter was. Dus moet je een seconde van schrik incalculeren. Zo groot was de badkamer niet: twee, drie stappen en je bent bij het toilet. In die fractie van een seconde kun je alleen maar tot het besef komen dat het iemand anders is en in een reflex je arm omhoog doen.'

Wat hem ertoe bracht de advocaat van Hellings vrouw te spelen, wist hij niet. Met sympathie had het niets van doen, louter met het scenario in de schuur en met haar voetsporen. Als Helling haar door de woonkamer achternagezeten had, zou ze in een bepaalde richting, vermoedelijk naar de patio, zijn gevlucht en ook buiten eerst nog stappen met haar hele voet hebben gemaakt, gewoon omdat ze in paniek was, misschien zelfs in doodsangst verkeerde. Maar dan had ze niet tussen beide deuren heen en weer gelopen.

En het was nogal wat om een vrouw met drie komma acht promille naar een knusse arrestantencel in Bergheim te transporteren om haar, nadat ze haar roes op een betonnen bank had uitgeslapen, te kunnen vragen: 'Waarom heb je de hele nacht verdorie niets anders ondernomen dan je bezatten?'

Dat meende hij intussen echter te weten: omdat ze pas naar buiten had durven gaan toen het buiten licht werd. Alleen kon je met een opvatting geen indruk maken op een rechter-commissaris of een rechter van instructie. Carmen baseerde zich op feiten. Voorste deel van de schedel verbrijzeld, eerste klap tussen de ogen, oog in oog met het slachtoffer, dat pleitte voor een dader die het slachtoffer goed kende.

'Haar van achteren neerslaan is geen optie', luidde zijn volgende tegenwerping. 'Ze had de muur achter zich. Ze zal ook naar de deur hebben gekeken en dus haar gezicht in de richting van de dader hebben gekeerd.'

'Vier slagen, Arno', zei Carmen met nadruk. 'Het moet een bloedbad zijn geweest.'

'Dat bestrijd ik heus niet', zei hij. 'Stel je eens een man voor wiens vrouw door Therese is overgehaald om zich van hem te laten scheiden. Ze verpleegde niet alleen oude mensen en het is niet ondenkbaar dat allerlei mensen woedend op haar waren. Dat moeten jullie onderzoeken.'

Carmen maakte een afwijzend gebaar en beschreef het moordwapen. Een kantig, volkomen glad voorwerp. Hoogstwaarschijnlijk een van de prijsbekers die op de plank boven de babycommode stonden. Ze hadden een marmeren sokkel waardoor sommige van die bekers niet minder dan twee kilo wogen. Daarmee was de zaak wel duidelijk. Een onbekende derde zou nooit per ongeluk de kinderkamer in zijn gegaan om daar een wapen te zoeken. Op de zeven prijsbekers die er stonden waren geen bloedsporen aangetroffen. Maar Helling had zaterdag verklaard dat hij in zijn jeugd op acht schaaktoernooien een dergelijke trofee had gewonnen en bij talloze andere gelegenheden alleen een certificaat. Er ontbrak dus een prijsbeker.

En dat was nog niet alles, zei Carmen, refererend aan het sectierapport. Therese was namelijk niet van het toilet gevallen zoals Klinkhammer al veronderstelde, en al helemaal niet met haar bovenlichaam voor de wastafel terechtgekomen. Ze was eerst tegen de muur naast het raam in elkaar gezakt en nadat haar spierstelsel verslapt was, was ze in de smalle ruimte tussen de muur en de wc gegleden.

De matte plekken op de voor het overige glanzende muurtegels die hem ook al waren opgevallen. Dat was een teken dat er iets was weggewist. Daar zou haar hoofd weleens tegenaan gekomen kunnen zijn. Op de tegels was bloed te zien geweest. En een onbekende derde zou nooit de moeite hebben genomen om de muur schoon te maken en er het bloed van zijn slachtoffer af te wissen. Een onbekende derde zou ook nooit urenlang in het huis gebleven zijn of nog eens teruggekomen zijn om het lijk op een andere plek en in een andere houding te leggen en nog een sieraad te ontvreemden.

Therese moest nogal wat uren gehurkt in de smalle ruimte hebben gezeten. Dat was duidelijk geworden uit de plekken waar zich lijkvlekken bevonden en uit de vorm van die vlekken. Schaafwonden aan het middelste kootje van de linkerringvinger bewezen bovendien dat de ring met de saffier pas geruime tijd nadat de dood was ingetreden, met geweld van haar vinger gerukt was. Hoelang daarna was niet te zeggen.

Voor die actie kwamen zowel haar zoon als haar schoondochter als dader in aanmerking. Maar hem achtte Carmen er niet toe in staat. Van woede en vertwijfeling vier keer met de sokkel van een schaaktrofee op een schedel in houwen, vervolgens voor de televisie gaan zitten en jezelf klemzuipen, dat wel. Later opnieuw naar het lijk gaan en allerlei kunstgrepen toepassen, daar moest je koelbloedig voor zijn en helder kunnen denken. Dat was bij Stella 's nachts vermoedelijk niet het geval geweest. Helling had er vervolgens voor gezorgd dat de juiste indruk werd gewekt, geloofde Carmen.

Toen hij thuiskwam moest het lijk al helemaal stijf zijn geweest. Thereses linkerarm was naar achteren gebogen en zat klem tegen de rand van het toilet. Hij kon alleen bij haar hand komen als hij zijn moeder uit de spleet trok. Geen inbreker of roofmoordenaar zou die ring aan haar vinger hebben laten zitten.

Het duurde even voordat Klinkhammer dat had verwerkt. Zou een zoon zoiets over zijn hart kunnen verkrijgen, de ring van de vinger van zijn dode moeder afrukken omdat hij dacht dat zijn vrouw haar had gedood? Maar Carmen en Schöller geloofden het immers ook? En als een man van een vrouw hield was hij tot veel in staat. Zelf zou hij voor Ines alles hebben gedaan.

'Het zal echter zo goed als onmogelijk zijn om dat te bewijzen', zei Carmen. 'Zijn moeder lag voor de wastafel toen hij haar vond, dat wil hij onder ede verklaren. Uiteraard heeft hij haar hand niet aangeraakt. Hij heeft haar alleen in zijn armen genomen; dat is aan zijn kleren te zien. Op dat moment dacht hij niet rationeel, want hij verkeerde in shock.'

'Grabowski zei vrijdag dat er op het T-shirt van Hellings vrouw geen bloedsporen te vinden waren', wierp Klinkhammer nog tegen. 'Na vier slagen zou daar toch bloed op moeten zitten en als ze het lijk heeft versleept ook.'

'Dat wil zeggen als ze dat T-shirt aanhad', zei Carmen. 'Er zat niet eens bloed van haarzelf op. De vlekken waren van de rode bessen afkomstig. De hele bank was met haar bloed besmeurd, terwijl je normaliter je vingers toch eerst aan je kleren afveegt en niet aan de meubels.'

Ze hoopte dat in het forensisch laboratorium morgen het bewijs zou worden geleverd dat het vlekkerige T-shirt uit een stapel wasgoed gehaald was die in de kelder voor de wasmachine lag. Boven op de stapel hadden spullen van de baby gelegen, onder meer een hemdje met duidelijke sporen van ontlasting, net als op het T-shirt, het kon niet anders of het shirt was met het hemdje in aanraking gekomen toen de ontlasting van de baby nog zacht was.

'Zoiets komt voor als je een kind met een volle luier draagt', zei Klinkhammer.

'Daar spreekt de ervaring', spotte Carmen. 'Hoe heb jij al je kinderen dan gedragen als ze een poepluier hadden? Op je arm, neem ik toch aan. Op je rug is niet direct gebruikelijk. Je legt ze aan de voorkant tegen je schouder aan als ze een boertje moeten doen, heb ik me door Schöller laten vertellen. Hij is expert op dat gebied. De vlek zat aan de achterkant onder het linker schouderblad.'

'Shit', mompelde Klinkhammer.

'Letterlijk zelfs', zei Carmen. 'Denk maar niet dat ik het leuk vind om de vrouw van een politieman wegens moord aan te klagen. En daar zal het wel op uitdraaien. Ze komt alleen weg met doodslag wanneer haar man toegeeft dat hij achter de afleidingsmanoeuvre zit. Dat hij dat uit eigen beweging zal doen, waag ik te betwijfelen.'

Er was slechts één minuscule aanwijzing die voor dit laatste pleitte. Onder de kledingstukken die op de slaapkamer van Helling uit de kast gerukt waren, bevonden zich enkele kleine bloedvlekjes. Helaas bewezen die niet dat Stella op haar gewonde voeten over de vloerbedekking had getrippeld voordat de kleerkast was leeggehaald. Die spullen konden ook op een andere plaats terechtgekomen zijn toen Helling nachthemden en ondergoed opraapte.

Sporen van bebloede profielzolen hadden ze in de slaapkamers nergens kunnen aantonen. En gezien de manier waarop Helling in de badkamer had rondgeklost hadden ze daar iets moeten vinden. Maar schoenen kon je uittrekken en handschoenen kon je aandoen. Kasten, laden en het kluisje in de kelder voor het grootste deel leegruimen was in een mum van tijd gebeurd. Je trok er alles uit, gooide sieraden, kleding met bloedspetters van je echtgenote en het wapen waarmee het misdrijf was gepleegd in je eigen sporttas, die Carmen overigens als een zeer veelzeggend gegeven beschouwde. Een onbekende derde zou eerder de dure weekendtas hebben gegrepen die Helling voor zijn vrouw had ingepakt. Wanneer je de tas moest weggooien, dan liever een oud ding. Het geld stopte je in je zak, je legde de tas in de kofferruimte van de auto. Dan kon je de sieraden er weer uithalen en de rest op een onbewaakt moment laten verdwijnen.

Hellings Nissan stond afgelopen donderdagmorgen voor het huis. Geen mens had zich die ochtend voor zijn auto geïnteresseerd, wat Carmen nu als een ongehoorde onachtzaamheid beschouwde, hoewel ze er zelf evenmin aan had gedacht. Maar ze was er ook niet lang geweest, omdat Schöller zich meteen had beklaagd en haar had toegesnauwd: 'Zorg alstublieft dat die plattelandsprofiler hier verdwijnt.' Daarna was iedereen die iets van belang had kunnen zeggen ertussenuit geknepen.

Als je echter in tijdnood was en onder zware druk stond, zoals Helling donderdagmorgen, maakte je altijd wel een foutje. Er is geen vrouw die uit eigen beweging iets uit de stapel wasgoed in de kelder pakt om dat aan te trekken. Hij had vermoedelijk gedacht dat ze er in die vuile woonkamer geloofwaardiger uitzag wanneer ze iets smerigs aanhad. En hij had er in alle hectiek vermoedelijk niet aan gedacht dat het geen zin had om kledingstukken met verraderlijke bloedsporen te laten verdwijnen wanneer daar steengruis en brokjes pleisterwerk van afgevallen waren.

Op de bank hadden ze volop steengruis aangetroffen. Ook op het voeteneinde van Thereses bed lag wat, daar was Stella blijkbaar gaan zitten nadat ze de fles bessenjenever van de vensterbank had gepakt. En in de badkamer: Helling had weliswaar voor de deur een complete tapdans ten beste gegeven en het lijk van zijn moeder over de grond heen en weer gesleept – om de voetstappen van zijn vrouw uit te wissen – maar het steengruis en een paar piepkleine schilfertjes pleisterwerk had hij daarmee niet verwijderd. Waarschijnlijk waren die verraderlijke sporen hem niet eens opgevallen.

Hij had tijd genoeg gehad om te knoeien met bewijs op de plaats van het delict en om dingen te laten verdwijnen. Om zeven uur zat zijn dienst erop. Er was tijdens zijn nachtdienst niets bijzonders voorgevallen. Kehler had het verslag van hun patrouille ingevuld. Helling had zich intussen omgekleed en met een collega nog een praatje gemaakt over het feit dat het zo'n rustige nacht was geweest. Veel haast had hij schijnbaar niet gehad. Het ritje naar huis duurde ongeveer twintig minuten. Hij had het ook in een kwartier kunnen redden.

Zijn vriend had hij pas om kwart over acht gebeld. Kehler had daarna nog een paar minuten nodig gehad voordat hij zich eindelijk zozeer had vermand dat hij in staat was de politiepost telefonisch te alarmeren. De politiepost! Daar wond Carmen zich over op. Dat noemde zich politieman, het belangrijkste was dat de collega's meteen op de hoogte werden gesteld.

Ze vermoedde dat Helling Kehler had verzocht hem nog wat tijd te gunnen. Kehler had dat uiteraard ontkend. Hoe dan ook: er was ruim een uur verstreken voordat de eerste politieauto's arriveerden. In de tussentijd had Heiner Helling zich vermoedelijk meer als echtgenoot dan als zoon gedragen.

En als iemand die zijn vrouw stevig een strop om haar hals had gelegd, vond Klinkhammer. In zijn ogen waren schilfertjes pleisterwerk in de badkamer nog geen verraderlijk spoor. Die konden ook in de loop van de dag van de kleding zijn gevallen. Wanneer de vrouw van Helling in de aanbouw aan het werk was geweest en naar de wc was gegaan, was het niet meer dan logisch dat ze het toilet in de badkamer had gebruikt.

Hij was er nog steeds niet volkomen van overtuigd dat zij het had gedaan. Het tijdstip van overlijden was uiteraard zeer belastend. En daarom was hij er zeker van dat Carmen haar zou laten berechten en dat daar hoogstwaarschijnlijk een veroordeling op zou volgen, want er was geen enkele rechercheur meer te vinden die geloof hechtte aan de gemaskerde indringer. En als je ergens geen geloof aan hechtte, ging je er ook niet achteraan.

DEEL 6

Stella's baby

De strijd om de waarheid

Heiner kwam zonder de kleine meid uit Hamburg terug, ook al had hij Stella 's morgens vroeg nog beloofd haar mee te brengen. Hij belde pas na acht uur 's avonds naar het ziekenhuis en moest toen toegeven dat hij de lange rit vergeefs had gemaakt. Hij was inmiddels op de terugweg en stond nu bij een wegrestaurant, want hij had de hele dag nog niets fatsoenlijks gegeten. Madeleine had hem niet eens een kop koffie gegeven, beweerde hij. Dat nam Stella nog wel van hem aan. Madeleine had alleen van hem willen weten of haar zus weer had gedronken. 'Waarom zou jouw moeder Johanna anders weggebracht hebben?' Daar twijfelde haar zusje dus niet aan. Je kon Madeleine trouwens echt niets wijsmaken.

De lijn was aanvankelijk heel slecht en bijna was ze dankbaar dat ze niet elk woord goed kon verstaan. Madeleine had nogmaals verteld dat haar ouders en Tobi dinsdag bij haar gearriveerd waren. Twee van haar buren hadden dat bevestigd. Toch geloofde Heiner het blijkbaar niet of wilde hij het niet geloven. 'Zouden ze nou echt denken dat ze daarmee wegkomen?' zei hij kwaad. 'Ik snap nog steeds niet wat ze zich in het hoofd halen.'

Zij snapte niet wat híj zich in het hoofd haalde. Omdat de politie haar het weekend niet had lastiggevallen, nam hij aan dat zijn inspanningen de moeite waard waren geweest. Maar hij kon toch niet in alle ernst denken dat dat zo zou blijven wanneer haar vader naar de politie stapte en daar verklaarde dat ze zich van een hoopje ellende had ontdaan? Dat vertelde ze hem ook.

Al uren hoorde ze haar vaders stem in haar hoofd. De gevoelloosheid, de woede, zijn sarcasme. *Inbrekers stelen geen baby's.* Natuurlijk niet. *De hartelijke groeten van Romy. Jouw baby voor de mijne.* Gabi met haar *engelbewaarder* en haar *leven* dat ze zich niet nogmaals ongestraft wilde laten ontnemen. En de schim had iets gezegd over *betalen*.

Maar toen ze over de verschijning van de schim begon en ook nog beweerde dat hij iets had gezegd, viel Heiner haar geïrriteerd in de rede: 'Lieveling, die inbrekersbende waarvoor ik je de afgelopen weken zo dikwijls heb gewaarschuwd, komt uit Oost-Europa. Het staat niet vast dat een van hen de dader is. Maar mocht er inderdaad iemand in de woonkamer geweest zijn, dan heeft hij misschien in het Pools, het Kroatisch of het Russisch gevloekt toen hij jou zag. En in jouw oren klonk dat misschien als "betalen".'

'Na alles wat jij over die bende hebt verteld, zou geen van hen met een vloek hebben volstaan', wierp ze tegen.

'Dan had je misschien een nachtmerrie en ben je opeens wakker geschrokken.'

'Nee', verklaarde ze en bijna woordelijk, maar deze keer met vaste stem, herhaalde ze de zinnen die ze smekend tegen haar vader had uitgesproken, inclusief het verhaal over de stank, de gloeiende groene ogen en de wijnfles die van tafel gevallen was.

'Het zal de kater van Bündchen wel weer zijn geweest', meende Heiner op grond van haar verhaal. 'Als die op de tafel gesprongen is, kan hij best de fles omgegooid hebben. Als hij daarna op jouw borst is gesprongen en er een lamp in zijn ogen reflecteerde – kattenogen gloeien. Een volgroeide kater kan in zijn sprong op iets groots en zwarts lijken dat recht overeind voor je staat. Dat zou ook een verklaring zijn voor die stank. Katten zijn roofdieren en ze stinken uit hun bek. Een niet-gecastreerde kater verspreidt nog een heel ander soort stank. Hou er nou eens over op.'

'Nee', zei ze met klem. 'Ik hou er niet over op. Nou moet jij eens goed naar me luisteren. Katten kunnen geen videoband uit de recorder halen en er een andere band instoppen. En een inbreker zou dat ook niet doen. Ik had een band met zes afleveringen van *Vakantie en andere rampen* in de recorder gestopt en toen ik wakker werd, werd een scène uit *De schim* afgespeeld.'

Secondenlang was het stil aan de andere kant van de lijn. Ze zag precies voor zich hoe Heiner zijn lippen optrok, waarschijnlijk rolde hij ook nog met zijn ogen omdat ze hem met haar standvastigheid op zijn zenuwen werkte. 'Je zult in je slaap wel op een toets van de afstandsbediening hebben gedrukt en toen midden in de film zijn beland.'

'Nee!' protesteerde ze opnieuw. 'Het was niet op tv, daar was het al veel te laat voor.' Zeventien over twee. Ze had de groen fluorescerende cijfers op de videorecorder toch met eigen ogen gezien? Ook al was ze op dat moment niet helemaal nuchter geweest, vanaf dat moment had ze regelmatig op de klok gekeken. Daarom wist ze zeker hoe laat het was geweest en de rest wist ze ook nog precies. 'Het was een videoband zonder opschrift. Ik heb hem uit de videorecorder gehaald.'

'Waarom vertel je me dat nu pas?' vroeg hij ongelovig.

Wanneer had ze het hem dan moeten vertellen? 'Ik was het vergeten. Het schoot me te binnen toen mijn vader hier was. Het moet een compilatie zijn geweest, direct na Ursula's dood volgde de aftiteling.'

Hij luisterde nu tenminste en ging zelfs op een andere plek staan, waar de lijn beter was. 'Waar heb je die band neergelegd?'

Dat wist ze niet meer, op de grond of op tafel.

'Daar lag niets, dan zou het me opgevallen zijn.'

'Dan heb ik hem vermoedelijk bij de andere videobanden in de kast gezet. Hij moet er nog zijn.'

Daar reageerde hij niet meteen op. Het viel haar niet gemakkelijk om verder te spreken maar ze deed het wel. 'Dat Therese me een streek heeft geleverd, vind jij ondenkbaar. Hoe komt het dan dat je er zo van overtuigd bent dat ze de kleine meid heeft weggebracht; dat heb je toch ook alleen maar van mij gehoord? Heb ik dat echt gezegd?' *Je moet hooguit de helft geloven van wat hij allemaal zegt.*

'Ja, dat heb je gezegd', verklaarde hij. 'En ik geloofde je. Was dat fout van me? Als er nog iets is wat je tot nu toe voor me verzwegen hebt, moet je het me nu vertellen.'

Die opmerking veroorzaakte een heftige steek in haar binnenste. Het lag voor de hand wat hij daarmee bedoelde. Maar hij kon toch niet in alle ernst geloven dat ze ook haar kind nog had vermoord? Dan had hij 's morgens bij thuiskomst twee lijken moeten vinden. 'Ik kan je alleen vertellen wat ik me herinner', antwoordde ze koeltjes. 'Misschien is Therese met Johanna weggegaan toen ik vast in slaap was. Dat weet ik niet. Maar wat er om zeventien over twee is gebeurd, weet ik heel goed. En sindsdien zijn er al vier dagen verstreken! Jij rijdt maar rond, belt iedereen op en geen mens weet waar Johanna is. Hoelang moet dat zo nog doorgaan? Vind je niet dat het hoog tijd wordt dat we ook rekening gaan houden met andere mogelijkheden? Als Therese haar nergens naartoe heeft gebracht, moet iemand anders haar hebben meegenomen. En er zijn weinig mensen die een reden hadden om me uitgerekend op de avond dat de film werd herhaald, een bepaald fragment te laten zien en mijn baby mee te nemen.'

Heiner had vast en zeker onmiddellijk begrepen op wie ze doelde. En hij moest zich evengoed als zij de afgelopen zondag herinneren, toen alle ellende opnieuw naar boven gekomen was.

Na het middageten had hij voorgesteld een wandeling te gaan maken. Ze zou haar kind graag meegenomen hebben. Johanna had het naar haar zin: ze was net verschoond en had haar buikje vol. Het was echt lekker weer; alleen Therese was het er niet mee eens. 'Gaan jullie maar alleen. Ik ben toch hier. Het is nog te koud voor de kleine meid.'

Dat was de ware reden niet. Therese wilde niet dat iemand in de kinderwagen keek en vervelende vragen stelde. Terwijl Johanna bijna een normaal kind leek wanneer ze op haar ruggetje lag. Haar kinnetje en mondje waren niet veel kleiner dan die van andere baby's, haar oogjes waren ook niet ernstig misvormd. Als ze sliep zag je er haast niets van. Over haar oortjes kon je een mutsje trekken en haar handjes kon je onder het dekentje stoppen. Maar Heiner was het meteen met zijn moeder eens, mama had zoals altijd gelijk, het was nog een beetje te koud.

Zoals te verwachten was had hij zin om naar het voetbalveld

te gaan. Het eerste elftal van FC Niederembt speelde tegen Joost mag weten wie. Heiner was nog steeds lid van de voetbalvereniging en ging als het maar enigszins mogelijk was zelfs trainen, hoewel hij allang niet meer werd opgesteld. Gewoonlijk ging hij in zijn eentje naar de zondagse wedstrijden kijken, want voetbal interesseerde haar niet en tot nu toe was ze slechts zelden nuchter genoeg geweest om zich in het openbaar te vertonen.

Hij moedigde de spelers aan en vloekte op de keeper die twee ballen doorliet; intussen stond zij zich te vervelen, maar ze was tegelijkertijd vreselijk trots op zichzelf. Ze stond alweer drie weken droog! Geen druppel meer aangeraakt sinds ze dat haar vader plechtig had beloofd. Eindelijk in staat haar kind te verschonen en de fles te geven ook al duurde dat een uur omdat de kleine meid weer niet goed dronk. Johanna in haar armen houden zonder de behoefte te voelen om luid schreeuwend en wanhopig weg te lopen. Haar in slaap te wiegen, het zelfgemaakte liedje voor haar te zingen, met vaste stem in plaats van met een stem die bij elke regel dreigde te breken. 'Slaap maar mijn kindje, slaap fijn, de hemel is nog veel te klein.' Ze dacht dat haar aan te zien was dat ze het had gered.

Het groepje mensen dat zo'n dertig, veertig meter van hen vandaan stond, bekeek ze amper. Het viel haar wel op dat een grote, dikke man van middelbare leeftijd heftig stond te gesticuleren en 'Overtreding! Overtreding!' schreeuwde, toen de keeper aan de andere kant van het veld na wat geharrewar om de bal tegen de vlakte ging en kronkelend op het gras lag. Blijkbaar had iemand hem een trap gegeven.

Heiner zei met onmiskenbare voldoening: 'Volgens mij heeft hij echt een flinke trap gehad. Hopelijk hebben ze een invaller. Die sukkel moeten ze eerst maar eens uitleggen hoe een bal eruitziet. Misschien houdt hij er dan eens eentje tegen.'

De grote dikke man kwam verrassend snel in beweging en was als eerste bij de keeper. Binnen een paar tellen waren ze allebei omringd door spelers. De scheidsrechter, die ook poolshoogte wilde nemen, kwam aanvankelijk niet langs de drom lijven. Toen ze hem eindelijk doorlieten, zat de dikke man op zijn knieën naast de keeper, deed iets aan diens been en schreeuwde: 'Rood, dat is rood!' Ja, dat was zelfs vanuit de verte duidelijk te zien. De keeper scheen ernstig geblesseerd te zijn en veel bloed te verliezen.

Het idee dat die brulaap weleens Reinhard Treber zou kunnen heten, kwam pas bij Stella op toen een gedaante zich uit de rest van het groepje losmaakte en op haar toe kwam slenteren. Gabi – met paardenstaart en pony. Ze was inmiddels vijfenveertig en zag er van een afstand nog steeds uit als de tiener die Martin Schneider negenentwintig jaar geleden bij zich in huis had genomen. Misschien lag het aan haar kleding, de onvermijdelijke fletse spijkerbroek en een krap bloesje dat ze boven haar navel had dichtgeknoopt, hoewel het voor een half ontblote buik toch echt nog te kil was.

De indruk dat Gabi mettertijd jonger in plaats van ouder werd, verdween echter toen ze wat dichterbij gekomen was. Maar haar gladde gezichtshuid was niet alleen te verklaren met het gebruik van een goede antirimpelcrème. Er waren natuurlijk ook plastisch chirurgen. Misschien had Gabi een facelift ondergaan of zich laten botoxen. Of mixte ze toverdrankjes. Heksen kenden allerlei kruiden die bij volle maan geplukt moesten worden. Misschien at ze wel paddenpoten om eeuwig jong te blijven.

Alleen al bij het zien van haar glimlach kreeg Stella hartkloppingen. Heiner grijnsde ook nog tegen haar. Altijd maar lief, altijd deemoedig om te voorkomen dat er op zekere dag bloed uit de waterleiding stroomde, er zwermen sprinkhanen in Thereses tuin neerdaalden of de oudste zoon van de dorpsoudste moest sterven, zoals bij de zeven plagen in de Bijbel.

Hij haatte Gabi als de pest en hij was tegelijk als de dood voor haar, dat was Stella intussen genoegzaam bekend. Hij durfde Gabi's jongste broer niet eens voor een snelheidsovertreding op de bon te slingeren. De afgelopen maanden had hij Bernd Treber tot twee keer toe op veel te hard rijden betrapt en het bij een waarschuwing gelaten. Dat vertelde hij haar ook nog op een toon alsof ze hem daarvoor op haar blote knieën moest danken.

Luister maar eens, lieveling, wat ik doe om de schade te herstel-

len die jij hebt aangericht. Zelfs ambtshalve knijp ik een oogje dicht om te voorkomen dat we nog meer ellende over ons heen krijgen. Met jouw ziekte – uiteraard noemde hij het precies hetzelfde als Therese – *en de kleine meid zijn we echt wel voldoende gestraft* – of *vervloekt*. Dat hoefde hij niet eens met zoveel woorden te zeggen, dat kon ze van zijn gezicht aflezen.

Als hij geen notitie van Gabi had genomen, zou ze misschien doorgelopen zijn. Nu bleef ze staan, keek Heiner aan en maakte een opmerking over de geblesseerde keeper: 'Hopelijk kan hij doorspelen.'

'Wil je hem niet even magnetiseren?' vroeg Heiner.

Gabi beantwoordde zijn blik. 'Daar is Reinhard al mee bezig.' Toen vroeg ze: 'Hoe is het met Resl? En met de kleine meid?'

'Ze groeit en gedijt', antwoordde Heiner. 'En hoe is het met jou?'

'Prima', zei Gabi. 'Wanneer je je ziel en zaligheid hebt verkocht, moet het wel fantastisch met je gaan, hè?'

'Geen idee', zei Heiner. 'Voor mijn ziel en zaligheid heeft nog niemand ooit belangstelling getoond.'

Gabi lachte. 'Weet je dat wel heel zeker?'

Toen Heiner daar geen antwoord op gaf, gunde ze Stella een blik waardig. 'Al gelezen?' vroeg ze met een glimlachje dat Stella het gevoel gaf dat ze stikte. 'Woensdagavond treedt jouw schoonvader voor de tweede keer op, vrij laat helaas. De kijkcijfers zullen wel niet zo best zijn. Maar wie heeft er nou midden in de week tijd om tot een uur of twaalf tv te kijken?'

'Jij zult daar vast wel tijd voor uittrekken', vond Heiner. 'Al was het alleen al om te zien hoe Uschi opnieuw het tijdelijke met het eeuwige verwisselt.' Vermoedelijk vond hij dat zelf al een heel gewaagde opmerking.

'Dat lukt helaas niet', zei Gabi spijtig. 'Ik moet werken.'

'Heb je aan de dag niet genoeg om mensen af te slachten?' vroeg hij.

Gabi lachte weer. 'Dat doen we toch altijd uitsluitend 's nachts? Zombies en vampiers zijn 's nachts actief, vraag dat je vrouw maar, die weet daar alles van. Maar momenteel slachten we geen mensen. We kunnen ze beter laten verdwijnen, dat levert meer spanning op en waarschijnlijk brengt het ook meer geld in het laadje, we zien wel.'

Vervolgens liep ze door. En Stella verwenste haar man. Op de terugweg excuseerde hij zich. Hij zei er niet op te hebben gerekend dat hij Gabi langs de lijn zou tegenkomen. Ze moest immers niets hebben van voetbal. Maar Gabi's oudste broer was voorzitter van de voetbalvereniging, dat wist hij al jaren. En de laatste tijd stond Gabi's zoon in het doel, dat was hem vermoedelijk ontschoten. Vandaar dus zijn voldoening toen dat brok galgenaas tegen de vlakte was gegaan.

Heiner haatte Martin Lutz evenzeer als hij Gabi haatte. Een klier van een jongen die geen greintje respect voor volwassenen had, niet eens onder de indruk was van een politie-uniform. Onlangs had Heiner hem staande gehouden omdat hij zonder licht fietste. En wat had dat stuk addergebroed tegen hem gezegd? 'Ik zou maar geen moeilijkheden maken als ik jou was, jochie. Het is klaarlichte dag. En 's nachts heb ik ook geen licht nodig, ik heb kattenogen.'

Toen Heiner haar dat had verteld rook zijn adem niet zo fris als gewoonlijk. Hij rook naar sterkedrank. En nu weigerde hij met haar nog een ommetje te maken naar een restaurant. 'Wees nou verstandig, lieveling. Je hebt het al drie weken volgehouden. Denk aan je vader en aan de kleine meid. Ze heeft jou nodig. Laten we nou geen risico nemen.'

Geen risico. Het interesseerde hem niet dat ze in plaats daarvan op haar tandvlees liep, de rest van de zondag, de hele maandag totdat Therese dinsdag naar de kapper ging en haar daarmee wat armslag gaf.

Alleen iemand die deze hel kende, kon begrijpen hoe het haar te moede was. Zonder eigen inkomen, zonder auto en rijbewijs in een middeleeuwse kerker. Geen enkele mogelijkheid om althans van tijd tot tijd even uit een dorp te vluchten waar de inwoners in geesten, hekserij en verwensing geloofden. Altijd die blikken wanneer ze zich eens in het dorp vertoonde. Soms meende ze hen zelfs achter haar rug te horen smiespelen. 'Kijk eens, dat is die vrouw die van Elvis een bloeddorstig monster heeft gemaakt. Gabi heeft haar daar stevig voor laten boeten. Ik heb echt met dat arme kindje te doen.'

Dat was alleen te verdragen wanneer je beneveld was. Ze verzoop haar verstand niet, zoals Therese altijd beweerde. Ze dronk om haar verstand niet te verliezen. Twee glazen – dan trilden haar handen niet meer. Vier – dan week geleidelijk aan de beklemming die ze voortdurend onbewust voelde. Zes – er kwam een soort gelatenheid over haar. Na het zevende en achtste glas speelde het al helemaal geen rol meer dat Gabi's ex-man aan levercirrose was gestorven, dat Uschi thuis stomdronken van de keldertrap was gevallen en dat Fabian Becker ooit had gezegd: 'Dan ben jij waarschijnlijk de volgende.'

Er klonken weer tikjes in de telefoon. Heiner liep naar zijn auto. Hij had haar nog geen antwoord gegeven. 'Gabi heeft het afgelopen zondag toch gewoonweg aangekondigd', zei ze.

'Praat jezelf in vredesnaam niets aan', drong hij misnoegd aan terwijl hij in de auto stapte en het portier dichttrok. De tikjes in de lijn waren nu niet meer te horen, maar de wrevel in zijn stem des te beter. Hij scheen precies te weten op welke zin van de *heks* ze zinspeelde. *We kunnen ze beter laten verdwijnen.* 'Ze zal wel op haar volgende boek hebben gedoeld. Wat moet zij nou met een baby? Jij hebt toch ook niet gezien dat … die geestverschijning de kleine meid heeft meegenomen, of wel?'

Ze haalde zich het korte moment opnieuw voor de geest waarop de schim voor haar opgedoemd was, van rechts. Naar links, naar de stoel bij de patiodeur, had ze niet gekeken. Na die stomp tegen haar borst was ze met haar gezicht in de richting van de gangdeur achterover gevallen. Op dat moment kon ze de stoel sowieso niet zien. Het was heel goed mogelijk dat hij iets van die stoel had gepakt, dat kon zelfs niet anders, want hij had uiteindelijk die spuugdoek gehad. En die zou Therese vast en zeker hebben meegenomen als ze de kleine meid had opgehaald.

'Ik zag hem alleen van achteren', zei ze. 'Mocht hij iets in zijn armen hebben gehad, dan was dat voor mij niet te zien. Maar misschien heeft hij de spuugdoek bij de schuurdeur op de grond laten vallen om me duidelijk te maken dat hij de kleine meid had.'

Heiner zuchtte zo hard dat ze het duidelijk hoorde. Het klonk gekweld. 'Lieveling, als jij over die doek begint, kun je voor hetzelfde geld meteen vertellen dat ik je andere kleren heb aangetrokken. Ik hoef je toch hopelijk niet te vertellen wat ze dan denken, hè? Dat heeft je vader immers al gedaan. Een gehandicapt kind is een zware belasting. Als je zelf schuld hebt aan die handicap, is het ook nog een constante aanklacht. Dan zullen ze aannemen dat jij de kleine meid hebt gedood nadat mama naar bed was gegaan. Maar jij wist dat zij daar achter zou komen, in elk geval 's morgens direct na het opstaan. Dus heb je …'

Ze viel hem in de rede. 'Jij denkt dus dat het zo is gegaan.'

'Ik weet niet meer wat ik moet geloven', zei hij. 'Morgenochtend vroeg rijd ik naar Düren. Aan die mogelijkheid hebben we nog niet eens gedacht. Misschien moest mama de kleine meid naar het ziekenhuis brengen. Als ze daar ook niet is moeten we …'

'Nee', interrumpeerde ze op vastberaden toon. 'Wíj hoeven niks. Nu ben ik de enige die iets moet. Jij denkt dat ik het heb gedaan. Je bent te laf om dat hardop te zeggen. Waarschijnlijk denk jij ook dat ik Johanna in de tuin heb begraven. Als jouw collega's komen, zal ik hun vertellen wie ik heb gezien, hoe laat en dat ze dat bij mevrouw Bündchen kunnen navragen. Met haar heb ik daarna nog even gepraat.'

Na de discussie met haar vader was haar ook weer te binnen geschoten dat de buurvrouw iets over de tuinmuur had geroepen en wat ze toen had geantwoord.

'Wat?' schreeuwde Heiner. 'Waarom heb je me dat niet eerder gezegd? Toen Schöller jou vrijdag vroeg of je nog met iemand hebt gesproken, heb je …'

'Vrijdag', viel ze hem opnieuw in de rede, 'kon ik niet helder denken. Toen ik gisteren over de schim wilde beginnen, heb je me onmiddellijk afgekapt. Jij hebt me ertoe aangezet een verklaring af te leggen die niet klopt.'

'Dat was toch alleen maar om te voorkomen dat jij ...' probeerde hij zijn gedrag te rechtvaardigen. Verder liet ze hem niet komen.

'Wat jij wilt voorkomen, kan ik me voorstellen. Heb je Gabi opgebeld? Ben je bij haar geweest? Nee. Jij gelooft liever in een complot van de hele familie waar Madeleines buren ook nog bij betrokken zijn. Dan hoef je het tenminste niet met de heks aan de stok te krijgen. Anders tovert ze jou ook nog in een zuiplap om.'

Op die toon had ze nog nooit met hem gesproken. Ze kreeg niet meteen antwoord. Pas na een stilte van enkele seconden vroeg hij: 'En hoe zit het met mama? Niemand heeft haar meegenomen. De familie Treber is een stelletje sluwe vossen, maar het zijn geen dieven en al helemaal geen moordenaars.'

Daarover kon je van mening verschillen. Twee van hen moesten jaren geleden toch een goede reden hebben gehad om uit Niederembt te verdwijnen. Terwijl hij ooit had beweerd dat die twee hoogstwaarschijnlijk twee jongeren hadden vermoord, betitelde hij dat intussen als een onbewezen gerucht dat absoluut niet op waarheid kon berusten. Anders zou Gabi het volgens hem nooit aangedurfd hebben om de broers van de hoofdpersoon als wrekers ten tonele te voeren.

Stel dat dat gewoon fantasie was geweest, dan was er nog altijd Uschi. Ze had wel een heel ander soort relatie met Gabi gehad dan Heiners mama. Maar in de goede verstandhouding tussen mama en de heks was de afgelopen jaren flink de klad gekomen.

Nog niet zo langgeleden was Stella getuige geweest van een ruzie. Begin februari. De kleine meid lag nog in het kinderziekenhuis, maar Therese was er al over begonnen om haar naar huis te halen tegen het dringende doktersadvies in. Heiner had die dag vroege dienst, zij bleef in bed tot ze tegen elf uur Thereses stem hoorde. En die van Gabi. Therese liet Gabi allang niet meer binnen. Ze stonden bij de openstaande voordeur te bekvechten; waarover het ging kon Stella vanuit haar slaapkamer niet verstaan. Toen ze opstond en naar de trap sloop, hoorde ze Gabi alleen nog zeggen: 'Dat neem je terug.'

'Ik denk er niet aan', antwoordde Therese. 'Nu staan we quitte. En nou opgehoepeld, rot nou eindelijk eens op.'

Ze had dat Heiner die dag meteen verteld.

'Ja, ja', zei hij toen ze hem ook daar nog aan herinnerde, nu weer op die norse toon. 'Waarschijnlijk heeft mama iets gezegd wat Gabi niet graag wilde horen. Als motief voor een moord is dat wel erg pover. En ik garandeer je dat Gabi voor die nacht een waterdicht alibi heeft. Doe jezelf en mij een groot plezier en laat haar erbuiten. Je brengt jezelf daarmee onnodig in de problemen en mij ook.'

In zijn volgende zin klonk iets meer begrip door. 'Lieveling, ik weet dat het niet gemakkelijk voor je is. Maar we mogen niets ondoordachts doen. Als de kleine meid niet in het ziekenhuis is, zal ik met Schöller praten. Dat moet ik sowieso doen voordat hij in alle staten raakt door wat jouw vader hem vertelt. Ik kan weleens met een onschuldig gezicht gaan informeren wanneer ik de begrafenis kan gaan regelen en wanneer ik weer over het huis kan beschikken. Ik zorg wel dat Schöller me erin laat. Dat kan hij niet weigeren als ik beweer dat ik nog ondergoed voor je moet halen. Ik kijk dan of de videoband er is en zal hem dan uitleggen hoe het daarmee zit, dat beloof ik je. Dan kan hij met Gabi gaan praten.'

Maar dan moest zij hém beloven dat ze, totdat ze hem het huis binnengelaten hadden, bij de verklaring zou blijven die ze eerder had afgelegd, dat ze tot dat moment haar mond zou houden over de schim en er met geen woord over zou reppen wanneer Schöller of iemand anders bij haar kwam. 'Ik bel je zodra ik Schöller heb gesproken', was het laatste wat ze die avond van hem hoorde.

And his mama cries

Maandagochtend vroeg ging alles nog zijn gewone gangetje. Om zeven uur kwam er een verpleegster binnen. Ze wenste haar goedemorgen, informeerde of ze lekker geslapen had en hoe ze zich voelde, gaf haar een po, hielp haar daarna bij het wassen, streek het laken glad, ververste het water van Tobi's boeket en verplaatste de vaas van de vensterbank naar het nachtkastje.

Om acht uur bracht zuster Hilde – haar naam stond op een badge op haar uniform – het ontbijt. Toen leek ze al enigszins gehaast te zijn. Maar dat vond Stella niet alarmerend; de rest van de patiënten zat ook op koffie en brood te wachten. Toen zuster Hilde het dienblad weer kwam ophalen, vroeg ze iemand op de gang of hij ook een kop koffie wilde. 'Graag, dankuwel', antwoordde een jonge mannenstem.

Om half tien kwam de zaalarts samen met zuster Hilde langs. Hij was zeer zwijgzaam, bekeek haar voeten en schreef antibiotica voor omdat de wonden nog steeds ontstoken waren. Nadat de dokter en zuster Hilde weer waren vertrokken, probeerde ze Heiner telefonisch te bereiken. Aangezien hij haar nog niet had gebeld, nam ze aan dat hij ontstemd was omdat ze gisteravond wat onaardige dingen had gezegd. Intussen had ze daar spijt van. Het was weliswaar hoog tijd dat ze zich tegenover hem eens deed gelden, maar het was nu ook weer niet nodig geweest hem te beledigen.

De telefoon bij haar bed was buiten werking. Toen ze de zuster belde, zei die dat het toestel defect was en dat ze momenteel geen ander toestel hadden. Toen zuster Hilde de kamer uitging, maakte ze grapjes – met een politieagent, ontdekte Stella al gauw. Hoelang hij hier nog moest zitten, wilde de zuster weten. En of hij zich niet verveelde. Het moest wel heel saai zijn om te voorkomen dat een vrouw die nauwelijks op haar voeten kon staan, zou weglopen. De politieman bleef haar het antwoord schuldig. Desondanks was het haar nu in één klap duidelijk wat er gebeurd was: haar vader was nooit een man van loze dreigementen geweest.

Nu was het twijfelachtig of de recherche Heiner nog de kans zou geven om in de woonkamer naar de videoband te zoeken. Zou hij die desondanks bij Schöller ter sprake brengen? In haar achterhoofd fluisterde Gabi weer: *'Belooft een heleboel, maar komt niks na.'*

Dit moest hij nakomen. En mocht hij dat niet doen, dan moest zij haar mond opendoen. *Je moet hooguit de helft geloven van wat hij allemaal zegt.* Hoe had hij nu gisteravond kunnen zeggen dat zij zichzelf alleen maar onnodig in de problemen zou brengen? Grotere problemen dan ze nu al had, kon ze amper nog krijgen. Vermoedelijk zou het nu niet eens meer helpen om de rechercheurs te vertellen dat er een kwaadaardige, wraakzuchtige vrouw was tegen wie nooit iets te bewijzen viel. Een vrouw, door velen als een heks beschouwd, die ruim een week geleden op het voetbalveld had gezegd dat ze er momenteel de voorkeur aan gaf mensen te laten verdwijnen. Dat had haar vader vast en zeker al verteld. Natuurlijk niet in dezelfde bewoordingen. Over die ontmoeting op het voetbalveld had hij niet eens kunnen praten, want daar was hij niet van op de hoogte. In plaats daarvan zou hij wel beweerd hebben dat ze zou proberen Gabi de verdwijning van haar kind in de schoenen te schuiven. *'Heb het lef eens om die vrouw te beschuldigen!'*

Een tijdlang peinsde ze zich suf wat de schim nog meer gezegd kon hebben dan *betalen.* Hij had vast en zeker meer gezegd dan dat ene woord. En hoe langer ze piekerde, des te meer stemmen hoorde ze in haar hoofd. Madeleine fluisterde iets over mensen die vanuit een obsessie voor macht of om andere redenen de machten der duisternis bezwoeren. Gabi dreigde met haar engelbewaarder: *'Het is te wensen dat je hem nooit zult leren kennen.'* Fabian riep uit: *'Dan ben jij waarschijnlijk de volgende.'* En Elvis die helemaal Elvis niet was, zong: 'And his mama cries.'

Ze zou het liefst schreeuwend hele lokken haar uit haar hoofd hebben getrokken zoals ze dat ook na Johanna's geboorte had gedaan. Ze wilde zich echter niet blameren, de rechercheurs rustig en beheerst tegemoettreden om te voorkomen dat ze dachten dat ze gek was of dat ze dat veinsde om verzachtende omstandigheden aan te voeren. Ze moest haar hoofd erbij houden.

Ze was er met haar hoofd nog bij en ze wist heel zeker: haar kind had ze niet vermoord. Therese misschien wel. Met de beitel. 's Morgens om zes uur. Dat wist ze niet, maar het beeld stond zo duidelijk op haar netvlies. De gapende hoofdwond, haar totaal in elkaar geslagen gezicht, haar bebloede nachthemd. Ongeveer op dezelfde manier als Ursula, zoals ze haar om zeventien of eerder om achttien minuten over twee op het beeldscherm had gezien, hoewel haar opengebarsten schedel toen gelukkig niet was vertoond. Een motief had ze zeker, meer dan een zelfs. Alle pesterijen van de afgelopen maanden. De vernederingen en beschimpingen. En op het laatst ook nog dat dreigement: *Ik zal morgen nog eens met je vader gaan praten!*

Nu had hij gepraat. En de hiaten in haar geheugen waren niet op te vullen, dat wist ze uit ervaring. Haar geheugen verzopen, zo had ze het genoemd toen het haar voor het eerst was overkomen. Ze trok een margriet uit Tobi's boeket en telde met behulp van de bloemblaadjes af. 'Ik heb het gedaan. Ik heb het niet gedaan. Ik heb het gedaan. Ik heb het niet gedaan. Ik heb het gedaan.' Ze eindigde met: 'Ik heb het niet gedaan', als ze zich tenminste niet had verteld.

Telkens wanneer ze bij de deur iets hoorde, verwachtte ze dat er iemand binnenkwam om haar te verhoren, misschien zelfs te arresteren. Maar de enige die binnenkwam, was zuster Hilde die om half twaalf het middageten bracht en het zonder een woord te zeggen op het uitschuifblad van het nachtkastje zette. Toen ze de kamer uitliep, vroeg zuster Hilde de politieman weer of hij zin had in een kop koffie. Hij gaf geen antwoord. Misschien knikte hij alleen en hij vroeg: 'Kent u een rivier in India met zes letters? De vierde is een R.'

'Ik heb ook zin in koffie!' riep ze. En het kon niet anders of zuster Hilde had dat gehoord. Desondanks deed ze de deur achter zich dicht. Op haar ontstoken voeten trippelde ze haar achterna. Zuster Hilde stond nog bij de politieman. Hij had een puzzelboekje op schoot en een balpen in zijn hand.

'Ik wil ook graag koffie', herhaalde ze.

De politieman keek haar aan zonder een spier te vertrekken. Zuster Hilde sommeerde haar om onmiddellijk weer naar bed te gaan. Ze herhaalde haar verzoek opnieuw.

Om deze tijd is er geen koffie', beweerde zuster Hilde.

'U hebt hem toch ook zojuist een kop koffie aangeboden?' zei ze. 'En gisteren heb ik om deze tijd wel koffie gekregen. Ik ben particulier verzekerd en mag zoveel koffie hebben als ik wil. Ik heb ook recht op een telefoon. Brengt u mij een toestel, ik moet dringend bellen.'

Zuster Hilde keek de politieman aan met een blik die duidelijk maakte dat ze verwachtte dat hij het verzoek van de hand zou wijzen. Toen hij bleef zwijgen, zei ze: 'Volgens mij zijn uw rechten niet meer van belang. Gaat u weer naar bed zolang u nog een lekker bed hebt.'

Vervolgens stond de politieman op, hij legde zijn puzzelboekje en zijn balpen op de stoel, pakte haar bij haar arm en bracht haar naar haar bed terug. 'Ganges', zei ze. 'Die R is gegarandeerd fout, kijk eens of het niet een G moet zijn. Ze heet Gabriele, Rosmarie is haar tweede voornaam. Maar alleen Elvis noemde haar Romy.'

Omdat haar gedachten al sinds gistermiddag om Gabi cirkelden, besefte ze niet hoe krankzinnig dat moest klinken. De politieman haastte zich naar de gang terug. En zij zat daar weer met die eindeloze kronkel in haar hoofd.

Kort daarna hoorde ze de buitengewoon opgewonden stem van Ludwig Kehler bij de deur. De politieman weigerde hem de toegang. 'Mijn hemel', foeterde Ludwig, 'twee minuten maar. Ik moet mevrouw Helling hoe dan ook spreken. Ze heeft haar man gisteren ...'

Verder liet de politieman hem niet komen. 'Het spijt me. Ik heb mijn instructies.'

'Ja, ja', vond Ludwig. 'En als er nog een dode valt, kunt u er niets aan doen omdat u gewoon hebt gedaan wat u opgedragen is.' Toen riep hij: 'Wat heb je Heiner gisteravond verteld, Stella? Weet jij waar hij zou kunnen zijn? Schöller is naar hem op zoek. Hij is …'

Ludwig was opeens stil, het leek alsof de politieman hem van de deur wegduwde. Op de gang werd het weer stil. Ze zat wat in haar eten te roeren, had geen trek. Ze voelde haar hart als één groot brok angst in haar borst liggen. Ludwigs stem flitste door haar hoofd. *Nog een dode!*

Waar kon Heiner uithangen? Waarom was Schöller naar hem op zoek? Zou Heiner toch zelf met Gabi hebben gesproken, haar recht in haar gezicht hebben gezegd dat zíj de kleine meid moest hebben? En zou Gabi Johanna niet willen teruggeven omdat Heiner geen losprijs kon betalen? Zou Heiner haar hebben bedreigd? Nauwelijks denkbaar, hij wist immers heel goed dat je Gabi maar beter niet kon tegenwerken.

Intussen wist zij dat eigenlijk ook. Het was telkens opnieuw gebleken. Wie dat deed, trok aan het kortste eind; werd krankzinnig, zoals Fabian, verloor zijn gezondheid of zijn leven, zoals Peter Lutz en Uschi. Verloor haar zelfrespect, haar baan, de liefde van haar vader, verloor haar schoonmoeder en het kind dat echt nooit had mogen worden geboren. Maar Heiner niet! Hem in godsnaam niet. Hij was niet volmaakt, hij had zijn fouten en zwakheden zoals ieder mens. Een lafaard was hij en een leugenaar. En desondanks hield ze van hem, ze had immers verder niemand meer die achter haar stond.

Gabi kon Heiner niet van haar afpakken. Dat moest zelfs Gabi niet wagen. Wie een politieman te grazen nam, joeg al zijn collega's tegen zich in het harnas. Dan hielp een enkel vriendje bij de politie niet veel meer. Zou Gabi dat niet weten? Of liet ze het erop aankomen? Tot nu toe had ze altijd geluk gehad. Niemand had haar ter verantwoording geroepen voor Uschi's overlijden. Iedereen had geloofd dat het een ongeluk was geweest.

Een ongeluk! Die gedachte verlamde haar zo dat ze van angst minutenlang amper adem kon halen. Als een film zag ze het voor haar ogen, een film naar een scenario van Gabi. Ook de regie was in handen van Gabi. Ze gedroeg zich vriendelijk toen Heiner naar haar toe kwam lopen, glimlachte naar hem zoals vorige week op het voetbalveld. En toen Heiner naar de kleine meid vroeg, legde ze hem uit dat Resl de baby 's nachts bij haar had gebracht. Jammer genoeg had ze geen tijd om voor een zieke zuigeling te zorgen.

'Ik heb de kleine meid naar een betrouwbaar iemand op een veilige plek gebracht', zei Gabi. 'Die is nogal lastig te vinden. Het is het beste als ik voorop ga en jij achter me aan rijdt.'

Gabi stapte in haar auto, Heiner in zijn Nissan. Gabi reed voorop naar die veilige plek, Heiner reed achter haar aan. En nu lag hij daar op die plek die alleen voor Gabi veilig was. Hij zou niet zo snel gevonden worden. En de kleine meid ook niet. Gabi zou beweren dat Heiner nooit bij haar was geweest. Dat hij dat nooit zou hebben gedurfd. En iedereen zou Gabi op haar woord geloven, iedereen zou precies datgene denken wat Heiner gister-avond aan de telefoon had gezegd.

Een gehandicapt kind is een zware belasting. Als je zelf schuld hebt aan die handicap, is het ook nog een constante aanklacht. Dat had hij niet mogen zeggen, ofschoon hij in zekere zin gelijk had. In de oogjes van de kleine meid had onophoudelijk een aan-klacht gelegen. *Wie heeft me dit aangedaan? Hoe kon je toelaten dat ik zo ter wereld moest komen? Hoe kon je een heks tot het uiterste tergen?*

En een echte heks wist zelfs de grootinquisiteur zand in de ogen strooien, had Gabi immers zelf ooit gezegd. Maar mocht je haar er om die reden zonder kleerscheuren af laten komen? Nee. Haar vrijheid? Die was ze al kwijt. Haar leven? Dat had allang weinig waarde meer en het was zonder Heiner zelfs geen cent meer waard. Stel dat hij vanmorgen zijn lafhartigheid had over-wonnen en naar Gabi was gegaan, dan had zij hem gisteravond met haar halsstarrige houding waarschijnlijk de dood in gejaagd. Dat was nu net iets voor Gabi, de allesvernietigende klap.

Nadat zuster Hilde het dienblad met het tot pap geroerde middageten weer had weggehaald zonder haar ook maar een woord of een blik waardig te keuren, raapte ze de afgeplukte bloemblaadjes van het laken op en telde nog een keer af. *Ik heb het gedaan. Ik heb het niet gedaan. Ik heb het gedaan. Ik heb het niet gedaan!*

Ze had zich niet verteld, trippelde met opeengeklemde tanden naar de douche, ze moest sowieso naar het toilet en wilde niet dat zuster Hilde haar op de po hielp. De blaadjes gooide ze in het afvalemmertje onder de wastafel, trok het pas verschoonde verband van haar voeten, douchte uitgebreid, waste haar haren en föhnde ze zorgvuldig, ze poetste haar tanden minutenlang, deed deodorant op en trok een schoon nachthemd aan om niet als een slons in bed te zitten wanneer Schöller of iemand anders kwam. Op een goed moment moest er iemand komen, dat kon niet anders. Tot dan toe kon ze verder niets doen dan wachten en terugdenken aan de laatste haltes van haar teloorgang.

Het laatste gevecht

November 2001 tot februari 2002

De eerste drie maanden na uitzending van de film had Stella nog om Heiners angsten kunnen lachen. Ze meende het tegendeel te hebben aangetoond, ze voelde zich fantastisch en genoot met volle teugen – maar nog niet met volle glazen – van haar triomf over Gabi. Afgezien van die ene avond toen ze zich ellendig had gevoeld omdat ze zo laf was. Toen had ze zich geschaamd.

Met de bedrijfsleider en de regisseur die ze Gabi op een presenteerblaadje als zondebok had aangeboden, ging het uitstekend. Ulf von Dornei had met de kijkcijfers van de *Schim* in het moederconcern in München zelfs meer aanzien verworven. Het gerucht ging dat zijn vader trots op hem was. Dat was haar vader op haar ook vast en zeker.

Gabi was daarentegen aan het eind van haar Latijn. Medio december belde ze een keer op met een smeekbede. 'Ik heb die eerste acht afleveringen nodig, Stella, die acht in elk geval. Daarna kunnen jullie voor mijn part doen wat je wilt. De scenario's liggen al klaar, voor twee seizoenen nog wel, kijk er nou naar. Je mag er de beste uitzoeken. Moet ik ze je toesturen? Of nee, dat is te veel papier voor een pakje. Ik breng het morgen langs, oké? Toe nou Stella, ik heb het geld nodig.'

Gabi was de wanhoop nabij; daar was een goede reden voor en die noemde ze ook. Ze had een veel te hoge hypotheek afgesloten en zich een ongunstige financiering laten aansmeren. Vijf jaar lang betaalde ze uitsluitend rente, daarna moest de hypotheek in zijn geheel worden afgelost. Zeshonderdduizend mark, omgerekend driehonderdduizend euro.

'Wat is het probleem?' vroeg Stella. 'Je hebt nog bijna drie jaar de tijd om dat geld bij elkaar te krijgen. Als je dat niet lukt, kun je een tweede hypotheek nemen en die gebruiken om de eerste af te lossen. Zo hebben mijn ouders het ook gedaan, iedereen die een huis koopt, moet het zo doen. Maar jij redt het wel, dat weet ik zeker. Je werkt toch ook voor anderen?'

Dat was nou juist wat Gabi niet meer deed. Omdat ze kans had op een eigen serie, had ze andere aanbiedingen afgewezen en daarmee vermoedelijk nogal wat mensen voor het hoofd gestoten. Haar spaargeld was tot de laatste cent op, het honorarium dat ze voor *De schim* had ontvangen eveneens. Momenteel wist ze niet eens hoe ze volgende maand de hypotheekrente moest opbrengen. Aan Kerstmis wilde ze helemaal niet denken. Haar zoon wilde een computer, begrijpelijk voor een jongen van zijn leeftijd, maar het was een utopie.

'En je jongste broer?' vroeg Stella. 'Hij schijnt een prijs in de lotto te hebben gewonnen. Kan hij je niet helpen?'

Nee, zoveel soeps was die prijs nu ook weer niet geweest. Krap een miljoen maar; dat was gauw op wanneer je een eigen huis aanschafte en dat chic liet inrichten, een Porsche kocht en met je vriendin op vakantie ging naar Jamaica. Reinhard en Ulrich hadden Gabi tot twee keer toe met een vrij groot bedrag uit de narigheid geholpen. Dat lukte niet nog eens.

Haar vraag of die goede engelbewaarder niets kon doen wist Stella nog net op tijd in te slikken. In plaats daarvan zei ze: 'Ik had je een aflevering aangeboden. Die wilde je niet. Denk er nog eens over na. Het lukt me vast wel om nog een tweede aflevering voor je uit het vuur te slepen. Dat levert een ton op.'

Een van de andere scenarioschrijvers kon ze vast en zeker wel aan de dijk zetten. Twee van hen waren tot nog toe niet eens met een acceptabel concept gekomen. Niettegenstaande al haar wrok had ze met Gabi te doen. Dat ze een huis kwijtraakte waarvoor ze haar ziel en zaligheid had verkocht (en mocht ze achter Uschi's val van de trap steken, dan was haar ziel daar de prijs voor), dat wilde Stella niet. Het was uitsluitend haar bedoeling geweest Gabi eens goed op haar nummer te zetten.

'Je kunt meteen een voorschot krijgen', bood ze aan.

Vervolgens stuurde Gabi zonder commentaar twee scenario's met de post. Aflevering 1 en aflevering X. Zoals de regisseur wilde, werd Romy in aflevering 1 ontvoerd en stierf ze bij een poging tot duiveluitdrijving die aan de methoden van de inquisitie deed denken. Zoals de regisseur had gewenst verscheen de schim en deze verloste Romy uit haar lijden zonder notitie te nemen van haar folteraars. In aflevering X ruimden Romy's geest en de schim een Boliviaanse drugsbaron uit de weg. Daar zou koning Ulf vermoedelijk bijzonder enthousiast over zijn geweest, maar hij kreeg het scenario niet meteen te zien.

Omdat ze op kantoor niet rustig de tijd kon nemen om te lezen, nam Stella het stapeltje papier mee naar haar flat. Heiner had die week nachtdienst, hij belde elke avond op om althans even haar stem te horen en haar te zeggen hoe graag hij haar nu in zijn armen zou houden. Toen de telefoon ging, nam ze op. Dat zou Heiner wel zijn.

Ze nam de hoorn op en hoorde een lied. Geen achtergrondmuziek, alleen die lage, erotische stem. 'And I love you so, the people ask me ...'

'Heiner?' vroeg ze overdonderd. Ze had hem nog nooit horen zingen. Maar het leek toch op zijn stem. Op intieme momenten sprak hij met hetzelfde timbre en bezorgde haar alleen al daarmee aangename rillingen. Maar het gutturale lachen dat ze meteen daarna hoorde, paste absoluut niet bij Heiner, en wat daarna werd gezegd nog minder.

'Dat was het voorprogramma nog maar. Redelijk stemmetje, heeft mama hartstochtelijk toegezongen. Voor het pauzenummer was het helaas niet goed genoeg. Toen zat hij jankend naast mama. Daar kan ik ook nog een liedje over zingen voor jou, – And a hungry little boy with a runny nose ...'

'Doet u maar geen moeite, meneer Treber', zei ze – nu in de veronderstelling dat het een van Gabi's broers was. Het was zonder enige twijfel een volwassen man.

Hij lachte weer. 'Schneider. Sorry, ik had me netjes moeten voorstellen. Maar het is echt geen moeite. Het is mijn plicht. Jij hebt op mijn bloed gezeten. Dat schept een band.'

'Nee, ik heb lappen op de zitting gelegd', sprak ze tegen. 'Verbonden zijn we alleen via de telefoonlijn. En geesten die op een dergelijk hulpmiddel aangewezen zijn, vind ik niet zo geestrijk.'

'Ik wilde je niet meteen schrik aanjagen door mezelf aan je te vertonen', zei hij. 'Dat de tijd alle wonden heelt, is een fabeltje. Dat doet de dood niet eens.'

'Ik ben niet zo'n schrikkerig type', verklaarde Stella.

'Is dat een uitnodiging? Je hoeft maar ja te zeggen en ik kom.'

Die stem! Wat een smachtende minnaar. Ze zei geen ja en vroeg in plaats daarvan: 'Vindt Gabi het wel goed dat u bij andere vrouwen komt?'

'Ze zal niet merken dat ik weg ben', zei hij, nu eerder op treurige dan op die zwaar erotische toon. 'Ze heeft zich in slaap gehuild. Het was vreselijk om die nonsens te schrijven en vervolgens te horen aan wie ze dat te danken heeft. De blaaskaak zat er niet achter. Kwalijk. Kwalijk. Wat had je daarmee voor? Ze heeft je naar beste vermogen geholpen, alle obstakels voor je uit de weg geruimd, zelfs je krankzinnige collega. En wat is jouw dank? Je laat je door Heintje het hoofd op hol brengen en je tegen haar opstoken. Terwijl hij …'

'Ik zou ons gesprek graag onder vier ogen voortzetten', viel ze hem in de rede. 'Maar Heiner slaapt helaas niet. En hij is bijzonder jaloers.'

'Wil je daarmee soms zeggen dat je hem nog verwacht?' vroeg de mannenstem nu geamuseerd. 'Hoe is dat te rijmen met het feit dat hij moet werken? Hij heeft immers nachtdienst. Eergisteren heb ik hem in de patrouilleauto gezien. Volgt hij nu het voorbeeld van Lulu? En het is nog geeneens vlak om de hoek. Is hij met Lulu op pad?'

Daar kon Stella geen wijs uit worden. Ze vermoedde wel dat met *Lulu* Heiners vriend Ludwig Kehler bedoeld werd. Maar ze wist niet eens of Heiner vannacht met de auto op pad was. Gisteravond had hij haar vanuit het politiebureau opgebeld. 'Misschien kunt u me gewoon uitleggen wat uw bedoeling met dit gesprek is', verzocht ze. 'Is het als dreigement bedoeld?'

'Welnee, ik wil je redden', zei hij. 'Wat jij hebt gedaan mag je met Romy niet doen. Wie op de tenen van mijn kleine heks trapt, heeft niet veel plezier meer in het leven. En wanneer ze echt goed boos wordt, kan ik haar niet tegenhouden. Maar zover hoeven we het niet te laten komen. Jij moet onderscheid leren maken tussen vriend en vijand. Dat is moeilijk wanneer je een roze bril op hebt, dat begrijp ik wel. Romy zal er ook begrip voor hebben, mits we de zaken rechtzetten. Ik zou het spijtig vinden als ze jou op dezelfde manier behandelt als Lutz, Uschi of je collega, die er overigens nog genadig afgekomen is. Hij is trouwens weer een grote film aan het voorbereiden, een bioscoopfilm. Gisteren heeft hij haar gebeld en gevraagd of zij bereid is het scenario te schrijven. Als ze daarop ingaat, heeft ze jou niet meer nodig.'

'Dat geeft niet', zei Stella. 'Ik heb haar ook niet nodig.' Vervolgens hing ze op.

Leugens, niet van haarzelf, van Gabi. En deze keer waren het leugens van pure machteloosheid. Wie het ook was geweest aan de telefoon, hij had uitsluitend de bedoeling gehad haar op stang te jagen. Weliswaar was Fabian inderdaad bezig met de voorbereidingen voor een film; hij had Gabi echter niet gebeld, maar zij hem. In dat gesprek smeekte ze om hulp, maar die kon Fabian haar niet verlenen omdat het scenario allang geschreven was.

Daar ging Stella de volgende ochtend meteen achteraan. En Fabian zei niet meer: 'Dan ben jij waarschijnlijk de volgende.' Nu zei hij: 'Ik ben heel ziek geweest, Stella. Dat kun je Gabi niet in de schoenen schuiven. Ze heeft goed werk geleverd en zit tot haar nek in de problemen. Haar dochter moet waarschijnlijk van school om geld te verdienen. Ze helpt al elke middag in de zaak van haar oom. Gabi's zoon staat in het holst van de nacht op om kranten te bezorgen zodat ze de eindjes nog een beetje aan elkaar kunnen knopen. Ze zal het huis kwijtraken. En jij weet inmiddels vast wel met wie ze daar heeft gewoond.'

'Heeft ze je eindelijk over haar taxichauffeur verteld?'

'Ja', zei Fabian. 'Ze heeft me zelfs verteld dat hij wellicht de vader van jouw vriend is.'

'Niet wellicht', verklaarde Stella. 'Het is zijn vader, dat heb ik van Heiners moeder gehoord. En die zal het toch wel het beste weten.'

'Denk je nou heus dat zijn moeder jou aan je neus hangt met wie ze het vroeger allemaal heeft gedaan?' vroeg Fabian. 'Ze schijnt in haar jonge jaren seksueel buitengewoon actief te zijn geweest. Maar laten we dat onderwerp maar laten rusten. Gabi vermoedt dat jouw vriend je tegen haar heeft opgehitst.'

'Dat heeft ze me gisteravond laten meedelen', antwoordde Stella. 'Maar dan vergist ze zich toch. Heiner vindt het zelfs uitermate belangrijk dat ik naar haar pijpen dans.'

'Hij zal wel weten waarom', vond Fabian.

'Weet jij dat ook?' vroeg Stella. 'Praat dan niet als het orakel van Delphi, maar zeg gewoon waar het op staat. Wat heeft Gabi je verteld? Waarom komt het niet in haar kraam te pas dat ik iets met hem heb?'

'Ze denkt dat hij jou heeft proberen te versieren omdat hij wist dat jij die film maakt', antwoordde Fabian. 'Volgens haar is het een opschepper. Laat je niet gebruiken, Stella. Denk goed na voor je iets doet.'

Er viel nergens meer over na te denken. Als Gabi zich inbeeldde dat ze haar met de stem van een geest aan de telefoon bang kon maken of met uit de lucht gegrepen beweringen twijfel aan Heiners liefde kon zaaien, had ze 't mis. Als ze haar mond had gehouden, zou ze het honorarium voor de beide scenario's hebben gekregen en in het volgende seizoen voor nog twee scenario's. Maar het lukte ook best zonder Gabi, vond Stella. Tegen Heiner repte ze niet over het telefoontje van die avond of over Fabians waarschuwing. De zogenaamde geest liet niet meer van zich horen en ook Gabi niet. Ze kwam ook niet meer langs. Gabi informeerde niet eens of de scenario's in orde waren, daar ging ze waarschijnlijk voetstoots van uit.

Misschien was Stella te verliefd om de eerste alarmsignalen op de juiste wijze te interpreteren. Zo veel waren het er ook niet, slechts twee onbruikbare eerste conceptscenario's van de andere auteurs. Met het feest der liefde in het vooruitzicht maakte je daar niet veel ophef over, je sprak erover, je zei: 'Dat moet opnieuw', en je dacht verder na over het kerstgeschenk voor Heiner. Een duur horloge, maar welk merk? Het mocht niet te protserig zijn.

In januari 2002 was ze heel druk met de voorbereidingen voor hun bruiloft en haar verhuizing naar *mama's* huis, en had ze geen tijd voor andere dingen. Dat ze daardoor vlak bij Gabi kwam wonen – nou en? Voor wie of wat zou ze dan bang moeten zijn? Dat een van Gabi's broers haar 's nachts te lijf zou gaan? Ze was niet van plan 's nachts in het dorp de straat op te gaan, overdag niet eens.

Op een keer haalde Heiner haar op om het weekend in Niederembt door te brengen. Over Gabi werd niet gesproken. Noch hij noch Therese scheen iets van Gabi's misère te weten. Met haar nederlagen liep ze blijkbaar niet te koop. Ze wilde haar aureool van onoverwinnelijke vrouw niet verliezen. Therese was vriendelijk, maar ze had weinig tijd. Heiner scheen het uitstekend te vinden dat ze alleen waren. Zo kon hij Stella ongestoord het hele huis laten zien en vrijuit over zijn plannen praten. Hij had grootse plannen. Hij was niet van plan genoegen te nemen met de aanbouw. De schuur wilde hij laten slopen.

'Die ouwe troep is me al heel lang een doorn in het oog', zei hij. 'Op die plek komt een grote woonkamer met terras en uitzicht op de tuin. Ik zal mama er slechts met de grootst mogelijke moeite van kunnen overtuigen dat ze die ouwe rotzooi weg moet doen. Maar met vereende krachten lukt ons dat wel, lieveling. We hoeven haar daar ook niet meteen mee te overrompelen.'

Een gebouw van twee verdiepingen wilde hij bouwen, dan zouden ze boven ook een grote, lichte slaapkamer met balkon hebben. In de aanbouw zou op de benedenverdieping de keuken komen en een eetkamer en boven een nieuwe badkamer en een kinderkamer. 'Je wilt toch wel kinderen, lieveling? Ik wil graag een of twee kinderen.'

'Moet ik een baby meenemen naar mijn werk?' vroeg ze.

Heiner lachte. 'Nee. Mama zal gegarandeerd een fantastische oma zijn. Ze is al een tijdje van plan om haar baan op te geven. Maar zonder reden? Dan zouden de mensen denken dat ze niet meer hoeft te werken omdat ze haar schaapjes op het droge heeft.'

'Waar wil ze dan van leven als ze niet meer werkt?'

Heiner haalde luchtig zijn schouders op. 'Ze is altijd zuinig geweest, ze heeft een aardig kapitaaltje opzijgelegd. Omdat ze weinig eisen stelt, kan ze daar de komende twintig, misschien zelfs wel dertig jaar van rondkomen.'

Stella had nog niet aan een kind gedacht, kon het zich zo gauw ook niet voorstellen en wilde eerst maar eens met hem alleen genieten van het geluk. Helaas was haar dat niet lang meer vergund.

De feniks herrijst uit zijn as

De geplande huwelijksreis van drie weken viel al ten prooi aan *De schim*. Eén weekje, meer zat er niet in. Dus loonde het niet de moeite om naar Jamaica te vliegen. Heiner had daar graag heen gewild.

Na terugkeer kwam Stella nauwelijks nog aan ademhalen toe. De ene vergadering volgde op de andere. Heuser maande haar elke week wreveliger tot spoed. Hij wilde eindelijk scenario's zien. Er waren er maar twee binnengekomen – van Gabi. Ze had aflevering 1 en aflevering X persoonlijk naar de redacteur gestuurd. Ze waren geen van beide tot Heusers volle tevredenheid, van mevrouw Lutz had hij iets beters verwacht, zei hij.

Ulf von Dornei, die de twee scenario's tijdens Stella's afwezigheid van Gabi persoonlijk had gekregen, was begrijpelijkerwijs buitengewoon in zijn nopjes met de Boliviaanse drugsbaron in aflevering X. Gabi had contracten en voor elk scenario had ze ook al de helft van het toegezegde honorarium gekregen omdat Heuser in weerwil van zijn ontevredenheid aan beide scenario's zijn fiat gegeven had. De andere helft zou ze krijgen zodra ze met de filmopnamen begonnen. Alleen was het nog lang niet zover.

De ideeën van de scenarioschrijvers die Stella had gecontracteerd waren voor Heuser telkens aanleiding om zijn ogen ten hemel te slaan en zijn hoofd te schudden, meestal zei hij ook nog: 'Mensen, zo gaat dat niet.'

De regisseur was ervan overtuigd dat het aan Romy lag. Ze was hem ook als geestverschijning nog een doorn in het oog, hij wilde definitief van haar af – en van de beide door Gabi geschreven scenario's – en in plaats daarvan Ursula uit de dood laten verrijzen. Zijn voorstellen namen almaar groteskere vorm aan. Heusers mimiek bij elk voorstel sprak boekdelen.

En toen kwam de middag eind juni waarop Heuser simpelweg

opstond en naar de deur liep met de woorden: 'Mensen, ik weet niet waar dit toe moet leiden. Bekijk onze film nog eens en lees nog eens wat mevrouw Lutz heeft geschreven. Als jullie in die richting iets te bieden hebben, mag je me bellen.'

Nadat iedereen weggegaan was, liet ook Ulf von Dornei doorschemeren dat ze waarschijnlijk een keer met Gabi moesten gaan praten. Die zou er vast en zeker wel iets goeds van kunnen maken en wellicht bereid zijn de ideeën van de anderen in de juiste vorm te gieten. Natuurlijk was hij niet van plan zelf met Gabi te gaan praten, dat moest Stella doen. En voor die blamage bedankte ze feestelijk – totdat Heuser haar twee weken later bij zich ontbood, alleen.

Op zijn bureau lagen Gabi's scenario's, hij had zijn hand op aflevering 1. 'Ik vermoed', stak hij van wal, 'dat het mevrouw Lutz maar een of twee uur gaat kosten om dit zo te herschrijven dat het beter wordt. Dat is niet veel. In de martelkelder draaien we de rollen om, Romy blijft in leven. De rest gaat dood. Die hebben we niet nodig.'

Zijn hand dwaalde naar aflevering X. 'Hier van hetzelfde laken een pak. De drugsbaron woont in Keulen in plaats van in Bolivia. Als mevrouw Lutz met die vent kan leven, mij best.'

'Waarom noem je haar altijd mevrouw Lutz?' vroeg Stella. 'Mij hoef je niks wijs te maken. Ik weet dat je iets met haar hebt. Zeg maar rustig Gabi als je het over haar hebt.'

Heuser keek haar aan alsof ze een of ander onverstaanbaar dialect had gesproken. 'Wat heb ik dan met haar? Een paar keer getelefoneerd en een paar keer vergaderd. Je was er zelfs bij en de laatste keer is al meer dan een jaar geleden. Kom me dus niet aan met kletspraat.'

Vervolgens legde hij zijn hand op een agenda. 'De komende zes weken krijg ik wekelijks zo'n scenario. Mevrouw Lutz schrijft een aflevering van vijftig minuten immers in een paar dagen. En nog afgezien daarvan, ze heeft er al zestien op de plank liggen, daar zal waarschijnlijk wel iets geschikts bij zijn.'

'En wat doen we met de rest van de scenarioschrijvers?' vroeg Stella. 'We hebben contracten met hen afgesloten.'

'Dat is niet mijn probleem', vond Heuser. 'Dat hadden jullie eerder moeten bedenken. Wie is er überhaupt op dat stompzinnige idee gekomen om andere scenarioschrijvers in te huren?'

'Ulf', beweerde ze. 'Hij heeft van meet af aan problemen met Gabi gehad, dat weet je toch? Je was er zelf bij toen ze hem wegstuurde om koffie te halen.'

Heuser knikte. 'Ja, ja, daarom dacht ik aanvankelijk dat we dit aan hem te danken hadden. Ik was van plan een ernstig woordje met hem te spreken, dat is al een poos geleden. En hij zei dat jij het had voorgesteld. Hij zou mevrouw Lutz echt niet aan de dijk hebben durven zetten.'

'Dat is toch lariekoek', stoof Stella op. 'Niet durven. Hij heeft haar maandenlang met een onzinnig idee getreiterd.'

Heuser leunde achterover in zijn stoel, sloeg zijn armen luchtigjes over elkaar en grijnsde. 'Nou ja, een klein beetje wraak heeft een mens nou eenmaal nodig, op de een of andere manier moest hij haar die bloedneus toch betaald zetten. Hij is iets te diep in Fabians lievelingslectuur gedoken en dacht dat hij iets had gevoeld, een kille tocht in de personeelskamer. De kastdeurtjes waren volgens hem gewoonweg uit zijn hand gerukt', zei hij.

'En geloof jij dat?'

Heuser sloeg ook zijn benen nog over elkaar 'Wanneer ik hier zit, geloof ik alleen dat ik nog lang achter dit bureau zit als de kijkcijfers goed zijn. Ik heb van meet af aan gezegd dat dit materiaal potentieel heeft. Zelfs in het tiende seizoen is het nog een succes, daar ben ik van overtuigd. Het mag alleen niet in onzin ontaarden. Mevrouw Lutz krijgt het voor elkaar de juiste balans te handhaven. Dat heeft ze wel bewezen. Maar ik heb enkele heren boven me die meer te vertellen hebben dan ik en de lol is er voor hen al enigszins af. Geen wonder wanneer zoiets een eeuwigheid duurt. Wat voor probleem jij met mevrouw Lutz hebt en of koning Ulf in Fabians voetsporen wil treden, interesseert me niet. Het enige wat ik wil is goede scenario's. Mevrouw Lutz kan die leveren, dus zorg maar dat je het weer bijlegt met haar. Ik heb nu nog zendtijd maar als jij niet zorgt dat we binnenkort kunnen gaan filmen, kan ik daarnaar fluiten.'

Die avond dronk Stella voor het eerst een hele fles wijn bij het eten en daarna nog een glas grappa om haar frustratie weg te spoelen. Gelukkig zag Therese het niet want die zat bij een stervende te waken. Heiner reageerde heel bezorgd maar tevens opgelucht toen ze aankondigde dat ze Gabi morgenochtend zou bellen en het hele project weer aan haar over zou dragen.

De volgende dag, het was een woensdag, probeerde Stella vergeefs Gabi te bereiken. De hele ochtend werd de telefoon niet opgenomen. Een telefoonbeantwoorder waar ze een paar zinnen had kunnen inspreken, bezat Gabi niet.

's Middags kreeg ze Gabi's dochter aan de lijn en die vertelde: 'Mijn moeder is er niet.'

'Wil je haar doorgeven dat ze mij terug moet bellen?' verzocht Stella.

'Ja', zei Martina Lutz. 'Maar ik denk niet dat mijn moeder dat zal doen.'

'Ik denk van wel', zei Stella. 'Het gaat om een heleboel geld voor je moeder. Ze zal blij zijn dat te horen.'

'Kan ik me niet voorstellen', verklaarde Gabi's dochter. 'Ze laat zich altijd maar één keer belazeren.' Vervolgens hing ze op.

Donderdags probeerde Stella het weer – tevergeefs. Ook vrijdag ging de telefoon aanvankelijk eindeloos over totdat er toch nog opgenomen werd en ze begreep wie de geest aan de telefoon was geweest. Gabi's zoon. Toen hij opnam, zei hij met een adolescentenstem: 'Met Lutz'. Maar Stella had nog maar ternauwernood naar zijn moeder gevraagd of hij veranderde zijn naam in Schneider en begon op die erotische toon te praten.

'Het spijt me, meisje. Ik heb je tijdig gewaarschuwd. Nu is het te laat.'

's Avonds stelde Heiner voor dat Stella de volgende dag persoonlijk bij Gabi langs zou gaan om met haar te praten. 'Ze wil je op de knieën hebben, lieveling. Doe haar die lol en zeg niet dat jij zelf op het idee gekomen bent om haar weer te benaderen. Zeg haar maar dat Heuser jou onder druk zet. Wees de mindere en toon berouw, vraag duizend keer om vergiffenis. Als ze genoegdoening wil, verschaf haar die dan.'

Hij reed haar er zaterdagmorgen naartoe, parkeerde de auto ruim vijftig meter van Gabi's erf vandaan en bleef nog een poosje met haar in de auto zitten. Om te voorkomen dat ze door Gabi's kinderen zou worden afgepoeierd wachtte ze tot die de deur uit waren. Al die tijd sprak hij haar moed in. Haar baan, die zo ontzettend belangrijk voor haar was, stond immers op het spel. Koning Ulf zou het haar nooit vergeven als het project mislukte. En bij Heuser had ze dan afgedaan, al bood ze hem nog zulk goed filmmateriaal aan. Dat wist ze heus zelf wel toen ze eindelijk uitstapte.

Ze liep naar de oprit en al voordat ze bij de voordeur was, hoorde ze Gabi met Elvis al om het hardst 'The Great Pretender' zingen. Drie keer moest ze aanbellen voordat Gabi de deur opendeed. Gabi vroeg haar niet binnen. Ze bleef even staan luisteren terwijl in de woonkamer 'And I love you so' werd aangeheven. *And yes, I know, how lonely life can be, the shadow follows me …*

Stella's gevoel van vernedering en de verontschuldigingen die ze moest aanbieden maakten dat ze niet wist waar ze moest kijken. Aanvankelijk hield ze haar ogen strak op Gabi's benen in de vale spijkerbroek gericht, daarna op het reepje blote huid boven de broekband. Altijd dat boven de navel dichtgeknoopte bloesje. Toen ze Gabi eindelijk aankeek, zag ze nog even het spottende glimlachje. Vervolgens trok Gabi een spijtig gezicht.

'Was nou maar in het voorjaar gekomen.' Nu had Gabi echt geen tijd meer om scenario's te schrijven. Ze was met een uitgeverij in onderhandeling over een nieuwe roman.

'Je hebt toch zestien scenario's op de plank liggen', zei Stella. 'Heuser accepteert ze vast en zeker.' Hoe ze van de andere scenarioschrijvers af moest komen, wist ze nog niet. Er zou op het bedrijf een gigantische heisa losbarsten. Maar dat was van later zorg.

'Die had ik', zei Gabi. 'Maar ik heb ze nooit uitgeprint. Jij wilde ze immers niet en ze pasten ook niet in jullie nieuwe opzet. In april heb ik een nieuwe laptop gekocht, en een modem, dat moet je tegenwoordig wel hebben. Sindsdien speelt mijn zoon met mijn oude computer. Ik kon hem immers met Kerstmis geen computer cadeau geven. Ik heb die scenario's niet gekopieerd en mijn zoon heeft de harde schijf opnieuw geformatteerd.'

'En je hypotheek, hoe staat het daarmee?' vroeg Stella. 'Denk je dat je met een roman voldoende verdient om die af te lossen?'

'Dat is al voor elkaar', zei Gabi.

'Daar geloof ik niets van.'

'Dat weet ik', zei Gabi. 'Ik had je niet mogen voorliegen nadat Fabian me had doorzien. Als je één keer liegt, geloven ze je niet meer, ook niet als je de waarheid spreekt. Maar iemand heeft me ooit eens gezegd dat Martin te hoge eisen stelt in de ogen van normale mensen. Ik dacht dat jij een normaal mens was. Het spijt me oprecht.'

Bij dat laatste deed ze de deur dicht. Elvis was intussen 'in the ghetto'. En Gabi viel in: 'And a hungry little boy with a runny nose plays in the street as the cold wind blows – in the ghetto.'

Vervloekt

Na de vergeefse bedelactie tobde Stella nog enkele maanden lang met jonge scenarioschrijvers. Ze waren uitstekend in staat om scenario's voor een comedy te schrijven, maar op *De schim* kregen ze geen vat. Misschien had ze haar reddingspogingen eerder moeten opgeven, maar de film was zo'n doorslaand succes en haar vader was zo trots op haar geweest. Nu leden de beide vooravondseries eronder terwijl die het tot nu toe ook niet onaardig hadden gedaan.

In het najaar werd *Vakantie en andere rampen* van de zender gehaald. Een tijdlang luidde het argument dat campings beter in de zomerprogrammering pasten en dat ze de serie eventueel volgend jaar konden continueren. De tot nu toe stabiele kijkcijfers van *Op eigen benen* daalden van week tot week omdat de problemen die de scenarioschrijvers hadden met *De schim* begonnen door te werken op die wederwaardigheden in de jongerenwoongroep; daar werd inmiddels gediscussieerd over de vraag of er een leven na de dood bestond. Dat interesseerde de vaste kijkers vermoedelijk niet.

In februari 2003, een jaar na Stella's bruiloft, belandde zelfs *Op de grens*, altijd de rots in de branding en het visitekaartje van het bedrijf, in de gevarenzone. Movie-Productions streed voor zijn voortbestaan. Op dat moment dronk Stella al buitensporig veel en meestal was het zwaarder spul zoals rode wijn. Thuis dronk ze alleen wanneer Heiner nachtdienst had. Ze wilde niet dat hij het zag, want dan begon hij telkens over Peter Lutz en Uschi.

In haar tas smokkelde ze zakflacons het huis in, verstopte ze in de slaapkamer en bracht de lege flessen weer in haar tas weg. Zo merkte Therese er ook niets van. Vaak werd ze 's morgens met een kater wakker maar haar geheugen vertoonde nog geen hiaten. Anders zou ze nooit bestand zijn geweest tegen de druk. Op kantoor had ze voortdurend een fles wodka in haar bureaula liggen omdat ze had gehoord dat je adem van wodka niet naar drank ging ruiken.

Desondanks werd ze op staande voet ontslagen. De bedrijfsleider vond dat gerechtvaardigd nadat hij de wodka gevonden had. Wekenlang rilde ze van afschuw wanneer ze aan die minuten terugdacht. De vernedering die haar nu ten deel viel, was vele malen groter dan die bij Gabi op de stoep. Daar was niemand er getuige van geweest; alleen Heiner zat een eindje verderop in zijn auto en hij had er geen woord van kunnen verstaan. Koning Ulf daarentegen riep haar ten overstaan van het verzamelde personeel ter verantwoording. De secretaresse stond erbij, twee scenarioschrijvers, de twee uitzendkrachten en zelfs de schoonmaakster. Het was een schok, maar wel een heilzame les.

Heiner toonde na het gebeuren alle begrip. 'Trek het je niet zo aan, lieveling. Misschien is het gezien de omstandigheden het beste wat ons kon overkomen. Mama maakt geen aanstalten om minder te gaan werken. En ik zou zo graag een kind willen.'

Tot dat moment was er in de aanbouw nog helemaal niets gedaan. Heiner sprak nog steeds over sloop van de schuur en een grote woonkamer met terras. Maar intussen wist hij waarschijnlijk dat hij luchtkastelen bouwde omdat Therese daar nooit mee zou instemmen. Nu Stella geen eigen inkomen meer had, was er ook niet genoeg geld voor een ingrijpende verbouwing. Financiële reserves had ze niet, ze had haar salaris altijd met bakken vol uitgegeven. Alleen al het horloge dat ze Heiner bij gelegenheid van hun eerste gezamenlijke kerstfeest had geschonken, had veertigduizend mark gekost.

Nu zei Heiner: 'Laten we eerst maar met de aanbouw aan de slag gaan, dan kunnen we de eerste tijd in elk geval vooruit. Jouw flat was veel kleiner. We houden onze slaapkamer voorlopig aan, een kinderkamer hebben we ook al.'

Vervolgens hakte hij een doorgang in de muur van de schuur om weer in de beide aangebouwde vertrekken op de begane grond te kunnen komen. Met een breekijzer maakte hij de opening in het plafond en kocht stevige kisten omdat Therese pertinent weigerde een container voor de nalatenschap van haar ouders te bestellen.

Stella ruimde de troep op en haalde de kamers leeg. Meestal hielp Therese haar omdat de meubels te zwaar waren om ze in haar eentje naar de schuur te sjouwen. Van haar kant nam Stella Therese wat huishoudelijk werk en zelfs werk in de tuin uit handen en zo wist ze langzamerhand het verloren respect van haar schoonmoeder terug te winnen.'

Af en toe werd er weliswaar nog gemopperd: 'Die zijn niet eens gaar.' Maar over het geheel genomen was alles in orde. Wanneer ze het ergens niet over eens waren, leek het er zelfs op alsof Therese het leuk vond met Stella te discussiëren omdat ze een andere betoogtrant had dan de mensen met wie Therese verder omging. Op een keer zei ze met een waarderend knikje: 'Zoals jij het altijd onder woorden weet te brengen, je moet er maar opkomen.'

Zelfs de oude badkamer sloopte Stella in haar eentje, ze verwijderde de wc en de wastafel. Het was niet eens zwaar werk. En ergens had ze er wel lol in om midden in de troep te staan en zich voor te stellen hoe het eruit zou zien als alles nieuw was ingericht. Daar was ze goed in. Zo kon ze zich ook op basis van een paar tekstregels in een scenario voorstellen hoe de bewegende beelden eruit zouden zien.

Heiner was trots op haar omdat ze praktisch alles in haar eentje bolwerkte en niet meer dronk. Geen drup meer sinds ze op staande voet ontslagen was. Ze taalde er zelfs niet meer naar als Therese met visite in de woonkamer aan de koffie met het obligate glaasje bessenjenever zat en met onmiskenbaar wantrouwen in haar stem vroeg: 'Kom je er even bij zitten, Stella?'

'Zou ik wel willen', zei ze meestal. 'Maar ik heb geen tijd.'

Het was bepaald niet het leven waarvan ze had gedroomd. Maar er waren bevredigende ogenblikken tijdens die weken, ook al hoorde ze Gabi in haar achterhoofd dikwijls fluisteren: *'Heintje is nogal gemakzuchtig uitgevallen.'* Natuurlijk had hij haar een handje kunnen helpen als hij nachtdienst had en tegen de middag zijn bed uit kwam. Maar zijn lof betekende meer voor haar dan feitelijke hulp.

En wat ze nog belangrijker vond – de waardering van haar vader, die ze door haar ontslag op staande voet had verloren, kreeg een nieuwe voedingsbodem. Het was voor Johannes Marquart weliswaar een teleurstelling dat de serie rondom *De schim* niet was doorgegaan. Hoe dat kwam, wist hij niet. Maar nu bewees Stella hem dat ze ook op andere gebieden haar mannetje stond. Meer nog dan haar zusje, Madeleine kreeg nog geen spijker recht in de muur.

Van Gabi had Stella sinds die zaterdag in juli niets meer gehoord, haar ook niet meer gezien. In het dorp kwam ze nooit. De dagelijkse boodschappen deed Therese in haar Fiat Punto. Of zij Gabi af en toe ontmoette, vertelde ze niet. Heiner had zijn moeder verzocht dat onderwerp te mijden. Daar hield Therese zich aan – tot die dag eind mei 2003.

De hele morgen en een uur na het middageten was Stella druk doende in de aanbouw. Er was nog een heleboel te doen voordat ze de vertrekken weer gezellig konden gaan maken. De afgelopen week had ze de vloerbedekking die over de volle oppervlakte verlijmd was, met een scherp mes in handzame stukken gesneden en net zo lang met een plamuurmes bewerkt tot ze van de vloer afgetrokken konden worden. Nu moesten de oude tegels in de keuken en de badkamer van de muur geslagen worden, dat was niet zo'n zwaar werk.

Heiner had haar lichamelijke inspanning verboden. Ze was zwanger, dat had een zwangerschapstest uitgewezen die ze in de apotheek hadden gekocht. Drie of vier weken pas, maar Heiner was al uitzinnig van vreugde. Of zij net zo blij was, wist ze niet. Het was een vreemd gevoel, een klompje cellen in haar lichaam dat in de komende maanden tot een mensje moest uitgroeien – tot een gezond mensje uiteraard. Met Tobi voor ogen was ze een beetje bang. Ze wist wel dat trisomie 21 niet erfelijk was en dat vooral de leeftijd van de moeder een risicofactor vormde en ze was al vijfendertig. Haar moeder was indertijd twee jaar ouder toen Tobi ter wereld kwam.

's Middags had ze een afspraak bij haar gynaecoloog, ze was van plan met hem de mogelijkheden van vroegtijdig prenataal onderzoek te bespreken. Hij had zijn praktijk in Keulen. Ze had nog geen stappen ondernomen om een andere vrouwenarts dichter bij huis te zoeken. De taxi was al besteld. Heiner kon niet mee, hij had dienst en Therese had ook geen tijd. Ze zou graag meegegaan zijn om een eerste blik op haar kleinkind te kunnen werpen. De moderne techniek, een echo, maakte dat mogelijk, hoewel de foetus nog zo klein was dat er nauwelijks iets van te zien zou zijn.

Om twee uur ging Stella onder de douche om zich op te knappen voor de dokter. Vervolgens maakte ze zich op en zocht ze iets leuks uit om aan te trekken. Toen ze beneden kwam, hoorde ze op de trap de stem al. Gabi! En Therese was haar net het heuglijke nieuws aan het vertellen. Ze zaten in de keuken.

'Van harte gefeliciteerd', zei Gabi toen Stella in de deuropening verscheen. Die toon! Geen spot, het was iets anders. En Gabi's glimlach. Stella's adem stokte, misschien was het alleen de onverhoedse hernieuwde confrontatie die haar de adem benam. 'En, wat moet het worden? Een jongen of een meisje? Heiner zal vast het liefst een zoon willen.'

'Hij is er blij mee, wat het ook wordt', zei Therese. 'Het belangrijkste is dat het gezond is, nietwaar Stella? Zo'n schattig klein meisje is toch ook leuk. Als Heiner dat eenmaal in zijn armen houdt, zal hij haar absoluut niet meer voor een jongen willen ruilen.'

Gabi glimlachte nog steeds. 'Laten we dan maar hopen dat het een schattig klein meisje wordt. Zoals ik Stella heb leren kennen krijgt ze het met Heiners hulp moeiteloos voor elkaar om een monster te baren en het project vervolgens ook nog in het water te laten vallen.'

Zelfs Therese kon geen woord uitbrengen. Stella zag hoe haar schoonmoeder hulpeloos haar mond opende en weer sloot. Pas ettelijke seconden later wees ze Gabi terecht: 'Hoe kun je nou zoiets zeggen? Dat zijn geen dingen om grapjes over te maken.'

'Het is ook niet grappig bedoeld, Resl', antwoordde Gabi. 'Ik mag toch weleens een keertje echt gemeen doen na die lucratieve grap waarover ik je bijna twee jaar geleden heb verteld? Hoewel we ons gedenkwaardige gesprek over mijn nieuwe roman op dat moment al achter de rug hadden.'

Wat Therese daarop antwoordde, hoorde Stella niet meer. Ze maakte acuut rechtsomkeert en liep naar buiten. De taxi was er nog niet maar hij kwam voorrijden voordat Gabi wegging.

Stella liet zich naar Keulen rijden en stapte bij een kroeg uit. Het ging niet anders. Ze moest Gabi's glimlach en haar woorden op de een of andere manier van zich af zien te zetten en weer vrijelijk kunnen ademhalen. Hoe ze die avond laat naar Niederembt teruggekomen was, wist ze niet. Weer met een taxi die de waard vermoedelijk voor haar had besteld. Heiner trok haar de auto uit, betaalde de taxichauffeur en bracht haar naar bed.

De volgende ochtend was ze pas in staat haar man te vertellen waarom ze zich zo bedronken had. Hij ging volledig door het lint en maakte Therese felle verwijten. 'Waarom heb je dat verrekte wijf in huis gehaald; ik had je toch gevraagd een beetje rekening met de situatie te houden? Heeft ze Stella al niet genoeg aangedaan?'

'Het omgekeerde zul je bedoelen', protesteerde Therese. 'Gabi heeft nog nooit iemand iets aangedaan, ook niet toen ze daar alle reden toe had. En het ontbrak er nog maar aan dat ik een goede vriendin op de stoep laat staan, alleen omdat jouw vrouw in alle staten raakt als ze haar ziet.'

'Goede vriendin', herhaalde Heiner honend. 'Daar dacht je vroeger heel anders over. Ik snap niet ...'

'En nu hou je je mond', snauwde Therese. 'Wat jij snapt, interesseert me geen snars. Mij interesseert alleen wat zij begrijpt. Wat ze tegen Stella heeft gezegd vond ik ook niet in de haak. Maar dat is haar gewoon ontschoten. Ze bedoelde het niet zo en ze heeft er haar excuses voor aangeboden. Een volgende keer zegt ze zoiets vast en zeker niet meer.'

Nee, daar kreeg Gabi de kans niet meer voor, om nog een keer *zoiets* te zeggen. Maar één keer was al genoeg. En het ergste was dat de doktoren die uitspraak niet konden weerleggen. Het was niet Stella's schuld dat ze een ernstig gehandicapt kind had gebaard. Het enige wat ze zichzelf te verwijten had, was dat Johanna geboren was. En het was uit pure angst dat ze het aan de stok had gekregen met een vrouw die je als normaal mens met alle beperkte vermogens van dien maar beter niet kon uitdagen. Die allesoverheersende angst had ervoor gezorgd dat ze niet tijdig in de gaten hadden gehad wat voor schepsel ze zou baren.

Ze had het al die maanden dat het kind in haar schoot groeide onbewust geweten. *Rosemary's baby* of een kind zoals dat in *De wieg van satan* voorkwam. En ze zou het niet hebben verdragen wanneer een arts haar had gezegd: 'Lieve deugd, wat is dat nou?' Daarna zou hij wellicht zijn keel hebben geschraapt en gezegd hebben: 'Uw baby heeft geen normale ontwikkeling doorgemaakt.' Dus ging ze niet naar een dokter en bedronk ze zich om de angst de baas te worden. Soms was het ook een opwelling: als het dan toch niet anders kan, dan moet het maar mijn schuld zijn! En zelfs die triomf over Gabi was haar niet vergund.

Mozaïek-trisomie 18. Een chromosoom te veel. Maar niet zoals bij Tobi's trisomie van meet af aan een extra chromosoom. In dat geval zou het een volledig ontwikkelde trisomie zijn geweest. Bij kinderen die aan een vorm van mozaïek-trisomie leden, waren verschillende organen aangetast; zulke kinderen kwamen maar zeer sporadisch levend ter wereld, zeiden de doktoren nadat Johanna geboren was. Meestal werd een dergelijke foetus al in de eerste maanden van de zwangerschap afgestoten en wanneer dat niet het geval was, bleven zulke kinderen na de bevalling slechts enkele uren, in het gunstigste geval enkele dagen in leven.

Mozaïek-trisomie betekende dat niet alle cellen en dus ook niet alle organen aangedaan waren. Daarom noemden ze het een mildere vorm. Hoe zoiets ontstond, wist niemand; wanneer het gebeurde wisten ze wel zo ongeveer. Een dergelijke afwijking ontstond heel vroeg in de zwangerschap wanneer er al celdelingen hadden plaatsgevonden. Johanna kon best een half jaar oud worden, misschien zelfs nog iets ouder.

Met buitensporig alcoholgebruik had het niets van doen, zeiden de doktoren zonder te beseffen wat ze haar daarmee aandeden. Natuurlijk had de alcohol het kind volgens hen geen goed gedaan, wellicht had deze tot bijkomende hersenbeschadigingen geleid die op hun beurt tot een verstandelijke beperking konden leiden. Maar wat had het voor zin daarover te piekeren bij een kind dat niet oud genoeg zou worden om te leren praten, lopen of zelfs spelen?

Ze verzekerden haar telkens weer dat het in elk geval niet door de alcohol kwam dat Johanna zo mismaakt was. Een misvormd hoofdje waarvan het achterhoofd ver naar achteren uitstak, een te kleine kin en mond, ogen, oren, vingers, tenen, niets zag eruit zoals het eruit behoorde te zien. De baby zag er niet uit als een monster, maar een schattig klein meisje was het ook bepaald niet.

Een boosaardige speling van de natuur, zeiden de doktoren. En niemand wist waarom de natuur boosaardig geworden was. Niemand kon haar uitleggen waarom haar baby pas een poosje na de verwekking – wellicht vanaf de dag waarop Gabi bij Therese in de keuken had gezeten – opeens een chromosoom te veel had. Niemand begreep wat ze doormaakte. Iedereen die zich veel moeite getroostte om het haar wat gemakkelijker te maken gaf voedsel aan haar afschuwelijke overtuiging. Gabi – was de boosaardige speling van de natuur.

De verbindingsman

Voor Arno Klinkhammer was de dag al evenmin vredig begonnen. Kort voor het ontwaken had hij onrustig gedroomd: in die
droom stond hij als Stella's advocaat voor de rechtbank. Gabi's
dochter verklaarde wat zijn cliënte tijdens haar zwangerschap allemaal naar binnen geslagen had: alles wat echt stevig aankomt.
Schöller legde uit wat haar motief was geweest: schoonmoeder
brengt baby weg. Carmen eiste de maximumstraf. In zijn slot-
pleidooi wist Klinkhammer niets anders uit te brengen dan: 'Zij
heeft het niet gedaan.'

Vervolgens veroordeelde de rechter hem wegens medeplichtigheid.

'Wie zou ik dan geholpen moeten hebben?' protesteerde hij.

'U hebt de komende periode voldoende tijd om daarover na
te denken', zei de rechter. Toen liet hij hem wegvoeren naar een
naargeestige politiecel in Bergheim. Op een harde betonnen
brits viel Klinkhammer in slaap.

Toen hij wakker werd, had hij het verdomd koud. Hij lag met
zijn rug bloot. Zijn vrouw had het dekbed weggetrokken. Het
was niet meer de moeite waard het weer over zich heen te trekken, want het was kwart over tien. Om een onverklaarbare reden
was de stroom die nacht uitgevallen, niet alleen bij hen, ook de
buren zaten zonder. Zijn elektrische wekker was stil blijven staan
omdat hij al maandenlang telkens vergat er een nieuwe buffer-
batterij in te doen. Ines had haar wekker niet gezet; ze had geen
elektrische wekker zodat hij nu in elk geval op haar klokje kon
zien hoe laat het was.

Er was geen warm water en geen koffie. Hij kon zich niet eens
scheren. Voor Ines was het geen ramp. Ze wilde pas later naar de
uitgeverij gaan en was van plan geweest hem over te halen ook
nog een tijdje thuis te blijven. Over enkele minuten zou er weer

stroom zijn, wist ze na een telefoontje naar de RWE te vertellen. Dan kon hij zich douchen, scheren en vervolgens gezellig samen met haar ontbijten. Maar dat kon hij zich niet eens na een normaal weekend permitteren, laat staan vanochtend nu Carmen gistermiddag had uitgelegd wat ze in de zaak Helling aan bewijs hadden en na die eigenaardige droom.

Zo goed en zo kwaad als het ging waste hij zich met koud water, hij stak zijn scheerapparaat in zijn zak en vertrok. Onderweg kocht hij een broodje ham. Ontbijten kon hij ook aan zijn bureau. De koffie op kantoor was hem weliswaar altijd te sterk omdat het koffiezetapparaat verkalkt was, maar als hij er een flinke plens melk in deed en er een glas water bij dronk, verdroeg zijn maag het gewoonlijk wel. Dat hij deze keer misselijk werd, lag niet aan de koffie.

Op zijn bureau lag een verslag van wat er in het weekend was voorgevallen, niets bijzonders. Wel waren er al twee telefoontjes voor hem binnengekomen die door de dienstdoende agent waren aangenomen. Om half negen had Carmen Rohdecker gebeld; ze had echter niet gezegd waarom ze hem wilde spreken. Met een staaltje van dubieuze humor had de hoofdofficier van justitie slechts verklaard: 'Wilt u hem meedelen dat hij bij de eerstvolgende melding van een lijk meteen zegt dat het er ook wel een paar meer kunnen zijn? Zodra hij zijn neus in een ernstig delict steekt, is dat blijkbaar onvermijdelijk.'

Vervolgens had Grabowski om kwart over negen nog gebeld met de boodschap dat de Russen in de kraag waren gevat. Ze hadden intussen in de zaak-Sieger zelfs een gedeeltelijke bekentenis weten los te krijgen. De chauffeur zou hebben toegegeven dat zijn handlangers op het bewuste tijdstip in de bungalow in Bedburg waren geweest. Meer had Grabowski niet willen zeggen toen hij hoorde dat Klinkhammer er nog niet was. Maar voor alle zekerheid had hij zijn mobiele nummer doorgegeven en gevraagd of Klinkhammer hem zo snel mogelijk wilde terugbellen. Hij had zich daarbij laten ontvallen dat hij aan een grote zoekactie op het perceel van Helling moest deelnemen.

Daarna had de dienstdoende agent meteen een wagen naar

Niederembt gestuurd, alleen om even kijken wat er aan de hand was en uit te vinden wat ze daar zochten. De bemanning van de wagen was echter onverrichter zake teruggekomen omdat ze door de mensen uit Keulen min of meer waren weggejaagd. Niemand wist wat er aan de hand was. In feite was dat doodnormaal. Rechercheurs uit de grote stad die met een moordzaak bezig waren, kwamen slechts zelden op het idee om hun collega's uit de provincie of zelfs die van de gewone politie over hun bevindingen in te lichten. Maar omdat het in dit geval om de moeder van een collega ging en omdat Grabowski duidelijk gemaakt had dat hij bereid was om te praten, hadden ze toch op een iets toeschietelijker houding gehoopt.

'Schöller houdt ons overal buiten', zei de korpschef en hij vroeg Klinkhammer: 'Kun jij alsjeblieft eens informeren waarnaar ze op zoek zijn, Arno? Naar nog meer lijken? Dat wekte haast weer de indruk dat hier een seriemoordenaar aan het werk was.

Klinkhammer zette het verkalkte koffiezetapparaat aan, pakte zijn broodje ham uit, greep de telefoon en beproefde zijn geluk eerst bij het Openbaar Ministerie. Carmen kreeg hij niet aan de lijn. Hij kwam bij het secretariaat terecht en kreeg van Carmens secretaresse te horen dat mevrouw Rohdecker op dat moment een getuige ondervroeg. Ze vertelde dat zich vanmorgen bij rechercheur Grabowski een zeer opgewonden oudere heer had gemeld, die nu al geruime tijd bezig was in de zaak-Helling een belangrijke verklaring af te leggen.

Het eerste moment dacht Klinkhammer aan een vriend van Therese. Haar laatste minnaar die nu eindelijk zichzelf had vermand en bereid was te bekennen dat hij in de nacht van woensdag op donderdag nog bij haar was geweest. Maar toen hij vervolgens Grabowski belde, herzag hij zijn overtuiging dat de vrouw van Helling onschuldig was; nu beschouwde hij zijn droom als het laatste restje hardnekkige weerstand om zich zomaar zonder slag of stoot bij een taxatiefout neer te leggen.

Al voor achten was Johannes Marquart op het hoofdbureau van politie verschenen. 'Hellings schoonvader', legde Grabowski uit.

'Schöller was er nog niet, maar hij kwam kort daarna binnen en ging bijna door het lint. Per slot van rekening was hij tweemaal in het huis geweest, had hij gezien wat er allemaal in de kinderkamer stond en lag en had hij ook uit routine in de keukenkastjes gekeken. In een van de kastjes stonden twee blikken melkpoeder en Schöller had daar verder niets achter gezocht.'

Grabowski vertelde dat merkwaardig gegeneerd, wat Klinkhammer bij deze wending niet had verwacht. Een ambitieuze jongeman – een triomfantelijke toon zou veel meer voor de hand gelegen hebben omdat de *ervaren* leider van het onderzoek die hem had weggestuurd om de deuren langs te gaan, in deze zaak voor schut was gezet.

Johannes Marquart had zijn kleindochter officieel als vermist opgegeven maar tegelijkertijd duidelijk gezegd wat hij dacht. 'Hij liet van zijn dochter geen spaander heel', vertelde Grabowski, 'hij sprak zelfs niet over haar als zijn dochter. *Dat mens* noemde hij haar. Helling was voor hem slechts *die vent*. Nou ja, hoe je hem anders moet noemen, weet ik ook niet. Helling is vrijdag al te weten gekomen dat zijn schoonouders de baby niet meegenomen konden hebben omdat ze al vanaf dinsdag bij hun oudste dochter in Hamburg waren. Ze gingen nooit ergens anders heen, zei Marquart, en dat wist *die vent* heel goed. Zaterdag zijn ze teruggekomen en toen zijn ze linea recta naar het ziekenhuis gegaan omdat ze de baby onder hun hoede wilden nemen. En wat heeft Helling vervolgens gedaan? Heeft hij ons soms verteld dat zijn kind spoorloos verdwenen was? Nee, hij is zondag naar Hamburg gereden en heeft zijn schoonzusje in de schoenen geschoven dat zij zijn kind aan de ouderlijke macht zou hebben onttrokken. Terwijl hij heel goed weet dat zijn vrouw al eens een poging heeft gedaan om een gehandicapt kind te vermoorden. Ze had haar broer in zijn bedje willen laten verbranden, zei Marquart. Zijn zoon heeft het syndroom van Down. Wist ik nog niets van, Schöller ook niet.'

'Dat betekent dus dat je er nu van uitgaat dat de vrouw van Helling haar baby heeft vermoord', constateerde Klinkhammer en hij pakte zijn broodje ham weer in en gaf er de voorkeur aan op nuchtere maag zijn eerste sigaret te roken.

'Waar moeten we dan anders van uitgaan?' vroeg Grabowski.

Schöller had hem samen met de woedende grootvader naar het Openbaar Ministerie gestuurd. Zelf was hij naar Niederembt gegaan om de keukenkast nogmaals te inspecteren. Zijn geheugen had hem niet bedrogen. Twee blikken melkpoeder! Het ene was nog vacuümgetrokken, het andere bijna halfvol. En in een sterilisatiebox lagen negen flesjes, vier spenen, vier afsluitdoppen, een pipetje en een fopspeen. Een royale voorraad, nog meer flesjes had je in geen geval nodig, dat wist Schöller uit eigen ervaring.

Lieve hemel, dacht Klinkhammer. Hoe het Schöller nu te moede was, wilde hij zich maar liever niet voorstellen. Zelf voelde hij zich al beroerd genoeg. Het nog ongeopende pak luiers in de kinderkamer, de stapel luiers, de babyverzorgingsproducten op de commode en het praktische sportieve wandelwagentje had hij per slot van rekening ook gezien. Weliswaar had hij in tegenstelling tot Schöller geen kleine kinderen en wist hij niet dat een Maxi-Cosi tevens als draagtas en veiligheidszitje voor in de auto fungeerde, maar dat beschouwde hij niet als excuus. 'Jullie zijn dus nu op het perceel van Helling op zoek naar het lijkje van het kind?' vroeg hij.

'Alleen naar een lijkenlucht', zei Grabowski. 'Marquart dacht dat ze de baby in de tuin heeft begraven en dat Helling het kind weer heeft opgegraven om zich er elders van te ontdoen. Daar ziet de tuin echter niet naar uit. Ze had er ook helemaal niet zoveel werk van hoeven maken. De schuur staat vol met allerlei rotzooi, daar kun je een mensje van zeven pond heel gemakkelijk verbergen, Toen Schöller hier vanmorgen aankwam, was de poort opnieuw opengebroken. Ik vermoed dat dat de enige reden is waarom Helling gisteren naar Hamburg gereden is. Bedenk maar eens hoeveel wegrestaurants er op dat traject zijn en hoeveel vuilnisbakken er op die terreinen staan. Helling kon er wel van uitgaan dat hij dat fabeltje over die goede verzorging niet lang meer staande zou kunnen houden. Nu is hij overigens zelf spoorloos. Ondergedoken als je het mij vraagt. Zijn vriend denkt echter dat hem iets overkomen moet zijn.'

Grabowski beëindigde het gesprek met de hint dat hij nu weer aan de slag moest. Ze waren bezig de schuur leeg te ruimen om de lijkenspeurhond de kans te geven zijn werk te doen.

Intussen was de koffie in het verkalkte koffiezetapparaat doorgelopen. Klinkhammer rookte zijn tweede sigaret op nuchtere maag en dronk zijn eerste kop koffie zonder een glaasje water erbij. Veel misselijker dan hij nu al was, kon hij nauwelijks nog worden. Voordat hij zijn derde sigaret opstak en zijn tweede kop koffie dronk, stelde hij de korpschef op de hoogte. Die trok bleek weg en mompelde: 'Lieve hemel, wie zou dat arme kind zoiets hebben aangedaan?'

Ja, wie? Dat kon je ook zelf wel bedenken zonder te horen wat de woedende grootvader dacht, vond Klinkhammer. Hij had het pas opgemaakte kinderledikantje op zijn netvlies, het kussentje met de deuk in het midden en de ronde pluchen maan. *Lieve maan, kijk 's aan.* Hij ging weer naar zijn kamer en zijn gevoel van misselijkheid nam alleen maar toe.

Om twaalf uur nam hij toch nog maar een hap van zijn broodje ham en dronk er een glas water bij. Trek had hij niet. De baby lag als een steen op zijn maag. En de stem van Gabi's dochter sproeide er met datgene wat ze vrijdagavond had gezegd nog een extra portie zuur overheen: *'De dokters hebben gezegd dat ze eigenlijk had moeten worden geaborteerd. En daarna wilde ze haar niet eens uit het ziekenhuis ophalen. Dat moest mevrouw Helling doen. "Ook al ziet ze er niet zo uit als je graag had gewild, het kind heeft recht op liefde en een paar armen die haar vasthouden", heeft ze gezegd. Is dat niet echt afschuwelijk?'*

Dat was zeker afschuwelijk. Therese had het kindje beter in het ziekenhuis kunnen laten. Temeer omdat ze een drukke baan had en heus niet altijd thuis kon zijn. En als oma de ongeschikte of onwillige mama het vuur na aan de schenen had gelegd, zelfs had geopperd om het arme schaap naar de andere grootouders te brengen, dan zou Stella niet de eerste aan alcohol verslaafde vrouw zijn geweest die korte metten met de zaak maakte, eerst met haar baby en vervolgens met oma.

Twee of drie happen later kwam Ludwig Kehler bij hem op zijn kamer, hij was volkomen buiten zichzelf en vroeg Klinkhammer om hulp omdat hij bij Schöller tegen dovemansoren had gepraat toen hij zei te vrezen dat Heiner iets overkomen moest zijn.

'Hoe kom je daarbij?' vroeg ook Klinkhammer vol ongeloof, niet bereid naar sprookjes te luisteren.

'Ik vermoed dat Heiner vanmorgen vroeg met de verkeerde mensen heeft gesproken', antwoordde Kehler. 'De kleine meid is gekidnapt.'

Klinkhammer kon nog net voorkomen dat hij veelbetekenend op zijn voorhoofd wees en vroeg in plaats daarvan ironisch: 'En wie kidnapt volgens jou de ernstig gehandicapte baby van een inspecteur van politie? Een verkeersovertreder die net door hem op de bon geslingerd is? Die zijn soms echt furieus, ja. Maar die woede richt zich meestal direct tegen de betreffende functionaris en niet pas een hele poos later tegen diens verwanten. Als dat niet het geval is, leg me dan eerst maar eens uit waarom je in de nacht van de moord bij Helling thuis langs wilde gaan?'

'Zomaar', draaide Kehler om de hete brij heen. 'Heiner vertelde dat Stella weer gedronken had en dat Therese naar een terminale patiënt was, toen dacht ik dat hij eventjes binnen zou kunnen wippen om te kijken of Stella het in haar eentje redde. Dat heeft hij in maart ook twee keer gedaan. Er was toch geen moer te doen, alleen dat akkefietje tussen elf uur en half twaalf. Als we meteen daarna doorgereden zouden zijn naar Niederembt, ik wil er niet eens aan denken. Rond de tijd dat het gebeurd is, hebben wij iemand aangehouden die zijn voertuig te zwaar had beladen. We dachten dat hij gestolen goed wilde vervoeren, maar hij was enkel aan het verhuizen. We hebben het bij een grondige controle en een waarschuwing gelaten. En terwijl we daarmee bezig waren ...' Kehler brak zijn zin af, zijn stem klonk alsof hij op het punt stond in huilen uit te barsten.

'Ga zitten', sommeerde Klinkhammer hem.

Kehler ging gehoorzaam zitten en trachtte in eerste instantie enkele misvattingen uit de wereld te helpen om Klinkhammer daarmee over te halen aan zijn verzoek om hulp te voldoen. Dat

Stella haar baby en Therese zou hebben vermoord en dat Heiner ervandoor gegaan zou kunnen zijn zoals iedereen nu blijkbaar dacht, betitelde hij als onzin.

'Heiner zou Stella nooit in de steek laten. En zij was altijd bang dat de kleine meid zou overlijden. In het begin durfde ze haar niet eens op te pakken, toen had het er wellicht de schijn van dat ze niet voor het kind wilde zorgen. Maar ze was echt alleen maar bang dat ze iets verkeerd zou doen. Ze zou de kleine meid nooit ook maar een haar hebben gekrenkt. En ruzie zoeken met Therese, dat zou ze beslist niet hebben gedurfd.'

Dat geloofde Klinkhammer nu niet meer. Alcohol maakte dat je je remmingen verloor en dat ook angstige mensen moedig werden. Hij liet echter geen kans onbenut om een informatiebron uit te horen; zo kon hij een beter beeld van de situatie krijgen. Meer kon hij immers op het moment niet doen. 'Ken je mevrouw Helling goed?'

Kehler knikte maar moest erkennen dat hij Stella de laatste tijd niet meer gezien had. Heiner had hem echter zo vaak verteld hoezeer ze onder de situatie gebukt ging en dat ze uitsluitend dronk omdat ze de gedachte niet kon verdragen dat ze de kleine meid over een paar maanden weer zou verliezen.

'Het kind is ten dode opgeschreven, meneer Klinkhammer', bezwoer hij. 'Het zal hoogstens een half jaar oud worden, daar zijn al drie maanden van verstreken. Wat heeft het dan voor zin om zo'n kind te doden? Zelfs als je het kind niet wilt, kun je toch gewoon de tijd afwachten en hoef je jezelf niet in problemen te brengen. Maar bij Stella was de kleine meid wel degelijk welkom. Ze heeft zelf een slaapliedje gemaakt, Heiner heeft het een keer voor me gezongen en toen huilde hij. Zijn hart breekt als ze het zingt omdat het middenin ophoudt met de regel *de hemel is nog veel te klein*. Dat zegt toch alles, of niet soms?'

In de daaropvolgende minuten kreeg Klinkhammer te horen dat Kehler van mening was dat hij zijn vriend had moeten overhalen om zondag naar Hamburg te gaan en zich er daar van te overtuigen dat de kleine meid echt niet bij zijn schoonzusje was. Omdat Stella's zusje zo'n loeder scheen te zijn – dat had

Heiner vaak genoeg verteld. Dus had Kehler zich goed kunnen voorstellen dat ze Heiner had voorgelogen en dat zijn schoonvader zaterdag in het ziekenhuis ook niet de waarheid had gesproken.

Om vier uur 's nachts was Heiner pas uit Hamburg teruggekomen. 'Hij was doodop', verklaarde Kehler, 'hij had Stella 's avonds nog aan de telefoon gehad en had toen van haar te horen gekregen dat er twee kerels in de woonkamer waren toen het gebeurde.'

'Twee?' vroeg Klinkhammer sceptisch. 'En dat zou ze donderdagmorgen voor hem hebben verzwegen? Vrijdag had ze het ook over één dader.'

Kehler haalde zijn schouders op, het was hem aan te zien dat hij dit een vervelende situatie vond. 'U hebt haar donderdag gezien. Vrijdag was ze er niet veel beter aan toe, zei Heiner. Waarschijnlijk heeft het een poosje geduurd voor ze het zich echt goed kon herinneren. Misschien was ze ook wel bang om het hem meteen te vertellen, dat weet ik niet. In elk geval heeft ze het hem gisteravond pas verteld, ze zei dat er na twee uur nog iemand was geweest die een videoband had gebracht, die moet nog in huis liggen.'

'Een videoband?' vroeg Klinkhammer.

'Ja', knikte Kehler geestdriftig. 'Dat doet dat soort kerels immers dikwijls, ze nemen een film op en zetten je daarmee onder druk.'

Het was de tv maar, dacht Klinkhammer. In dat licht bezien kregen die vreselijke gil die de buurvrouw om tien voor half drie had gehoord en de reactie die ze daarop gekregen had, natuurlijk een heel andere lading.

'Schöller zei zojuist dat er opnieuw ingebroken was', vervolgde Kehler zijn verhaal. 'Nu denk ik dat Heiner die videoband op eigen houtje uit het huis heeft gehaald. Tegen mij heeft hij vanmorgen alleen maar gezegd dat hij van plan was om naar Keulen te gaan, dat hij Schöller wilde spreken. Maar op het hoofdbureau van politie is hij niet aangekomen. Waarschijnlijk heeft hij geprobeerd met de ontvoerders tot een schikking te komen om het leven van de kleine meid niet in gevaar te brengen. En daarbij moet iets misgegaan zijn.'

'Schikking?' herhaalde Klinkhammer. 'Dat betekent dat hij wist wie de kidnapping op hun geweten hebben.'

Kehler knikte. 'Volgens mij wist hij dat inderdaad. Vanmorgen vroeg kon ik geen woord meer uit hem krijgen. Maar vannacht zat hij te schelden op asociaal tuig. Ik heb hem gevraagd of hij een bepaalde persoon verdacht. Dat bestreed hij, anders had ik hem heus niet in zijn eentje laten gaan.'

Daar moest Klinkhammer eerst even over nadenken. Kidnapping door asociaal tuig! Dat zou het voordeel hebben dat dat arme schaap misschien nog in leven was.

'Wat verwacht je nu van mij?' vroeg hij.

'Dat u met Stella gaat praten. Ze moet u zeggen wat ze Heiner gisteravond heeft verteld. Ik ben al in het ziekenhuis geweest maar ze wilden me niet bij haar laten. Er zit zo'n jong knulletje uit Keulen bij haar voor de kamer. Mij heeft hij afgepoeierd. Uw legitimatiebewijs maakt vast en zeker meer indruk.'

Klinkhammer deed liever nogmaals een poging bij het Openbaar Ministerie. Carmen was nu bij de rechter-commissaris. Hij vroeg of ze hem terug wilde bellen en zei dat het dringend was. Een half uur wachttijd overbrugde hij met pogingen om van Kehler nog wat meer over de omstandigheden bij Helling thuis te weten te komen. Ook al kon Kehler uitsluitend weergeven wat zijn vriend hem had verteld, het kon toch best eens verhelderend zijn.

De mysterieuze ziekte van het kind interesseerde hem. Daar was Kehler goed van op de hoogte. Klinkhammer kwam wat meer te weten over mozaïek-trisomie 18 en over Thereses stijfkoppigheid. Dat zij de baby tegen het advies van de doktoren in uit het ziekenhuis had gehaald; zolang de ziektekostenverzekeraars het onnodig vonden dat er een arts aan te pas kwam wanneer oude mensen lagen weg te kwijnen, meende ze, hoefde zo'n arm schaap ook geen goudmijn voor de medische stand te zijn. 'Als dat arme ding dan toch ten dode opgeschreven is,' had ze ooit in Kehlers bijzijn gezegd, 'laat het dan rustig in de armen van haar moeder overlijden.' Een verdomd hard gelag voor die moeder, vond Klinkhammer.

Kehler wilde ook nog wel wat kwijt over Stella's broer met trisomie 21, die zo dol was op Stella. Dat hij zaterdag een boeket bloemen voor haar had meegebracht en zich met een vurig pleidooi als haar verdediger had opgeworpen toen ze door haar vader op die botte manier verdacht werd gemaakt. Indertijd bij dat voorval met die lucifer bij dat dekentje was Stella immers nog maar een klein kind dat gek was gemaakt door haar oudere zusje, dat loeder.

En vroeger – of later – als volwassen vrouw dus – was Stella hartstikke in orde, een fantastische vrouw, echt waar, zo probeerde Kehler uit alle macht het beeld te corrigeren dat Klinkhammer inmiddels van haar had. Een goede opleiding, capabel, ruimdenkend, geestig en altijd een zeer elegante verschijning. Al te vaak had Kehler haar in haar glorietijd trouwens niet gezien, want Heiner was erg jaloers. Maar Heiner had vaak genoeg hoog van haar opgegeven.

En op een keer waren ze met z'n drieën uitgegaan. 'Weet u wat Stella die avond gedronken heeft, meneer Klinkhammer? Een half glas rode wijn. Dat kunt u zich misschien niet voorstellen, maar het was echt zo. Een half glas. Heiner drong nog aan dat ze de rest zou opdrinken, hij zei dat het jammer was om zulke goede wijn weg te gooien. Maar ze liet zich niet ompraten, want ze moest haar hersens er goed bij houden op haar werk. Toen heeft Heiner de rest opgedronken.'

Kehler keek nerveus naar de telefoon. Klinkhammer pakte de hoorn weer op, nu kreeg hij te horen dat mevrouw Rohdecker onderweg was naar het ziekenhuis. 'Hebt u haar niet doorgegeven dat ik haar dringend moet spreken?' vroeg hij.

'Jawel', zei Carmens secretaresse. 'En ik moest u doorgeven dat ze u belt zodra ze daar tijd voor heeft.'

'Tja', zei Klinkhammer toen hij weer had opgehangen. 'Mijn legitimatiebewijs hebben we niet nodig. De hoofdofficier van justitie zal waarschijnlijk rechtstreeks van mevrouw Helling te horen krijgen wat ze haar man gisteravond heeft verteld.'

Kehler slaakte een diepe zucht. Opgelucht klonk dat niet, eerder sprak er iets uit als: en stel nou dat dat niet zo is? 'Ik geef u mijn mobiele nummer. Belt u me als u iets meer weet?'

'Doe ik', beloofde Klinkhammer.

Daarna telefoneerde hij een poos met Grabowski. Die had ondertussen in Niederembt de leiding overgenomen omdat Schöller onzinnige instructies gaf en verder alleen over zijn dochtertjes praatte. De jongste had vannacht zo lief tegen hem gelachen toen Schöller haar urenlang door het huis had gedragen omdat ze niet wilde slapen.

Grabowski begon te lachen toen Klinkhammer weergaf wat Kehler met hem had besproken. Een ten dode opgeschreven kind? Geen sprake van. Dat hadden ze wel meteen na de geboorte gezegd toen de diagnose gesteld werd, maar intussen was de prognose gunstiger. Ze hadden iemand naar het kinderziekenhuis in Düren gestuurd. En de behandelend arts had verklaard dat Johanna Helling zich in weerwil van haar ernstige ziekte de afgelopen weken in positieve zin had ontwikkeld en dat hij dat toeschreef aan de liefdevolle, optimale verzorging die ze thuis kreeg. Natuurlijk waren de omstandigheden thuis niet zo optimaal als in een ziekenhuis, waar ze voor alle eventualiteiten waren toegerust. De kracht van de liefde moest je echter niet onderschatten, zei hij. Geen enkele verpleegster op de babyafdeling, al had ze nog zo veel ervaring, kon een liefdevolle, zorgzame en opofferende moeder vervangen.

'Helling heeft de artsen wijsgemaakt dat zijn vrouw de baby van 's morgens vroeg tot 's avonds laat, en ook 's nachts nog, op haar lichaam droeg omdat het kind rustig werd bij het horen van haar hartslag', zei Grabowski. 'De verklaring voor het feit dat hij altijd in zijn eentje met het kind naar het ziekenhuis kwam, was volgens hem dat ze bang was voor eventueel slecht nieuws. Hij heeft overal een antwoord op en heeft iedereen bij de neus genomen. Waarom zou zijn vriend daar een uitzondering op zijn?'

Kidnapping door twee daders die in de bewuste nacht op verschillende tijdstippen waren binnengedrongen en de vader van het kind vanmorgen vroeg hadden geliquideerd, hoewel hij bereid was met hen te onderhandelen; dat fabeltje had Kehler ook Schöller opgedist. Grabowski vond het een absurd verhaal, hoewel er intussen wel een bericht van de kidnappers boven water was gekomen. Niet bij de videobanden in de kast, maar in het kinderledikantje. Voor Schöller was dat de druppel geweest die de emmer deed overlopen.

Aan het hoofdeinde, achter het kussen met die deuk erin, zat een envelop met een vel papier erin waarop de eisen waren geschreven. Over de inhoud liet Grabowski niets los, hij gaf er slechts zijn mening over: 'Die moet Helling er hebben neergelegd. Kidnappers zouden de envelop open en bloot in het zicht hebben gelegd om er zeker van te zijn dat hij zou worden gevonden.'

De zoekactie op het perceel had tot nu toe niets opgeleverd. De lijkenspeurhond had elk hoekje en gaatje doorsnuffeld. Mis poes. De baby had dus niet dagenlang in de schuur gelegen, dat stond nu wel vast. De hond was pas gaan blaffen nadat ze hem vuile babykleertjes onder zijn neus hadden gehouden en hem de garage in hadden gebracht. De Fiat Punto.

'Dat bewijst niets', zei Grabowski. Het was ook niet zijn idee geweest om het wasgoed te gebruiken. Het was het laatste wat Schöller verordonneerd had. En daardoor had de hond de geur van het levende kind in zijn neus gehad, logisch dat hij aansloeg. 'Het kind moest eenmaal per week voor onderzoek naar het ziekenhuis. Wanneer Helling geen tijd had, reed zijn moeder. Zijn vrouw had geen rijbewijs. Het zou trouwens wel mogelijk zijn dat zij de dode baby in de Punto heeft gelegd, we zijn net bezig met vingerafdrukken. Maar ik geloof niet dat dat iets zal opleveren. Schöller zal het zich zijn leven lang niet vergeven dat hij het niet eerder doorgehad heeft. Als hij Helling in handen krijgt, zou ik niet graag in diens schoenen staan.'

In wiens schoenen zei hij niet expliciet, maar dat kon Klinkhammer zich wel indenken. Dat Helling zich vanmorgen wellicht in gevaar begeven had, beschouwde Grabowski als weer een nieuw trucje. 'Als hij weer boven water komt, noemt hij dat asociale tuig met naam en toenaam en beweert hij waarschijnlijk dat ze hem op zijn bek geslagen hebben. Bij ons valt er met zo'n verhaal geen eer te behalen. Maar als iemand van het Openbaar Ministerie er wel op ingaat, kunnen we nog wat beleven. Dan moeten die arme mensen maar zien hoe ze zich daaruit redden. Maar het zou ook kunnen zijn dat zijn vrouw degene is die uit de school gaat klappen om het allemaal wat dramatischer te maken. Ik ben echt benieuwd wat voor fabeltjes ze mevrouw Rohdecker op de mouw speldt.'

Daar was Klinkhammer ook benieuwd naar.

DEEL 7

De heksenvriend

Duizend angsten

Carmen Rohdecker nam na vier uur 's middags contact op met Arno Klinkhammer; ze was inmiddels weer onderweg naar Keulen. Ze was al op de hoogte van de chantagebrief in het kinderledikantje. Dat vodje papier was echt iets wat je in de jaren vijftig in Amerikaanse gangsterfilms zag, vond ze, tegenwoordig maakte je daar geen indruk meer mee. Een gewone envelop, niet dichtgeplakt, met een blaadje erin dat uit een notitieblok was gescheurd; op dat blad waren met een Prittstift woorden en getallen geplakt die uit een krant waren geknipt.

En dan zo'n fijngevoelige tekst zonder punten en komma's. '250.000 euro als je de kleine meid terug wilt hebben geen politie ik neem contact op'. Geen politie! Terwijl de vader van het kind bij de politie werkte. Wie ging er nu van uit dat een inspecteur van politie een kwart miljoen bij elkaar kon krijgen? Evenals Grabowski was ze ervan overtuigd dat Helling de envelop in het weekend in het bedje had gelegd en daartoe de poort van de schuur had opengebroken.

Het rapport van het regionale forensisch laboratorium waarover ze het zondagmiddag had gehad, was rond het middaguur bezorgd en had haar verwachtingen nog overtroffen. Op het vlekkerige T-shirt waren op schouderhoogte niet alleen vezels van het babyhemdje aangetroffen, maar ook allerlei vezels van ander wasgoed dat in de bijkeuken voor de wasmachine had gelegen.

'Ze schijnt in de nacht van de moord werkkleding te hebben gedragen', begon Carmen haar verslag van de gebeurtenissen in de versie die ze van Stella had gehoord. 'Haar man heeft haar 's morgens andere kleren aangetrokken, dat kan ze zich niet herinneren, ze heeft het zaterdag pas van hem gehoord. Wat hij met die kleren heeft gedaan, weet ze niet. Ze dacht dat hij die waarschijnlijk heeft weggegooid, net als een spuugdoek van het kind die vooraan in de schuur zou hebben gelegen.'

Dat er op het perceel tevergeefs was gezocht en dat de hond bij de Fiat Punto was gaan blaffen, wist Carmen ook al en ze was het op dat punt met Grabowski eens die in tegenstelling tot Schöller nu het hoofd koel hield.

'Er is met betrekking tot Helling een opsporingsbevel uitgegaan', zei ze. 'Als we de Nissan vinden hebben we waarschijnlijk meer troeven in handen, hoewel ik niet denk dat hij al die tijd met het babylijkje rondgereden heeft. Maar als hij zich ergens onderweg naar Hamburg van de kleine meid heeft ontdaan, heeft hij dat vast en zeker pas na twee of drie uur gedaan en niet al de eerste vijftig kilometer.'

'Heeft zijn vrouw je verteld waar hij vanmorgen heen gegaan zou kunnen zijn?' vroeg Klinkhammer, gebruikmakend van haar eerste adempauze.

'Vanzelfsprekend, daar begon ze mee. Die beste Heiner is wel tamelijk laf, hij liegt dat het gedrukt staat en hij heeft haar verboden het ons te vertellen. Gezien het feit dat de hele situatie nu anders is, vond ze het echter raadzaam om zich niets van zijn wensen aan te trekken. Hij is door een boze heks het donkere bos in gelokt.'

'Wat?' vroeg Klinkhammer verbijsterd.

'Wind je niet op, Arno, doe ik ook niet. Haar vader heeft ons erop geattendeerd dat ze ontoerekeningsvatbaarheid zal simuleren. Ze werkte goed mee, maar overdreef nogal. Eens kijken of ik van al dat onsamenhangende geleuter een zinnig verhaal kan maken. Mocht dat niet lukken, we hebben alles op band opgenomen. Die moet je dan bij gelegenheid maar eens afluisteren. Als ik haar goed begrepen heb, was het haar idee om haar schoonvader in een moordzuchtig beest te veranderen. Daar is alle ellende mee begonnen en daar eindigt het nu ook mee. Haar schoonvader is namelijk 's nachts om zeventien over twee in golven uit de televisie komen vloeien.'

'Ze heeft geeneens een schoonvader', zei Klinkhammer. 'Helling is een onecht kind.'

'Maar een biologische vader had hij wel', antwoordde Carmen. 'En je gelooft nooit wat voor een. Hij past uitstekend bij Hellings horloge: Elvis.'

'Daar geloof ik niets van', zei Klinkhammer en hij voelde hoe het broodje ham in zijn ingewanden begon te draaien.

'Je bent niet de enige', verklaarde Carmen. 'Maar het wordt nog gekker. Elvis was een broer van Romy Schneider en had met haar een langdurige verhouding. Romy Schneider is een heks, ze heeft de baby vervloekt en de serie laten floppen.'

'Wat voor serie?' vroeg Klinkhammer. De rest moest hij voorlopig maar eens verwerken. Vader? Broer?

'Ze werkte bij een filmbedrijf', zei Carmen. 'Ze heeft een paar tv-series geproduceerd en een draak van een speelfilm. Die was als pilot voor nog een serie gepland. Dat is op niets uitgelopen. Een collega van haar verloor zijn verstand en voorspelde dat zij de volgende zou zijn. Dat weigerde ze te geloven, maar ze verwacht van ons dat we het wél geloven.'

Klinkhammer zat na vader en broer nu ook met die serie in zijn maag. Waarom wist hij daar niets van?

Carmen deed verslag van wat Stella verder nog had verteld: 'Elvis had een videoband voor haar achtergelaten, daar is ze van overtuigd. Die heeft ze helaas niet gezien, maar voordien lag hij in de stoel. En als haar schoonmoeder hem daar niet uit gehaald heeft, moet hij dat hebben gedaan. Hij is om zeventien minuten over twee verschenen, dat zei ik al. Tot die tijd was ze in diepe slaap. Van een hinkende indringer om half een weet ze niets af. Dat heeft haar man verteld. Dus vraag ik me af wie dat bedacht heeft.'

Na die inleiding, die Klinkhammer niet half zo onzinnig in de oren klonk als bij Carmen het geval moest zijn geweest, gaf ze wat praktische informatie.

Dat Stella om elf uur de tweede fles wijn uit de schuur had gehaald en dat de poort toen afgesloten was. Dat ze de zaklamp weer op de servieskast naast de poort van de schuur had gelegd en dat de lamp de volgende ochtend in een kabelhaspel bij de doorgang in de muur lag. Dat ook de planken die anders altijd voor de doorgang stonden, vroeg in de ochtend niet meer op hun plaats stonden en dat de ladder toen in de aanbouw stond.

'Er zou al vóór Elvis best iemand in huis geweest kunnen zijn, dacht ze. Ze heeft namelijk het gevoel dat haar schoonmoeder met een man heeft gesproken en iets heeft gezegd over de Russen en over een poepluier. Helaas weet ze niet zeker of dat in de bewuste nacht was of in een van de voorgaande nachten', besloot Carmen dit gedeelte en vervolgens kwam ze op de waanzin terug.

'Het schijnt de schrijfster van het scenario een heleboel geld te hebben gekost dat de televisieserie niet doorging. Volgens Johannes Marquart meent zijn dochter dat de verdwijning van haar kind daar iets mee te maken heeft en zal ze ons daarvan proberen te overtuigen. Dat was ook zo. Romy Schneider heeft haar afgelopen zondag op het voetbalveld heel brutaal recht in haar gezicht gezegd het kind te willen komen halen om haar hypotheek af te lossen die in oktober moet worden betaald.'

Klinkhammer zocht naar zijn sigaretten. 'Wat een onzin', flapte hij eruit.

'Ja, ik wist ook nog niet dat heksen hypotheken opnemen', zei Carmen. 'Tot nu toe dacht ik altijd dat ze hun heksenhuisjes van peperkoek bouwden en kinderen oppeuzelden. Dat kan nooit zo duur zijn. – Heb ik je nu alles verteld? – Nee. Nou was ik door al die hekserij bijna haar schoonmoeder vergeten. Die neemt ze wel voor haar verantwoording omdat ze een motief had en ze het heel vaag voor zich ziet. Ze schijnt echter pas in de aanbouw onderaan de trap te hebben gestaan toen het buiten licht werd. Vanaf dat moment weet ze niets meer. En ze dacht dat ik tegen de heks niets zou kunnen bewijzen. Haar man heeft gisteravond nog gezegd dat die geheid een waterdicht alibi heeft. Overigens heeft de heks nog twee spoorloos verdwenen broers die in koelen bloede twee jongens hebben vermoord om de dood van Elvis te wreken en ze heeft al jaren een vriend bij de politie die haar bij haar wandaden dekt. Dan kan er rustig eens een vrouw van de trap geduwd worden, dat komt dan gewoon als een ongeval in de boeken terecht.'

Die woorden zetten in zijn binnenste een draaikolk in werking die een restje koffie met maagzuur vermengde. Grote God! Wat gingen er toch voor geruchten?

'Desondanks is die beste Heiner vanmorgen met ware doodsverachting naar het huis van de heks gegaan om het kind te redden', zei Carmen ter afronding van haar relaas. 'Toen is hij waarschijnlijk betoverd. Abracadabra en weg was hij. Nu moet ik misschien een extra opsporingsbevel laten uitgaan voor een wit konijntje. Of denk jij dat ik het met een kikker moet proberen? Die zou ik misschien nog met een kusje weer in een mens terug kunnen toveren als we hem in handen krijgen.'

Klinkhammer bleef haar het antwoord schuldig. Hij was niet eens in staat Carmen voor haar telefoontje te bedanken. Dat nam ze hem niet kwalijk. Na zo'n indianenverhaal kon iemand met stomheid geslagen zijn. Nadat hij de hoorn had neergelegd, zocht hij nog minutenlang naar zijn sigaretten en het kostte hem moeite adem te halen. Hij had Carmen natuurlijk meteen moeten zeggen over wie Stella Helling had gesproken. Dat had hij niet voor elkaar gekregen. Daarvoor was het te onverwacht gekomen en te veel in één keer geweest.

Het pakje sigaretten lag leeg in de prullenmand. In zijn hoofd tolde eenzelfde soort draaikolk rond als in zijn maag. *Ze schijnt echter pas in de aanbouw onderaan de trap te hebben gestaan toen het buiten licht werd.* Dat was precies hoe hij het zich had voorgesteld. Twee spoorloos verdwenen broers en het alibi van de heks. Natuurlijk had Gabi een waterdicht alibi. Had ze telkens gehad wanneer er iemand om het leven was gekomen die ze misschien graag dood had gezien.

Hem met een schep op zijn schouder geslagen terwijl Axel en Heiko Schrebber op een gestolen snorfiets de dood tegemoet raceten. En twee van haar broers waren naar verluidt al dagen eerder vertrokken om elders een nieuwe baan te zoeken. Zo had Reinhard Treber het hem verteld. En in die tijd was hij nog echt een groentje, hij had het nooit nagetrokken, had voetstoots aangenomen dat het waar was. Hij had ook pas drie jaar later gehoord dat iemand bij dat ongeval met die snorfiets wellicht een handje geholpen had. En toen had hij Axel Schrebber als verdachte van de moord op Schneider uitgesloten omdat die in het ziekenhuis lag.

Een verjaardagsfeestje met vrienden en familie die allemaal bevestigden dat Gabi het feest nog geen minuut verlaten had terwijl Ursula Mödder met een promillage van een komma acht op oude pantoffels van de keldertrap viel.

Op voorleestournee terwijl Therese in haar badkamer werd doodgeslagen en een drie maanden oude, ernstig gehandicapte zuigeling verdween. Woensdagavond in Hannover – en een nieuwe auto die volgens fabrikanten een topsnelheid had van tweehonderdveertig. Had Gabi zich er die nacht van overtuigd dat de motor inderdaad zoveel vermogen had?

Als ze om half acht was begonnen met voorlezen, zou het te doen zijn geweest. Gabi las ongeveer een uur voor, dat wist hij van zijn vrouw. Aansluitend vond er gewoonlijk nog een discussie met het publiek plaats, en dan signeerde ze boeken. Dat had ze echter kunnen weigeren. *Neemt u me niet kwalijk maar ik moet nog een hypotheek aflossen.*

Hup in de auto. Plankgas geven. Dat ze met een dergelijke rit haar leven in de waagschaal stelde, zou haar niets hebben kunnen schelen. Het huis was belangrijk voor haar, haar eigen leven was in haar ogen geen cent waard. Afgezien daarvan was ze er heilig van overtuigd dat Martin zijn hand beschermend boven haar hield en dat hij in geval van nood bijtijds een reddende engel naar haar toe zou sturen.

Zijn hersenen werkten op volle toeren. De herhaling van de film waar Gabi niets mee opschoot omdat ze een buy-out-contract had en de herhaling haar niets opleverde. Therese uur na uur dood, gehurkt in de smalle ruimte tussen de muur en de wc, dezelfde plek waar ook Ursula in de film haar laatste adem uitblies. Martin Schneider haar broer? Dat was momenteel van ondergeschikt belang. Maar Martin de vader van Helling?

Helling was met zijn lengte van bijna twee meter een reus. Martin was indertijd ook heel lang. Net als Reinhard, Ulrich en Bernd Treber. De twee spoorloos verdwenen broers had hij nooit gekend, vermoedelijk waren dat ook geen dwergen. Gabi was daarentegen maar een heel klein opdondertje. Wanneer ze je een mep wilde geven als je voor haar stond, raakte ze hooguit je schouders. Jaren geleden had ze ooit gezegd: 'Voor zijn jongens heeft mijn vader zich altijd enorm uitgesloofd. Meisjes hoefden van hem niet groot te worden. Als ze klein zijn, kun je ze beter slaan.'

En haar gezicht, nee, de gezichten! Waarom viel je de gelijkenis – verdomme! – pas op wanneer je er met je neus opgeduwd werd? Omdat je Therese pas had leren kennen toen ze al een dikkerdje was dat tegen de vijftig liep. *Ik ben ook ooit jong en knap geweest en ik had volop aanbidders, meneer Klinkhammer. Het probleem was alleen dat ik altijd moeite heb gehad om de knoop door te hakken ... Die ring is een erfstuk van mijn moeder.*

Je kon inderdaad geen mens geloven. Misschien cadeau gekregen van een minnaar, had Carmen gisteren gezegd, Martin Schneider? *De knappe mannen hadden allemaal al een vaste relatie.* De voorkant van haar schedel verbrijzeld, een misdrijf in de relationele sfeer. En de ring met geweld van haar vinger gerukt, maar pas na haar dood. Omdat Helling had gedacht dat zijn vrouw de moord had begaan?

Dat hij Kehler had beloofd hem te zullen bellen zodra hij nieuws had, was hij vergeten. Eerst moest hij een nieuw pakje sigaretten hebben. En daarna overschreed hij de grens die een politieman nooit mag overschrijden. Maar die had hij immers in november 1983 al overschreden toen hij de hele ochtend naar Gabi had zitten luisteren. Martin, Martin, Martin. *Hij komt vast gauw terug.* En toen achttien jaar geleden opnieuw en deze keer definitief. *'Hebt u een mes naar uw man gegooid?'* En als ze ja had gezegd, zou hij er, gezien de situatie, begrip voor hebben gehad, dan zou hij met liefde een oogje hebben dichtgeknepen. Ze had nou eenmaal iets waardoor je je desnoods met een schep door haar liet slaan. Alleen had Therese zich geheid niet uit vrije wil door haar laten vermoorden. Deze keer mocht hij geen oogje dichtknijpen.

Tijdens de rit naar Niederembt beleefde hij een nachtmerrie terwijl hij klaarwakker was. Hij zag Gabi glimlachen en hoorde haar zeggen: 'Hou je erbuiten, Arno. Jij hebt de verantwoording niet in deze zaak en je collega's willen echt niet dat je je ermee bemoeit. De baby maakt het prima. Helling krijgt haar terug als ik mijn huis heb betaald. Dat met Resl, dat spijt me. Dat was niet gepland, maar wat moest ik doen toen ze wakker werd?'

Je was in een mum van tijd ergens bij betrokken wanneer je opeens dacht dat alles boven je hoofd instortte. Het politievriendje van een heks. Hoe hij Carmen dat aan haar verstand moest brengen, wist hij niet. Hij kon slechts hopen dat Stella Helling haar aantijgingen uit haar duim gezogen had omdat ze niet wist hoe ze de verdwijning van haar baby anders moest verklaren.

Grote getallen

Gabi ontving hem wel met die kenmerkende glimlach maar met andere woorden dan verwacht. Ze zei: 'Je bent een half uur te laat, Arno, maar toch kom je als geroepen. Je collega's zijn al hier geweest en je vrouw had helaas geen tijd voor een wat langer gesprek.'

Terwijl ze hem door de gang voorging naar de woonkamer, vertelde ze over haar voorleestournee. Een geweldig succes, Ines was laaiend enthousiast toen ze hoorde dat de boeken als warme broodjes over de toonbank waren gegaan. Alleen in Hannover al ruim honderd exemplaren. Gabi had gewoon kramp in haar vingers gehad van het signeren. Tot rond half twaalf had ze in de boekhandel gestaan. Dat ze moest staan was haar eigen schuld, ze wilde altijd een katheder. De boekhandelaar had daarna nog met haar en twee journalisten uit eten willen gaan, maar toen ze eindelijk in het restaurant arriveerden, was de keuken al gesloten. Ze konden alleen nog iets drinken. Desondanks was ze tot bijna twee uur blijven hangen.

Dan had ze het dus nooit kunnen redden. Kende ze de cruciale tijdstippen? Of vertelde ze alleen over een geslaagde lezing? Hij wist het niet, op dat moment wist hij helemaal niets meer.

In de woonkamer kwebbelde ze door, nu over haar nieuwe roman. Op het tafeltje stond haar laptop. Uit de luidsprekerboxen van de stereo-installatie zong Martin over de arme jongen uit het getto die tot een man opgroeide, een pistool kocht, een auto jatte en werd doodgeschoten.

Klinkhammer ging in een van de gemakkelijke stoelen zitten en trachtte zijn tegenstrijdige gevoelens de baas te worden. Tot nu toe had hij zichzelf niets te verwijten. Hij had het ongeval van de tweelingbroers Schrebber met de snorfiets uiteindelijk onderzocht. Hij had haar gangen ook laten nagaan nadat Uschi van de trap gevallen was omdat hem toen de koude rillingen over de rug waren gelopen.

Hij was toen vooral geschrokken van het feit dat hij daar überhaupt rekening mee hield. Niet omdat hij daar in zijn binnenste ten diepste van overtuigd was. Puur gevoelsmatig was ze voor hem al die jaren een slachtoffer van de omstandigheden geweest. Slachtoffers diende je te beschermen, soms ook tegen zichzelf. Maar ergens had hij haar er toch toe in staat geacht, omdat het om Martins huis ging waarvoor ze zonder meer haar ziel en zaligheid zou hebben verkocht. En als het nu opnieuw om het huis … en zij er de hand in had … zou ze hem van een andere kant leren kennen. Hij was absoluut niet van plan iets in de doofpot te stoppen om haar te dekken. Desnoods zou hij haar aan haar paardenstaart naar de auto sleuren en haar hoogstpersoonlijk bij Carmen afleveren – of nog liever bij Schöller om hem weer op te beuren.

Ze hoefde het kind immers niet per se zelf te hebben gehaald, ze had ook nog drie broers die in de buurt woonden. Wie zou daartoe in staat zijn? Hij kende alleen de oudste, van vroeger; hij had hem al jaren niet meer gezien, maar Gabi praatte vaak over hem. Reinhard haalde voor haar de kastanjes uit het vuur, en meubels van de straat. Indertijd had hij ook haar man zo af en toe een pak slaag gegeven en zich net als Klinkhammer ingespannen om Gabi bij het heden te houden. Een weerloze vrouw doodslaan en een totaal afhankelijke baby ontvoeren, met als enig doel dat Gabi in haar verloren paradijs kon blijven wonen? Reinhard niet. Die zou tegen Gabi hebben gezegd: 'Verkoop die tent als je hem niet meer kunt betalen.'

Ulrich, de middelste, herinnerde hij zich alleen vaag van Martin Schneiders uitvaart; volgens Gabi's dochter was hij een oerdegelijk type, gewoon een ambachtsman, een echte werkezel. Zo iemand pleegde ook geen moord en zou bij het woord ontvoering op zijn voorhoofd wijzen.

Bernd, de jongste, was een onbetrouwbaar sujet dat de ene na de andere verkeersovertreding beging en al meermalen ternauwernood een proces-verbaal wegens omkoping van een ambtenaar in functie had kunnen ontlopen. Hij hing graag de man van de wereld uit en overhandigde bij verkeerscontroles samen met zijn rijbewijs en kentekenbewijs meestal bankbiljetten met een hoge waarde. Uiteraard waren die bankbiljetten altijd per abuis tussen zijn papieren beland.

Drie jaar geleden had Gabi zich er op een keer over opgewonden dat Bernd kans had gezien er in een paar maanden tijd een flinke prijs in de lotto doorheen te jagen. Sindsdien noemde hij zich soms beleggingsadviseur en soms financieel makelaar. Van werken had hij geen hoge dunk. Zijn vriendin verdiende de kost. In Gabi's ogen was Bernd daarom het zwarte schaap van de familie. Maar mocht de nood aan de man zijn geweest, dan was een zwart schaap wellicht nuttiger dan een wit. Bernd kwam nog het meest in aanmerking voor ontvoering en doodslag wanneer hij bij de ontvoering zou zijn betrapt.

'Ik heb net koffiegezet', zei Gabi. 'Heb je zin in een bakkie?'

Hij knikte slechts. Naast de laptop stond een koffiekopje. Ze pakte nog een kopje uit de kast, haalde de kan koffie, melk en een asbak voor hem uit de keuken. Hij had nog geen woord gezegd, stak een sigaret op en liet haar praten. Nog steeds over haar nieuwe roman.

Ze was van plan zijn vriend bij de federale recherche een dezer dagen een hoofdstuk te sturen met de vraag om de tekst te controleren, zodat ze zeker wist dat de rode draad in het gedeelte over het opsporingsonderzoek waarheidsgetrouw was. Ze had hem namelijk beloofd dat de politie deze keer niet zou worden afgeschilderd als een stelletje idioten. Zijn vriend had vroeger bij het centrale meldpunt vermiste personen gewerkt en kon het beste beoordelen of ze het de rechercheurs nu te gemakkelijk maakte.

Ze ging achter de laptop zitten en las een van de naar haar mening cruciale passages voor. Ze leek met haar ogen aan het beeldscherm te hangen. Maar ze kende de tekst uit haar hoofd en zat hem te observeren. En hij haar. Hij meende haar goed genoeg te kennen om te zien dat ze nerveus was. Omdat zijn collega's al bij haar waren geweest? Carmen had waarschijnlijk naast alle onzin ook begrijpelijke inlichtingen over Romy Schneider gekregen.

'Wat is er aan de hand, Arno?' vroeg ze opeens. 'Je ziet eruit alsof je de duivel in eigen persoon hebt gezien.'

'Dan zou ik waarschijnlijk niet zo gechoqueerd zijn geweest', zei hij. 'Iemand heeft me net weer eens verteld dat ik al een eeuwigheid een heks ken. En deze keer kwam het verdomd hard aan.'

Ze knikte peinzend. 'Wat heeft dat stomme rund nu weer verteld? Van jouw collega's ben ik geen steek wijzer geworden. Die wilden alleen weten waar ik in de nacht van woensdag op donderdag was en beweerden dat het uitsluitend om een routinecontrole ging.'

'Laten we één ding van meet af aan duidelijk stellen', zei hij. 'Die vrouw is geen stom rund en ook geen roofdier. Ik neem tenminste aan dat je op haar doelde. Volgens haar was het namelijk haar idee van Martin een monster te maken. Als je me eerder over haar had verteld en gezegd had hoe ze heet, had ik het eerder doorgehad.'

Daar kreeg hij geen antwoord op maar hij had haar ook niets gevraagd. Nu wel: 'Is Helling hier vanmorgen geweest?'

Dat scheen haar oprecht te verbazen. 'Nee, waarom zou hij?'

'Om zijn dochter te halen.'

Ze lachte ongelovig. 'Bij mij? Hoe kom je daar nou bij? Ik heb geen tijd om op kleine kinderen te passen. Ik ben blij dat de mijne groot zijn, me in alle rust laten werken en me af en toe op tournee laten gaan.'

'Ik heb het niet over oppassen', zei hij. 'Stella Helling beweert dat jij afgelopen zondag tegenover haar hebt aangekondigd dat je de baby zou halen om je hypotheek af te lossen.'

'Ze is niet goed bij haar hoofd', voer ze verontwaardigd uit. 'Waarom hebben je collega's daar niets van gezegd?'

'Weet ik niet', antwoordde hij. 'Vermoedelijk omdat ze vinden dat die vrouw niet goed bij haar hoofd is. Misschien is dat ook zo. Maar dat verandert niets aan het feit dat de baby vermist wordt.'

'Wat?' Ze klonk gechoqueerd. 'Sinds wanneer?'

'Sinds de nacht van woensdag op donderdag.'

'Toen was ik in Hannover, Arno.'

394

'Weet ik', zei hij. 'En waar was Bernd?'

'Vraag je me dat heus in alle ernst? Heb je ze nog wel op een rijtje?'

'Nee', zei hij. 'Als ik ze nog allemaal op een rijtje had, zat ik hier niet. Dan had ik het Openbaar Ministerie uitgelegd wie Romy Schneider is en wat dat gedoe met Elvis te betekenen heeft. Ik wist helemaal niet dat hij Hellings vader is. En jouw broer, of eigenlijk halfbroer. Dat had je me rustig kunnen vertellen. Toen we elkaar leerden kennen, kon immers niemand hem meer voor incest vervolgen.'

'Wie beweert dat?' stoof ze op.

'Stella Helling', zei hij. 'En dan zou voorzover ik weet zelfs jaloezie een motief kunnen zijn voor de moord op Therese of voor de opdracht daartoe. Als de kat van huis is en een oude vlam een uurtje langskomt, komt dat de kat vermoedelijk niet gelegen.'

Ze tikte met haar wijsvinger op haar voorhoofd. 'Je kunt nu beter vertrekken, Arno. Kom maar weer terug als je gekalmeerd bent.'

'Ik ben kalm', zei hij. 'En ik heb nog wat vragen. Ik heb gehoord dat Therese de laatste tijd niet zo over je te spreken was. Waarom niet?'

'Omdat ik gek was van jaloezie en ze me hier nog geen vijf minuten met Martin alleen wilde laten.'

Hij negeerde haar sarcasme. 'Hoeveel geld heeft je dat gedoe met die filmmaatschappij gekost?'

Nu lachte ze weer spottend. 'Minstens driehonderdvijftigduizend mark. Dat had zonder meer acht, twaalf, zestien ton en meer kunnen worden.'

Hij floot tussen zijn tanden. 'Behoorlijk sommetje. Waarom heb ik daar niets over gehoord?'

Haar glimlach verbreedde zich. 'Zou jij me soms dat geld hebben gegeven? Het was geen autoreparatie, Arno. Jij zou net als Reinhard hebben gezegd: verkoop de tent als je hem niet meer kunt betalen.'

Hij had Reinhard dus heel goed getaxeerd. 'Je bent dus in de problemen gekomen met het huis', stelde hij vast.

Haar glimlach kreeg iets toegeeflijks. 'Ik ben de dochter van Onassis niet. Ik had tweehonderdduizend mark en moest het dubbele opnemen. En omdat de treurende weduwnaar het huis niet wilde verkopen, moest ik ook de schulden overnemen die Uschi hem had nagelaten. Mödder zei: het is hom of kuit. Hij zei dat er nog meer gegadigden waren, dat ik snel moest beslissen. Dat heb ik gedaan omdat ik dacht dat ik het me kon permitteren. Ik had twee jaar werk in die film gestoken, alle afleveringen voor twee hele seizoenen op de harde schijf staan. Natuurlijk rekende ik erop dat ik dat ook betaald kreeg. En wat doet dat stomme rund? Stuurt me op vakantie en huurt intussen andere scenarioschrijvers in. Herhaaldelijk heb ik een knieval gedaan. Maar meer dan twee afleveringen zaten er voor mij niet meer in. Die kreeg ik ook maar voor de helft betaald omdat dat stomme rund alles had verknald.'

'Voor het geval je het zojuist niet hebt gehoord', zei hij. 'Die vrouw heet Stella Helling. Zeg gewoon Stella, dan halen we de boel niet door elkaar. Therese heette immers ook mevrouw Helling. Stella heeft je dus financieel een aanzienlijke schade berokkend. Dat noem je een motief, vooral als het om chantage met afpersing en ontvoering gaat.'

Gabi schudde langzaam haar hoofd. 'Als de schade hersteld is, is er ook geen sprake meer van een motief. Vergeet het maar, Arno. Resl heeft me dat geld gegeven.'

'Driehonderdvijftigduizend mark?' vroeg hij ongelovig.

'Nee, tweehonderdvijftigduizend euro. Als je een hypotheek vervroegd aflost, eist de bank compensatie voor gederfde rente. Verder nog de kosten voor de notaris en de inschrijving in het kadaster, dat moet volgens de regels.'

'Schenkt een wijkverpleegkundige jou een kwart miljoen?' Hij geloofde er geen woord van. Verdomd! Dat was het bedrag dat in de chantagebrief werd genoemd. 'Daar had ze dan wel heel lang voor moeten sparen.'

'Helemaal niet. In oktober 2001 heeft ze de lotto gewonnen, vier komma twee miljoen mark.'

Hij was met stomheid geslagen toen hij dat bedrag hoorde. Hij kon zich echter moeilijk voorstellen dat Gabi zoiets beweerde als het niet te bewijzen viel. Prijzen in de lotto waren na te trekken. Dat wist ze geheid. Alleen een geschenk van die omvang, daar zat zijn twijfel. 'En dan geeft ze jou het een en ander omdat ze je graag mag?'

'Nee,' zei Gabi, 'omdat haar schoondochter mij in de puree geholpen had en Resl van mening was dat ze het geluk van die prijs aan mij te danken had.'

'In hoeverre?'

'Ze had gehoord dat Bernd een grote prijs in de lotto gewonnen had. En zo zijn de mensen hier nou eenmaal, Resl was geen uitzondering. Iemand heeft geluk of pech – als er een heks in het dorp woont, moet die daar wel achter zitten. Je hoeft haar immers niet per se te zeggen wat je van haar vindt. Resl jammerde. Ze zei dat zij ook wel zo'n financiële injectie kon gebruiken. Omdat Heiner binnenkort ging trouwen en van plan was in de aanbouw te gaan wonen, moest ze de deur dichtmetselen, zei ze. Daarna moest ze het huis opknappen, en ze wilde graag nieuwe meubels kopen. Een nieuwe auto had ze binnenkort ook nodig, enzovoort.'

'Heb jij haar toen verteld welke getallen ze moest aankruisen?'

'Nee, ik heb haar alleen een mop verteld. Ik weet niet of jij hem al kent. Een man beklaagt zich bij Onze-Lieve-Heer omdat hij nooit iets wint. Dan zegt Onze-Lieve-Heer: geef me een kans, koop een lot. Resl heeft dat als tip opgevat en het bleek een schot in de roos te zijn. Puur toeval. Maar ik was wel gek geweest als ik had tegengesproken dat ik haar een handje geholpen had.'

'Natuurlijk', zei hij. 'En gek ben jij nog nooit geweest.'

Gabi's linkerhand speelde met de laptop, haar rechterhand beschreef kringetjes over de rand van haar koffiekopje. Haar stem klonk mat. 'Ik was gek genoeg om mijn portie af te slaan. Ze wilde me van pure vreugde aanvankelijk meteen de helft geven. Maar wat moest ik met zoveel geld? Als je te veel hebt, levert dat te veel getob op. Toen het water me tot aan de lippen stond en ze het me opdrong, heb ik het geaccepteerd, maar puur als lening. Twee maanden geleden, in februari, toen ik zo'n groot honorarium van de uitgeverij kreeg, heb ik de eerste vijftigduizend teruggegeven. Resl weigerde resoluut mijn cheque aan te nemen. Ze vond dat we quitte stonden. Daar keek ik anders tegenaan en toen heb ik het aan haar overgemaakt.'

Ook dat kon worden nagetrokken. 'Waarom beweert Stella dat jij de serie hebt laten floppen?'

'Wraak is zoet, Arno. Toen het haar eindelijk opviel dat ze met die andere scenarioschrijvers een stel windeieren in huis had gehaald, was ik niet meer afhankelijk van die serie en toen heb ik de zaak later ontploffen.'

Ja, dat was kenmerkend voor haar. Ik heb er maling aan. Martins huis is toch al van mij. Wat wil ik nog meer?

'Vier komma twee miljoen mark', herhaalde hij. Hij had het bedrag nog steeds niet goed tot zich laten doordringen. 'Waarom weet Helling daar niets van?'

'Natuurlijk weet hij dat wel', beweerde Gabi. 'Hij zat Resl toch voortdurend aan haar kop te zeuren over die verbouwing? Alles moest het beste van het beste zijn en zij moest dokken. Terwijl ze behoorlijk verdienden – Stella verdiende aanvankelijk ook heel goed. Toen ze vanwege dat gezuip van haar de laan uit gestuurd werd, kon Resl al helemaal niet meer begrijpen waarom ze een luxe woning voor hen zou moeten financieren. "Die moeten eerst maar eens iets presteren voordat ze eisen stellen", zei ze. Stella is toen echt hard aan het werk gegaan en heeft alles in de aanbouw aan stukken geslagen. Heintje volstond met het hakken van twee gaten en het zwanger maken van Stella. Hij speculeerde erop dat Resl als oma in spe wel door de knieën zou gaan. Dat heeft ze echter al gauw doorzien en ze had maling aan zijn praatjes.'

Bewijs van erfgenaamschap, schoot nu door Klinkhammer heen. Nergens in huis een bankafschrift. Vier komma twee miljoen mark! En als je eerst maar eens iets moest presteren ... Een snob als Helling deed niet graag vuil werk. *Wees zo goed om mijn moeder de schedel in te slaan, schat. Je kunt het beste ook maar meteen de kleine meid laten verdwijnen, dat was een misrekening van ons. Dan gaan we samen een mooi leventje leiden. Geen zorgen schat, mijn collega's zullen je misschien verdenken, maar als we hun een of twee indringers en een chantagebrief op een presenteerblaadje aanbieden en jouw bebloede plunje laten verdwijnen, zou het weleens kunnen lukken. En zo niet, dan moet jij helaas de bak in. Maar ik heb mijn schaapjes op het droge.*

Vond Helling het om die reden in de bewuste nacht niet nodig om met Kehler langs zijn huis te rijden en te kijken of alles in orde was? Dat gaf je toch te denken, vooral als je iets dergelijks al een keer had meegemaakt – vier jaar geleden bij die seriemoordenaar. Nu hoorde hij Carmen in gedachten zeggen dat ze het gevoel had dat Helling haar aan die grote vangst deed denken. Wat zou zij hiervan zeggen?

Eigenlijk zou Helling zich toch zorgen moeten maken om de kleine meid, want zijn vrouw had de dag voor de moord weer gedronken en hij ging ervan uit dat zijn moeder wellicht bij de stervende mevrouw Müller zou worden geroepen. En 's morgens na zijn werk had hij nog een gesprek met collega's gevoerd, absoluut geen haast gehad om naar huis te gaan. Omdat hij precies wist wat hij daar zou aantreffen?

Een sterk staaltje dat hij Helling daar in de schoenen schoof. En het was een heel verschil of je een onbekende als een ijskoude kikker beschouwde of een collega die je al jaren kende en die in jouw ogen altijd een voorbeeldig politieman was geweest. Hij zag hem voor zich: hartverscheurend huilend in de stoel bij de patiodeur. *'Honderd keer heb ik haar uitgelegd dat de Russen altijd achterom binnendringen.'* En een poort die *bij bepaalde weersomstandigheden* klemt.

Bij bepaalde weersomstandigheden, die term had hij donderdag al storend gevonden, omdat hij overbodig was. 'Hij klemt vaak.' Dat was voorlopig een afdoende verklaring geweest. *Bij bepaalde weersomstandigheden.* Bedacht je zoiets wanneer je echt wanhopig was? *Was.* Ook zo'n uitdrukking waarvan hij zich nu pas bewust werd. *'Mijn moeder was een ervaren verpleegkundige.'*

Normaliter spraken familieleden direct na het tragische of gewelddadige verlies altijd in de tegenwoordige tijd. 'Mijn moeder
is een ervaren verpleegkundige.' Helling had in weerwil van al
zijn tranen wel heel snel tot zich laten doordringen dat ze nu
was.

Martin

Opeens stond de hele zaak er anders voor. Arno Klinkhammer voelde zich een stuk beter. Hij kreeg zijn gedachten en gevoelens weer onder controle en begreep al niet eens meer hoe hij ook maar een seconde had kunnen denken dat Gabi de hand had gehad in moord en ontvoering. Een vrouw die bereid was geweest je een vermogen te schenken, bracht je niet om het leven en je liet het ook niemand anders doen. Zelfs niet wanneer ze niet meer zo over je te spreken was en voor Martin de oude Polo van Anni Neffter had willen kopen, iets waarvoor je haar wellicht naar de keel gevlogen zou zijn – in overdrachtelijke zin.

'Wie weet er verder nog van dat geld?' vroeg hij.

'Ik heb het alleen Reinhard verteld. Martina en Martin zijn ook op de hoogte, maar ze praten er niet over. En ik kan me niet voorstellen dat Resl het aan de grote klok heeft gehangen.'

'Ze heeft zich wel het een en ander gepermitteerd', zei Klinkhammer.

'Maar het is allemaal binnen de perken gebleven', zei Gabi. 'Geen Mercedes, maar een Fiat Punto.'

'Met allerlei accessoires, dure sieraden, nieuwe meubels en een elektrische rolstoel voor meneer Müller', vulde hij aan. 'Ze heeft ook rekeningen voor anderen betaald.'

'Ja', stemde Gabi in, 'maar ook voordat ze die prijs won, was ze vrijgevig en hulpvaardig. Dit kon niemand bevreemden. En naderhand heeft ze een beetje gesjoemeld. Die rolstoel was een koopje, die heeft ze zo goed als cadeau gekregen. Rekeningen heeft ze niet betaald, ze zorgde alleen dat de schuldeisers de vordering lieten vallen. Voor haar sieraden heeft ze een vrijgevige vriend opgescharreld, begrijp je? Is de baby echt ontvoerd?'

In plaats van daar naar waarheid op te antwoorden dat hij het niet wist, zei hij: 'Het is toch de moeite waard om het kleinkind van een lottomiljonaire te kidnappen?'

'Wat een smeerlapperij', mompelde ze. 'Waarom hebben je collega's daar niets over verteld? Geef me eens een sigaret, Arno.'

Hij had haar nog nooit zien roken, stak haar zijn pakje toe. Ze pakte er een, liet zich vuur geven, haar handen trilden. En ze trok gejaagd, begerig aan de sigaret. Ze hoefde ook niet te hoesten, het was gegarandeerd niet haar eerste. Ze was bang. Daar had hij een eed op durven doen. Waar was ze bang voor?

Geen motief en een waterdicht alibi, maar wel een spilzieke broer. En een auto voor Martin! Misschien omdat hij Therese een dienst had bewezen, had de oude mevrouw Lutz zaterdag gezegd. En Martina vrijdagavond: 'Martin is ziek. Gisteravond ging het nog uit de kunst met hem. Vanmorgen ...'

Had het verslag over Thereses dood in de krant gestaan. 'Ik werd er ook misselijk van toen ik het las', had Martina gezegd. Ook! Misschien toch geen vervelend virus? Had de Elvis-imitator vreselijk gekotst omdat hij de Polo van Anni Neffter nu wel op zijn buik kon schrijven? Of misschien zelfs omdat hij opgescheept zat met een ernstig gehandicapte zuigeling? *Kun je een of twee dagen op de kleine meid passen, Martin? Ik was van plan haar naar haar andere grootouders te brengen, maar ze waren niet thuis.*

Nee, een dergelijke veronderstelling was idioot. Een ervaren verpleegkundige als Therese mocht dan voor de charme van een gymnasiast bezwijken omdat hij als twee druppels water leek op de man die de vader van haar zoon was, maar ze zou nooit een baby aan zo'n snotneus toevertrouwen. Wat voor dienst had ze dan van hem verwacht?

Opeens zag hij in gedachten een oude foto met een motor in een bloedplas voor zich. En Resl vond toen dat Gabi haar man maar eens flink de stuipen op het lijf moest jagen, en dat had nog gewerkt ook.

'Hoe is het met Martin?' vroeg hij. En Gabi kromp ineen en drukte haar net opgestoken sigaret uit in de asbak. 'Is hij van de schok bekomen?'

'Nee. Het zal nog wel een poosje duren voor hij daar overheen is. Hij was dol op Resl.'

'Kan ik inkomen', zei Klinkhammer. 'Ik mocht haar ook

heel graag, hoewel ze niet van plan was een auto voor mij te kopen.'

Weer kromp ze ineen. Dat was het! 'Voor een auto doet een knul van achttien een heleboel', stelde hij vast. 'Waar is hij?'

'Boven.'

'Vraag even of hij beneden wil komen.'

'Nee, hij slaapt.'

's Middags sliep hij toch niet? 'Vraag of hij beneden wil komen!'

'Nee! – Met de verdwijning van die baby heeft hij niets te maken, Arno, en met de auto van Resl ook niet. Hij is alleen ...' Ze zweeg plotseling, streek met haar hand over haar gezicht en verklaarde: 'Als ik hier was geweest, had ik het nooit goedgevonden. Maar ik heb zaterdag pas gehoord wat hij heeft uitgehaald.'

'Wat dan?' vroeg Klinkhammer.

Ze ging niet harder praten, het leek alleen zo omdat haar stem opeens strenger klonk. 'Niets strafbaars in strafrechtelijke zin. Desondanks begrijp ik niet wat Resl ermee voorhad. Hij moest die – Stella de stuipen op het lijf jagen. Meer heeft hij ook niet gedaan, hij is alleen naar binnen en weer naar buiten gegaan.'

'Hoe laat?'

'Even na twee uur.'

Dat kwam overeen met het verhaal over die videoboodschap en de geest van haar schoonvader die uit de tv was komen vloeien. Hij had al gedacht dat er iets dergelijks was voorgevallen. 'Ik neem aan dat je dat niet tegen mijn collega's hebt gezegd', zei hij. Haar blik was een afdoend antwoord op zijn vraag.

'Dat dacht ik al', zei hij. 'En nu roep je hem naar beneden.'

'Nee! Hij kan je niets vertellen, Arno, heus niet. Hij heeft niets gezien behalve die – Stella. Dacht je soms dat ik hem dat nog niet heb gevraagd? Wat er donderdag in het dorp aan de hand was is zelfs volkomen langs hem heen gegaan, dat heeft hij vrijdagmorgen pas in de krant gelezen. Als hij zich niet zo beroerd had gevoeld, zou ik hem een pak slaag hebben gegeven toen hij thuiskwam. Maar Reinhard heeft hem al stevig de mantel uitgeveegd. Laten we het daar maar bij laten.'

'Ben je wel goed snik?' snauwde Klinkhammer haar toe. 'Je roept hem nu of ik ga hem zelf halen.'

Gabi hoefde haar zoon niet te roepen, Martin kwam uit zichzelf de woonkamer binnen, vlot gekapt en gekleed alsof hij naar een groot optreden moest: witte spijkerbroek, een wit overhemd met zilveren klinknagels. Een glitterpak had hij niet. Hij had zijn gitaar bij zich en tokkelde daar bij het binnenkomen nonchalant enkele maten op. In tegenstelling tot zijn moeder maakte hij absoluut geen angstige indruk, hij informeerde met zijn normale arrogante lachje bij Klinkhammer: 'Wat geeft jou het recht hier zo tekeer te gaan?'

'Het recht van iemand die ooit eens midden in de nacht gezorgd heeft dat jij je buik vol kreeg', verklaarde Klinkhammer. 'En het recht van iemand die ervoor heeft gezorgd dat jij en je zusje hun moeder niet kwijtraakten. Zo zou ik nog wel enkele rechten kunnen opsommen. Maar dit is voorlopig wel genoeg. Ga naar boven en kleed je om. Over tien minuten wil ik jou hier netjes gekapt en in je gewone burgermanskloffie zien. We gaan samen naar het Openbaar Ministerie. Daar kun je zingen, maar dan zonder gitaarbegeleiding.'

'Dat kun je niet maken, Arno', protesteerde Gabi. 'Hij had niets kwaads in de zin. Voor hem was het gewoon een geintje. Hij is nog maar een kind.'

'Dan moet hij zich ook als zodanig gedragen', zei Klinkhammer. 'Daar krijgt hij zometeen ruimschoots de gelegenheid voor.'

'Ze zullen het hem in de schoenen schuiven', jammerde Gabi.

'Onzin', zei Klinkhammer. 'Iemand van achttien slaat heus niet de vrouw dood die de auto voor hem wil kopen terwijl hij weet dat hij die van zijn moeder nooit zou hebben gekregen.'

'Die heb ik geweigerd', zei Martin nog steeds even arrogant. 'Ik heb Resl verteld dat Romy ...'

'Mams', viel Klinkhammer hem in de rede. 'Voor jou is ze mams, knoop dat althans de eerste paar uur in je oren. Kom vooral niet op het idee om bij het Openbaar Ministerie Elvis uit te hangen.'

Martin grijnsde en gehoorzaamde tegen verwachting. Het duurde iets langer dan tien minuten voordat hij zijn haar met een heleboel gel tot een modern kapsel had omgetoverd, zijn witte spijkerbroek door een blauwe had vervangen en zijn overhemd door een trui.

Gabi volgde het voorbeeld van haar zoon met de terechtwijzing: 'Je maakt een grote fout, Arno.' Ze wilde uiteraard meegaan, maar niet in spijkerbroek en dat bloesje. Ines had haar geadviseerd hoe ze als succesvol schrijfster in de openbaarheid moest treden.

Klinkhammer wilde Carmen snel op de hoogte stellen. Het liep intussen tegen zeven uur. Bij haar op kantoor nam niemand meer op, ze was ook nog niet thuis. Haar mobieltje stond niet aan. Hij sprak op de voicemail in dat hij een grote verrassing voor haar had en dat ze hem meteen terug moest bellen.

Natuurlijk had hij Gabi en haar zoon ook naar het hoofdbureau van politie kunnen brengen, maar dat wilde hij niet, want dan zouden ze vermoedelijk denken dat hij zich daarmee op de borst wilde kloppen. Bovendien was hij benieuwd. En hij ging er niet van uit dat Carmen hem bij het verhoor als toehoorder zou accepteren.

'We hebben nog wel even de tijd', zei hij toen het tweetal de woonkamer weer binnenkwam. Gabi in een eenvoudige deux-pièces en op hoge hakken, zodat ze nu bijna een meter zestig lang was. Ze had haar lange haren in de nek met een elastieken bandje met pareltjes erop tot een knoet gebonden. Ze zag er zo veel volwassener uit. 'Vertel me eerst maar eens wat er gebeurd is.'

Martin ging naast zijn moeder op de bank zitten en stak van wal: 'Resl kwam woensdag ...'

'Mevrouw Helling', corrigeerde Klinkhammer hem. 'Dat komt beter over uit jouw mond. Jij noemt hen mevrouw Helling en haar schoondochter. Voor mijn part mag je hen ook Therese Helling en Stella Helling noemen.'

Martin grijnsde weer. 'Waarom? We zijn toch nog steeds onder ons, hier hoef ik mezelf toch geen geweld aan te doen. Voor mij was ze Resl. En ik was in haar ogen een man met wie ze kon praten. Met mams wilde ze niet meer over haar problemen spreken.'

'Goed dan', toonde Klinkhammer zich inschikkelijk. In tegenstelling tot zijn zusje noemde Martin ook zijn ooms alleen bij hun voornaam. En dat *mams* had hij toch in zijn oren geknoopt.

Martin stak opnieuw van wal en maakte al met zijn eerste woord duidelijk dat hij niet tot compromissen bereid was zolang ze onder zes ogen spraken. Waarschijnlijk was hij de afgelopen maanden inderdaad de vertrouweling van Resl geweest, en had ze vaak haar hart bij hem uitgestort. Hij was goed op de hoogte, ook over de drie weken dat haar schoondochter had drooggestaan. Resl had al een zucht van verlichting geslaakt. En dan dinsdag die terugval. Woensdagmorgen begreep ze de wereld niet meer.

Johannes Marquart – die naam was Martin bekend, hij sprak hem in de volle lengte uit – had immers tegen Stella gezegd dat ze voor hem voorgoed afgedaan had wanneer ze nog eens naar de fles greep. En het had ernaar uitgezien dat Stella dat ter harte genomen had. Drie weken geheelonthouding. Wat had haar nu weer van streek gemaakt?

Martin zou het Resl wel hebben kunnen vertellen. Ook al was hij zondagmiddag na een overtreding voor het doel tegen de vlakte gegaan, toch had hij de ontmoeting en het babbeltje aan de rand van het speelveld opgemerkt. Hij had zich er nog over verbaasd dat Heintje zijn vrouw had meegenomen naar het voetbalveld, want anders kwam hij daar ook altijd in zijn eentje. Eigenlijk had Heintje wel kunnen weten dat mams naar de wedstrijd zou komen kijken. Hij moest ook weten dat mams geen gelegenheid onbenut liet om Stella als een voodoopoppetje vol naalden te steken. Maar Martin wilde verder geen tweedracht zaaien en daarom had hij dat woensdagochtend niet vermeld. Resl had mams haar aankondiging dat Stella een monster ter wereld zou brengen en alles zou verprutsen ook nog steeds niet vergeven.

'Heb je dat tegen haar gezegd?' vroeg Klinkhammer verbijsterd.

Gabi zat de vorm van haar nagels te bestuderen. In haar plaats verklaarde Martin met een brede grijns: 'Nou ja, mams was pisnijdig omdat Resl zo enthousiast was geweest over *Zuster van de dood*. Dan flapt ze er weleens iets uit wat niet echt zo bedoeld is.'

'Fraaie boel', zei Klinkhammer. Hij kon zich nu wel voorstellen waarom Resl de laatste tijd niet zo te spreken was geweest over Gabi. Maar hij kon zich niet indenken waarom Gabi pisnijdig zou zijn geworden, alleen omdat Therese enthousiast was over een boek. Dat vond hij op dit moment trouwens ook niet zo van belang. 'En wat heeft mams afgelopen zondag aangekondigd?'

'Niks', klonk het bits – deze keer uit Gabi's mond. 'Ik heb geen idee hoe Stella op die onzin met die hypotheek is gekomen. Tweeënhalf jaar geleden, toen ik haar heb gesmeekt mij in elk geval de scenario's voor de afleveringen van het eerste seizoen te laten schrijven, heb ik haar verteld wanneer die moest worden afgelost. Zondag heb ik daar met geen woord over gerept. Waarom zou ik? Het huis is afbetaald, ik kan je de bewijzen laten zien.' Vervolgens berispte ze haar zoon: 'Je moet niet zo ver in het verleden teruggaan. Het gaat nu alleen om woensdagavond.'

'Nee', sprak Klinkhammer haar tegen. 'Zondag is net zo belangrijk.' *Hinkende indringer*. 'Was het een forse overtreding?'

'Nou en of', beweerde Martin. 'De voorhoedespeler heeft met een van zijn noppen haast mijn halve been opengehaald. Hij sprong boven op mijn dijbeen. De scheids trok meteen een rode kaart. Reinhard was bang dat hij me uit het veld moest halen. Maar we hadden geen reservekeeper. Dan moet je dus je de tanden op elkaar zetten.'

'En hinken', zei Klinkhammer. 'Trek je spijkerbroek eens uit.'

'Waarom?'

'Ik wil je benen zien.'

'Waarom? Het is ruim een week geleden en het is goed genezen.'

'Toch wil ik het zien', drong Klinkhammer aan.

Martin kwam met duidelijke tegenzin overeind. 'Eigenlijk heeft die voorhoedespeler me maar geschampt, maar het bloedde hevig. Reinhard moest er een verband omheen doen.'

Natuurlijk, anders had iedereen gezien dat er niets aan de hand was. Martins benen waren in orde. Als het bewuste bovenbeen ruim een week geleden zwaar had gebloed, moest er een wonderbaarlijke genezing hebben plaatsgevonden.

'Stonden jullie achter?' vroeg Klinkhammer.

Martin knikte beschaamd en kleedde zich weer aan. Enkele tellen lang was hij slechts het achttienjarige neefje van een man die zichzelf ooit als de beste keeper van zijn tijd had beschouwd en die heel kwaad kon worden als een van zijn opvolgers twee ballen doorliet. Dus moest je iets bedenken om de tegenpartij wat uit te dunnen en vooral die agressieve voorhoedespeler te elimineren.

'Goed', zei Klinkhammer. Hij was er op dat moment van overtuigd dat Helling Martins schwalbe op de bewuste zondagmiddag voor zoete koek had geslikt en met die hinkende indringer op hem had gedoeld. 'Dan gaan we nu naar de zondag.'

Martin ging weer naast zijn moeder zitten en vervolgde zijn relaas.

's Morgens vroeg een kort gesprek bij Müller voor de voordeur. Hij had Therese over de voorleestournee van mams verteld, zij had hem gezegd dat Stella afgelopen nacht drie flessen soldaat had gemaakt en dat ze Johannes Marquart op de hoogte wilde brengen van het feit dat Stella weer een terugval had. 's Avonds was Resl even langsgekomen nadat ze bij Müller was geweest. Ze had Stella's ouders niet thuisgetroffen en vond een gesprek met Stella's vader inmiddels ook geen permanente oplossing. Heiner had haar 's middags verteld dat hij verhuisplannen had. Dan had ze rust, zei hij.'

'Wat moet er nou van de kleine meid terechtkomen als die

zuipschuit maar ongestoord kan doorhijsen?' vroeg Resl. 'Ik zou geen seconde rust hebben.'

Er moest meteen iets gebeuren, vond ze. Een shocktherapie. Resl dacht op dat moment niet aan *De schim*. Dat de film opnieuw werd uitgezonden, wist ze niet, ze keek nooit in de tv-gids. Ze dacht dat het bij een vrouw die zich met hand en tand tegen het bestaan van heksen verzette, misschien wel een wonderbaarlijke uitwerking zou kunnen hebben als er een heks in levenden lijve kwam die haar de fles afpakte en enkele vermanende woorden tot haar sprak. En oorspronkelijk was Resl van plan zelf die rol te spelen en daarvoor de vermomming te lenen waarin Martina tijdens Weiberfastnacht* stropdassen had afgeknipt. Het was een echt afgrijselijke heksentronie met een haakneus en een wrat erop. De bijpassende zwarte kleding erbij, er zat zelfs een kat van papier-maché bij die je op je schouder kon bevestigen. Maar de kleding paste Resl niet. In weerwil van die afgrijselijke heksentronie was het kostuum keurig getailleerd en allesbehalve haar maat.

'Dan hul ik me gewoon in een laken en verschijn ik als geest', zei Resl en ze hoopte maar dat de doodzieke mevrouw Müller geen streep door de rekening zou halen.

Op dat moment zou Martin pas edelmoedig hebben besloten dat hij er wel voor zou zorgen dat Resl haar handen vrij had. Bovendien vond hij het niet zo'n indrukwekkend gezicht als ze een laken omhing. Dat was zo kinderachtig. Als het al de nacht van de *schim* was, dan moest die ook verschijnen.

Bernd had een kostuum, een soort pij, mams had een videoband, dus was het tijdstip niet zo belangrijk meer voor Martin. Om ruzie met zijn zusje te voorkomen, kon hij namelijk pas het huis uit als Martina sliep. Ze hing altijd de oudste uit en had al aangekondigd dat ze de film nog een keer helemaal wilde zien.

---

* Weiberfastnacht is de donderdag voor Aswoensdag. Op deze carnavalsdag gaan de vrouwen in Keulen vermomd de straat op en knippen dan bij willekeurige mannen de stropdas af.

Op de video van mams waren alleen de titels, de aftiteling en de scène te zien waarin Uschi in de badkamer te grazen genomen werd. Bernd had dat een keer zo voor mams op band gezet omdat ze het liefst toekeek hoe de schim Ursula vermoordde.

'Allemachtig', viel Gabi hem boos in de rede. 'Zo uitvoerig hoef je het nu ook weer niet te vertellen. Je hebt mijn videoband gepakt.'

'Laat hem toch,' zei Klinkhammer. 'Hij heeft er kennelijk lol in. En ik vind het heel verhelderend. Het zegt een heleboel over jouw vermogen om te vergeven en te vergeten. Laten we maar hopen dat daar zometeen niemand naar vraagt. – Hoe ging het verder, Martin?'

Nou, Resl zei nog dat ze hem zou bellen. Voorwaarde was wel dat Stella hem weer flink zou raken en op de bank in slaap zou vallen. Als ze nuchter naar bed ging, had het geen zin. En als Heiner ook aan haar had verteld dat hij van plan was een huis te kopen, zette ze misschien alles op alles.

De nacht dat Therese stierf

Martins versie

Nadat Resl afscheid genomen had, was Martin op zijn fiets gestapt om de pij met toebehoren bij Bernd op te halen. Natuurlijk wilde Bernd weten waar Martin die voor nodig had. Martin vertelde het hem. Bernd deed er nog een flesje ammoniak bij om te voorkomen dat Martin vergeefse pogingen moest doen om een laveloze vrouw wakker te krijgen.

Om half elf was Martin weer thuis. Martina zat voor de buis. Hij ging naar boven naar zijn kamer, de telefoon nam hij mee om te voorkomen dat Martina urenlang met haar vriendje kletste; zo hield hij de lijn vrij voor Resl.

Ze belde kort na elf uur vanuit de kinderkamer. Daar kon ze praten zonder dat iemand er beneden iets van hoorde. Het had ook wel vanuit haar slaapkamer gekund, maar van daaraf kon ze niet op de patio kijken en dat vond ze nog belangrijker. Ze stond in het donker bij het raam. Stella was net voor de tweede keer de schuur in geweest.

'Ik wist het wel', foeterde Resl. 'Ze slaat dat spul altijd in de schuur op. Daar kunnen zeven katten nog geen muis vinden. Nu heb ik ook nog een slecht geweten. Ik heb de kleine meid om tien uur naar beneden gebracht, anders zou ze vandaag misschien geen poot naar haar uitgestoken hebben. Hoewel ik bijna geloof dat ze er een vermoeden van heeft dat Heiner verhuisplannen heeft. Toen ik haar zei dat ik hier niet in de rotzooi blijf zitten, keek ze me heel stom aan. Misschien heeft hij me dat alleen maar gezegd in de hoop dat ik bakzeil zou halen. Maar het kan zo toch niet doorgaan? Elke keer als je denkt dat ze het eindelijk begrepen heeft, begint ze weer opnieuw. We laten het vandaag doorgaan, Martin. Of denk jij dat we het beter niet kunnen doen?' Dat dacht Martin niet.

'Dat arme schaap heeft bijna een half uur liggen huilen' vervolgde Resl. 'Ik werd er haast gek van en ik stond op het punt om een flesje voor haar klaar te maken. Ik heb hier voortdurend lopen rommelen om wat afleiding te hebben. Net ben ik even naar beneden geglipt. De kleine meid ligt in de gemakkelijke stoel en lijkt voldaan, ze heeft waarschijnlijk toch iets in haar buikje gekregen.'

En dat laveloze stuk vreten – het spijt me, Arno, maar dat is letterlijk wat Resl heeft gezegd – lag weer in haar vuile werkplunje op de bank. Daar wond Resl zich over op, want het was een dure bank geweest. Daarna praatte ze over van alles en nog wat terwijl ze op de bovenverdieping heen en weer liep en ook telkens eventjes de trap af glipte. Als ze geen licht aandeed, zag je in de woonkamer niets en dan wist ze tenminste zeker dat het met dat arme schaap nog steeds goed ging.

Eén keer had ze het over de buren, de familie Bündchen, die al de hele tijd met hun zoontje Dennis in de weer waren. 'In de slaapkamer gaat telkens het licht aan en twee keer heb ik Dennis horen huilen. Hij heeft dikwijls last van zijn oortjes. Iedereen heeft zo zijn zorgen, maar jij verlost me van één grote zorg, Martin. Dat zal een les voor haar zijn die ze haar leven lang niet vergeet. En volgende week hoef je niet meer op de fiets. Ik heb al met mevrouw Neffter gesproken, die rijdt toch geen auto meer. Morgen maak ik het in orde.'

Op dat moment zou Martin hebben gezegd dat dat heus niet hoefde. Dat hij haar met plezier deze dienst bewees en daar geen auto voor hoefde te hebben. Dat hij toch niet wist waar hij de motorrijtuigenbelasting en de verzekeringspremie van zou moeten betalen. En Resl zou hebben gezegd: 'Zit daar maar niet over in.'

Tot dat moment hadden ze nog niet afgesproken hoe laat hij zijn show precies zou opvoeren. Resl was van plan hem door te geven wanneer *die zuipschuit* compleet van de wereld was. Nu stelde Martin voor dat hij om tien voor half drie zou komen opdagen. Op dat tijdstip was Martin per slot van rekening geboren. Resl bracht daar tegen in dat Stella dat niet wist en informeerde ook: 'Kun je wel zolang wakker blijven?'

Natuurlijk kon hij dat, op zijn leeftijd haalde je hele nachten door en was je de volgende ochtend toch weer in vorm. Dat moest ook wel, want hij had een aardrijkskundeproefwerk voor de boeg, daar leerde hij nog wat voor terwijl hij naar Resl luisterde. Hij hoefde toch niet veel te zeggen. Ze was bijna onafgebroken aan het woord, probeerde daarmee haar slechte geweten te sussen. Tussendoor informeerde ze ook af en toe of alles rustig was bij Müller. Vanaf zijn bureau keek Martin rechtstreeks uit op het eetkamerraam bij Müller, waar de bedden van het bejaarde echtpaar stonden. Er zat geen rolluik voor, alleen een gordijn. Als het licht aangegaan was, had hij dat meteen kunnen zien. Dan zouden ze volgens Resl het gesprek moeten beëindigen, zodat meneer Müller haar kon bereiken.

'Hoelang heb je met haar getelefoneerd?' vroeg Klinkhammer.

'Totdat Martina naar bed wou en de telefoon van me afpakte.'

'Hoe laat was dat?'

'Toen de film afgelopen was. Even na twaalven.'

Nu kwam het belangrijkste. 'Waar was mevrouw Helling op dat tijdstip, wat deed ze, waar was de baby?'

Die lag volgens Resl beneden in de stoel nog steeds rustig te slapen. Ze was om kwart voor twaalf naar bed gegaan omdat haar pantoffels knelden. Kort tevoren was ze nog een keer naar beneden geweest, in de woonkamer zelfs. De televisie en de videorecorder had ze uitgezet. Ze had het arme schaap eigenlijk mee naar boven willen nemen, het werd immers de hoogste tijd dat de kleine meid in haar bedje kwam. Maar toen had ze het slapende kind toch niet durven opnemen omdat het hummeltje dan misschien wakker zou worden. En als de baby begon te jengelen zou Stella wellicht ook weer wakker worden. Al te vast sliep ze vermoedelijk nog niet.

'De tweede fles is leeg', had Resl doorgegeven. 'Ze heeft haar ogen dicht, hopelijk is het genoeg. Het laatste restje heeft ze blijkbaar niet meer gered, dat is weer eens op de vloerbedekking gedrupt. Wat ben ik blij dat ik die nieuwe tapijtreiniger heb gekocht, daar krijg je ook rode wijn mee uit het kleed. Ik moet nodig gaan liggen. Ik ben al vanaf zes uur non-stop op de been, mijn voeten weigeren dienst. Let goed op dat ik niet in slaap val, Martin. Ik moet de patiodeur nog openzetten, anders kun jij niet naar binnen. Maar dat kan ik pas doen als de kleine meid in haar bedje ligt, anders wordt het te koud voor haar.'

De poort van de schuur was al open, zei Resl. Hoe, dat legde ze niet uit, kreeg Klinkhammer te horen toen hij daarnaar vroeg. Desondanks was hij tevreden over zichzelf. Een minnaar en een onbeveiligde poort; zo ver had hij er toch niet naast gezeten toen hij die beide zaken met elkaar in verband bracht, ook al was de poort slechts voor een heel verre verwant van de minnaar opengebleven. Wat zou Therese toch in die vlegel hebben gezien? Van spookverhalen had ze vast en zeker niets moeten hebben. Maar wat ze die kwajongen allemaal wel niet in vertrouwen had verteld ...

De laatste minuten van het gesprek vertelde ze dat haar voeten zo gezwollen waren en dat ze van plan was binnenkort een ECG te laten maken omdat het aan haar hart moest liggen. 'Mijn moeder had ook een zwak hart en ook altijd vocht in haar benen. Misschien is het niet eens zo'n slecht idee als ze gaan verhuizen. Dan moet Heiner ook zijn budget wat beter in de gaten houden, het bevalt me niets zoals hij met zijn geld omgaat. Maar dan zou ik alleen rust hebben wanneer Stella niet meer drinkt. Ze kan het toch, verdomme nog aan toe! De afgelopen drie weken heeft ze zo lief voor de kleine meid gezorgd. Ik had het haar niet kunnen verbeteren.'

Toen Martina zijn kamer binnenkwam en de telefoon zonder een woord te zeggen uit zijn hand probeerde te trekken omdat ze haar vriendje per se welterusten wilde zeggen, zei Resl: 'Hé, wat was dat nou?'

Martin verkeerde in de veronderstelling dat ze op het gekissebis om de telefoon doelde en verklaarde: 'Onze huisdraak. Ik moet nu helaas ophangen.'

'Nee, blijf nog even aan de lijn', verzocht Resl. 'Ik hoorde net kabaal. Ik geloof dat het van buiten kwam. Ze zal toch niet weer naar de schuur zijn gegaan?'

Martin kon niet aan de lijn blijven. De huisdraak dacht dat hij een jong meisje aan de lijn had en nu wel lang genoeg had zitten flikflooien. Martina had de telefoon uit zijn hand gerukt.

Klinkhammer bedeelde Schatje in gedachten een stevige vloek toe. Tot middernacht voor de tv zitten en dan opeens zo'n haast. Had Martina nou niet twee minuten langer haar tanden kunnen poetsen of eens een keertje zonder dat nachtelijk liefdesgesmoes gekund? Een paar minuten extra en Martin zou vermoedelijk nog te weten zijn gekomen of Stella voor de derde keer in de schuur was geweest. Maar waarom zou ze op dat tijdstip nogmaals naar buiten hebben moeten gaan terwijl ze het laatste restje uit de tweede fles niet eens meer soldaat had kunnen maken? Het kon dus niet anders of er was iemand gekomen. Misschien iemand die wist dat er die nacht nog een monster zou verschijnen? Iemand die dacht dat hij er ook nog wel een slaatje uit zou kunnen slaan omdat het per slot van rekening zijn kostuum was?

Martina praatte geruime tijd met haar vriendje. Om half een ondernam Martin een laatste poging om het telefoontoestel terug te veroveren en te achterhalen of het afgesproken tijdstip nog steeds gold. Daarna dacht hij: ik zal wel zien, en concentreerde hij zich op zijn proefwerk. Om kwart voor twee ging hij op pad, zette zijn fiets bij Resl voor de garage en nam poolshoogte. De poort van de schuur stond wagenwijd open.

'Is je in de schuur iets opgevallen?' vroeg Klinkhammer.

'Wat dan?'

'Dat moet jij me vertellen.'

Martin blies zijn wangen bol en liet de lucht langzaam ontsnappen. 'Het was aardedonker, Arno. Ik heb alleen maar opgelet waar ik mijn voeten neerzette. Ik had wel een zaklamp bij me, die hoort bij het kostuum. Alleen wilde ik die niet te vroeg aanknippen, want de batterij was bijna leeg.'

'Ga door', sommeerde Klinkhammer.

Martin was de patio op gelopen om zich ervan te vergewissen dat de kust veilig was. De patiodeur stond ook wijd open, Stella lag in de donkere woonkamer op de bank te slapen. Hij maakte rechtsomkeert en deed de schuurdeur achter zich dicht. Resl had gezegd dat er op de servieskast pal naast de schuurdeur een sterke zaklamp lag. Ergens tussen allerlei kratten en dozen stond ook de grote kapspiegel uit de slaapkamer van haar ouders, had ze gezegd. Daarin kon hij zien hoe hij eruitzag.

De zaklamp lag echter aan de andere kant van de servieskast in een kabelhaspel, vlak bij de doorgang in de muur. Het bleek echter een echte schijnwerper te zijn, Martin wilde hem niet gebruiken. Aanvankelijk keek hij helemaal niet waar de spiegel stond. De pij was niet meer dan een soort tent met twee gaten erin voor je ogen. Die kon je gemakkelijk over je hoofd gooien. De kop met de moordenaarsogen was op een metalen frame vastgeklemd dat je als een soort hoed kon opzetten en onder je kin kon vastbinden. Op die manier was de schim ruim twee meter lang. Het zaklampje moest in het frame worden gestoken om de ogen van binnenuit te verlichten zodat ze ook echt fluorescerend waren.

Omdat zijn armen onder de pij verdwenen en hij eerst zijn handen nog vrij moest hebben om alle voorbereidingen te treffen, klemde Martin de hinderlijke stof onder zijn oksels en de monsterkop onder zijn arm. Aldus in zijn bewegingen belemmerd liep hij de woonkamer in om te kijken hoe de videorecorder werkte en waar de afstandsbediening van de tv was. Hij zocht zijn weg met behulp van de kleine zaklamp en vreesde al dat Stella te vroeg wakker zou worden omdat hij door de kamer rond moest schijnen. Dat was echter niet het geval. Ze merkte niet eens dat hij de afstandsbediening onder haar arm weghaalde.

'Wat had ze aan?' vroeg Klinkhammer.

Daar hoefde Martin niet lang over na te denken. 'Een blauwe werkbroek en een geruit overhemd, tamelijk smerig zoals Resl al had gezegd. Het voelde stoffig aan toen ik haar arm beetpakte.'

Naar bloedspetters mocht Klinkhammer niet vragen, maar als die hem opgevallen zouden zijn, zou Martin het wel hebben gezegd, dacht hij, en vroeg hem zo nauwkeurig mogelijk te beschrijven hoe het er in de woonkamer uit had gezien.

'Alleen naar een zuippartij, Arno', verzekerde Martin.

Twee wijnflessen had hij gezien, de ene stond op de tafel, de tweede lag voor de bank in een plas wijn. Er stond ook een glas op de grond. De baby lag natuurlijk niet meer in de stoel, want Resl was van plan geweest de patiodeur pas open te zetten nadat ze de baby naar bed had gebracht. Er lag nog een katoenen luier.

Hij hurkte achter de tafel neer. De pij die hij onder zijn oksels had, zat hem in de weg. Kwart over twee, het werd de hoogste tijd om met de enscenering te beginnen. Videoband in de recorder, recorder en televisie aanzetten, op de volumeknop van de afstandsbediening drukken.

Terwijl de titels op het scherm verschenen, maakte hij de zaklamp vast in de monsterkop en zette de kop op. Ook in de scène ging het er niet meteen luidruchtig aan toe. Ursula wachtte op haar minnaar en trof eerst nog voorbereidingen voor een romantische nacht: ze stak kaarsen aan, strooide een paar rozenblaadjes in het badwater, zette de champagneglazen op de badrand en wierp een laatste blik in de spiegel om te controleren of haar negligé wel sexy genoeg was. Op dat moment merkte Ursula pas dat het in de hoek van de badkamer donkerder werd – omdat daar vanuit het niets de *schim* kwam opdoemen.

Toen Ursula de champagnefles kapotsloeg en begon te gillen, werd Stella wakker. Ze tastte rond op de bank. Waarschijnlijk zocht ze de afstandsbediening. Die had Martin nog in zijn hand. Om niet te vroeg te worden opgemerkt, bleef hij op handen en knieën ineengedoken achter het tafeltje zitten en probeerde de stof met al die plooien over zijn lichaam te verdelen zonder het metalen frame van zijn hoofd te stoten.

In golven uit het televisietoestel gevloeid, dacht Klinkhammer. Logisch, dat was precies hoe het er in Stella's ogen moest hebben uitgezien.

Martin kroop vervolgens naar de stoel bij de gangdeur, het was zoiets als zaklopen. Hij was van plan zich nu met de ammoniak te besprenkelen, hoewel dat eigenlijk al niet meer nodig was geweest, want Stella was al wakker. Maar monsters stonken nu eenmaal naar dood en verderf. Het flesje zat in zijn broekzak, het was geen probleem het eruit te vissen. Helaas was het heel stevig dichtgeschroefd. Hij had de afstandsbediening nog steeds in zijn hand en raakte in tijdnood. De scène was afgelopen, de aftiteling verscheen al op het scherm.

Toen hij de afstandsbediening op de tafel legde, viel de wijnfles die daar stond om en rolde op de grond. Er klonk een rinkelend geluid. In alle haast lukte het Martin niet meer zich met ammoniak te besprenkelen, het flesje viel uit zijn hand toen hij het eindelijk had opengeschroefd. Toen hij het weer te pakken kreeg, goot hij het restant haastig in de pij; de helft belandde op zijn eigen plunje. Het stonk zo afschuwelijk dat het hem de adem benam. Toen knipte hij de zaklamp aan en maakte dat hij bij de bank kwam.

Stella zat al en wilde net opstaan. Hij duwde haar terug op de bank en boog zich over haar heen. Jammer genoeg was hij zo misselijk van de ammoniak dat hij de juiste Elvistoon niet trof. Maar uit de tekst moest haar duidelijk worden wie daar tegen haar sprak. 'Als je je nog één keer bedrinkt en niet goed voor mijn kleinkind zorgt, kom ik terug. Maakt niet uit waar je bent, ik weet je overal te vinden en dan zul je met je leven betalen.'

Het effect was bombastisch. Stella omklemde haar hoofd met beide handen en zei ook iets. Martin verstond niet wat ze zei. Op school leerde hij weliswaar drie vreemde talen, maar dialecten uit het Verre Oosten beheerste hij niet. Hij vond het ergens een beetje Arabisch klinken. Toen hij naar buiten liep, nam hij de katoenen luier uit de stoel mee en stopte hem onder zijn pij. Vervolgens schreed hij majesteitelijk de patio over naar de schuur, waar hij de luier liet vallen en zich in het donker terugtrok.

Bij de buren, de familie Bündchen, was het licht aangegaan. Een ogenblik lang zag hij mevrouw Bündchen achter het raam staan. Ze verdween meteen weer, kwam naar beneden naar haar patio, knipte ook daar het licht aan en riep: 'Alles in orde, mevrouw Helling?'

En Stella antwoordde: 'Ja, ja. Het was de tv maar. Sorry.'

Martin was ontgoocheld en overwoog al half en half om nog een tweede keer op te treden omdat hij dacht dat zijn eerste show door de roes waarin ze verkeerde, een beetje langs haar heen gegaan was. Deze keer wilde hij vanuit de schuur aan komen zweven, dat zou ze goed moeten zien omdat mevrouw Bündchen de lamp op haar patio niet meer uitgedaan had. Maar de batterij van zijn kleine zaklamp had intussen de geest gegeven. Zonder die groene ogen leek de schim slechts een carnavalskostuum. Dat risico nam Martin liever niet. Het was vermoedelijk ook wel voldoende. Stella stond nog steeds met twee handen tegen haar hoofd geklemd en rekte haar hals uit om te zien waar hij gebleven was. Dus trok hij zijn pij uit, stopte hem in de plastic zak en hoopte maar dat die smerige ammoniaklucht onderweg naar huis uit zijn kleren zou vervliegen.

Om kwart voor drie was hij weer thuis en ging naar bed. Hij had zijn conditie overschat. Donderdagmorgen versliep hij zich. Martina stond altijd pas om acht uur op. Omdat ze bij Ulrich in de zaak 's middags vaak langer moest doorwerken, begon ze 's morgens wat later. Ze maakte hem wakker. Rond die tijd was Resl bij de familie Müller natuurlijk allang klaar, had hij gedacht.

Na school fietste hij naar Bernd om de pij met toebehoren terug te brengen en hij bracht die middag achter Bernds computer door. Om half zeven fietste hij naar huis in de overtuiging dat hij Resl zou treffen nadat ze voor meneer en mevrouw Müller had gezorgd. Maar de Punto stond niet voor hun huis toen hij arriveerde. Hij meende haar net te hebben gemist. Zijn eerste opwelling om haar te bellen wist hij te onderdrukken, want hij wilde niet de indruk wekken dat hij het toch had gedaan om die auto te krijgen. Natuurlijk was dat wel zo! Ook al was hij niet bereid dat te erkennen.

Toen Carmen hem even over achten terugbelde, was Klinkhammer ervan overtuigd dat Martin het vanwege de beloofde auto had gedaan en dat Martins beschrijving waarheidsgetrouw was. Carmen verwees naar het voicemailbericht dat ze waarschijnlijk al even geleden had afgeluisterd en zei dat op haar gebruikelijke scherpe toontje. 'Zou je me mórgen willen verrassen, Arno? Ik ben vandaag al dusdanig verrast dat ik dat allemaal eerst moet verwerken.'

'Eigenlijk liever vandaag nog', zei hij.

'Geef me dan even een voorproefje', sommeerde ze. 'Van welke aard is die verrassing van je?'

'Ik zit hier net bij de acteur die de schim heeft uitgebeeld en bij zijn moeder, de heks. Het is al wel laat, maar je moet absoluut horen wat de jonge acteur over de nacht van de moord te vertellen heeft.'

'Tja, dat is met recht een verrassing', antwoordde Carmen. 'Met wat voor toverstafje ben je ze zo snel op het spoor gekomen?' Ze wachtte zijn antwoord niet af. 'Breng je ze hierheen of moet ik ze op laten halen? Ik zal ze maar op laten halen, dan word jij onderweg tenminste niet ook nog in een kikker veranderd.'

'Daar is weinig kans op', zei hij. 'De afgelopen twintig jaar heb ik, afgezien van een lichte schouderblessure, heelhuids doorstaan.'

'O, ken je Romy Schneider al zo lang?' zei Carmen met overtuigend gespeelde verbazing. 'Daar neem ik mijn petje voor af. Dan zou ik de bestelling graag op het hoofdbureau van politie afgeleverd willen hebben. We zitten hier heel gezellig bij elkaar. Dat kan nog een amusante avond worden.'

The Great Pretender

Op dat moment zat Heiner Helling al drie uur bij Schöller op kantoor. En die afgrijselijke angst die hem op de ochtend na de dood van zijn moeder naar de keel was gevlogen, was niets in vergelijking met de paniek die hem nu in haar greep hield. Hij was vanmorgen om half acht voor het eerst naar Keulen gereden om met het hoofd van de afdeling moordzaken te praten. Dat had hij Stella zondagavond tijdens hun telefoongesprek beloofd en hij had vanmorgen ook tegen zijn vriend gezegd waar hij heen ging. Maar bij aankomst bleek zijn schoonvader er al te zijn. De parkeergarage bij het nieuwe hoofdbureau van politie was overzichtelijk, hij zag de auto van Johannes Marquart meteen staan.

En dat Schöller nu de tijd zou nemen om naar hem te luisteren en zelfs bereid zou zijn met hem naar Niederembt te gaan om nog een paar nachthemden en wat ondergoed voor Stella op te halen, leek Heiner niet erg waarschijnlijk. Naar een videoband zonder opschrift en een bepaald fragment uit de film zou hij ook niet meer op zoek hoeven gaan. Dat had hij 's nachts al gedaan.

Na terugkeer uit Hamburg was hij naar het huis van zijn moeder gereden, niet om er binnen te dringen, maar de poort van de schuur was open en er stond ook niets voor de doorgang naar de aanbouw. Dus had hij van de gelegenheid gebruikgemaakt. Natuurlijk lag er in de woonkamer nergens een videoband die voordien niet in de kast had gestaan. Daar had hij ook niet op gerekend. Wie wist er nou wat Stella kenbaar had willen maken toen ze er uitgerekend Ursula's dood bij haalde? Ze had de politie weliswaar stevig op het spoor van Gabi gezet, maar je moest niet vergeten dat hij bij die scène als invaller voor de acteur had gefungeerd.

Hij hechtte nog steeds geen geloof aan dat tafereel met de schim. In haar toestand! Dat ze de exacte tijd had genoemd: zeventien minuten over twee! Wat bewees dat nou helemaal? Absoluut niets. Een benevelde blik op de groen oplichtende cijfers op de videorecorder. Misschien had ze wel een nul voor een twee aangezien. Nul uur zeventien, ongeveer de tijd waarop mama overleden was. Misschien had ze in die nullen wel monsterogen gezien.

Zelfs het feit dat de poort van de schuur opnieuw opengebroken was, had Heiner niet kunnen overtuigen van het waarheidsgehalte van haar verklaringen. Hij veronderstelde dat er iemand binnengedrongen was om te controleren of er nog ergens iets stond of lag wat de moeite waard was om mee te nemen. Asociaal tuig! Mama had meer dan genoeg van dat soort mensen gekend en dat schorremorrie kon alles gebruiken.

Hij verliet de parkeergarage bij het hoofdbureau van politie weer, vertwijfeld en woedend. Woedend op Stella's vader; hij had niet verwacht dat Johannes Marquart zijn dreigement inderdaad in praktijk zou brengen. En woedend op Stella; omdat hij ervan uitging dat ze haar vader hetzelfde verhaal had verteld als hem. Hij had geen idee wat hij nu moest doen. Maar één ding stond voor hem als een paal boven water: hij had de ene fout na de andere gemaakt bij zijn pogingen om Stella buiten schot te houden.

Misschien was hij zelfs wel woedend op zichzelf omdat hij enkele uren na de dood van zijn moeder behoefte had gehad aan een enigszins zinvolle verklaring voor Stella's urenlange passiviteit en de sporen van haar bebloede voeten; en omdat hij toen een vermomde indringer had verzonnen en deze vrijdags ook nog had laten hinken – zonder dringende noodzaak, uitsluitend doordat hij aan die voetbalwedstrijd terugdacht waarbij dat brok galgenaas zo gemeen onderuitgehaald was. Daar had hij niets speciaals mee beoogd. Hij zou er wel veel plezier in hebben gehad als hij die ellendige vlegel, die zo brutaal was om hem telkens wanneer ze elkaar tegenkwamen jochie te noemen, de collega's uit Keulen op zijn dak had kunnen sturen. Maar dat kon hij zich niet permitteren.

Hij wilde Stella opbellen en haar nog één keer bezweren: 'Zeg in godsnaam niets over Gabi.' Maar hij kreeg geen verbinding en kon zich wel voorstellen wat er was gebeurd. Ze hadden de telefoonlijn afgesneden. De rit naar het ziekenhuis bespaarde hij zich. Misschien waren Schöllers mensen al bij haar en zo niet, dan zouden ze binnenkort wel komen. Als ze hem naast haar bed aantroffen, kwam hij niet meer weg. En hij had nog een sprankje hoop dat hij althans zijn grootste fout zou kunnen herstellen.

Om vier uur begaf hij zich opnieuw naar Keulen, met die paniek in zijn binnenste, schietgebedjes prevelend dat Stella bij haar eerste verklaring was gebleven. Met een schitterend blauw oog en de stille hoop dat Schöller niet op het hoofdbureau zou zijn. Dat was op dat moment ook zo, maar de naam Helling had het effect van een opsporingsaffiche.

Rechercheurs Bermann en Lüttich vingen Heiner op, lieten hem een document zien waarin stond dat ze gerechtigd waren zijn auto te doorzoeken en sommeerden hem zijn autosleutels in te leveren. Bovendien drukten ze hem een beschikking van de hoogste politie-instantie, de districtscommissaris van de regio Rhein-Erft, onder zijn neus. Hij was geschorst, een harde klap voor iemand die er als jongetje al van had gedroomd een politie-uniform te mogen dragen en in een patrouillewagen rond te rijden. En dat was nog niet eens de hardste klap.

Twee uur lang bestookten Bermann en Lüttich hem met vragen. Toen kwam Schöller samen met de hoofdofficier van justitie. Heiner kromp al ineen toen Carmen Rohdecker hem op haar onnavolgbare manier begroette en hem daarmee ondubbelzinnig duidelijk maakte dat Stella uit de school had geklapt.

'Wat een genoegen om u in levenden lijve en bijna ongeschonden hier te zien, meneer Helling. Vertelt u ons nu maar eens over uw avontuur. Hoe hebt u aan de heks weten te ontkomen? Hebt u een stokje door de tralies van de kooi gestoken? Nee, het ziet er eerder naar uit alsof ze dat stokje in uw oog gestoken heeft. Nou, dat moet dan wel een dik stokje zijn geweest. En uw dochtertje hebt u niet kunnen redden, neem ik aan; dat was al opgepeuzeld.'

Vier tegen een dat dat vervloekte wijf van een Rohdecker alleen al voldoende was geweest. Ze wilde weten hoe hij de dag had doorgebracht. Dat wilde hij haar liever niet al te gedetailleerd vertellen. Hij zei dat hij op aanraden van zijn schoonvader bij een flink aantal mensen langsgegaan was en naar zijn dochtertje had gevraagd. Een van hen had nogal boos gereageerd, maar dat was begrijpelijk, zei hij, want zijn eigen gedrag was ook niet correct geweest en hij had de bewuste persoon behoorlijk lastiggevallen. Hij wilde geen aangifte doen van het toebrengen van lichamelijk letsel en was ook niet van plan de naam van die persoon te noemen.

Carmen Rohdecker liet hem naar fragmenten van de band luisteren waarop te horen was hoe Stella nogmaals verhoord werd. Weer kromp Heiner ineen alsof hij onder stroom gezet werd. Hij voelde dat het bloed uit zijn gezicht wegtrok en hem het zweet uitbrak. Hij voelde het. Stella had er niet mee volstaan met de heks te komen aandragen en de geest van zijn vader als de dader naar voren te brengen. Ze had ook nog over de blauwe werkbroek, het geruite overhemd en de spuugdoek verteld die hij verdonkeremaand had.

Hoewel Carmen Rohdecker hem vervolgens ook nog het rapport van het regionale forensisch laboratorium voorhield en zei dat geen enkele vrouw het volgens haar in haar hoofd zou halen om als ze zich omkleedde iets uit een stapel wasgoed te halen, ontkende Heiner in alle toonaarden dat hij Stella andere kleren had aangetrokken of iets had verdonkeremaand. Dat hij donderdagmorgen niet meteen de waarheid had verteld, betreurde hij inmiddels. Het gebruikelijke 'mijn vrouw' kreeg hij nu niet meer over zijn lippen.

In zijn nieuwe versie zat Stella, toen hij om half acht van zijn werk kwam, in T-shirt en slipje op de bank. Ze was behoorlijk aangeschoten, maar niet gewond. En aanvankelijk had ze verteld dat zijn moeder na een nachtelijke ruzie met de baby was weggegaan. Dat had hij geloofd omdat zijn moeder weer eens had gedreigd met Stella's vader te gaan praten en daar had Stella panische angst voor.

Hij had poetsgerei uit de kelder gehaald omdat hij wilde schoonmaken om verdere ruzie met zijn moeder te voorkomen.

Toen de telefoon ging, liep hij naar boven. Wie er belde, wist hij niet, hij had absoluut niet geluisterd omdat hij het eerste moment geschokt was vanwege de overhoopgehaalde slaapkamer van zijn moeder en het volgende ogenblik in de badkamer het lijk voor de wastafel zag liggen. En toen was hij volledig door het lint gegaan.

Zijn paniek ten spijt speelde Heiner zijn rol fantastisch. Iedere zin was bezwangerd met het verdriet van de zoon om zijn moeder, de angst van de vader om zijn kind en de wanhoop van een man die niet wist wat zijn vrouw in die noodlottige nacht had gedaan.

Hij was weer naar beneden gestormd en had Stella gevraagd wat er in vredesnaam was gebeurd, waarom ze niet allang het alarmnummer had gebeld. Stella deed alsof ze van niets wist. Toen hij zei dat zijn moeder dood in de badkamer lag, antwoordde ze: 'Dan kan ze mooi niet meer met mijn vader praten.'

Wat had hij op dat moment moeten denken? Natuurlijk nam hij aan dat Stella het had gedaan. Hij was volkomen buiten zichzelf, schreeuwde tegen haar, pakte haar bij beide schouders en rammelde haar flink door elkaar. Ze rukte zich los. Het leek alsof ze hem te lijf wilde gaan. Ze greep namelijk naar een fles die op tafel stond maar kreeg die niet goed te pakken. De fles rolde op de grond, boven op een glas dat stuk brak. Hij gaf haar een duw, ze wankelde achteruit en trapte in de scherven. Het was hem duidelijk dat ze zich bezeerd had, maar hij was op dat moment niet in staat met haar in discussie te gaan en ging weer naar de badkamer.

Hoelang hij het dode lichaam van zijn moeder vervolgens in zijn armen had gehad, wist hij met de beste wil van de wereld niet meer. In zijn verdriet en verbijstering had hij niet op de tijd gelet. Wat Stella intussen had gedaan, kon hij evenmin zeggen. 'Ik merkte haar pas weer op toen ze met een wijnfles in haar hand op de overloop verscheen. Toen beweerde ze dat er om half een een inbreker in huis was geweest. Ik was nog steeds niet in staat naar haar te luisteren, ik begon weer tegen haar te schreeuwen, riep dat ze uit mijn ogen moest gaan. Ze liet de wijnfles vallen en liep de kinderkamer in. Toen ze de overloop weer op kwam, smeekte ze me haar te geloven. Ze zei dat ze niets had gedaan, dat die inbreker het moest hebben gedaan. Omdat ik daar niet onmiddellijk op reageerde, haalde ze een fles bessenjenever uit de slaapkamer van mijn moeder en liep weer naar beneden.'

Hij meende dat hij twee of drie minuten later ook naar beneden was gegaan. Toen zag de woonkamer eruit als een zwijnenstal. Stella was niet meer aanspreekbaar. Met smerige en nu zwaar bloedende voeten lag ze op de bank. 'Op dat moment had ik met haar te doen. Ze had het bij mijn moeder nooit gemakkelijk gehad. Ik wist niet of ik haar mocht geloven.'

En het was hem niet opgevallen dat hetgeen Stella over hun dochtertje had beweerd, onmogelijk waar kon zijn. Hij had geen blik meer in de kinderkamer geworpen omdat hij immers eerst naar de slaapkamer van zijn moeder en vervolgens naar de badkamer gelopen was. Hij had ook niet in de keukenkastjes gekeken en de sterilisatiebox niet opengemaakt. En hij had pas gisteravond van Stella gehoord dat er na twee uur 's nachts nog een tweede dader in huis was geweest, die een bericht had achtergelaten. 'Gelooft u mij alstublieft.'

Van hun gezichten was af te lezen dat ze dat niet deden. Schöller nam het woord en begon over de opnieuw opengebroken poort van de schuur. Daar wist Heiner uiteraard niets van af. 'Wanneer ik zou zijn binnengedrongen, zou u daar niets van hebben gemerkt', zei hij. 'Dan had ik op het bureau nieuwe politiezegels kunnen halen.'

'U wel', wierp Schöller tegen, 'maar de ontvoerders waarschijnlijk niet. Met nieuwe politiezegels had het geen kidnapping meer geleken.'

Schöller liet hem een kopie zien van de brief met de opgeplakte letters en de schijnbaar belachelijke eis. Het origineel was allang in het laboratorium afgeleverd. Heiner las de paar regels en barstte in snikken uit. 'In godsnaam', stamelde hij. 'Dan heeft Stella me dus toch de waarheid verteld. Doe niets wat mijn dochtertje in gevaar zou kunnen brengen. Het gaat de laatste tijd echt de goede kant op met haar.'

Heiner had zich zorgen gemaakt over Stella's gemoedstoestand en daarom, zo verklaarde hij, had hij zijn vrouw, zijn schoonouders en ook zijn vriend Kehler in de waan had gelaten dat zijn dochtertje nog steeds ten dode opgeschreven was. Hij had Stella gewoon geen valse hoop willen geven.

Eindelijk kwam hij er ook mee voor de draad dat zijn moeder zeer vermogend was en dat ze haar bankbescheiden in een kluisje bij een bank in Keulen had bewaard. De sleutel van dat kluisje had in het houten juwelenkistje gelegen, de moordenaar zou hem waarschijnlijk meegenomen hebben. Dat hij tot nu toe zijn mond had gehouden over de prijs in de lotto motiveerde hij met zijn angst dat er tijdens het politieonderzoek iets zou kunnen uitlekken en er dan op enig moment zou kunnen gebeuren wat blijkbaar nu al was gebeurd. Ontvoering door asociaal tuig.

Daarmee waren ze weer bij het punt waar het om draaide. Heiner erkende dat hij tegenover zijn vriend die term had gebruikt. Maar hij had tot dan toe niet zeker geweten of hij dat ontvoeringsverhaal van Stella wel kon geloven. Hij had niemand concreet verdacht, dat was ook nu niet het geval.

Zijn moeder had met zoveel mensen te maken gehad die in financiële moeilijkheden verkeerden. De heks Romy die in het echt Gabriele Lutz heette, hoorde daar beslist niet bij. Stella was in een of andere affaire met haar betrokken geraakt omdat een schizofrene collega haar jaren geleden bepaalde ideeën had aangepraat.

Mevrouw Lutz had in een grijs verleden ook met een man samengeleefd die later het slachtoffer van een misdrijf was geworden. Dat die man zijn vader zou zijn geweest, kon Heiner zich niet voorstellen. Hij kon evenmin verklaren hoe Stella tot een dergelijke idiote bewering was gekomen. Misschien had mevrouw Lutz ooit een opmerking in die richting gemaakt, maar daar klopte echt niets van. Mevrouw Lutz was een eigenzinnig persoontje, moeilijk in de omgang en gezegend met een rijke fantasie. Ze vertelde graag indianenverhalen, daar leefde ze nu eenmaal van.

Natuurlijk had mevrouw Lutz een financieel verlies geleden toen de omroep de opdracht voor de productie van de serie had geannuleerd. Maar daarna was haar ster als een raket omhooggeschoten. Ze hoefde heus geen baby te ontvoeren en een kwart miljoen af te persen. Afgezien daarvan was ze een goede vriendin van zijn moeder geweest. Dat er op zijn lijst geen Gabriele Lutz stond – hij was al bang dat hij iemand van de onafzienbaar grote kennissenkring van zijn moeder vergeten was. Of had hij mevrouw Lutz per ongeluk onder haar pseudoniem Martina Schneider in de lijst opgenomen?

Op dat punt van zijn betoog begon de hoofdofficier van justitie te piekeren, ze wierp Schöller een ondefinieerbare blik toe en liep het vertrek uit. Dat was tegen acht uur. Na haar terugkeer deelde ze mee dat Heiner wel kon gaan. De beslaglegging op de Nissan bleef gehandhaafd. Daar moest een lijkenspeurhond morgen maar eens in rondsnuffelen.

Schöller was het met die interventie absoluut niet eens en protesteerde luidkeels. Carmen Rohdecker vroeg hem even met haar mee te lopen naar het aangrenzende vertrek voor een kort gesprek onder vier ogen. Omdat ze de deur niet goed sloot, hoorde Heiner hoe ze Schöller een uitbrander gaf. 'Moet ik dan alles zelf doen? Ik ga zo met mevrouw Lutz praten. Klinkhammer is met haar en haar zoon al onderweg.'

Secondenlang dacht Heiner dat zijn hart stil bleef staan, daar veranderde ook de aanval van razernij die Schöller in het aangrenzende vertrek kreeg, niets aan. Waarom ze dat plattelandsprofilertje niet meteen de leiding van het onderzoek in deze moordzaak had aangeboden, wilde Schöller weten. Hem had ze kennelijk niet nodig.

'Ik heb u ook geen opdracht tot het onderzoek gegeven', beet Carmen Rohdecker van zich af. 'Dat heeft uw superieur gedaan. En tot nu toe hebt u nog niets laten zien waarop u zich zou kunnen laten voorstaan. De arrestaties in de zaak-Sieger hebben we te danken aan de verkeerspolitie. En wat de zaak Helling betreft: hebt u mevrouw Lutz eigenlijk al gevraagd waar het kind zou kunnen zijn? Komt u nu maar weer tot bedaren.'

In Heiners oren klonk dat alsof de hoofdofficier van justitie Klinkhammer achter Schöllers rug om opdracht had gegeven de heks en dat brok galgenaas van haar hierheen te slepen. Maar wat veranderde dat aan de zaak? Voor hem absoluut niets.

Uitgerangeerd

Het kostte Klinkhammer drie kwartier om in Keulen te komen. Hij reed op zijn gemak en dacht na over wat Carmen had gezegd. *Toverstaffe.* En de toon waarop ze dat zei. Ze was niet erg verrast geweest. Maar daar maakte hij zich geen zorgen over. Waarschijnlijk zou ze wel enkele schampere opmerkingen ten beste geven alvorens zich op Martin te concentreren.

Martin zat achterin en was de rust zelve, Gabi zat naast Klinkhammer en was nog steeds nerveus. Ze sprak onafgebroken over haar aanvankelijk goede relatie met Stella, die pas was vertroebeld toen Heintje ten tonele was verschenen. 'Hij heeft me nooit kunnen uitstaan.'

'Waarom noem je hem eigenlijk Heintje?' vroeg Klinkhammer om zichzelf wat af te leiden van zijn eigen gedachten.

'In die hoedanigheid heeft hij een keer op het toneel gestaan op de bewuste avond toen Martin en ik ... Ik zal nooit vergeten hoe Heintje me aankeek toen ik in die japon het trapje opkwam, terwijl hij naar beneden moest. Als blikken konden doden was ik toen dood neergevallen. – Geef me nog eens een sigaret.'

Het was al haar derde tijdens de rit. Hij probeerde haar te kalmeren en tegelijkertijd zichzelf. Martin was slechts een getuige, waarschijnlijk de getuige à décharge voor Stella. Dat hij nu zijn pijlen gericht had op Gabi's jongste broer, die wellicht de kans schoon had gezien om aan een flinke som geld te komen en desnoods zijn neefje de zaak in de schoenen te schuiven, zei hij maar liever niet tegen haar. Nadat ze de sigaret had opgestoken, begon ze echter uit zichzelf over Bernd.

Strikt genomen was alle narigheid met Bernd begonnen, zei ze. Vanaf zijn allereerste schooldag was Heintje het krot van haar ouders binnengerend; hij stond minstens vijf keer per week op de stoep om te vragen of Bernd buiten kwam spelen. Maar Bernd wilde niets met Heintje te maken hebben. Hij werd op school al niet goed van hem omdat Heintje hem doorlopend sommen wilde uitleggen die Bernd alleen ook best kon maken. Afgezien daarvan was Reinhard erop tegen dat de benjamin van het gezin Treber met het zoontje van Resl bevriend was.

'Nadat Heintje naar het gymnasium was gegaan, kreeg hij andere vrienden die beter bij hem pasten', luidde haar wat vage verklaring. 'En later, toen hij een jaar of zestien was, heeft hij zich aan Lulu opgedrongen. Met hem is hij nu nog steeds bevriend.'

'Ludwig Kehler?' vroeg Klinkhammer, hij had gedacht dat Lulu een meisje was.

Gabi knikte. 'Lulu is ontzettend naïef. Hij gelooft in het goede in de mens, ook wanneer die mens een opschepper is of hem aan alle kanten misbruikt, zoals Babs.'

'En wie is Babs?' vroeg Klinkhammer. Niet dat hem dat interesseerde, hij luisterde amper.

Gabi drukte haar sigaret uit. 'Babette Klostermann. Twee jaar geleden had Lulu met haar gescharreld. Ze was getrouwd, haar man werkte bij de RWE, het energiebedrijf. Lulu mocht alleen komen als haar man nachtdienst had. Martin heeft twee keer gezien …'

'Wil je nu eindelijk eens je klep houden?' liet Martin op buitengewoon vriendelijke toon van zich horen. 'Als jij Lulu afkraakt, krijgt hij bij Babs geen poot meer aan de grond.'

'Jij weet niet eens of het nog iets is tussen die twee', zei Gabi richting achterbank. Ze kwam uiteraard niet op het idee haar zoon te zeggen dat hij zijn toon moest matigen.

'Precies', verklaarde Martin. 'Het is ouwe koek, die kun je nu niemand meer voorzetten.'

Vervolgens zei Gabi nog: 'Vorig jaar zijn de Klostermannetjes uit Niederembt verhuisd, volgens mij zijn ze naar Nieder …'

'Nou is het genoeg, Romy', werd ze vanaf de achterbank geïnterrumpeerd en deze keer werd haar op scherpe toon definitief het spreken belet.

'Mams', bracht Klinkhammer ferm in herinnering.

'Ja, ja', zei Martin achteloos. 'Dat is heus wel tot me doorgedrongen. Als we daarbinnen zijn, is het alleen nog mams, mevrouw Helling en haar schoondochter. Maar we zijn er nog niet en dus mag ik met haar praten zoals mij dat uitkomt. Als ik Romy zeg, luistert ze beter.'

Hondsbrutale lummel, dacht Klinkhammer en hij gebruikte de laatste meters om Martin opnieuw op 't hart te drukken hoe een achttienjarige jongen zich behoorde te gedragen en te praten.

Carmen zat op Schöllers kamer op hem en zijn verrassing te wachten. Bermann, Lüttich en uiteraard Schöller zelf zaten daar ook. De laatste troonde achter zijn bureau waarop opneemapparatuur stond en deed zijn uiterste best een neutraal gezicht te trekken, wat niet echt wilde lukken. Klinkhammer had de indruk dat het hem de grootst mogelijke moeite koste om zijn woede in toom te houden.

Carmen had Gabi's laatste roman met veel enthousiasme gelezen – ook, nee vooral als juriste, en ze was dan ook zeer verheugd met de schrijfster kennis te kunnen maken. Het verloop van het gerechtelijk onderzoek was zo realistisch beschreven, evenals alle slordigheden bij de technische recherche die de toch al doortrapte *Zuster van de dood*, of liever gezegd haar broer, de kans gaven een dubbele moord zo te verdoezelen dat het op een ongeval leek … En met een zijdelingse blik op Klinkhammer, vergezeld van een spottend glimlachje, zei ze: 'Ik neem aan dat u een uitmuntende adviseur hebt gehad.'

In tegenstelling tot Klinkhammer beheerste Carmen het spelletje tot in de finesses. Hij was in staat iets voor zich te houden als hij vond dat het anderen niets aanging. Maar doen alsof, dat kon hij niet. Ook om die reden was hij niet geschikt om een moord te onderzoeken. Zo zou hij niet in staat zijn geweest over koetjes en kalfjes te babbelen wanneer hij ervan overtuigd was dat het leven van een kind op het spel stond. Evenmin had hij koffie aan kunnen bieden met het beeld van de doodgeslagen grootmoeder op zijn netvlies.

Carmen vroeg Gabi niet alleen of ze koffie lustte, ze bood haar zoon ook frisdrank aan. Martin wilde niets drinken, hij wou slechts over zijn show vertellen. Tegen zijn verwachting in mocht Klinkhammer erbij blijven. Martin vertelde nogmaals het hele verhaal. Alleen de nuances waren ietsje anders. Vanaf het moment waarop ze het hoofdbureau van politie waren binnengekomen, hing Martin de welopgevoede middelbare scholier uit en in zijn betoog stipte hij heel terloops alle hem ontlastende informatie en alle inlichtingen aan die nodig waren om een duidelijk beeld van de achtergronden te krijgen.

Hij had gewoon iets aardigs willen doen voor een dierbare vriendin van mams, omdat mams zelf geen wederdienst kon bewijzen voor het kwart miljoen dat mevrouw Helling haar had geleend. Ze zou het ook beslist niet met een shocktherapie eens geweest zijn. Mams vond de schoondochter van mevrouw Helling namelijk een deerniswekkend schepsel, labiel en zeer beïnvloedbaar – met name door haar patserige echtgenoot die een enorme hekel aan mams had en meende dat niemand hem in zijn politie-uniform iets kon maken. Gelukkig was mams op het bewuste tijdstip op voorleestournee, dat had ze meneer Schöller al verteld. Ze had in elk geval geen bezwaar tegen Martins hulpvaardigheid kunnen maken.

Hij zei geen enkele keer Resl, noemde haar braaf mevrouw Helling. Het kostuum had hij van *oom Bernd* geleend die ook ooit een prijs in de lotto had gewonnen. – Met andere woorden, *oom Bernd* was niet op het geld van anderen aangewezen. En toen hij vrijdag bij het lezen van het krantenartikel zo beroerd geworden was, had *oom Reinhard* hem bij zich in huis gehaald.

En Martin had meteen tegen *oom Reinhard* gezegd dat hij het liefst meteen *meneer Klinkhammer* wilde bellen om hem te vertellen dat het bij *mevrouw Helling* allemaal nog koek en ei was op het moment dat hij haar schoondochter de stuipen op het lijf had gejaagd.

Maar toen had oom Reinhard gezegd: 'Jongen, meneer Klinkhammer is bij de politie en die heeft nu echt wel iets beters te doen. Als ze die vent te pakken hebben die de moord op mevrouw Helling op zijn geweten heeft, ga ik met jou naar haar schoondochter. Je moet die arme vrouw je excuses aanbieden. Ook al heeft mevrouw Helling je tot je daad aangezet, het was niet netjes van je. En jij had dat op jouw leeftijd eigenlijk moeten weten.'

Die knaap was een kameleon, vond Klinkhammer, en het was hem vreemd te moede: Martin had de allang verbraste rijkdom van oom Bernd in zijn verhaal ingepast zonder voordien ook maar de geringste vingerwijzing in de richting van een chantagebrief te hebben gekregen. Maar hij had het mooi weten te formuleren en hem zelfs zo veel mogelijk rugdekking gegeven.

Carmen, Bermann, Lüttich en Schöller hadden aandachtig naar zijn verhaal zitten luisteren en het niet met vragen onderbroken. Nu pas wilde Schöller weten: 'Waar is die videoband?'

'Dat weet ik niet', verklaarde Martin trouwhartig. 'Mevrouw Helling was van plan hem donderdag terug te geven. Maar toen heb ik haar dus niet meer gezien.'

Schöller knikte, hij scheen genoegen te nemen met Martins verhaal. 'Mevrouw Helling heeft u dus niet gevraagd de baby mee te nemen', constateerde hij.

Maar Schöller was ook de enige van het gezelschap met kleine kinderen, die hij waarschijnlijk nooit zou hebben toevertrouwd aan een achttienjarige jongen met stekelhaar dat stijf stond van de gel. Met zijn moderne kapsel had Martin nogal overdreven.

'Natuurlijk niet', bezwoer hij. 'Bij ons zou niemand tijd hebben gehad om voor een zieke baby te zorgen. Mijn zusje werkt, ik moet naar school en mams was ...'

'Op voorleestournee', viel Bermann hem in de rede. 'Dat weten we al. U had best een of twee dagen kunnen spijbelen. Op uw leeftijd mag je daar tegenwoordig zelf een excuusbriefje voor schrijven.'

'Ho eens even', mengde Klinkhammer zich in het gesprek.

Verder kwam hij niet. Carmen stond op en zei: 'Je wilde toch graag de hele verklaring horen die Stella Helling heeft afgelegd, Arno? Daar hebben we nu wel even tijd voor. Volgens mij kunnen de heren het ook wel zonder ons af.' Bij die woorden pakte ze hem bij zijn arm, dwong hem om op te staan en trok hem in de richting van de deur. Gabi wilde iets zeggen maar haar opmerking werd in de kiem gesmoord met de hint: 'Wij krijgen nog voldoende kans om met elkaar te babbelen, mevrouw Lutz. De heren willen u ook nog enkele vragen stellen.'

De blik waarmee Gabi hem nakeek was duidelijker dan woorden. *Je hebt een grote fout gemaakt, Arno.*

Ja, een verdomd grote fout die voor hemzelf weleens de ondergang zou kunnen betekenen. Op de gang werd duidelijk dat Carmen er in de verste verte niet aan dacht hem naar het bandje met de verklaring te laten luisteren. Ze wilde meteen weten: 'Sinds wanneer weet jij wie er in huis is geweest?'

'Na jouw telefoontje vanmiddag begreep ik dat.'

'Zo, daarna pas?' Ze was een en al verbazing. 'Dan was je wel traag van begrip. Terwijl je gistermiddag al bepleitte dat Stella Helling onschuldig is. Je kunt het vermoedelijk niet met je geweten overeenstemmen dat je een vrouw laat terechtstaan die als een blok lag te slapen toen haar schoonmoeder werd vermoord en haar baby werd ontvoerd. En wat heb je met je heks afgesproken? Maak je geen zorgen om je zoon. Ik heb een vriendin bij het Openbaar Ministerie, we gooien het wel op een akkoordje. Hij valt nog onder het jeugdstrafrecht. Waar is het kind, Arno? Wilde die knaap dat niet zeggen? Dan ga ik er vooralsnog van uit dat het kind niet meer leeft.'

'Ik heb geen idee waar het kind is', zei hij.

Dat geloofde Carmen, maar de rest geloofde ze absoluut niet. Toen hij op Gabi's jongste broer wilde wijzen, viel ze hem meteen in de rede. 'Je bent bereid een heel eind te gaan voor de zoon van een vrouw die je al twintig jaar neukt, maar je kunt niet alles voor elkaar krijgen, Arno. Voor jou is de zaak hier en nu afgelopen. Als jij verwacht dat ik je een schouderklopje geef omdat je die knaap hierheen hebt gebracht, moet ik je teleurstellen.'

Uit de manier waarop ze het zei bleek overduidelijk wat ze dacht: die beste Arno, die stommeling, heeft al weet ik hoelang een verhouding met een ander! Alleen dat al zou ze van hem nooit hebben verwacht, want Ines liet haar elke twee of drie weken op zondag zien hoe harmonisch haar huwelijk was. En nu bleek Arno, die ellendeling, ook nog zijn nietsvermoedende vrouw, Carmens beste vriendin van kindsbeen af, te hebben gebruikt om zijn geliefde Gabi roem, aanzien en wat kleingeld te bezorgen. Maar dat was nog niet genoeg. Hij was ook nog zo brutaal om zich als een onschuldig lammetje bij haar te melden en aan te kondigen dat hij een verrassing had nadat – en dat vond Carmen vermoedelijk het toppunt van gevoelloosheid – Gabi hem over het optreden van haar zoon als monster had verteld.

'Ik heb Gabriele Lutz nog nooit geneukt, zoals jij het uitdrukt', corrigeerde hij haar. 'Ik heb in november negentiendrieëntachtig …'

'Nou, dan moet ik maar veronderstellen dat ze je heeft behekst', viel Carmen hem opnieuw in de rede. 'Bij Schöller is haar dat vanmiddag zonder enige twijfel gelukt. Ik ga maar liever weer naar binnen voordat Bermann en Lüttich ook nog beginnen te kakelen zoals Helling. Die gaf er van pure ellende vanwege zijn kind eerder de voorkeur aan zijn vrouw af te kraken dan die heks te beschuldigen.'

'Gisteren heeft hij jou nog aan mijn grote vangst herinnerd', zei hij. 'Hou nu je cynisme maar voor je en luister naar wat ik te zeggen heb.'

'Ik heb lang genoeg naar jou geluisterd, Arno. Ga naar huis en strooi Ines nog maar wat zand in de ogen voordat ik haar de ogen eens goed zal openen. Bij mij praat je tegen dovemansoren.'

'Ik heb hen beiden hier gebracht en ik neem ze ook weer mee terug', zei hij.

'Dan zul je toch lang moeten wachten. Ik laat ze pas gaan als ik weet waar het kind is. Voorlopig kan ik hen vierentwintig uur vasthouden. En als ik jou was, zou ik nu maar gaan voordat ik me bedenk en jou ook meteen hier houd op verdenking van medeplichtigheid. Dat zou ik eigenlijk moeten doen.'

Dan ging hij maar liever.

Ines was ontdaan toen hij thuiskwam met de mededeling: Gabi en Martin zitten in verzekerde bewaring. Carmen is buiten zichzelf van woede. 'Misschien had ik haar vorig jaar toch moeten vertellen van wie ik het manuscript van die roman heb gekregen', zei Ines. 'Ik zal haar morgen bellen en dan leg ik wel uit …'

'Houd je erbuiten', verzocht hij haar. 'Anders denkt ze nog dat jij een goed woordje voor me doet omdat je bang bent dat Gabi's nieuwe boek anders niet op tijd klaar is.'

Toen ze naar bed gingen, voelde hij zich vermoeider dan in lange tijd het geval was geweest. Hij kon niet in slaap komen; de politieman die de beelden niet van zich af kon zetten. Martin op de achterbank van de auto, een vlegel die zijn moeder de mond snoerde. En vervolgens zo braaf voor de opneemapparatuur, een wat naïeve schooljongen die een dronken vrouw de stuipen op het lijf had gejaagd. Therese in de badkamer en de pluchen maan in het schoon opgemaakte kinderledikantje met die deuk in het kussen aan het hoofdeinde. Was het werkelijk waarschijnlijk dat Therese dat arme schaap urenlang in de gemakkelijke stoel had laten liggen om haar schoondochter in staat te stellen zich weer klem te zuipen?

Het ledikantje had ze waarschijnlijk schoon opgemaakt voordat ze Martin belde omdat ze nerveus was, een slecht geweten had, behoefte had aan wat afleiding. Maar stel dat ze inderdaad van plan was geweest het kind in bed te leggen ... Hij had geen enkele ervaring met baby's. Maar één ding wist hij wel of veeleer begon hij dat nu te beseffen: je mocht bij een baby nooit iets in bed zetten wat op hun gezichtje kon vallen. Dat wist Therese vast en zeker ook, zoal niet beter dan hij. Zij zou het kussen dus nooit zo hebben neergezet.

Dat moest de dader hebben gedaan, misschien slechts om één reden: om te voorkomen dat de chantagebrief meteen na de moord werd ontdekt en de hel zou losbreken. Liever enkele dagen afwachten tot de eerste storm was gaan liggen en Helling het huis weer binnen mocht. Hem daarna een keer opbellen en in alle rust de buit binnenhalen. *Alle slordigheden bij de technische recherche die de uitermate doortrapte Zuster van de dood of liever gezegd haar broers ...* flitste Carmens stem door zijn hoofd. En uitgerekend hij was degene die Gabi had verteld hoe het er soms toeging.

DEEL 8

Het keerpunt

Tussen de frontlinies

Dinsdag 27 april 2004

Om half zes was Arno Klinkhammer weer op de been. In zijn hoofd was het een wirwar van gedachten en twijfels. Hij ging de keuken in, zette het koffiezetapparaat aan en douchte zich. Ines was ook wakker geworden en had de tafel al gedekt toen hij de badkamer uit kwam. Geen tijd om te ontbijten, alleen een slok koffie en een telefoontje naar Gabi's huis. Haar dochter nam op. Mams was er niet, Martin ook niet. Schatje was in alle staten, had gisteravond nog de hele familie af gebeld. 'Ik heb geen idee waar die twee uithangen, Arno.'

Hij wel degelijk, maar dat kreeg hij niet uit zijn strot. Als Gabi en Martin de hele nacht vastgehouden waren, dan was dat heus niet alleen omdat Carmen hen verdacht van kwade trouw en dat door Gabi wilde laten bevestigen.

'Geef me het adres van oom Reinhard eens', vroeg hij.

'Die weet ook niet waar ze zijn.'

'Dat kan me niet schelen. Ik moet hem spreken.'

Terwijl Martina hem het adres gaf, schoot hem nog iets te binnen. 'Die avond toen de herhaling van *De schim* op de televisie was, heb jij de telefoon van Martin afgepakt.'

'Hoe weet jij dat?' vroeg ze stomverbaasd.

'Dat doet er niet toe', zei hij. 'Weet je met wie hij toen zat te bellen?'

Met een meisje, veronderstelde ze. Zelf was ze met de telefoon op haar gemak op bed gaan liggen en pas toen ze het nummer van haar vriendje wilde draaien, had ze gemerkt dat de verbinding nog niet verbroken was. Ze had kabaal gehoord, alsof er iemand in een bestekbak aan het rommelen was. Vervolgens had ze gezegd: 'Mocht je het nog niet in de gaten hebben, liefje, de King heeft de telefoon afgegeven, nu ben ik aan de beurt, hang eens op.'

Een vrouwenstem had daar schijnbaar op gereageerd en gezegd: 'Wat moet dat? Dat zal toch niet waar zijn.'

'Heb je die stem niet herkend?'

'Nee, Arno. Martin heeft elke week een ander. Bovendien sprak ze op fluistertoon en hing toen op.'

'Is Martin daarna nog bij jou op je slaapkamer geweest?'

'Ja, twee keer. Hij wilde de telefoon terug.'

Dat klopte dus. 'Hoe laat kwam hij voor het laatst?'

'Weet ik niet meer zo precies, om half een of zo. Waarom is dat van belang? Wat is er aan de hand, Arno?'

Tijdstip van overlijden achttien minuten over twaalf. Dus kon Martin Therese niet hebben vermoord.

Even later zat hij in zijn auto. Hij belde Reinhard Treber niet uit bed, dat had zijn jongste broer al gedaan, toen een stuk of zes agenten enkele minuten geleden met een huiszoekingsbevel op de stoep van zijn koopwoning stonden. Dat was een hele opluchting voor Klinkhammer. Schöller mocht dan gisteren overdag de kluts kwijt zijn geweest en 's avonds bijna uit zijn vel gesprongen zijn van woede, hij was geen idioot.

'Komen ze altijd zo vroeg?' vroeg Reinhard terwijl hij Klinkhammer voorging naar de woonkamer. 'En wanneer ben ik aan de beurt?' Hij had zichzelf al op een groot glas cognac getrakteerd en schonk nu een tweede glas in. 'Wilt u er ook een?'

'Nee, dankjewel', zei Klinkhammer. Hij had er wel zin in, maar hij had nog niets gegeten. Op de tafel stond een schaaltje met de restanten van de zoutjes die Reinhard voor de tv had zitten opknabbelen. Hij pakte twee zoute stengels, vroeg een glas water en legde om te beginnen maar eens uit waar Gabi en Martin momenteel verbleven en wie hen daarheen had gebracht.

'Ik dacht al zoiets, maar op uw naam was ik nog niet gekomen', zei Reinhard. 'Ik dacht dat we het aan de vrouw van Heintje te danken hadden. Kent u een goede advocaat? Bernd dacht dat Martin een heel goede nodig heeft.'

'Alleen Martin?' vroeg Klinkhammer.

'Bernd kunnen ze niks aanwrijven', zei Reinhard. 'Hij is afgelopen woensdag om half elf nog naar de kroeg gegaan en is daar tot na half drie gebleven. Getuigen genoeg, ze hebben zitten dobbelen. Een kostuum uitlenen is niet strafbaar.'

Daarmee was ook Bernd als dader buiten beeld. 'Heeft Bernd gezegd waar ze Martin van betichten?' vroeg hij.

'Roofmoord, kidnapping, chantage. Dat is nogal wat. Die roofmoord stond vrijdag in de krant. Maar toen dacht ik dat de Russen het wel zouden hebben gedaan. Zondag hoorde ik dat Heintje als een dolle aan het bellen was en overal vroeg waar zijn dochtertje was. Daar heb ik verder ook niks achter gezocht omdat ze zeiden dat Resl de baby had weggebracht. En gisteren stond hij bij mij voor de deur en vroeg of wij de kleine meid misschien hadden, hoeveel we voor de *verzorging* willen en of we nog een paar dagen zouden kunnen wachten. Hij zei dat hij op het moment geen contant geld had. Ik heb hem aangeraden het zijn vrouw te vragen als hij echt niet weet waar de baby zou kunnen zijn. Daarna is hij nog bij Ulrich geweest en bij Bernd. Die heeft hem een flinke dreun verkocht omdat hij grof werd.'

'Is hij niet bij Gabi geweest?'

'Volgens mij niet, anders had ze me wel gebeld. Ik heb er haar niets van verteld omdat ik niet wilde dat ze zich nodeloos zorgen zou maken. Ze sprong sowieso al uit haar vel vanwege Resl.'

Reinhard schonk zichzelf een derde cognacje in en bezwoer: 'Martin heeft Resl niet te grazen genomen en het kind al helemaal niet. Ik ken hem, dat was geen komedie. Het nieuws over Resl trof hem vrijdag als een donderslag bij heldere hemel. Het duurde bijna een halve dag voordat hij met het hele verhaal op de proppen kwam. Toen heb ik Gabi opnieuw in haar hotel gebeld. Dat Martin ziek was, had Martina haar 's morgens al verteld. Daar heb ik het bij gelaten omdat ze nog een heel eind moest rijden. Toen ze hoorde wat er werkelijk aan de hand was, zei ze meteen: "Als Heintje die videoband heeft, neemt hij ons te grazen."'

'Welke videoband?' vroeg Klinkhammer. Met al die gedachten in zijn hoofd snapte hij niet meteen waar Reinhard het over had.

Toen hem dat te binnen schoot, zei Reinhard ook al: 'Die

stomme vlegel heeft die band in de recorder laten zitten. Ik heb hem zaterdagavond uit het huis gehaald, maar ik moest wel een poos zoeken. Hij zat niet meer in de recorder maar stond tussen de andere videobanden in de kast.'

Klinkhammer kon zijn oren niet geloven. 'Hebt u daar weer ingebroken?'

'Niks weer', corrigeerde Reinhard. 'Je mag het ook geen inbraak noemen. Ik heb even heel zachtjes tegen de poort gedrukt. Verder was het huis niet afgesloten, ik kon zo doorlopen. Een nieuw slot erin, dat is niet zo duur.'

'Neem me niet kwalijk, meneer Treber. Inbraak is inbraak, ook wanneer je alleen iets haalt wat je neefje heeft laten liggen. De poort was door de politie verzegeld. De politie dacht gisteren dat Helling was binnengedrongen. Dat dacht ik ook.'

'Nou, vertelt u hun dan maar dat ze het mis hadden. U mag mij ook best naar Keulen brengen. Zet de hele familie maar gevangen, dan zit Martin in elk geval niet op zijn eentje in de bajes. Maar ik zeg u één ding: als hem daar iets overkomt … hij maakte een stotende beweging – en van stotende mannen moet hij geheid niets hebben – dan raad ik u aan uw testament te maken.'

'Martin zit nu nog niet in de bajes', zei Klinkhammer, het dreigement negeerde hij genereus. 'Maar als die videoband nog in huis lag, zou hij betere kaarten in handen hebben.'

'Fantastisch', sneerde Reinhard. 'Nou is het mijn schuld. Waar heeft hij goede kaarten voor nodig als hij niets heeft misdreven? Daar kunnen ze toch sowieso achter komen?'

'Hij is in elk geval in het huis geweest', zei Klinkhammer. 'En Stella Helling denkt dat hij het kind weleens ontvoerd zou kunnen hebben.'

'Wat een klinkklare onzin', stoof Reinhard op. 'Die wil Gabi kapotmaken. Op zo'n kans zit ze al twee jaar te wachten. Kent u nou een goede advocaat of niet?'

Hij kende er verscheidene. Meester Niklas Brand was vermoedelijk de beste, een beetje elitair maar wel goed. Dat was vier jaar geleden wel gebleken na de arrestatie van de seriemoordenaar.

Na diens veroordeling had Klinkhammer een keer met meester Brand gesproken en hoorde toen van hem dat zijn vrouw ook advocaat was en in jeugdstrafrecht was gespecialiseerd.

Ook Reinhard leek dit echtpaar een ideale combinatie. Hij was van plan straks het telefoonnummer van het advocatenkantoor op te zoeken en te informeren of meneer en mevrouw Brand nog nieuwe cliënten konden gebruiken. Eerst wilde hij zich om zijn nichtje bekommeren. Schatje moest wel weten dat mams en Martin op het hoofdbureau van politie werden vastgehouden omdat de trouwe vriend van mams het als zijn plicht had beschouwd hen daarheen te vervoeren.

Klinkhammer bracht hem erheen om te voorkomen dat Reinhard met drie glazen cognac achter zijn kiezen achter het stuur ging zitten. Hij wilde niet mee naar binnen. Hij had Schatje nu niet recht in de ogen kunnen kijken; toen hij meteen weer wegreed, vond hij zichzelf een verrader en de grootste lafaard aller tijden.

Op politiebureau Bergheim was bij wijze van uitzondering iedereen al op de hoogte. Helling was om zeven uur met een blauw oog binnen komen lopen – hij was met Kehler meegereden – om zijn kast leeg te ruimen en uit te huilen bij zijn collega's tot ze er gek van werden. Zijn auto was in beslag genomen, had hij verteld, en zelf was hij geschorst. Terwijl er nu toch een chantagebrief was. Gisteravond had hij ook nog opgevangen dat Schöller er een puinhoop van had gemaakt en dat Klinkhammer twee mensen voor verhoor naar het hoofdbureau van politie had gebracht.

In de ogen van de korpschef was Klinkhammer daardoor weer eens de man die een schouderklopje verdiende omdat hij de arrogante collega's uit de grote stad had laten zien hoe je ingewikkelde zaken oplost. Dat hij er zich niet nader over wilde uitlaten hoe hij de *daders* op het spoor was gekomen, was net iets voor hem. Hij zette zijn licht nu eenmaal graag onder de korenmaat.

'Godzijdank', zei de korpschef. 'Dat was geen fraaie situatie. Ze gedroegen zich alsof onze mensen eropaf gevlogen waren om sporen weg te werken. Laten we nu maar met Heiner hopen dat zijn kleine meid gauw gevonden wordt, dat ze het nog goed maakt en dat hij er met dat ene blauwe oog van afkomt.'

'Ja', zei Klinkhammer en hij liep zijn kantoor in en belde zijn kennis bij de federale recherche in Wiesbaden. Het kostte hem bijna een half uur om het hele verhaal te vertellen. Martins show, het hele web van relaties, een gigantische prijs in de lotto en hoe hij persoonlijk in de zaak verstrikt was, hij wilde het geen vriendschap noemen en al helemaal geen verhouding. Het was gewoon een verplichting die hij op zich genomen had.

'Geloof je die jongen?' werd hem gevraagd.

'Ik geloof zijn oudste oom', zei Klinkhammer. 'De jongste oom zou ik ertoe in staat achten. Die is door die lui in Keulen vanmorgen ook geducht aan de tand gevoeld. Hij heeft een alibi; en andere verdachten hebben ze niet.'

'Jij wel?'

'Niemand in het bijzonder', zei Klinkhammer. 'Er zijn op het slachtoffer en op de plaats delict ook geen sporen aangetroffen van iemand die niet tot het huishouden behoorde.'

'Dan moet die schoondochter het gedaan hebben', concludeerde de buitengewoon opsporingsambtenaar van de federale recherche. 'De afdrukken van haar bebloede voeten zijn verklaard met de show die de jongen heeft opgevoerd, en een motief had ze wel degelijk.'

'Ja', zei Klinkhammer nog slechts en vervolgens belde hij Grabowski. Die kon niet meteen vrijuit spreken, noemde hem schat en paaide hem met de mededeling dat hij later wel terug zou bellen. Tot Klinkhammers verrassing belde hij drie minuten later al terug en stelde om te beginnen vast: 'Je hebt wel lef, man. Waarom heb je me gisteren niet gebeld?'

Voordat Klinkhammer daar antwoord op kon geven vervolgde Grabowski zijn verhaal. Hij had vanmorgen vroeg een opmerking van Schöller opgevangen en had nu de indruk dat hij gisteravond een grandioze vertoning had gemist. 'Die vlegel heeft een grote bek', had Schöller gezegd. 'En voordat je zijn moeder de hand schudt, kun je je handen maar beter met wijwater wassen. Maar wij zijn de inquisitie niet.'

'Je kunt je niet voorstellen hoe kwaad Schöller op je is', zei Grabowski. 'Helling is teruggekrabbeld en heeft een voor zijn vrouw zeer belastende verklaring afgelegd. Schöller was van plan haar daarmee vandaag te confronteren om haar door te laten slaan. In plaats daarvan moet hij nu op het perceel van Lutz de huiszoeking leiden.'

En omdat Grabowski erop gewezen had dat hij een dergelijke actie geen tijdverspilling vond, dat hij er zelfs vrij zeker van was dat het een onverwachte ontdekking zou opleveren, mocht de ambitieuze jonge rechercheur nu strafdienst doen op het hoofd-bureau.

'Maar ik had dus toch gelijk. Heb ik gisteren niet gezegd dat het zo zou gaan? Helling noemt dat asociale tuig met naam en toenaam en die arme mensen moeten maar zien hoe ze zich daar-uit redden.'

Hoewel Grabowski heel boos was, hoorde Klinkhammer dat het niet meer nodig was om meester Brand in te huren om al-thans Gabi uit verzekerde bewaring te krijgen. Dat zij het niet had gedaan, was geen punt van discussie, daar had ze haar *water-dichte alibi* niet eens voor nodig gehad. Ze was dertig centimeter te klein. Therese zat wel op de wc maar desondanks moest haar moordenaar, man of vrouw, ten minste een meter tachtig of nog langer zijn om haar een dergelijk zwaar letsel op die plaats te kunnen toebrengen. Stella was groot genoeg en Martin ook.

Toen Klinkhammer Reinhard wilde melden dat Gabi onder-weg naar huis was, was ze daar al, zonder Martin, maar niet alleen. 'Hier zijn ze ook in hordes komen binnenvallen', zei Reinhard, die al die tijd niet van Schatjes zijde was geweken. 'Nu willen ze ook nog zo'n rothond hierheen halen. Komt u in vredesnaam meteen deze kant op.'

'Ik geloof nooit dat de collega's me binnen zullen laten', meen-de Klinkhammer.

'Dan geloof ik dat met u mee', antwoordde Reinhard. 'Ze zijn niet in ons geïnteresseerd en ze behandelen Gabi alsof ze melaats is. We zitten alleen in de woonkamer. Dus in de benen nu. Het interesseert u vast wel wat er gisteravond gebeurd is. Van Gabi ben ik nog niet veel te weten gekomen, alleen dat Martin een grote mond opgezet heeft. Dat heeft geen goede indruk gemaakt. Ze eiste dat hij zich zo zou gedragen als u had gezegd. Vervolgens schijnt de vrouwelijke officier van justitie zowat uit haar vel gesprongen te zijn.'

't Is me wat fraais, dacht Klinkhammer. Dat zou Carmen vast als een bewijs hebben beschouwd dat ze met elkaar hadden zitten konkelfoezen. Dat verwenste rotjoch! Het was absoluut geen goed idee om naar Niederembt te rijden. Carmen zou dat alleen maar gebruiken om hem de das om te doen. Desondanks – hij kon niet anders.

Voor het huis van Gabi en de huizen van de buren was geen parkeerplaats meer vrij, alles was gebarricadeerd met voertuigen met een Keuls kenteken. Op het erf kon Klinkhammer ook niet komen met zijn auto; dat was afgesloten. Aan de overzijde van de straat stonden enkele vrouwen reikhalzend te kijken of ze een glimp konden opvangen van wat er gaande was. Voor het overkapte stuk van de muur aan de achterkant van het huis stond Schöller met een paar mannen. Twee politieagenten waren bezig de hoop schroot af te graven. Een derde agent probeerde een herdershond die verwoed aan zijn riem rukte, kort aangelijnd te houden. Het was vermoedelijk dezelfde hond die gisteren op het perceel van Therese was ingezet.

De voordeur stond open. Niemand hield hem tegen toen hij binnenging. Gabi zat op de bank, alsof ze van de wereld was. Ze droeg nog steeds haar deux-pièces, haar lange haar hing los en ze zat aan de piepkleine pareltjes van het zwarte elastieken bandje te pulken. Het leek wel alsof ze de rozenkrans zat te bidden. Af en toe wreef ze met een hand over haar maag. Van hem nam ze geen notitie.

Reinhard stond bij de terrasdeur door de gebarsten ruit over het erf uit te kijken. De deur was dicht, desondanks drong van buiten gekletter tot de kamer door en kon je duidelijk iets horen knarsen. Dat laatste geluid kwam niet van het erf vandaan.

'De anderen zijn boven', zei Reinhard. 'Laat dat, Gabi. Twee van hen halen Martina door de mangel, twee anderen keren Martins kamer binnenstebuiten. Waar ze daarbuiten naar op zoek zijn, weet ik niet.' Natuurlijk wist hij dat wel, uit de toon waarop hij sprak bleek dat hij zich niet op zijn gemak voelde.

Een van de geüniformeerde agenten klom op een verroest motorblok, bukte zich en probeerde iets te pakken te krijgen. Toen hij weer overeind kwam, had hij een klein voorwerp in zijn hand dat hij aan Schöller gaf. Het leek op een plastic zakje. Schöller wierp er een blik in en gaf het vervolgens aan een van de agenten. Intussen haalde de geüniformeerde agent een langwerpig, zwart voorwerp onder een gedeukt spatbord uit. Een tas. Ook die nam Schöller in ontvangst, hij ging op zijn hurken zitten en trok zo te zien een ritssluiting open.

Wat hij te zien kreeg, kon Klinkhammer niet onderscheiden. Hij zag alleen de hond en het gedrag van de hondenbegeleider die het dier aaide. Goed gedaan. En hij hoorde dat geknars weer. Vermoedelijk Gabi's tanden. 'Hou daarmee op, Gabi', zei Reinhard dan ook. 'Doe liever je bek open, anders doe ik het.'

Op dat moment zag Klinkhammer Schöller ineenkrimpen. Meer hoefde je niet te zien. Schöller kwam weer overeind, trok zijn handschoenen uit, haalde zijn mobieltje tevoorschijn en deed enkele stappen opzij. Nu was de tas beter te zien.

'Dat zal toch niet waar zijn zeker', zei Reinhard gesmoord. 'Dat is de tas van Heintje. Die ken ik, die heeft hij al jaren.'

Gabi reageerde niet, ze ging gewoon door met tandenknarsen. Een akelig malend geluid, alsof er glas tegen glas schuurde. Klinkhammer kreeg er kippenvel van. Maar waarschijnlijk kwam dat niet alleen door dat geluid. Chantage met afpersing, kidnapping en een dubbele moord! In Heintjes tas. Op Gabi's grond.

'Iedereen kan hier vanaf de straat zo het terrein op lopen', zei Reinhard.

Dat was wel duidelijk. Maar niet iedereen zou een reden hebben gehad om die tas uitgerekend onder de hoop schroot op Gabi's erf te verstoppen. Zat ze nou maar niet zo vreselijk te tandenknarsen. Met dat geluid in zijn oren kon Klinkhammer niet meer op een professionele manier denken; alleen nog als een man die persoonlijk bij de zaak betrokken was en al achttien jaar probeerde om het leven van een vrouw die haar *leven* verloren had, nog enige zin te geven.

Buiten zette Schöller zich in beweging, hij liep in de richting van de terrasdeur. Weer dat geknars. 'Die deur niet', zei Reinhard. Schöller maakte rechtsomkeert en liep naar de zijgevel. Hij maakte geen haast. Toen hij eindelijk in de deur van de woonkamer verscheen, bleef hij staan. Hij zag behoorlijk grauw in zijn gezicht. Zijn blik gleed over Klinkhammer; er sprak iets uit als: *dat komt er nu van.* Toen schraapte hij zijn keel en keek Gabi aan. 'Weet u wat we gevonden hebben, mevrouw Lutz?'

'Stella's baby', zei ze en op hetzelfde moment knarste ze met haar tanden; dat was toch onmogelijk?

'Die deur niet', zei Reinhard weer en hij deed een stap opzij. Pas op dat moment zag Klinkhammer dat dat akelige, malende geluid ergens anders vandaan kwam. Over de hele oppervlakte van de ruit waren fijne barstjes ontstaan. Met een mengeling van fascinatie, ongeloof en innerlijke weerstand zag hij hoe er met nog meer geknars nog meer barstjes bij kwamen. Als snel getekende lijntjes liepen ze over het glas.

'Ja', bevestigde Schöller die eveneens gebiologeerd stond toe te kijken. 'En een op een schaaktoernooi gewonnen prijsbeker met een bebloede sokkel. En een kinderbadhanddoek met capuchon, daar is het babylijkje in gerold. En sieraden in een apart zakje.'

'Verdomme nog aan toe, Gabi', zei Reinhard. 'Hou nou op met die flauwekul! Die deur krijgen we nooit meer in de oude staat.' Het volgende ogenblik sprong de ruit, buiten regende het scherven. Zelfs Reinhard kromp ineen hoewel hij het schijnbaar al die tijd had verwacht.

Een zwaarwegend motief

Schöller haastte zich naar de trap met de woorden: 'Ik ga eens kijken hoe het er boven mee staat.'

'Doe iets, meneer Klinkhammer', eiste Reinhard. 'En snel, voordat Gabi nog iets doet wat ze niet wil. Ze wil ermee zeggen dat ze het nu niemand meer kan vertellen.'

'Wat dan?' vroeg Klinkhammer met een blik op de gebarsten ruit.

'Dat Heintje Martin indertijd om het leven heeft gebracht en Resl de jongens van Schrebber om te voorkomen dat het uitkomt.'

'Wat?' vroeg Klinkhammer nogmaals; deze keer was hij er wel met zijn hoofd bij en hij sprak ook harder. 'Zegt u dat nog eens.'

'Nou ja', krabbelde Reinhard wat terug. 'Dat vermoeden we. Maar Heintje hing destijds altijd samen met de tweelingen rond zolang ze nog in Kirchtroisdorf woonden. Hij ging ook nog vaak bij ze langs toen ze naar Keulen waren verhuisd. Daarover vertelde hij altijd wanneer hij een keer van de training was weggebleven. En als er bij dat ongeluk met de snorfiets iemand een handje geholpen heeft, ga je je vanzelf een keer afvragen wie kon hebben geweten waar en hoe laat hij die jongens van Schrebber te grazen kon nemen. Dat heeft ze in haar nieuwste roman wel zo beschreven, maar we hadden absoluut niets met hen te maken. Resl verpleegde in die tijd de oude mevrouw Schrebber.'

Juist, dat had Gabi hem verteld – achttien jaar geleden. 'Waarom hoor ik dat nu pas?' vroeg hij woedend.

'Omdat ik het ook pas nu te weten ben gekomen', stoof Reinhard op. 'Vraag me niet wat er de afgelopen jaren in haar omgegaan is. Ze beweert dat ze het pas doorhad nadat ze hier was komen wonen. Ze heeft er niks van verteld, ze wilde na zo lange tijd geen heisa meer maken. Heintje was al bij de politie en Resl was allang honderdtachtig graden gedraaid. Iedereen in het dorp vond dat ze een engel van een vrouw was. Moet je dan een politieman en dat goede mens met de vinger nawijzen?'

Nee, dacht Klinkhammer, dan liet je je gewoon door Resl een kwart miljoen *opdringen* om je huis te kunnen betalen.

'Dat ze het hele verhaal nu uit haar duim zuigt om Heintje iets in de schoenen te kunnen schuiven, geloof ik niet', verklaarde Reinhard nu weer op rustige toon. 'Nu ik erover nadenk: zoals Resl zich indertijd gedroeg, dat was best verdacht. Voordien deugde Gabi in haar ogen jarenlang voor geen meter. En opeens was het: "Dat arme kind, dat kreeg ze ook nog te horen." Ze heeft een paar keer bij mij geïnformeerd of Gabi echt niet wist wie Martin in zijn auto kon hebben meegenomen. Gabi was immers maandenlang niet aanspreekbaar. En ik ben niet op het idee gekomen om Resl te vragen van wie ze weet dat Gabi de hele tijd bij de mobilofoon had gezeten. Ik dacht dat Uschi een keer in een dronken bui haar mond voorbijgepraat had. Ik bedoel, als Uschi twee jongens had ingehuurd, had ze het ook van hen gehoord kunnen hebben. Resl zei immers altijd dat Uschi de enige was die baat had bij Martins dood. Dat heb ik u ook verteld, ik weet niet of u zich dat nog kunt herinneren.'

'Heel goed zelfs', zei Klinkhammer. 'Over Resl hebt u geen woord gezegd. Waarom niet?'

Reinhard slaakte een diepe zucht. 'Heb ik toch net uitgelegd? Omdat ik het niet onmiddellijk doorhad.'

'Wist u ook niet dat Martin de vader van Helling was?'

Reinhard schoot even in de lach. 'Dat beweerde Resl, maar die lustte er in haar jonge jaren wel pap van, van de liefde. Toen ze in verwachting raakte, zat het halve dorp in de rats. Ik heb jarenlang gedacht dat het mijn kind was. Ik heb namelijk ook weleens het genoegen gehad, amper een week voor Martin. Toen ze hem voor het blok zette nadat hij Uschi eruit gegooid had, hebben we het er een keer over gehad. Toen ging Heintje al naar school en je kon zien dat hij er een van Treber was. Martin was bereid alimentatie voor de jongen te betalen als Resl kon bewijzen dat het inderdaad zijn zoon was. Dat heb ik haar ook aangeboden. We waren allebei bereid een vaderschapstest te laten doen. Toen krabbelde ze terug. Ze wilde geen geld. Ze wilde Martin. Hij was nou eenmaal de knapste van ons tweeën.'

Met andere woorden: Martin was inderdaad Gabi's halfbroer. En Reinhard had dat al die tijd geweten en het desondanks goedgevonden dat Gabi acht jaar lang ... Het was nu echter niet het goede moment om daarop door te gaan. 'Dat is een veel doorslaggevender motief dan dat gedoe met die film', zei Klinkhammer slechts.

'Dat vindt Gabi ook', stemde Reinhard in. 'Maar Martin zou niet zo stom zijn geweest om bij zijn eigen huis iets te verstoppen wat niemand mocht vinden. Dat kunt u zelf ook heus wel bedenken.'

Wat je zelf ook wel kon bedenken, telde in zulke situaties niet. Klinkhammer twijfelde op dat soort momenten aan zijn eigen verstand. Hij ging eindelijk achter Schöller aan naar boven en herhaalde de woorden van Reinhard in de richting van het voor hem liggende erf. Iets beters schoot hem niet te binnen nu hij zo onder de indruk was van de kapot springende ruit en van wat hij zojuist had gehoord.

Schöller gaf hem ook nog gelijk. Iedereen kon inderdaad op het erf komen, maar wie kon er in Martins kamer komen? Daar was al het een en ander in beslag genomen. Prittstiften en blocnotes met hetzelfde soort blaadjes als het vel papier waarop de eis om losgeld geplakt was.

'Dat zijn schoolbenodigdheden', zei Klinkhammer. 'Die kun je in elke kantoorboekhandel kopen.' Vervolgens vertelde hij nog over de voetbalwedstrijd toen Helling had gezien hoe Martin na een vermeende overtreding voor het doel was gevloerd.

'Dat moet u mij niet vertellen, collega', sommeerde Schöller hem geïrriteerd. 'Vertelt u dat maar aan mevrouw Rohdecker. Zij denkt dat uw protegé de dader is en ze is al onderweg naar hier. Wat is er met die vrouw aan de hand?'

'Het kwam gisteren als een donderslag bij heldere hemel voor mevrouw Rohdecker', zei Klinkhammer. 'Het was haar niet bekend dat ik al vrij lang ...'

'Nee, ik bedoel met mevrouw Lutz.'

'O, dat', zei Klinkhammer onbeholpen. 'Stress, denk ik. Ze doet dat niet met opzet.' Hij had geen idee wat hij er verder nog over zou moeten zeggen. In vredesnaam nu geen woord over Martin Schneider en Gabi's *vermoeden*. Al het andere was niet aan Schöller besteed, vond hij.

En aan Carmen nog minder. Bij binnenkomst was ze nauwelijks milder gestemd dan de avond daarvoor. Ze trok maar enkele minuten voor hem uit. Onder vier ogen in een hoekje op het erf. Ze had er schijnbaar ook geen behoefte aan om bij Gabi te gaan zitten.

Hij vroeg zich af wat er op het hoofdbureau was voorgevallen nadat Carmen hem eruit had gezet. Onwillekeurig zag hij de eerste filmscène voor zich: Romy rende door de gang en achter haar ontploften de neonbuizen. Krankzinnig. Als hij niet met zijn eigen ogen had gezien hoe die ruit barstte, zou hij het nooit hebben geloofd. Maar Ines had jaren geleden al gezegd …

Wat Carmen zei, hoorde hij maar half. 'Had ik je gisteren niet iets geadviseerd?'

'De jongen …' stak hij van wal, hij wist nog helemaal niet wat hij wilde gaan zeggen en werd ook meteen in de rede gevallen.

'Die *jongen* is een verdomd arrogante vlegel en hij is graag bereid nog een poosje van onze gastvrijheid te genieten. Hij vindt het ontzettend spannend om eens van zeer dichtbij mee te maken hoe slecht wij in staat zijn een ernstig misdrijf op te lossen. Hij heeft ons college gegeven over technisch recherchewerk; dat had hij vermoedelijk uit de laatste roman van zijn moeder. Wat ik van haar moet vinden, weet ik nog niet. Maar ik ben geneigd het met Stella Helling eens te zijn. Ze is tot alles in staat.'

'Lieve hemel, Carmen', zei hij. 'Therese Helling heeft haar een kwart miljoen geleend.' Van plan geweest haar dat bedrag te schenken? Als afkoopsom? Zwijggeld. Dat vertelde hij maar liever niet.

'Juist', zei Carmen. 'En zij staat nog voor twee ton in het krijt. Een schuldbekentenis is er niet. Nu hoeft ze zich geen zorgen meer te maken over de terugbetaling. En denk jij nou maar alleen aan jezelf en aan je baan. Als ik kan bewijzen dat die knaap het gedaan heeft, zit jouw langste tijd als leider van het opsporingsteam erop. Is je dat niet duidelijk? Iemand die de baby heeft meegenomen, moet het kind hebben vastgepakt, dus moet er sprake geweest zijn van lichamelijk contact. Dat onderzoek levert gegarandeerd bewijsstukken op. Wanneer we dat hebben geanalyseerd …'

'Dat duurt echter een paar dagen', viel hij haar in de rede. 'Je kunt een achttienjarige jongen zonder steekhoudend bewijs niet zo lang in de cel laten zitten.'

'Waarom niet? Ben je bang dat je vriendin ondertussen de tent afbreekt? Daar zit ik niet mee, het is haar huis.'

Hij liep de woonkamer weer binnen en zou Gabi met liefde de mantel uitgeveegd hebben. Maar ze zat daar nog steeds als versteend met die piepkleine pareltjes op haar schoot. En hij zag haar in haar woning in bad liggen, bijna doodgebloed in het bloedrode water. Zag Martin Schneiders bebloede hoofd uit de Audi hangen en zag die gapende jaap in zijn keel. En wie dat ook op zijn geweten had, wie Martin en haar ook van het leven had beroofd, het was een man die vrij rondliep – misschien zelfs iemand in uniform. Helemaal ongerijmd was het niet wat Reinhard zo-even had verklaard.

Tot vier keer toe zei hij iets tegen haar, ze scheen het absoluut niet te horen. Pas toen Reinhard haar op haar schouder tikte, keek ze op. 'Meneer Klinkhammer wil weten of hij iets voor je kan doen.'

'Hij heeft gisteren al meer dan genoeg gedaan', antwoordde ze. 'Waartoe zijn collega's in staat zijn heb ik al eens meegemaakt. Deze keer doe ik het zelf. Ik heb Heintje vaak genoeg gewaarschuwd. Nu zal ik hem eens laten zien wat het betekent als je het liefste wat je hebt kwijtraakt. Ik rij linea recta naar het ziekenhuis en …'

'Laat zijn vrouw nou met rust', eiste Klinkhammer op een toon die ze nog nooit van hem had gehoord.

Ze keek verbaasd op en begon te glimlachen. 'Ai, er is Arno dus net een groot licht opgegaan. Denk je soms dat ik haar het bed uitgooi zoals ik Uschi van de trap heb gegooid, hoewel ik op dat moment op een feestje was? Ik zou best in staat zijn haar aan te kijken en haar hersenen door de kamer te laten spatten. – Och nee', ze sloeg met haar vlakke hand op haar voorhoofd. 'Dat kan alleen Martin. Ik zal weer een mes moeten laten rondvliegen. Of ik breng haar ertoe om uit het ziekenhuis te ontsnappen en zich voor een vrachtwagen te gooien. Bij die rothond van Uschi is dat ook prima gelukt.'

Klinkhammer wist niet wat hij van die mededeling moest denken. Als het ironie was, was ze alweer enigszins de oude. 'Weet Martin dat je Helling verdenkt?' vroeg hij en daarmee doelde hij uiteraard op haar zoon.

Maar ze zei: 'Hij verdenkt hem niet alleen. Hij zat in de auto, ik zat enkel bij de mobilofoon.'

'En een van de jongens heeft tegenover jou bevestigd dat hij voorzichtig reed', bracht Klinkhammer haar in herinnering. 'Was dat Helling?'

Ze haalde haar schouders op. 'Dat weet ik niet. Ik kende zijn stem toen hij nog klein was. Ik weet hoe zijn stem klinkt nu hij volwassen is. Maar toen hij een jaar of vijftien, zestien was, had ik niets met hem van doen. Als Martin *jochie* had gezegd, had ik meteen geweten wie hij bedoelde, maar dat zei hij niet. *Haal nou geen flauwekul uit, jongen.* Die zin hoor ik nu nog. Is het flauwekul als je gekeeld wordt? Nee, dat is moord, Arno. En als Heintje het heeft gedaan, was Resl ervoor verantwoordelijk. Uit zichzelf is hij vast niet op dat idee gekomen. Ze heeft hem net zo lang opgehitst tot hij mij van mijn leven beroofde. Nu heb ik mijn zoon ertoe aangezet om haar en de kleine meid meteen ook van het leven te beroven. Nu staan we echt quitte. Dat sta jij toch net te denken. Ik kan namelijk niet alleen scherven maken als ik in een dergelijke stemming bent, ik kan ook gedachten lezen. Ga het maar tegen je collega's vertellen of tegen dat loeder van het Openbaar Ministerie. Nou vooruit, waar wacht je nog op, Arno? Doe je plicht en zorg dat je iemand vindt die het lef heeft om me nu te arresteren. Ik vermoed dat ze liever een exorcist roepen.'

Toen barstte ze in schaterlachen – of in tranen uit. Klinkhammer had niet kunnen zeggen wat het was, hij zag alleen dat ze een paar tranen van haar wangen veegde terwijl ze hortend uitbracht: 'Waarom heb ik die vijftigduizend aan haar overgemaakt? Ze wilde het geld toch niet terughebben. Ze wilde me twee miljoen geven. Terwijl ze heus niet serieus kan hebben gedacht dat ik haar aan die prijs in de lotto heb geholpen. Wie ben ik nou helemaal? Ik ben Jezus toch niet. Ik kan met Martin leven, maar ik kan hem zijn leven niet teruggeven. Ik was niet in staat het te houden, het was bloedgeld. Ik kan iemand vergeven, maar ik laat me er niet voor betalen.'

'Hoe kom je erbij dat Helling het gedaan heeft?' vroeg Klinkhammer. 'Heb je dat gewoon maar op grond van bepaalde gegevens geconcludeerd?'

Ze schudde haar hoofd en verklaarde: 'Martin heeft me dat van meet af aan gezegd. Maar dat deed hij niet in duidelijke bewoordingen, hij zong me altijd alleen het liedje van de arme jongen met de snotneus voor.' Ze haalde haar neus weer op en zong een regel: 'And a hungry little boy with a runny nose.' Daarna vervolgde ze: 'Dat was Heintje. Hij liep zomer en winter zonder jas rond omdat hij voortdurend wegglipte bij zijn grootouders om met Bernd te spelen. Zeg het hem, Reinhard. Jij hebt het ook zo dikwijls gezien. Heintje was continu verkouden. Wij niet, wij waren gehard.'

Aan Reinhards gezichtsuitdrukking was duidelijk te zien wat hij van die informatie vond. Blijkbaar had hij nog niet gehoord hoe ze het was gaan doorzien.

'Ik heb niet begrepen wat Martin daarmee wilde zeggen', vervolgde ze. 'En toen heeft Resl zichzelf verraden. Nadat Heintje Stella had leren kennen, kwam zij een keer bij me op de koffie. Ze had van hem gehoord dat ik Stella kende en wilde weten met wat voor soort vrouw hij omging. Daarna vroeg ze me of ik nog steeds scenario's schreef. Ik heb haar verteld dat ik ook aan *Zuster van de dood* werkte en dat het een waarheidsgetrouwe versie van *Romy's schim* moest worden. Meer heb ik niet gezegd, enkel: een waarheidsgetrouwe versie. Dat heeft ze schijnbaar verkeerd begrepen. Ze verbleekte en vroeg: "Waarom laat je die oude koeien niet met rust? Bij de waarheid is immers niemand meer gebaat. En ondertussen gaat het toch goed met je." Toen begon ik het een en ander met elkaar te combineren. Waarom had Martin me niet gezegd dat slechts een van beide jongens in Kirchtroisdorf was uitgestapt? Opeens was het doodsimpel. Omdat hij me niet wilde zeggen dat hij Heintje nog gauw even thuisbracht. Dat vond hij niet prettig.'

Een half uur later zat Klinkhammer weer aan zijn bureau met de oude foto van een motor in een grote plas bloed op zijn netvlies en Reinhards stem in zijn achterhoofd. *Doe iets voordat Gabi nog iets doet wat ze niet wil.*

Hij kon vandaag niets meer doen, hij was niet eens meer in staat enigszins zinnig te denken, hij kon alleen maar telefoneren. Nogmaals met zijn kennis in Wiesbaden, die over de tas in de hoop schroot precies dezelfde opvatting had als Reinhard. Wat hij van die kapot springende ruit moest denken, wist hij niet. 'Zomaar uit zichzelf?'

'Nou ja, er zat eerder al een barst in', zei Klinkhammer.

Daarna belde hij Grabowski weer. Het was hem al ter ore gekomen dat Schöller de voorspelde ervaring had gehad. Of er nog steeds een politieman in het ziekenhuis bij Stella Helling voor de deur zat, was Grabowski niet bekend. 'Waarom?' informeerde hij. 'Van vluchtgevaar is eigenlijk geen sprake. Ze kan immers niet lopen. Dat ze zelf gevaar zou lopen, zie ik ook niet, u soms wel?'

Klinkhammer zag alleen maar Gabi voor zich, hoorde haar lachen of huilen en hoorde haar woorden. Ironie of een bekentenis? '... *zoals ik Uschi de trap af heb gegooid ... bij die rothond van Uschi is dat ook prima gelukt.*' Indertijd had ze gezegd dat ze die te grazen genomen had, maar toen had ze hem niet uitgelegd hoe ze dat had gedaan. Daar had hij haar ook niet naar gevraagd. En nu wilde ze Heintje te grazen nemen, hem het liefste wat hij had afnemen. Nadat Helling zijn moeder en zijn dochtertje verloren had, kon daar uitsluitend nog zijn vrouw mee bedoeld zijn.

Een zenuwslopende wedstrijd

Zo ongeveer rond dezelfde tijd kwam Heiner dinsdag Stella's kamer in het ziekenhuis binnen en dacht dat Stella gek geworden was. Hij was nog maar net bij haar bed of ze hing al om zijn nek. En terwijl ze met beide handen zijn hoofd omvat hield, trok ze bijna de haren uit zijn hoofd en stamelde: 'Waar was je gisteren?'

'Ze hebben me vastgehouden op het hoofdbureau', zei hij. 'Dat zat er ook dik in nadat jij hun had verteld dat ik jou andere kleren aangetrokken heb.'

'Het spijt me', snikte ze. 'Ik weet dat het fout van me was. Maar ik dacht dat je dood was. En die vrouwelijke officier van justitie ...'

Ja. Die had hij zelf meegemaakt. En wat stelde dat ene foutje nou voor in vergelijking met alle fouten die hij had gemaakt? 'Het is al goed', interrumpeerde hij haar gejammer. 'Ik was van plan je gistermorgen te bellen maar ik kon je niet bereiken. Toen ze me eindelijk lieten gaan, was het al te laat om nog hierheen te komen. Ik had ook geen auto meer en moest er vanmorgen eerst een gaan huren.'

Dat had hij kort na acht uur gedaan en daarna had hij zijn uniformen naar de stomerij gebracht. Vervolgens was hij naar Niederembt gereden, had vanaf een veilige afstand de oprit naar Gabi's erf geobserveerd en de massale politie-inzet gezien.

De vorige avond had hij beslist niet meer bij Stella langs willen gaan, zo woedend was hij toen. Daar kwam nog de verstikkende angst bij dat hij nu pas goed in de fout was gegaan omdat hij niet één lijn met haar had getrokken. De hele nacht had hij zich afgevraagd voor wie hij dit allemaal op zich had genomen.

Sinds dat afschuwelijke mens van Rohdecker hem het bandje met dat krankzinnige gezwets van haar had laten horen en het rapport van het regionale forensisch laboratorium had voorgelezen: ontlasting van de kleine meid op het T-shirt, zag hij Stella met de ogen van zijn collega's. Hoe ze donderdagochtend op de bank had gelegen, zo weerzinwekkend dat ze haar waarschijnlijk alleen met een tang zouden hebben aangepakt. Vermoedelijk wist nu iedereen op het bureau dat hij met een slons getrouwd was.

Nu zag ze er eigenlijk best netjes uit met haar gewassen haren en een schoon nachthemd aan, maar haar gezicht was opgezwollen en ontsierd door de sporen van de kattenpoot, haar ogen rooddoorlopen van de tranen die ze had vergoten. Hij kon zich indenken hoe ze zich die maandag gevoeld moest hebben. Maar was het hem beter vergaan? Bepaald niet.

En het was niet meer de vrouw die met haar doortastendheid indruk op je maakte. Ze was net zo'n wrak als Lutz en Uschi waren geweest. Dat hij daar zelf toe had bijgedragen met zijn wrok jegens Gabi en met zijn verhalen over de heks en met de flessen rode wijn waaraan ze via hem pas gewend was geraakt, besefte hij niet. De schuld lag altijd uitsluitend bij anderen.

In november 1983 was het mama's schuld geweest met haar door haat ingegeven tirades. Een lastercampagne van acht jaar en desondanks maar blijven hopen, elk jaar dat verstreek. Omdat Gabi immers elk jaar ouder werd en als jonge volwassen vrouw misschien anders over bloedschande zou denken dan als de tiener die zich uitverkoren voelde dat ze met Martin het bed mocht delen. En omdat Martin vast en zeker tot inkeer zou komen als Gabi hem liet zitten. Omdat hij dan gegarandeerd terug zou vallen op de vrouw die zijn zoon ter wereld had gebracht.

Vervolgens mama's tranen en een woede-uitbarsting die zijn weerga niet kende. 'Nu wil die smeerlap toch gaan scheiden en met dat vervloekte kreng trouwen. Dat loeder moesten ze de strot af snijden.'

Hij snapte maar al te goed dat mama met *dat loeder* het kreng bedoelde en niet de smeerlap. Hij zou ook beslist liever Gabi met het scheermes van zijn opa de keel hebben afgesneden – omdat ze hem zo vaak had weggestuurd als hij met Bernd wilde spelen. Omdat haar optreden tijdens die bonte avond hem zijn applaus had gekost. Maar ja, zij kwam niet elke nacht op het centraal station.

Desondanks was zijn vader nu nog in leven geweest als hij niet de hele rit breed had zitten opgeven van zijn *Romy*. De laatste kilometer had Heiner het gewoon niet langer kunnen uithouden. Alleen al het idee dat hij mama zometeen zou moeten opbiechten dat hij haar hartewens niet in vervulling had kunnen laten gaan, terwijl die smeerlap en het loeder toastjes met zalm aten, champagne dronken en met elkaar in de koffer kropen.

Daarna was mama pas goed razend geweest. 'Ben je gek geworden? Hoe kon je hem … en dan ook Heiko nog meenemen … Was je te laf om alleen in die auto te stappen? Wat moet ik nu toch doen?'

Nou, ze had goed geweten wat ze moest doen. 'Je gaat vandaag niet naar school. Je hebt de hele nacht met koorts in bed gelegen, knoop dat goed in je oren. Heiko is mijn zorg.'

Ze had vervolgens ook Axel Schrebber voor haar rekening moeten nemen omdat die met zijn broertje op de snorfiets zat. Heiner vermoedde zelfs dat de oude mevrouw Schrebber een paar dagen later ook uitsluitend om veiligheidsredenen het leven had gelaten, en niet van emotie en verdriet over de dood *door een ongeval* van haar kleinzoons. Als mama daar destijds toe in staat was geweest, dan zou ze de drugsscene van Keulen waarschijnlijk stevig hebben uitgedund en ook nog de ouders van de tweelingbroertjes uit de weg hebben geruimd. In november 1983 was ze een furie geweest.

Noodgedwongen ging hij bij Stella op bed zitten omdat ze maar om zijn nek bleef hangen. Minuten later pas liet ze hem los, ze voelde waarschijnlijk dat zowel zijn stem als zijn gedrag anders dan anders waren. Het lukt hem deze keer niet zijn ware gevoelens te verbergen; dat wilde hij ook niet. Ze moest beseffen wat ze met haar idioterie had aangericht.

Eindelijk merkte ze de blauwrode zwelling onder zijn linkeroog op. 'Wie heeft jou geslagen?'

'Een van Gabi's broers.'

'Ben je bij ze geweest?' Dat scheen indruk op haar te maken. 'Hebben ze je verteld waar de kleine meid is?'

'Dat wisten ze niet. Ik heb je toch verteld dat ze daar niets mee te maken hebben? Waarom heb je dan toch een bezwarende verklaring tegen Gabi afgelegd? Waar was het voor nodig om ook nog te vertellen wie mijn vader was? Mochten ze je daar opnieuw over verhoren: je hebt het niet van mama gehoord. Gabi heeft het je verteld. En mama heeft het tegengesproken.'

'Waarom?' vroeg ze.

'Omdat nu alles afhangt van de vraag wie ze geloven', zei hij. 'Ik was gisteren gedwongen om mijn verklaring te herzien. Dat begrijp je hopelijk. Ze komen je vast en zeker nog een keer over die werkkleren ondervragen. Geef maar geen antwoord als je niet voor mij wilt liegen.'

Toen kort na het middaguur de deur openging, had hij haar zover dat ze precies wist hoeveel er afhing van de vraag of ze haar verklaring van gisteren zou herroepen. Bermann en Lüttich, die hem gistermiddag zijn autosleutels hadden afgenomen, kwamen binnen. Stella keurden ze beiden bij wijze van begroeting slechts een vaag knikje waardig. Lüttich wendde zich onmiddellijk tot hem. 'We moeten u verzoeken met ons mee te komen, meneer Helling.'

Heiner voelde zijn hart sneller kloppen. En zij jankte als een hond die een trap heeft gekregen. 'Nee, mijn man blijft bij mij. Hij heeft niets gedaan. Ik heb gisteren gelogen. Ik heb me in de kelder bij de wasmachine zelf omgekleed. Maar ik weet niet waar ik mijn vuile kleren heb gelaten. Ik was stomdronken en kan me niet herinneren …'

De mannen vonden haar uitbarsting zichtbaar vervelend. 'Het gaat uitsluitend om identificatie', zei Bermann. 'We hebben een sporttas gevonden. Wellicht betreft het de tas van uw man.'

'Alleen de tas?' vroeg Heiner.

'Nee, ook sieraden. Gaat u nu alstublieft mee.'

Op de gang werd Heiner met de gebruikelijke spijtbetuigingen meegedeeld dat ze naar Keulen moesten. De sporttas inclusief inhoud was naar het forensisch lab gebracht. Hij huilde de hele rit, niet aan één stuk door, telkens opnieuw barstte hij in tranen uit. 'Ik hoopte zó vurig dat mijn dochtertje nog zou leven – hoe ze ook is – waar is ze gevonden?' Hij kreeg slechts ontwijkende antwoorden. Het hoe moest nog worden vastgesteld, zeiden ze. Over de plaats waar ze gevonden was, wilden ze niets zeggen, hoefden ze ook niet, dat wist hij wel.

Ergens op een kantoor kreeg hij de sieraden te zien. Ze kwamen overeen met de sieraden op de lijst. De prijsbeker met de bebloede sokkel waaraan zelfs nog enkele haren vastgekleefd zaten, hoefde hij niet als zijn eigendom te identificeren. Zijn naam stond op de plaquette. Ten slotte lieten ze hem de badhanddoek zien die in een doorzichtige plastic hoes zat; in die handdoek hadden ze het lijk van zijn dochtertje aangetroffen. Op de capuchon was een motief geborduurd, een roze teddybeer die nu zwart verkleurd was.

Ze lieten hem geen blik meer op de kleine meid werpen, hoewel hij verzocht haar nog eens te mogen zien. Hij moest slechts de opvallende lichamelijke kenmerken noemen; Bermann vergeleek deze vervolgens met de documenten die ze in het kinderziekenhuis hadden opgehaald.

Daarna brachten ze Heiner niet terug naar Bedburg, maar naar het hoofdbureau van politie. Door Carmen Rohdeckers overhaaste beslissing was er verzuimd van de verklaring die hij gisteren had afgelegd volgens de voorschriften proces-verbaal op te maken. Lüttich en Bermann deden dat alsnog, ze lieten hem tot in detail beschrijven hoe het er in huis uitzag, wat Stella aanhad en wat ze zou hebben gezegd toen hij op 22 april om half acht 's morgens van zijn werk gekomen was.

Toen hij het proces-verbaal eindelijk had ondertekend, liep het tegen zessen. Evenals de vorige avond moest hij een taxi nemen. Maar deze keer liet hij zich naar het ziekenhuis brengen. Stella lag met een zeer behuild gezicht in bed. Terwijl hij in Keulen vastgehouden werd, had Schöller haar door de mangel gehaald, hij had haar uitgelegd dat haar eigen man ernstige aantijgingen tegen haar had geuit en dat ze zich vast opgelucht zou voelen als ze een bekentenis aflegde. Waar ze de kleine meid hadden gevonden, wist ze niet. Schöller had haar alleen verteld dat het kind geen kleertjes aanhad, uitsluitend een luier droeg.

'Dan heb ik het 's avonds toch goed gehoord dat Therese zei dat ze een schone luier moest hebben', snikte ze. 'Ik dacht al dat ik me dat had ingebeeld. En er moet iemand bij zijn geweest toen ze Johanna uit de stoel heeft gepakt. "Heb jij die herrie gemaakt?" vroeg ze en: "Wat zie jij eruit!" Zo praatte ze nooit tegen Johanna. Voordien heeft ze ook iets over de Russen gezegd. En volgens mij kreeg ze antwoord.'

Hij had gehoopt dat ze dat vergeten was, maar dat was dus niet zo. 'Heb je dat aan Schöller verteld?' vroeg hij.

Ze knikte en veegde met de rug van een van haar handen over haar opgezwollen oogleden. 'Ik heb het gisteren ook tegen de officier van justitie gezegd. Maar ze geloofden me niet. Geloof jij me? Ik zou Johanna nooit iets hebben kunnen aandoen. Ik wilde immers echt niet dat ze zou overlijden.'

'Dat weet ik', zei Heiner en hij probeerde te weten te komen wat ze verder nog had verteld. Niets van betekenis, ze had alleen de passages in haar verklaring van gisteren herroepen die voor hem belastend waren. Daarna nam hij afscheid omdat haar gehuil hem tegen de borst stuitte en hij nu eerst in alle rust moest nadenken.

De halve nacht lag hij klaarwakker bij Ludwig op de bank en vroeg zich af waarom de heks haar mond had gehouden. Ze wist het immers. Dat van Martin, had mama drie jaar geleden beweerd, en ze had er met klem op gewezen hoe dankbaar ze Gabi moesten zijn omdat ze begrip toonde. Pas heel geleidelijk aan drong het tot hem door dat Gabi kon vertellen wat ze wilde; dat vermoedelijk geen mens haar na ruim twintig jaar en zonder een spoor van bewijs zou geloven. Misschien was toch nog niet alles verloren.

Vroeg in de ochtend kreeg Heiner al bericht dat hij zijn auto kon komen ophalen. Dan kon hij de huurauto weer terugbrengen. Ook het huis en mama's lichaam werden eindelijk vrijgegeven. Daarom had hij na de middag maar weinig tijd om bij Stella op bezoek te gaan. Ze huilde nog steeds om de kleine meid. Maar er was nog niemand bij haar geweest om haar verder onder druk te zetten en haar een bekentenis af te dwingen. Een goed teken? Voor haar misschien wel, voor hem niet.

's Middags besprak hij met een begrafenisondernemer alle details met betrekking tot de uitvaart. Hem stond een dubbele begrafenis voor ogen, daarom kon hij nog geen datum afspreken, want eerst moest het lijkje van de kleine meid worden vrijgegeven. Alleen de details regelde hij: tweehonderd rode rozen in plaats van de takjes maagdenpalm die bij dergelijke gelegenheden vaak in het open graf werden gegooid. Nee, liever driehonderd rozen, het zou vast een heel drukke uitvaart worden. Vijfhonderd rouwbrieven plus een grote annonce in beide kranten en in het gratis huis-aan-huisblad dat wekelijks bij alle huishoudens in de regio in de bus viel.

Het merendeel van mama's patiënten had vast geen krant. Die konden dan in het huis-aan-huisblad lezen dat twee geliefde mensen Heiner ten gevolge van een brute misdaad waren ontvallen. Stella's naam liet hij vooralsnog niet in het lijstje rouwende familieleden opnemen. Als zou blijken dat de afdeling moordzaken en het Openbaar Ministerie zich nu in de heks en dat brok galgenaas van haar vastbeten, zou hij dat verzuim alsnog herstellen.

Toen hij na zijn bezoek aan de begrafenisondernemer het ziekenhuis weer binnenkwam, sliep ze en van tikjes tegen haar wangen en de beproefde kneepjes in haar arm werd ze niet wakker. Van een verpleegkundige hoorde hij dat er een dame bij haar was geweest. Ze was hysterisch gaan gillen en ze hadden haar een kalmeringsmiddel moeten geven. Hij veronderstelde dat ze opnieuw door de hoofdofficier van justitie was verhoord.

Op weg naar huis kocht hij een fles grappa. In de oude ser-vieskast in de schuur stond nog een blik van het uiterst giftige bestrijdingsmiddel dat mama jaren geleden had gekocht voor de tuin, maar dat ze uiteindelijk toch maar niet had gebruikt. De rechercheurs hadden het blik niet weggeruimd, daar had hij zich al van overtuigd. Geheel smaakloos was het gif waarschijnlijk niet, maar in grappa viel een ongewone smaak niet zo erg op.

De theorie van het Openbaar Ministerie

Over de veiligheid van Stella Helling maakte Arno Klinkhammer zich die woensdag geen zorgen meer. Na een gesprek met zijn vrouw was hij 's nachts tot het inzicht gekomen dat Gabi in het ziekenhuis waarschijnlijk uitsluitend over Martin en Heintje had willen praten. 's Middags kreeg hij vervolgens te horen dat hij zich nu ook eerder zorgen moest maken over Gabi's zoon. Kalle Grabowski gebruikte zijn lunchpauze om hem over de stand van zaken bij te praten.

Het zag er voor Martin niet best uit. Wel had de advocate die Gabi meteen voor haar zoon had ingehuurd, hem dinsdagmiddag al uit voorlopige hechtenis weten te krijgen en het als een gotspe betiteld dat ze hem überhaupt zo lang in voorlopige bewaring hadden gehouden. Een jongere! Die nog nooit met justitie in aanraking was gekomen, een geregeld leven leidde en een vaste woon- en verblijfplaats had. Vooralsnog waren er geen bewijzen dat hij dit misdrijf op zijn geweten had, enkel een motief dat er volgens mevrouw meester Brand met de haren bij gesleept was. En een theorie die op basis daarvan in elkaar was geflanst.

Zozeer met de haren erbij gesleept als Klinkhammer – en Grabowski – graag zouden hebben gezien, waren die theorie en dat motief echter niet. Zelfs wanneer je niets van Martin Schneider en van Gabi's *vermoeden* afwist en je dus ook niet op het idee kwam dat zij haar zoon ertoe had aangezet om met gelijke munt terug te betalen, hadden ze genoeg redenen. De nog openstaande tweehonderdduizend euro van de *lening* was een overtuigend motief. Er waren wel mensen voor minder geld om zeep geholpen. En wie geloofde er nu dat Therese Gabi dat kwart miljoen had willen schenken? Maar of Gabi haar zoon opdracht tot moord en ontvoering had gegeven om op die manier van haar schulden af te komen en nog eens zwaar te verdienen, viel pas te bewijzen als zij of Martin hun mond opendeden, vermoedelijk nooit dus.

Martin kon het plan voor hetzelfde geld zelf hebben bedacht of door zijn grootdoenerige jongste oom op het idee zijn gebracht. Bernd Treber had dat uiteraard in alle toonaarden ontkend maar – toen hij zelf flink onder druk werd gezet – had hij verklapt dat Martin donderdagmiddag na de moord op internet op zoek was geweest naar een tweezitssportwagen. Een kleine Porsche zou wel naar zijn gading zijn, had hij gezegd. Daar zou *mams* zich misschien wel bij neerleggen, had hij tegen Bernd gezegd, want zo'n autootje bood toch geen plaats om andere jongens op de achterbank mee te nemen.

Voor het Openbaar Ministerie was de zaak daarmee volkomen duidelijk. Een achttienjarige knaap die voor vol aangezien wilde worden, die gewend was dat hij de vrouwtjes om zijn vinger kon winden, wiens moeder eindelijk fatsoenlijk verdiende zodat het gezin zich wat kon permitteren als die schuld er niet was geweest.

Dat ook Therese zich door zijn charme had laten inpakken, trok niemand in twijfel. Integendeel, ze gingen er zelfs van uit dat ze hem als tussenpersoon had willen inschakelen om zijn moeder, die niet bereid was te betalen, tot betaling te manen. Uiteindelijk was ze ruim twee uur bij hem geweest nadat ze mevrouw Müller had verpleegd. Dat ze hem had gevraagd haar een bijzondere dienst te bewijzen en hem in ruil daarvoor een auto had beloofd, geloofde echter niemand, hoewel Anni Neffter had bevestigd dat Therese van plan was geweest haar oude Polo te kopen. Maar een ervaren verpleegkundige kende heus wel betere methoden om haar aan de alcohol verslaafde schoondochter te genezen dan een jongeman inhuren voor een shocktherapie.

'Het zou best kunnen dat ze andere methoden kende', zei Klinkhammer. 'Maar als het op shocktherapieën aankwam, wist ze van wanten. Achttien jaar geleden heeft ze de man van mevrouw Lutz een shocktherapie voorgeschreven.' Hij vertelde kort over de oude foto van de motor in een plas bloed.

Dat was een interessant facet, maar het was veel te langgeleden gebeurd om het Openbaar Ministerie te kunnen overtuigen, meende Grabowski, en hij vervolgde zijn verhaal: het Openbaar

Ministerie dacht dat Therese gedurende die twee uur op Martins invloed had vertrouwd en dat ze hem duidelijk gemaakt had dat ze hoe dan ook de resterende twee ton terug wilde hebben. Dat Martin toen in woede ontstoken was. Van een woedende achttienjarige knaap kon je je vier stevige klappen evengoed voorstellen als van een nijdige schoondochter.

Na het vertrek van Therese was Martin op zijn fiets gesprongen en naar zijn jongste oom gereden; hij had het probleem met hem besproken en ze hadden de volgende oplossing bedacht: de schuldeiseres naar de andere wereld helpen – en wel op zo'n manier dat de schoondochter zou worden verdacht. Bernd Treber was vervolgens naar de kroeg gegaan en was daar lang genoeg gebleven om er zeker van te kunnen zijn dat niemand hem iets kon aanwrijven.

Dat Therese voor haar dood nog bijna een uur met huize Lutz had getelefoneerd en Martin waarheidsgetrouwe informatie over haar schoondochter en het gezin van de buren had gegeven – waarom zou ze hem dat allemaal niet hebben verteld? Ze zag geen enkel gevaar in hem.

Aangetoond was dat het gesprek om zes over twaalf was beëindigd. Met de fiets kostte het zeven minuten om van huize Lutz naar huize Helling te komen. Dat kwam dus overeen met de tijd die Thereses verbrijzelde horloge aangaf. Maar om half een had Martin met zijn zusje weer om de telefoon geknokt. Martina's vriendje had dat door de telefoon gehoord en het verhaal bevestigd. Nu kon je denken dat de jongeman – precies zoals Martins hele familie – voor hem had gelogen. Maar je kon er voor hetzelfde geld van uitgaan dat Therese op een later tijdstip was doodgeslagen.

De forensisch patholoog-anatoom die sectie had verricht, had het tijdstip slechts kunnen schatten. Met ieder uurwerk kon je knoeien. En een duur, niet waterdicht horloge deed je waarschijnlijk af als je een baby waste. Dus had Martin het horloge in een onbewaakt moment misschien gepakt en de wijzer naar achttien over twaalf teruggedraaid.

Om twee uur 's nachts gaf Therese het kind altijd een schone luier en de fles. Op dat tijdstip had Martin, zoals hij zelf had verklaard, als geest verkleed door het huis rondgewaard en toen had Stella hem ook gezien. Bovendien had hij tijdens zijn show overduidelijk sporen achtergelaten. Vezels van zijn geestkostuum op de bank, op beide gemakkelijke stoelen en op de vloerbedekking.

'En op de bovenverdieping?' vroeg Klinkhammer. 'Is daar sinds zaterdag nog iets veranderd? Is er met de sporen geknoeid?'

'Voorzover ik weet niet', antwoordde Grabowski. 'Maar dat zegt niets ten gunste van de zoon van een vrouw die in haar romans uitgebreid beschreven heeft hoe je de politie te slim af kunt zijn. En al helemaal niet gezien het feit dat hij opschept dat hij beter bekend is met het metier dan officieren van justitie en politiemensen die uitsluitend kant-en-klare rapporten lezen.'

Martin had gezegd dat hij op de avond waarop de moord was gepleegd, een zwarte spijkerbroek en een donkerblauwe pullover had aangehad. Daaroverheen had hij op de fiets een leren jack gedragen dat hij in de schuur had uitgedaan voordat hij de pij over zich heen gooide. Stel dat hij tevoren met zijn leren jack aan in huis was geweest – hij had ook twee leren broeken. Leer pluisde niet. En dan nog handschoenen, een mondkapje, schoenen met gladde leren zolen en een hoofddeksel dat voorkwam dat er op de plaats van het delict haren achterbleven.

Misschien had hij zelfs een mes of een ander wapen bij zich gehad, overigens zonder het te gebruiken, omdat de prijsbekers in de kinderkamer hem geschikter leken om Stella nog meer als verdachte in de schijnwerpers te plaatsen. Uiteraard waren er op de beker geen vingerafdrukken van hem aangetroffen. Van Stella evenmin, alleen een paar van Therese, die het ding waarschijnlijk af en toe had afgestoft.

Het zag ernaar uit dat de baby fris gewassen en halfnaakt op de babycommode had gelegen, terwijl Therese de volle luier op de patio weggooide, het hemdje met de ontlasting eraan naar de kelder bracht, het waswater op de badkamer weggoot, het teiltje omspoelde en op de wc was gaan zitten. En het kon niet anders of op dat moment was er iemand bij haar geweest die haar vertrouwen genoot. Dat had Schöller gezegd. Een vrouw met verantwoordelijkheidsbesef liet een baby niet minutenlang onbeheerd op de commode liggen.

'En die vertrouwde persoon zou dus Martin zijn geweest', constateerde Klinkhammer. 'Denk je niet dat mevrouw Helling een ochtendjas zou hebben aangetrokken als er een jongeman bij haar was? Ze zou ook nooit in haar nachthemd en zonder pantoffels naar de vuilnisbak op de patio en naar de kelder zijn gegaan. Wat hebben ze toch voor rare ideeën?'

'Mijn theorie is het niet', beklemtoonde Grabowski. 'Maar ze had opgezwollen voeten, heeft ze de jongen verteld. Bovendien was ze in de overgang, dus misschien heeft ze een opvlieger gehad. Dan trek je geen ochtendjas aan. En als ze in haar nachthemd rondliep waar hij bij was, bewijst dat alleen maar dat ze een bijzondere vertrouwensband hadden. Dus zou het nog extra laaghartig van hem zijn.'

Terwijl Martin vervolgens – nog steeds volgens de opvatting van het Openbaar Ministerie – op zoek was naar geld en waardevolle voorwerpen en daarom de slaapkamer overhoop haalde, was de baby wellicht van honger of kou gaan huilen. Wat deed een jongere met een kind dat stil moest zijn? Hij drukte iets op het gezichtje. De capuchon van de badhanddoek.

Bij de sectie waren er vezels van de handdoek in de luchtwegen aangetroffen. Hoogstwaarschijnlijk dood door verstikking, een uitkomst die niet voor de volle honderd procent vaststond, want er konden bij de sectie geen sporen van geweldpleging op gezicht en keel meer worden vastgesteld. Het kind kon zowel die nacht als in de loop van donderdag in de sporttas zijn overleden als Martin haar nog levend in de tas had gestopt.

Dat hij vervolgens in de woonkamer zijn show als monster had opgevoerd, beschouwde het Openbaar Ministerie als een belangrijk onderdeel van zijn plan. Martin had ingecalculeerd dat Stella na zijn vertrek naar boven zou vliegen en op de plaats van het delict sporen zou achterlaten. Met dat verhaal over het monster werd ze ongeloofwaardig. Dus had hij het ook haar flink betaald gezet. Per slot van rekening had ze zijn moeder een nare tijd bezorgd en haar aanzienlijke financiële schade berokkend. Zijn zusje was gedwongen geweest kort voor haar eindexamen van school te gaan om geld te verdienen. Ook hij had zijn steentje aan de kosten van het huishouden moeten bijdragen en tweeënhalf jaar geleden gedurende een langere periode kranten moeten bezorgen.

Dat was nieuw voor Klinkhammer.

'Omdat hij nog te jong was om te mogen werken, liep het officieel via zijn moeder', legde Grabowski uit. 'Dat verandert echter niets aan de zaak. Het past in het beeld van een wraakoefening.'

Het geroofde contante geld had Martin in zijn zak gestoken, de sieraden in het plastic zakje had hij onderweg in een tuin gegooid of begraven. Aan het zakje kleefde aarde, dat was aangetoond. Het kon onmogelijk al die tijd in de berg schroot hebben gelegen.

'Waarom had hij het niet gewoon mee naar huis kunnen nemen?' vroeg Klinkhammer.

'Omdat hij zijn oorspronkelijke plan had gewijzigd en de komende dagen een kwart miljoen in de wacht wilde slepen', zei Grabowski. 'Intussen was hij er namelijk achtergekomen dat die sieraden weliswaar een aanzienlijke waarde vertegenwoordigden, maar dat hij er bij een heler niet meer dan een fractie van dat bedrag voor zou krijgen. Voor een Porsche was dat waarschijnlijk niet genoeg geweest. Bovendien liep hij dan het risico dat de sieraden op een gegeven moment ergens zouden opduiken en dat ze hem dan op het spoor zouden komen.'

De sporttas met het kind en de prijsbeker erin moest Martin wel op het erf van zijn moeder verbergen als hij van plan was geweest voor de baby te zorgen. Hij kon de kleine meid niet mee naar zijn kamer nemen, dan zou zijn zusje er al gauw lucht van hebben gekregen. De schroothoop lag zo ver van het huis af dat een zwak, kermend stemmetje daarvandaan niet te horen was. Als het toevallig werd ontdekt, konden ze altijd nog op het feit wijzen dat iedereen op het erf kon komen. Maar dat argument sneed geen hout.

Natuurlijk kon iedereen vanaf de straat het erf oplopen, maar dan liep je overdag het risico dat iemand je zag, want er kon elk ogenblik een voorbijganger langs de oprit lopen. 's Nachts was het risico al niet veel kleiner. Als je allerlei stukken schroot van de stapel haalde en ze vervolgens weer teruglegde, veroorzaakte dat een hoop lawaai, dat was wel gebleken toen ze de sporttas hadden geborgen.

Meneer Müller was nog een keer ondervraagd. Hij had verklaard dat hij alleen in de nacht waarin het misdrijf was gepleegd vast geslapen had omdat zijn vrouw net daarvoor een nieuwe morfinepleister had gekregen. Naar de opvatting van het Openbaar Ministerie kon de tas dus uitsluitend die bewuste nacht in de berg schroot begraven zijn.

Nadat Martin de tas in veiligheid had gebracht, plakte hij op zijn kamer de brief met de eis voor het losgeld op een blaadje uit een van zijn blocnotes en stopte de brief in de envelop. Daar had hij uiteraard weer handschoenen bij gedragen en waarschijnlijk ook het mondkapje. Op de brief hadden ze niets gevonden, totaal niets. Klinisch schoon, zei Grabowski.

Nu had Martin er eigenlijk van uit moeten gaan dat Stella de politie allang had gealarmeerd. Zou hij op dat moment nog een keer naar het huis van Helling zijn gefietst om de envelop neer te leggen, de videoband uit de recorder te halen die hem zou kunnen verraden, en wat spullen voor de baby op te halen? Waarom niet? Erlangs fietsen en even kijken kon best. Alles was rustig. Martin kon alleen niet in de woonkamer en de keuken komen, omdat Stella sinds zijn optreden als monster klaarwakker was, de plafonnière had aangedaan en met haar ogen strak op de patio gericht op de bank zat. Dat had hem er echter niet van weerhouden om weer via de schuur en de aanbouw binnen te dringen. Hij legde de envelop in het kinderledikantje, trok het lijk van Therese uit de smalle ruimte tussen de muur en de wc en rukte ook nog de ring van haar vinger.

De videoband was door Reinhard Treber in de nacht van zaterdag op zondag uit het intussen verzegelde huis van Helling gehaald. En in de nacht van zondag op maandag haalde Martin het zakje met de sieraden uit de bewuste tuin, hij deed de ring erbij en verstopte nu ook het zakje in de schroothoop. Hij was van plan geweest er op dat moment de sporttas uit te vissen en hem nu definitief te laten verdwijnen, want het kind was toch allang dood. Zover kwam hij echter niet.

Die nacht had meneer Müller namelijk geen oog dichtgedaan. Zijn vrouw was overleden. Tegen half drie had ze haar laatste adem uitgeblazen. En ongeveer een half uur daarna klonk er gekletter bij de buren. Meteen daarna had Martin iets geschreeuwd en daarbij heel ordinaire taal uitgeslagen. Meneer Müller had van zijn kant teruggeroepen: 'Stil daarbuiten! Mijn vrouw is overleden.' Daarna had meneer Müller iemand horen rennen maar hij had niemand gezien. Hij kon ook niet zeggen of de bewuste persoon naar de straat of naar de voordeur van de familie Lutz was gehold.

Martin van zijn kant had verklaard dat hij van dat gekletter wakker geworden was en uit het raam had geschreeuwd. Er raakten wel vaker mensen op het erf van Gabi verzeild als ze nog laat uit de kroeg kwamen. Dan plasten ze tegen de muur van de garage, in de ruimte onder de hefbrug of op de schroothoop.

Martin zou onder de overkapping ook iets hebben zien bewegen en naar beneden zijn gegaan omdat die persoon zich niet onmiddellijk uit de voeten maakte. Maar hij zou best alleen geroepen kunnen hebben: 'Ga ergens anders pissen, viezerik!' om de aandacht van zichzelf af te leiden toen meneer Müller er lucht van kreeg. Het Openbaar Ministerie interpreteerde die opmerking in elk geval als een bewering om zichzelf vrij te pleiten.

Het zag er voor Gabi's zoon echt niet best uit en voor Klinkhammer al niet veel beter. Kort nadat Grabowski hem had bijgepraat werd hem de officiële dagvaarding ter hand gesteld. Voorkomen in het hoofdbureau van politie in Keulen, donderdagmorgen, negen uur. Waarom ze hem wilden verhoren, kreeg hij ook meteen te horen: verdenking van medeplichtigheid en het achterhouden van informatie over meerdere strafbare feiten op grond van een aantal artikelen van het wetboek van strafrecht, ten nadele van

Therese Helling en Johanna Helling. Carmen Rohdecker bracht zwaar geschut in stelling of liet zwaar geschut in stelling brengen. Ze was niet meer belast met de zaak. Op grond van persoonlijke betrokkenheid had ze zich dinsdag meteen na de vondst van de sporttas en de sieraden uit de zaak teruggetrokken.

Klinkhammer was eigenlijk van plan geweest om naar Niederembt te rijden om nog een keer met Gabi te praten. Maar nadat hij de dagvaarding had gelezen, gaf hij er de voorkeur aan zijn kennis in Wiesbaden op te bellen. Die wist uit eigen ervaring wat het betekende wanneer je er als politieman van werd verdacht de grenzen te hebben overschreden en de wet overtreden te hebben.

'Je moet een advocaat meenemen', luidde zijn dringende advies.

'Daar zie ik de noodzaak niet van in', zei Klinkhammer.

'Tegen de tijd dat je dat wel doet, is het te laat. Jij bent nog nooit in een dergelijke situatie verzeild geraakt en je hebt geen idee wat voor vragen er op je afgevuurd worden.'

Jawel, dat wist hij wel degelijk. Hij wist immers hoe hij zelf verdachten onder druk zette. Dat Schöller niet erg over hem te spreken was, wist hij ook. Maar Grabowski had hem duidelijk te verstaan gegeven wat hij van de nieuwe theorie vond. En ook Schöller had dinsdag een opmerking gemaakt die hem maar niet losliet. Alleen al om die reden zag hij af van rechtsbijstand, hoewel Ines er precies zo tegenaan keek als de man die bij de federale recherche daderprofielen maakte.

Stijfkoppen

Om klokslag negen uur verscheen Klinkhammer bij Schöller op kantoor voor de leider van de afdeling moordzaken, Grabowski en een niet veel oudere officier van justitie. Een verhoorkamer bespaarden ze hem, veel meer echter niet. Grabowski beperkte zich tot luisteren en trok daarbij een geforceerd neutraal gezicht. Ook Schöller hield zich op de achtergrond, maar het was hem aan te zien hoe hij van binnen kookte.

De officier van justitie wilde blijkbaar bewijzen dat hij een gelijkwaardige vervanger van de vinnige vrouwelijke hoofdofficier van justitie was. Hij spande zich enorm in om Klinkhammer de bekentenis te ontlokken dat hij medeplichtig was. Twee volle uren lang werd Klinkhammer volledig binnenstebuiten gekeerd, en zo voelde hij zich ook. Meer dan eens betreurde hij het de goede raad van zijn kennis uit Wiesbaden in de wind te hebben geslagen. Het zag er niet naar uit dat hij van Schöller opheldering kreeg met betrekking tot de vraag die hem bezighield. En sommige van zijn eigen antwoorden kwamen zelfs hemzelf ongeloofwaardig voor. Dat was nu eenmaal het geval als je een *vermoeden* voorlopig nog even voor je wilde houden om alles niet nog erger te maken dan het al was.

Nadat eindelijk schriftelijk was vastgelegd dat hij Gabriele Lutz al twee decennia kende, geen seksuele relatie met haar had en tot maandagmiddag niets van haar relatie met Stella Helling had geweten; dat hij Martin Lutz niet het hele verhaal over diens optreden als monster had ingefluisterd maar slechts naar zijn versie van het verhaal had geluisterd; en dat hij – verdomme nog aan toe! – de jarenlange vriendschap tussen zijn vrouw en mevrouw Rohdecker niet had misbruikt om uit te vissen in welke richting het onderzoek zich bewoog, vertrok de hoofdofficier van justitie. Dat betekende echter nog niet dat Klinkhammer kon gaan.

Toen hij wilde opstaan, zei Schöller: 'We zijn nog niet met u klaar, collega.'

'Wat wilt u verder dan nog van me?' vroeg Klinkhammer. 'Moet ik op de Bijbel zweren? Laten we daar maar mee wachten tot de rechtszitting.'

'In de eerste plaats wil ik eens van u weten wanneer het u duidelijk geworden is dat we ook met een vermissing van doen hadden.'

'Dat is me absoluut niet duidelijk geworden', antwoordde hij. 'Dat heb ik afgelopen maandag gehoord.' Van wie hij dat had gehoord, zei hij niet, maar Schöller had zo zijn vermoedens, zoals duidelijk werd uit de blik die hij Grabowski toewierp.

'Maar u bent toch ook op de kinderkamer geweest', drong Schöller aan. 'Hebt u niet achter het kussen gekeken en alleen maar uw mond gehouden omdat ik u had berispt?'

'Als ik een chantagebrief had ontdekt of er ook maar iets achter had gezocht dat alles wat je nodig hebt om een baby te verzorgen in huis was, had ik me niet laten kapittelen', verklaarde Klinkhammer. 'Mag ik ook eens een vraag stellen?' Hij wachtte niet af of Schöller dat zou toestaan. 'U zei dinsdag dat mevrouw Rohdecker mijn protegé verdacht. Betekent dat dat u en ik op één lijn zitten?'

Schöller ging wat relaxter zitten. 'Ik kijk wel drie keer uit voordat ik uw mening nogmaals ga interpreteren. Wat u inmiddels van de zaak vindt, weet ik niet eens.'

'Jawel', sprak Klinkhammer hem tegen. 'Ik heb u verteld wat ik denk. Een knaap van achttien slaat niet de vrouw dood die van plan is een auto voor hem te kopen.'

Schöller glimlachte – haast net zo arrogant als Martin dat kon. 'Voorzover ik me herinner hebt u het uitsluitend over schoolbenodigdheden gehad en over een voetbalwedstrijd die Helling wellicht op het idee heeft gebracht om de vermomde indringer te laten hinken. De auto moet u door alle *stress* zijn ontschoten. Maar mevrouw Lutz had het daar ook over en de heren Treber eveneens. Wanneer hebt u dat gehoord, gisteren of eergisteren?'

'Afgelopen zaterdag al, van Maria Lutz', zei Klinkhammer.

'En zij had het op de avond voor de moord van Therese Helling zelf gehoord.'

Schöller knikte begrijpend. 'O ja, die oude dame die ons wilde laten geloven dat de baby bij haar grootouders was. Dan moet ik u teleurstellen, collega. Een grootmoeder legt als getuige à décharge net zo veel gewicht in de schaal als moeder en oom, namelijk nul komma nul. Zelfs als een oom zichzelf ter ontlasting van zijn neefje geheel onbaatzuchtig van inbraak beticht en ons materiaal laat zien dat hij daarbij heeft ontvreemd, telt dat niet. De familie heeft tijd genoeg gehad om het met elkaar op een akkoordje te gooien.'

'En denkt u serieus dat u het kind of welk belastend materiaal dan ook op het erf van mevrouw Lutz zou hebben gevonden als de familie het met elkaar op een akkoordje zou hebben gegooid?' vroeg Klinkhammer. 'Afgezien daarvan is Maria Lutz geen familie van de Trebers en beschouwt ze zichzelf niet als Martins grootmoeder. Als u een keer met de oude vrouw gaat praten, zult u ...'

'Nu praat ik met u', viel Schöller hem onverhoeds opvliegend in de rede. 'Misschien kan ik nog iets leren. U schijnt een hotline met de federale recherche in Wiesbaden te hebben. Die heb ik weliswaar niet, maar ik ben ook geen groentje in het vak. Ik zie het wanneer iemand het van angst in zijn broek doet. Dat was maandag bij Helling het geval. Als u niet onder mijn duiven had geschoten, zou ons gesprek hier waarschijnlijk niet nodig zijn geweest. Misschien had dan gisteren al in de krant gestaan dat het toch niet bijzonder tragisch is als een patserige inspecteur van politie eerst een wildvreemd slachtoffer van moord vindt en drie dagen later zijn eigen moeder badend in het bloed aantreft, die hem een forse pleister op de wond nalaat. Dat noem ik een gelukstreffer.'

'U bent er dus nog steeds van overtuigd dat Stella Helling het gedaan heeft', constateerde Klinkhammer.

'U niet dan?'

Het zou de weg van de minste weerstand zijn geweest als hij nu had gezegd: 'Jawel, daar kijk ik precies zo tegenaan als u.' Zijn kennis bij de federale recherche dacht dat ook. Er was ook veel wat daarvoor pleitte. En een paar dingen die ertegen pleitten. 'Na de lezing die Martin Lutz van de gebeurtenissen gaf, was ik ervan overtuigd dat zijn verklaring die vrouw vrijspreekt. Hem is aan haar kleren geen bloed ...'

'Waar eindigt uw hotline naar de federale recherche?' viel Schöller hem opnieuw in de rede. 'Man, dan ben ik beter in het opstellen van daderprofielen. Een jongeman met niets dan onzin in zijn hoofd plus een nauwelijks lichtgevende zaklamp die op het punt stond om definitief de geest te geven in een donkere woonkamer. Hoe kon die op een vuile, donkerblauwe werkbroek en een geruit overhemd in vredesnaam iets zien? Heeft hij haar van boven tot onder beschenen? Nee, hij keek wel uit. Die werkplunje is weg, waarschijnlijk ergens in een vuilnisbak beland, en ligt allang op de vuilstortplaats. Die vinden we nooit.'

Schöller wierp de demonstratief neutraal kijkende Grabowski een blik toe en sommeerde: 'Ga eens koffie voor ons halen, Kalle, jij hebt je wel genoeg geprofileerd. Nu ben ik aan de beurt.'

Nadat Grabowski de deur achter zich dichtgedaan had, zei Schöller: 'Ik weet niet of ik u een trap tegen uw achterste moet geven of u moet bedanken. Misschien kunt u mij beter eerst maar eens uit voorzorg bedanken, wellicht laat ik het dan achterwege het Openbaar Ministerie een tip te geven. Die proberen er namelijk achter te komen hoe uw protegé kan hebben gehoord dat mevrouw Helling van plan was de Polo van mevrouw Neffter te kopen. Maar als u dat afgelopen zaterdag al te weten bent gekomen, is dat raadsel opgelost. Dan hebt u tijd genoeg gehad om die knaap te instrueren.'

'Ik heb hem niet geïnstrueerd', zei Klinkhammer. 'Ik ben door die auto alleen op het idee gekomen dat hij haar een dienst wilde bewijzen.'

'Dat kan wel zo wezen', raasde Schöller door. 'Als u mij vervolgens op de hoogte zou hebben gebracht en voor mijn part ook uw vrouw in plaats van mevrouw Rohdecker, hadden we de baby waarschijnlijk niet zo snel gevonden, maar dan hadden we misschien wel een bekentenis. Zoals de zaken er nu voorstaan kunnen we dat wel op onze buik schrijven. Dat wil zeggen dat we uw protegé van de moord zullen blijven verdenken als die knaap een wellicht belangrijke aanwijzing verzwijgt en u hem niet tot rede brengt. Ik heb dat tevergeefs geprobeerd. U mag het ook best bij zijn moeder proberen. Ook uit haar kregen we geen woord meer nadat …'

Schöller zweeg plotseling toen Grabowski met drie bekertjes koffie terugkwam. Suiker en lepeltjes had hij meegenomen, maar melk niet.

'Mag ik een glas water en een asbak?' vroeg Klinkhammer hoopvol.

Water wel, een asbak niet. 'Hier wordt niet gerookt.'

Dan niet. Wat Schöller hem aanbood, woog wel op tegen een beetje nicotine. Als hoofd van het opsporingsteam wist hij vermoedelijk beter dan Grabowski wat er allemaal aan bewijs lag. Een blijkbaar belangrijke aanwijzing? Daar had Grabowski gisteren bijvoorbeeld niets over gezegd. Dan was dat waarschijnlijk de reden waarom Schöller zich verwaardigde het plattelandsprofilertje op een kop koffie te trakteren. Ofwel moest hij als vriend van de familie een ernstig woordje met Martin spreken, of Schöller speculeerde erop dat hij hem de aanwijzing kon ontlokken. Dan speculeerde hij toch tevergeefs. Klinkhammer nam aan dat Gabi uit bezorgdheid om haar zoon haar mond voorbijgepraat had. En daar wilde hij pas over praten als hij de zaak helemaal in beeld had.

Het voorprogramma

Op dat moment zat Heiner al twee uur naast Stella's bed. Ze huilde niet meer. Zo te zien was ze nog steeds onder invloed van kalmeringsmiddelen, want ze lag er volkomen apathisch bij. Over het bezoek van de *dame* gisteren wilde ze niet spreken. Hoe vaak hij ook vroeg wat de hoofdofficier van justitie haar in de schoenen geschoven had en hoe ze daarop had gereageerd, ze schudde slechts haar hoofd. Dus praatte hij op haar in hoe fijn hij het zou vinden als ze weer thuis was, hoe hard hij haar nodig had. 'Ik houd het niet uit in dat lege huis. Nu heb ik alleen jou nog maar.'

De dokters hadden gezegd dat het nog niet verantwoord was dat ze naar huis ging, haar leveruitslagen waren nog niet goed, de bloedstolling was nog gestoord en haar voeten wilden maar niet genezen. Maar op eigen verantwoording was alles mogelijk. Ze wilde de doktersvisite van vrijdagmorgen nog afwachten. Gewoonlijk kwamen ze tussen negen en tien.

'Dan kom ik je om tien uur halen, lieveling', zei hij toen hij afscheid van haar nam. De grappa stond klaar. Hij dacht niet dat hij erg veel zou moeten doen om haar een handje te helpen.

Ze had vast en zeker veel behoefte aan troost wanneer ze het lege kinderledikantje zag en de woonkamer die nog steeds stonk als een jeneverstokerij. Hij moest alleen zorgen dat hij niet bij haar in de buurt was wanneer ze op de fles aanviel. Hij kon het beste naar het bureau gaan en haar later, nadat hij haar lijk had gevonden, het blik vergif even in haar hand drukken voordat hij de centrale informeerde en volledig kon instorten. Waarom zijn perfecte plan in zo'n zenuwslopende wedstrijd was ontaard, wist hij nog steeds niet.

Elke stap had hij zorgvuldig doordacht met de logica van een man die in zijn jeugd op schaaktoernooien acht prijsbekers en tal van certificaten had gewonnen en die uiteindelijk geen gelijkwaardige tegenstander meer had kunnen vinden. Zelfs een schaakcomputer waarvan naar verluidt niemand het kon winnen, had hij schaakmat gezet. Maar mensen waren geen schaakstukken op een bord. Ze deden zelfstandig een zet en bedachten dingen waar een in de logica gescherpt verstand simpelweg niet opkwam.

In feite had hij beide dames al in de openingsfase verloren. Stella, omdat ze op haar bloedende voeten overal had rondgelopen. En mama, die eigenlijk niet eens had hoeven sterven.

Hij had op zijn manier van haar gehouden. Ze had hem het leven geschonken en veel voor hem gedaan. Dat waardeerde hij ten zeerste. Maar tot dat rapport van het regionale forensisch laboratorium, waaruit hem duidelijk was geworden hoe de collega's tegen Stella moesten hebben aangekeken, had hij van zijn vrouw nog wat meer gehouden dan van mama. Omdat hij drie jaar geleden bij Stella iets had gevonden wat mama hem nooit had kunnen geven. Glamour en stijl – of datgene wat hij daaronder verstond. Spaghetti al dente en een polshorloge dat niet veel minder had gekost dan zijn auto.

Hij had de vrouw terug willen hebben op wie hij tijdens de opnamen voor de actieserie verliefd geworden was. De sterke vrouw die nooit dronken was, die alles zo goed in de hand had en die om zijn angst voor de heks kon lachen omdat ze de redenen niet kende. Daarom moest de kleine meid verdwijnen. Hoe moest Stella genezen als ze Gabi's vloek nog maanden- en misschien zelfs jarenlang dag in dag uit en nacht in nacht uit voor ogen had?

Voor de kleine meid was de dood een verlossing, ze zou nooit een normaal leven hebben kunnen leiden. En in de hemel was er plaats genoeg. Stella zou een nieuwe baby krijgen, een gezonde zoon, en dat hoopje ellende vergeten. Alles zou goed zijn – in een lichte, ruime woning in Glesch. Zo had hij het zich voorgesteld, wekenlang, tot die dag in februari waarop mama de kleine meid tegen het advies van de artsen in uit het ziekenhuis had gehaald.

Honderdtachtigduizend moest het koophuis kosten, dat was hij al te weten gekomen. De eigenaren wilden het huis niet verhuren. De inrichting zou misschien vijftigduizend kosten, waarschijnlijk ietsje meer als je zo'n dure smaak had als hij. Alles bij elkaar tweehonderdvijftigduizend euro. Dat was precies het bedrag dat mama de heks als dank voor haar begrip had willen schenken.

Als zoon zou hij recht hebben gehad op een aanzienlijk hoger bedrag. Hij wilde echter niet onbeschaamd te werk gaan, niet het onderste uit de kan halen en zo riskeren dat mama erop aandrong om onmiddellijk de collega's van de recherche in te schakelen. Tweehonderdvijftigduizend euro moest ze betalen, dat stond buiten kijf. Als ze eindelijk snapte dat ze de kleine meid niet levend terug zouden krijgen, zou ze zich het hoofd gaan breken over de vraag wie ervan op de hoogte waren dat ze zo rijk was. Zij noch iemand anders zou ooit aan hem denken. Hij moest alleen niet te vlug geld uitgeven, hij moest leningen afsluiten en deze aflossen als de hele zaak in het vergeetboek was geraakt.

De brief met de eis om losgeld had hij al geplakt en in een plastic hoesje in de schuur verstopt toen het nieuwe dienstrooster werd gemaakt en hij de datum kon vaststellen. De nacht dat hij samen met Ludwig patrouilleerde. Uitgerekend de avond waarop *De schim* werd herhaald. Een gelukkige samenloop van omstandigheden? Hij wist het niet zeker. Stella had geen druppel meer gedronken sinds haar vader had verklaard dat ze voor hem voorgoed afgedaan had als ze nog één keer dronken was. Maar ze moest nog één keer laveloos worden. Dus wilde hij zich liever niet uitsluitend op de herhaling van de film verlaten.

's Zondags wandelde hij met haar naar het voetbalveld. Dat de heks langs de lijn zou staan om te kijken of die ellendige zoon van haar een goed figuur sloeg als keeper, stond als een paal boven water. Het bleek een schot in de roos te zijn en overtrof zijn verwachtingen nog, want hij had er niet op gerekend dat er een overtreding tegen dat brok galgenaas zou worden gepleegd, dat Gabi daarna liever naar huis wilde en nog even een praatje met hen zou maken.

Hij wist precies welke verschrikkingen hij Stella aandeed.

Maar ze mocht niet te vroeg beginnen te drinken, want dan zou mama te vroeg heisa gaan maken. Daarom liet hij zijn portemonnee dinsdagochtend pas in zijn broekzak zitten. En om nog wat extra druk op de ketel te zetten vertelde hij mama 's woensdags over zijn verhuisplannen. Werkelijk een perfect plan. Hij had overal aan gedacht. En desondanks was alles misgelopen.

Bijna was hij bij die verdomde poort al gestrand. Hij had niet verwacht dat die ontgrendeld zou zijn. Mama was immers zo voorzichtig geworden sinds de Russen de hele omgeving onveilig maakten en er in Bedburg zelfs al een vrouw was vermoord. Toen hij de schroevendraaier op het slot zette en de beide poortvleugels meegaven, belandde hij op zijn knieën en ellebogen op de grond; gelukkig niet op zijn handen, want dat zouden de beschermende handschoenen die hij in de auto al had aangetrokken, nooit heelhuids hebben overleefd. Zijn uniformbroek en pullover zaten beide onder het stof. Maar dat was maar droge leem, die kon je afkloppen, later, als alles achter de rug was.

Het eerste moment dacht hij erover de terugtocht te aanvaarden. Wat een kabaal! Vermoedelijk was de hele buurt wakker geworden van die verrekte motor. Mama natuurlijk ook, misschien zelfs Stella. Drie keer pech, verdomme. Zo'n kans als vandaag kreeg hij zo gauw geen tweede keer. Ludwig was bij Babs, het was een makkie geweest om hem even uit de wagen te krijgen. 'Gun jezelf gewoon een uurtje, er zijn vannacht toch weinig meldingen. Ik blijf in de buurt.'

De wagen stond achter de struiken voor de garage. Hij ging ervan uit dat hij een minuut of vijf, zes uitsluitend via de mobilofoon die aan zijn riem bevestigd was, bereikbaar zou zijn. Mocht de centrale in die korte tijd een oproep doorgeven, dan zou niemand argwaan krijgen. Dan hoefde hij alleen maar te zeggen dat ze net bezig waren met de controle van een verdacht voertuig.

Er waren al twee minuten verstreken en er heerste nog steeds diepe rust. Eindelijk meende hij te snappen wat er gaande was: mevrouw Müller – waarschijnlijk was mama bij haar geroepen en zat de poort daarom niet op slot. Hij sloop naar de schuurdeur. Alles was stil, nergens in de buurt brandde licht. Alleen de woonkamer was hel verlicht. Stella lag roerloos op de bank. Dat kon hij van de schuur uit zien. Ze had dus niets gehoord.

Geluk gehad, dacht hij en hij duwde de schuurdeur dicht, pakte de zaklamp van de servieskast, legde hem in de kabelhaspel, zette voorzichtig de planken opzij die de doorgang in de muur afdichtten, schoof de ladder behoedzaam in de opening in het plafond en klom naar boven. Vooral niet nodeloos herrie maken, de kleine meid uit haar bedje halen, de brief achterlaten en weer verdwijnen.

Boven in de aanbouw gebruikte hij een zaklamp die tot de standaarduitrusting van de patrouillewagen behoorde. In zijn slaapkamer gekomen haalde hij de sporttas uit de kast en trok een pullover aan. Vooral geen risico lopen en op het kinderledikantje geen duidelijke sporen achterlaten. Uit Gabi's laatste roman wist hij wat ze tegenwoordig bij forensisch onderzoek allemaal boven water konden krijgen en daar had hij heilig respect voor.

Vervolgens glipte hij de overloop over en wierp een blik in mama's slaapkamer. Haar bed was onbeslapen. Nu was hij er helemaal van overtuigd dat ze bij mevrouw Müller zat. Maar ook het kinderledikantje was leeg en schoon opgemaakt. Het kussen met de deuk in het midden stond zoals gewoonlijk aan het voeteneinde. Hij haalde de envelop uit de hoes, zette hem aan het hoofdeinde tegen de achterwand van het bedje en zette het kussen ervoor.

Waarom hij de brief niet open en bloot in het ledikantje legde … Hij zou er geen verklaring voor hebben kunnen geven. Maar op dat moment zag hij het beeld van mama's handen zoals ze destijds 's nachts als trommelstokken op hem los geranseld hadden en nu al gauw razendsnel het kussen zouden wegrukken omdat het daar niet mocht staan. Misschien zag hij zelfs het gezicht van zijn vrienden Axel en Heiko voor zich – en mama's hand met een stok of een steen. Ze had hem nooit verteld waarmee ze had toegeslagen.

Hij liep in de richting van de trap, de kleine meid kon alleen beneden bij Stella zijn. Toen hij de donkere gang doorliep, zag hij de baby al in de stoel liggen. Nog enkele stappen achter de bank langs. Een greep. En opeens die stem! Niet erg hard, het leek alleen hard omdat hij er zo van schrok.

'Wat loop jij hier rond te sluipen? Ik dacht al dat ik de Russen op bezoek had. Heb jij die herrie gemaakt? Wat zie je eruit!'

Mama stond in haar nachthemd en op blote voeten bij de gangdeur. In haar ene hand had ze de telefoon, in haar andere hand een mes. Ze had na het kabaal in de schuur waarschijnlijk uit het raam van de kinderkamer op de patio gekeken, niets gezien, maar er desondanks de voorkeur aan gegeven zich in de keuken te bewapenen. Alsof ze met een mes iets had kunnen uitrichten tegen de Russen. Ze bracht het mes terug, kwam weer binnen en oogde argwanend naar de beschermende handschoenen.

Hij hield zijn hand nog steeds tegen het babygezichtje aan. 'Wat doe je daar?' vroeg ze op gedempte toon.

'Ze heeft gespuugd', zei hij en hij haalde zijn hand weg.

'En waarom pak je de doek dan niet? Wat voor pullover heb je daar aan?'

'We moeten zometeen in burger op pad', zei hij. 'Ik wilde alleen maar even controleren of alles in orde is.'

'Dat zie je toch. Als die daar eenmaal begint te zuipen, weet ze van geen ophouden. Geef hier.' Ze leek nog steeds wantrouwig en strekte haar armen verlangend naar de kleine meid uit. De telefoon had ze nog steeds in haar hand.

'Volgens mij moet ze een schone luier', zei hij.

'Geef hier, dat doe ik.'

De kleine meid ademde nog. Met tegenzin reikte hij haar de baby aan. 'Ja, ja', zei ze op de vriendelijk-bezorgde manier waarop ze altijd tegen het kind praatte. 'Je hebt een grote bah in je luier, dat ruik ik wel.' Vervolgens liep ze met Johanna en de telefoon de gang in. De kleine meid was wakker geworden en begon te jengelen, van die stuitende geluidjes, net of er een geitje mekkerde.

Nu onverrichter zake weer weggaan kon niet. Om te beginnen zou hij dan de brief uit het ledikantje hebben moeten halen voordat mama hem ontdekte. En verder kreeg hij het niet voor elkaar al die mooie fantasieën over een zorgeloos leventje van de ene op de andere seconde zomaar uit zijn hoofd te zetten. Het viel hem zwaar om nog een doodvonnis te vellen. Maar opeens was mama de vijand die zijn plannen tot nu toe telkens opnieuw had verijdeld. Hij wierp nog een blik op Stella, deed het licht in de woonkamer uit en liep ook naar de trap.

Onderweg naar boven trok hij de handschoenen uit en stopte ze in een van zijn broekzakken. Mama stond al voor de commode, blijkbaar had ze nog niet in het ledikantje gekeken. De kleine meid zat weer eens tot boven aan haar hemdje onder de poep. 'Haal eens wat water', commandeerde ze.

Nadat ze de kleine meid had gewassen en haar een schone luier had omgedaan, zei hij: 'De rest doe ik wel. Ga maar naar bed, je zult wel hondsmoe zijn.'

'Ik dacht dat je in burger op pad moet.'

'Ik heb nog wel eventjes de tijd', zei hij.

Ze aarzelde secondelang tot ze eindelijk het veld ruimde. 'Maar vergeet de crème deze keer niet.'

Het teiltje met het vuile waswater nam ze mee naar de badkamer. Daarbij pakte ze het natuurlijk bij de handgrepen beet zoals hij dat zojuist met blote handen had moeten doen. Maar dat was geen ramp. Het was per slot van rekening niet de eerste keer dat hij water in het teiltje had gedaan. Hij trok zijn handschoenen weer aan en sloeg de capuchon van de badhanddoek over het kleine gezichtje. 'Slaap lekker', mompelde hij terwijl hij de capuchon stevig aandrukte.

De telefoon lag op de plank boven de commode. De prijsbekers stonden er uitnodigend naast. Mama was nog steeds in de badkamer. Ze zat op de wc toen hij binnenkwam. Kennelijk nam ze aan dat hij zijn handen wilde wassen en ze wond zich op: 'Kun je niet even wachten tot ik klaar ben?' De prijsbeker zag ze pas toen hij zijn arm ophief. En terwijl ze haar ene arm met een ruk omhoog bracht om de klap af te weren, vroeg ze: 'Is dat je dank?'

Waarvoor in vredesnaam? Dat ze het op haar negentiende in haar hoofd had gehaald de knapste man van het dorp te verleiden? Dat ze een paar likeurtjes had moeten drinken voordat ze moedig of vrolijk genoeg voor hem was? Dat ze in haar dronkenschap niet aan voorbehoedmiddelen had gedacht? Of dat ze acht jaar lang tegen Gabi had lopen stoken en die woedeaanval had gekregen toen er werd gezegd dat Martin wilde scheiden en van plan was met zijn kleine heks te trouwen? Als ze destijds haar bek had gehouden, zou hij nooit iemand hebben vermoord. Zo bezien was het toch allemaal uitsluitend haar schuld.

Aan de brief in het ledikantje dacht hij op dat moment niet meer, ook niet aan de poepluier en het vuile hemdje, alleen aan de telefoon die als altijd naast mama's bed moest liggen.

Hij was langer in huis geweest dan gepland. Nu moest hij maken dat hij wegkwam. Met het kind en de prijsbeker in de sporttas. De woonkamer door om zich ervan te vergewissen dat Stella er niets van had gemerkt. De patiodeur liet hij open. Dat deed mama vaak om Stella te wekken.

Hoe had hij kunnen vermoeden dat er na hem nog iemand zou komen? Hij wist niet dat zijn moeder aan dat brok galgenaas gehecht was geraakt en bij hem in 't gevlij trachtte te komen om te waarborgen dat de heks haar mond hield.

Hij zag het licht achter het raam in de gevelwand van het heksenhuis wel, maar hij wilde zo gauw mogelijk van de tas af. Gabi moest haar vloek terugkrijgen, althans voorlopig, zonder daar ook maar het flauwste vermoeden van te hebben. Daar hechtte hij zeer aan. Over een paar weken zou hij ergens een grafje graven. Tot dan toe zou het schrootmonument onder de overkapping een heel stuk geschikter zijn dan welk bosperceel ook. In het bos waren wandelaars met honden zo vaak toevallig op een plek terechtgekomen waar iemand iets zo goed en zo kwaad als het ging in de grond begraven had.

Maar hij wist niet in wiens kamer het licht aan was, hij nam aan dat Gabi nog mensen liet verdwijnen. Zombies waren immers nachtwezens. En hij kon daar niet blijven wachten totdat het licht achter het raam uitging. Om half een waren er vaak nog mensen op pad. Een patrouillewagen viel altijd op. Dus reed hij doodsbenauwd een rondje met de tas in de auto. Er kon immers elk moment een melding van de centrale komen en dan moest hij Ludwig meteen bij Babs ophalen. Dat de centrale hem zou meedelen dat er in zijn eigen huis alarm geslagen was, geloofde hij niet. Als dat wel het geval was, zouden ze hem en Ludwig wel sommeren onmiddellijk naar het bureau te komen.

De pullover met mama's bloedspetters erop stopte hij in een vuilnisbak die de volgende ochtend geleegd werd. Hij kende het schema van de vuilniswagen. Hij kwam niet op het idee om met de tas ook zo te werk te gaan, omdat hij op de schroothoop gefixeerd was, en hij was te zeer de kluts kwijt om ter plekke een andere oplossing te bedenken.

Hij had die nacht geluk. Er kwam geen melding via de mobilofoon binnen. Ongehoord geluk zelfs, want om half drie deed hij de volgende poging en op dat tijdstip was het raam niet meer verlicht. En toen kwam hij 's morgens van zijn werk en snapte er niets van. Tot dan toe had hij nog steeds gedacht dat Stella door alles heen geslapen was.

Nu wilde hij de brief uit het ledikantje pakken en het op roofmoord laten lijken. Maar hij bedacht zich. Vroeg of laat zouden ze de verdwijning van de kleine meid immers anders gaan interpreteren dan met de woorden die Stella hem in de mond legde. Dus gooide hij alleen haastig alles uit de kasten op de slaapkamers, stopte mama's sieraden in een plastic zakje, sleepte haar lijk tot voor de wastafel en rukte de ring van haar vinger. Vervolgens rende hij met het hemdje naar de kelder en met de poepluier naar de vuilnisbak op de patio. En verder de tuin in. Onder de uitbottende twijgjes van de rode bessenstruiken groef hij een kuiltje. Hij zweette water en bloed van angst dat iemand het zometeen in de gaten zou krijgen – of dat Stella hem toch had gezien. Ze had hem wel gehoord. Mama had uiteindelijk niets over een poepluier gezegd, dat waren zijn woorden geweest. Maar wat voor rol speelde dat nu nog? Morgen zou ze er niet meer over kunnen spreken.

Toenadering

Nadat Schöller twee klontjes suiker door zijn koffie had geroerd en een slok had genomen, liet hij Klinkhammer in een royale bui de nieuwe verklaring van Helling zelf lezen.

'Dat is een sterk stukje!' mompelde hij toen hij alles had gelezen.

'Maar het is wel een bevestiging voor mijn theorie', zei Schöller. 'Dat ze haar ogen dicht had toen haar schoonmoeder de televisie uitzette, zegt niets. Zelfs niet als ze sliep, wat ik niet geloof; mensen die voor de tv in slaap vallen, zijn in no time wakker wanneer iemand het toestel uitzet. *Dat zal een les voor haar zijn die ze haar leven lang niet vergeet,* die woorden heeft ze in elk geval gehoord, en nog het een en ander. Ze had alleen geen idee met wie haar schoonmoeder sprak.'

Vanaf dat moment was Stella compleet van de wereld geweest, vermoedde Schöller. 'Hé, wat was dat nou?' scheen Therese uitgerekend op het moment dat Martins zusje hem de telefoon wilde afpakken te hebben gezegd. Bovendien had Therese Martin gevraagd aan de lijn te blijven omdat ze net ergens kabaal had gehoord dat volgens haar van buiten kwam. Dat klopte volgens Schöller; ook de familie Bündchen had verklaard dat ze rond die tijd iets hadden gehoord.

Therese was vervolgens naar beneden gegaan, dacht Schöller, met de telefoon in haar hand en Martina Lutz aan de lijn, er had een soort gerammel geklonken *alsof iemand iets in een bestekbak zocht* en de woorden: *'Wat moet dat? Dat zal toch niet waar zijn.'* Dat had Martina nog gehoord en ze dacht dat het op haarzelf sloeg. Maar volgens Schöller had Therese daarmee op het doen en laten van haar schoondochter gedoeld die in de schuur een hoop herrie maakte, in haar woede of paniek de poortvleugels openrukte en de NSU tegen de Goggomobiel aan liet vallen.

'Therese Helling heeft het kind vervolgens uit de stoel gepakt en is naar boven gegaan om haar te wassen en een schone luier om te doen', luidde Schöllers speculatie. 'Stella kwam erbij staan. Ruzie, een klap! Anders zijn de tijdstippen niet te verklaren die Helling donderdagmorgen al noemde. Hij moet van zijn vrouw hebben gehoord hoe laat zijn moeder gestorven is. Op het kapotgeslagen horloge kon hij dat niet zien. De wijzerplaat zat helemaal onder het bloed.'

Voor Klinkhammer was dat de eerste belangrijke inhoudelijke informatie. Schöller knoopte er nog wat vermoedens aan vast: 'Nadat ze haar schoonmoeder de schedel ingeslagen had, zat ze met een hongerig kind opgescheept. Ze had 's avonds al problemen met voeden gehad. Een krijsende zuigeling kan je behoorlijk op je zenuwen werken. En wanneer je toch al op bent van de zenuwen, wurg je zo'n kind. Zo kijk ik ertegenaan, bewijzen kan ik het tot nu toe niet. En ik betwijfel of ik dat ooit zal kunnen. Er is ook geen sprake geweest van direct lichaamscontact met de baby. De badhanddoek om het pas gewassen kind geslagen, het pakketje opgetild en in de sporttas gelegd.'

Op de kant van de handdoek die niet direct met het lijfje van het kind in contact was geweest, hadden ze zwarte vezels aangetroffen. Die waren in elk geval niet van het geestkostuum afkomstig, want dat was van een goedkope kwaliteit katoen gemaakt. Schöller hield het erop dat het vezels van een dure pullover waren. Stella had een paar van die truien, Martin ook. In het regionale forensisch laboratorium moesten die vezels nog aan bepaalde tests worden onderworpen. Misschien konden ze vaststellen met welk wasmiddel of welke wasverzachter ze eerder waren behandeld. Maar daar had Schöller weinig hoop op. In de eerste plaats brachten de mensen dure kledingstukken eerder naar de stomerij en stopten ze die niet in de was. Bovendien had hij de badhanddoek zelf gezien.

'Ik neem aan dat u weet hoe gauw een klein lichaampje bij zachte weersomstandigheden tot ontbinding overgaat en het omringende materiaal doordrenkt', zei hij. Dat wist Klinkhammer niet en dat wilde hij ook niet tot in detail weten.

'Zelfs al zou er aantoonbaar een wasmiddel of wasverzachter zijn gebruikt die aan een bepaald huishouden kan worden gelinkt', verklaarde Schöller, 'dan nog is dat voor wat het gezin Helling betreft van nul en generlei waarde, omdat de gevonden vezels aan de buitenzijde van de handdoek zijn aangetroffen. Dus zouden ze er ook pas in de tas op gekomen kunnen zijn. Helling had ook pullovers die hij weleens aangehad zal hebben als hij ging trainen. Dit zou uw protegé weleens zijn onbezorgde jeugd kunnen kosten.'

'Noem hem alstublieft niet steeds mijn protegé', verzocht Klinkhammer. 'Als hij dat was, had ik me heel anders gedragen.'

'Maar hebt u hem dan niet bij ons afgeleverd in de hoop dat we hem zoiets als respect zouden bijbrengen?' vroeg Schöller met een zweem van ironie. 'Dat zou dan vergeefse moeite zijn geweest. Zijn moeder heeft hem gesmeekt ons te vertellen wat hij heeft gezien. Dat was hij in de verste verte niet van plan.'

Natuurlijk ging Schöller ervan uit dat Martin in de nacht van de moord en de ontvoering of in de daaropvolgende nacht of twee nachten iets belangrijks had gezien. Bijvoorbeeld hoe de tas onder het schroot was verstopt. Schöller maakte er geen geheim van hoe graag hij had willen bewijzen dat Helling bewijs had verdonkeremaand – inclusief het kinderlijkje en de prijsbeker. De verklaring van meneer Müller dat hij alleen in de nacht waarin Therese was vermoord vast had geslapen, zou gemakkelijk onderuit gehaald kunnen worden. Een oude man die vanaf het begin van het jaar steeds alert moest zijn en moest toezien hoe zijn vrouw langzaam wegkwijnde, natuurlijk viel zo iemand tussendoor weleens in slaap, en wel zo vast dat hij niets merkte van wat er op het erf van de buren gebeurde.

Maar het onderzoek aan de Nissan had geen enkel overtuigend bewijs opgeleverd. Natuurlijk was de tas in Hellings auto vervoerd. Jarenlang, op de passagiersstoel, op de achterbank, in de bagageruimte, telkens vol bezwete sportkleding. De hond die kon aangeven of hij behalve de stank van zweet ook wat lijkengeur had opgesnuffeld, moest nog geboren worden, zei Schöller.

Maar je kon een tas ook dragen. Een vrouw te voet was minder opvallend en kon op straat gemakkelijker dekking zoeken dan een man met een auto. En omdat Helling in zijn nieuwe getuigenis had verklaard dat Stella haar voeten pas 's morgens tijdens een ruzie met hem had verwond, had ze volop de gelegenheid gehad om in de nacht van de moord een heel eind te lopen. Dan zou ze uiteraard niet in vuile of zelfs bebloede werkkleren door het dorp gelopen hebben, dan zou ze haar dure pullover en een chique broek hebben aangetrokken en haar werkplunje misschien onderweg hebben laten verdwijnen.

'Dat kan ik me niet voorstellen', zei Klinkhammer. 'Als Martin die vrouw op het erf van zijn moeder had gezien, waarom zou hij het dan verzwijgen?'

'Omdat hij vindt dat het onze taak is om dat te bewijzen', meende Schöller.

Dat zou wel net iets voor Martin zijn geweest. Maar: 'Stella Helling zou ons waarschijnlijk niet op mevrouw Lutz hebben geattendeerd als ze …'

'Dat was vermoedelijk nou juist het doel van die hele actie', onderbrak Schöller hem. 'Waar is een zondebok goed voor als ik niet mag zeggen wie het is zodra mij het vuur aan de schenen wordt gelegd? Misschien had ze al heel gauw door wie aan haar verscheen als de geest van haar schoonvader. En dat iemand zo stom was om op een plaats waar net een moord is gepleegd, te komen rondspoken; dat was toch het beste wat haar kon overkomen?'

'Misschien wel', zei Klinkhammer.

'Misschien?' herhaalde Schöller. 'Wilt u die knaap de komende tien jaar uit de buurt hebben? Dan moet ik wel aannemen dat uw relatie met mevrouw Lutz toch niet zo puur platonisch is. Er zijn maar twee mogelijkheden, die knaap of Stella, wat ziet u liever?'

'Het gaat er niet om wat ik liever zou zien', zei Klinkhammer. 'En de poort van de schuur dan? Mevrouw Rohdecker zei dat die verzegeld was.'

'Kom me nu niet aan met de grote onbekende die Therese Helling een keer fors op haar teentjes heeft getrapt. Die zou het kind met geen vinger aangeraakt hebben.'

'Ik bedoel ook alleen maar: stel dat Stella de poort 's nachts heeft opengetrokken ...' zei Klinkhammer.

'Vergeet het maar', viel Schöller hem in de rede. 'Daarvoor hoefde ze niet van buiten af tegen de deur te leunen. De vezels die we daarop aangetroffen hebben, zijn nog niet allemaal geïdentificeerd. Tot nu toe staat alleen honderd procent vast dat er wat vezels van politie-uniformen op zijn aangetroffen. Dat komt ervan als er een hele kudde medelevende plattelandscollega's aan komt zetten om troost te bieden en rond te stampen op de plaats delict. Uiteraard heeft niemand van hen de moord gepleegd.'

De twee mannen die Klinkhammer in de patrouillewagen voor het huis had aangetroffen, waren naar eigen zeggen niet eens de tuin in gelopen. Berrenrath en de jonge agente die langs de tuin en op straat hadden gelopen, bezwoeren bij hoog en laag dat ze niet te dicht bij de poortvleugels waren geweest. Dat kon Klinkhammer zich bij een oude rot als Berrenrath ook niet voorstellen. Maar voordat hij daar iets over kon zeggen, kwam Schöller op het uitgangspunt terug en wierp de vraag op die hem het meest bezighield.

'Waarom was Helling maandagavond zo doodsbenauwd dat we mevrouw Lutz aan de tand zouden voelen? De heren Treber heeft hij belaagd, bij de jongste was hij zelfs behoorlijk grof. Terwijl hij zogenaamd geen enkele concrete verdenking koesterde. Volgens zijn vrouw is hij zondagavond pas te weten gekomen wat er precies gebeurd is bij het optreden als monster; en toen was hij in Hamburg. Dat staat vast. Stel dat hij toen ook pas heeft gehoord waar zijn dochtertje was. Dan is het mogelijk dat hij vervolgens heeft geprobeerd om zijn sporttas terug te halen. Bij zijn vriend is hij pas tegen vier uur 's nachts gearriveerd. Dat zou qua tijdstip passen bij dat gekletter op het erf van mevrouw Lutz.'

Voor iemand die uit de kroeg kwam was drie uur rijkelijk laat, vond Schöller. Iemand die alleen wilde wateren zou geen aanleiding hebben gehad om te dicht bij de hoop schroot in de buurt te komen. 'Doordat Martin Lutz en meneer Müller iets hadden gemerkt,' theoretiseerde Schöller door, 'was Helling 's maandags wel gedwongen al zijn kaarten op de gebroeders Treber te zetten.

Maar *asociaal tuig* kan best traag van begrip zijn, vooral wanneer ze zich van geen kwaad bewust zijn. Bij ons is hij 's middags pas komen opdagen. Wat heeft hij in de tussentijd gedaan? Is hij op de loer gaan liggen en heeft hij op een bepaald moment ingezien dat zijn vlieger niet opging?'

Waarschijnlijk wel, dacht Klinkhammer, hoogstwaarschijnlijk wilde Helling nog liever dat zijn vrouw de klos was dan zelf het risico te lopen dat Gabi over haar *vermoeden* ten aanzien Martin Schneiders moordenaar zou spreken. Als ze Heintje meer dan eens had gewaarschuwd, wist hij waarschijnlijk dat ze hem in het vizier had.

Toen hij niet op zijn vraag reageerde, vroeg Schöller: 'Wat is er, collega, kunt of wilt u mijn vraag niet beantwoorden? Moet ik u soms ook nog de term *obstructie van politieonderzoek* uitleggen? Mevrouw Lutz durfde geen woord meer te zeggen nadat die vlegel haar gekapitteld had. Maar daar bent u zelf bij geweest. Hij zei namelijk dat hij haar in de auto al had geadviseerd om haar klep te houden. Het maakte niet eens indruk op hem dat we opeens in het donker zaten. Maar op dat gebied is hij van zijn moeder vermoedelijk ook heel andere dingen gewend.'

'In het donker?' vroeg Klinkhammer en hij probeerde zich te herinneren wat Gabi er tijdens de rit naar Keulen allemaal had uitgeflapt. Ze had zich over haar relatie met Stella uitgelaten. En er was de vage toespeling op Heintjes vroegere vrienden waarbij ze vermoedelijk op de tweeling Schrebber had gedoeld. En daarna: Babs en die stompzinnige Lulu. *Mocht alleen komen als haar man nachtdienst had.* Tweeënhalf jaar geleden. En een jaar geleden uit Niederembt vertrokken. Verhuisd *naar Nieder ...* Op dat moment had Martin Gabi definitief de mond gesnoerd. Niederaußem?

'Kleine stroomstoring.' Schöller grijnsde mismoedig. 'Een kleinigheid in vergelijking met de terrasdeur. Kalle is nog steeds teleurgesteld omdat hij het beide keren niet heeft meegemaakt. Voor mij had het niet gehoeven.'

'Grote God', mompelde Klinkhammer. Schöller dacht dat hij de stroomstoring bedoelde en zei er nog wat over. Maar dat hoorde Klinkhammer niet meer bewust. Opeens kwamen allerlei draadjes in zijn hoofd bij elkaar: de wijzerplaat die onder het bloed zat. Vezels van politie-uniformen op de poort van de schuur. Ludwig Kehler met een sigaret bij de voordeur van Therese. *'Het was zo'n rustige nacht. Ik zei nog tegen Heiner, laten we maar liever even langs jouw huis rijden.'* Maar liever! Had Helling ergens anders heen willen rijden? Nee, hij was liever gebleven waar ze waren. In Niederaußem.

Twee politieagenten op patrouille, boezemvrienden vanaf hun jonge jaren. Een intelligente vent en een onnozele hals. De moeder van de slimmerik had een prijs in de lotto gewonnen en weigerde haar zoon in haar rijkdom te laten delen. De onnozele hals heeft – nee had – een verhouding met een getrouwde vrouw. Tweeënhalf jaar geleden, toen Martin kranten moest bezorgen. En Martin had tot twee keer toe iets gezien, maar hij wist niet zeker of Lulu momenteel nog steeds een verhouding met die vrouw had. *Oude koek dus.* Die ging er nu niet meer in. Martin was een arrogante vlegel, maar achterlijk was hij niet. Hij begreep heus wel dat een toespeling van zijn kant op die mogelijkheid zou worden uitgelegd als een bewering om zijn eigen huid te redden. Het was ook niet aannemelijk dat Babette Klostermann openhartig zou bekennen dat ze al een hele tijd overspel pleegde en dat Ludwig Kehler zonder meer zou toegeven dat hij zijn plicht had verzaakt.

'Volgens mij hebt u de verkeerde auto laten onderzoeken', zei hij. 'Maar op korte termijn zal het waarschijnlijk niet veel opleveren als u nu een lijkenspeurhond op onze patrouillewagens loslaat. Probeert u het eens bij die van Kehler.'

Schöller keek hem secondenlang met gefronst voorhoofd aan. Toen zei ook hij: 'Grote god.'

'Nee', zei Klinkhammer. 'Niet wat u denkt. Dat krijg je bij Kehler niet voor elkaar. Hij is er niet bij geweest.'

'Wat ik denk, is mijn zaak', vond Schöller. 'Legt u me eerst maar eens uit wat u zelf denkt.'

'Maar vergeet niet, ik ben slechts een plattelandsprofiler met een hotline', zei Klinkhammer. En met enkele certificaten van bijscholingscursussen. Dat hij daaraan niet voor niets had deelgenomen bewees hij vervolgens. Het was niet op alle punten in de roos. Maar hij vergiste zich slechts op één noemenswaardig punt. Hij nam aan dat Helling van plan was zijn vrouw te laten veroordelen voor twee moorden die ze niet had begaan.

Op eigen benen

Vrijdag 30 april 2004

Heiner had een broekpak voor haar bij zich toen hij even na tienen kwam opdagen om haar op te halen. Hij had er een blouse bij gezocht en een paar schoenen waar ze niet in kon. Ze stelden haar een rolstoel ter beschikking die Heiner wel meteen terug moest brengen.

'Ik kan je helaas niet helemaal naar de auto duwen, lieveling', zei hij. Maar als ik je een arm geef, kun je vast wel van de hoofdingang naar de parkeerplaats lopen.'

Ze knikte slechts. De pijn aan haar voeten was uit te houden, de pijn in haar binnenste nauwelijks. Sinds Gabi woensdagmiddag bij haar was geweest, zo ongewoon volwassen in een deux-pièces, op pumps en met haar haren in een knot, voelde ze zich innerlijk verscheurd. Gabi had gezegd: 'Ik weet dat je me niet gelooft, Stella. Maar luister in elk geval naar wat ik je te zeggen heb en denk erover na. Mijn zoon heeft noch Resl noch jouw kind op zijn geweten. Of jij het hebt gedaan, zul je zelf wel het beste weten. Als jij het niet heb gedaan, wie dan wel? Niemand die Resl gekend heeft zoals ze de afgelopen twintig jaar was, dat garandeer ik je.'

Ze gingen met de lift naar de begane grond. Verder kwamen ze niet. Toen de liftdeur beneden openschoof, stonden Schöller en Grabowski daar. 'U kunt maar het beste een taxi voor uw vrouw bellen, meneer Helling', zei Schöller. 'U gaat met ons mee. Dat lijkt me veiliger voor de taxichauffeur.'

Ook daar had Gabi het woensdag over gehad. Stella had Heiners gezicht op dit moment willen zien. Maar hij stond achter de rolstoel. 'Mijn auto staat buiten', zei hij alsof hij Schöllers toespeling absoluut niet had gehoord.

'Maar uw vrouw kan geen auto rijden', merkte Schöller op.

Vervolgens kwam Heiner naast de rolstoel staan, hij overhandigde haar de autosleutels en adviseerde haar: 'Bel Ludwig maar, lieveling. Zeg maar dat hij je moet komen halen.'

'Meneer Kehler is verhinderd', verklaarde Schöller. 'Die hebben we gisteren al gearresteerd, op verdenking van medeplichtigheid. Hij beweert wel dat hij op het tijdstip waarop uw moeder is vermoord bij ene mevrouw Klostermann is geweest, maar zij ontkent dat ze hem kent.'

'Wat heeft dat te betekenen?' vroeg ze, hoewel Gabi ook dat had uitgelegd. 'Bij Ludwig kreeg hij het niet voor elkaar, ook niet voor een of twee miljoen. Daar is Ludwig te fatsoenlijk voor.'

'Wilt u het uw vrouw vertellen of moet ik het doen?' wilde Schöller van Heiner weten.

Heiner zweeg. En Schöller herhaalde wat Gabi had gezegd, maar hij kende meer details: dat Heiner op 22 april om achttien over twaalf 's nachts zijn moeder had doodgeslagen en Johanna had gesmoord. Dat hij het lijk van zijn dochtertje in zijn oude sporttas had gelegd en het met de patrouillewagen naar het erf van huize Lutz had gebracht. Dat zij waarschijnlijk zijn volgende slachtoffer zou zijn zoals Gabi had aangekondigd, zei Schöller er alleen niet bij. Hoe kon hij dat ook weten?

'Nee', zei Heiner. 'Ik wilde die nacht alleen even controleren of mijn vrouw nuchter was, zoals ze me had beloofd. Toen ik thuiskwam was het even voor één uur. Mijn moeder lag dood in de badkamer, mijn dochtertje halfnaakt op de commode. Ze ademde niet meer en ...'

'Bent u via de schuur binnengedrongen om te kijken of alles goed was?' viel Schöller hem in de rede.

'Nee', zei Heiner nogmaals. 'Ik ben via de voordeur binnengekomen.'

'We hebben op de poort vezels van een politie-uniform aangetroffen', verklaarde Schöller. 'En uw vingerafdrukken ...'

'Mijn vingerafdrukken op de poort bewijzen heus niet dat ik ben binnengedrongen', onderbrak Heiner hem deze keer.

'Niet op de poort', zei Schöller. 'U moet me laten uitpraten, meneer Helling. In de Audi waarin Martin Schneider in november 1983 is vermoord.'

'Dat is onmogelijk', antwoordde Heiner. 'Toen meneer Schneider vermoord werd, lag ik met hoge koorts in bed.'

Schöller wierp een bemoedigende blik opzij. Daar bevond zich een trap. Gabi's zoon trad naar voren en schonk Heiner een meewarig lachje. 'Geef je maar gewonnen, jochie', zei hij met die zachte, donkere stem die zoveel ouder klonk dan de jongen in feite was. 'We weten allebei wie ik in Keulen heb opgepikt en dat Heiko in Kirchtroisdorf is uitgestapt. Jij zat achter me, je deed een uitval om de hoofdsteun heen en hier heb je de punt van het mes gezet toen je me de keel afsneed.'

Hij legde een vinger op zijn linker halsslagader. 'Een scheermes, naar ik aanneem van je opa. Weet je nog wat ik heb gezegd? *"Haal nou geen flauwekul uit, jongen, dat is toch niet de moeite waard voor die paar duiten?"* Ik dacht echt dat het je om het geld begonnen was, want Resl hield je nogal kort. Meer kon ik niet zeggen.' Hij haalde een vinger over zijn keel. 'Je had me mijn strot afgesneden, je bent uit de auto gesprongen en eerst in de richting van Kirchtroisdorf gelopen. Ik wilde achter je aan gaan en kreeg zelfs het portier naast de passagiersstoel nog open. Waarom ik aan die kant wilde uitstappen, kan ik je niet zeggen. Je bent nogal in de war als je merkt dat het een aflopende zaak is. Ik had er immers geen flauw vermoeden van dat er een nieuw begin is.'

'Wat denk je wel, brutale vlegel!' snauwde Heiner hem toe.

'Tuttut', zei Martin berispend. 'Dat is toch geen toon om tegen je vader aan te slaan nadat je ook nog bij je moeder en je kind het licht hebt uitgedaan? Dat kun je je vrouw niet in de schoenen schuiven. Ik heb haar die bewuste nacht gezien. Jij was weer eens het voorprogramma, meer niet. Twee uur na jouw optreden ben ik op het toneel gekomen. Je vrouw lag nogal smerig op de bank, maar er zat geen druppel bloed op haar kleren. Gun me nu in elk geval één keer de eer, wees een man en accepteer je lot waardig.'

Heiner schudde zijn hoofd. Grabowski deed hem handboeien om. Schöller verklaarde dat hij aangehouden was en las hem zijn rechten voor.

'Ik weet wat mijn rechten zijn', zei Heiner. 'Wat u hier uithaalt, is volslagen idioot.' Vervolgens richtte hij zich weer tot haar. 'Bel maar een taxi, lieveling. Ik ben gauw weer bij je.'

'Niet waar, meisje', zei Martin. 'Maar een taxi heb je niet nodig. Ik ben taxichauffeur en ik hoef alleen maar een auto te hebben.'

Hij stak zijn hand uit. Ze gaf hem de sleutel, ze zou niet hebben geweten wat ze anders moest. Terwijl de beide mannen Heiner wegleidden, reed Martin de Nissan van het parkeerterrein naar de eerste hulp. Dan hoefde ze niet nodeloos ook maar een stap te doen.

Tijdens de rit vertelde hij haar dat Schöller hem uitsluitend meegenomen had om Heiner uit zijn tent te lokken. 'Anders klapte hij altijd dicht wanneer ik hem provoceerde. Laten we hopen dat het nog wat doorwerkt en dat hij in die bluf van mij trapt. Ik kan namelijk niet onder ede verklaren dat er geen bloed op die werkplunje van jou zat. En met de bewijzen tegen Heintje is het somber gesteld, zegt Arno.'

'Wie is Arno?' vroeg ze.

'De man die mij met een doorgesneden keel heeft gevonden.' Toen ze ineenkromp, keek hij haar van opzij grijnzend aan. 'Hé, dat was maar een geintje. Dat hij het met een scheermes moet hebben gedaan en hoe hij het heeft gedaan, stond in het sectierapport dat toen is opgesteld. Ze zijn gisteren nog als dollen in oude stukken gedoken om mij de kans te geven te vertellen hoe het indertijd precies is gegaan. Ik had met betrekking tot Resl ook wel enkele feiten kunnen noemen, maar we vonden dat we niet moesten overdrijven.'

Eindelijk vroeg hij ook: 'Ik mag je toch wel tutoyeren, hè?'

Dat deed hij de hele tijd al; hij was gewoon maar een jongen van achttien met een grote mond die nooit van iemand had geleerd dat hij respect moest hebben voor volwassenen. Dat was nu ook niet meer nodig, hij was volwassen, vond hij.

Hij reed de Nissan tot voor de voordeur, hielp haar uitstappen en ondersteunde haar toen ze de gang naar de woonkamer door liep. De deur naar de kamer stond open. 'Shit', zei hij. 'Het is hier nog een ergere zwijnenstal dan bij de familie Flodder en het ruikt ook niet fris. Je kunt beter in de keuken gaan zitten. Zal ik koffie voor je zetten? Ik kan fantastisch koffie zetten.'

Toen ze op een keukenstoel zat en hij het koffieapparaat had aangezet, liep hij naar de woonkamer en gooide de patiodeur open om de boel eens goed te luchten. Toen hij terugkwam, vroeg hij: 'Ik mag toch wel even iemand bellen, hè?'

Vervolgens belde hij *Arno*. 'Je kunt maar beter meteen hier komen', zei hij. 'Er staat hier een welkomstdrankje in de vitrinekast en Romy – ja, ja, maak je nou maar niet meer zo druk, mams zei dat ze zo'n raar voorgevoel had. Nee, ik heb de fles met geen vinger aangeraakt.'

Mei 2004

Het was al half mei toen Therese in het familiegraf bij haar ouders bijgezet werd. Er werden geen overlijdensannonces in de kranten geplaatst, en ook geen rouwkaarten verstuurd. Desondanks zag het op het kerkhof zwart van de mensen. Het halve dorp kwam haar de laatste eer bewijzen. Verder waren er nog talloze bewoners van de omliggende dorpen, Stella's ouders met Tobi, Ludwig Kehler en nog acht politiemensen van bureau Bergheim die zich in donker pak onder de mensenmassa hadden begeven. Niemand droeg een uniform. Klinkhammer woonde de uitvaart ook bij, Gabi niet, maar Martin uiteraard wel. Hij had er speciaal vrij van school voor genomen, bleef al die tijd aan Stella's zijde om haar vader op een afstand te houden en haar in geval van nood te steunen.

Ze had nog steeds pijn bij het lopen; ze droeg een elegant zwart broekpak waarvan de pijpen niet helemaal over haar iets te grote, open slippers heen vielen. Desondanks liep ze zelfstandig, recht overeind, een jonge vrouw in dure kleding aan wie niemand kon zien dat ze in de scherven van haar leven stond.

Nadat ze de kist hadden laten zakken, hield de priester een aangrijpende grafrede. Hij had in de kerk al het woord gevoerd, maar had klaarblijkelijk nog niet alles gezegd wat hij wilde zeggen. Nu sprak hij over veertig jaar opoffering voor anderen en over de ondoorgrondelijke wijsheid van de almachtige God aan Wie het had behaagd onze lieve zuster Therese bij zich in de eeuwigheid op te nemen. Geen woord over moord, geen woord over schuld. Geen woord over Martin Schneider.

Veel mensen huilden en deden een greep in de mand met rozen. Driehonderd stuks zoals Heiner nog had besteld, meer niet. Het was maar amper voldoende, hoewel veel mensen zelf bloemen of takjes maagdenpalm hadden meegebracht. De rozen en takjes van de laatsten die langs het open graf liepen en er nog een ogenblik stilstonden, vielen op een berg van rood en groen.

Voordat het graf kon worden gesloten, moest het meeste weer worden weggehaald.

Toen het kleine witte kistje er drie dagen later bij kwam, was er niemand bij dan Stella en de beide mannen van de begrafenisonderneming. De kleine meid was niet gedoopt, daarom kwam er geen priester aan te pas. Een lekenpastor had ze niet gewild. Wat moest iemand die van niets wist, zeggen over een kind dat slechts veertien weken had geleefd en door haar eigen vader was gesmoord? Omdat hij had gemeend haar daarmee een dienst te bewijzen.

Dat geloofde ze niet. Ze geloofde helemaal niets meer nadat was aangetoond dat er in de fles grappa die Martin in de vitrinekast had ontdekt, een zeer giftig pesticide zat. Natuurlijk ontkende Heiner dat hij het gif door de sterkedrank had gemengd. Dat hij de fles had gekocht, kon hij niet ontkennen, dat hadden Schöllers mensen bewezen. Maar van het pesticide wist Heiner absoluut niets af. Hij dacht dat Martin het door de grappa had gemengd om zich uit te kunnen geven voor degene die haar het leven had gered. Dat had ze van Heiners advocaat gehoord.

Heiner zat nog in voorarrest en ze was nog niet bij hem op bezoek geweest, hoewel zijn advocaat van mening was dat het voor hem belangrijk was haar te zien. Ludwig Kehler was een keer bij haar geweest en was dezelfde mening toegedaan. 'Je mag hem nu niet laten vallen, Stella. Heiner heeft alleen jou nog en hij heeft het voor jou gedaan.'

Heus niet. Als Heiner wat voor haar had willen doen, had hij haar maar één keer hoeven vertellen wat de dokters in het kinderziekenhuis hem de laatste keer na het onderzoek van Johanna hadden verteld. Ze had van Schöller gehoord dat haar dochter zich dankzij de optimale verzorging thuis in positieve zin had ontwikkeld. En dat ze nu een rijke vrouw was omdat moeders erven van hun kinderen.

In een kluisje bij een bank in Keulen lag onder meer Thereses testament. Heiner en Johanna stonden als haar erfgenamen vermeld. Hij had zijn aanspraak op de erfenis verspeeld, dat had zijn advocaat hem duidelijk kunnen maken. Of misschien hadden Martins woorden nog nagewerkt en wilde Heiner nu laten zien dat hij een vent was. Hij had ondertussen een bekentenis afgelegd en beweerd dat hij Johanna nog levend en wel in de sporttas had gelegd. Het tegendeel kon niemand bewijzen, had Schöller gezegd. Nu vermoedde ze dat Heiner alleen om die reden nog zoveel van haar hield.

Het kwam haar allemaal zo ongerijmd voor. Een kind dat vermoedelijk nooit zou zijn geboren als ze uit angst voor de vloek van Gabi niet alle zwangerschapscontroles had gemeden. Had Heiner haar niet aangepraat dat Gabi dingen kon doen waartoe niemand anders in staat was?

Maar Schöller zei dat ook: 'Mevrouw Lutz heeft een eigenaardige manier om haar stress de baas te worden. Dan is het heel goed mogelijk dat je weleens aan je eigen verstand begint te twijfelen, dat is mij ook overkomen.'

En Ludwig was wel op de hoogte van de geruchten die in het dorp circuleerden; intussen wist hij zelfs wie Gabi bijna eenentwintig jaar geleden van haar *leven* had beroofd. Maar dat geloofde hij niet. 'Waarom zou Heiner zoiets hebben gedaan?' Onnozele hals.

Hij was er nog genadig afgekomen en had met haar mee naar de uitvaart van de kleine meid willen gaan. 'Dat moet je niet in je eentje doormaken, Stella. Zeg het me wanneer de kleine meid wordt begraven, dan ga ik met je mee.'

Ze had het hem niet gezegd, ze had hem niet in haar nabijheid kunnen verdragen, uitgerekend hem niet. Hoewel Ludwig niet meer op zijn geweten had dan een paar uurtjes van zijn werk spijbelen en genieten van de illusie van liefde. Zoals zijzelf. Niet meer dan een illusie.

Haar ouders had ze niet eens gezegd wanneer de tweede uitvaart zou plaatsvinden. In vredesnaam geen excuses van papa meer hoeven horen, geen spijtbetuigingen en medeleven van mama, geen vragen van Tobi. En geen bloemen. Als afscheid alleen een liedje.

Nadat de mannen het kleine kistje boven op de grote bruine

kist hadden laten zakken, deden ze enkele stappen naar achteren. En ze begon zachtjes te zingen: 'Slaap maar mijn kindje, slaap fijn. Een engel zal bij jou zijn. Waakt als je slaapt, ontspannen en licht, dus doe nu maar lekker je oogjes dicht. Slaap maar mijn kindje, slaap fijn. Slaap maar mijn kindje, slaap fijn. Ook nu zal die engel bij je zijn.'

Op dat moment brak haar stem. En opeens wist ze waarom ze niet om Therese kon treuren. Het had niets van doen met het verleden toen *Resl* naar verluidt een kreng van een mens was geweest dat zich door niemand liet tegenwerken; het had evenmin iets van doen met haar eigen besef dat engelen een schaduwzijde hebben. Het was simpelweg goed dat Therese daar al beneden lag en haar armen naar Johanna kon uitstrekken.

Ze wendde zich af – en zag Gabi een paar meter verderop staan. Weer op pumps, in een deux-pièces, met haar paardenstaart tot een knot gebonden, precies zoals ze naar het ziekenhuis was gekomen. En even weifelend als ze daar naar haar bed was komen lopen, kwam ze nu naderbij.

'Ik hoop dat je tevreden bent', zei Stella. 'Dit project kon ik niet in het water laten vallen. Hier is alleen maar aarde.'

'Dat was gemeen van me dat ik dat heb gezegd', zei Gabi. 'Maar het was niet tegen jou gericht, het waren maar woorden en ze hebben je kind geen schade berokkend.'

Toen Stella daar geen antwoord op gaf, vroeg ze: 'Wat ga je nu doen?'

Ja, wat? Leven en leren begrijpen, twee keer per week met een psychotherapeute praten. Zich door geen mens meer iets aan laten praten. Misschien binnenkort rijlessen nemen, het graf onderhouden, toezicht houden op werklui. De doorgang in de muur in de schuur had ze al dicht laten maken. Je kon niet alles alleen doen. 'Naar huis gaan', zei ze. 'Daar ligt een heleboel werk op me te wachten.'

'Ben je van plan in dat huis te blijven wonen?' vroeg Gabi ongelovig.

'Waarom niet? Ook al ben ik daar geen acht jaar dolgelukkig geweest, een paar goede dagen heb ik er wel beleefd. Die geef ik niet op, dat moet jij kunnen begrijpen.'

Gabi knikte in gedachten verzonken en keek over de rijen graven heen. Ergens ver achteraan op het kerkhof lag Martin, ze wist niet eens meer waar.

Petra Hammesfahr bij De Geus

Het laatste offer

Karen Stichler heeft tien jaar geleden, op 14 september 1990, met de auto een fietser aangereden. Met dodelijke afloop. Karin heeft het ongeluk als in een roes beleefd. Ze weet alleen dat ze de macht over het stuur verloor. Sindsdien schrikt ze regelmatig 's nachts badend in het zweet wakker. Diezelfde 14e september 1990 staat in de aandacht van rechercheur Thomas Scheib. Hij onderzoekt een reeks moorden en verdwijningen die elke twee jaar op 14 september hebben plaatsgevonden. Drie vrouwen zijn dood gevonden, vijf andere worden vermist. Scheib gelooft dat een seriemoordenaar met de regelmaat van een klok aan het moorden slaat. Alleen 14 september 1990 ontbreekt in Scheibs rijtje.

De zondares

Cora Bender maakt met haar man en zoontje een uitstapje naar een meer in de buurt, vast van plan te gaan zwemmen en 'per ongeluk' te verdrinken. Cora Bender heeft namelijk besloten dat deze dag haar laatste zal zijn. Maar het loopt anders. Aan het eind van de dag zit Cora Bender op het politiebureau en wordt ze verhoord voor de moord op ene Frankie, die zij in een opwelling met een schilmesje heeft doodgestoken. Wat is haar motief?

Vader en dochter

Wanneer Merkel eindelijk in staat is om op de toenadering van zijn dochter Irene in te gaan, slaat het noodlot toe. Hij treft zijn dochter vermoord in haar eigen huis aan. Aanvankelijk sluit hij zich voor dit drama af. Totdat hij begint te vermoeden wie Irene vermoord kan hebben. Bij zijn naspeuringen ontdekt hij hoezeer Irene op hem leek. Een late ontdekking, die bij Merkel sterke wraakgevoelens oproept.

De bazin
Koelbloedige ambitie en verblindende liefde, hoever zullen twee mensen gaan?

De ambitieuze Betty Theissen is bedrijfsleider in de firma van haar schoonvader. Ze is zo ambitieus dat ze, als het bedrijf in gevaar wordt gebracht door het roekeloze gedrag van haar echtgenoot, besluit dat deze het veld moet ruimen. En wel definitief. Ze kient de perfecte moord uit. Met één ding heeft ze geen rekening gehouden: tijdens het politie-onderzoek wordt commissaris Georg Wassenberg verliefd op haar. Hoelang zal het duren voordat hij het wrede geheim van zijn geliefde op het spoor zal komen?